BASTEI
LÜBBE

Bisher sind im BASTEI-LÜBBE Taschenbuchprogramm von PIERS ANTHONY nachstehende Bände erschienen:

Die Inkarnation der Unsterblichkeit
22 098 Reiter auf dem schwarzen Pferd
22 104 Der Sand der Zeit
24 102 Des Schicksals dünner Faden
24 114 Das Schwert in meiner Hand
24 119 Sing ein Lied für Satan

Die Saga vom magischen Land Xanth
20 053 Chamäleon-Zauber
20 059 Zauber-Suche
20 061 Zauber-Schloß
20 065 Zentauren-Fahrt
20 069 Elfen-Jagd
20 071 Nacht-Mähre
20 077 Drachen-Mädchen
20 094 Ritter-Geist
20 106 Turm-Fräulein
20 120 Helden Maus

22 080 Ox
24 046 Omnivor
24 067 Orn

24 084 Zeit der Kämpfer
Die Titanen-Trilogie

PIERS ANTHONY

Reiter auf dem schwarzen Pferd

Die Inkarnationen der Unsterblichkeit

BASTEI LÜBBE

BASTEI-LÜBBE-TASCHENBUCH
Science Fiction Bestseller
Band 22 098

Erste Auflage: Januar 1987
Zweite Auflage: Juli 1989

Deutsche Lizenzausgabe 1986
Bastei-Verlag Gustav H. Lübbe GmbH & Co.,
Bergisch Gladbach
Originaltitel: On a Pale Horse
Ins Deutsche übertragen von Ralph Tegtmeier
Redaktion: Michael Kubiak/Dr. Helmut Pesch
Titelillustration: Three Lions
Umschlaggestaltung: Quadro Grafik, Bensberg
Druck und Verarbeitung:
Brodard & Taupin,
La Flèche, Frankreich
Printed in France
ISBN 3-404-22098-6

Der Preis dieses Bandes versteht sich einschließlich
der gesetzlichen Mehrwertsteuer.

1 Steinkauf

»Tod«, sagte der Besitzer deutlich und zeigte den Stein vor. Es war ein hellroter Rubin mit zahlreichen Facetten, in einen schlichten Goldring gefaßt. Er wog ein ganzes Karat – für einen Stein von solcher Qualität war er recht groß.

Zane schüttelte den Kopf, ein Frösteln überfiel ihn. »Den will ich nicht!«

Der Mann lächelte, ein oberflächlicher und geübter Gesichtsausdruck, den er für die unterschiedlichsten Zwecke bereithielt. Er war gut gekleidet, aber ein wenig bläßlich, wie jemand, der zu lange im Schatten geblieben war. »Sie mißverstehen mich, mein Herr. Dieses prachtvolle Juwel bringt Ihnen nicht den Tod. Es tut vielmehr das genaue Gegenteil davon.«

Das beruhigte Zane nicht besonders. »Warum heißt es dann ...?«

»Todesstein.« Schon wieder dieses ärgerlich herablassende Verziehen des Gesichts, als der Besitzer die unwissende Sorge des störrischen Kunden besänftigte. »Er kündet seinem Träger lediglich das nahende Ende an, indem er dunkel wird. Geschwindigkeit und Intensität der Veränderung geben Ihnen Hinweise auf die möglichen Umstände Ihres Ablebens – so daß Sie ausreichend Zeit haben, um ihm aus dem Weg zu gehen.«

»Aber ist das denn nicht ein Paradox?« Zane hatte schon öfter Anzeigen gesehen, in denen solche Steine angepriesen wurden, meistens zu exorbitanten Preisen; er hatte die Behauptungen der Werbung jedoch lediglich für verkaufsfördernde Übertreibungen gehalten. »Eine Prophezeiung ist doch ungültig, wenn sie nicht ...«

»Das ist kein Paradox«, meinte der Besitzer mit der unerschütterlichen Sicherheit des Fachmanns. »Lediglich eine angemessene Vorwarnung. Einen besseren Service können Sie kaum bekommen, mein Herr. Denn was wäre schließlich wertvoller als das Leben?«

»Vorausgesetzt, man führt auch ein lebenswertes

Leben«, bemerkte Zane säuerlich. Er war ein junger Mann von keinem bemerkenswerten Körperbau oder Aussehen, mit Aknenarben, die weder Medikamente noch Fleckenzauber hatten vollständig beseitigen können. Sein Haar besaß eine spülwasserbraune Farbe und war etwas ungekämmt, und seine Zähne waren von uneleganter Unregelmäßigkeit. Er war offensichtlich ein depressiver Typ. »Na schön, dann verdunkelt er sich also, man ändert seinen Kurs und stirbt nicht. Man glaubt, daß die Warnung des Steins einen gerettet hätte. Aber das könnte genausogut eine willkürliche Veränderung des Steins gewesen sein. Farbzauber gibt es schließlich im Dutzend billiger. Es gibt keinerlei Möglichkeit, zu beweisen, daß die Prophezeiung zutreffend war. Und auf der anderen Seite – angenommen, er verdunkelt sich nicht und man stirbt, wie sollte man sich da noch beschweren? Schließlich ist man dann ja *tot!*« Er kratzte sich zerstreut an einer Narbe. »Wenn sich das Ding irrt, wie soll man da noch Regreßansprüche anmelden?«

»Sie glauben es nicht?« fragte der Besitzer mit fachmännischem Stirnrunzeln. Abgesehen von seinem Teint war er ein mittelmäßig gutaussehender Mann mittleren Alters, dessen Haar verzaubert worden war, um eine kastanienbraune Dauerwelle zu erhalten. »Ich führe ein anständiges Geschäft. Ich kann Ihnen versichern, daß alle meine Zaubersteine echt sind.«

»Der Legende zufolge reitet der Tod auf einem schwarzen Pferd«, erwiderte Zane, der sich für seine eigene Melancholie zu erwärmen begann. Offensichtlich war er auf diesem Gebiet nicht ganz unkundig. »Ich bezweifle, daß ein toter Gegenstand, ein gefärbter Korundklumpen, diesen gefürchteten Reiter derart einfach bremsen kann. Wenn man die Ungewißheit der Situation bedenkt, hat der Stein für seinen Besitzer praktisch keinerlei Nutzen. Er kann ihn nur dadurch prüfen, daß er sieht, wie er sich verfärbt, um sich dann zu weigern, an seinen geplanten Schritten etwas zu ändern. Wenn es eine echte, gültige Vorhersage ist, ist er dem Untergang geweiht. Wenn nicht, ist er hereingelegt worden. Bei diesem Spiel kann man nie gewinnen. Von der Sorte habe ich schon mehr als genug gespielt.«

»Ich werde Ihnen eine Vorführung geben«, sagte der Besitzer, der in seinem Kunden einen morbiden Zug entdeckte, welcher ihn für ein aggressives, entsprechend ausgeklügeltes Verkaufsgespräch anfällig machen würde. »Skeptizismus ist immer eine gesunde Eigenschaft, mein Herr, und Sie sind offensichtlich viel zu intelligent, um sich von einer fehlerhaften Ware täuschen zu lassen. Der Wert des Steins läßt sich beweisen!«

Zane zuckte in gespielter Gleichgültigkeit die Schultern. »Eine kostenlose Vorführung? Ist die vielleicht mehr wert, als ich dafür bezahlen muß?«

Der Besitzer lächelte etwas gelöster, denn er wußte, daß sein Fisch, allen Ausweichmanövern zum Trotz, schon fast an der Angel hing. Wirklich desinteressierte Leute blieben nicht da, um zu diskutieren. Er holte den Stein aus der mit einer magischen Diebstahlsicherung versehenen Glasvitrine und reichte ihn dem Kunden.

Zane lächelte matt und nahm den Ring entgegen, um ihn auf seine Daumenspitze zu legen. »Wenn es nicht gerade irgendeine unmittelbare und offensichtliche Gefahr geben sollte, die er mir anzeigen könnte ...«

Dann verstummte er, denn schon wechselte der Ring die Farbe. Das helle Rot wurde tiefdunkel und schließlich völlig undurchsichtig.

Zanes Verstand begann von den Rändern her taub zu werden. Der Tod – da hatte er tiefe Schuldgefühle. Er musterte seinen linken Arm, spürte, wie ein Blutfleck sich in die Haut einbrannte. Vor seinem geistigen Auge stellte er sich das Gesicht seiner Mutter beim Sterben vor. Wie sollte er jemals diese Erinnerung auslöschen?

»Der Tod – binnen weniger Stunden, ganz plötzlich!« sagte der Besitzer entsetzt. »Der Stein ist ja völlig schwarz! Ich habe ihn noch nie so schnell die Farbe wechseln sehen!«

Zane schüttelte sein Privatgespenst wieder ab. Nein, er konnte es sich nicht leisten, daran zu glauben! »Wenn ich innerhalb weniger Stunden sterben soll, dann brauche ich diesen Stein nicht mehr.«

»Aber *natürlich* brauchen Sie ihn, mein Herr!« beharrte der Besitzer. »Mit Hilfe des Todessteins können Sie Ihr Schicksal ändern. Halten Sie ihn in der Hand, entschließen Sie sich zu einem anderen Vorgehen, und wenn die Farbe dann wieder zurückkehrt, wissen Sie, daß es in Ordnung ist. So können Sie Ihr Leben retten! Aber Sie brauchen diesen prächtigen magischen Rubin, damit er Sie leiten kann. Um dem Tod aus dem Weg zu gehen. Sonst werden Sie mit Sicherheit tot sein, noch bevor der Tag zu Ende ist. Diese Warnung ist äußerst eindringlich!«

Zane zögerte. Der Todesstein war inzwischen zu einem beeindruckenden Gegenstand geworden. Er hatte gewissermaßen kein Blatt vor den Mund genommen. Doch er selbst hatte gerade an den Tod gedacht, während er den Stein hielt, und das hätte die Farbe des Steins verändern können. Gefühlsanzeigezauber waren einfach und billig und verdienten kaum die Bezeichnung Magie. Es konnte eine Menge solcher Dinger geben, die einem falsche Anzeigen bescherten. Dennoch ...

»Wieviel?« fragte er.

»Wieviel ist das Leben wert?« fragte seinerseits der Besitzer mit einem gewissen raubtierhaften Glitzern in den Augen.

»Ungefähr zwei Cents, wenn dieser Stein recht haben sollte«, konterte Zane grimmig. Und doch schlug sein Herz voll nervöser Wucht.

»Zwei Cents – pro Minute«, meinte der Besitzer und machte sich daran, das Endspiel einzuleiten. »Aber dieser phänomenale und wunderschöne Stein ist im Augenblick zum halben Preis im Sonderangebot. Ich verkaufe ihn Ihnen für einen bloßen Cent pro Minute, einschließlich Hauptsumme, Verzinsung, Versicherung ...«

»Wieviel pro Monat?« verlangte Zane zu wissen, als er merkte, wie er umgarnt wurde.

Der Besitzer holte einen Taschenrechner hervor und drückte behende auf die Tasten. »Vierhundertzweiunddreißig Dollar.«

Zane hatte zwar mit einem hohen Preis gerechnet, doch das hier war schlichtweg unmöglich. Für eine derartige

Summe hätte sich eine Familie ein recht ordentliches Haus kaufen können! »Für wie lange?«

»Nur fünfzehn Jahre oder weniger.«

»Oder weniger?«

»Falls der Edelstein versagen sollte, zahlt die Risiko-Versicherung selbstverständlich den Differenzbetrag.«

»Selbstverständlich«, pflichtete Zane ihm schiefmäulig bei. Versagen bedeutete den Tod, was wiederum einen faulen Zauber bedeutete. Diese Leute hatten vor, auf jeden Fall an ihr Geld zu kommen, egal wie wirkungsvoll der Todesstein seinen Besitzer wirklich schützte. Nach schnellem Kopfrechnen kam er zu dem Ergebnis, daß man ihm insgesamt etwas mehr als fünfundsiebzigtausend abverlangte. Ungefähr zwei Drittel davon würden Zinsen und andere Nebenkosten sein; dennoch, es war ein Haufen Geld. Ein großer Haufen! Wahrscheinlich mehr, als sein Leben wert war. Im wahrsten Sinne des Wortes.

Er gab den Rubin zurück. Der nahm schnell wieder seine ursprüngliche Farbe an, als der Besitzer ihn entgegennahm. Wenige Augenblicke später funkelte er in der Ladenbeleuchtung wieder wunderschön in seinem roten Glühen. Ein Rubin war tatsächlich ein wunderschöner Edelstein, selbst wenn er nicht magisch geladen war.

»Was noch?« fragte Zane. Er war zwar erschüttert, doch noch immer wollte er etwas finden, das ihm helfen würde.

»Liebe«, antwortete der Besitzer sofort und holte einen wolkenblauen Saphir hervor, der ebenfalls in einen Goldring eingelassen war.

Zane musterte den Stein. »Liebe? Wie in ›Liebschaft‹? Eine Frau? Ehe?«

»Oder was auch immer.« Das Lächeln des Besitzers war nicht mehr ganz so herzlich wie zuvor, vielleicht wegen des Fehlschlags mit dem ersten Stein. Er mochte es nicht, wenn Fische wieder vom Haken schlüpften. Dieser Edelstein war wahrscheinlich weniger teuer, was auch einen kleineren Gewinn bedeutete. »Dieser prachtvolle Stein hellt sich bei der Aussicht auf eine Liebschaft jedweder Art auf. Der Saphir ist, wie Sie ja wissen, chemisch gesehen der gleiche Stein wie der Rubin. Beide gelten als Korundum, aber weil die Farben des Saphirs nicht ganz so herausragend sind wie die des Rubins, ist er auch weniger wertvoll. Deshalb ist der hier auch ein wirklich günstiges Stück. Er wird sich auf Ihre Romanze einstimmen. Sie brauchen nur seinem Signal zu folgen, bis Sie einen Treffer landen.«

Zane blieb skeptisch. »Man kann doch keine Romanze erhalten, indem man voll ins Schwarze trifft, als wäre es eine Zielscheibe! Schließlich gibt es da auch noch gesellschaftliche Faktoren, komplizierte Nuancen der gegenseitigen Verträglichkeit ...«

»Um all das kümmert sich schon der Liebesstein, mein Herr. Er orientiert sich auf die Richtige, wobei er sämtliche Faktoren berücksichtigt. Wenn Sie allein auf sich selbst gestellt sind, begehen Sie mit großer Wahrscheinlichkeit Fehler und leiden unter einer unglücklichen Verbindung, vielleicht unter einer, die Ihnen viel Leid beschert. Mit diesem Stein würde so etwas niemals geschehen.«

»Aber es könnte doch viele ausgezeichnete Verbindungen geben«, protestierte Zane. »Viele richtige Frauen. Wie soll denn ein bloßer Edelstein unter ihnen auswählen können?«

»Die Umstände verändern sich, mein Herr. Manche Frauen sind für jeden Mann ideal, sie haben Qualitäten der Schönheit, Talent und Treue, die sie unabhängig von den verschiedenen Männertypen für alle höchst begehrenswert machen. Aber die meisten von ihnen sind bereits verheiratet, da diese Qualitäten sehr schnell von dem Jungen nebenan erkannt wurden, diesem Glückspilz! Anderen droht vielleicht eine wertmindernde Entwicklung, etwa eine entstellende Erkrankung oder ernste Probleme in der Familie. Der Liebesstein weiß das, er konzentriert sich auf die geeignetste, zuverlässigste, verfügbarste Einzelperson. Er irrt sich nicht. Sie brauchen ihn nur zu drehen, bis Sie den hellsten Schein erhalten, und ihm zu folgen. Sie werden nicht enttäuscht werden.« Er streckte den blauen Saphir vor. »Machen Sie mal die Probe, mein Herr.«

»Ich weiß nicht. Wenn es so wird wie beim letzten ...«

»Hier geht es um Liebe! Wie könnten Sie da verlieren?«

Zane seufzte und nahm den Stein entgegen. Hübsch war

er ja wirklich, und doppelt so groß wie der Todesstein; und seine theoretische Macht faszinierte ihn außerordentlich. Eine wirklich gute Liebschaft – was konnte ein Mensch mehr vom Leben verlangen?

Als der Ring seine Hand berührte, hellte sich der Stein auf, nahm eine hellere Blaufärbung an und wurde durchsichtig. Wieder verlor sich Zane in Erinnerungen. Liebe – das war die andere Hälfte seiner Schuld. Es hatte eine Frau gegeben, nett genug, hübsch genug, und sie hatte ihn heiraten wollen. Aber es hatte ihr an der einen Sache gefehlt, die er unbedingt haben mußte. Er hatte sie gemocht, vielleicht sogar geliebt, gewiß aber hatte sie ihn geliebt – zuviel.

»Die vollkommene Liebschaft – noch innerhalb dieser Stunde!« rief der Besitzer, der ehrlich erstaunt wirkte. Seine Stimme riß Zane aus seinem Tagtraum. »Sie sind wirklich ein bemerkenswert glücklicher Mann, mein Herr! Ich habe den Liebesstein noch nie so hell schimmern sehen! So eindeutig zielstrebig!«

Die vollkommene Liebschaft. Die hatte er eigentlich schon einmal gehabt. Wie konnte der Stein seine besonderen Bedürfnisse kennen? Er gab ihn dem Besitzer zurück. »Ich kann es mir nicht leisten.«

»Sie können sich keine Liebe innerhalb dieser Stunde leisten?« Der Mann setzte einen verblüfften Gesichtsausdruck auf.

»Eine Liebschaft kann wohl kaum für meine Miete aufkommen.«

Der Besitzer nickte in plötzlichem Verstehen. Kurz huschte ein skrupelloser Ausdruck über sein Gesicht. »Also fehlt es Ihnen an Kapital!«

Zane atmete tief durch. »Ja. Ich fürchte, ich habe hier nur meine Zeit verschwendet – und Ihre dazu.« Er wandte sich zum Gehen.

Der Besitzer grabschte seinen Arm und vergaß dabei ob seines Eifers sein gutes Benehmen. »Warten Sie, mein Herr! Ich habe einen Stein für Sie!«

»Wovon soll ich den denn bezahlen?« wollte Zane säuerlich wissen.

»Sie können dafür bezahlen, mein Herr!«

Zane schüttelte seine Hand ab. »Wissen Sie, weshalb der Todesstein sich für mich schwarz gefärbt hat? Weil ich schon bald verhungern werde! Ich habe kein Geld. Ich weiß auch nicht, weshalb ich hier hereingekommen bin, es war ein völlig irrationaler Akt. Ich kann mir nicht einmal den kleinsten Ihrer Steine leisten. Ich bitte Sie um Verzeihung, daß ich Sie getäuscht habe.«

»Aber im Gegenteil, mein Herr! Ich habe einen Umsatzstein über meiner Tür angebracht. Als Sie eingetreten sind, hat er aufgeleuchtet. Sie werden hier etwas kaufen!« Er fischte einen Stein aus der Auslage. »Das hier ist der Stein, den Sie brauchen.«

»Begreifen Sie denn nicht? Ich bin pleite!«

»Das hier ist ein Reichtumsstein!«

Zane hielt inne. »Ein was?«

Der Besitzer streckte ihn vor. »Er bringt Geld! Versuchen Sie ihn!«

»Aber ...« Zanes Protest wurde durch den Stein abgeschnitten, der ihm plötzlich in die Hand gedrückt wurde. Dieser Stein war nicht in einen Ring gefaßt. Es war ein gewaltiger Sternsaphir von über hundert Karat, doch von sehr armseliger Qualität. Seine Farbe reichte von wolkigem Grau bis zu schlammigem Braun, und er war von konzentrischen Ringen durchkreuzt, mit mehreren Einschlüssen oder Verunreinigungen. Doch der Stern war eindrucksvoll: Seine sechs Strahlen reichten um die polierte Halbkugel herum, und ihr Kreuzungspunkt schwebte dicht über der Oberfläche. Zane blinzelte, doch der Effekt blieb derselbe. Der Stern befand sich nicht *im* sondern *über* dem Stein. Das war wirklich Magie!

»Nicht besonders hübsch, das gebe ich zu, aber meine Steine werden ja auch nicht in erster Linie wegen ihres Aussehens gekauft«, sagte der Besitzer. »Sie werden vielmehr wegen ihrer Magie geschätzt. Dieser hier ist ein ebenso mächtiger Zauberstein wie die anderen, aber von anderer Art. Dies ist der Stein, den Sie haben müssen. Er ist praktisch unschätzbar.«

»Ich versuche doch, Ihnen die ganze Zeit zu erklären, daß ich nicht ...«

»Unschätzbar, sagte ich. Sie können dieses Juwel nicht mit Geld bezahlen.«

»Nicht, wenn er Reichtum hervorbringt!« pflichtete Zane ihm fasziniert bei.

»Genau, mein Herr. Er produziert Reichtum – alles, was Sie jemals brauchen werden. Möglicherweise Tausende von Dollar auf einmal.«

»Aber das ist doch schon wieder ein Paradox! Wie können Sie es sich leisten, einen derartigen Stein zu verkaufen? Den sollten Sie selbst behalten!«

Der Besitzer legte die Stirn in Falten. »Ich gestehe, daß die Versuchung mitunter groß ist. Aber ihr nachzugeben hieße, eine unerträglich hohe Strafe zu erleiden. Wenn ich irgendeinen dieser wunderbaren Zaubersteine selbst benutzen würde, würde keiner der anderen mehr für mich funktionieren. Jedenfalls nicht zuverlässig. Ihre Zauber neigen dazu, einander aufzuheben. Also setze ich sehr wenig von dieser Magie ein, von dem Umsatzstein abgesehen, der mir das Geschäft erleichtert. Ich verdiene meinen Lebensunterhalt mit Provisionen und verwende selbst keine anderen Zaubersteine.«

Zane dachte nach. Der Mann könnte die Tatsache verschleiern, daß seine Steine mit schwarzer Magie verzaubert waren und somit dabei mithalfen, die Personen, die sie benutzten, ins Unglück zu stürzen. Drogenhändler verwendeten auch nur selten die Drogen, die sie verkauften, um nicht von ihrem eigenen Produkt zerstört zu werden; und schwarze Magie war noch viel heimtückischer als Drogen. Trotzdem, es war immerhin eine Antwort. Es gab eben Verkäufer und es gab Anwender. »Also, welcher Preis?«

»Beachten Sie die Reinheit des Sterns«, sagte der Besitzer. »Wenn Sie die Magie anrufen, entfernt der Stern sich von dem Stein und kehrt erst wieder zurück, wenn der Zauber beendet ist. Auf diese Weise wissen Sie immer ganz genau, wann er gerade arbeitet.«

Dieser Kerl war ja ziemlich ausweichend. »Vorausgesetzt, er funktioniert«, meinte Zane.

»Darauf eine Vorführung!« sagte der Besitzer, ein Geschäft witternd, das nun wohl tatsächlich zustande kommen würde. »Betrachten Sie den Reichtumsstein, und konzentrieren Sie sich dabei auf Geld. Mehr brauchen Sie nicht zu tun, um ihn zu aktivieren.«

Zane hielt den Stein und konzentrierte sich. Einen Augenblick später entfernte der Stern sich von dem Stein, mit wabernden Strahlen, die wie Beine herabhingen, und schwebte langsam durch die Luft. Es funktionierte tatsächlich!

Dann richtete sich Zanes Aufmerksamkeit auf eine traurige Erinnerung – der Spieltisch, die Spielsucht, die sich aufhäufenden Verluste –, er war wie ein Narr mit Geld umgegangen! Kein Wunder, daß er pleite war! Wenn es doch nur dort aufgehört hätte ...

Der Stern senkte sich, Zanes Fuß entgegen. Er trat zurück, doch er folgte ihm, als würde er ihn jagen. »Passen Sie auf, wohin er Sie führt«, sagte der Besitzer.

»Was, wenn er mich zu irgend jemandes Brieftasche führt? Oder zu einem Banktresor?«

»Nein, er entdeckt nur legitime, verfügbare Reichtümer. Niemals etwas Ungesetzliches. Das ist Teil des Zaubers. Schließlich gibt es ja Verzauberungsgesetze. Das Bundesamt für das Zauberwesen geht jeder Mißbrauchsbeschwerde nach.«

»Beschwerden über den Einsatz von schwarzer Magie?« fragte Zane aufmerksam.

Der Besitzer wirkte schockiert. »Mein Herr, ich würde niemals schwarze Magie in die Hände nehmen! Alle meine Zauber sind echte weiße Magie!«

»Die schwarze Magie kennt nur ein Gesetz, nämlich ihr eigenes«, brummte Zane.

»Weiße Magie!« beharrte der Besitzer. »Meine Waren sind garantiert echt weiß, mit Zertifikat.«

Doch solche Zertifikate, das wußte Zane, waren immer nur so viel wert wie derjenige, der sie ausstellte. Weiße Magie war immer ehrlich, weil sie nämlich von Gott stammte, aber schwarze Magie gab sich oft als weiße aus. Natürlich versuchte Satan, der Vater der Lüge, die Leute über seine Waren zu täuschen. Für einen Amateur war es schwierig, zuverlässig zwischen den verschiedenen Magien zu unterscheiden. Natürlich hätte er diesen Stein begutachten lassen können, und dieses Gutachten hätte auch eine Bestimmung seines magischen Status eingeschlossen – aber das würde sehr teuer sein, und zuvor würde er ihn erst erwerben müssen. Wenn das Urteil dann negativ ausfallen sollte, wäre er immer noch in der Klemme.

Der Stern schwebte auf Zanes Schuh zu. »Heben Sie den linken Fuß, mein Herr«, riet der Besitzer. Zane gehorchte, und der Stern glitt wie ein huschendes Insekt darunter.

Erstaunt hielt Zane den Fuß schräg, um die abgenutzte Sohle zu betrachten. Ein Penny klebte an ihr. Der Stern hatte sich auf ihm niedergelassen.

Zane löste die Münze ab. Sofort kehrte der Stern zu dem großen Saphir zurück.

Der Zauber hatte funktioniert. Der Stern hatte ihn zu Geld geführt, von dem niemand etwas gewußt hatte. Nicht gerade sehr viel, aber andererseits würde in einem solchen Geschäft natürlich auch nicht allzuviel Kleingeld herumliegen. Es war das Prinzip, worauf es ankam, nicht die eigentliche Summe.

Vor ihm weitete sich der Horizont. Ein Reichtumsstein – was würde der für seine Lage tun können? Geld, das einströmte, seine Schulden beglich, ihm ein bequemes Leben ermöglichte, vielleicht sogar noch mehr als nur bequem. Es würde ihn vor dem Verhungern retten und ihm eine Liebschaft bescheren, denn zu so etwas kam ein reicher Mann immer sehr leicht. Endlich frei zu sein von der Bürde der Armut!

»Wieviel?« fragte er, die Antwort fürchtend. »Ich weiß, daß es beim Preis nicht um Geld geht.«

Der Besitzer lächelte, seines Geschäfts endlich sicher. »Nein, kein Geld, natürlich nicht. Etwas Gleichwertiges.«

Zane hegte den Verdacht, daß ihm das nicht gefallen würde. Aber er wollte tatsächlich den Reichtumsstein haben. Die Aussichten, die er ihm bescherte, waren berauschend! Es war ihm kaum noch wichtig, daß es sich dabei vielleicht um ein illegales schwarzmagisches Juwel handeln könnte. Wer würde schon davon erfahren? »Was?«

»Liebe.«

»Wie?«

Der Mann fuhr sich mit der Zunge über die Lippen und offenbarte eine unprofessionelle Nervosität. »Der Liebesstein hat angezeigt, daß Sie noch im Laufe dieser Stunde einer Liebschaft begegnen werden.«

»Aber ich kaufe den Liebesstein doch gar nicht. Ich werde dieser Romanze nicht nachgehen.«

»Aber ein anderer könnte es tun.«

Zane musterte ihn voller Toleranz, als er die Begierde wahrnahm, mit der dieser Mann sich nach einer idealen Frau sehnte. »Der Stein gehört Ihnen. Sie könnten es tun. Dazu brauchen Sie nichts von mir.«

»Ich brauche Sie sehr wohl«, erklärte der Besitzer, und seine Stimme überschlug sich fast. »Ich habe Ihnen doch schon gesagt, daß ich die Steine nicht selbst benutze. Das würde mir mein Geschäft ruinieren. Aber selbst wenn ich es täte – in meiner nahen Zukunft ist keine Liebschaft vorgesehen. Ich habe mir zwar in meinem Beruf eine feste Position gesichert, und vor mir liegt ein langes Leben, aber mein gesellschaftliches Leben ist völlig unbedeutend. Ich würde sehr viel darum geben, eine bedeutungsvolle Beziehung zu einer guten Frau zu haben. Zu einer Frau, die nicht aufs Geld scharf ist oder verzweifelt. Einer, der ich vertrauen kann. Einer ebensolchen Frau wie jener, der zu begegnen Ihr Schicksal ist – Ihr Schicksal gewesen *wäre*, hätten Sie den Liebesstein erstanden und richtig angewandt.«

»Sie behaupten, daß Sie die Steine nie für sich verwendet haben?« fragte Zane mißtrauisch. »Dafür scheinen Sie mir aber doch erstaunlich viel über Ihre eigene Zukunft zu wissen.«

»Es gibt auch noch andere Informationsquellen außer meinen Steinen«, erwiderte der Besitzer ein wenig steif. »Ich habe mir Horoskope stellen, Divinationen und

Zukunftsvorhersagen verschiedenster Art machen lassen. Alle zeigen mir, daß mir zwar geschäftlicher Erfolg beschieden ist, nicht aber Erfolg in der Liebe.«

»Wie kann Ihnen dann meine Romanze etwas nützen? Sie wissen doch bereits, daß Sie sie nicht haben können.«

»Im Gegenteil! Ich kann zwar nicht *meine* Romanze haben, aber *Ihre* – sofern Sie das zulassen. Auf diese Weise kann ich diesen Aspekt meines Schicksals umgehen. Die Frau ist zwar für Sie bestimmt, würde sich aber auch mit mir zufriedengeben. Ich weiß aus der Art, wie er für Sie reagierte, daß sie sich mit einer ganzen Reihe von Männern einlassen würde, von denen ich selbst einer bin. Ihre Anziehungskraft ist breit gefächert. Für mich wäre sie zwar nicht ganz so gut wie für Sie, da ich nicht in der gleichen mißlichen Lage bin, aber sie lohnt sich noch immer sehr. Selbst eine Verbindung, die nicht vom Himmel vorherbestimmt wurde, kann immer noch ausgezeichnet sein.«

»Es ist Ihr Stein«, erwiderte Zane störrisch. »Sie können ihr selbst nachgehen. Schön, das macht Ihnen vielleicht das Geschäft kaputt. Aber wenn Sie so sehr hinter einer Liebschaft her sind, sollte Ihnen das die Sache wert sein.« Er fühlte sich unbehaglich, weil er den Verdacht hegte, irgend etwas sehr Wichtiges zu verpassen. Vielleicht sollte er sich die Sache mit dem Liebesstein doch noch überlegen. Wenn das, was ihn da erwartete, derart gut war ...

Natürlich war es genau das, was der Besitzer in Wirklichkeit wollte, damit er sich dazu gezwungen sah, den teuren Stein zu kaufen und sich selbst und möglicherweise seine zukünftige Frau für den Rest des Lebens zu verschulden. Als er das erkannte, widerstand er der raffinierten Verkaufstaktik und spielte scheinbar mit, indem er auf das angebliche Liebesbedürfnis des Besitzers einging. Zane hatte einiges für intellektuelle Spiele übrig; er war viel mehr Denker als Schauspieler. Er hatte eine anständige Erziehung genossen, bevor alles den Bach hinuntergegangen war, und er genoß sowohl die Kunst als auch die Dichtung. Doch er hatte seine Bildung weitgehend vergeudet, und seine Gedanken schienen ihn in der Regel nur in Schwierigkeiten zu bringen.

»Mein Stein, ja, aber Ihre Liebschaft«, sagte der Besitzer, der es allem Anschein nach wirklich ehrlich meinte. »Selbst wenn ich dazu bereit wäre, mein Geschäft der Liebe zu opfern, was ich jedoch nicht bin, könnte ich diesen Stein nicht dazu verwenden, um mich damit in eine Begegnung einzuschalten, die für Sie bestimmt ist. Sie würde mir einfach gar nicht angezeigt werden. Die festgelegten Fäden des Schicksals lassen sich nicht so leicht umknüpfen. Also würde ich mein Geschäft für nichts ruinieren. Im buchstäblichen Sinne für nichts.«

»Das ist aber ein Jammer«, meinte Zane zurückhaltend. Seine Sympathie für Leute, die Geld hatten und dazu auch noch Liebe wollten, war ziemlich begrenzt. Natürlich wollten alle beides haben!

»Aber *Sie* könnten sie mit Hilfe dieses Steins in die Wege leiten. Sobald erst einmal feststeht, wer die Frau ist ...«

»Aber ich kann mir den Liebesstein doch gar nicht leisten!« Zane würde sich nicht in eine derartige Verpflichtung hineinlocken lassen!

»Sie mißverstehen mich, mein Herr. Sie werden den Stein doch überhaupt nicht kaufen. Sie werden ihn lediglich dazu verwenden, mir die Frau zu zeigen. Dann werde ich einschreiten und die Begegnung mit ihr in die Wege leiten. Ich werde Ihre Romanze haben.«

»Oh.« Zane verdaute erst einmal das Gesagte. Sollte der Mann es etwa doch ernst meinen? Er war geneigt, das Spiel zu Ende zu spielen, um den Haken an der Sache ausfindig zu machen. »Das könnte wohl funktionieren. Aber warum sollte ich Ihnen einen derart großen Gefallen tun?«

»Im Austausch für den Reichtumsstein«, antwortete der Besitzer und nahm ihn Zane sanft aus der Hand.

Jetzt begriff Zane endlich. Er war in seine eigenen Fallen gelaufen, weil er die Verkaufstaktik des anderen mißverstanden hatte. »Sie verkaufen mir diesen Geldstein – für ein Erlebnis! Ich will Reichtum, Sie wollen Liebe. Ja, das wäre wohl ein fairer Tausch ...« Er hielt inne, als ein Teil des Puzzles sich nicht richtig ins Ganze einfügen wollte. »Aber funktioniert der Liebesstein denn für mich genausogut, wenn er mir eigentlich gar nicht richtig gehört?«

»Er funktioniert für denjenigen, der ihn in der Hand hält. Von Eigentumsverhältnissen weiß er nichts, das ist lediglich eine menschliche Konvention. So oder so kann nichts davon rechtlich bindend sein. Aber ich verspreche Ihnen, daß ich Ihnen eine Verkaufsquittung für den Reichtumsstein geben werde, wenn Sie mir das gewünschte mögliche Erlebnis bescheren. So etwas kann man nicht mit Geld kaufen. Es ist eine Chance, wie ich sie im ganzen Leben vielleicht nur ein einziges Mal bekommen werde.« Der Mann füllte ein Quittungsformular aus.

Zane hatte den Eindruck, daß es sich doch um ein gutes Geschäft handeln mußte, sofern alles tatsächlich so lief wie vorgesehen. Er würde den Reichtumsstein im Austausch gegen eine Liebesaffäre erhalten, auf die er ohnehin bereits verzichtet hatte. Er hatte ein impulsives – mancher hätte gesagt: flatterhaftes – Wesen. »Einverstanden.«

Einen Augenblick später war der Kaufvertrag unterzeichnet: ein Reichtumsstein gegen eine Privatvergütung, Lieferung nach Erhalt dieser Vergütung. Zane steckte die Quittung ein, dann nahm er den Liebesstein auf, beobachtete sein Leuchten innerhalb der Blaufärbung und folgte dem hellsten Fleck aus dem Laden hinaus auf die Straße.

Zane blieb einen Moment stehen und blinzelte im blendenden Sonnenlicht. Bald darauf hatten seine Augen sich daran gewöhnt, und er sah vor sich das Ladenschild: MESS O' POTTAGE.

Er überprüfte den Edelstein aufs neue, drehte ihn um, bis das Glühen am hellsten war, und ging nach Norden, in die Richtung, die er anzeigte. Der Besitzer folgte ihm. Doch dann verblaßte der Stein plötzlich. Zane drehte sich um, aber der Stein glimmerte nur noch. »Ich glaube, die Fährte ist erkaltet.«

Der Besitzer war nicht beunruhigt. »Dieses Ding ist nicht rein richtungsorientiert. Es ist eher situativ. Man muß tun, was man tun muß, um das Treffen herbeizuführen. Und während man es tut, leitet er einen an.«

»Aber er sagt mir doch gar nicht, *was* ich tun soll ...«

»Gehen Sie los. Beobachten Sie den Stein auf Reaktionen. Es gibt nur eine begrenzte Anzahl von Möglichkeiten.« Die

Stimme des Mannes klang beherrscht, aber es schwang darin dennoch die leise Andeutung von Sorge. Natürlich würde das ganze Geschäft ins Wasser fallen, wenn sich die Frau nicht orten ließ.

Zane wandte sich nach rechts und ging los. Er kam an einer Spielautomatenhalle vorbei, in der Teenager an altmodischen Kinomaschinen herumkurbelten und bösartig kicherten, während sie in die Sehschächte spähten. Zane schloß aus ihren Reaktionen, daß sie sich nicht unbedingt einen Tom-und-Jerry-Comic anschauten.

»Versuchen Sie es mit einer anderen Richtung«, schlug der Besitzer vor. »Der Stein reagiert nicht.« Ja, jetzt war er wirklich nervös.

Zane machte kehrt und ging wieder zurück. Er kam an dem Steinladen vorbei und auch am nächsten, einer Taschenbuchhandlung. »Er leuchtet immer noch nicht«, meldete er.

»Lassen Sie mich mal nachdenken«, sagte der Besitzer und blieb vor einer Schaufensterauslage mit Büchern über *Wissenschaftliche Magie* stehen. »Wo wollten Sie hin?«

»Nur diese Straße auf und ab«, sagte Zane sarkastisch. »Um zu versuchen, Ihrem trägen Stein ein Glitzern zu entlocken.«

»Das ist genau das Problem. Sie müssen irgendwohin gehen. Ihre Liebesaffäre erwartet Sie nicht in dieser Straße. Sie ist dort, wo Sie hinwollten, als Sie den Liebesstein zum ersten Mal angefaßt haben.«

»Da wollte ich nach Hause gehen«, meinte Zane amüsiert. »Ich bezweifle, daß dort die große Liebe auf mich wartet. Ich lebe nämlich allein in einem Slum.«

»Dann gehen Sie nach Hause.«

»Mit Ihrem kostbaren Stein in der Hand?«

»Natürlich – leihweise. Ich werde Sie begleiten. Wir werden den Reichtumsstein gegen den Liebesstein austauschen, sobald der Kontakt hergestellt ist.«

Zane zuckte die Schultern. »Wie Sie wünschen.« Inzwischen bezweifelte er, daß aus der Sache noch etwas werden würde, aber seine Neugier blieb geweckt, und natürlich wollte er ja auch den Reichtumsstein bekommen. Er machte erneut kehrt und schritt die Straße hinunter zu der Agentur, wo er seinen Mietteppich geparkt hatte, nachdem er zu dieser Einkaufsstraße emporgeflogen war, die mit Hilfe magischer Mittel hoch über Kilvarough schwebte.

Der Stein leuchtete.

Es stimmte also doch! Er war auf dem Weg zu einer Romanze!

Der Besitzer blieb noch eine Weile vor dem Schaufenster der Buchhandlung stehen und tat so, als interessiere er sich für die neueste Ausgabe des vierteljährlich erscheinenden satanistischen Magazins *Pech und Schwefel*, dann folgte er ihm.

Sie kamen wieder an der Spielhalle vorbei, wo die Kinder inzwischen erotische Science Fiction-Platten abspielten. Zane hatte einmal ein Angebot bekommen, für das Plattenhüllendesign Fotografien beizusteuern, doch er hatte es abgelehnt, obwohl er das Geld brauchte. Er hatte einfach nicht das bißchen echtes Talent, das er besaß, prostituieren wollen.

Nun passierten sie eine süßduftende Bäckerei. Plötzlich packte Zane der Hunger, denn er hatte schon eine ganze Weile nichts mehr gegessen. So war das eben, wenn man pleite war. Er blickte in das Schaufenster des *Melonen-Pasteten*-Ladens und bemerkte sein Maskottchen, eine üppige Frau aus Zuckermasse, die an der richtigen Stelle kandierte Melonen trug und mit dekorativem Pastetengebäck bedeckt war. Im Inneren des Ladens gab es Teigkringel, Kuchen, Eclairs, Brote, Kekse, Sahnerollen, dänisches Gebäck und Gebäckkunst: Konfektion in Gestalt und in der Farbe von Blättern, Blumen, menschlichen Figuren, Autos und Schiffen. Alles sah mehr als gut genug aus, um es zu essen.

»Gehen Sie weiter«, murmelte der Besitzer, der sich von hinten näherte.

Zane riß sich von dem Fenster und seinen magenbetörenden Düften los. Wenn er erst einmal den Reichtumsstein hatte, würde er hierher zurückkehren, den ganzen Laden leerkaufen und sich vollstopfen, bis es ihm wieder zu den Ohren herauskam!

Nun rollte eine Nebelbank auf sie zu. Die Einkaufsstraße

war als Kumuluswolke getarnt und hoch über der Stadt Kilvarough verankert. Die Nebelgeneratoren waren zwar nach außen gerichtet, jedoch ließen einige verspielte Brisen etwas von dem Nebel nach innen ziehen. Er roch angenehm nach Blumen.

Sie erreichten die Teppichagentur mit ihrem teppichförmigen Banner, auf dem das Motto JETZT SIND SIE DA stand. Zane zeigte dem gelangweilten Agenten seine Rückfahrkarte, worauf der Mann seinen Teppich aus einer Lagerkabine hervorzerrte. Er war abgenutzt und ausgebleicht, und aus seinen Poren rieselte der Staub, aber mehr konnte er sich nun mal nicht leisten. Der Besitzer des Steinladens mietete sich einen anderen Teppich, viel größer, neuer, schöner, mit bequemen, verankerten Kissen. Sie trugen die Teppiche zur Abflugbucht, entrollten sie, nahmen mit gekreuzten Beinen darauf Platz, schnallten sich an und gaben das Startsignal.

Die Teppiche stiegen sanft in die Höhe. Der des Besitzers bewegte sich, luftgepuffert, geschmeidig davon, doch Zanes Teppich ruckte erst ein wenig, bevor der Antriebszauber richtig griff. Das haßte er. Was, wenn er mitten in der Luft versagen sollte? Er steuerte den Flug durch geringfügige Gewichtsverlagerungen. Eine Rechts- oder Linksneigung ließ den Teppich in diese Richtung fliegen, während ein Vor- oder Zurückbeugen ihn tiefer oder höher gehen ließ. Akustische Befehle veränderten die Geschwindigkeit, doch Zane blieb lieber bei der normalen Steuerung, weil er fürchtete, daß der Zauber nicht zuverlässig reagieren würde, wenn er ihn überstrapazierte. Außerdem gab es auch noch andere Verkehrsteilnehmer, und so war es das Einfachste, das normale Schrittempo beizubehalten.

Zane hatte das Teppichfliegen schon immer gemocht, aber er konnte sich keinen eigenen leisten, ja er konnte sich nicht einmal öfters einen mieten. Es kostete eine Stange Geld, einen guten Teppich zu unterhalten, und die Kosten stiegen ständig. Die Inflation setzte allen unangenehm zu, was ja auch ihr Zweck war; natürlich war sie ein Werk Satans, der unentwegt Werbekampagnen lancierte, manchmal sogar halbwegs erfolgreich, die für den Eindruck sorgen sollten, die Hölle sei ein angenehmerer Ort als die Erde.

Natürlich folgte dem Gedanken sofort die Wirklichkeit: eine Reihe satanischer Straßenschilder, die jedes auf einem Pfahl aus einer kleinen, unbeweglichen Wolke ragten: SCHAU DIR MAL DIE MIEZE AN – BEI UNS KOMMST DU AN SIE RAN! Dahinter folgte ein Plakat mit einer wahrhaft plastischen jungen Frau in Lebensgröße darauf, die sich gerade entkleidete. In der Ecke befanden sich zwei kleine Teufelchen, Warenzeichen: Dee & Dee, männlich und weiblich, komplett mit süßen Miniaturgabeln. Das männliche Teufelchen lugte dem Modell unter den Rock und bemerkte in kleingedruckter Schrift: »*Da* lassen sie dich im Himmel nicht hin!« Darunter war das Schlußzeichen zu erkennen, die Unterschrift: HÖLLENFEUER, in lebensechten Flammen gemalt.

Zane schüttelte den Kopf. Satan besaß zwar die beste Publicityabteilung, die es gab, doch nur ein Narr konnte seiner Werbung glauben. Jeder, der in die Hölle käme, würde die Flammen höchst echt am eigenen Leib zu spüren bekommen, und die Teufel und Gabeln würden alles andere als süß sein. Und doch war der Reklamefeldzug derart beharrlich, intensiv und raffiniert – und sprach derart geschickt die niederen Instinkte des Menschen an –, daß es schwerfiel, die wahre Natur der Hölle im Gedächtnis zu behalten. Zane hätte selbst gerne den Rest der Entkleidungsszene beobachtet, und er wußte auch, daß dies im unverdorbenen Himmel, wo alle Gedanken rein waren, niemals geschehen würde. Tatsächlich sprach doch das eine oder andere für die Hölle.

Die Teppiche ließen die Wolkeneinkaufsstraße und ihre Ausläufer hinter sich und folgten dem schwebenden Kanal, der spiralförmig hinunter nach Kilvarough führte. Im Kanal flogen noch einige weitere Teppiche, denn langsam wurde es spät. In einem eigenen Flugkanal etwas abseits bewegten sich mehrere Hubschrauber, und weiter unten ritt ein Glücklicher auf einem geflügelten Pferd.

Na ja, wenn er erst einmal den Reichtumsstein besaß, würde sich Zane vielleicht auch um ein eigenes Pferd kümmern können. Er war schon oft auf Pferden geritten, doch nur auf der gemeinen Gattung, die sich auf dem Boden davonbewegten. Er hatte gehört, daß für das Reiten ihrer geflügelten Artgenossen die gleichen Gesetze galten, nur daß es noch ein paar zusätzliche Befehle gab, um sie im Flug zu lenken. Doch während ein gutes Landpferd schon für unter tausend Dollar zu haben war und ein Seepferd vielleicht für fünftausend, gab es Flugpferde nicht unter zehntausend. Zudem verlangten sie nach besonderer Pflege, da kein gewöhnlicher Stall sie festhalten konnte. Tatsächlich waren sie ...

Der Teppich vor ihm geriet ins Stocken. Im selben Augenblick blitzte der Liebesstein hell auf. Zane mußte abrupt bremsen, um nicht gegen den vor ihm fliegenden Teppich zu stoßen. »He, was zum ...?« grunzte er.

Er bemerkte, daß der andere Teppich von einer jungen Frau gelenkt wurde, und er hielt nicht viel von weiblichen Piloten. Sie neigten dazu, ohne angemessene Vorwarnung ihre Absichten zu ändern, wie auch in diesem Fall, und das war, mitten in der Luft, ziemlich gefährlich.

Der Teppich der Frau begann Falten zu schlagen und sackte unter ihrem Gewicht ab. Er verlor an Höhe, und sie schrie entsetzt auf. Plötzlich erkannte Zane, was los war – der Zauber hatte versagt! Das hätte eigentlich gar nicht geschehen dürfen, denn es war ein wirklich eleganter, teurer Teppich, aber in letzter Zeit wurden die Qualitätskontrollen ja überall immer miserabler.

Einen Augenblick lang wurde er durch das blaue Licht vor ihm abgelenkt. Der Liebesstein leuchtete wie ein Miniaturstern.

»Mein!« schrie der Ladenbesitzer. Sein Teppich jagte vor, als der des Mädchens zusammensackte. Der Mann streckte den Arm aus und packte das Mädchen fest um die Hüfte, um sie an Bord seines eigenen Fluggeräts zu hieven.

Zane, der von dem ganzen Geschehen noch halb betäubt war, folgte dem anderen Teppich. Nun erkannte er, wie hübsch das Mädchen war, mit fließendem hellen Haar und einer beachtlichen Figur. Sie hätte beinahe für das Höllenfeuer-Plakat Modell stehen können, nur daß nicht die leiseste Spur obszöner Wollüstigkeit an ihr war. Er sah, wie sie sich an ihren Retter klammerte, wie ihr mädchenhafter Busen sich beim Schluchzen hob und senkte. Er sah, wie elegant ihre Kleidung war; sie trug einen teuren Nerzmantel, und an ihrem sahnefarbenem Hals glitzerte ein Diamantenkollier.

Und er sah, wie der Liebesstein sich zu einem stumpfdunklen Blau verfärbte. Dieses Mädchen war seine potentielle Romanze gewesen – und war es nun nicht mehr. Er hatte sie für den Reichtumsstein eingetauscht.

Die beiden Teppiche flogen weiter im Spiralkanal zum Teppichhafen in der Stadtmitte. Dort gaben Zane und der Besitzer ihre Fluggeräte ab und sahen einander an. »Darf ich Ihnen Angelica vorstellen«, sagte der Besitzer stolz und zeigte prahlerisch das wunderschöne Mädchen vor. Offensichtlich hatte sich ihre Bekanntschaft während des Flugs bereits sehr vertieft. Der Mann hatte ihr das Leben gerettet, und sie gehörte zu der Sorte, die darauf entsprechend dankbar reagierte. »Sie ist die Erbin des Glitzersternvermögens. Sie hat mich auf einen Happen Kaviar und einen Schluck Nektar in ihr Penthouse in der Downtown eingeladen. Also sollten wir die Steine jetzt sofort austauschen, dann sind wir quitt.« Er streckte den Reichtumsstein vor.

Zane blieb nichts anderes übrig, als dem Vorschlag zu entsprechen. Er wurde das Gefühl nicht los, daß er einen kolossalen Fehler begangen hatte. Er hätte sein ganzes Leben für den Liebesstein verpfänden sollen – denn offensichtlich besaß diese Erbin Angelica genug Geld und auch die Bereitschaft, eine derartige Schuld mit der linken Hand zu tilgen, und auch sonst war sie eine äußerst prächtige Person. Liebe *und* Reichtum – er hätte gleich alles zusammen haben können.

Das Mädchen zerrte in einer Geste liebevoller Besitznahme am Arm des anderen, und sie war in ihrem neugewonnenen Gefühl ganz sanft und eifrig zugleich. »Wir müssen gehen«, sagte der Kaufmann und entbot Zane eine Art Salut. Dann waren sie auch schon fort und schritten auf die Limousine mit dem Chauffeur zu, die auf sie wartete.

Zane stand da und musterte voller schrecklicher, hilfloser Reue die eleganten Konturen der Rückseite des Mädchens. Was war er nur für ein Narr gewesen, daß er die Liebe ungeprüft fortgeworfen hatte? Irgendwie wußte er, daß er nie wieder eine solche Gelegenheit bekommen würde. Derlei Dinge kamen nur einmal im Leben vor, wenn überhaupt, und er hatte seine Chance verschleudert. Eine Art Trauer durchflutete ihn, wie um eine grausamerweise tote Geliebte.

Nun, es war ja nicht gerade das erste Mal, daß er fürchterlichen Mist gebaut hatte! Seine Seele wog schwer von bösen Taten, die er hätte vermeiden sollen, und sein Leben war von närrischen Irrtümern geradezu heimgesucht worden. Wenigstens besaß er den Reichtumsstein, und bei richtiger Handhabung würde er schon bald ein reicher Mann sein, der jede Frau, die er begehrte, anziehen und halten würde – oder sich eine willige Androidin oder eine üppige magische Nymphe leisten konnte. Er brauchte Angelica nicht! Das *mußte* er einfach glauben, denn es war im Augenblick das einzige, was als Puffer zwischen ihm und einer nicht auszuhaltenden Verzweiflung stand.

Zane wußte, daß er ein sturer junger Idiot war, der sich über seine künstlerischen und literarischen Talente Illusionen machte, dessen gutgemeinte Versuche viel zu oft durch miserable Handhabung zu Fehlschlägen führten. Auf diese Weise hatte er schon vor langem seine liebe Mutter und seine liebevolle Freundin verloren und hatte sich selbst in hohe Verschuldung manövriert. Gute Vorsätze genügten nicht, man mußte sie auch auf rationale Weise untermauern und umsetzen.

Er konnte sich nicht einmal die Heimfahrt mit der U-Bahn leisten. Zwar hatte er den Penny von seinem Schuh, aber das genügte nicht. Er besaß den Reichtumsstein, wollte ihn jedoch nicht hier draußen auf der immer dunkler werdenden Straße benutzen; sonst würde ihn irgendein Krimineller deswegen noch überfallen. Zane steckte die Hände tief in die Taschen, den Stein in seinem Versteck bergend und fest umklammernd, und schritt zu dem heruntergekommenen Viertel, wo sich sein schäbiges Apartment befand.

Das Gehen war eine gute Zeit zum Nachdenken: Das lenkte einen vom mühseligen Voreinandersetzen der Füße ab. Doch Zanes Gedanken waren nicht gerade tröstlich. Hier war er nun, im Zeitalter, da Magie und Wissenschaft ihren endgültigen Höhepunkt gefunden hatten, da Jetflugzeuge mit fliegenden Teppichen wetteiferten, und er mußte zu Fuß gehen, konnte sich weder der einen noch des anderen bedienen.

Natürlich hatte die Magie schon immer existiert, genau wie die Wissenschaft, so beschränkt ihrer beider Wohltaten auch für jene sein mochten, die pleite waren. Doch erst seit Newtons Zeit hatte man damit begonnen, die beiden Zwillingsdisziplinen ernsthaft zu erforschen. Newton hatte in seinen jungen Jahren große Fortschritte für die Wissenschaft erzielt, indem er ihre grundlegenden Gesetze formulierte. Wahrscheinlich hatte er mehr zu ihrer Entwicklung beigetragen als jeder andere Mensch. In seinen späteren Jahren hatte er dann Ähnliches für die Magie geleistet.

Doch aus irgendeinem Grund, der Zane nie ganz klar geworden war – er war noch nie ein besonders fähiger Studiosus gewesen –, war es zunächst die Wissenschaft gewesen, welche die größeren Fortschritte gemacht hatte. Erst vor kurzem hatte die angewandte Magie eine wahrhaft explosive Entwicklung durchgemacht. Natürlich hatten weder Wissenschaft noch Magie die Geschichte bis zum letzten Jahrhundert sonderlich stark beeinflußt, weil gegen beide ein zu großes, weitverbreitetes Vorurteil geherrscht hatte, aber die Wissenschaft war als erste daraus ausgebrochen. Inzwischen hatte die schnell voranschreitende Verfeinerung der Magie jedoch zahlreiche angeblich ausgestorbene Ungeheuer wieder zurückgebracht, ganz besonders Drachen. Niemand konnte im Augenblick wirklich sagen, ob die Wissenschaft oder die Magie schließlich das Rennen machen würde.

Ein feiner Nieselregen begann sich zu entwickeln, vielleicht Kondenswasser von der oben schwebenden Einkaufsstraße in den Wolken: nicht genug Feuchtigkeit, um die Luft oder die Straßen zu reinigen, sondern gerade so viel, um Staub in Schmiere zu verwandeln und um das

Gehen zu erschweren. Wagen rutschten bei Rot über Kreuzungen und entgingen nur knapp einem Zusammenstoß; wahrscheinlich wurden ihre Kotflügel lediglich durch die vorgeschriebenen Anti-Unfallzauber vor Schaden bewahrt.

Inzwischen dämmerte es. Die Straße war langsam immer leerer geworden. Niemand wanderte zu dieser Stunde freiwillig durch diesen Teil der Stadt, wenn es sich vermeiden ließ. Die Gebäude waren alt und farblos. Dieses Viertel hatte inzwischen die Bezeichnung »Geisterstadt« erhalten, und tatsächlich erschienen in der Dämmerung gelegentlich Gespenster. Doch es war das beste, nicht nach ihnen Ausschau zu halten, weil ...

Da war sie auch schon. Zane nahm als erstes das Geräusch der hölzernen Räder der Schubkarre wahr und trat in einen schmierigen Hauseingang, um die Erscheinung nicht zu stören. Man konnte das weibliche Gespenst sehen, ja man konnte es sogar fotografieren, aber wenn das Gespenst einen seinerseits erblickte ...

Molly Malone kam die Straße herab, die Schubkarre hoch mit Schellfisch beladen. Sie war eine junge Frau mit süßem Gesicht, trotz ihrer zerlumpten Kleider und ihren schweren Holzschuhen. Frauen meinten in der Regel, daß hochhakkige Schuhe und Nylonstrümpfe sich vorteilhaft auf das Aussehen ihrer Beine auswirkten, doch Mollys Beine bedurften keiner solchen Verschönerung. »Herzmuscheln! Miesmuscheln!« rief sie mit lieblicher Stimme. »Ganz frisch! Lebendig – oh!«

Zane lächelte, und seine finstere Laune hob sich etwas. Die Muscheln mochten ja vielleicht noch am Leben sein, Molly jedenfalls war es nicht. Ihr Geist war vor hundert Jahren aus Irland herbeibeschworen worden, um Kilvarough zu ehren, wenngleich diese Stadt nicht an der Küste lag. Es war eine Publicity-Aktion gewesen, die schon bald den Reiz des Besonderen verloren hatte; Gespenster gab es schließlich im Dutzend billiger. Die Stadtväter hatten damals noch nichts von den speziellen Eigenschaften dieses Gespenstes gewußt. Doch der Evokationszauber war nie aufgehoben worden, also schob Molly noch immer ihre

Schubkarre durch die Straßen von Kilvarough, wenn die Umstände dafür geeignet waren.

»Das ist ein Überfall!« rief eine knurrige Stimme.

Molly stieß einen leisen Schrei des Erstaunens und des Entsetzens aus. »Tun Sie mir nichts zuleide, gütiger Herr«, sagte sie.

»Nö, ich will bloß deine Schubkarre haben«, erwiderte der Mann, der sie gerade überfiel. »Dafür kriege ich ein paar Dollar auf dem Antiquitätenmarkt. Genug, um mir einen Zwei-Tages-Glückszauber zu kaufen.« Mit einer Stiefelspitze stieß er die Karre um, so daß das Seegetier in die schlammige Gosse stürzte.

»Aber mein Herr!« protestierte sie. »Diese Herz- und Miesmuscheln sind mein einziger Lebensunterhalt, und ohne meine Schubkarre, mit denen ich sie transportiere, werde ich mit Sicherheit des Hungers sterben!« Mollys merkwürdiger irischer Akzent war im vergangenen Jahrhundert verblaßt, und sie hatte sich die Sprache der Jetztzeit angeeignet; wenn ihre Kleidung nicht gewesen wäre, hätte man sie nicht von einem der einheimischen Mädchen unterscheiden können.

»Du bist doch schon längst krepiert, du stinkende Schlampe!« fauchte der Mann und schob sie rauh beiseite.

Das war zuviel für Zane. Er hatte zwar nicht besonders viel für Gespenster übrig, und diesem hier begegnete er ganz besonders mit einer gewissen Vorsicht, aber er konnte es nicht mitansehen, daß einer Frau Gewalt angetan wurde. Er trat aus dem Hauseingang hervor. »Lassen Sie Molly in Ruhe!« rief er.

Der Räuber schwang herum und richtete seine Pistole auf Zane. Zane reagierte instinktiv, indem er gegen die Waffe schlug. Er war zwar eigentlich kein sonderlich tapferer oder kampferprobter Mann, aber seine Hitzköpfigkeit war ein ganz netter Ersatz für Mut.

Ein Schuß fiel, und Molly schrie auf. Dann bekam Zane endlich die Waffe zu packen und riß sie dem Räuber aus der Hand.

»Richten Sie die Schubkarre auf«, befahl Zane und zielte mit der Pistole auf den Mann. Er staunte über sich selbst, denn das paßte gar nicht recht zu ihm; eigentlich hätte er vor Schock jetzt geschwächt sein müssen. »Laden Sie die Muscheln wieder ein!«

»Was, zum Teufel ...«, sagte der Mann. Doch als er in Zanes verrückt-wildes Gesicht blickte, besann er sich eines anderen. Unbeholfen legte er die feuchten, glitschigen Wesen wieder an ihren Ort.

»Und jetzt hauen Sie gefälligst ab!« fuhr Zane fort.

Der Mann machte Anstalten zu widersprechen. Zanes Finger krümmte sich noch fester um den Abzug. Der Räuber drehte sich um und schlurfte davon.

Erst dann bemerkte Zane, daß der Mann getroffen worden war. Frisches Blut befleckte seine Jacke. Er würde schon bald ärztliche Hilfe benötigen, sonst würde er verbluten. Aber natürlich würde ein solcher Verbrecher keine derartige Hilfe in Anspruch nehmen, denn das würde ja die Polizei auf ihn aufmerksam machen. Wahrscheinlich würde er sterben, und Zane konnte sich nicht dazu überwinden, allzuviel Mitleid mit ihm zu haben.

Er rammte die Pistole in die Tasche. Er hatte noch nie eines dieser Dinger abgefeuert, doch er vermutete, daß sie nur losschießen würden, wenn er den Abzug betätigte. Nun kam endlich doch das Tief, denn seine Gewalttätigkeit trat stets nur anfallartig auf und war schnell verraucht. »Es tut mir leid, daß das passiert ist«, sagte er zu Molly. »Das hier ist zwar eine gute Stadt, aber es gibt auch ein paar miese Kunden darin.«

»Ich weiß gar nicht, womit ich Sie belohnen könnte, mein Herr«, erwiderte das Gespenst dankbar. »Sie sind so galant.«

»Ich? Nein. Ich drehe einfach nur durch, wenn ich sehe, wie jemand eine Frau mißhandelt, vor allem eine so schöne und geschichtsträchtige wie Sie es sind. Wenn ich vorher darüber nachgedacht hätte, hätte ich mich wahrscheinlich überhaupt nicht eingemischt.« Doch Zane hegte den Verdacht, daß sein Verlust der Romanze mit Angelica zumindest teilweise ein Antrieb für sein Handeln gewesen war. Irgendwie hatte er Kontakt zu einer Frau herstellen müssen, und so hatte er es eben einfach getan.

»Vielleicht ... sollten Sie meinen Körper anziehend finden ...«, sagte Molly. Sie öffnete ihre buntgescheckte Jacke und atmete tief ein. »Ich bin zwar ein Gespenst, das läßt sich nicht leugnen, aber wenn ich im Zwielicht hinausgehe, bin ich doch einigermaßen feststofflich.«

Zane war verblüfft. Sie hatte wirklich einen attraktiven Körper! Sie war jung gestorben und in diesem Zustand verblieben. Doch das Mißtrauen überwog noch immer. »Danke, Molly, ich finde Sie wirklich sehr anziehend, aber ich möchte Ihnen nicht auf diese Weise zu nahe treten. Gewiß haben Sie in Ihrem Reich ein Zuhause und einen Ehegatten.«

»Einen Ehegatten habe ich noch nicht«, meinte sie traurig. »Es gibt nur wenige gute Männer im Nimmerland von ...«

Dann kam ein Wagen um die Ecke. Die Scheinwerfer erhellten mit ihrem Licht die ganze Straße – und das Gespenst verschwand. Ein Zuviel an moderner Technologie stellte eine ziemlich große Belastung für Gespenster dar.

Der Wagen fuhr vorbei und bespritzte Zane mit dünnflüssigem Schlamm. Die Dunkelheit kehrte zurück, doch Molly Malone blieb verschwunden. Gespenster waren unstete Wesen, die viel umherzogen, und wahrscheinlich hatte der plötzliche Lichtschock ihr die Lust darauf genommen, es heute nacht noch einmal in dieser Gegend zu riskieren. Zane, der sich im Stich gelassen vorkam, machte sich wieder auf den Heimweg.

An seiner Tür hing ein Räumungsbescheid. Er hatte seine Miete nicht bezahlt, und der Hausbesitzer hatte entsprechende Schritte eingeleitet: Es handelte sich nicht um eine Aussperrung, da der Hausbesitzer ein halbwegs anständiges Exemplar seiner Gattung war. Zane hatte vierundzwanzig Stunden Zeit, um auszuziehen.

Nun, darum würde sich der Reichtumsstein schon kümmern. Er würde schon bald genügend Geld herbeischaffen, um die ausstehende Miete zu begleichen, von da ab würde es dann weitergehen. Er holte den Stein hervor.

Der Stern kam im künstlichen Licht nicht so recht zur

Geltung, aber er konnte ihn immerhin ausmachen. »Finde!« befahl er dem Stein und konzentrierte sich im Geist auf überquellende Schatztruhen voller Goldmünzen.

Der Stern löste sich von dem Stein und schwebte in die Höhe – wie der dahintreibende Geist einer Arachnide. Er bewegte sich auf den brüchigen Schrank zu, der an der Wand stand, und quetschte sich dahinter.

Zane packte das schwere Möbel und zerrte es unter protestierendem Geknarre von der Wand fort. Der Stern senkte sich auf den Boden. Zane streckte einen Arm in die Lücke zwischen Schrank und Wand und griff nach dem Stern – worauf sein suchender Zeigefinger auf eine kalte Münze stieß. Er schnippte sie unbeholfen über den Boden auf sich zu.

Es war ein abgenutzter Fünfer. Nicht schlecht, der magische Stein arbeitete so, wie vorgesehen. Der Fünfer hatte sich am nächsten befunden, also hatte er ihn aufgespürt.

Der Stern kehrte zu dem Reichtumsstein zurück. »Finde!« befahl Zane und stellte sich einen Banktresor vor, der vor Silber beinahe platzte.

Der Stern erhob sich etwas langsamer als zuvor, als hätte ihn der erste Versuch ziemlich angestrengt. Er trieb träge durch den Raum und senkte sich dann auf eine Ritze im Fußboden. Dort befand sich, quer eingeklemmt, ein Zehner. Zane puhlte ihn mit Hilfe eines Küchenmessers hervor. Das Ding war schmutzverkrustet; es mußte schon seit Jahren dort gelegen haben. Der Stern blieb so lange schweben, bis er die Münze tatsächlich in seinen Händen hielt, dann fuhr er mit einem Ruck zurück zu seinem Heimatstein. Das bedeutete, daß er es sich nicht erlauben konnte, die Arbeit aufzugeben; der Reichtumsstein ließ sich erst dann wieder aktivieren, wenn man seine letzte Meldung honoriert hatte. Das könnte möglicherweise noch sehr lästig werden, wenn er nämlich beispielsweise eine phantastische vergessene Schatztruhe entdecken sollte, die einige Fuß unter einem Dutzend kleinerer Münzen vergraben lag, doch damit würde er schon leben können.

Er versuchte es erneut. »Finde! Aber diesmal etwas Besseres, zum Beispiel eine Golddoublone oder eine unglaublich seltene und wertvolle Münze. Genug mit diesem Kleinkram!«

Der Stern hob sich schleppend von dem Stein hoch und schwebte auf die Tür des Apartments zu. Es bestand kein Zweifel mehr: Mit jedem Einsatz verlor er an Energie. Wahrscheinlich benötigte er eine gewisse Zeit, um seine Magie wieder aufzuladen, vielleicht mehrere Stunden oder einen ganzen Tag. Auch das war lästig – doch andererseits brauchte er ja auch nur einen einzigen richtigen Schatz zu finden. Das wäre schon eine Woche mühseliger Suche wert. Danach könnte der Stein sich so lange ausruhen, wie es sein mußte.

Der Stern schwebte an der Tür empor und zögerte. Zane öffnete sie und ließ ihn hinaus. Wenigstens schoß dieser sechsbeinige Lichtkäfer nicht außer Sicht davon! Doch der Zauber schien wirklich zu wenig Kraft zu besitzen. Inzwischen war er schon zwanzig Minuten bei der Sache, und alles, was er aufzuweisen hatte, waren fünfzehn Cent. Und der Penny, den er im Laden gefunden hatte. Das würde seine überfällige Mietschuld nicht einmal ankratzen.

Der Stern sank im Flur auf den Boden. Dort, im festgestampften Schmutz, befand sich ein angestoßener, abgenutzter Penny. Zane hob ihn auf, und der Stern wand sich müde seinen Weg zurück zu dem Stein, den er in der Hand hielt. Welch ein Vermögen!

Zane kehrte in seine Wohnung zurück und dachte nach. Der Reichtumsstein funktionierte – aber bisher ausschließlich auf Pennybasis. Wenn das so weiter ging, würde er die ganze Nacht dafür rackern müssen, um ein oder zwei Dollar in Kleingeld zu bekommen – und der Stern war offensichtlich viel zu müde, um heute nacht noch auszugehen.

Der Reichtumsstein funktionierte – aber nun erkannte Zane auch gewisse Grenzen, die ihm eigneten. Er bewegte sich stets zum nächstgelegenen, freien Geld, egal welcher Größenordnung, und die große Mehrzahl verlorener Geldbeträge war nun einmal Kleinkram. Gewiß – sollte in der Nähe ein Goldstück von fünftausend Dollar herumliegen, würde der Stern es schon finden. Aber es war eben keines in der Nähe, wogegen es eine endlose Zahl herrenloser Pennys gab. Die Leute ließen nun mal keine schweren Goldstücke in Ritzen fallen, ohne sie zurückzuholen, Pennys dagegen schon. Und wenn es auch stimmte, daß der Reichtumsstein Tausende von Dollar zu finden imstande war, war dies doch dem Gold im Meereswasser vergleichbar: Es kostete mehr Zeit und Geld, diesen Millionstelanteil zu bergen, als er wert war.

Zanes Blick schweifte durch das Zimmer. Es war mit seinem Fotozubehör übersät. Er hatte künstlerische Ambitionen und das ruchlose Temperament des Künstlers, doch es fehlte ihm an Talent, um es als Maler oder Bildhauer zu schaffen, weshalb er statt dessen in die Fotografie gegangen war. Er konnte ein Kunstwerk durchaus als solches erkennen, wenn er es erblickte, und die Kamera ermöglichte es ihm, die zufällige Kunst der Umwelt festzuhalten. Das Problem bestand darin, daß es in Kilvarough nicht mehr viel Lohnenswertes gab, was nicht bereits schon abgelichtet worden wäre. Selbst das Gespenst Molly Malone war schon häufig fotografiert worden; es stimmte nicht, daß man Gespenster nicht fotografieren konnte, und sie liebte es, sich in Positur zu stellen, wenn sie eine Kamera entdeckte. Zane hatte allerdings eine Variante der Fotografie entdeckt, mit deren Hilfe er sich eine Weile hatte über Wasser halten können. Das war die Kirlian-Technik, durch Magie ergänzt. Doch gewisse Marktprobleme hatten ihn davon wieder abgebracht, und in letzter Zeit war er mit seinem Glück am Ende gewesen. Ohne teure neue Ausrüstung konnte er nicht mehr im Geschäft bleiben. Das war auch einer der Gründe gewesen, weshalb er sich von seinem letzten Dollar einen Teppich gemietet hatte, um hinauf zur Einkaufsstraße in den Wolken zu fliegen. Man mußte diese fliegenden Händler einfach besuchen, sobald sie mal in der Nähe waren, denn sie pflegten schnell ohne jede Vorwarnung wieder zu verschwinden, wenn die Ortspolizei zu neugierig wurde.

Jetzt war er hungrig, hatte nichts mehr zu essen in seiner Wohnung und mußte binnen eines Tages ausziehen. Er hatte keinen Ort, wo er hätte hingehen können. Er brauchte Geld – und er befürchtete sehr, daß er nicht genug davon bekommen würde.

Er versuchte es erneut mit dem Reichtumsstein. »Los!« drängte er ihn. »Finde Reichtümer für mich, von denen ich nicht einmal zu träumen wage!«

Der Stern wälzte sich kurz hoch, erschlaffte und sackte wieder auf dem Stein zusammen. Er war zu erschöpft, um noch arbeiten zu können.

Aber was würde er auch schon finden? Wahrscheinlich nur noch weitere Pennys. Zane stellte sich der Tatsache, daß er die Chance seines Lebens verschleudert hatte. Er war wirklich reingelegt worden, obgleich der Stein technisch gesehen nicht falsch beschrieben worden war, so daß er keine Möglichkeit der Kaufanfechtung besaß. Der Besitzer des Ladens hatte ihn zu seinem eigenen Vorteil verwandt, indem er Zane seine einzige Chance auf alle Zeiten weggenommen hatte. Schließlich wäre er selbst auch ohne den Liebesstein möglicherweise Angelica begegnet ...

Narr! Narr! verwünschte er sich selbst heftig.

Er schritt im Zimmer auf und ab, den Geschmack von Asche im Mund, und suchte nach einem Ausweg aus seiner Lage. Doch er fand keinen. Nachdem er den Riesenfehler begangen hatte, den Liebesstein preiszugeben, war das Verderben ihm sicher gewesen. Wenn er doch nur nicht so sehr auf Reichtum fixiert gewesen wäre, unter Ausschließung alles anderen! Aber er war schon immer ein impulsiver, blöder Trottel gewesen, der stets getan hatte, was er im Augenblick für richtig hielt, nur um es viel zu spät zu bereuen. Sein ganzes Leben war unaufhaltsam dieser Sackgasse entgegengestrebt, das erkannte er nun. Selbst wenn er genügend Kleingeld finden sollte, um seine Miete zu bezahlen, würde er immer noch nicht genug haben, um anständig leben zu können, und er würde noch immer kein schönes Mädchen zum Lieben haben.

Das war die Krux der Sache! Angelica – für ihn bestimmt, aber achtlos verschleudert! Im Nachhinein merkte er, wie er sich in sie verliebte, sein Gefühl fußte auf fehlgeleiteten Hoffnungen und Wünschen – und er wußte, daß sie der Typ war, der nur einmal liebte und daß ihr

Geschenk unwiderruflich einem anderen Mann zuteil geworden war. Zane mochte vielleicht weiterleben, doch nie würde er Angelica haben, nicht einmal dann, wenn der heimtückische Ladenbesitzer auf der Stelle tot umfiele. Was nützte es da also noch, weiterzumachen?

Er musterte erneut den defekten Stein. Jetzt sah er wirklich schäbig aus, von schlammiger Farbe, und mit groben Mängeln behaftet. Er war, so begriff er plötzlich, so häßlich wie sein eigenes Gewissen. Der Stein war praktisch wertlos – und er selbst war es auch.

Zane schlug sich mit der Handfläche auf den Oberschenkel, als wollte er sich selbst bestrafen – und spürte die Pistole in seiner Tasche, die er dem Räuber abgenommen hatte.

Er holte sie hervor. Er war zwar nicht mit Schußwaffen vertraut, doch die hier sah ziemlich einfach aus. Im Griff steckte ein Magazin mit mehreren Patronen, und eine war aus der Kammer abgeschossen worden. Ein automatischer Mechanismus hatte eine frische Patrone in die Kammer befördert; er zweifelte nicht daran, daß er nur den Abzug zu betätigen brauchte, und die Waffe würde wieder feuern. Er könnte sich die Mündung einfach an den Kopf setzen und ...

Da fiel ihm der erste Edelstein ein, den er betrachtet hatte – der Todesstein. Der hatte ihm seinen Tod binnen weniger Stunden prophezeit. Diese Stunden waren nun verstrichen. Der Liebesstein hatte seine Wirksamkeit erwiesen, also hatte er auch keinen Grund mehr, an dem Todesstein zu zweifeln. Selbst der Reichtumsstein funktionierte – auf seine Weise. Er war dazu bestimmt, schon bald aus dem Leben zu scheiden.

Zane hob die Pistole. Warum nicht? Sein Leben könnte genausogut auf effiziente Weise beendet werden, anstatt es durch die Gossen der Stadt zu schleppen. Manche Leute meinten, daß es ein Vorzeichen des Verderbens sei, dem Gespenst Molly zu begegnen.

Tatsache war jedoch, daß zwar jeder Molly ungestraft erblicken konnte, daß sie selbst jedoch nur jene Leute wahrnahm, die sich bereits ihrem Zustand annäherten.

Wenn Molly also jemanden sah, dann würde diese Person schon bald tot sein. Sie war nicht die Ursache, sondern lediglich das Signal. Ja, natürlich, der Räuber, der ganz gewiß von dem Gespenst erblickt worden war, hatte sich mit größter Sicherheit eine tödliche Wunde zugezogen!

O ja, es hatte mehr als genügend Omen gegeben! Warum sollte er sein Schicksal nicht wenigstens mit größerer Anmut annehmen als sein Leben und es jetzt erledigen, bevor seine natürliche Feigheit ihn wieder übermannte? »Mach es schnell und sauber ...« Na ja, wenigstens schnell.

Von der Richtigkeit seiner Überlegung überwältigt, richtete Zane die Pistole gegen seinen Kopf. Er zielte mit der Mündung in die Höhlung seines rechten Ohrs.

Als sein Finger sich anspannte und etwas zögerte, sich schneller zu bewegen, bemerkte Zane, daß seine Wohnungstür offenstand. Er blieb wie angewurzelt stehen, unsicher, ob er den Abzug sofort betätigen sollte, bevor er gestört wurde, oder ob er auf irgendeine wunderbare Rettung hoffen sollte. Ob Angelica es sich vielleicht anders überlegt hatte und zu ihm gekommen war? Unsinnige Vorstellung! Oder war es nur sein Hausbesitzer?

Weder noch. Die Gestalt, die nun erschien, war in nichtreflektierendes Schwarz gekleidet, mit einer Kapuze, die ihren Kopf bedeckte. Sie schloß stumm die Tür hinter sich, dann drehte sie sich vollends zu Zane um.

Ein kahler, knochiger Schädel starrte ihn augenlos an.

Das war der Tod, der gekommen war, um ihn zu holen.

Zane versuchte, einen sinnlosen Protest hinauszuschreien, aber seine Kehle war wie zugeschnürt. Er versuchte, den Abzugfinger zu lockern, doch der gehorchte bereits dem Befehl zum Zudrücken und gab keinem Gegenbefehl mehr statt. Die Zeit schien sich zu verlangsamen, und Zane konnte nichts tun, um den Selbstmord, den er vorbereitet hatte, noch abzuwenden. Und doch hatte der Schock, das Antlitz des Todes selbst vor sich zu sehen, jedes Bedürfnis in ihm erstickt, sich umzubringen.

Seine Fingermuskeln wollten nicht gehorchen, doch seine größeren Armmuskeln taten es. Zane riß die Pistole herum. Die Mündung richtete sich im selben Augenblick auf den Kopf des Todes, als der Abzug nachgab. Die Pistole schien zu explodieren und ruckte gegen seine Hand.

Das Geschoß traf den Kopf des Todes mitten im Gesicht. Ein Loch öffnete sich. Blut strömte hervor. Der Tod fiel mit dumpfem Geräusch zu Boden.

Zane stand entsetzt da. Er hatte soeben den Tod getötet!

2 Hausbesuche

Die Tür wurde wieder geöffnet. Diesmal trat eine Frau mittleren Alters ein. Zane hatte sie noch nie gesehen. Anerkennend musterte sie die gestürzte Gestalt. »Ausgezeichnet«, murmelte sie.

Zane riß seinen entsetzten Blick vom Boden los und sah sie an. »Ich habe den Tod getötet!« rief er.

»Das haben Sie tatsächlich. Sie werden nun sein Amt übernehmen.«

»Ich werde ... was?« Zane hatte Schwierigkeiten, sein geistiges Gleichgewicht aufrechtzuhalten.

»Sie sind jetzt der neue Tod«, erklärte sie geduldig. »So geht das: Wer den Tod tötet, wird selbst zum Tod.«

»Die Strafe ...«, sagte Zane, der versuchte, der Sache irgendeinen Sinn abzugewinnen.

»Ganz und gar nicht. Das hier ist kein Mord im üblichen Sinn. Schließlich hieß es nur, er oder Sie. Notwehr. Aber nun sind Sie verpflichtet, seinen Platz einzunehmen und Ihre Aufgabe so gut zu erledigen, wie es Ihnen nur möglich ist.«

»Aber ich weiß doch überhaupt nicht, wie ...«

»Das lernen Sie schon, während Sie den Job ausüben. Sie werden von bestimmten Zaubern unterstützt, damit Ihre Rolle perfekter wird und Sie stabilisiert werden, aber die eigentliche Motivation muß schon von Ihnen selbst kommen.« Sie beugte sich vor, um dem Tod den schwarzen Umhang abzustreifen. »Bitte, helfen Sie mir mal. Wir haben nicht allzuviel Zeit und wollen doch nicht, daß die Uniform mit Blut befleckt wird.«

»Wer sind Sie?« verlangte Zane zu wissen und bekam sich selbst halbwegs wieder in den Griff, trotz der überwältigenden Unwirklichkeit der ganzen Szene.

»Im Augenblick bin ich Lachesis. Sie sehen ja, daß ich eine Frau mittleren Alters ohne allzuviel Sex-Appeal bin.« Sie hatte durchaus recht: Ihr Gesicht wies die Linien solider Reife auf, und ihr Haar war zu einem schmucklosen straffen Knoten gebunden. Sie hatte ein nicht eben geringes Übergewicht, bewegte sich aber durchaus geschmeidig. »Ich bestimme die Länge der Fäden. Nun heben Sie mal seinen Leib hoch, ich will den Umhang nicht zerreißen.«

Angewidert legte Zane Hand an den Leichnam des Todes und hob ihn an. »Wer ist Lachesis? Was für Fäden? Was tun Sie hier?«

Sie seufzte, während sie sich damit abmühte, den Umhang von dem Leichnam abzustreifen. »Ich schätze, Sie haben vielleicht doch ein paar kleinere Erklärungen verdient. Also gut. Sie arbeiten weiter, und ich erzähle Ihnen etwas von dem, was Sie wissen müssen. Natürlich nicht alles, denn manche Geheimnisse bleiben allein mir vorbehalten, so wie einige andere, wie Sie noch herausfinden werden, Ihnen vorbehalten sind. Lachesis ist der mittlere Aspekt des Schicksals. Sie ...«

»Des Schicksals?«

»Sehr viel werden Sie kaum erfahren, wenn Sie darauf bestehen, mich ständig zu unterbrechen«, sagte sie mit einiger Schärfe.

»Entschuldigung«, murmelte Zane. Das fühlte sich alles ziemlich unwirklich an!

»Und jetzt ziehen Sie ihm die Schuhe aus. Sie sind hitze- und kältebeständig, perflectionssicher, strahlengeschützt, etcetera, genau wie sein Umhang. Sie müssen immer richtig angezogen sein, wenn Sie eine Fuhre abholen, sonst sind Sie verwundbar. Es ist aber von größter Wichtigkeit, daß Sie nicht verwundbar sind. Ihr Vorgänger hier war achtlos. Hätte er seinen Umhang vor dem Gesicht verschlossen, so hätte ihm die Kugel nichts anhaben können.

Achten Sie darauf, daß Sie vorsichtiger sind. Sie werden weitaus stärker auf der Hut sein müssen als er.«

»Aber ...«

»Ich glaube, Zwischenrufe gelten auch als Unterbrechung.«

Zane schwieg. Von dieser Frau ging eine unheimliche Kraft aus, die nichts mit ihrem Aussehen zu tun hatte. Ebensogut hätte sie die Mutter eines rebellischen Teenagers sein können.

»Ich bin die Norne, die Schicksalsgöttin, mit drei Aspekten«, fuhr sie fort, nachdem sie eine hinreichend lange Pause gemacht hatte, um sich davon zu überzeugen, daß sie die Situation fest im Griff hatte. »Ich bestimme über die Fäden im Gewebe des Lebens. Ich bin hier, um dafür zu sorgen, daß Sie beide Ihre Rollen möglichst schnell tauschen. Es ist von großer Wichtigkeit, daß Sie als Tod mehr leisten als als Lebender, und ich glaube, daß Sie durchaus das Potential dazu besitzen. Und jetzt richten Sie sich auf, damit ich Ihnen den Umhang anpassen kann.«

Zane stand auf, und sie legte ihm den Umhang über die Schultern. Er war nicht schwer, war aber auf seltsame Weise massig. Sie hatte von Magie gesprochen; dieses Kleidungsstück roch förmlich danach. »Ja, das liegt eng genug an. Los, ziehen Sie jetzt die Schuhe an. Und vergessen Sie die Handschuhe nicht. Die Schuhe werden es Ihnen unter anderem ermöglichen, auf Wasser zu gehen. Ihre Runden dürfen nicht von banalen Trivialitäten behindert werden.«

»Aber das ist doch lächerlich!« protestierte Zane. »Gerade wollte ich mich noch selbst umbringen, und jetzt bin ich plötzlich ein Mörder!«

»Natürlich. Ich mußte Ihren Faden sehr sorgfältig bemessen. Technisch gesehen hat Ihr Leben soeben geendet. Sehen Sie mal, man wird den Leichnam des Todes für den Ihren halten.« Sie drehte die Leiche um, und Zane sah, daß sie ihm unangenehm vertraut vorkam. Sie glich nun ihm selbst – mit einem Einschußloch im Gesicht. »Sie werden das Amt so lange ausüben, bis auch Sie sorglos werden und es einem Klienten gestatten, sich gegen Sie zu wenden.«

»Oder bis ich an Altersschwäche sterbe«, antwortete Zane, der kein Wort von alle dem glaubte.

»Sie werden nie vom Alter heimgesucht werden. Und auch nicht vom Sterben, sofern Sie gute Arbeit leisten. Wenn Sie den Durchschnittsmenschen fragen, was er sich am meisten wünscht, wird er antworten: ›Nie zu sterben.‹ Das ist natürlich ein absolut törichter Wunsch; mit der Zeit werden Sie die Wichtigkeit des Sterbens besser begreifen. Das Wichtigste ist nicht das Recht zu *leben*, sondern das Recht zu *sterben*.«

»Ich verstehe nicht ...«

»Was ist das Leben denn anderes als ein beständiger Erhaltungsinstinkt? Die Natur benutzt diesen Instinkt, um uns funktionieren zu lassen; sonst würden wir uns alle gehenlassen, und die Art würde verschwinden. Die Natur ist eine grausame grüne Mutter. Der Überlebensinstinkt ist ein Lockmittel, kein Privileg.«

»Aber wenn ich nicht altere ...«

»Die Zeit hält alle übernatürlichen Agenten, vor allem die zahlreichen Inkarnationen, in einem Schwebezustand. Sie werden leben, bis Sie sterben, wie viele Tage, Jahre oder Jahrhunderte das auch dauern mag, aber Ihr gegenwärtiges körperliches Alter wird sich niemals ändern.« Sie führte ihn zu seinem Wandspiegel.

»Übernatürliche Agenten?« Zane griff nach den Randbemerkungen, da er bislang unfähig war, den Finger auf den Kern seiner Situation zu legen. »Inkarnationen?«

»Tod, Zeit, Schicksal, Krieg, Natur«, sagte sie. »Die wichtigsten Feldagenten, die zwischen Gott und Satan operieren und sich vor keinem von beiden verantworten müssen. Wenn es einem von uns bestimmt wäre, zu sterben wie normale Leute, dann müßten wir uns über den Verbleib unserer Seele Sorgen machen, und das würde dann ein Interessenkonflikt bedeuten. Nein, wir sind unsterblich, wie wir es auch sein müssen, und sind keiner der Supermächte Rechenschaft schuldig. Aber wir müssen unseren Job erledigen, sonst wird alles äußerst kompliziert.«

»Unseren Job«, wiederholte Zane matt. »Ich bin kein Killer. Jedenfalls war ich keiner, bis dies ...«

Die Norne blickte ihn durchdringend an, und plötzlich war ihm klar, daß sie von seiner Mutter wußte. Er spürte eine innere Kälte, und das Schuldgefühl stieg wieder in ihm auf. Doch die Norne erwähnte die Angelegenheit nicht. »Natürlich nicht«, meinte sie und beäugte den am Boden liegenden Leichnam. »Das war nur ein verpatzter Selbstmord. Der Tod tötet nicht; der Tod holt lediglich die Seelen jener, die im Sterben liegen, die problematischen, damit sie nicht verloren gehen und nicht auf ewige Zeiten orientierungslos bleiben.«

Nun hatte Zane etwas entdeckt, gegen das er andiskutieren konnte. »Es gibt fünf Milliarden Menschen auf der Welt! Jedes Jahr sterben davon hundert Millionen oder so. Der Tod müßte also jede Sekunde mehrere von ihnen gleichzeitig holen, und das über den ganzen Erdball verteilt. Das ist doch unmöglich!«

»Nicht unmöglich, aber vielleicht unpraktisch«, antwortete sie. »Schauen Sie bitte mal in den Spiegel.«

Zane sah hin. Der Totenschädel starrte ihn an, in seine Kapuze gehüllt. Seine Hände in den Handschuhen waren von skelettartigem Anschein, und seine Knöchel über den Schuhen waren nur fleischlose Knochen. Er hatte das Aussehen des Todes angenommen.

»Natürlich sind Sie für die meisten Leute unsichtbar, solange Sie Ihre Uniform tragen«, erklärte die Norne. »Ihre Klienten können Sie zwar sehen, und auch jene, die ihnen emotional nahestehen, sowie die wahrhaft religiösen Menschen, aber der Rest wird Sie übersehen, es sei denn, Sie lenken selbst ihre Aufmerksamkeit auf sich.«

»Aber der Spiegel zeigt doch mein Ebenbild – und zwar als Tod! Die Leute werden in Ohnmacht fallen!«

»Vielleicht habe ich mich falsch ausgedrückt. Sie sind nicht physisch unsichtbar; Sie sind gesellschaftlich unsichtbar. Die Leute können Sie zwar sehen, aber sie erkennen Ihre Bedeutung nicht und vergessen Sie sofort wieder, sobald Sie vorbeigegangen sind. Aber wenn Sie Ihre Uniform ablegen, verlieren Sie Ihre Kräfte. Dann sind Sie verwundbar: Sie können altern und berührt werden und Verletzungen erleiden. Also fallen Sie nicht ohne guten Grund aus der Rolle.«

»Warum sollte der Tod denn aus der Rolle fallen wollen?«

Sie produzierte ein obskures kleines Lächeln. »Es wird auf die Dauer langweilig, ausschließlich mit seinesgleichen zu verkehren. Es heißt, daß ich in meinem Aspekt als Clotho –« Plötzlich wurde sie zu einer jungen, wunderschönen, betörenden Frau mit Haaren, die so hell waren, daß sie zu schimmern schienen, mit einer alabasterfarbenen Haut, doch ihre Augen hatten nach wie vor einen beunruhigend wissenden Ausdruck. »Und dennoch würde ich Ihr Interesse nicht auf Jahrhunderte binden können, vielleicht nicht einmal auf Jahrzehnte. Also müssen wird uns gelegentlich mit Sterblichen abgeben.«

Zane fragte sich, wie viele Jahrzehnte oder Jahrhunderte es dauern würde, bis einen eine Frau, die so aussah, langweilen konnte. Es war ein faszinierender Gedanke, aber schon im nächsten Augenblick konzentrierte er sich wieder auf seine vorherige Sorge. »Wie kann eine einzige Todesperson mehrere Leute pro Sekunde holen? Während wir uns gerade unterhalten haben, müssen doch schon Hunderte von Leuten gestorben sein! Ich habe ihre Seelen nicht geholt, und der hier auch nicht, denke ich mir.« Er zeigte auf den ausgeschalteten Tod.

»Ich sehe schon, daß ich die Angelegenheit wohl etwas ausführlicher erklären muß.« Die Norne nahm wieder ihren Aspekt als Frau mittleren Alters an und setzte sich in Zanes besten Sessel. Ihr Auge erspähte den Reichtumsstein, der daneben auf dem Tisch lag. »Ach, ich sehe, daß Sie einen Schrottstein haben. Mit dem beschaffen Sie sich wohl Zehner zum Telefonieren, wie?«

»So ähnlich«, gab Zane etwas verlegen zu.

»Ich habe sie schon früher mal zu Gesicht bekomen. Der Stein ist ein minderwertiges Exemplar eines Rubins aus Indien. Diese Ware wird en gros importiert und in Partien zu fünftausend Karat zum Preis von fünfzig Cents pro Karat verkauft. Technisch gesehen handelt es sich um einen Korund, aber von einer viel zu minderwertigen Qualität, um einen ordentlichen Zauber halten zu können. Ich habe gehört, daß sich manche Trottel dazu verleiten lassen, hohe Preise, wie sie für erstklassige Juwelen üblich sind, für einen einzigen dieser Steine zu bezahlen.«

»Das stimmt«, bejahte Zane und zog die Todeskapuze vors Gesicht, um sein Erröten zu verbergen.

»Aber trotzdem, als billige Kuriosität ist das Ding nicht schlecht. Ab und zu gibt es Steine, die einen etwas besseren Zauber zu halten vermögen, die können dann immerhin Dollarnoten orten. Aber es ist ein Grundaxiom, daß ein derartiger Stein niemals denselben Wert einbringen wird, den man für ihn bezahlt hat.«

Zane dachte wieder – schmerzerfüllt – an die schöne, reiche, romantische Angelica. »Das ist wahr.«

»Na ja, Sie werden ja jetzt kein Geld mehr brauchen, es sei denn, Sie verbringen sehr viel Zeit ohne Ihre Uniform und bekommen Hunger. Es wäre besser, sich für solche Gelegenheiten ein kleines Füllhorn zu besorgen. Aber Ihr Job wird Sie erst einmal viel zu sehr beschäftigen, bis Sie die entsprechende Routine entwickelt haben.«

»Ich verstehe immer noch nicht, wie ...«

»Ach ja, das wollte ich ja gerade eben erklären. Also, nur ein kleiner Prozentsatz von Leuten bedarf der persönlichen Aufmerksamkeit des Todes. Die überwiegende Mehrheit sorgt schon selbst für ihren Übergang – obwohl das natürlich nur durch den Willen des Todes selbst geht, der sich ihnen durch Ausweitung nähert.«

»Der Wille des Todes?«

»Ach je, Sie sind aber *wirklich* ein Neuling! Mal sehen, ich brauche irgendeine Analogie, um es zu verdeutlichen. Sie wissen doch, daß Ihr Körper immer weiteratmet, auch wenn Sie nicht darauf achten, sogar im Schlaf, nicht wahr? Das ist so ähnlich. Die Macht des Todes ist eine intime und persönliche Sache, aber sie ist auch distanziert und unpersönlich. Wenn der Tod sich persönlich einem Klienten widmet, so ist das wie bewußtes Atmen. Wenn der Tod einer Seele gestattet, unbeaufsichtigt ihren Wirtskörper zu verlassen, so ist das wie Ihre unbewußten, unwillkürlichen Körperprozesse. Aber wenn Sie sterben, dann erlöschen diese Funktionen, die bewußten ebenso wie die unbewußten. Wenn der Tod stirbt, endet alles Sterben auf der Welt, so lange, bis ein neuer Tod das Amt antritt. Der frühere Tod beispielsweise ist noch nicht richtig tot, seine Seele bleibt an seinen Körper gefesselt. Er kann erst dann sterben, wenn Sie handeln, obwohl sein Körper nie wieder lebendig sein wird. Deshalb ist es auch so wichtig, daß der Übergang erleichtert wird. Stellen Sie sich nur einmal das Durcheinander vor, das eintreten würde, wenn niemand mehr stürbe!«

»Ich weiß nicht. Wenn die Menschen ewig lebten ...«

»Ich habe keine Zeit, um mich mit Blödsinn abzugeben!« fauchte sie. »Begnügen Sie sich einfach mit der Tatsache, daß die erste Seele, der Sie sich persönlich widmen, das natürliche Dahinscheiden aller anderen auslösen wird, nach ihrem eigenen Zeitplan, so wie meine Fäden es befehlen. Man kann eine Pause bis zu einer halben Stunde in Kauf nehmen, aber danach setzt ein entsetzliches Wirrwarr ein.«

»Welchen Seelen muß ich ... muß sich der Tod denn persönlich widmen? Ich verstehe die Sache wirklich nicht ...«

»Das hängt mit der Natur der Seelen zusammen und mit der Ausgewogenheit von Gut und Böse in jeder Seele. Jeder gute Gedanke und jede gute Tat erleichtert die Last, und jede böse Tat, jeder böse Gedanke macht sie schwerer. Ein Neugeborenes ist in der Regel das Unschuldigste, was wir kennen; Partei für das Böse kann erst dann ergriffen werden, wenn die Entscheidungsfreiheit vorhanden ist. Je jünger also eine Person ist, um so wahrscheinlicher ist es, daß ihre Seele unschuldig geblieben ist und nach ihrer Befreiung zum Himmel emporschwebt. Mit wachsendem Alter und zunehmender Entscheidungsfähigkeit jedoch sammelt sich das Böse an und drückt die Seele nieder, bis die Bilanz schließlich negativ wird. Solche Seelen sinken ab wie Bleigewichte, wenn sie freigelassen werden. Aber es gibt nur wenige Seelen, die ausgeglichen sind, welche die gleiche Last an Gutem und Bösem tragen. Diese sind nicht festgelegt und neigen dazu, sich an ihre gewohnte Heimstatt zu klammern, und sie sind es auch, die Hilfe brauchen.«

»Das tut der Tod also!« rief Zane, der endlich begriff. »Er sammelt nichtfestgelegte Seelen ein!«

»Und kategorisiert sie sorgfältig, um ihr richtiges Ziel zu bestimmen«, schloß die Norne. »Die wenigen, die sich in vollkommenem Gleichgewicht befanden, müssen im Fegefeuer abgeliefert werden, um sich dort einer professionellen Behandlung zu unterziehen.«

»Und das soll wirklich meine Aufgabe sein?« fragte Zane. »Ausgewogene Seelen zu holen?«

»Und die Weiterentwicklung der anderen zu fördern«, pflichtete die Norne ihm bei. »Genau das. Möglicherweise wird Ihnen das am Anfang als schwierig erscheinen, aber es ist immer noch besser als die Alternative.« Sie blickte auf den so gut wie toten Tod.

Zane erschauerte. »Aber warum bin ich dazu auserwählt worden, dieses Amt zu übernehmen? Ich bin doch völlig unqualifiziert! Oder ist das reiner Zufall?«

Die Norne erhob sich. »Ich ziehe es vor, diese Frage ein anderes Mal zu beantworten. Ich darf Sie nicht länger von Ihrem vorgeschriebenen Rundgang abhalten.«

»Aber ich weiß doch noch nicht einmal, wie ich sie ausfindig machen soll, meine ... meine Klienten!«

»Irgendwo muß es ein Handbuch mit Anweisungen geben. Mortis wird Ihnen helfen.«

»Wer ist Mortis?«

Sie blickte sich um. »Oh, das hätte ich beinahe vergessen. Sie sollten lieber die Ausrüstung an sich nehmen. Ich weiß zwar nicht, wie sie funktioniert, aber Sie werden sie brauchen.«

»Ausrüstung?«

»Den Schmuck. Die magischen Gerätschaften.«

»Meinen Reichtumsstein? Ich verstehe nicht ...«

»Nicht diesen Straß. Lassen Sie alle Gegenstände ihres früheren Lebens dort so liegen, wo sie sind. Besonders den Stern. Ein Saphir taugt selbst im besten Fall schon zur Divination nichts, und dieser hier ist auch noch minderwertig. Lassen Sie auch Ihre Uhr zurück und alle etwaigen Ringe, die Sie besitzen. Das Leben haben Sie jetzt hinter sich.« Sie schritt zur Tür.

»Aber ich muß doch noch soviel lernen!« rief Zane klagend.

»Dann machen Sie sich endlich an die Arbeit, Tod!« versetzte sie und schloß die Tür hinter sich.

Zane blickte verzweifelt umher, auf der Suche nach einem besseren Realitätsanker. Wie sollte er der Tod sein? Nie hatte er sich so etwas auch nur in seiner Phantasie ausgemalt!

Er erblickte etwas Blitzendes. Es war eine solide Uhr am Handgelenk des toten Todes, die wohl kaum zur Leiche Zanes passen würde, der zu abgebrannt gewesen war, um seine verpfändete Uhr aus dem Leihhaus auszulösen. Das war sicherlich einer der Ausrüstungsgegenstände. Er beugte sich nicht ohne Ekel vor, um sie vom Handgelenk zu entfernen, dann legte er sie selbst an. Sie war gute vier Unzen schwer, paßte ihm aber sehr gut, als sei sie maßgeschneidert. Offensichtlich hatte die Uhr lediglich auf sich aufmerksam machen wollen, damit er sie nicht übersah. Sie gehörte zu seinem Amt. Natürlich war sie totenschwarz: ein mechanisches Gerät mit automatischem Selbstaufzug, das zwar langweilig, aber teuer aussah.

Warum verwendete der Tod eine mechanische Uhr, gleich welcher Qualität, anstelle einer hochentwickelten elektronischen oder einer magischen Miniatursonnenuhr? Darauf wußte Zane im Augenblick keine Antwort. Vielleicht war der letzte Amtsinhaber von konservativer Gesinnung gewesen. Möglicherweise hatte er jahrhundertelang gelebt, bevor er nachlässig geworden war, und hatte es versäumt, auf dem laufenden zu bleiben.

Merkwürdig, dachte Zane, daß er keinerlei besondere Reue darüber empfand, diese Person umgebracht zu haben. Sein anfänglicher Schock ließ langsam nach, so daß alles, was übrigblieb, zum überwiegenden Teil aus Entsetzen darüber bestand, daß jemand getötet worden war, ganz so, als hätte er gerade eben einen besonders brutalen Mord im Fernsehen miterlebt. Vielleicht beruhte diese sich entwickelnde Gleichgültigkeit darauf, daß der Tod für ihn eher ein »Es« blieb als ein menschliches Wesen. Doch nun war er, Zane, selbst dieses »Es«.

Er bemerkte ein weiteres Aufblitzen. Es stammte von einem Ohrschmuck, der fast verborgen war, weil das linke Ohr des Todes auf der Bodenseite ruhte. Gewiß sollte er auch diesen Gegenstand an sich nehmen; er gehörte zu dem Schmuck, den die Norne erwähnt hatte. Er nahm sich zusammen, um das tote Fleisch einmal mehr anfassen zu können, dann entfernte er den Ohrring: ein roter Granatcabochon, auf einer Seite gerundet, auf der anderen abgeflacht, der recht hübsch leuchtete.

Das Ding war für durchbohrte Ohren gedacht, Zanes Ohr aber war ganz. Er zögerte, dann steckte er den Edelstein in die geräumige Tasche seines Umhangs.

Im Flur erklangen Schritte, gefolgt von einem zögernden Klopfen an der Wohnungstür. »Mr. Z, sind Sie in Ordnung?« fragte eine Stimme. Es war seine ältere Nachbarin, eine neugierige Frau, die aber doch ganz nett war.

Zane blieb wieder wie angewurzelt stehen. Was sollte er tun? Wenn er sie hereinließ ...

»Mr. Z!« rief die Nachbarin, diesmal drängender.

»Ich bin schon in Ordnung!« antwortete er.

»Mr. Z«, wiederholte sie. »Ich habe eine Art Schuß in diesem Raum gehört. Bitte geben Sie doch Antwort!«

»Es ist alles in Ordnung!« brüllte Zane.

Die Tür ging auf. Der Kopf der Frau schob sich ins Zimmer. »Mr. Z, warum antworten Sie denn nicht? Ich weiß, daß Sie zu Hause sind, ich habe Sie hereinkommen sehen. Wenn irgend etwas nicht stimmen sollte ... wenn ein Räuber auf Sie geschossen haben ...«

»Ich *bin* auch zu Hause! Hier ist kein Räuber!« schrie Zane. »Bitte gehen Sie!«

Die Frau trat in die Wohnung. »Ich bin sicher, daß ich gehört habe, wie ...« Dann erblickte sie die Leiche am Boden. Die trug inzwischen Zanes Kleidung, obwohl Zane sich nicht daran erinnern konnte, sie ihr angezogen zu haben. Wahrscheinlich hatte die Norne das erledigt, als er noch viel zu benommen von der Unglaublichkeit der Situation gewesen war.

Sie schrie auf: »Mr. Z! Sie sind ja verletzt!« Sie rannte zur Leiche, um sie zu inspizieren und kam dabei an Zane vorbei, als würde sie ihn gar nicht wahrnehmen. »Sie sind ja ... tot!«

»Sieht ganz danach aus«, meinte Zane mit leichtem Sarkasmus. Nun ließ die Reaktion der Nachbarin den Schock über seine Tat wiederkehren. Er hatte sich umbringen wollen – und hatte statt dessen einen anderen Menschen getötet. Er war ein Mörder! Die auf die Tat folgenden Ereignisse waren so überraschend gekommen, daß ein großer Teil des Schreckens von ihm abgeglitten war. Doch nun klärte sich der Schleier wieder, und er war entsetzt. Er hatte in seinem Leben schon viele unglückselige Dinge getan, und heute war es am schlimmsten, denn noch nie hatte er einen anderen Menschen umgebracht.

Na ja, technisch gesehen hatte er *doch* getötet. Aber das war ein besonderer Fall gewesen, und seine Mutter ... Er schnitt den Gedanken ab. Er war beladen von Schuld und war tatsächlich etwas abgestumpft gegen das Böse in der Welt. Dennoch ...

Die Nachbarin drehte sich um. Nun erblickte sie ihn. »Oh, Wachtmeister!« sagte sie. »Ich bin ja so froh, daß Sie hier sind. Mr. Z ist tot! Ich fürchte, es war ein Selbstmord! Ich habe den Schuß gehört, und als er nicht geantwortet hat...«

Warum hatte sie so lange gewartet, bevor sie gekommen war, um nachzusehen? Er hatte die Pistole vor einer halben Stunde abgefeuert. Sie mußte so lange gebraucht haben, um ihre Neugier hinreichend anzustacheln. »Ja, danke«, sagte Zane ernst. »Von jetzt an werde ich mich um die Angelegenheit kümmern.«

»Oh, da bin ich aber beruhigt!« Aufgeregt verschwand die Frau wieder.

Zane entspannte sich etwas. Es stimmte also: Während er den Todesumhang trug, war er größtenteils nicht zu erkennen. Die Frau hatte ihn weder als Zane noch als Tod gesehen; sie hatte ihn vielmehr für einen Polizisten gehalten, die Art von Achtung gebietender Person, die sie erwartet hatte. Schon bald würde sie das ganze Gebäude informiert haben.

Er ging hinaus, den schmalen Hausflur entlang und die Treppe hinunter zu dem wartenden Fahrzeug. Dabei kam ihm plötzlich und unverhofft die Einsicht, daß der Todesstein im Laden technisch gesehen zwar recht gehabt hatte, von der Bedeutung her aber im Irrtum gewesen war. Er hatte seine Begegnung mit dem Tod angezeigt, nicht aber, daß er tatsächlich ein neues Amt antreten und unsterblich werden würde. Das war das Problem bei Omen: Sie zeigten zwar kommende Ereignisse an, nicht aber ihre Konsequenzen.

Er hielt inne. *Welches* wartende Fahrzeug? Er besaß keinen eigenen Wagen, und niemand hatte ihm von einem erzählt. Und doch war er irgendwie davon ausgegangen, daß – ja, wovon eigentlich?

Na ja, wie war der Tod denn wohl hierher gekommen? Ließ er seine Arme flattern, um durch die Luft zu fliegen, oder fuhr er einen Wagen? Was immer es sein mochte, jedenfalls war es auch das, was Zane tun mußte.

Er trat ins Freie, spähte umher und ließ seine Augen sich an die Dunkelheit der Nacht anpassen. Dort war ein Fahrzeug: eine schwarze Limousine, die friedlich auf dem Parkplatz des Hausbesitzers stand. Der Hausbesitzer hätte normalerweise das unbefugte Fahrzeug abschleppen lassen – doch zufälligerweise war der Mann gerade nicht da. Wahrscheinlich förderte der Zufall die Operationen der – wie hatte die Norne sie genannt? – der Inkarnationen. Wie sollte der Tod schließlich auch seine Runden drehen, wenn sein Wagen ständig von irgendwelchen erbosten Sterblichen abgeschleppt wurde?

Zane glaubte, daß es der Todeswagen war, weil die Parkleuchten ihm zuzwinkerten. Die Besitztümer des Todes sorgten schon dafür, daß der Tod sie nicht vernachlässigte. Zane wäre damit durchaus zufrieden gewesen, hätte die ganze Geschichte nicht eine derart grimmige Note gehabt.

Er schritt darauf zu und ging an der Heckseite um den Wagen herum. Das Nummernschild trug die Aufschrift MORTIS. Das erklärte die Bemerkung der Norne. Er hatte irgendwie gedacht, daß sie mit dem Namen eine Person gemeint hatte, doch offensichtlich war es die Maschine. Auf der Stoßstange befand sich ein Aufkleber: DURCH DEN TOD TEILT DIE NATUR DIR MIT, DASS DU LANGSAMER FAHREN SOLLST. Genau. Er öffnete die Wagentür und kletterte in den üppigen Fahrersitz.

Einem derart eleganten und bequemen Automobil war er bisher noch nie begegnet. Jedes Teil strahlte eine düstere Qualität aus. Die Polsterung bestand aus echtem Alligatorleder, und das Metall war dunkles Chrom. Wahrscheinlich war der Wagen in der Grundausstattung fünfunddreißigtausend Dollar wert, hinzu kamen die teuren Extras. Er war sich nicht sicher, ob er es wagen würde, ihn zu fahren.

Seine Uhr blitzte aufmerksamkeitsheischend auf. Sie war zwar von mechanischer Konstruktion, hatte aber etwas Magisches an sich. Die leuchtenden Zeiger zeigten 20.05 Uhr an, die korrekte Tageszeit. Aber der rechte Zeiger bewegte sich. Der war vorher noch nicht dagewesen: Die Sekunden wurden auf einer Miniaturskala zur Linken angezeigt, gegenüber, auf der rechten Seite, der Wochentag und das Datum. Dieser linke Zeiger bewegte sich noch immer, so daß er wußte, daß der Zentralzeiger diese Funktion nicht an sich gerissen hatte. Was tat dieser rechte Zeiger nur?

Während er zusah, bewegte sich der Zentralzeiger an der Mittagsmarke vorbei – und der Zeiger auf der kleinen Dreißigminutenskala unmittelbar darunter sprang von 9 auf 8 zurück. Die Stoppuhrfunktion war aktiviert – und nun begriff er, daß sie rückwärts lief. Der Zentralzeiger bewegte sich gegen den Uhrzeigersinn. Was war denn das nur für eine Stoppuhr?

Ein Countdown-Zähler, begriff er. Diese Uhr wollte ihm mitteilen, daß er weniger als acht Minuten hatte, um irgend etwas zu tun oder um sich irgendwohin zu begeben. Aber was, oder wohin?

Ein kaltes Schaudern kroch ihm das Rückgrat hinunter. Er war der Tod oder zumindest eine armselige Imitation desselben. Er sollte seine erste Seele holen gehen!

Zane rebellierte. Er hatte sich nicht um dieses Amt

beworben! Nur der reine Zufall hatte ihn in diese unglaubliche Zwickmühle gebracht.

Zufall? Darüber hatte er schon nachgedacht. Wenn die Frau, die ihm alles erklärt hatte, wirklich die Schicksalsgöttin war, so mußte sie seinen Lebensfaden abgemessen haben; dann hatte sie ihn seinem verdammenswerten Fatum entgegengeführt. Sie hatte ihn in voller Absicht in diese Lage gebracht. Damit hatte sie sogar seinen Vorgänger umgebracht. Aber warum?

Die Uhr blitzte unentwegt auf. Jetzt hatte er noch sechs Minuten. Er war sich nicht sicher, was geschehen würde, wenn er die Verabredung verpassen sollte, was immer das für ein Treffen sein mochte, doch er wußte bereits, daß diese übernatürlichen Wesen eine knallharte Politik betrieben. Vielleicht hatte sein Vorgänger sich ja geweigert, worauf die Norne für seine Beseitigung gesorgt hatte. Wenn Zane sich weigern sollte, würde sie mit ihm dasselbe tun. Er war sich nicht darüber im klaren, wie er innerlich zu seinem Amt stand, aber er wußte, daß er für die Alternative noch nicht bereit war. Also war es wohl besser, wenn er sich an die Arbeit machte, um Zeit zu gewinnen, damit er seine Haltung zu dem Ganzen feststellen und eruieren konnte, welche Optionen ihm tatsächlich offenstanden.

Wo war denn das Handbuch, von dem die Norne gesprochen hatte? Er erblickte es nirgendwo und hatte auch nicht die Zeit, danach zu suchen. Möglicherweise hatte sein Vorgänger das Ding schon vor hundert Jahren verloren.

Zane legte die Hände aufs Steuer des Wagens namens Mortis und berührte das Gaspedal mit dem rechten Fuß. Wo war denn der Zündschlüssel? Es gab keinen. Vielleicht befand er sich noch am Körper des ehemaligen Todes.

Zane erschauerte. Er war wider Willen in diese unglückselige Lage gezwungen worden, verspürte aber keinerlei Bedürfnis, an ihren Ausgangspunkt zurückzukehren! Er überprüfte das Armaturenbrett, in der Hoffnung auf eine Alternative. Schließlich funktionierten viele Fahrzeuge mit kleineren Zaubern, so wie viele Gegenstände auch magische Steuerungen hatten. Ein schlichter Druckknopf war mit EIN/AUS markiert. Er betätigte ihn – und der Wagen erwachte zum Leben. Das Armaturenbrett leuchtete auf, das Radio ertönte, und der Sitzgurt legte sich schützend um ihn. Der Motor summte von gebändigter Kraft. O ja, das war wirklich ein tolles Gefährt!

Also gut. Zane entdeckte die Rückwärtssteuerung und machte sich daran, den Wagen zurückzusetzen. Er ließ sich traumhaft einfach handhaben, erstaunlich geschmeidig und leicht zu lenken. Der Tod brauchte wirklich keine spartanische Existenz zu fristen!

Ein warnendes Piepen ertönte, und der Rückspiegel blitzte auf: Die Straße war nicht frei. Doch kurz darauf war sie es wieder, als ein verirrtes Auto vorbeigefahren war, und er konnte den Wagen richtig zurücksetzen.

Das Todesmobil fuhr butterweich vor sich hin. Es reagierte so schnell und präzise auf seine geringsten Lenkbewegungen, daß man es beinahe für lebendig hätte halten können. Zane war kein Kraftfahrzeugexperte, doch er vermutete, daß dies wohl eine der großartigsten Maschinen ihrer Art sein mußte.

Er schaltete auf FAHRT und bewegte sich langsam voran, um ein Gefühl für diese wundervolle Maschine zu bekommen. Es war nicht schwer, sich in den Verkehr einzuschleusen.

Windschutzscheiben und Spiegel vermittelten eine ausgezeichnete Rundumsicht, und die Räder schienen sich beinahe von selbst zu lenken. Vielleicht verfügte das Gefährt über Aufprallschützer, die das Vehikel magnetisch auf Abstand von den anderen hielt.

Die Todesuhr zeigte noch vier weitere Minuten an. Wo fuhr er hin?

Zane konzentrierte sich auf die vorbeiziehende Geographie und stellte fest, daß er gen Westen fuhr. Doch das hatte nicht unbedingt mit der Richtung zu tun, in die er mußte, um seinen Termin einzuhalten. Wie gelangte der Tod zu seinen Opfern?

Opfer? Dieser Ausdruck gefiel ihm aber gar nicht! Die Norne hatte, wie er sich erinnerte, die Bezeichnung »Klienten« benutzt. Das war besser.

Doch so oder so mußte es schließlich einen Zugang

geben. Zane tastete seinen Umhang ab und entdeckte eine Innentasche, in der sich ein Gegenstand befand. Er holte ihn hervor und betrachtete ihn beim Fahren.

Es war ein zerborstenes Armband. Das erklärte, weshalb der frühere Tod es nicht getragen hatte. Der Tod war anscheinend in einer ganzen Reihe von Bereichen achtlos geworden! Aber was hatte dieser Gegenstand zu bedeuten?

In das Armband waren drei hervorstehende Edelsteine eingelassen. Einer war ein orangegelbes Katzenauge, das sich über die Hälfte der polierten Oberfläche erstreckte. Es wirkte beinahe lebendig und schien ihn anzusehen. Der mittlere war ein rosa Stein, dessen Randlinie an einem Ende von einer Art Pfeilbild umschlossen wurde. Der dritte war ein grünlicher Stein, wahrscheinlich ein Rutilquarz, auf seine Weise sehr hübsch, mit zwei Unreinheiten auf der Oberfläche. Eine Markierung war hell, die andere dunkel. Es gab auch ein schwaches Netzwerk gekrümmter Linien, die das ansonsten geradlinige Muster des Rutils beeinträchtigten.

Zane wurde daraus nicht sonderlich schlau. Die Uhr zeigte an, daß nur noch zwei Minuten Zeit blieben. Er mußte sich sputen, die Sache zu klären!

Er fuhr um eine Ecke – und sah gleichzeitig, daß der rosa Stein sich veränderte. Sein Pfeil schwang herum, um in eine andere Richtung zu zeigen. Nein – nur der Wagen hatte die Richtung verändert, der Pfeil zeigte immer noch in dieselbe, nämlich nach Nordwesten.

Zane trat auf das Gaspedal und wechselte auf die Schnellspur über. Ein anderer Fahrer hupte protestierend, ließ ihn aber einscheren. Er umrundete eine weitere Ecke, nun in Richtung Osten fahrend – und der Pfeil schwang erneut herum. Es war offensichtlich, daß er irgendwohin zeigte.

Er fuhr nach Norden, dann nach Osten und orientierte sich so gut es ging an dem Zeiger. Der Pfeil blieb seiner angezeigten Richtung treu – doch nun veränderte sich das Katzenauge und wurde auf seinem Stein immer größer. Das mußte bedeuten, daß er sich seinem Ziel näherte. Es war ein Perspektivenstein, der ihm mitteilte, wann es soweit war.

Doch das Katzenauge vergrößerte sich nur äußerst langsam; falls dies auf linearer Basis geschah, so würde er es niemals pünktlich schaffen. Irgendwie schien es jedoch von großer Wichtigkeit zu sein, daß er es dennoch tat. War Verspätung genauso schlimm wie eine offene Weigerung, seine Pflicht zu erfüllen?

Zane bog um eine weitere Ecke – und bemerkte, daß der grüne Rutil dabei aufleuchtete. Was konnte das bedeuten?

Eine weitere Richtungsänderung – worauf einer der Knöpfe auf dem Armaturenbrett im Einklang mit dem Blitzen des grünen Rutils aufleuchtete.

Er versuchte es mit einem weiteren Abbiegen und ignorierte den Protestchor der anderen Wagen, die damit auf sein unberechenbares Verhalten reagierten, dann berührte er den Knopf mit dem Zeigefinger im selben Augenblick, als er aufblitzte.

Der Wagen machte einen heftigen Ruck. Die Konturen der Stadt wurden unscharf. Zane fühlte sich wie in einer Raumfähre, die mit Überschallgeschwindigkeit über die Welt dahinjagte. Dann wurden die Konturen ebenso abrupt wieder schärfer, wie sie zuvor verschwommen waren.

Zane blickte sich verblüfft um. Er wußte sofort, daß er sich in einer anderen Stadt befand. Er vermutete, daß sie eine erhebliche Strecke in nordwestlicher Richtung von Kilvarough entfernt war – vielleicht sogar am anderen Ende des Kontinents. Möglicherweise war dies die große Hafenstadt Anchorage.

Doch er hatte keine Zeit, um sich darüber Gedanken zu machen. Das Katzenauge war abrupt und deutlich größer geworden, die beiden Punkte auf dem Rutil waren miteinander verschmolzen, und seine Uhr gab ihm nur noch eine einzige Minute. Er war seinem Ziel sehr nahe.

Derart beruhigt, fuhr Zane mit größerer Zuversicht weiter. Er fing langsam an, die Hilfswerkzeuge des Todes zu verstehen. Er begriff nun, daß das Auge so lange größer wurde, bis es den gesamten Stein bedeckte, und das würde dann der Fall sein, wenn er angekommen war. Als der Richtungsanzeiger sich zu bewegen begann, obwohl er selbst doch in einer geraden Linie fuhr, wußte Zane, daß er dort war. Gerade noch rechtzeitig: Der rote Uhrzeiger zeigte nur noch dreißig Sekunden an.

Das Auge hatte seine größtmögliche Ausdehnung erreicht, und der Pfeil wirbelte einen vollen Kreis herum. Zane mußte genau an der richtigen Stelle sein – nur daß dort nichts war. Er fuhr gerade über eine ganz gewöhnliche Kreuzung. Handelte es sich etwa um einen falschen Alarm?

Er drosselte das Tempo und lenkte verwundert an den Straßenrand. Er hatte geglaubt, er hätte es geschafft, und nun sah es ganz danach aus, als sei dem nicht so gewesen. Der Pfeil beruhigte sich und zeigte in die Richtung, aus der er gekommen war. Er zeigte auf nichts.

Der Zentralzeiger auf der Todesuhr rückte auf die Zwölfermarke.

An der Kreuzung erscholl ein Krachen. Ein kleiner Lastwagen hatte einem winzigen japanischen Kleinwagen durch eine plötzliche Linkskurve die Vorfahrt abgeschnitten, und die beiden waren heftig aufeinandergeprallt.

Zane stellte den Motor ab und stieg aus dem Todeswagen, ohne sich darüber Gedanken zu machen, ob er im Halteverbot stand oder nicht. Er eilte zum Unfallort.

Der Mann in dem Lastwagen war halb betäubt. Der Frau in dem Kleinwagen steckte ein gewaltiger Splitter angeblich bruchsicheren Glases im Hals. Das Blut strömte aus ihr hervor, überspülte das Armaturenbrett – doch sie war nicht tot.

Zane zögerte, angewidert. Er sah keine Möglichkeit, die Frau zu retten – doch was sollte er tun? Um sie herum kamen quietschend Autos zum Stillstand, Teppiche landeten, und von überall kamen Leute herbeigelaufen.

Die Augen der Frau klärten sich für einen Moment. Sie erblickte Zane. Ihre Pupillen zogen sich zu winzigen Nadelköpfen zusammen. Sie versuchte zu schreien, doch das Blut schnitt ihr die Luft ab und erstickte den Schrei.

Irgend jemand zupfte Zane am Ellenbogen. Er schrak zusammen. Neben ihm stand die Norne. »Quälen Sie sie nicht, Tod!« sagte die Schicksalswalterin. »Machen Sie dem Ganzen ein Ende.«

»Aber sie ist doch gar nicht tot!«

»Sie *kann* nicht sterben – nicht richtig –, bevor Sie ihre Seele geholt haben. Sie muß in schrecklichen Qualen verharren, bis Sie dem ein Ende machen. Sie und all die anderen, die in diesem Zeitraum zu sterben versuchen. Tun Sie Ihre Pflicht, Tod.«

Zane stolperte auf das Wrack zu. Die entsetzten Augen der Frau verfolgten sein Vorankommen. Vielleicht sah sie ja sonst nichts anderes, doch *ihn* sah sie mit Sicherheit – und Zane wußte von seiner jüngsten eigenen Begegnung, wie grauenerregend die nahende Erscheinung des Todes war. Jedoch wußte er nicht, was er tun sollte, um ihr Leben zu beenden.

Das Kleid des Opfers war zerfetzt und offenbarte, wie die Glaskante ihr die ganze rechte Brust zerschnitten hatte, so daß ihr Oberkörper nur noch eine blutige Masse war. An diesem Abgang war absolut nichts Schönes oder Barmherziges. Er mußte so schnell wie möglich beendet werden. Und doch versuchte die Frau, sich gegen sein Nahen zu stemmen. Sie riß die linke Hand hoch, um ihn abzuwehren. Die Hand hing schlaff an ihrem gebrochenen Gelenk. Zane hatte noch nie zuvor derartigen emotionellen und körperlichen Schmerz erlebt, nicht einmal damals, als seine Mutter ...

Er griff nach ihr, immer noch unsicher, was er tun sollte. Ihr Handgelenk blockte seine Hand ab, doch sein Fleisch drang ohne jeden Widerstand durch das ihre. Seine gekrümmten Finger bekamen etwas zu fassen, das sich wie ein Spinnweben anfühlte, mitten in ihrem Kopf. Er riß die Hand zurück – und zog dadurch eine Girlande hinter sich her, die aus einem flüchtigen Film bestand, wie der Stoff, aus dem Seifenblasen waren. Angeekelt versuchte er, sie abzuschütteln, doch sie blieb wie ein Speichelfaden an ihm kleben. Er hob die andere Hand, in der er das juwelenbesetzte Armband hielt, und versuchte, das Zeug abzukratzen. Der dünne Film riß entzwei, blieb aber dafür auch an seiner zweiten Hand kleben.

»Das steht Ihnen nicht zu, Tod«, sagte die Norne tadelnd. »Das ist ihre Seele, die Sie da mißhandeln.«

Ihre Seele! Zanes Augen versuchten, ebenso glasig zu werden wie die seines Opfers. Er wich zurück – und die zerrissene Seele bewegte sich mit ihm; sie streckte sich, an ihrem zerstörten Körper haftend, in die Länge, als wollte sie sich nicht von ihm trennen.

Dann riß das seidige Band und zog sich wieder zusammen. Er hielt es in der Hand, schlaff herabhängend wie die abgestreifte Haut einer sich schälenden Schlange.

Die Frau im Wagen war endlich tot, Angst und Pein waren wie in ihr Gesicht eingefroren. Der Tod hatte ihre Seele genommen und ihrem Leiden ein Ende gesetzt.

Hatte er das wirklich? »Was passiert jetzt?« fragte er die Norne. Er zitterte am ganzen Leib und fühlte sich unangenehm schwach.

»Sie falten die Seele zusammen, packen Sie in Ihren Beutel und begeben sich zu Ihrem nächsten Klienten«, antwortete sie. »Wenn Sie eine Pause haben, analysieren Sie die Seele, um zu bestimmen, in welche Sphäre sie weitergeleitet werden soll.«

»In welche Sphäre?« Sein Verstand weigerte sich, sich zu sammeln, ganz so, als wäre sein Denken vom Blut der Klientin geblendet worden.

»In den Himmel oder in die Hölle.«

»Aber ich bin doch kein Seelenrichter!« protestierte er.

»O doch, das sind Sie – ab nun. Versuchen Sie, möglichst wenige Fehler zu begehen.« Die Norne wandte sich ab und schritt davon.

Zane starrte die herabbaumelnden Seelenfetzen an. Leute kamen an ihm vorbei, doch niemand bemerkte ihn. Genausogut hätte er allein sein können.

Unbeholfen legte er die Hände zusammen und faltete das glänzende Material wie ein Bettuch. Es bog sich an den falschen Stellen und warf waagerechte Falten, während die zerrissenen Kanten herausfielen, doch nach und nach gelang es ihm mit Gewalt, sein Ziel zu erreichen. Schließlich erhielt er ein sehr kleines, leichtes Päckchen; die Seele besaß kaum physische Masse. Zane fischte wieder in seinen Taschen umher, bis er einen Stoffbeutel fand. Er stopfte die gefaltete Seele hinein. Dann versuchte er sich zu übergeben, doch sein leerer Magen besaß nicht die erforderliche Masse, um den Versuch zu einem Erfolg werden zu lassen. Wie er doch seinen allerersten Fall verhunzt hatte!

Die Polizei war inzwischen eingetroffen, ebenso ein Krankenwagen, und einige Leute waren damit beschäftigt, die verstümmelten Überreste des Opfers aus dem Wagen zu zerren. Zeugen wurden befragt, doch niemand kam auf die Idee, das gleiche mit Zane zu tun. Langsam begann er zu begreifen, wie die Sache funktionierte: Er war nicht unsichtbar, sondern unbemerkbar. Außer, es zählte.

Er hatte seine erste Seele abgeholt. Es brauchte ihm niemand zu sagen, daß er dabei ziemlichen Mist gebaut hatte. Er hatte die Frau unnötig erschreckt und ihre Qual durch sein Zögern und Stümpern verlängert, indem er ihr die Seele höchst unsanft aus dem Leib gerissen hatte. Das war wirklich kein besonders verheißungsvoller Anfang seiner neuen Karriere!

Seine Uhr blitzte wieder auf. Der Zentralzeiger bewegte sich: Er hatte sieben Minuten bis zu seinem nächsten Termin.

»Am liebsten würde ich selbst sterben!« murmelte er. Doch er war sich dessen nicht wirklich sicher. Das Leben konnte sehr häßlich sein, und sehr häßlich war auch sein gegenwärtiges Amt, aber das Sterben war immer noch schlimmer. Welch eine Qual das menschliche Dasein doch sein konnte!

Welche Alternativen hatte er? Zane eilte zum Todeswagen. Er wußte nicht, wie hoch die normale Klientenfrequenz war, vermutete aber, daß sich während des Übergangs ein Stau angesammelt hatte, sofern so etwas möglich war. Vielleicht aber auch nicht. Vielleicht hatte die Norne die Amtsübergabe so terminiert, daß sie während einer Pause stattfand.

Er ortete den nächsten Fall und fuhr los. Als der grüne Rutil aufblitzte, betätigte er den Knopf auf dem Armaturenbrett – und jagte mit Hyperantrieb auf den nächsten Ort zu. Dieser befand sich weit im Süden, wahrscheinlich ein gutes Stück jenseits des Äquators. Doch als der Wagen seine Fahrt in der neuen Stadt stabilisierte, funktionierten die Leitsteine wie gewohnt, und niemand schien sein plötzliches Auftauchen auf der Straße bemerkt zu haben.

Zane war sich ganz und gar nicht sicher, daß ihm dieses Seeleneinsammeln gefiel, dennoch zögerte er noch, den Auftrag zu verweigern. Wie lange hätte die Frau in dem zertrümmerten Wagen wohl noch leiden müssen, wenn er, der Tod, nicht zur Stelle gewesen wäre, um sie ihrer Seele zu entledigen?

Darüber wollte er lieber nicht nachdenken.

Der Wagen fuhr glatt dahin und bahnte sich gekonnt seinen Weg durch den Verkehr. Es war eine echte Freude, ihn zu fahren. Er folgte dem Pfeil und dem Auge und gelangte seinem Ziel schnell näher.

Wo war er? Vielleicht in Brasilia, dem Herzen des südlichen Kontinents. Doch nein, jetzt erblickte er das Allgemeine Krankenhaus von Phoenix. Das war Arizona. Er hatte also gar nicht im Hyperflug den Äquator überquert.

Offensichtlich hatte er die Fahrtstrecke völlig falsch eingeschätzt. Nun, das würde er mit zunehmender Erfahrung schon noch lernen.

Zane parkte auf dem Besucherparkplatz, zog den Umhang enger um sich und machte sich auf den Weg zu der Zielstation. Er war nervös. Er hatte Krankenhäuser nie gemocht, vor allem nicht seit seine Mutter in eines eingeliefert worden war. Doch ihm war klar, daß der Tod sehr häufig Termine in Krankenhäusern würde wahrnehmen müssen, daß dort viele tödlich erkrankte Personen starben.

Niemand stellte sich ihm in den Weg, obgleich keine Besuchszeit war. Offensichtlich hielt man ihn für einen Arzt oder einen Klinikangestellten. Vielleicht war er das auch – seine Funktion war schließlich die grundliegendste von allen!

Er machte seinen Klienten ausfindig. Es war ein alter Mann in einem Vierbettzimmer. Alle vier Patienten waren auf unangenehme Weise mit irgendwelchen Röhren und Geräten verbunden, und alle schienen sie unheilbar krank zu sein. Oh, wie er es haßte! Er wollte fliehen, doch er konnte nicht.

Zane machte sich Sorgen, daß sein Äußeres den Klienten in Angst und Schrecken versetzen würde, wie es schon beim ersten Mal geschehen war, doch es gab keinerlei Möglichkeit, sich anonym an ihn anzuschleichen. Außerdem war der Tod zu früh dran: Sein Countdown lief erst in zwei Minuten ab.

Er entschied sich dafür, direkt und ohne zu zögern vorzugehen. Schließlich konnte das hier auch nicht schlimmer werden als der erste Fall. Er schritt an das Bett. »Hallo.« Sein gesprochenes Wort hörte sich seltsam an; aus seiner Tasche schien ein Echo zu ertönen.

Zunächst reagierte keiner der vier Patienten. Das ließ Zane einen Augenblick Zeit, um dem Rätsel nachzugehen. Er griff in seine Tasche und fand den Ohrring, den er dem Tod abgenommen hatte. War das Echo aus ihm erschollen? Warum?

»Hallo«, wiederholte er – und diesmal wurde das Geräusch mit Sicherheit von dem Granat aufgenommen.

Die Augen des Klienten richteten sich langsam auf ihn. Der schlaffe Mund formte Worte. »Wird Zeit, daß du kommst, Tod!«

Der Klient sprach eine fremde Sprache – doch Zane verstand ihn, weil der Edelstein in seiner Hand das Dolmetschen besorgte. Er begriff, daß dies ein magisches Übersetzungsgerät war, ein weiterer verzauberter Stein. Er stopfte ihn sich ins linke Ohr. Später würde er ihn auf praktischere Weise befestigen.

Die Neuartigkeit der fremden Sprache und des Steins hatten ihn von seiner bevorstehenden Aufgabe abgelenkt; der Klient musterte ihn erwartungsvoll. Zane war verblüfft. »Sie haben mich erwartet? Sie haben gar keine Angst?«

»Dich erwartet? Seit sechs Monaten suche ich nach dir! Angst? Ich habe schon geglaubt, ich würde nie mehr aus diesem Gefängnis herauskommen!«

»Aus diesem Krankenhaus? Es sieht doch ganz nett aus.«

»Aus diesem Körper.«

Oh. »Sie *wollen* also ...?«

Der Klient blickte ihn mit zusammengekniffenen Augen an. »Du bist neu in diesem Job, nicht?«

Zanes Kehle schnürte sich zusammen. »Woher wissen Sie das?«

Der Mann lächelte. »Ich hatte schon einmal eine engere Begegnung mit dem Tod. Er war älter als du. Mehr Falten am Schädel. Sein Anblick hat mich so erschreckt, daß ich sofort wieder ins Leben zurückgesprungen bin. Ich lag auf dem Operationstisch im Sterben, aber die Operation wurde ein Erfolg. Dieses eine Mal.«

»Ich weiß, wie das ist«, stimmte Zane ihm zu und dachte dabei einmal mehr an seine Mutter.

»Damals hatte ich noch Lebenswillenreserven, die durch eine solche Herausforderung mobilisiert wurden. Aber inzwischen hat sich mein Zustand erheblich verschlechtert. Weder Wissenschaft noch Magie können den Schmerz lindern. Nicht ohne meinen Geist zu benebeln, und das will ich nicht. Aber ich glaube sowieso, daß der Tod nur ein Übergang in eine ähnliche Existenz ist, ohne die Last des Körpers. Manche Leute merken nicht einmal, daß sie tot sind. Mir ist das egal, wenn ich es merke, solange wenigstens der Schmerz nachläßt. Und so ist mein Lebenswille ausgelöscht worden, und ich bin bereit, mein Leben aufzugeben. Ich hoffe, du bist kompetent.«

Zane sah auf seine Todesuhr. Er war eine Minute zu spät dran! »Das hoffe ich auch«, sagte er. »Ich habe mich zu lange mit Ihnen unterhalten.«

Der Mann lächelte ein zweites Mal. »Es war mir ein Vergnügen, Tod. Es hat mir eine kurze Erleichterung verschafft. Wenn du jemals einen Menschen bemerken solltest, der gegen seinen Willen am Leben erhalten wird, dann mußt du ihn notfalls mit Gewalt erlösen. Ich glaube, das wirst du auch tun.«

Wieder dachte Zane an seine Mutter. »Das habe ich schon getan«, flüsterte er. »Ein Mensch hat ein Recht darauf, zu seiner Zeit zu sterben. Daran glaube ich. Aber mancher nennt das Mord.«

»Manche, ja«, stimmte der Klient ihm zu. »Aber manche sind ja auch Narren.« Dann verzerrte sich sein Gesicht in schmerzvollem Krampf. »Ah, es wird Zeit!« keuchte er. »Tu es jetzt, Tod!«

Zane griff nach der Seele des Mannes. Seine Finger drangen in den Leib des Klienten ein und packten das Gewebe der Seele. Vorsichtig zog er es hervor, ohne daran zu reißen. Die Augen des Mannes brachen; er war tot und zufrieden, tot zu sein.

Die drei anderen Patienten im Raum beachteten sie nicht. Sie erkannten ihren Besucher nicht und merkten auch nicht, daß ihr Zimmergefährte gestorben war.

Zane faltete die Seele zusammen und steckte sie zu der anderen in den Beutel. Glücklicherweise wurde er langsam etwas besser. Er fühlte sich auch besser, denn er wußte, daß er für diesen Klienten gerade eben das Richtige getan hatte, indem er ihm weiteren sinnlosen Schmerz ersparte. Vielleicht war sein Amt ja doch nicht so grausig, wie er geglaubt hatte.

Er sah auf seine Uhr. Wieder lief ein Countdown, doch diesmal hatte er fast eine halbe Stunde Zeit. Das Katzenauge war geweitet; das Ziel lag also in der Nähe. Ausnahmsweise würde er sich mal nicht abhetzen müssen.

Er fuhr in einen Park, der hinter Phoenix lag, und verließ mit seinem Wagen die Straße. Dann öffnete er seinen Seelenbeutel, steckte die Hand hinein und holte eine der Seelen hervor. Er entfaltete sie behutsam und breitete sie, so gut es ging, an der Windschutzscheibe aus. Es war eine ganze, unzerfetzte Seele, woran er erkannte, daß es die letzte war, die er eingesammelt hatte.

Die Seele, die sich vor dem grellen Licht der nahenden Autoscheinwerfer als Umriß abzeichnete, wies durchsichtige und dunkle Flecken auf, wie ein verzerrtes Rorschach-Bild. Die Einzelheiten waren faszinierend anzusehen, doch er besaß keine Möglichkeit, ihr Gesamtwesen einzuschätzen. Sollte diese Seele nun in den Himmel oder in die Hölle weitergeleitet werden?

Irgend etwas glomm in seinem Geist auf, fast wie die Erinnerung an eine frühere Existenz. Zane griff an der Seele vorbei und öffnete das Handschuhfach. Tatsächlich, darin befanden sich weitere Edelsteine. Als er sein Amt angetreten hatte, hatte er gleichzeitig Armut mit Überfluß vertauscht!

Zwei der Steine blitzten sanft. Zane holte sie hervor. Es waren ebenfalls Cabochons, halb gerundete, polierte Halbkugeln. Einer war von stumpfem Braun, der andere von stumpfem Gelb. Er legte ihre flachen Seiten aneinander, so daß die beiden zusammen eine Kugel bildeten, ein bißchen wie die dunkle und die helle Seite des Mondes. Vielleicht waren es ja sogar Mondsteine. Sie paßten zueinander – aber welchem Zweck dienten sie?

Er löste die Steine wieder voneinander und führte den braunen an die ausgebreitete Seele. Der Stein flackerte, als wäre er hungrig. Er fuhr mit ihm über die Seelenoberfläche, worauf das Juwel jedesmal aufleuchtete, wenn es an einen dunklen Fleck kam.

Aha! Nun tat Zane das gleiche mit dem gelben Stein. Der flackerte immer nur an den hellen Teilen auf.

Wenn das Dunkle dem Bösen entsprach und das Helle dem Guten, besaß er somit ein Analysegerät. Jeder der beiden Steine reagierte auf einen anderen Seelenaspekt. Somit konnte er die magische Analyse auf wissenschaftliche Weise durchführen. Doch wie sollte er das Endergebnis bestimmen?

Vielleicht wurden die Steine ja schwerer, wenn sie die Daten der Seele aufnahmen. Gab es hier eine Waage?

Er überprüfte das Handschuhfach, konnte jedoch keine Waage entdecken. Nun, vielleicht würde sich der Bewertungsmechanismus noch zur richtigen Zeit von allein offenbaren. Er hatte jetzt wirklich nicht genug Zeit, um länger darüber nachzugrübeln.

Zane ließ den braunen Stein die lange Kante der Seele entlang gleiten, dann führte er ihn von der Kante aus einen Streifen hinunter, wobei die dunklen Flecken in den Stein hineinblitzten. Wenn er über ein Stück fuhr, das bereits bestrichen worden war, gab es keine Reaktion mehr; der Stein nahm jede vorgegebene Sünde nur einmal auf. Während er dies tat, wurde er nach und nach dunkler, schien jedoch in Zanes Hand nicht an Gewicht dazuzugewinnen.

Aber diese Veränderung könnte natürlich auch so winzig sein, daß er selbst sie nicht feststellen konnte.

Als er die gesamte Seele bestrichen hatte, war der Stein fast völlig schwarz. Auf diesem Konto gab es also jede Menge Schuld und Sünden. Zane fragte sich, um was genau es sich dabei wohl handeln mochte, doch er sah keine Möglichkeit, das festzustellen. Der Klient hatte ein recht gemischtes Leben geführt, bevor der Krebs ihn niedergestreckt hatte. Vielleicht war das alles, was der Tod wissen mußte.

Nun ließ er den gelben Stein auf dieselbe Weise über die Seele fahren. Als der die guten Aspekte auffing, wurde er immer heller, bis er schließlich so hell schimmerte wie der hellste Mond.

Was nun? Gewiß, beide Steine hatten sich verändert, als sie dieser Seele Maß genommen hatten – doch welcher von beiden hatte sich mehr verändert? Der dunkle wirkte deutlich schwerer als der helle; hieß das, daß das Böse in dieser Seele vorherrschte? Doch war der helle Stein dafür auch immer leichter geworden, als würde das Gute in ihm nach oben schweben. Vielleicht bestand der Trick darin, zu bestimmen, welcher Stein sich mehr verändert hatte. Drückte der dunkle Stein stärker nach unten, oder trieb es den hellen stärker in die Höhe? Wo lag das Gleichgewicht, wenn man aus beiden den Durchschnitt ermittelte?

Dann hatte er es. Er drückte die beiden Steine zusammen. Sie hingen aneinander fest wie Magneten, und ihre Nahtstelle wand sich in die Form des östlichen Yin-Yang-Symbols oder des westlichen Baseballs. Sie waren eins geworden.

Er ließ den Ball los. Der blieb in der Luft schweben, in beinahe vollkommenem Gleichgewicht. Wie sah die Bestimmung dieser Seele aus?

Dann stieg er, langsam, in die Höhe. Die Bilanz wies einen winzigen Überschuß zugunsten des Himmels auf. Zane atmete erleichtert auf. Er war wegen dieses Mannes doch nervöser gewesen, als ihm bewußt war. Er war sich sowohl über die Analysetechnik als auch über das Ziel des netten Herrn unsicher gewesen, mit dem er sich unterhalten hatte.

Nett? Allzu nett konnte der Mann auch wieder nicht gewesen sein, sonst hätte er nicht soviel Böses in seiner Seele gehabt!

Die Edelsteinkugel drückte sanft gegen das Autodach. Zane ließ sie nicht entweichen. Es war die Seele selbst, die er in den Himmel schicken mußte. Aber wie?

Wieder stöberte er im Handschuhfach herum. Er fand eine Rolle durchsichtiges Klebeband und zwei Pakete voller Kugeln. Die Kugeln waren von deutlich unterschiedlicher Dichte: Einige waren aus Holundermark und drohten, davonzuschweben; andere waren aus Blei und sehr schwer.

Nun war ihm alles klar. Zane faltete die Seele erneut zu einer kompakten Masse zusammen, verschnürte sie mit einer Bandschlaufe und befestigte daran eine schwebende Holundermarkkugel. Dann öffnete er das Wagenfenster und ließ das Päckchen frei. Es schwebte in den sternenübersäten Himmel empor und war schon kurz darauf nicht mehr zu sehen.

Er hoffte, daß die Sendung sicher im Himmel ankommen würde. Dies schien ihm eine unglaublich primitive Methode, um eine solch kostbare Ware wie eine Seele zu befördern. In einer Welt, die über magische Teppiche und Luxusflugzeuge verfügte, sollte es doch eigentlich möglich sein, eine Seele auf sicherere und effektivere Weise zu transportieren. Aber das war natürlich nur die Methode seines Vorgängers. Vielleicht konnte Zane sie später noch weiterentwickeln, wenn er erst einmal mehr über sein Amt wußte.

Die Steine fielen wieder auseinander und gewannen ihre ursprüngliche stumpfe Farbe zurück. Diese Aufgabe war erledigt. Er legte die beiden Juwelen wieder zurück ins Handschuhfach.

Die Todesuhr zeigte weniger als zehn Minuten an. Er hatte seinen Zeitüberschuß aufgebraucht und mußte sich wieder auf den Weg machen.

Zane richtete den Wagen aus und aktivierte den Hyperantrieb. Diesmal dauerte das Zerren länger. Er sah aus dem Fenster. Der Wagen bewegte sich über Wasser, ostwärts über den Ozean, wenn er dem Kompaß glauben konnte, den er nun auf dem Armaturenbrett entdeckte. Er verließ die Nacht- und trat in die Tagzone ein und bemerkte, daß er seinen Job am Abend angetreten hatte. Als er seine erste Klientin in Anchorage bedient hatte, war es später Nachmittag gewesen, während sein zweiter Klient in Phoenix wiederum am Abend behandelt worden war. Die Welt drehte sich unabhängig von seinem Handwerk weiter, während er in den Tag hinein- und wieder aus ihm herausjagte.

Einen Augenblick später war Land zu sehen. Der Wagen verminderte sein Tempo, als er darauf zuschoß, dann rollte er einen kurzen Strand entlang, durch eine Siedlung von zwanzigstöckigen Gebäuden voller Eigentumswohnungen im modernistischen Stil. Dann fuhr er durch – nicht um – einen Gebirgszug, an einem Dorf vorbei, das mit weißgekalkten Häusern ein Tal ausfüllte, durch einen Olivenhain, vorbei an weidenden Pferden hinaus auf ein offenes Feld.

Nun befand er sich in der Nähe seines Klienten. Er wußte nicht, weshalb ihn der Hyperantrieb nie ganz präzise ans Ziel brachte; vielleicht war die Genauigkeit auf großen Strecken nicht so groß. Wahrscheinlicher war, daß dadurch die Anonymität des nahenden Todes gewährleistet blieb: Es würde den Leuten schwerfallen, einen Wagen zu ignorieren, der plötzlich an einem Unfallort materialisierte. Die Magie hatte auch ihre Grenzen, deshalb war es das Klügste, sie nicht allzusehr zu forcieren.

Mit Hilfe des Auges und des Pfeils näherte er sich seinem Ziel und hatte schließlich noch eine Minute übrig. Er befand sich vor einem heruntergekommenen Bauernhaus inmitten von verdorrten Feldern. Diese Familie war mit Armut geschlagen.

Er öffnete die Tür und trat ein. Er überlegte, ob er hätte anklopfen sollen, doch er gelangte zu der Meinung, daß wohl niemand sonderlich gerne dem Tod die Tür öffnen würde. Hier herrschte gerade Morgendämmerung; er hörte die Familienmitglieder, wie sie einander anschrien, während sie schläfrig umherstolperten und sich in dem eisigen Haus organisierten. Sein linkes Ohr fing die gedolmetschten Worte auf, denn natürlich sprach man hier nicht Zanes Muttersprache. Die Leute beschwerten sich über den kalten Morgen, über das mangelhafte Frühstück, und über den Boden huschte eine Ratte.

Zanes Steine führten ihn ins Schlafzimmer. Dort saß die Frau auf der Bettkante, einen unglücklichen Ausdruck im Gesicht, während sie versuchte, schwere, undurchsichtige Strümpfe anzuziehen. Sie hatte ein Bein gehoben, das Knie gebeugt, so daß er ihre Schenkel deutlich erkennen konnte. Schockiert nahm er wahr, daß sie fast völlig von einer roten Entzündung bedeckt waren. Tatsächlich sah die Frau krank aus; ihr Gesicht war gerötet, ihr Haar strähnig und wirr. Als sie eine Grimasse zog, waren ihre verfärbten, möglicherweise verfaulten Zähne zu erkennen. Es war eine junge, halbwegs gut gebaute Frau, doch ihr schlechter Gesundheitszustand machte sie abstoßend. Ihre Augen wiesen derart tiefe Schatten auf, daß es fast den Anschein hatte, als wären sie blau geschlagen worden. Da bemerkte Zane, daß hier tatsächlich Gewaltanwendung stattgefunden hatte: Überall, wo ihr Fleisch zu sehen war, war es von Schrammen und Blutergüssen übersät.

Vielleicht war der Tod wirklich eine Gnade für sie. Sie war offensichtlich in einem erbärmlichen Zustand.

Doch der Pfeil zeigte nicht auf die Frau. Er wies vielmehr auf die Krippe am anderen Ende des Raums, wo ein kleiner Säugling zusammengerollt lag.

Ein Baby? Wie konnte er ein Baby holen?

Zane schritt an der Frau vorbei, die ihn nicht weiter beachtete, und beugte sich über die Krippe. Der Säugling hatte seine ohnehin ungenügende Decke während der Nacht abgeworfen und lag nun, der Kälte ausgesetzt und feucht, mit dem Gesicht nach unten, die Haut blau verfärbt. Er würde, erkannte Zane, im Kindbett sterben.

Doch was war denn dann mit der Fünfzig-zu-fünfzig-Regel, der seine Klienten unterworfen waren? Die meisten Menschen starben und wurden von ihrer Seele getrennt, ohne daß er dabei direkte Hilfe leistete. Nur jene, die ihre

Seele derart mit Bösem befrachtet hatten, daß ihre Erlösung zweifelhaft war, bedurften der persönlichen Dienstleistung des Todes. Ein Säugling war schon fast per definitionem unschuldig; folglich sollte seine freigesetzte Seele auch glückselig zum Himmel emporschweben.

Und doch bestand kein Zweifel daran, daß dieser Säugling hier sein Klient war. Es war soweit. Zane griff hinab und enthakte die kleine Seele.

Die Mutter des Kindes, die mit ihren mühseligen Ankleideoperationen beschäftigt war, bemerkte nichts davon. Zane schritt an ihr vorbei, die Seele in der Hand haltend, und verließ das Haus. Er fühlte sich krank.

Im Inneren des Todesmobils untersuchte er mit Hilfe der Steine die kleine Seele. Das Muster war merkwürdig, weil es nämlich überhaupt kein Muster ergab: Die Seele war von einheitlichem Grau. Sie war noch nicht durch Erfahrung differenziert geworden.

Das Urteil der zusammengesetzten Steine fiel neutral aus; die Steinkugel blieb wie ein Mond, dem sie auch glich, schweben, ohne zu steigen oder zu fallen.

Wie konnte das sein? Was hatte dieser kleine Junge denn Böses getan? Was hatte er denn überhaupt Böses tun *können,* eingeschlossen in seiner Krippe, völlig abhängig von seiner kranken Mutter?

Darauf wußte Zane keine Antwort. Er faltete die Seele säuberlich zusammen und verstaute sie in seinem Beutel.

Wieder lief der Countdown der Todesuhr. War denn nie ein Ende? Wann bekam er denn mal eine Ruhepause, etwas Zeit, um über alles nachzudenken?

Darauf hatte er allerdings eine Antwort. Tode fanden die ganze Zeit statt, und das galt auch für den kleinen Prozentsatz unter ihnen, der nach besonderer Aufmerksamkeit verlangte. Irgendwann würde er zwei schwierige Fälle auf einmal zu erledigen haben, auf entgegengesetzten Seiten des Globus. Was dann?

Zane begann zu begreifen, wie jemand, der das Amt des Todes wahrnehmen mußte, irgendwann achtlos werden konnte, wie es bei seinem Vorgänger der Fall gewesen war. Wenn sich die Ereignisse überschlugen, mußte man manches abkürzen, sonst war der Job nicht zu erledigen. Was geschah mit einem Tod, der zu weit hinter seinen Terminen herhinkte?

Er musterte die Uhr etwas genauer. An der Seite befanden sich drei Knöpfe. Es war natürlich eine Stoppuhr, auch wenn der Zeiger rückwärts lief. Er hatte schon ähnliche Geräte gesehen. Mit einem Knopf aktivierte man das Zählwerk und stoppte es; mit dem anderen stellte man die Anzeige wieder auf Null; und mit dem etwas kleineren Mittelknopf stellte man bei Bedarf die gewöhnliche Uhrzeit und die Kalenderfunktion ein.

Doch diese Uhr lief von alleine, auf magische Weise, und reagierte auf eine Datenangabe, über die er nichts wußte. Vielleicht besaß sie eine Direktverbindung zum Himmel oder zur Hölle oder wo immer sonst über den Verbleib von Seelen entschieden werden mochte. Wahrscheinlich hatte die Norne auch ihre Hand dabei im Spiel, da sie ja die Lebensfäden bemaß. Er selbst legte keine Ereigniszeiten fest, vielmehr wurde seine eigene Zeit von Ereignissen festgelegt. Wozu dienten dann diese Zusatzknöpfe? Was kontrollierten sie?

Er überlegte, ob er einen der Knöpfe betätigen sollte. Doch dann zögerte er; es könnte gefährlich werden, mit etwas herumzuspielen, von dem er nichts verstand. Doch andererseits – wie sollte er es sonst herausbekommen? Schließlich hatte er sein Leben – und beinahe seinen eigenen Tod – auch auf unüberlegte Weise geführt, da könnte er ebensogut konsequent so weitermachen.

Probehalber drückte er auf den untersten Knopf. Nichts passierte. Der Knopf sprang ohne besonderen Druckpunkt wieder zurück. Ob er ausgekoppelt worden war? Nicht unbedingt; eine gute Stoppuhr war dagegen geschützt, daß man aus Versehen den falschen Knopf drückte, was gegen Ende eines Wettlaufs im Eifer des Gefechts ja durchaus vorkommen konnte, wenn man nämlich, ohne hinzusehen, den STOPP-Knopf drückte. Dieser hier müßte eigentlich die Rückstellung auf Null bewirken, die nur dann funktionierte, wenn eine bestimmte Zeit eingestellt oder gemessen worden war, wie dies nach einem Rennen der Fall war, dessen Zeit man genommen hatte.

Er drückte auf den obersten Knopf. Der klickte – und der rote Zeiger blieb stehen.

Zane begutachtete das Zifferblatt. Die beiden Miniaturskalen, welche die Stunden und Minuten anzeigten, bewegten sich nicht mehr. Der Zentralzeiger war um dreiundzwanzig Sekunden nach der vollen Minute zum Stillstand gekommen. *Vor* der vollen Minute, denn er lief ja rückwärts. Doch das dritte Blatt funktionierte noch; sein Zeiger bewegte sich forsch weiter im Uhrzeigersinn und zeigte die Sekunden der Normalzeit an. Also war die Stoppuhr gestoppt worden, nicht aber die Zeit selbst.

Was hatte das zu bedeuten? Wenn die Stoppuhrfunktion den Todeszeitpunkt seiner Klienten bestimmte, hieß dies dann, daß diese Tode nun blockiert blieben? Das fiel ihm schwer zu glauben, aber das galt schließlich für die ganze Situation schlechthin. Die Norne hatte davon gesprochen, daß alle Tode auf der Welt aufgehalten würden, bis er, der neue Amtsinhaber, seine Aktivitäten aufgenommen hätte. Das beantwortete auch seine Frage nach Terminen, die zu dicht nebeneinander lagen: Er würde den einen Fall einfrieren können, während er sich um den anderen kümmerte.

Und das gab ihm natürlich auch die Möglichkeit einer Erholungspause. Er konnte seine Arbeit einfach liegenlassen, während er schlief oder aß oder über die Sache nachdachte.

Was für eine Uhr! Sie bestimmte nicht nur den Zeitpunkt bereits existierender Ereignisse, sie zwang den Ereignissen auch ihren Zeitplan auf.

Zane sah, daß er bis zu seinem nächsten Termin nur zwei Minuten hatte, die zusätzlichen dreiundzwanzig Sekunden nicht eingerechnet, und der grüne Stein zeigte an, daß sein Ziel die halbe Welt von ihm entfernt lag. Das war doch ein wenig gedrängt. Er drückte auf den Rückstellknopf – tatsächlich, die Zeiger ruckten mehrere Minuten zurück, so daß er nun volle zehn Minuten hatte. In dieser Zeit, das wußte er inzwischen, würde ihn der Todeswagen an jeden Ort der Erde bringen können.

Wozu war denn dann die Stundenanzeige? Sie konnte bis zu zwölf Stunden anzeigen, aber wenn er die Zeit immer nur höchstens zehn Minuten zurückstellen konnte, würde er die Stunden nie abzulesen brauchen.

Zane beschloß, später darüber nachzudenken. Im Augenblick mußte er erst mal klar Schiff machen. Zum einen mußte er sich überlegen, was er mit der Säuglingsseele tun sollte. Er würde sie nicht in die Hölle schicken, war aber möglicherweise auch nicht dazu befugt, sie in den Himmel zu befördern. Wahrscheinlich war es besser, sie zu einem Expertengutachten ins Fegefeuer zu senden. Er ging davon aus, daß das Fegefeuer, wenn Himmel und Hölle schon wirklich waren, ebenso existierte – aber wo?

»Ach, ich weiß so vieles nicht!« rief er.

»Auch das wird vergehen«, antwortete eine Stimme.

3 Mutterschafe und Hirschkühe

Zane erschrak. Auf dem Nebensitz befand sich ein Mann. Er war vielleicht um die fünfzig, mit Schnäuzer und spitzem Kinnbart sowie stechenden blauen Augen. In der Hand hielt er einen Doppelkegel.

»Sie müssen unsterblich sein«, sagte Zane nach kurzem, fieberhaftem Nachdenken.

»In gewissem Sinne«, stimmte der Mann zu. »Ich bin auch eine Inkarnation, wie das Schicksal und der Tod.«

Zane studierte ihn. Er rechnete eigentlich damit, den Mann zu erkennen, aber es gelang ihm nicht. »Wer ...«

»Ich bin Chronos, landläufig auch als Zeit bekannt.« Er drehte die Kegel um, und feiner Sand rieselte von einem in den anderen. Es war eine Sanduhr.

»Die Zeit!« rief Zane. »Aber Sie sind so jung!« Nur daß das ungenau war. »Jedenfalls nicht alt ...«

»Ich bin alterslos«, berichtigte Chronos ihn. »Ich weiß zwar, daß mich unwissende Künstler als uralt dargestellt haben, aber ich ziehe es vor, auf dem Höhepunkt meiner Kräfte zu operieren.«

»Habe ich ... die Uhr ...?«

»Ja, Tod, Sie haben mich gerufen. Ich habe natürlich mit allem zu tun, was in den Bereich der Zeitmessung fällt, vor allem mit jener, die von Schlüsselfiguren praktiziert wird. Sie haben mich gerufen, indem Sie den Countdown auf zehn Minuten gestellt haben. Normalerweise friert der Tod die Zeit dort ein, wo sie gerade ist, oder er stellt sie zurück, um genügend Reisezeit zu gewinnen; beides ist ein Kode. Natürlich kam ich vorbei, um nachzusehen, was Sie wünschen, denn wir Inkarnationen versuchen immer, einander zu unterstützen. Schließlich sind wir alle am gleichen Firmament.«

»Ich wußte nicht, daß ich Sie damit rufen würde«, sagte Zane verlegen. »Ich bin noch neu. Um ehrlich zu sein, ich wußte gar nicht so recht, daß Sie als Person existieren.«

»Als Personifikation«, berichtigte Chronos ihn wieder. »Als Inkarnation einer essentiellen Funktion der Existenz. Die Personen wechseln, aber die Rolle bleibt.«

»Das ist noch so etwas, an das ich mich erst mühsam gewöhnen muß, daß nämlich Dinge wie der Tod oder die Zeit Ämter sind und keine physikalischen Gesetze oder was auch immer.«

»Wir sind Rollen und Ämter und Gesetze und noch mehr als das«, versicherte Chronos. »Wir sind auch Menschen, und diese menschliche Eigenschaft ist wichtig.«

»Ich habe gerade versucht festzustellen, wie diese Uhr funktioniert. Der Stundenzeiger scheint gar keine Funktion zu haben.«

»Der zeigt die Zeit an, die Sie hinter Ihrem Soll hinterherhinken«, erklärte Chronos freundlich. »Sie haben Ihren nächsten Klienten um sieben Minuten und siebenunddreißig Sekunden zurückgesetzt; außerdem haben Sie das gesamte Programm eingefroren. Das ist natürlich Ihr Vorrecht, schließlich sind Sie der Tod. Sie können sogar die gesamte Zeit anhalten, indem Sie den Mittelknopf betätigen. Aber wenn Sie das länger als eine halbe Stunde tun, zeigt die Stundenskala dies als Aufholbedarf an. Wenn Sie mehr als zwölf Stunden hinterherhinken, was die Kapazität der Uhr übersteigt, gibt es eine Untersuchung der Behörden im Fegefeuer, die sich negativ in Ihrer Leistungsbilanz niederschlagen könnte.«

»Ach ja? Was passiert mir denn, wenn meine Bilanz negativ ist?«

»Das zählt als Böses in Ihrer Seele, wodurch das Gleichgewicht in Richtung Hölle verschoben wird. Natürlich befinden Sie sich in Ihrer Einweihungsphase noch in vollkommenem Gleichgewicht; schließlich benötigt jeder neue Amtsinhaber etwas Zeit, um sich einzuarbeiten. Aber wenn die vorüber ist, wie auch dann, wenn Sie Ihr Amt niederlegen, aus welchem Grunde auch immer, könnte eine negative Einstufung Ihrer Seele sehr viel Pein bescheren.«

Zane begann zu begreifen: Er hielt zwar das Amt des Todes inne, blieb aber dabei noch am Leben, und auch die Bilanz seiner Seele mußte noch irgendwann beglichen werden. »Mein Vorgänger … wohin ist denn seine Seele gegangen?«

»Er hat alles in allem effiziente Arbeit geleistet; ich bin überzeugt davon, daß er seinen Weg in den Himmel gefunden hat, der das letzte Refugium der Effizienz ist.«

Das beruhigte Zane etwas. »Und wenn ich gute Arbeit leiste, komme ich irgendwann auch in den Himmel – wenn die Zeit kommt?«

»*Wenn* sie kommt. Ja, das sollten Sie eigentlich. Da Sie Ihr Amt in einem ausgeglichenen Zustand angetreten haben und die Arbeit recht geordnet verläuft, sollte es für Sie nicht schwer sein, Ihre Position zu verbessern.«

»Woher wissen Sie denn, daß meine Seele ausgeglichen ist?«

»Wäre sie es nicht, so hätte der Tod nicht persönlich zu Ihnen kommen müssen.«

Zane lachte. »Wissen Sie, daran habe ich noch gar nicht gedacht! Gut und Böse in mir waren ausgewogen, also mußte der Tod, als ich meinen Selbstmordversuch unternahm, persönlich vorbeikommen, um mich zu holen. Und wenn ich ihn nicht hätte kommen sehen, wäre ich jetzt tot!«

»Es ist eine ungewöhnliche Situation«, pflichtete Chronos ihm bei. »Aber gleichzeitig doch auch völlig normal. Jeder Tod tötet seinen Vorgänger und belastet damit seine Seele mit einer weiteren bösen Tat, schiebt dadurch aber seine eigene Abrechnung auf unbestimmte Zeit hinaus. Ich beneide Sie nicht gerade um Ihr System.«

»Ist Ihres denn anders?«

»Aber gewiß doch! Jedes Amt besitzt seine eigenen Übergangsmodalitäten, und manche davon sind sanfter als andere. Aber wir alle arbeiten so zusammen, wie es gefordert ist, und zollen dem Amt des anderen den gebührenden Respekt. Ich fühle mich dem vorangegangenen Tod verpflichtet, der mir mal einen Gefallen getan hat, und bedaure, daß er sein Amt aufgeben mußte. Jetzt will ich seinem Nachfolger den Weg ein wenig ebnen helfen, so wie es auch sein Wunsch gewesen wäre.«

»Dann haßt er mich also nicht?« fragte Zane verwundert.

»Im Himmel gibt es keinen Haß.«

»Aber ich habe ihn doch ermordet!«

»Und werden Ihrerseits von Ihrem Nachfolger ermordet werden. Hassen Sie den etwa?«

»Meinen Nachfolger hassen? Aber ich kenne ihn doch überhaupt nicht!«

»Ihr Vorgänger hat Sie auch nicht vorher gekannt. Sonst wäre er vorsichtiger gewesen.«

Zane wechselte das Thema. »Ich habe gerade einen Säugling geholt. Er ist völlig ausgeglichen, ein einheitliches Grau. Ich weiß weder, wieso er soviel Böses in seiner Seele aufweisen kann, so vollständig integriert, noch was ich mit der Seele tun soll. Könnten Sie mir einen Rat geben?«

»Ich kann die Angelegenheit erhellen helfen. Der Säugling ist wahrscheinlich das Produkt eines Inzest oder einer Vergewaltigung, so daß die Bürde einer verstärkten Erbsünde auf ihm lastet. Solche Kinder, die im Bösen gezeugt wurden, beginnen das Leben nicht mit einer reinen Seele.«

»Erbsünde!« rief Zane. »Ich dachte immer, das wäre eine Lehre, die schon längst nicht mehr anerkannt ist.«

»Kaum. Mag sein, daß sie in den nichtchristlichen Teilen der Welt nichts gilt, aber hier ist sie durchaus noch wirksam. Der Glaube ist eine Grundlage der Existenz, und die Schuldfrage ist für die Religion sehr wichtig; deshalb kann sich Schuld tatsächlich über Generationen hinweg fortschreiben.«

»Das gefällt mir aber gar nicht!« protestierte Zane. »Ein Säugling hat keinen freien Willen, schon gar nicht bevor er geboren wird. Er kann sich die Umstände seiner Zeugung nicht aussuchen. Er kann keine Sünde begehen.«

»Leider bestimmen nicht Sie über das System, Sie unterstützen es lediglich. Alle von uns haben Einwände gegen manche seiner Aspekte, aber unsere Macht ist begrenzt.«

»Und ich weiß auch nicht, wohin ich die Säuglingsseele bringen soll. Ich weiß nicht, wie ich zum Fegefeuer komme, sofern das der richtige Ort dafür sein sollte.«

Chronos lachte. »Es ist der richtige Ort, und er ist auch sehr leicht für Sie zu erreichen. Sie wohnen nämlich dort.«

»Ich wohne dort?«

»Wenn Sie nicht damit beschäftigt sind, Seelen einzusammeln. Sie besitzen ein prächtiges Todeshaus, ein Herrenhaus am Firmament.«

»Na, ich hab's jedenfalls noch nie zu Gesicht bekommen«, versetzte Zane pikiert. »Wie kann ich ...«

»Sie reiten auf Ihrem prachtvollen schwarzen Pferd dorthin.«

»Auf meinem schwarzen Pferd?«

»Der Tod reitet ein schwarzes Pferd. Das wissen Sie doch bestimmt. Mortis ist immer bei Ihnen.«

»Natürlich weiß ich von dem traditionellen Hengst des Todes! Aber ich weiß nicht, wo sich ein solches Pferd befinden soll.«

Chronos lächelte gönnerhaft. »Wo es ist, wissen Sie schon. Sie wissen nur nicht, was es ist.« Er tätschelte das Armaturenbrett. »Das hier ist Mortis.«

»Der Wagen?« Zane war völlig verblüfft. »Ich weiß zwar, daß auf dem Kennzeichen MORTIS steht. Aber das hier ist doch eine Maschine!«

»Drücken Sie diesen Knopf.« Chronos zeigte auf einen Knopf am Armaturenbrett, den Zane vorher noch nie bemerkt hatte. Er trug das eingeprägte Symbol einer Schachfigur – ein Springer, das Abbild eines Pferdekopfes.

Zane betätigte den Knopf – und fand sich plötzlich auf einem prächtigen Hengst sitzend wieder. Das Fell des Pferds war so finster wie die Nacht, seine Mähne schimmerte wie schwarze Seide, und seine Hufe glichen dunklem Stahl. Das Tier hob seinen großen Kopf, richtete die Ohren nach vorn aus und blies weißen Dampf aus den Nüstern.

Zane hatte schon immer davon geträumt, ein fliegendes Pferd zu besitzen. Nun wußte er, daß sein Traum Wirklichkeit geworden war. Dieses Pferd besaß zwar keine Flügel, aber es konnte überall hingelangen!

»Wollen Sie sonst noch irgend etwas wissen?« fragte Chronos trocken. Er saß jetzt hinter Zane.

»Es muß noch ganze Enzyklopädien von Informationen geben, die ich haben muß«, meinte Zane, voller Ehrfurcht angesichts der Transformation des Wagens in ein Tier. Er hatte zwar gewußt, daß Magie und Wissenschaft miteinander verbündet waren, doch noch nie hatte er dergleichen zu Gesicht bekommen. Er spürte die warmen, kraftvollen Muskeln des Pferdes unter sich und war begeistert wie ein kleines Kind. »Irgendwie scheint es mir im Augenblick nicht so recht wichtig zu sein.«

»Der Augenblick ist auch in gewisser Hinsicht eingefroren«, erinnerte Chronos ihn. Er stieg ab. »Ich werde Sie jetzt verlassen.« Die Sanduhr in seiner Hand blitzte auf, und er verschwand.

»Die Zeit vergeht«, murmelte Zane. Er schüttelte seine Stimmung ab und tätschelte das Pferd. »Wir beide werden prima zurechtkommen, das weiß ich genau. Aber ich habe nicht viel Erfahrung als Reiter, da ist es wohl besser, wenn ich deine Wagengestalt für die Routinebesuche in der Stadt benutze. Es sei denn, wir begeben uns gleich ins Fegefeuer ...«

Der Hengst schnaubte verneinend. Zane dachte, daß das Pferd es wohl besser wissen mußte, also widersprach er nicht.

Er sah den Sattel an und entdeckte einen Knopf darauf.

»Verwandelt man dich damit wieder in die schwarze Limousine?« fragte er und berührte ihn.

Plötzlich war er wieder im Wageninneren. Gut! Er würde Mortis dem Pferd noch sehr, sehr viel mehr mitzuteilen haben, aber alles zu seiner Zeit. Jetzt rief ihn erst einmal die Pflicht. Er betätigte den START-Knopf auf der Todesuhr und bemerkte, daß die Stundenskala nun eine halbe Stunde anzeigte. Die würde er aufholen müssen. Wenigstens verstand er jetzt langsam das ganze System.

Er richtete das Todesmobil aus und ging auf Hyperantrieb. Ein Tier, das zu einer Maschine wurde – erstaunlich, aber praktisch! War das Pferd nun ein Roboter, oder war der Wagen lebendig? Das würde er später herausfinden müssen. Wenigstens erklärte dies, weshalb das Fahren so leicht war: Es wurde vom Geist eines Tieres unterstützt. Geistesabwesende Menschen fuhren manchmal gegen einen Baum, doch das passierte einem geistesabwesenden Reiter nie, weil das Pferd es besser wußte. Aber es erschien ihm irgendwie merkwürdig, *in* einem Pferd zu reiten!

Diesmal kam er auf dem Parkplatz eines großen Stadions heraus. Es war zwar Nacht, doch das ganze Gelände wurde taghell vom Flutlicht erleuchtet. Zane musterte eindringlich die Steine des Armbands, um sicherzugehen, daß hier kein Irrtum vorlag, doch das Katzenauge war stark vergrößert, die beiden Punkte lagen auf dem Rutilnetz übereinander, und der Pfeil zeigte eisern auf das Stadion.

»Wenn's denn so sein muß«, sagte Zane und stieg aus, um zu dem Gebäude zu gehen. Der Mann hinter dem Kartenschalter hielt ihn nicht auf, denn er hielt ihn für einen Stadionsfunktionär. Zane schritt, dem Pfeil folgend, hinein.

Das Spiel war in vollem Gange. Es war ein Profi-Footballspiel, und zwei Banner kündeten von den beiden Mannschaften: die *Hirschkühe* gegen die *Mutterschafe*. Der Ball befand sich auf der Neunzig-Fuß-Linie der Mutterschafe, und die Mädchen stürzten sich gerade, sich dabei wie in der guten alten Zeit gegenseitig an den Haaren ziehend, aufeinander.

Der Pfeil zeigte auf das Spielfeld. Doch im angezeigten

Teil war niemand. Das Spielgeschehen fand nur auf der anderen Seite statt.

Zane schritt unter leichten Schwierigkeiten am Feldrand entlang, denn das Stadion war voller Zuschauer. Der Pfeil auf dem Stein deutete auf einen Punkt auf der Fünfzig-Fuß-Linie der Hirschkühe. Auf einen leeren Punkt.

Hatte der Stein versagt? Nein – sofort erkannte er, daß sein Zurückstellen der Zeit dazu geführt hatte, daß er zu früh eingetroffen war: drei Minuten vor dem fälligen Tod. Er würde einfach warten müssen.

Zane setzte sich in der Nähe der Hundertfünfzig-Fuß-Linie auf die bequemerweise dort befindliche Bank. Darauf saßen mehrere Mutterschafe – große, stämmige, wohlgepolsterte junge Frauen, auf gewalttätige Weise anziehend, mit üppigen Reizen, wo er auch hinschauen mochte. Die nächste warf ihm einen Blick zu und zuckte zusammen; doch dann erkannte sie, daß sie wohl einer Sinnestäuschung zum Opfer gefallen war. Schließlich sah doch niemand bei einem Footballspiel den Tod auf der Spielerbank sitzen!

Die Hirschkühe gingen ganz schön ran. Sie trugen leuchtend blaue Anzüge, deren Schutzpolster ihre weiblichen Attribute enorm betonten. Für Zane war es wirklich zuviel; selbst preisgekrönte Milchziegen besaßen keine solch riesigen Euter, wie diese hier sie zu haben schienen. Vielleicht war er einfach zu nahe dran; früher, als er die Spiele im Fernsehen gesehen hatte, bevor sein Gerät von der Kreditbank wieder gepfändet worden war, hatte er die Proportionen der Footballspielerinnen sehr bewundert.

Die Abwehrspielerin der Hirschkühe packte das Leder und wich zurück, um es zu werfen. Sie schleuderte den Ball vorwärts, als gerade zwei Mutterschafe auf sie zustürzten. Ein Aufblitzen, als der Ballzauber die Blockadezauber abwehrte und das Leder auf sein Ziel zuschoß. Die Empfängerin schwebte ein Stück in die Höhe, was die Verteidigerin überraschte, die offensichtlich mit einem Herabholzauber gerechnet hatte. Die Hirschkuh packte das Geschoß mit einem entzückten Aufschrei, drückte es an ihren massigen Busen und schoß wie eine Kanonenkugel über den

Rasen, wobei sie ein Rasenstück aufriß. Es war ein wunderschönes Spiel, und das Publikum kreischte vor Freude.

Doch da wurde eine schwarze Fahne geschwenkt. Die wie Stinktiere gestreiften Schiedsrichter berieten sich und gelangten zu dem Urteil, daß ein unzulässiger Zauber benutzt worden war, der das verteidigende Mutterschaf für einen Augenblick geblendet hatte. Der Spielabschnitt wurde für ungültig erklärt, und es wurde eine Strafe festgelegt. Weil die Hirschkühe bereits auf Feldtorreichweite herangekommen waren, entschied sich die Mannschaftskapitänin der Mutterschafe für Magie anstelle einer Geldstrafe – für die Erzeugung eines Gegenwinds. Der würde zwei Minuten vorhalten und müßte genügen, um den Ansturm zu Fall zu bringen.

Die Hirschkühe griffen voller Entschiedenheit an. Ihre Fans in der Menge riefen ihnen zu: «Odee! Odee! Odee!» Als er genauer hinsah, stellte Zane fest, daß die Abwehrspielerin der Hirschkühe die Initialen O.D. auf ihrer Spielkleidung trug. Jetzt erkannte er sie von früheren Fernsehsendungen her wieder.

O.D. nahm das Leder und machte sich an den Ziellauf, wobei sie die Angreiferinnen geschickt mit einer Reihe zugelassener Armblockzauber abwehrte. Doch als sie auf Zanes Spielfeldseite die Abwehrlinie überquert hatte, packte sie jemand mit einem Entkleidungszauber. Plötzlich war sie nackt, zumindest für das Auge. Zane begriff, daß ihre Uniform unsichtbar gemacht worden war, so daß sie zwar körperlich geschützt blieb, praktisch aber völlig unbekleidet dastand. Sie war wirklich eine prächtige, gesunde Frau unter all den Polstern. Das Gegröle der Menge verstärkte sich.

O.D. blickte an sich herab und erkannte, was die Ursache für das Geschrei war. Sie errötete bis zur Hüfte, doch nicht aus Scham, sondern vor Wut. Als die nächste Angreiferin der Mutterschafe näher kam, packte O.D. sie an den Haaren und wirbelte sie halb herum.

Das Mutterschaf reagierte, indem es seinerseits O.D.s Haare packte und sich umdrehte; die Spielerin versuchte, O.D. an ihrer Strähne mit einem Judogriff über die Schulter zu werfen. Doch die machte selbst eine Wendung und riß in die Gegenrichtung. So wirbelten die beiden in einem Kreis hin und her. Die Menge kreischte vor Vergnügen angesichts dieser unverhofften Spieleinlage, und die Kapelle stimmte ein Tanzstück an. Tatsächlich sah das Ganze sehr nach einem Tanz aus, und schon bald begannen andere, ihn zu imitieren, bis die Spielverderber von Funktionären mit einem Antikrawallzauber alles bannten und die beiden Mädchen auseinander rissen.

Natürlich flatterte schließlich die Straffahne, als der Staub sich wieder legte. Haareziehen war nicht nett. Die Hirschkühe verloren noch mehr an Terrain.

Die Verteidigerin verließ das Spielfeld, um sich einen Gegenzauber für ihre Uniform zu besorgen, der diese wieder sichtbar machen würde. Das Kickteam stürmte kichernd vor. Anscheinend war der Nacktheitszauber nicht unerlaubt gewesen, weil er O.D. körperlich keinen Schaden zugefügt hatte, und gesellschaftlich vermutlich auch nicht; eine ganze Reihe von Fans geiferten bereits vor sich hin.

Der magische Wind brachte den Versuch, ins Tor einzubrechen, zu Fall. Die Mutterschafe bekamen das Leder auf der Fünfzig-Fuß-Linie ausgehändigt. Sie vergeudeten keine Zeit: Ihr erstes Spiel bestand darin, durch das Mittelfeld zu stürmen, was ihnen fünfunddreißig Fuß Terraingewinn bescherte. Daran war nichts Magisches. Sie hatten es geschafft, ein nichtmagisches Spiel durchzubringen, und es hatte funktioniert, so daß die Gegner ihre Gegenzauber vergeudet hatten.

Dann verstärkte sich jedoch die Verteidigungslinie der Hirschkühe. Antimagie blockte Magie ab, und der störrische Widerstand erstickte die Offensive der Mutterschafe. Es sah ganz danach aus, als würden die Mutterschafe es mit einem Fallstoß versuchen müssen – und ihr zweiminütiger Strafwind war inzwischen abgeflaut, so daß er den Flug des Balls nicht mehr unterstützen konnte. Ihre Fans im Publikum schwiegen.

Plötzlich gab es einen Einbruch. Die Verteidigerin der Mutterschafe unternahm einen Verzweiflungswurf, von einem Levitationszauber unterstützt, der den Ball einhundertzwanzig Fuß davonschleuderte. Die Empfängerin rannte auf das Leder zu – und die verteidigende Spielerin der Hirschkühe, Nummer 69, stieß sie aus dem Weg und fing den Ball ab.

Die Fans der Hirschkühe brüllten bewundernd auf, und ihre Clique-Anführer gerieten völlig außer sich, weil nämlich ein Tranzauber das Foul vor den Augen der Funktionäre verdeckt hatte. Doch die Mutterschafe stießen einen Schrei nackter Empörung aus. Sie machten kehrt, galoppierten das Spielfeld hinunter und stürzten sich mit einer solchen Wucht auf Nummer 69, daß sie sich in der Luft überschlug und auf den Boden prallte.

Da setzte mit einemmal Stille ein – denn 69 erhob sich nicht mehr. Der Mannschaftsarzt rannte herbei, um sie zu untersuchen.

Zane erinnerte sich plötzlich wieder an seine Aufgabe. Seine Uhr stand auf Null, und der Pfeil zeigte auf die gestürzte Spielerin.

Er hastete hinaus aufs Feld. Er wußte, daß sie erledigt war. Er hielt nicht einmal inne – er quetschte sich zwischen den Spielerinnen hindurch, die ihn nicht wahrnahmen, kauerte neben dem Körper nieder und hakte die Seele aus.

Niemand schien etwas zu bemerken. Nummer 69, die wie unter entsetzlichen Schmerzen gezittert hatte, entspannte sich. Nun war sie tot, und das war eine Erleichterung, denn ihr Genick war gebrochen.

Zane schritt davon und faltete noch im Gehen die Seele zusammen. Er wußte, daß er sich nicht von dem Spiel hätte ablenken lassen dürfen, das war unprofessionell. Durch seine Nachlässigkeit hatte die Frau fast eine ganze Minute länger leiden müssen, als es hätte sein sollen.

Unprofessionell? Wer war er denn, daß er sich einbildete, in diesem grimmigen Geschäft ein Profi zu sein! Dennoch – er hatte eine Aufgabe zu erfüllen, und das könnte er genausogut ordentlich tun. Das Mindeste war, daß er es auf eine Weise tat, die die Qual verminderte anstatt sie zu verstärken.

Seine Uhr stand bereits wieder auf Countdown. Er hatte

fünf Minuten Zeit. Zane eilte zu seinem Todeswagen, stieg ein, startete ihn, richtete ihn aus und schlug mit einer solchen Heftigkeit auf den Schalter für den Hyperantrieb, daß er sich dabei den Finger schrammte. Ja, er war wütend auf sich selbst! Er beschloß, sich nie wieder von äußeren Ereignissen von der Aufmerksamkeit ablenken zu lassen, die er seinen Klienten schuldig war.

Er holte die beiden Analysesteine hervor, um die neue Seele zu untersuchen, doch in seiner Erregung ließ er einen der beiden fallen. Als er ihn endlich wieder vom Wagenboden aufgehoben hatte, war ihm klar, daß die Auswertung dadurch nichtig geworden war. Er wollte aber auch nicht wieder von vorne anfangen, er hatte jetzt einfach nicht genug Zeit dafür, um die Sache richtig zu machen. Also steckte er die Seele für eine spätere Behandlung fort.

Dann ließ er gedankenlos den braunen Stein an seinem eigenen Leib entlangfahren. Er leuchtete auf. Der maß ja seine lebende Seele ab!

Na ja, warum auch nicht? Der Stein hatte nur mit dem Bösen in jeder beliebigen Seele zu tun, die man ihm vorsetzte, nicht mit dem Zustand ihres Lebens oder ihres Lebens im Jenseits. Genaugenommen war die Seele unsterblich, es war der Körper, der starb. Mit Hilfe dieser Steine konnte er das Gute und das Böse in jedem Menschen abschätzen, ob er noch lebte oder nicht.

Wie stand es denn um sein eigenes Konto? Zane schlug sich mit der Handfläche gegen die Stirn. Er war ein Idiot, seine eigene Seele zu überprüfen, denn er wußte doch bereits, daß es um sie fünfzig-zu-fünfzig stand, was auch so bleiben würde, bis seine Probezeit vorüber war. Wie das uneheliche Kind war auch er ein Gefangener seiner Umstände.

Ja, er hatte allen Grund, seine Arbeit gut zu machen, so ungeeignet er für das Amt vielleicht auch sein mochte. Seine Seele lief immer noch Gefahr, der Verdammnis anheimzufallen. Während seines gewöhnlichen Lebens hatte er sich deswegen keine wirklichen Sorgen gemacht, doch nun, da er sicher war, daß es die Hölle tatsächlich im wortwörtlichen Sinne gab, war ihm dies schon wichtig. Er wollte nicht dorthin, wenn er starb! Alles, was er tun mußte, war, seine Arbeit gut genug zu machen, damit seine Seele in den Himmel aufgenommen wurde. Dann würde er die Ewigkeit nicht mehr fürchten müssen, wenn er irgendwann einmal achtlos werden und mit Gewalt dorthin geschickt werden sollte.

Der Wagen kam auf einem weiteren Parkplatz zum Halten. Diesmal schien er sich vor einer Schule zu befinden. Zane stieg aus und folgte seinem Richtungspfeil durch die wabenähnlichen, gezackten Windungen des Gebäudekomplexes. Gerade war eine Unterrichtsstunde zu Ende, und die Klassen wurden gewechselt. Überall strömten Kinder im Alter von zehn bis zwölf Jahren umher und ignorierten sowohl Zane als auch die Schilder in den Gängen, die die Gehrichtung vorschrieben. Doch ein Junge stieß voll gegen ihn, da er bei seinem blinden Vorwärtsstürmen natürlich nicht auf etwaige Hindernisse achtete.

Der Zusammenprall war recht heftig. Zane blieb ein wenig die Luft weg. Der Junge richtete sich wieder auf und blickte zu ihm empor. »He! Karneval!« rief er. »Ein Totenkopf!« Dann schoß er wieder davon.

Karneval? Nicht ganz falsch. Der Junge hatte genauer hingesehen, als ihm selbst klar gewesen war. Vielleicht war das ein Talent der Jugend.

Er kam an einem Klassenzimmer vorbei, in dem man gelangweilten Schülern soeben Computer erklärte. Die Vorzüge der verschiedenen Fabrikate waren auf Plakaten hervorgehoben, die in alphabetischer Reihenfolge im Raum standen. Es war gut, im Computerzeitalter zu leben; Zane hätte nichts dagegen gehabt, selbst einen dieser wunderbaren Datenrechner zu besitzen. Er hatte gehört, daß man mit ihnen äußerst sicher ziemlich gefährliche Dämonen herbeirufen konnte, weil ein Computer sich nie irrte, wenn er die verzwickten, komplizierten Zauber aufstellte, derer es bedurfte, um das Übernatürliche daran zu hindern, außer Kontrolle zu geraten. Doch leider war er ja jetzt darüber schon hinaus.

Im nächsten Klassenzimmer ging es um die moderne technische Anwendung der Magie. Hier waren die Schüler nicht minder unaufmerksam; sie interessierten sich nur wenig für Grundlagenwissen, gleich welcher Art. Die Plakate hier beschrieben die im Wettbewerb auf dem Markt angebotenen verschiedenen Marken von Amuletten, Liebestränken, Flüchen, magischen Spiegeln, Geistertrompeten, Füllhörnern, Voodoo-Puppen, Versandgespenstern, Zauberbüchern für Fortgeschrittene und verschiedene Zaubersteine. Letztere kannte Zane nur zu gut aus eigener Erfahrung!

Er gelangte in den kleinen Raum, der als Krankenstation der Schule diente. Dort befand sich ein weiterer Junge, von der gleichen Größe des anderen, der in Zane hineingelaufen war. Dieser Junge war tödlich erkrankt. Neben ihm telefonierte gerade die Halbtagskrankenschwester der Schule in empörtem Tonfall: »... können nicht erst die Erlaubnis der Eltern abwarten«, sagte sie gerade. »Ich kann sie tagsüber sowieso nie erreichen. Wir brauchen sofort einen Krankenteppich! Er muß in die Klinik, bevor er ...«

Sie hielt inne und erblickte Zane. »O nein!« hauchte sie und legte den Hörer auf. »Es ist also schon zu spät, ja?«

Zane sah auf die Todesuhr. Es war Zeit. »Ja«, sagte er. Er griff in den Körper des Jungen und holte die Seele hervor.

Die Krankenschwester bedeckte ihre Augen mit einer Hand. »Ich muß Halluzinationen haben«, sagte sie mit gebrochener Stimme. »Es ist schrecklich, wenn sie schon so jung geholt werden.«

Zane stand da, die kleine Seele baumelte in seiner Hand. Er fühlte sich schuldig. Warum sollte ein solch unschuldiges Kind sterben müssen? »Ich muß meine Pflicht tun«, sagte er zu der Schwester. »Aber wenn Sie so freundlich wären ... bitte sagen Sie mir doch, was das für ein Junge ist.«

»Ich muß verrückt geworden sein«, erwiderte sie und blickte Zane direkt an. »Mit einer Sinnestäuschung zu reden! Aber ich werde Ihnen antworten. Er war der jüngste Drogenabhängige, mit dem ich zu tun hatte ... na ja, vielleicht doch nicht der allerjüngste, wenn man die Kiffer mitzählt, aber der schlimmste seiner Altersgruppe. Er hat alles geklinkt, was er nur kriegen konnte – Koks, Heroin, LSD,

Magic Dust – alles, was ihn aus seiner stumpfsinnigen Existenz gerissen hat. Er hat gelogen, gestohlen, er ... er hat Klienten zu illegalen Handlungen verlockt ... alles, Hauptsache, es brachte Geld für eine Fixe. Diesmal hat er etwas viel zu Starkes bekommen ... wahrscheinlich unverschnittenen Höllenstaub, aber er hat es nicht glauben wollen ... und nun hat Satan ihn geholt.«

»Nicht unbedingt Satan«, widersprach Zane. »Gut und Böse in seiner Seele sind fast ausgewogen. Möglicherweise wird sie doch noch gerettet.«

»Das hoffe ich. Trotz allem war er ein anständiges Kind. Manchmal haben wir uns unterhalten, wenn er sich gerade wieder mal erholte. Er wollte aufhören, er konnte die Sucht bloß nicht in den Griff bekommen. Ich glaube, es war genetisch bedingt, irgendein chemisches Ungleichgewicht in ihm, das ihn in völlig irrationale Depressionen stürzte, so daß er mit allen verfügbaren Mitteln daraus entfliehen mußte. Ich weiß, daß er nicht so sein wollte. Ich habe ihn mindestens ein dutzendmal eingeliefert, in seinem eigenen Interesse, und er hat es mir nie übelgenommen. Aber mit Jugendlichen gehen sie immer ziemlich sanft um, und ... ach, ich hätte härtere Maßnahmen ergreifen sollen! Aber ich habe immer wieder gehofft, jedesmal, daß er sich schon noch ändern würde ...«

Nun kamen andere Leute hinzu, und Zane hielt es für das Klügste, sich zurückzuziehen. Doch er hatte genug Stoff zum Nachdenken. Zum einen wußte er nun, daß manche Menschen ihn sehen und erkennen konnten, auch wenn sie nicht im Sterben lagen, ja sogar wenn sie nicht völlig daran glaubten. Vielleicht war es eine Frage der Umstände. Die Krankenschwester war in einem niedergeschlagenen Zustand gewesen, bereit, den Tod wahrzunehmen. Und außerdem stand sie dem Klienten natürlich auch wirklich nahe. Zum zweiten konnten junge Menschen durchaus auch eine Menge Böses in ihrer Seele angesammelt haben. Dieser Junge hatte offensichtlich verwerflichste Taten begangen, um mit seiner Drogenabhängigkeit klar zu kommen. Also ergab auch das Sinn; hätte der Junge jetzt keine Überdosis genommen, als das Gute das Böse noch aufwog, so hätte sich das Gleichgewicht unwiderruflich verschoben und ihn nach seinem späteren Tod mit Sicherheit in die Hölle gebracht. Vielleicht hatte er sogar Glück gehabt, heute dahinzuscheiden.

Doch die Bemerkung über den erblichen Ursprung des Zwangsverhaltens des Kleinen bekümmerte Zane. Depressionen waren eine heimtückische Sache, wie er aus eigener Lebenserfahrung wußte; sie manifestierten sich auf vielerlei obskure Weisen; tatsächlich waren sie möglicherweise eher biologischer als psychologischer Natur. War es denn gerecht, der Seele eines Menschen eine Sünde zur Last zu legen, obwohl er gar nicht richtig gegen das angehen konnte, was er tat? Zane wußte keine Antwort darauf, aber er nahm es auch nicht auf die leichte Schulter.

Die Uhr lief bereits wieder, und der Zeiger schwang zum nächsten Countdown zurück. Zane wußte, daß es für ihn ziemlich eng werden würde, bis er seine Zeit endlich wieder aufgeholt hatte, aber er hatte das Verlangen nach einer weiteren Pause. Er drückte auf den STOPP-Knopf.

Was ihm Sorgen machte, war folgendes: Der Tod war eine ernste Sache; er konnte nicht einfach fröhlich vor sich hin Seelen einsammeln, ohne für sich selbst eine logische Begründung dafür zu entwickeln. Wollte er wirklich in alle Ewigkeit diese Tätigkeit ausüben?

Er saß im Wagen auf dem Parkplatz und dachte nach. Er brauchte irgendeine Antwort, doch irgendwie konnte er die genaue Natur seines Wunsches nicht bestimmen. Er wußte nicht, was er tun wollte, nur daß irgend etwas an seinem gegenwärtigen Kurs verkehrt war.

Plötzlich wurde sein Gedankengang von dem Radiogeräusch eines langsam vorbeifahrenden Wagens unterbrochen. Es war eine Höllenfeuerwerbung, zum Klang eines beliebten Schlagers gesungen: *Kommt, so singen Engelschöre! Nur zehn Jahr', dann seid ihr frei! Nur zehn Jahre, wie ich höre – ach, dann ist die Qual vorbei!*

Satan hörte nicht auf, für sich zu werben! Zane wußte zwar, daß er selbst kein Engel war, doch diese unverhohlene Verhöhnung himmlischer Dinge beunruhigte ihn. Konnte so etwas tatsächlich schwankende Seelen in die

Hölle locken? Gewiß, auch er hatte zu Lebzeiten als Kandidat für derlei infernalische Umschmeichelungen gegolten. Selbst wenn es sich nicht schließlich herausgestellt hätte, daß Gutes und Böses in seiner Seele völlig ausgewogen waren, hätte er gewußt, daß er nur von zweifelhafter Tugend war. Es gab Flecken auf seinem Gewissen, die niemals getilgt werden würden. Er war, das war eine geheime Tatsache, ein Mörder – endlich mußte er es sich selbst gegenüber eingestehen! –, und er hatte eine Weile lang geglaubt, daß er für die Hölle bestimmt war, wenngleich er sich nicht gestattet hatte, rückhaltlos an die Existenz der Hölle zu glauben. Wer war er schon, daß er über die Seelen anderer richtete? Nun schön, der Schuljunge hatte also die Sünde der Drogenabhängigkeit auf dem Gewissen – aber war Zane selbst auch nur um ein Jota besser?

Doch welche Wahl hatte er jetzt noch? Darauf lief es immer wieder hinaus. Wie würde es die Situation anderer verbessern, wenn er seine Arbeit nicht tat? Dann würde ihn eben irgendein anderer in seinem Amt als Tod ablösen, und das grimmige Spiel würde weitergehen.

»Das könnte genausogut ich selbst sein«, sagte Zane und drückte den Knopf, um den Countdown weiterlaufen zu lassen. Doch er blieb unbefriedigt. Er hatte seine Frage nicht wirklich beantwortet. Er machte diesen Job, weil er nicht wußte, was er sonst tun sollte und weil er nicht dazu bereit war, jenes Leben, das ihm noch blieb, aufzugeben. Sein eigener Selbstmordversuch war eine vorübergehende Erscheinung gewesen, der wilde Impuls eines Augenblicks; er wollte wirklich noch weiterhin am Leben bleiben. Da er entweder gehorchen oder sich von irgendeiner göttlichen Instanz zur Rechenschaft ziehen lassen mußte, gehorchte er eben. Das sprach eigentlich nicht sonderlich für ihn.

In Wirklichkeit, so erkannte Zane, war er keine besonders großartige Person. Wenn er nie gelebt hätte, stünde es auch nicht schlimmer um die Welt. Er war lediglich eines jener langweiligen, mittelmäßigen Wesen, welche den Kosmos übervölkerten. Es lag eine Menge Ironie darin, daß er ausgerechnet in dieses wichtige Amt ausgewichen war.

Er hatte den Wagen bereits gestartet und auf Kurs

gebracht. Schon jagte er über die Erde dahin, doch er zollte der Reise nur wenig Aufmerksamkeit. Das würde nun, wenn er sich richtig erinnerte, sein sechster Fall werden; mittlerweile bekam er den Bogen raus. Natürlich gab es noch sehr viel zu lernen – vorausgesetzt, daß er es auch wirklich lernen wollte.

Das Meer wich dem Land. Ein vorbeihuschender Strand, eine grüne Küstenregion, dann schossen sie schon durch Gebirge und über eine Wüste, deren Sanddünen Falten schlugen wie eingefrorene Meereswogen. Gen Süden, noch immer im Hypersprung. Das war eine riesige Insel – genaugenommen ein ganzer Kontinent!

Das Todesmobil hielt schließlich am Ende eines Feldwegs in einer gebirgigen Gegend an. Der Zeitmesser gab Zane noch vier Minuten. Wo war sein Klient?

Zum ersten Mal schien der Pfeilstein verunsichert. Er drehte ihn umher, und der Pfeil schwankte. Auf jeden Fall war in dieser Wildnis weit und breit keine menschliche Siedlung zu sehen.

Ein Aufblinken auf dem Armaturenbrett erregte seine Aufmerksamkeit. Es war der Knopf mit dem Pferdekopfemblem. Zane betätigte ihn.

Sofort saß er hoch zu Roß, und sein Umhang flatterte im Wind. »Was jetzt, Pferd und Freund?« fragte er.

Das Todespferd setzte sich in Bewegung und galoppierte seitlich den Steilhang empor. Kein normales Pferd hätte sich auf diese Weise bewegt – aber dies war ja auch ein einzigartiges Tier. Mortis sprang auf den Gipfel des Bergkamms, auf dem eine primitive Hütte stand.

Das war das Ziel. Der Pfeilstein hatte ihn nicht darauf aufmerksam machen können, weil er ihn waagerecht und nicht schräg gewinkelt gehalten hatte. Der Wagen hätte nicht dort hinauffahren können, weil das jedem Wagen unmöglich gewesen wäre, und außerdem pflegte der Tod sich stets unauffällig zu nähern.

Während sie den ziemlich anstrengenden Berghang erklommen, dachte Zane wieder über sich und sein Amt nach. Der Anblick einer Gefahr wie beispielsweise jener eines möglichen Absturzes hatte etwas an sich, was seine morbidesten Gedanken aufs neue erweckte. Wenn er sich für das Amt des Todes ungeeignet fühlte und nicht über andere richten wollte, die um kein Deut schlechter waren als er, warum sollte er es dann tun? Wenn seine Abdankung bedeuten sollte, daß er den Tod sterben würde, den er zuvor verhindert hatte, so war das vielleicht ganz richtig so. Vielleicht war es auch ganz richtig, daß er in die Hölle kam. Schließlich hatte er seine Mutter getötet, da konnte er wohl kaum erwarten, mit ihr im Himmel wiedervereint zu werden! Die Tatsache, daß er sich nun an irgendeine Art von Leben klammerte, hatte keine Bedeutung; es war nur gerecht, daß er seine Strafe abbüßte.

Ja – das war es, was er tun mußte! »Ich trete von meinem Amt zurück!« rief er impulsiv. »Bring mich sofort in die Hölle!«

Nichts geschah. Das Pferd trabte auf die Hütte zu und ignorierte Zanes Ausbruch.

Natürlich. Er konnte nicht eben mal zurücktreten. Er mußte von seinem Nachfolger getötet werden, der wahrscheinlich ein Klient wie er selbst sein und sich gegen ihn richten würde.

Also schön – er hatte einen Klienten vor sich. Dem würde er das Amt übergeben, dann war die Sache endgültig erledigt.

Als er auf die Hütte zuritt, hatte er noch zwei Minuten. Eine Frau trat heraus, um ihn zu begrüßen. »Ich bin bereit, Tod«, sagte sie. »Setz mich auf dein prächtiges Pferd und trage mich in den Himmel.«

Eine Frau! Er hatte mit einem Mann gerechnet, vielleicht mit einer Pistole bewaffnet. Würde eine Frau sich ebenso bereitwillig gegen ihn wenden? Möglicherweise müßte er erst einiges an Überzeugungsarbeit leisten müssen.

»Ich kann Ihnen nicht den Himmel versprechen«, sagte er. »Ihre Seele ist fast ausgewogen. Da könnte sie sowohl in den Himmel als auch in die Hölle kommen.«

»Aber ich habe Gift genommen, damit ich zu einem Zeitpunkt meiner Wahl fortgehen kann!« protestierte sie. »Ich muß einfach in den Himmel!«

»Dann nehmen Sie schnell ein Gegengift oder ein

Abführmittel«, drängte Zane und fragte sich dabei, ob das eigentlich noch etwas nützen würde. Hätte man ihn hierhergeschickt, wenn ihr Abgang nicht sicher gewesen wäre? Und wie konnte sie das Gift, das sie bereits genommen hatte, gegen ihn anwenden? Die Sache klappte aber gar nicht gut! »Verlängern Sie Ihr Leben, dann können wir uns unterhalten.«

Die Frau zögerte. »Ich weiß ja nicht ...«

»Los, Beeilung!« rief Zane, der seine Felle davonschwimmen sah. Wenn sie sterben sollte, würde er sein Amt diesesmal nicht niederlegen können, und möglicherweise hatte er danach nicht mehr den Mut, um den nächsten Klienten hinreichend gegen sich aufzubringen.

»Ich habe zwar einen Heiltrunk, der es neutralisieren könnte, aber ...«

»Nehmen Sie ihn!« flehte er.

Von seinem Drängen überwältigt, gehorchte sie schließlich und nahm den Trunk ein.

»Und jetzt suchen Sie sich eine Pistole oder ein Messer«, sagte er.

»Was? Warum soll ich das Gift neutralisieren, nur um danach etwas viel Umständlicheres und Unsaubereres zu nehmen?«

»Nicht für Sie. Für mich. Ich will, daß Sie mich töten.«

Sie starrte ihn mit aufgesperrtem Mund an. »So etwas werde ich nicht tun! Für wen halten Sie mich eigentlich?«

Zane erkannte, daß die Sache nicht im mindesten machbar schien. Natürlich war sie keine Mörderin! Er stieg vom Pferd, nahm sie bei der Hand und führte sie in einen Patio, wo Stühle und Tische standen. »Warum wollten Sie sterben?« fragte er.

»Was kümmert Sie das?« erwiderte sie, mißtrauisch, aber auch neugierig. Sie sprach mit dem starken Südakzent dieser Region.

»Vor gar nicht langer Zeit wollte ich sterben«, erzählte er. »Ich überlegte es mir anders, als ... na ja, das läßt sich schwer erklären. Jedenfalls will ich jetzt wieder sterben.«

»Wie kann der Tod überhaupt auch nur einmal sterben?«

»Glauben Sie mir, der Tod kann sterben. Ich bin lediglich

Inhaber eines Amtes, und dieses Amt könnten Sie auch wahrnehmen, wenn ...«

»Das ist ja absolut widerlich!« schrie sie. »Das höre ich mir nicht an!«

Zane seufzte. »Erzählen Sie mir von Ihrem Problem.« Er wußte zwar, daß er kein Psychologe war, aber er mußte sich irgendwie wieder aus dieser peinlichen Situation, in die er sich selbst gebracht hatte, herausmanövrieren.

»Mein Mann hat mich verlassen«, sagte sie grimmig. »Nach fünfzehn Jahren ... wegen einer Jüngeren ... dem werd ich's zeigen!«

»Ist es in Ihrer Religion denn keine Sünde, Selbstmord zu begehen?« fragte er.

Sie hielt stirnrunzelnd inne. »Ich glaube schon, aber ...«

»Und sollten Sie überhaupt so etwas machen, nur um ihm eins auszuwischen? Warum wollen Sie den Fehltritt, den er begangen hat, durch einen eigenen Fehltritt beantworten, der sich zudem gegen Sie selbst richtet?«

»Ich bin eine Frau«, meinte sie mit sarkastischem Lächeln. »Ich baue eben mehr auf Gefühl als auf Logik.«

Zane erwiderte ihr Lächeln und zeigte damit, daß er ihren Humor zu schätzen wußte. Keine Frau hielt sich wirklich für unlogisch, so stark ihre Gefühle auch sein mochten, doch es galt als schick, einen anderen Eindruck zu vermitteln. »Aber Ihre Seele ist derart ausgewogen, sie enthält gerade soviel Böses wie Gutes, daß diese böse Tat das Gleichgewicht zerstören und Sie der Hölle ausliefern könnte. Tun Sie das, von dem Sie wissen, daß es recht ist, dann müßte Ihre Bilanz zugunsten des Himmels ausfallen.«

»Oh, daran habe ich überhaupt nicht gedacht! Ich will nicht in die Hölle!«

»Glauben Sie mir, im Augenblick stehen Sie hart am Abgrund zur Hölle. Sie haben schon früher Böses getan, und diese ...«

Sie seufzte. »Das stimmt. Ich habe viel Böses auf dem Gewissen. Ich habe ihn aus dem Haus getrieben. Sie wissen wahrscheinlich, wie biestig eine Frau werden kann, wenn sie es darauf anlegt.«

»Nicht wirklich. Ich hielt Frauen eigentlich immer für unschuldig und rein«, gestand Zane. »Das meiste Böse ruht in den Männern. Frauen sollten nach dem Sterben in den Himmel kommen.«

Sie lachte bitter. »Sie Idiot! In Frauen verbirgt sich weitaus mehr Böses als in Männern! Mein Mann geht fremd, weil das eben in seiner männlichen Natur liegt. Ich hätte es wenigstens besser wissen können. Ich habe mir etwas vorgemacht, als ich vom Himmel träumte.«

»Ganz und gar nicht«, widersprach Zane. »Ich habe nicht gesagt, daß Sie zur Hölle verdammt sind. Ich habe gesagt, daß Sie am Abgrund stehen. Der Himmel liegt für Sie durchaus im Bereich des Möglichen. Ich muß es wissen, denn ich hole die seelischen Grenzfälle. Gehen Sie und tun Sie den Rest Ihres Lebens Gutes, dann kommen Sie auch in den Himmel. Diese Verheißung ist doch gewiß einige Opfer wert.«

»Ja, das ist sie bestimmt«, stimmte sie zu. »Aber wie kommt es, daß ausgerechnet Sie, der Grimme Schnitter, mich dazu drängen? Angenommen, ich lebe weiter, kostet Sie das dann nicht irgendwelche Punkte oder so?«

»Das weiß ich nicht«, gab Zane zu. »Ich bin noch nicht lange in diesem Amt. Ich kann einfach nicht mitansehen, wenn ein Leben vergeudet wird oder wenn eine Person der Verdammnis anheimfällt, die eigentlich gerettet werden könnte.«

»Sie haben von mir verlangt, ich solle Sie umbringen!«

»Ich sehe jetzt ein, daß das falsch von mir war. Ich schlage Ihnen ein Geschäft vor: Sie leben weiter und ich lebe weiter.«

Sie lächelte, schon etwas freier, und sah dabei recht hübsch aus. »Topp! Ich brauche meinen Mann sowieso nicht.«

Zane stand auf. »Leider habe ich noch andere Termine. Mögen wir uns nie wiedersehen.« Er streckte die Hand aus.

Sie nahm sie, obwohl sie skelettartig aussah. »Das werde ich nie vergessen – daß ich mal dem Tod die Hand geschüttelt habe!«

Zane lachte. »Das ist besser als das, was Sie eigentlich vorhatten.«

»Und besser als das, was *Sie* eigentlich vorhatten!«

Er nickte zustimmend, dann kehrte er zu seinem Pferd zurück und saß auf. Er winkte ihr zum Abschied.

4 Der Magier

Die Todesuhr stand wieder auf Countdown. Es blieben nur noch neunzig Sekunden übrig. »Wir haben keine Zeit mehr, den Berg hinunterzureiten«, sagte Zane. »Kannst du mich direkt ans Ziel bringen, Mortis?«

Der Hengst schnaubte, bäumte sich auf und sprang in die Luft. Wolken schossen vorbei, dann Land, dann wieder Meer, dann noch mehr Land. Das war der Hyperantrieb! Als das Pferd landete, waren sie wieder in Amerika. Genaugenommen sogar in Kilvarough. Zane kannte seine Heimatstadt gut. Nun, hier starben die Leute natürlich auch, und einige von ihnen standen bestimmt auch auf der Kippe; es gab also keinen Grund, überrascht zu sein.

Vor einem feudalen Vorstadtanwesen blieben sie stehen. Es war von einem Zaun aus eisernen Spitzstäben umgeben, und auf dem Gelände patrouillierten zwei schlanke Greife. Es waren prächtige Kreaturen mit mächtigen Schnäbeln und Klauen und einem gewaltigen Muskelspiel: Kreuzungen zwischen Adler und Löwe, mit gewissen magischen Eigenschaften, doch jedem Menschen und jedem Lebewesen unverbrüchlich verbunden, dem sie ihre Treue schenkten; so stellten sie den allerbesten Schutz dar, den sich ein Anwesen wünschen konnte.

Doch als die Wesen Zane bedrohen wollten, hob der Todeshengst in unmißverständlicher Warnung einen stählernen Huf, worauf sie zurückwichen. Normalerweise fürchteten Greife sich nicht vor Pferden, doch diese hier waren klug genug, um zu erkennen, daß es sich bei Mortis nicht um ein gewöhnliches Pferd handelte.

Dennoch war Zane nicht sonderlich darauf erpicht, Mortis' Schutz zu verlassen, solange die Greife noch da waren. Aber das würde er tun müssen, denn er war sicher, daß das Pferd das Gebäude nicht betreten würde. Er ließ seinen Blick umherschweifen und entdeckte einen Gegenstand, der am Sattel verschnürt war. Er hob ihn heraus und erblickte zwei Pflöcke, die auf einem langen, gebogenen Schaft ruhten. Er packte den Gegenstand daran, und mit einemmal schoß eine große, glitzernde Schneide in rechtem Winkel zum Bodenende hervor. Tatsächlich – eine aufklappbare Sense!

Zane hatte nur wenig Erfahrung mit Sensen, er hatte sie einmal in einem Kurs über archaische Ackerbauweisen und Erntemethoden kennengelernt. Bestimmte magische Gewächse erlitten schwere Verluste, wenn man sie maschinell bearbeitete, so daß man bei ihrem Anbau noch immer uralte Werkzeuge benutzte, und die meisten Schulen boten ein oder zwei Kurse über den Gebrauch dieser Geräte an. Deshalb wußte Zane, um was es sich handelte und wie er die Sense schwingen mußte, jedoch würde er einige Schwierigkeiten damit haben, sie als Waffe einzusetzen. Aber wie er sie so hielt, den festen Griff spürte und ihre ausgezeichnete Ausgewogenheit, und wie er so das tödliche Sensenblatt musterte, erfüllte ihn eine gewisse nervöse Zuversicht. Das war gewiß eine magische Waffe. Ihr Zauber würde ihren Besitzer wenigstens halbwegs kompetent machen. Er glaubte daran, daß er sie würde benutzen können und daß ihre Macht und ihre Qualität seine eigenen Fähigkeiten verstärken würden. Schließlich war die Sense das klassische Instrument des Todes, das grimmige Werkzeug des Grimmen Schnitters, und der war er nun.

Das Pferd blieb stehen, und Zane saß ab. Ja, er war der Tod, der hier mit seinem tödlichen Instrument stand. Er fing an, daran zu glauben. Vielleicht würde er die Arbeit ja doch noch so zu meistern verstehen, wie es sein sollte.

Es blieben ihm noch dreißig Sekunden. Er schritt auf das Haus zu. Die beiden Greife breiteten die Schwingen aus und erhoben sich mit hervorschnellenden Klauen, die dünnen Dolchen glichen, mit schimmernden Schnäbeln in Angriffsstellung. Aus ihren Hälsen ertönte eine Art schreiendes Knurren.

Zane zog den Todesumhang fester um sich und hob die Sense. Die Greife wichen vor der schrecklichen Schneide zurück. Er ging auf sie zu und blickte sie wütend durch die schmalen Öffnungen in seiner Kapuze an.

Das gab ihnen den Rest. Diese Ungeheuer mochten zwar nichts Lebendiges fürchten, doch alle Wesen fürchteten den Tod, wenn sie ihn erkannten.

Als seine Uhr das Zeitsignal gab, trat Zane in das größte Zimmer des Hauses. Dort saß ein alter Mann in einem bequemen Sessel.

»Halt ein, Tod«, sagte der Mann. »Ich wünsche mit dir zu sprechen.«

»Ich bin schon spät dran«, murrte Zane. Er war nicht mehr so erstaunt wie beim ersten Mal, daß Menschen ihn sehen und direkt ansprechen konnten. Es war offensichtlich, daß jeder dies konnte, der wirklich mit ihm zu sprechen wünschte.

Der Mann lächelte. »Ich muß dir mitteilen, daß ich ein Magier des zweiunddreißigsten Grads bin, dessen Name du nicht erkennen würdest, weil meine Magie nämlich meine Anonymität schützt. Ich kann deine Hand bremsen – o ja, Tod, sogar die deine! –, zumindest für eine Weile. Aber es ist nicht mein Wunsch, dir Widerstand zu leisten, ich möchte lediglich einen Augenblick mit dir reden. Lege deine Waffe beiseite, und gewähre mir eine Zeitlang deine Aufmerksamkeit, dann will ich mich mit etwas von weitaus größerem Wert erkenntlich zeigen.«

»Willst du etwa den Tod bestechen?« fragte Zane, halb zornig, doch zu Zweidritteln auch neugierig. Er klappte die Sense zusammen und lehnte sie neben der Tür gegen die Wand. »Was könntest du mir schon bieten?«

»Ich habe dir bereits mehr gegeben, als du zu wissen verkraften würdest«, sagte der Magier. »Aber ich will mein Angebot knapp zusammenfassen. Halte deine Uhr an, und wenn du nach fünf Minuten nicht weiter mit mir zu sprechen wünschst, so werde ich dir meine Seele mit Würde übergeben. Im Gegenzug biete ich dir die Hauptoption auf die Liebe meiner Tochter.«

Das gefiel Zane gar nicht. Die Verbitterung über seinen Verlust Angelicas an den Ladenbesitzer war noch nicht völlig verraucht. »Was hat der Tod für eine Verwendung für eine Frau, welche es auch immer sein mag?« versetzte er.

»Hinter deiner Todesmaske bleibst du doch ein Mann. Nicht einmal der Tod lebt von Seelen allein.«

»Was soll ich von einem Mann halten, der seine eigene Tochter verkaufen würde, nur um einige wenige Minuten weiterleben zu können?« fragte Zane angewidert.

»Vor allem von einem Mann, der sie ausgerechnet an jenen Mann verkaufen würde, der seine eigene Mutter getötet hat«, stimmte der Magier ihm zu.

Zane drückte auf den STOPP-Knopf und brachte den ohnehin schon überzogenen Countdown zum Stehen. »Du hast meine Aufmerksamkeit, Magier«, preßte er zwischen zusammengebissenen Zähnen hervor.

»Ich werde sie herbeirufen«, sagte der Mann. Er klopfte mit einem knorrigen Finger gegen seine Sessellehne. Es klang wie eine kleine Glocke.

Das hatte Zane zwar nicht gemeint, doch er schwieg. Der Magier war offensichtlich ein komplizierter, wissender Mann, der Zanes Vergangenheit erforscht hatte. Zane hatte zwar keine Ahnung, weshalb er seine Tochter mit ins Spiel bringen wollte, aber das war schließlich die Angelegenheit des Magiers selbst. Vielleicht war das Mädchen so unansehnlich, daß sie ohnehin niemand ausnutzen würde.

Das Mädchen kam ins Zimmer. Sie war nackt. Das Haar hatte sie unter einer Badehaube zusammengebunden; offenbar kam sie gerade aus einer Luftdusche. Ihr Körper war schlank und wohlgeformt, aber nicht spektakulär. Sie war einfach nur eine normale, gesunde junge Frau von vielleicht zwanzig Jahren. »Was gibt es, Vater?« fragte sie mit sanft-melodischer Stimme.

»Ich habe dieser Person deine Liebe angeboten, Luna«, sagte der Magier und zeigte dabei auf Zane.

Sie blickte sich verwundert um. »Welcher Person?«

»Du kannst ihn erkennen, wenn du es versuchst. Es ist der neue Tod.«

»Der Tod!« rief sie in leichtem Entsetzen aus. »So früh schon?«

»Er ist nicht zu dir gekommen, meine Liebe, sondern zu mir, und ich werde in Kürze mit ihm gehen. Aber ich wollte, daß du ihn kennenlernst, bevor ich ihm den Liebeszauber mit deinem Namen gebe.«

Sie blinzelte und sah Zane an. Allmählich konnte sie ihn erkennen. »Aber ich bin doch gar nicht angezogen!« protestierte sie.

»Dann zieh dich eben an«, erwiderte ihr Vater ungerührt. »Ich möchte, daß du Eindruck auf ihn machst, damit er dich begehrt.«

»Wie du wünschst, Vater«, sagte sie gehorsam. »Den Mann möchte ich zwar erst noch sehen, den ich nicht beeindrucken könnte, wenn ich es wirklich versuche, aber ich bezweifle, daß ich mit jemandem wie dem Tod eine große Zukunft vor mir habe.« Sie drehte sich um und ging denselben Weg zurück, den sie gekommen war. Sie hielt sich dabei zwar in Positur, aber auch nicht sonderlich auffällig. Es schien Zane, daß Magier und Tochter anscheinend eine beachtliche Arroganz zu eigen sein mußte, da sie so unbekümmert davon ausgingen, man könne den Amtsinhaber des Todes auf derlei offensichtliche Weise umstimmen.

Vielleicht, so dachte er weiter, hatte der Blick, den er auf die wunderschöne Angelica geworfen hatte, ihn für andere Frauen verdorben, wenn sein neuer Beruf es nicht getan haben sollte.

»Es geht mir um folgendes«, sagte der Magier abrupt. »Es ist ein kompliziertes Komplott im Gange, das meine Tochter Luna Kaftan betrifft. Bisher habe ich sie zu schützen vermocht, aber das werde ich nun nicht mehr tun können. Deshalb bitte ich dich, es zu tun.«

»Da muß ich wohl etwas falsch verstanden haben. Ich dachte, du würdest mir die Gunst deiner Tochter für fünf Minuten meiner Zeit anbieten.«

Der Magier lächelte. »Tod, du hast recht, zynisch zu sein.

Natürlich hat das Angebot einen Haken. Wenn du den Köder schluckst, wirst du feststellen, daß du gefühlsmäßig verpflichtet bist, und dann wirst du sie auf eine Weise beschützen können, wie es nur wenige andere zu tun vermögen.«

»Wie kann ich irgend jemanden beschützen?« wollte Zane wissen, in dem unguten Gefühl, daß er benutzt wurde. »Ich bin schließlich der Tod!«

»Du bist ganz einzigartig qualifiziert dafür«, beharrte der Magier. »Als ich mit Hilfe meiner schwarzen Künste erkannte, welcherart die Verschwörung gegen meine Tochter ist, da wußte ich, daß sie einen Beschützer brauchen würde, der leisten kann, wozu ich selbst unfähig bin. Ich habe sorgfältige Nachforschungen angestellt, um diesen Beschützer ausfindig zu machen, habe meine Gesundheit dabei vernachlässigt und schließlich dich identifiziert.«

»Mich!« rief Zane. »Als Tod kann ich für deine Tochter nur eines tun, und gerade das wirst du nicht wollen. Als Mensch, nicht als Tod, bin ich zu unqualifiziert, um überhaupt irgend etwas für sie zu tun. Das solltest du eigentlich wissen!«

»Als Mann bist du tatsächlich nicht weiter bemerkenswert, das stimmt«, pflichtete der Magier ihm bei. »Aber dennoch bist du auf einzigartige Weise für dieses Begehren geeignet. Ich glaube, du wirst an deiner Aufgabe wachsen und zu etwas werden, was du im Augenblick noch nicht bist.«

»Du weißt etwas darüber, wie ich meinen Job als Tod bekommen habe?« Das war nun wirklich interessant.

»Ich war es, der die Norne dazu bewegt hat, dafür zu sorgen, daß du dieses Amt erhältst«, warf der Magier ein.

»Die Norne dazu bewegt! Du ...?«

»Ich hege den Verdacht, daß du dir über die Bedeutung deiner Rolle nicht im klaren bist.«

»Na ja, jeder muß irgendwann mal sterben ...«

»Aber jeder kann, egal wie indifferent, das Amt des Todes ausüben. Diese besondere Situation verlangt nach deinem besonderen persönlichen Sachverstand.«

»Ich verstehe nicht besonders viel von dem, was du

sagst!« entgegnete Zane. »Es war reiner Zufall, der mich in dieses ...«

Er brach ab, denn inzwischen war Luna, die Tochter des Magiers, wieder ins Zimmer getreten. Jetzt war sie angekleidet – offensichtlich verstand sie es, sich schnell anzuziehen –, trug Make-up, hatte ihr Haar heruntergelassen – und das machte tatsächlich einen Unterschied. Ihre Zöpfe waren schulterlang, kastanienbraun und schimmerten derart prächtig, daß Zane davon überzeugt war, daß sie einen Verschönerungszauber angewandt hatte. Ihre Augen, die zuvor recht unscheinbar gewirkt hatten, waren jetzt riesengroß und schön, von tiefdunkler Farbe wie das Fell eines wunderbaren Rennpferds oder des Todeshengstes persönlich. Ihre Wangen sahen gerötet aus, und ihre Lippen leuchteten hell und sinnlich. Die Zähne blitzten weiß und ebenmäßig. Sie trug zwei Saturnsteinohrringe, die kleine bunte Ringe ausstrahlten und die glatte Säule ihres Halses zu beiden Seiten beleuchteten.

Doch damit hatte sie ihre Verschönerung noch nicht beendet. Sie trug eine graue Bluse mit offenen Schultern, die leicht auf den Konturen ihrer Arme und ihres Busens auflag, so daß das, was zuvor noch bescheiden gewirkt hatte, nun als beachtliche Körpervorzüge erschien. Ihr Gürtel war breit und schwer und mit farbigen Steinen besetzt; wahrscheinlich war es ein Fluggürtel. Ihr brauner Rock, der zu ihrer Haarfarbe paßte, umschmeichelte ein Gebilde aus Hüfte und Bein, das in seiner künstlerischen Formung elegant war. Zane hatte sich zuvor noch nie klargemacht, wie schlank eine Frau eigentlich sein konnte. Sogar ihre Füße waren hübsch, in zarte grüne, geflügelte Pantoffeln gehüllt, die ihrem Namenspatron nachempfunden waren, dem Lunafalter. Um ihren Hals hing eine feine, schlangenförmige Goldkette an der, raffiniert zwischen ihren Brüsten plaziert, ein großer Mondstein hing, dessen Schimmer sich gerade in seiner Halbmondphase befand. Solche Steine nahmen im Einklang mit dem richtigen Mond, dem Symbol der Weiblichkeit schlechthin, zu und ab. Sie war von magischer Schönheit und so betörend wie jedes Mannequin auf einer Modenschau.

Natürlich besaß sie Magie, erinnerte Zane sich selbst. Schließlich war sie ja auch die Tochter eines Magiers! Natürlich hatte sie ein beeindruckendes Aussehen bekommen – denn es war alles künstlich! Und doch war er wider Willen beeindruckt, denn es war wirklich dasselbe Mädchen, das er zuvor gesehen hatte, unter einem neuen Aspekt. Lunas gegenwärtige Gegenwart war wie ein ausgesuchter Edelstein, stumpf im Schatten, aber plötzlich durch das helle Licht eines Scheinwerfers verstärkt, der sie dazu brachte, ihr ehrfurchtgebietendes Schimmern auszustrahlen.

Zuvor war sie nackt gewesen. Tatsächlich aber hatte er sie in ihrem enthüllten Zustand überhaupt nicht gesehen. Nicht einmal Angelica konnte es aufnehmen mit …

»Soll ich für dich tanzen?« fragte Luna mit dem charmanten Hauch eines Lächelns.

»Ich kann es nicht glauben«, murmelte Zane.

»Das solltest du aber«, meinte sie schelmisch. »Schließlich hast du mich nackt gesehen.«

Zane schüttelte den Kopf. »Ich kann es nicht glauben, daß eine Kreatur wie du so leichtfertig einem so unscheinbaren Typen wie mir angeboten wird. Das ergibt einfach keinen Sinn.«

»Oh, sie ist kein Geschenk«, warf der Magier ein. »Luna muß erst noch erobert werden, und diese Eroberung ist nicht so einfach. Was du bekommst, das ist eine Erstoption für den Wettbewerb.«

»Ich lege keinen Wert auf Wettbewerb«, sagte Zane, der der Sache mißtraute. Er merkte, daß der Magier weniger bot, nun, da sich Luna als mehr herausgestellt hatte. Zane mochte es nicht, benutzt zu werden.

»Wie du wünschst. Der Liebesstein liegt hier.« Der Magier zeigte auf einen kleinen blauen Edelstein, der neben ihm auf dem Tisch lag.

»Ich kann keine Liebessteine gebrauchen!« knurrte Zane. Nun wünschte er sich, Angelica niemals begegnet zu sein – wieviel Leid ihm das doch erspart hätte!

»Vielleicht verstehst du mich falsch«, meinte der Magier. »Das hier ist nicht der übliche Ortungsstein. Der hier erzwingt die Liebe. Du brauchst ihn nur zu halten und die Frau anzuschauen, die du begehrst, dann wird sie sofort von einer überwältigenden Leidenschaft für dich überfallen. Diese Steine wirst du nicht in Nippesläden finden.«

Zane musterte den Stein mit neuem Respekt. Wenn er den nahm und Luna ansah, würde sie zu seiner Liebessklavin werden. Wahrscheinlich war der Effekt auf eine einzige Sitzung beschränkt, denn sonst würde der Benutzer nie wieder von seinem Zielobjekt freikommen. Doch das bedeutete, daß der Mann – oder die Frau –, dem oder der dieser Stein gehörte, jeden Menschen ausnutzen konnte, der ihm oder ihr begegnete. Was sollte er von einem Vater halten, der ihm derart unverblümt anbot, seine Tochter einem solchen Einfluß preiszugeben? Oder von einem Mädchen, das es wissentlich zuließ, daß man einen solchen Zauber gegen sie benutzte? »Nein, danke.«

Luna nickte leise, möglicherweise anerkennend. War das ein Test gewesen? Der Magier hatte gesagt, daß seine Tochter erst erobert werden müßte, und der Einsatz des Liebessteins wäre wohl kaum ein Beitrag zum fairen Wettbewerb gewesen. Vielleicht erzeugte dieser Stein zwar Leidenschaft, aber keine Liebe. Wenn er zwischen Leidenschaft und Liebe wählen mußte, zog Zane letztere vor.

Der Magier setzte sich entspannt ein wenig in seinem Sessel zurück. »Ich muß fortfahren. Der Zauber, der mein Leben über die ihm gesetzte Zeit hinaus verlängert, verliert langsam an Kraft, und ich wage es nicht, einen weiteren anzuwenden.«

»Du wagst es nicht?« fragte Zane, der immer mißtrauischer wurde. »Bist du denn kein mächtiger Magier?«

»Magie macht süchtig und ist oft schädlich. Die weiße Magie, die inzwischen so beliebt geworden ist, ist zwar im allgemeinen völlig harmlos, aber auch sie kann Schritt um Schritt zur mächtigeren schwarzen Magie führen, die den, der sie gebraucht, schließlich korrumpiert und der Verdammnis ausliefert. Alle ernsthaften Praktiker benutzen schwarze Magie, weil sie so vielseitig und mächtig ist. Ich habe mehr als genug davon gebraucht, um die Hölle zu verdienen.«

»Aber du bist doch im Gleichgewicht, sonst hätte man mich nicht zu dir gerufen!«

»Technisch gesehen, schon. Es war notwendig, daß ich dich herbeirufe, und das hier war die einzige Möglichkeit, es zu tun, ohne die Aufmerksamkeit des Unnennbaren zu erregen.«

»Des ...«

»Sprechen Sie den Namen nicht aus, denn er ist darauf eingepeilt. Mein Zauber schützt uns vor zufälliger Entdekkung, aber gegen seine direkten Nachforschungen gibt es keinen Schutz, und die würde seine Namensnennung auslösen. Diese Besprechung muß unter uns bleiben. Wenn ich erst einmal mit dir rede, spielt mein Schicksal kaum noch eine Rolle, nur daß ich lange genug der Hölle fernbleiben muß, damit der Plan Gelegenheit bekommt, zu funktionieren. Der Unbenannte überprüft sehr schnell die Hirne seiner eintreffenden Opfer. Deshalb mußte es den Anschein haben, als würden wir einander auf ganz normale Weise begegnen, um jeden Verdacht zu vermeiden.«

»Du hast deinen eigenen Tod inszeniert, nur um mit mir zu reden, ohne daß ein gewisses Wesen davon erfährt ... obwohl du doch die Norne dazu gebracht hast, mich zu bestallen?«

»Es sieht wirklich nach einer ziemlich schwerfälligen Taktik aus. Aber es ist ein sehr kompliziertes Komplott im Gange, und das verlangt nach umständlichen Opfern.«

»Wie beispielsweise dein Leben ... und die Tugend deiner Tochter?«

Luna lächelte, ohne die Bemerkung übelzunehmen. »So ist Vater eben. Deshalb ist er auch ein großer Magier – einer, den sogar die Inkarnationen respektieren.«

Offensichtlich. »Was für ein Komplott?« wollte Zane wissen.

»Das darf ich dir nicht verraten«, erwiderte der Magier.

»Wie soll ich dir helfen, wenn ich nicht einmal weiß, was du willst?«

»Ich habe dir gesagt, was ich will. Die Rettung meiner Tochter.«

»Welch eine Methode, sie zu garantieren!« versetzte

Zane und blickte vielsagend auf den Liebesstein. »Deine Tochter ist offensichtlich nur der Vorwand für einen viel finstereren Plan. Was willst du wirklich?«

Der Magier starrte einen Moment auf den Fußboden, als dächte er nach. »Ich will, was jeder halbwegs anständige Mensch will: daran glauben können, daß mein Leben auf irgendeine kleine oder verschlungene Weise dem Kosmos genützt hat. Mein Gebrauch der schwarzen Magie hat meine Seele derart belastet, daß meine Tochter einen Teil des Bösen auf sich nehmen mußte, damit ich formal gesehen im Gleichgewicht bleibe. Nun schwebt auch sie in Gefahr. Aber sie sollte Zeit bekommen, sich reinzuwaschen, wenn unser Plan funktioniert.«

»Sie kann dir die Belastung durch das Böse abnehmen?« fragte Zane überrascht. »Ich dachte immer, daß jede Seele stets nur für sich selbst, nach ihren eigenen Taten, beurteilt wird.«

»So ist das auch normalerweise. Aber hochentwickelte Magie kann Einzelfälle ändern, und das hier ist ein solcher Einzelfall. Im Augenblick befinden wir uns beide im Gleichgewicht.«

Zane sah wieder zu Luna hinüber. Ihr Gesicht war glatt und unschuldig. Er war erleichtert zu wissen, daß das Böse in ihrer Seele in Wirklichkeit nicht ihr eigenes war; sie war im Grunde ein gutes Mädchen. Er wußte zwar nur zu gut, daß körperliche Schönheit nichts über den Zustand einer Seele aussagte, dennoch war er immer erleichtert, wenn beide miteinander übereinstimmten.

Nun beugte sich das Mädchen über ihren Vater. »Es ist Zeit, Vater«, sagte sie. »So einen wie dich werde ich nie wieder kennenlernen.« Sie küßte ihn. Dann richtete sie sich auf und blickte Zane an. »Tod, führe deinen Stachel«, sagte sie und wandte sich ab.

Zane aktivierte wieder seinen Countdownmechanismus. Er schritt zu dem Magier hinüber, der plötzlich in einem letzten Krampf zusammengesackt war, und holte die Seele hervor. Schnell faltete er sie zusammen und verstaute sie.

Wieder sah Luna ihm offen ins Gesicht, als sie sprach. »Mein Vater hat ein Abkommen mit dir geschlossen. Ich werde es auch ohne den Liebesstein honorieren. Du wirst verstehen, wenn ich in dieser Angelegenheit keine persönliche Freude heuchle. Komm mit.« Sie schritt auf die Tür zu, durch welche sie eingetreten war.

Die Todesuhr zählte bereits die Zeit bis zum nächsten Klienten ab, doch Zane hielt inne. »Dein Vater, den du zutiefst zu lieben vorgibst, ist soeben gestorben«, sagte er schockiert. »Wie kannst du da in einem solchen Augenblick an … an so etwas denken? Wo bleibt deine Trauer?«

Sie blieb stehen, drehte sich aber nicht zu ihm um. »Ich kann tun, um was mich mein Vater gebeten hat, weil ich sein Urteil höher schätze als das irgendeines anderen Menschen. Als ich begriff, daß sein Tod bevorstand, da habe ich den Zauber durchgeführt, den er für diesen Augenblick vorbereitet hatte. Ich habe einen Edelstein angelegt, der jedes lähmende Gefühl ausschaltet. Wenn du gegangen bist, werde ich diesen Stein ablegen und soviel leiden, wie ich nur ertragen kann, ohne den Stein wieder an mich zu nehmen. Meine Trauer wird in wohlabgemessenen Stufen erfolgen. Aber meine Trauer ist nicht die deine, und während ich bei dir bin, werde ich sie nicht mit dir teilen.«

Zane schüttelte den Kopf, von dieser Erklärung entsetzt. »Ich behaupte nicht, ein guter Mensch oder ein guter Tod zu sein. Meistens war ich damit zufrieden, zu nehmen, was ich bekommen konnte. Vor gar nicht allzu langer Zeit war ich ein Narr und verschleuderte meine Chance, eine wunderbare Frau zu lieben und zu heiraten …«

»Für diesen Verlust hat die Schicksalsgöttin gesorgt, auf Bitten meines Vaters«, warf Luna ein. »Dafür brauchst du dich nicht verantwortlich zu fühlen.«

Also war auch das kein Zufall gewesen! Zane war erschüttert, fuhr aber fort. »Jetzt werde ich wieder ein Narr sein. Ich habe deinem Vater keinen echten Dienst erwiesen, von dem ich wüßte, und außerdem verdiene ich sowieso nicht die Art von Aufmerksamkeit, die du …«

Luna wandte sich zu ihm um. Sie sah schöner aus denn je. Ihre Augen waren wie Perlen, als sie sich auf ihn richteten. Nein, sie hatte nicht geblufft, als sie von ihrer Fähigkeit gesprochen hatte, einen Mann zu beeindrucken! »Ja, du hast natürlich recht. Du willst keine falsche Verzückung. Benutze den Liebesstein, dann wird meine Leidenschaft echt sein. Ich hätte nicht versuchen sollen, der Sache aus dem Weg zu gehen. Wenn du es wünschst, werde ich ihn auch auf dich anwenden, damit deine Vorbehalte schwinden.«

»Das hatte ich nicht gemeint!« rief Zane verlegen. »Ich verdiene nicht die Aufmerksamkeit oder die Liebe einer solchen Frau, wie du sie bist. Behalte den Liebesstein; ich werde dein Wesen nicht dadurch mißbrauchen, daß ich ihn einsetze. Vielleicht hätte ich es getan, als ich noch ein lebender Mensch war, aber jetzt bin ich der Tod und trage eine große Verantwortung, und ich muß die Würde dieses Amtes wahren, so wie ich sie begreife. Ich werde dich deiner Trauer überlassen.« Er wandte sich dem Ausgang zu und verwünschte sich beinahe für seine Perversität. Das war doch überhaupt kein typisches Verhalten für ihn – warum hatte er nicht einfach den angebotenen Lohn angenommen?

»Warum?« fragte sie. Er hörte am Klang ihrer Stimme, daß sie sich wieder umgedreht hatte. Nun blickten sie beide in entgegengesetzte Richtungen, der Leichnam des Magiers zwischen ihnen.

Zane wußte es selbst nicht so richtig. Er hatte von der Würde seines Amtes gesprochen – und doch hatte er erst vor kurzer Zeit versucht, dieses Amt an den Nagel zu hängen. »Ich ... hör mal, ich gebe zu, daß du die Art von Frau bist, die ich mag. Die Art, die jeder Mann mögen würde. Du hattest es darauf abgesehen, bei mir Eindruck zu machen, und das ist dir zweifellos gelungen. Du hast nicht nach sonderlich viel ausgesehen, als ... als du es nicht versucht hast ... na ja, im Augenblick bin ich überzeugt davon, daß du alles bist, was ich vielleicht haben will, aber ... Ich schätze, es ist wie das, was dein Vater gesagt hat. Ich möchte etwas Gutes in meinem Leben leisten, oder in meinem Amt, solange ich noch Gelegenheit dazu habe. Denn wenn nicht, wo bliebe dann noch der Sinn der Sache? Wenn ich früher gut gewesen wäre, dann wäre ich nicht so früh hart an den Rand des Todes geraten. Jetzt versuche ich, gut zu sein, was immer das auch wert sein mag, damit ich mich wenigstens als halbwegs nützlich für *irgendwas* ansehen kann. Dich ... dich jetzt auszunutzen, vor allem zu einem solchen Zeitpunkt, ich weiß, daß das ... Ich habe einmal im Leben so etwas getan, und davon ist nach wie vor ein Fleck auf meiner Seele zurückgeblieben ... Na ja, ich finde lediglich, daß jemand, der so wichtig ist wie der Tod, einfach nicht so sein sollte. Deshalb werde ich die Rolle so weiterspielen, wie ich es für richtig halte, auch wenn ich kein ... Ach, ich weiß ja selbst, daß ich kein würdiger Schauspieler bin.«

»Du verstößt gegen den Wunsch meines Vaters«, sagte sie. »Er hat seinen Tod zeitlich so geplant, daß du mir begegnen mußtest. Die Norne hat dir diese andere Frau weggenommen, damit du für mich frei bist. Ich bin dir auf sehr reale Weise verschrieben worden.«

»Ich bin dir begegnet. Ich glaube nicht, daß du mir etwas für das schuldig bist, was die Norne getan hat. Vielleicht bin ich nur wegen der Liebe enttäuscht, die ich fortgeworfen habe, bevor sie überhaupt begann. Vielleicht bin ich nur wütend, weil man mich benutzt. Ich glaube, ich würde ... Ich weiß es nicht. Vielleicht hat dein Vater mich falsch eingeschätzt.«

»Vielleicht«, stimmte sie ihm zu. »Dennoch, ich muß meine eigene Schuld abtragen und versuchen, seinen letzten Willen zu ehren. Täte ich etwas anderes, so hieße dies, dem Andenken meines Vaters Gewalt anzutun. Würdest du dich wenigstens auf eine Verabredung einlassen?«

»Wenn ich erst einmal damit anfange, mich mit einer Frau deiner Qualität zu treffen, werde ich schon sehr bald viel zu viel haben wollen.«

»Du kannst viel zu viel haben.«

»Ich ... nein, ich meine, der Tod sollte nicht von seiner Arbeit abgelenkt werden.«

»Dann komm, wenn du nicht im Dienst bist.«

Zane fühlte sich zwar schuldig, zugleich aber auch in größter Versuchung. »Irgendwann einmal«, willigte er schließlich ein.

»Irgendwann einmal.«

Es gab nichts mehr zu sagen. Zane öffnete die Tür, nahm seine Sense auf und schritt zu seinem Pferd.

Er stieg auf. »Auf zum nächsten, Roß!« sagte er.

Der Hengst sprang in den Himmel empor. Gerade begann es hier zu dämmern, und im Osten erglühte langsam eine Wolkenbank. Mortis trabte über die Wolken, als bestünden sie aus Sand, ohne Flügel fliegend, dann stürzte er sich durch sie hindurch in die Tiefe, irgendwo auf dem tagesbeschienenen Teil des Globus.

Doch unter ihnen war kein Land. Das Pferd schwebte auf den Atlantik hinab. Seine Hufe berührten die Oberfläche und fanden Halt. Natürlich konnte dieses Tier auch auf dem Wasser gehen!

Vor ihnen senkte sich die Wolkendecke, um sich mit dem Wasser zu schneiden: ein Sturm. Der Hengst ritt geradewegs darauf zu. Zane musterte mit wachsender Unruhe die aufgepeitschten Wogen. Der Inhaber des Todesamts war nur so lange unsterblich, wie er nicht getötet wurde. Was, wenn er ertrinken sollte? Die See gischtete immer heftiger empor, die Wogen schäumten bereits berghoch über seinem Kopf, und in unmittelbarer Sturmnähe waren sie sogar noch größer.

»Das gefällt mir nicht«, sagte er. »Wer soll mich ablösen, wenn ich hier ertrinke?« Doch das war nicht seine wirkliche Sorge. Es war ihm gleichgültig, wer als nächster das Amt übernahm; er wollte es nur nicht preisgeben.

Wollte er nicht? Warum hatte er dann versucht, auf solch stümperhafte Weise seine Klientin dazu zu bewegen, ihn zu töten? Was wollte er eigentlich wirklich?

Er war sich nicht sicher, hegte aber den Verdacht, daß es mit etwas Persönlichem zusammenhing. Er würde seinen eigenen Abgang leichter hinnehmen, wenn er sein Amt einem ausgesuchten Nachfolger übergab, als wenn ein toter Ozean ihn einfach daraus fortspülte. Das Bedürfnis nach Kontrolle und Selbstachtung war die eigentliche Wurzel seiner Unruhe.

Ein Punkt neben dem Sattelknauf blinkte auf. Zane berührte ihn – und aus dem Pferd wurde ein Schnellboot mit Doppelhülle, das seine Bahn durch die Sturmausläufer schnitt.

Wunder über Wunder! »Du bist mir wirklich einer, Mortis!« rief Zane.

Doch die Wogen waren so entsetzlich, daß das Gefährt schon bald in eine äußerst prekäre Schräglage geriet. Das schwarze Boot steuerte sich selbst höchst gekonnt, um nicht überspült zu werden, doch die See schien entschlossen zu sein, es auszumanövrieren.

»Als Pferd bist du mir lieber!« rief Zane, als das Schiff über einen Wellengipfel glitt und sich grauenerregend schräg legte. Er drückte auf den blinkenden Knopf am Kontrollpaneel.

Da war das Pferd wieder da und galoppierte die sich verschiebenden Umrisse der Woge entlang. Ja, das war eindeutig besser! Das Tier konnte wenigstens nicht voll Wasser laufen oder kentern. »Ohne dich käme ich überhaupt nicht zurecht, Mortis«, sagte Zane und klammerte sich verzweifelt fest.

Dann kam der Klient in Sicht. Es war ein junger Mann, der sich an einem Stück Treibholz festhielt. Der Mann erblickte Zane und hob matt die Hand. Dann versank er in einer Welle.

»Der muß nicht sterben!« protestierte Zane und sprach damit ebensosehr für sich selbst wie für seinen Klienten.

Mortis schnaubte kommentarlos. Schließlich war der Tod hierherzitiert worden, um die Seele eines Klienten einzuholen.

»Ich werde ihn retten«, sagte Zane. »Zuzusehen, wie er ertrinkt ... das wäre doch der reinste Mord!«

Das Pferd reagierte nicht, es kam lediglich auf dem Wasser neben dem Ertrinkenden zum Halten. Zane stieg ab und stellte fest, daß seine Füße auf der Wasseroberfläche tatsächlich festen Halt hatten, wie die Norne es auch behauptet hatte.

Er griff hinab, packte den Mann an seinem emporragenden Arm und riß ihn in die Höhe. Für den Klienten war die Woge flüssig, für Zane dagegen fest – und Zanes handschuhbewehrte Hand glitt auch nicht durch das Fleisch des

Mannes hindurch, wenn er das nicht wollte. Seine Magie paßte sich seinen jeweiligen Bedürfnissen an.

Doch da überspülte ein Brecher die Stelle, an der sie sich befanden, und begrub den Klienten, den er beinahe fortgerissen hätte. Irritiert schlug Zane auf den mittleren Knopf seiner Todesuhr, um die Zeit selbst einzufrieren. Doch nichts geschah, bis ihm einfiel, daß dieser Knopf nicht gedrückt, sondern herausgezogen werden mußte. Also zog er.

Das Wasser erstarrte an Ort und Stelle: Wogen, Schaum und Gischt. Der dahinjagende Nebel blieb stehen, als sei er fotografiert worden. Alles war still und stumm.

Zane bekam den Klienten besser zu packen und riß ihn aus dem Meer. Doch es genügte nicht: Es war offensichtlich, daß der Klient schon fast erledigt war; während des letzten Untertauchens hatte er Wasser eingeatmet.

Zane hievte den Mann auf die Kruppe des Pferds, die Arme hingen auf der einen Seite herab, die Beine auf der anderen. Er drückte gegen seinen Rücken, um ihm das Wasser aus den Lungen zu pressen, doch das erwies sich als nicht sonderlich effektiv. Dann bäumte Mortis sich auf, was dem Mann einen Stoß versetzte, und damit war die Sache erledigt: Das Wasser sickerte ihm aus dem Mund, und er begann zu husten und zu keuchen.

Zane half ihm, sich aufzurichten. Die Augen des Mannes weiteten sich. »Du bist der Tod – aber du hast mich nicht umgebracht!«

»Ich bringe dich an Land«, sagte Zane und hievte ihn hinter sich. »Halt dich fest.«

»Das verstehe ich nicht«, sagte der Mann in einem etwas jammernden Tonfall.

Zane drückte auf den Knopf seiner Uhr. Der Sturm setzte wieder ein. Das Pferd schritt die Steigung einer Woge hinauf. Der Wind zerrte zwar noch an ihnen, doch waren sie vor ihm sicher.

»Warum?« fragte der Mann.

Zane konnte nichts antworten. Er fürchtete, daß er sein Amt mißbrauchte und dafür wohl irgendwie bestraft werden würde, trotzdem mußte er diesen Mann retten.

Bald darauf hatten sie den Sturm hinter sich gelassen und gelangten an eine Insel: Das schwarze Pferd wußte schon, welchen Weg es nahm. Sie kamen an einen leeren Strand, doch die herumliegenden Flaschen zeigten, daß er gelegentlich von Touristen besucht wurde. Die Zivilisation war also in Reichweite.

Der Mann stieg vom Pferd und blieb, immer noch ungläubig, auf dem nassen Sand stehen. »Warum?« wiederholte er. »Ausgerechnet du, von allen Wesen ...«

Zane mußte irgendeine Reaktion von sich geben, und wenn es auch nur war, um sein irrationales Verhalten vor sich selbst zu rechtfertigen. »Deine Seele läuft Gefahr, in die Hölle zu kommen. Geh und tu Gutes in der Welt, damit du im Jenseits erlöst wirst.«

Der Mann starrte ihn mit aufgesperrtem Mund an. Dies war schließlich das zwanzigste Jahrhundert, da nahm doch niemand mehr eine solche Ermahnung ernst!

»Lebewohl«, sagte Zane.

Mortis setzte sich in Bewegung und stürmte einmal mehr in den Himmel empor. Zane blickte zurück und sah, wie sein ehemaliger Klient immer noch dastand und hinter ihm herstarrte.

Hatte er das Richtige getan? Wahrscheinlich nicht. Schon zum zweiten Mal hatte er sich in einen Tod eingemischt und das Leben eines Klienten dabei in andere Bahnen gelenkt. Vielleicht handelte er auf irrationale Weise, indem er seinen persönlichen Komplexen und Eigenheiten gestattete, seine Amtsführung zu beeinflussen. Und doch wußte Zane, daß er es wieder tun würde. Anscheinend war er unfähig, sich über seine menschlichen Beschränktheiten zu erheben, um seine Pflicht auf unparteiische Weise zu erfüllen.

Wieder stand die Todesuhr auf Countdown. Zane drückte auf den Stopp-Knopf und hielt damit den Countdown, nicht aber die Normalzeit an. »Ich habe erst mal genug davon«, sagte er zu dem Pferd. »Ich möchte eine Pause machen und etwas nachdenken. Hast du eine Lieblingsweide, wo du gerne grast? Bring mich dorthin.«

Gehorsam galoppierte das Pferd weiter hinauf, einer

dünnen Wolkenschicht entgegen. Als sie dort angekommen waren, fiel Zanes Blick auf eine saftige grüne Ebene. »Deine Weide befindet sich also oben am Firmament!« bemerkte er.

Das Pferd landete auf der Grünfläche und trabte zu einem großen, bequemen Ginkgobaum hinüber. Zane stieg ab. »Bist du in der Nähe, wenn ich dich brauche?«

Der Hengst wieherte zustimmend und machte sich ans Grasen. Zane entdeckte, daß das Tier nun weder Zaumzeug noch Sattel trug. Diese Hilfsmittel hatten einfach aufgehört zu existieren, als sie nicht mehr benötigt wurden.

Zane setzte sich und lehnte den Rücken gegen den massiven Baumstamm. »Was mache ich hier?« fragte er sich laut. »Warum gehe ich nicht meiner Arbeit nach?«

Er erhielt keine Antwort. Mortis äste auf dem saftigen Feld. Die leise Brise ließ die seltsamen Ginkgoblätter rascheln. Eine kleine Spinne baumelte an einem Faden vor Zanes Gesicht.

»Was ist mit mir los, Arachnae?« fragte er sie. »Ich habe einen guten Job, indem ich Seelen hole, die auf der Kippe stehen. Warum lasse ich sie gehen, wo ich doch glaubte, daß ich den Vorschriften meines Amts gehorchen wollte? Bin ich ein Pharisäer?«

Die Spinne wurde größer. Vier ihrer Beine baumelten herab und verschmolzen zu zwei größeren Gliedmaßen, während die anderen vier sich erhoben und zu zwei kleineren Extremitäten wurden. Ihr Hinterleib zog sich zusammen und verlängerte sich. Ihr Kopf nahm eine rundere Form an, und die acht Augen verschmolzen ganz ähnlich wie die Beine miteinander: Zwei Paare wurden zu größeren Augen, die anderen beiden Paare glitten herab und formten sich zu Ohren. Binnen weniger Augenblicke war aus der Spinne eine Frau geworden, die den Faden eines Netzes zwischen den Händen hielt. »Oh, das nennen wir das Reaktionsverzögerungssyndrom«, sagte sie. »Man kann nicht einfach vom gewöhnlichen Leben in die Unsterblichkeit hinübergehen, ohne dabei Systembeschwerden zu erleiden. Sie werden es überleben.«

»Wer sind Sie?« fragte Zane überrascht.

»Wie kurzlebig Ihr Gedächtnis doch ist«, neckte sie ihn und glitt in eine jüngere Gestalt über.

Nun erkannte er sie. »Das Schicksal! Die Norne! Bin ich vielleicht froh, Sie zu sehen!«

»Nun, ich habe Sie in diese Lage gebracht, damit ich die Verantwortung für Ihre Eingewöhnungszeit übernehmen konnte. Sie brauchen lediglich diese neue Realität zu akzeptieren und sich an sie anzupassen, dann kommen Sie schon zurecht.«

»Aber ich kenne diese neue Realität schon!« protestierte er. »Ich weiß, daß man von mir erwartet, Seelen zu holen. Aber ich werde sie nicht holen! Nicht immer. Ich habe einer Frau den Selbstmord ausgeredet und sogar einen Ertrinkenden vor dem Sterben gerettet.«

»Das verkompliziert die Sache allerdings«, meinte sie nachdenklich. »Ich habe noch nie davon gehört, daß der Tod den Menschen beim Leben hilft. Ich glaube nicht, daß es bereits einen Präzendenzfall dieser Art gegeben hat. Außer ...«

»Ja?«

»Ich fürchte, Tod, das kann ich Ihnen nicht sagen.«

Zane furchte die Stirn. »Es gibt etwas, was Sie wissen, mir aber nicht erzählen wollen?« So etwas Ähnliches hatte sie frustrierenderweise schon einmal erwähnt.

»So ist es. Aber es wird schon alles zu seiner Zeit offenbar werden.«

Er begriff, daß es sinnlos war, das Schicksal zwingen zu wollen. »Na schön, gibt es denn überhaupt irgend etwas Nützliches, das Sie mir sagen wollen?«

»Oh, ja, gewiß doch. Wenn Sie sich hier akklimatisieren wollen, müssen Sie mal einige Seelen ins Fegefeuer bringen. Wenn Sie diesen Aspekt des Gesamtsystems erst einmal begriffen haben, werden Sie nicht mehr so stark zögern, Ihre Pflicht zu erfüllen.«

»Ins Fegefeuer? Daran habe ich zwar auch schon gedacht, aber ich weiß nicht, wo das ist. Chronos meinte zwar, ich könnte auf meinem Pferd dorthin reiten, aber irgendwie ...«

Sie zeigte: »Dort drüben.«

Zanes Blick folgte ihrem Finger. Dort, jenseits des Felds, stand ein moderner Gebäudekomplex, der ein wenig wie eine Universität aussah. »Das ist das Fegefeuer?«

»Was haben Sie denn erwartet? Ein mittelalterliches Verlies, das von einem Drachen bewacht wird?«

»Hm ... ja. Ich meine, die Vorstellung vom Fegefeuer ...«

»Wir befinden uns im zwanzigsten Jahrhundert, dem goldenen Zeitalter der Magie und der Wissenschaft. Das Fegefeuer geht ebenso mit der Zeit, wie der Himmel und die Hölle es tun.«

So hatte Zane das noch gar nicht gesehen. »Ich soll einfach dort hingehen und meinen Seelensack ausleeren?«

»Die Seelen, die Sie bisher nicht selbst klassifizieren konnten«, antwortete sie.

Zane wurde mißtrauisch. Es war etwas Unheimliches an der Art, wie die Norne Dinge zu formulieren pflegte. »Was passiert denn da mit den Seelen?«

»Sie werden richtig sortiert. Sie werden schon sehen. Gehen Sie nur.«

Zane überlegte. »Zuerst will ich mal sehen, was ich auch so herausbekommen kann.«

»Tun Sie das.« Die Norne schrumpfte wieder zu der Spinne zusammen, die daraufhin an ihrem Faden emporkletterte und im dichten Laubwerk des Baumes verschwand.

Er bearbeitete eine Weile die Seelen. Es gelang ihm, alle zu klassifizieren bis auf zwei: den Säugling und den Magier. Die Kleinkindseele war so einheitlich grau, daß keine Bestimmung möglich war; die des Magiers dagegen war auf solch komplizierte Weise von Gut und Böse durchwoben, daß sie sogar für die Steine ein völlig undurchdringliches Labyrinth darstellte.

Er schritt zum Fegefeuerhauptgebäude. Es war eine Konstruktion aus rotem Ziegel, deren Mauern mit grünen Schlingpflanzen bewachsen waren.

Die große Vordertür war unbewacht. Zane trat ein. Im Inneren saß eine hübsche Empfangsdame an einem Schreibtisch. »Ja?« fragte sie, auf genau die gleiche Art, wie dies derlei Dekorationen auch auf der Erde zu tun pflegten.

»Ich bin der Tod«, sagte er ein bißchen verlegen.

»Aber gewiß doch. Folgen Sie der schwarzen Linie.«

Zane erblickte die auf den Boden gemalte schwarze Linie. Er folgte ihr durch einen Gang um einige Ecken, bis er in ein modernes wissenschaftliches Labor geriet. Es waren keine Menschen zu sehen, ebensowenig Teufel oder Engel. Anscheinend ging man davon aus, daß er wußte, was er als nächstes zu tun hatte. Genaugenommen war er etwas verschnupft über die kühle Reaktion der Empfangsdame, die so wirkte, als sei der Tod eine reine Routinesache. Na, vielleicht war der Tod das hier ja auch.

Zane blickte sich um und entdeckte ein Computerterminal. Er suchte nach einem Firmenschild, doch es gab keins. Dies war eine universale Maschine, was ja vielleicht auch durchaus angemessen war. Sie besaß eine Standard-Schreibmaschinentastatur und einige Sonderfunktionstasten. Er drückte auf EIN, und der Schirm leuchtete auf.

SEIEN SIE GEGRUESST, TOD zeigte der Schirm in hellgrünen Buchstaben auf fahlem Hintergrund. WAS KOENNEN WIR FUER SIE TUN?

Zane konnte zwar nicht besonders gut Schreibmaschine schreiben, aber es genügte. ICH MUSS ZWEI SEELEN KLASSIFIZIEREN, tippte er und sah, wie die Worte unter der Computeranfrage in roter Schrift aufleuchteten.

Die Maschine reagierte nicht. Nach einer Weile fiel ihm ein, daß er ihr eine Frage stellen oder einen Befehl würde erteilen müssen, wenn sie reagieren sollte. WAS SOLL ICH MIT IHNEN TUN? fügte er hinzu.

LEGEN SIE JEDE IN EINES DER GERAETE, erwiderte die Maschine.

Zane sah sich wieder um. Er erblickte eine Reihe von Geräten. Er wollte aufstehen.

Da ertönte ein Summer und richtete seine Aufmerksamkeit wieder auf den Computer. SCHALTEN SIE MICH AB, WENN SIE MICH NICHT BRAUCHEN, lautete die Nachricht auf dem Schirm.

Oh. Zane griff schon nach dem AUS-Schalter, doch dann bremste er sich. WARUM? tippte er.

ES IST NICHT NETT, STROM ZU VERSCHWENDEN.

Zane tippte weiter. NEIN. ICH MEINE, WARUM HAST DU KEINEN SCHALTKREIS, UM DICH SELBST ABZUSCHALTEN, WENN DER ANWENDER WEGGEHT? DAS WAERE DOCH NARRENSICHER.

HABEN SIE SCHON MAL VERSUCHT, GEGEN EINE BUEROKRATIE EINEN GUTEN VORSCHLAG DURCHZUSETZEN? Die Schrift wurde rötlich, wie in rechtschaffenem Zorn.

Zane lächelte und drückte den AUS-Schalter, worauf der Schirm erlosch. Er hegte den Verdacht, daß hinter diesem Computer mehr steckte, als es den Anschein hatte.

Er schritt zu dem ersten der Geräte. Es glich einer Wäscheschleuder. Zane holte die Seele des Säuglings hervor und gab sie in den Trichter.

Die Maschine begann zu surren. Die Seele fiel in die Schleudertrommel hinunter, die zu rotieren begann. Sie wurde immer schneller und schneller und drückte die Seele dabei gegen ihren Rand.

»Eine Zentrifuge!« rief Zane. »Um das Böse herauszuschleudern, damit man es messen kann!« Plötzlich leuchtete ihm die Sache ein. Wenn das Böse erst einmal herausgefiltert worden war, würde wahrscheinlich ein zweiter Schleudergang das Gute herausschleudern, damit beide gegeneinander abgewogen werden konnten.

Doch es wurde kein Böses herausgeschleudert. Nach einer kurzen Wartepause blieb die Maschine stehen. Die Seele wurde in einen unten befindlichen Trichter gestoßen.

Zane hob sie auf und kehrte zu dem Terminal zurück. Er schaltete den Computer ein. ES HAT NICHT FUNKTIONIERT, tippte er ein. WAS SOLL ICH JETZT TUN?

BESCHREIBEN SIE DIE SEELE.

ES IST EIN SAEUGLING, REINES GRAU, OHNE SCHATTIERUNGEN.

OH, KEIN WUNDER! meinte der Schirm mit höchst unmechanischem Ausdruck. DAS IST EINE DEFINITIONSENTSCHEIDUNG. GEBEN SIE SIE INS RECYCLING EIN.

Das ließ Zane stocken. Er war noch nicht bereit, die

Sache so einfach fahrenzulassen. WAS IST EINE DEFINITIONSENTSCHEIDUNG?

EINE KLASSIFIKATIONSKATEGORIE, informierte ihn der Schirm fröhlich und nahm eine bläuliche Färbung an. Anscheinend liebte der Computer es, seine Benutzter belehren zu können. SEELEN, DIE AUTOMATISCH IM GLEICHGEWICHT SIND.

Im Gleichgewicht. Halb gut, halb böse. Mit dieser Art Erscheinung hatte Zane die ganze Zeit zu tun gehabt. Ja, er selbst gehörte sogar dazu. ABER WIE KANN DAS SEIN, BEI EINEM UNSCHULDIGEN SAEUGLING? fragte er.

EIN KIND, DAS IN SUENDE GEZEUGT WURDE, belehrte ihn der Schirm, ETWA DURCH VERGEWALTIGUNG, INZEST ODER GROBE TAEUSCHUNG, DESSEN GEBURT EINEM ELTERNTEIL BOESES LEID BEREITET, GILT SO LANGE ALS AUSGEWOGEN, BIS SEIN FREIER WILLE EINSETZT. NORMALERWEISE VERLAGERT SICH AB DANN DAS GLEICHGEWICHT, UND IHRE DIENSTE WERDEN NICHT MEHR BENOETIGT.

So war das also. Chronos hatte ungefähr das gleiche vermutet. Dises Baby war durch Krankheit und Vernachlässigung gestorben, bevor es genügend freien Willen entwickeln konnte, um sich zu ändern. Deshalb war der Tod herbeigerufen worden – und hatte festgestellt, daß die Säuglingsseele beinahe völlig unberührt durch Erfahrung gewesen war.

WARUM? tippte er. WARUM EINEM BABY SO ETWAS ANTUN?

UM SICHERZUSTELLEN, DASS ES EINE FREIE WAHL HAT.

ABER ES HAT DOCH GAR KEINE CHANCE GEHABT! protestierte Zane. ES IST GESTORBEN, BEVOR ES EINEN FREIEN WILLEN HATTE!

DAS IST AUCH DER GRUND, erklärte der Computer geduldig, indem er Zanes Feststellung als Frage auffaßte. KEINE SEELE DARF DER EWIGKEIT ANHEIMGEGEBEN WERDEN, OHNE ZUVOR GELEGENHEIT ERHALTEN ZU HABEN, IHR EIGENES REGISTER AUFZUSTELLEN.

OHNE EIN SOLCHES REGISTER MUSS EINE SEELE HIERBEHALTEN WERDEN.

Zane begann zu verstehen. Es wäre nicht fair gewesen, eine Seele für ewige Zeiten der Verdammnis der Hölle auszusetzen, ohne ihr wenigstens eine Chance zu geben, sich durch entsprechende Taten zu erlösen, während der Himmel wahrscheinlich auch so seine eigenen Regeln über die Annahme von Kindern des Lasters hatte.

Zane dachte darüber nach und gelangte zu dem Schluß, daß ihm die Sache nicht gefiel. Zwar mochte es so etwas wie Frevel oder Laster geben, doch hatte dies schließlich mit dem Fehltritt der Eltern zu tun und nicht mit dem Kind. Wenn er etwas zu sagen hätte, würde er ein oder zwei dieser Definitionen gehörig ändern.

Aber natürlich hatte er nichts zu sagen. Er war nicht Gott – und auch nicht Satan. Es war nicht seine Aufgabe, Regeln aufzustellen.

Und doch war er beteiligt, denn schließlich war er der Tod. Er hatte diese Seele geholt, und er fühlte sich für sie verantwortlich. WAS GESCHIEHT, WENN EINE SEELE EINBEHALTEN WIRD? fragte er.

DANN BLEIBT SIE FUER ALLE ZEITEN IM FEGEFEUER, erwiderte der Schirm.

FUER ALLE ZEITEN! tippte er entsetzt. NOCH NICHT EINMAL DIE SEELEN VON KRIMINELLEN WERDEN AUF EWIGKEIT HIERBEHALTEN, ODER?

DAS STIMMT. DIE SEELEN VON VERBRECHERN KOMMEN AUF EWIGKEIT IN DIE HOELLE.

Das rückte das Bild wieder zusammen. Das Fegefeuer war sicher immer noch besser als die Hölle! WAS TUN DIE EINBEHALTENEN SEELEN HIER?

SIE LEITEN DAS FEGEFEUER.

Oh. DIE EMPFANGSDAME IST AUCH SO EINE?

KORREKT.

Das schien gar nicht so schlimm zu sein, wenn auch nicht gerade gut. Schreibtischarbeit konnte im Laufe der Jahrhunderte zwar unerträglich langweilig werden. Aber das hier war ja schließlich auch eigentlich eine Übergangsstation. Ewige Neutralisierung war sicherlich besser als die Hölle.

Zane schaltete den Computer ab, schritt zu dem zweiten Gerät und holte die Seele des Magiers hervor. Das Gerät glich einem versiegelten Roboter, der einen Papierstapel auf einem Schreibtisch musterte. Die Seele wurde in einen Schlitz am Rücken des Roboters eingespeist. Sofort erwachte die Maschine zum Leben, und ihre Augenlinsen leuchteten auf, während ihre metallenen Gliedmaßen sich zu bewegen begannen.

Der Roboter sah Zane an. »Bin ich schon tot?« fragte die Stimme des Magiers.

»Ja«, erwiderte Zane verblüfft. Bisher war er noch nie von einer Seele angesprochen worden.

»Wo bin ich denn dann?«

»Im Fegefeuer. Deine Seele ist derart ausgewogen, daß ich sie weder für den Himmel noch für die Hölle bestimmen konnte, also habe ich sie hierher gebracht.«

»Ausgezeichnet«, meinte der Magier.

»Soll das heißen, daß du hier feststecken *willst?*«

»Das *muß* ich sogar, und zwar so lange wie möglich. Meine Berechnungen waren zwar äußerst präzise, aber es gibt immer einen gewissen Unsicherheitsfaktor. Es hängt eine Menge davon ab.«

»Was hängt davon ab?« fragte Zane, der schon wieder verwirrt war.

»Hat meine Tochter dich für deine Aufmerksamkeit belohnt?«

»Weichst du da nicht gerade meiner Frage aus?«

»Tust du nicht gerade das gleiche?«

Zane lächelte. »Deine Tochter hat es zwar erneut angeboten, aber ich habe es meinerseits erneut abgelehnt.«

»Aber du darfst es nicht ablehnen!« protestierte der Magier-Roboter. »Luna gehört dir. Ich habe dir den Liebesstein zurückgelassen.«

»Wenn du gewollt hättest, daß ich ihr begegne, hätte es sicherlich bessere Wege gegeben, als mich zu deinem eigenen Tod herbeizuholen.«

»Nein«, widersprach der Roboter. »Es gab keinen besseren Weg. Beachte Ihre Weigerungen nicht. Sie wird schon tun, was ich von ihr will.«

»Aber sie hat sich doch gar nicht geweigert! *Ich* habe mich geweigert! Es ist einfach nicht ...«

»Hol sie dir, Tod. Es lohnt sich.«

»Sie ist nicht an mir interessiert!« versetzte Zane. »Warum sollte ich ihr meine Aufmerksamkeit aufzwingen, sei es nun durch magische oder durch nichtmagische Mittel, wenn ich persönlich doch eine derartige Null bin? Sie hat gewiß Besseres verdient und kann es auch bekommen.« Zane erkannte nun, daß dies einen Teil seines Widerstands ausmachte. Er konnte es sich nicht leisten, sich emotional an eine Frau zu binden, die ihn mit Sicherheit schon bald wegen eines besseren Mannes verlassen würde.

»Du mußt aber«, beharrte der Magier. »Es ist von entscheidender Wichtigkeit.«

»Warum?« Zane war inzwischen sehr neugierig geworden.

»Das kann ich dir nicht verraten.«

»Das hast du schon mal gesagt! Und die Norne drückt sich auch gerne in Rätseln aus. Das ärgert mich.«

»Der Rest spielt keine Rolle. Luna ist ein gutes Mädchen«, erwiderte der Magier etwas lahm.

»Ein guter Grund dafür, sie nicht vom Tod vereinnahmen zu lassen.«

»Ich muß mich an meine Arbeit machen«, sagte der Magier, und sein metallischer Blick ruhte dabei auf dem Schreibtisch.

»Was ist denn deine Arbeit?«

»Offensichtlich muß ich die Bilanz von Gut und Böse in meiner Seele selbst ausrechnen. Das hier sind die Berechnungsformulare.« Die Metallhand berührte den Papierstapel. »Eines für jeden Tag meines Lebens.«

Zane betrachtete eines der Formulare. »Tragen Sie 16% der Zwischensumme aus Formular 1040-Z in Position 32-Q ein«, las er. »Ist Ergebnis größer als in Position 29-P der Tabelle TT, so ziehen Sie 3,2% von Position 69-F ab. Falls Ergebnis kleiner als Zeilensumme, ziehen Sie Quadratwurzel aus Position 15 in Tabelle *i* und fahren Sie mit Formular

7734, Rückseite, fort.« Er blickte auf, sein Verstand wirbelte. »Das ist ja fast so schlimm wie eine Einkommenssteuererklärung!«

»Fast«, stimmte der Magier ihm matt zu. »Was glaubst du wohl, wo das Finanzamt sich seine Anregungen holt? Es wird eine Ewigkeit dauern, bis ich diesen Papierkram erledigt habe.«

»Was meinst du, wie wird das Endergebnis aussehen? Kommst du in den Himmel?«

»Wenn ich mit dem letzten Formular durch bin, geht die Suche nach den Fehlern los«, erwiderte der Roboter. »Das wird noch ein paar Jahrhunderte dauern.«

»Vielleicht machst du ja keine Fehler«, warf Zane ein.

»Solche Formulare sind so entworfen, daß man sie unmöglich beim ersten Mal korrekt ausfüllen kann«, widersprach der Magier. »Was würde es denn auch für einen Sinn ergeben, wenn sie klar verständlich wären?« Er nahm einen Federkiel auf, tauchte ihn in ein Faß mit roter Tinte und machte sich ans Werk. Schon bald erschienen ölige Schweißperlen auf seiner metallenen Stirn.

Zane überließ den Roboter seiner endlosen Arbeit. Eine derartige Aufgabe würde jeden normalen Menschen in den Wahnsinn treiben, aber vielleicht besaß der Magier ja so seine eigenen Widerstandsreserven.

Er hinterlegte die Säuglingsseele beim Hinausgehen am Empfang. »Oh, gut«, sagte die Empfangsdame und zeigte zum ersten Mal menschliche Gefühle. »Wir brauchen neues Personal!«

Zane fragte sich, inwieweit ein winziges Baby wohl dazu beitragen konnte, dem Personalmangel abzuhelfen, zog es aber vor, nicht nachzufragen. Das Fegefeuer verfügte bestimmt über Mittel und Wege, derlei Dinge zu vereinfachen, und außerdem hatte es natürlich auch eine ganze Ewigkeit dafür Zeit.

5 Luna

Draußen äste noch immer sein Pferd. »He, Mortis!« rief Zane, und der edle Todeshengst trabte auf ihn zu. Welch ein schönes Tier!

Er saß auf. »Bring mich nach Hause, wo immer das sein mag.«

Das Pferd trabte am Rand der grünen Weidefläche entlang und blieb vor einem prunkvollen Beerdigungsinstitut stehen, dessen geräumige Vorderveranda von weißen Säulen geziert wurde. Der Name auf dem Briefkasten lautete: TOD.

Das paßte. Wo sollte der Tod denn auch sonst wohnen, wenn nicht in einem Beerdigungsinstitut?

Zane sah das Pferd an. »Ist das in Ordnung, wenn ich eine Weile hier bleibe? Wenigstens so lange, bis ich mich mit dem Gelände und den Räumlichkeiten vertraut gemacht habe?«

Mortis stellte bejahend ein Ohr nach vorn.

»Hast du hier einen Stall oder so etwas? Muß ich dir irgendwelches Futter geben oder Benzin oder so?«

Das Pferd verneinte wiehernd und wanderte davon, um noch etwas zu grasen. Die Weide sah außerordentlich üppig aus. Mehr brauchte Mortis wahrscheinlich gar nicht. In der Nähe war ein kleiner See zu erkennen, so daß auch Wasser vorhanden war. Es war eine hübsche Gegend.

Der Tod besaß also einen Briefkasten! Wer wohl an dieses Büro schrieb? Zane schritt darauf zu und öffnete den Briefkasten. Darin lagen vier Briefe. Er holte sie hervor und stellte fest, daß die Absender irdische Adressen hatten. Interessant.

Er wandte sich dem Vordereingang des Todeshauses zu. Ob er klingeln sollte? Nicht, wenn dieses schaurige Haus nun sein Heim war. Andererseits war er noch neu hier. Er klingelte.

Im Inneren des Hauses ertönte ein Glockenläuten, das nach Verdammnis klang. Einen Augenblick später ging die

Tür auf. Ein schwarz gekleideter Butler stand in der Türöffnung. »Schön, Sie wiederzusehen, Sir. Lassen Sie mich Ihren Mantel nehmen.« Er schritt um Zane herum, um ihm das Kleidungsstück abzunehmen.

»Ich ... ich bin jemand anders«, sagte Zane unbeholfen. »Ich bin nicht mehr derselbe Mensch.«

»Natürlich nicht, Sir. Wir dienen dem Amt, nicht seinem Inhaber.« Der Butler hängte den Umhang in der Empfangshalle in einen Schrank und beugte sich vor, um Zanes Füße zu berühren. Zane begriff, daß der Mann vorhatte, ihm sein schützendes Schuhwerk abzunehmen. Na ja, wenn er hier nicht sicher sein sollte, wo denn dann wohl sonst? Er ließ es zu, und schon bald befanden sich Schuhwerk und Handschuhe im Schrank, während Zane in einem bequemen Hausmantel und Pantoffeln dastand.

Er nahm einen merkwürdigen Geruch wahr. »Was ist das für ein Duft?«

»Das ist Myrrhe, Sir«, erwiderte der Butler. »Dieses Haus wird traditionellerweise damit parfümiert.«

»Das Haus des Todes muß parfümiert werden?«

»Myrrhe wird für gewöhnlich mit diesem Amt verbunden, Sir.«

»Na ja, ersetzen Sie es durch etwas Angenehmeres«, befahl Zane. »Und ändern Sie auch dieses Totengeläute der Türglocke. Wenn ich wirklich etwas zu sagen haben sollte, dann wird der Tod ein neues Image bekommen.«

Der Butler führte ihn in ein schönes Wohnzimmer tief im Inneren des Gebäudes. »Machen Sie es sich gemütlich, Sir. Wünschen Sie einen Aperitif? Fernsehen? Einen Wiederherstellungszauber?«

Zane ließ sich schwer in den Polstersessel sinken. Er fühlte sich überhaupt nicht gemütlich. »Alles drei«, sagte er.

»Sofort«, meinte der Butler. »Soll ich auch die Post mitnehmen, Sir?«

»Die Post? Wozu denn?«

»Um sie zu vernichten, Sir, wie es der üblichen Verfahrensweise entspricht.«

Zane preßte abwehrend die Briefe an seine Brust. »Auf

gar keinen Fall! Es ist mir egal, wenn es alles nur Mist sein sollte, ich werde sie mir jedenfalls vorher anschauen.«

»Natürlich, Sir«, sagte der Butler geschmeidig, als würde er ein Kind beruhigen. Als der Mann fortging, leuchtete vor Zane der Fernseher auf.

»Zwei Änderungen im Fegefeuerpersonal«, sagte der unscheinbare Nachrichtensprecher. »Das Amt des Todes hat einen neuen Inhaber. Der frühere Tod hat, nachdem er seine Aufgabe zufriedenstellend erledigte, seine eigene Seelenbilanz aufbessern können und ist in den Himmel gelangt. Der Tod ist tot – es lebe der Tod! Die Politik seines Nachfolgers ist bisher noch unklar; er hinkt hinter dem Zeitplan her, hat zwei Klienten die Flucht gestattet und verärgert das Personal seines Hauses, indem er kleinkarierte Änderungen der üblichen Haushaltsroutine verlangt. Ein nicht näher genannter, hochstehender Beobachter äußerte sich dahingehend, daß mit einer Mängelrüge zu rechnen sei, wenn sich die Verhältnisse nicht bald bessern.«

Zane stieß einen Pfiff aus. Die Fegefeuernachrichten waren aber wirklich äußerst aktuell und genau!

»Das Personal ist durch einen Säugling erweitert worden«, fuhr der Sprecher fort. »Er wird als Aktenverwalter ausgebildet werden, sobald er erkenntnisfähig geworden ist. Natürlich wird ihm gestattet werden, sich das Alter auszusuchen, das er in Ewigkeit innehaben will. Dieser Personalzuwachs wird dazu beitragen, den Verarbeitungsstau zu beheben, der durch die wachsende Zahl zu verarbeitender Klienten entstand. Ursache für diesen Stau ist das allgemeine menschliche Bevölkerungswachstum.«

Langsam wurde Zane mißtrauisch. Warum hingen diese Nachrichten so eng mit seinen eigenen Aufgaben zusammen?

Der Butler erschien wieder und stellte ein Glas Rotwein vor ihm ab. »Der Zauber gehört zum Rezept, Sir.«

»Warum stehen die Nachrichten in einem solch engen Zusammenhang mit meinen Interessen?« wollte Zane wissen. »Das kann doch nicht Zufall sein.«

»Dies ist das Fegefeuer, Sir. Es gibt keinen Zufall. Alle Nachrichten hängen mit dem Zuschauer zusammen.«

»Fegefeuer? Ich dachte, das wäre der Gebäudekomplex gegenüber?«

»Dieses ganze Gebiet, Sir. Das große Gebäude ist lediglich das Verwaltungs- und Überprüfungszentrum. Alle, die wir uns in der nicht greifbaren Zone des Fegefeuers befinden, sind verlorene Seelen.«

»Aber ich bin doch auch hier, und dabei bin ich nicht einmal tot!«

»Nein, Sir. Sie fünf sind es nicht, technisch gesehen. Wir anderen jedoch schon.«

»Fünf? Wer?«

»Die Inkarnationen, Sir.«

»Ach so. Sie meinen den Tod, die Zeit, das Schicksal ...«

»Den Krieg und die Natur, Sir«, beendete der Butler seinen Satz. »Das sind die lebenden Bewohner der Ewigkeit. Alle anderen sind tot, ausgenommen natürlich die Ewigen.«

»Die Ewigen?«

»Gott und Satan, Sir. Die unterliegen nicht den gewöhnlichen Regeln.«

Zane trank von dem Wein. Er schmeckte ausgezeichnet und schien tatsächlich belebend zu wirken. »Ich verstehe. Sie selbst sind also auch tot?«

»Jawohl, Sir. Ich wurde von Ihrem vorvorigen Vorgänger geholt. Ich diene hier seit zweidundsiebzig Erdenjahren.«

»Also sehen Sie die Tode kommen und gehen, ungefähr alle dreißig Jahre oder so! Wird Ihnen das nicht langweilig?«

»Es ist jedenfalls besser als die Hölle, Sir.«

Da war etwas dran. *Alles* war besser als die Hölle! »Vielleicht sollten Sie mich lieber mal dem restichen Personal vorstellen. Ich nehme doch an, daß ein Haus dieser Größe über mehrere Angestellte verfügt?«

»So ist es, Sir. Wen wünschen Sie zuerst zu sehen?«

»Wen gibt es denn alles?«

»Den Gärtner, die Köchin, die Zofen, die Konkubine ...«

»Die was?«

»Die Lebenden haben schließlich Bedürfnisse, Sir«, erinnerte ihn der Butler taktvoll.

»Und diese Bedürfnisse können von den Toten befriedigt werden?«

»Zweifellos, Sir.«

Zane schüttelte angewidert den Kopf. Er leerte sein Glas. »Ich habe es mir anders überlegt. Ich werde das Personal ein anderes Mal begrüßen. Ich bin sicher, daß meine Klienten langsam schon Schlange stehen, unten auf der Erde.«

»Gewiß, Sir«, stimmte der Butler zu, als Zane sich erhob, und eilte hinaus, um seine Arbeitsausrüstung zu holen. Wenige Augenblicke später war Zane wieder in Uniform und verließ das Haus.

Mortis erwartete ihn schon. Zane saß auf und bemerkte dabei die vier Briefe, die er noch immer in der Hand hielt. Er hatte sie mit energischem Griff umklammert gehalten, seit der Butler sie ihm hatte wegnehmen wollen. »Die sollte ich eigentlich lesen«, murmelte er.

Er fand sich im Inneren des Todeswagens wieder. Nein, diesmal war es ein kleines Flugzeug mit automatischer Steuerung. Die unglaublichen Eigenschaften seines Hengstes zeigten sich immer wieder aufs neue!

Zane riß den ersten Umschlag auf. *Lieber Tod,* lautete er. *Warum hast du meine Mutter geholt? Ich finde, du stinkst!* Und er war unterschrieben: *Liebe Grüße, Rose.*

Zane dachte darüber nach. Offenbar ein Kind. Vermutlich hatte der Tod diesen Fall nicht einmal persönlich bearbeitet, denn es war sehr wahrscheinlich, daß die Mutter des Kindes stark genug orientiert gewesen war, um von selbst in den Himmel oder in die Hölle zu finden. Doch woher sollte das Kind das wissen? Vielleicht sollte er es ihm erklären.

Ihren Brief beantworten? Korrespondierte der Tod etwa mit Kindern? Das war anscheinend früher nicht der Fall gewesen.

Nun, warum eigentlich nicht? Wenn Roses Brief ihn erreichen konnte, so würde das umgekehrt auch gehen. Nur – was würde es für einen Unterschied für sie machen? Ihre Mutter würde dennoch tot bleiben.

Doch wer hätte wohl eher eine Antwort verdient als ein verwaistes Kind? Zane entschied sich, zu antworten. Er würde feststellen, wo die Mutter des Mädchens hingekommen war – hoffentlich war es der Himmel. Das schien wahrscheinlich, weil zwischen den beiden anscheinend Liebe geherrscht hatte. Und dann würde er das kleine Mädchen informieren. Vielleicht würde er ihr sogar eine Nachricht ihrer Mutter überbringen können.

Er öffnete den nächsten Brief. *Lieber Tod – gestern abend habe ich meinen alten Ziegenbock wieder beim Mogeln erwischt. Ich möchte, daß du ihn gleich morgen holst, damit ich die Versicherungsprämie kassieren kann. Hochachtungsvoll, eine empörte Ehefrau. P.S.: Und sorge auch dafür, daß es ordentlich weh tut!*

Den brauchte er wohl kaum zu beantworten. Kein Wunder, daß der alte Ziegenbock schummelte!

Auf dem Kontrollpaneel des Todesflugzeugs blinkte eine Lampe. Dort stand ein Wort: UHR!

Erschrocken blickte Zane auf seine Uhr. Sie stand noch immer still. »Danke, daß du mich daran erinnerst, Mortis!« sagte er und stellte den Zähler wieder an. Er legte die Briefe ins Fach. Er hatte Klienten, um die er sich kümmern mußte.

Der Tod reiste über die ganze Welt, sammelte Seelen ein und schaffte es nach und nach, seinen Rückstand wieder aufzuholen. Unterwegs begegnete er einer weiteren widerlichen Höllenfeuer-Plakatserie: DER WINTER IST KALT, DEIN LEBEN AM – ARM. KOMM ZU UNS, HIER IST ES WARM!

In seiner Freizeit beantwortete Zane seine Fanpost und erklärte Rose, daß ihre Mutter unter einer schrecklichen Krankheit gelitten und große Schmerzen gehabt habe, so daß es schließlich doch das Barmherzigste gewesen sei, sie in den Himmel zu schicken, wo es keinen Schmerz gab. Er war ins Fegefeuer gegangen, um die Akten einzusehen, deshalb wußte er, daß dies auch der Wahrheit entsprach. Die Mutter des Kindes war eine gute Frau gewesen. Allerdings hatte er keine Antwort von ihr aus dem Himmel bekommen können; anscheinend verloren jene, die dort oben waren, jedes Interesse an irdischen Dingen. Andere Briefe beantwortete er je nach Dringlichkeit und Anliegen, wobei er versuchte, einen höflichen Ton zu wahren. Manchmal fragte er sich, wozu er sich überhaupt die Mühe machte, doch er konnte nur feststellen, daß ihm dies als das Richtige erschien. Für den Durchschnittsmenschen stellte der Tod eine derart wichtige Angelegenheit dar, daß alles, was ihm etwas von seiner Schärfe nahm, die Mühe wert war.

Das Einsammeln und Weiterleiten der Seelen fiel ihm mit zunehmender Erfahrung immer leichter, dennoch gefielen ihm nicht alle Aspekte dieser Aufgabe. Die Leute starben ja aus den närrischsten Gründen! Ein Mann machte sich eine Tasse Kaffee, als seine Frau nicht zu Hause war, und verwechselte den Zucker mit Rattengift; er war halbblind und vergeßlich und kannte sich in der Küche nicht aus, dennoch blieb dies eine vermeidbare Dummheit: Wenigstens der Geschmack hätte ihn doch warnen müssen! Ein Mädchen holte die Fluchsammlung ihrer Mutter hervor und invozierte alle Zauber auf einmal, so daß sie zu Tode verflucht wurde, bevor man ihr Schreien hörte. Wenn diese Schreie doch nur sorgfältig in einem Safe verschlossen gewesen wären! Ein Teenager ging mit einem gestohlenen Hexenbesen auf Vergnügungstour, und natürlich warf der Knüppel ihn ab – eine halbe Meile über der Erdoberfläche. Ein junger Mann, der seiner Freundin imponieren wollte, legte sich im Zoo mit einem feuerspeienden Drachen an und wurde prompt geröstet. Eine alte Frau, die mit ihren Einkaufstüten im Wagen spazieren fuhr, bog achtlos nach links ab, direkt in einen Zementtransporter. Fünf Seelen, drei davon zur Hölle verdammt – und alle drei hätten durchaus zu einem späteren Zeitpunkt noch in den Himmel kommen können, wenn diese Leute etwas vorsichtiger gelebt und mehr Gutes getan hätten. Und dabei war das nur ein Bruchteil des Ganzen – nur jener winzige Bruchteil von Seelen, die sich in einem derartigen Beinahe-Gleichgewicht befanden, daß sie der persönlichen Aufmerksamkeit des Todes bedurften. Was war dann erst mit der gewaltigen Mehrheit der Sterbenden, die von alleine in die Ewigkeit übergingen und dazu lediglich der stummen, unausgesprochenen Billigung des Todes bedurften? Wie viele von denen hatten ihre Erlösung so lange vernachlässigt, bis es zu spät war und sie den frühen Abgang erlitten, den sie eigentlich hätten vermeiden sollen? War die Menschheit denn nichts als eine Spezies von hoffnungslosen Stümpern?

Voller morbider Neugier forderte Zane im Fegefeuer einen Computerausdruck an und ging ihn durch. Nun hatte er die genaue Statistik, und die bestätigte seinen Verdacht. Millionen von Leuten starben an Herz- und Kreislaufbeschwerden, die durch simple Diät und ein Mehr an Bewegung hätten vermieden werden können. Millionen starben an Krebs, weil sie sich nicht hatten untersuchen oder behandeln lassen, bis es zu spät war, und weil sie sich selbst dann noch weigerten, ihre krebserzeugenden Gewohnheiten wie Tabakrauchen aufzugeben, wenn diese tödliche Folgen für sie hatten. Eine riesige Zahl fiel traumatischen Ursachen zum Opfer: Autounfällen, Teppichzusammenstößen, Stürzen, Schußwaffen, und es war gräßlich, wie viele durch ihre eigenen Pistolen starben oder von ihren eigenen, angeblich gefangenen, Dämonen umgebracht wurden!

Doch was konnte er, der Tod, dagegen tun? Er verfügte nicht über das gewaltige Werbebudget Satans und bezweifelte ohnehin, daß die Leute sich grundlegend ändern würden, selbst wenn man sie entsprechend eindeutig warnte. Bis er herbeigerufen wurde, ließ sich der Schaden in den allermeisten Fällen schon nicht mehr rückgängig machen. Die Menschen hätten ihr Leben wirklich total und von Beginn an ändern müssen – und er wußte, daß nur wenige dies freiwillig tun würden. Sie waren sich darüber im klaren, daß ihr Lebensstil allerbestenfalls albern und allerschlimmstenfalls selbstmörderisch war, und doch fuhren sie damit fort, ohne etwas zu ändern. Genau wie er selbst es getan hatte, bis er tatsächlich dem Tod ins Antlitz geblickt hatte.

Wenn dies ein Wettkampf zwischen Gott und Satan sein sollte, so war es offensichtlich, daß der Satan im Begriff war, ihn zu gewinnen. Natürlich war der Satan ständig mit seiner Werbekampagne zugange, veranstaltete in regelmäßigen Abständen Höllenthons im Fernsehen, in deren Verlauf er die Leute drängte, ENDLICH MAL MEHR FEUER! zu machen, und die alberne Verheißung verbreitete: DIE HÖLLE MACHT *MÄNNER!* und ganze Familienpläne anbot. Dem Bund zufolge durfte sich keiner der Ewigen in die Angelegenheiten der Menschen einmischen, aber Gott war die einzige Partei, die sich daran hielt. Was nützte ein Nichteinmischungspakt, den die eine Seite ständig ungeniert verletzte? Doch wenn Gott sich verhielte wie Satan, dann wäre er auch nicht besser als Satan selbst ...

Zane wußte darauf auch keine Antwort, spürte aber dennoch das Bedürfnis danach, eine zu finden. Vielleicht, so tadelte er sich selbst, hätte ein kompetenterer Mann auf seinem Posten wirklich etwas ändern können. Doch so lange das Amt des Todes beinahe willkürlich weitergegeben wurde, würden seine Inhaber alle ebensolche mittelmäßigen Typen sein wie er selbst. Was konnte man auch von jemandem erwarten, der erst seinen Vorgänger ermorden mußte, um diese Position zu erhalten? Er, Zane, war wahrscheinlich ein typischer Vertreter dieses Menschenschlags. Er konnte nicht erwarten, daß sein Nachfolger viel besser sein würde. Wenn überhaupt irgend etwas Gutes getan werden sollte, dann mußte er es schon selbst tun, so unfähig er auch sein mochte.

Merkwürdigerweise verlieh ihm diese Erkenntnis neue Kraft. Zwar würde er wahrscheinlich scheitern, aber er würde es wenigstens versuchen. Er wußte nicht, was er tun würde oder konnte oder sollte, aber er hoffte, daß er es auf richtige Weise tun würde, wenn sich die Gelegenheit dazu bot.

Zane war versucht, die Werbeplakate Satans einfach mit dem Todesmobil umzufahren, doch er beherrschte sich. Dies war ein freier Kosmos. Satan hatte ein Recht darauf, Reklame zu machen. Anständige Leute mußten es den unanständigen Leuten erlauben, so zu handeln, wie sie wollten. Das war das Paradox der Anständigkeit. Ob es die Sache wert war?

Er machte weiter mit seiner Routinearbeit. Es tauchten noch einige weitere Fälle auf, die seine Entscheidung zuließen, so daß es ihm möglich war, Klienten zu verschonen. Er wußte immer noch nicht genau, ob das eigentlich rechtens und mit seinen Dienstvorschriften vereinbar war, aber die Nachrichten im Fegefeuerfernsehen machten daraus nicht viel mehr als die übliche klatschkolummnenhafte Meldung im Stil von »Seht mal, was der böse Junge jetzt schon wieder angestellt hat!« Also ging er davon aus, daß die Sache vielleicht als schlechter Stil gelten mochte, daß es aber zu seinen Privilegien gehörte, so zu handeln, Seelen zu nehmen oder nicht zu nehmen, und zwar zu jeder Zeit. Es war zwar möglich, daß die eine oder andere der Seelen, die es vielleicht mit Mühe und Not jetzt noch, bei planmäßiger Abholung, in den Himmel geschafft hätte, später vielleicht doch noch degenerierte und in der Hölle landete, doch den umgekehrten Fall hielt er für wahrscheinlicher. Welcher Mensch würde sich, nachdem er mit der Erscheinung des Todes konfrontiert worden war, nicht beeilen, seinen Lebenswandel wenigstens teilweise umzustellen? Wer so närrisch war, eine solche Warnung in den Wind zu schlagen und in die Hölle hinabzufahren, hatte sein Schicksal wahrscheinlich wirklich verdient.

Dennoch wurde Zanes unterschwellige Unzufriedenheit durch ein Ereignis verstärkt, das wie ein ganz normaler Routinefall begann. Es war ein Junge von vielleicht fünfzehn Jahren, das Opfer einer sehr seltenen Krebsart. Er lag einigermaßen bequem zu Hause im Bett, was zum größten Teil den starken Medikamenten und einem Optimismuszauber zu verdanken war. Als Zane eintrat, blickte er überrascht auf.

»Ich habe Sie noch nie gesehen, obwohl Sie mir irgendwie bekannt vorkommen«, sagte der Junge. »Sind Sie Arzt?«

»Nicht direkt«, erwiderte Zane. Er merkte, daß der Junge ihn nicht erkannte. Er war sich unsicher, ob er ihn aufklären sollte.

»Dann sind Sie vielleicht ein Psychologe, der mich aufheitern soll?«

»Nein, nur jemand, der dich auf eine Reise mitnehmen wird.«

»Oh, ein Chauffeur! Aber mir ist nicht danach, wieder um den Park zu fahren.«

»Diese Reise dauert länger.«

»Können Sie sich nicht einfach ein bißchen setzen und sich eine Weile mit mir unterhalten? Ich fühle mich manchmal ein wenig einsam.« Der Junge fuhr sich mit den Fingern durch sein zerzaustes blondes Haar, wie um die Einsamkeit aus seinem Kopf zu fegen.

Zane setzte sich auf die Bettkante. Seine Uhr zeigte noch fünfzehn Sekunden an; er fror sie dort ein. Dieser Junge lag im Sterben – gab es denn niemanden, der ihm dabei Gesellschaft leisten wollte? Wahrscheinlich weil seine Familie und seine Freunde wußten, was das Opfer nicht wußte. Das war eine der ironischen Grausamkeiten dieser Situation. »Ich werde mich mit dir unterhalten.«

Der Junge lächelte dankbar. »Ach, ich bin ja so froh! Sie werden mein Freund sein, das weiß ich.« Er streckte mit einiger Mühe die Hand vor, denn er war sehr schwach. »Wie geht es Ihnen? Ich bin Tad.«

Zane nahm vorsichtig die Hand des Jungen. »Freut mich, Tad. Ich bin ...« Er hielt inne. Der Junge wußte nicht, daß er sterben würde. Was für eine Barmherzigkeit wäre es gewesen, es ihm jetzt zu sagen? Und doch wäre es Lüge gewesen, ihm diese Information zu verheimlichen. Was sollte Zane tun?

Tad lächelte. »Sie haben es vergessen? Oder sind Sie hier, um mir eine Spritze zu geben, und haben Angst, daß ich schreie?«

»Keine Spritze!« erwiderte Zane hastig.

»Dann lassen Sie mich raten. Sind Sie ein Rechnungseintreiber? Dafür ist mein Paps zuständig. Ich schätze, diese Glücksgefühlzauber kosten ihn eine ganze Menge, aber ich finde nicht, daß sie es wert sind, denn ich werde trotzdem noch etwas deprimiert. Ich meine, er sollte diese Zauber lieber für sich selbst anwenden, denn in letzter Zeit sieht er ziemlich mitgenommen aus. Liegt wahrscheinlich an den Kosten für diese ganzen Medikamente und so. Ich habe deswegen schon Schuldgefühle und wünsche mir manchmal, ich könnte der Sache sofort, hier und jetzt, ein Ende machen, anstatt ihn ständig soviel zu kosten.«

Das würde auch geschehen – doch Zane wußte zugleich, daß dies den Vater des Jungen nicht glücklich machen würde. »Ich bin kein Geldeintreiber«, sagte Zane. »Obwohl mein Beruf damit wohl verwandt ist.«

»Dann sind Sie vielleicht Vertreter. Sie haben ein Produkt, das ich gebrauchen kann. Ein neues Heimcomputerprogramm, das mich achtundvierzig Stunden am Stück fesseln wird.«

»Länger«, murmelte Zane und fühlte sich unbehaglich.

»Ach, ist mir egal. Ich habe alle diese Spiele schon so lange gespielt, daß ich sie nicht mehr sehen kann. Die magischen Spiele auch. Ich habe schon mehr harmlose mythologische Tiere herbeibeschworen, als ich überhaupt für möglich gehalten hätte. Selbst jetzt liegt noch ein rosa Elefant unter meinem Bett. Sehen Sie?« Er zog die herunterhängende Bettdecke ein Stück hoch, und Zane erblickte einen rosa Elefantenrüssel. »Was ich wirklich möchte, ist, hinaus in die Sonne zu gehen und einfach nur rumzulaufen und zu spüren, wie das trockene Laub unter meinen Füßen knistert. Ich liege schon so lange in diesem Bett!«

Natürlich war der Junge viel zu schwach, um laufen zu können. Selbst wenn Zane ihn lebend aus dem Gebäude gebracht hätte, hätte es nicht funktioniert. Wie gut wußte Tad tatsächlich über seinen wirklichen Zustand Bescheid, oder wieviel ahnte er?

»Was ist denn los mit dir?« fragte Zane.

»Ach, es hat irgendwas mit meinem Rückgrat zu tun. Es tut weh, also wenden sie einen örtlichen Schmerzlosigkeitszauber an und verpassen mir eine Rückenmarksspritze, aber dann werden meine Beine taub, und ich kann nicht laufen. Ich wünschte, sie würden die Sache endlich hinkriegen. Ich verpasse ziemlich viel in der Schule und möchte nicht unbedingt eine Klasse wiederholen müssen. Schließlich hatte ich einen Durchschnitt von zwei. Alle meine Freunde werden nun weiterkommen, verstehen Sie, und dann sehe ich ziemlich blöd aus.«

Also hatte man ihm tatsächlich gesagt, daß er gesund werden würde. Zane merkte, wie er wütend wurde. Welches Recht hatten sie, den Jungen derart zu betrügen?

»Was ist denn?« wollte Tad wissen.

Nun mußte Zane eine Entscheidung fällen. Sollte er ihm die Wahrheit sagen – oder sollte er die Lügerei fortsetzen? Wenn er dem Problem aus dem Weg ginge, würde er tatsächlich durch Nichttätigkeit lügen. »Ich stecke in der Klemme«, gab er zu.

»Dann lassen Sie sich nicht von ihr kneifen«, riet der Junge.

Zane lächelte. Darauf konnte man sich verlassen, daß ein Jugendlicher daraus ein Wortspiel machen würde! »Ich würde viel lieber auf meinem guten Pferd sitzen.«

»Sie haben ein Pferd? Ich wollte immer eins haben! Was denn für eine Rasse?«

»Ich weiß seine Rasse nicht, da bin ich kein Experte. Ich habe ihn geerbt. Es ist ein großer, schwarzer Hengst, sehr kräftig, und fliegen kann er auch.«

»Wie heißt er?«

»Mortis.«

»Ein Morgan-Pferd? Das ist eine gute Rasse.«

»Mortis.«

»Morris?«

»Mortis, mit T. Es ist ein ...«

Tad war nicht dumm. »Mortis heißt Tod«, sagte er. »Ich habe eine Zwei plus in Latein.«

Zane spürte, wie ihm flau wurde. Er hatte mehr verraten, als er gewollt hatte, weil er kein Latein konnte. »Er ist ein Todespferd.«

»Aber kein lebender Mensch kann ein Todespferd reiten!«

»Es sei denn, das Pferd erlaubt es ihm«, sagte Zane, der schon wußte, was nun folgen würde. Warum besaß er nicht den Mut, seinen Auftrag etwas ehrlicher auszusprechen?

Der Junge drehte Zane das Gesicht zu und starrte ihn an. »Dieser Mantel!« sagte er. »Diese schwarze Kapuze! Ihr Gesicht – jetzt erkenne ich es etwas deutlicher. Es ist ja bloß ein Totenschädel!«

»Sieht so aus. Aber ich bin ein Mensch. Ein Mensch, der seinem Amt nachgeht.«

»Sie müssen ...« Tad atmete schaudernd ein. »Ich werde die Schule nie wiedersehen, nicht wahr?«

»Es tut mir leid. Ich habe keine andere Wahl.«

»Ich schätze, ich habe es gewußt. Ich habe diesen Ärzten nie wirklich geglaubt. Die Drogen und Zauber haben zwar dafür gesorgt, daß ich mich gut fühle, aber in meinen tiefsten Träumen habe ich nur geschrien. Auch jetzt würde ich eigentlich schreien, aber die haben mich derartig mit Optimismusmagie vollgepumpt, daß ich gar nicht richtig deprimiert werden kann. Sie scheinen mir nur halb so übel zu sein, wissen Sie. Wenigstens haben Sie sich noch ein bißchen mit mir unterhalten.«

»Ich bin halb übel«, erwiderte Zane. »Zu fünfzig Prozent böse. Aber du ...« Er hielt inne. »Hast du irgendeine schlimme Sünde auf dem Gewissen?«

»Na ja, ich habe mal in einem Geschäft einen Jojo geklaut ...«

»Das ist nur ein geringfügiges Böses. Ich meine so etwas wie Mord.«

»Einmal habe ich mir gewünscht, meine Tante wäre tot, als sie mich wegen unanständige Ausdrücke bestraft hat.«

»Wünsche sind nicht von großer Bedeutung, es sei denn, man handelt auch danach. Hast du jemals versucht, sie tatsächlich umzubringen?«

Tad reagierte mit Entsetzen. »Niemals! So was würde mir nicht einmal im Traum einfallen!« Er lächelte wehmütig. »Na ja, dran gedacht habe ich wohl doch, aber ich wollte es nie wirklich tun.«

»Vielleicht hast du irgendeine schreckliche Lüge erzählt, die einen anderen in schlimme Schwierigkeiten gebracht oder einen Todesfall verursacht hat. Es muß irgend etwas sehr Schlimmes, irgendeine große Sünde auf deinem Gewissen geben, wie ich schon sagte. Etwas, wovon du weißt, daß es wirklich sehr böse ist.«

Der Junge dachte darüber nach. »Es gibt zwar ein paar Sachen, die ich gerne getan hätte, aber ich hatte nie die

Gelegenheit dazu. Ich glaube, ich bin wirklich ziemlich sauber. Tut mir leid, daß ich nichts Besseres zu bieten habe.«

Irgend etwas stimmte hier nicht. Zane holte die beiden Diagnosesteine hervor. »Das wird nicht wehtun«, sagte er beruhigend.

»Das sagen diese Krankenschwestern mit ihren Spritzen auch immer.«

»Nein, wirklich nicht. Es ist völlig schmerzlos. Ich will lediglich das Böse in dir abschätzen.«

Der gelbe Stein leuchtete hell auf, als Zane ihn dicht über den Körper des Jungen streichen ließ, während der braune nur geringfügig dunkler wurde. »Du bist zu neunzig Prozent gut«, meinte Zane überrascht.

»Ich habe Ihnen ja gesagt, daß mit mir nicht viel los ist.«

»Aber ich komme persönlich immer nur zu jenen Menschen, die im Gleichgewicht sind, deren Seelen sich nicht aus eigener Kraft befreien können. Da muß ein Irrtum vorliegen.«

»Soll das heißen, daß ich gar nicht sterben werde?«

Zane seufzte. »Ich weiß es nicht, aber ich bezweifle, daß dies der eigentliche Irrtum ist. Ich glaube, du solltest ursprünglich allein sterben, aber irgendwie wurde da eine Schaltung vertauscht, und so wurde ich gerufen. Im Augenblick herrscht im Fegefeuer Personalmangel, da kann schon mal was schiefgehen. Es tut mir leid, daß ich dich gestört habe. Es war nicht nötig, daß du jemals erfahren würdest, was dich erwartet – bis es soweit ist.«

»O nein! Ich bin vielleicht künstlich glücklich, aber einsam bin ich trotzdem. Ich bin froh, daß Sie gekommen sind. Das war eine glückliche Panne. Wenn ich schon gehen muß, dann lieber in Gesellschaft. Darf ich auf Ihrem prächtigen Pferd reiten?«

Zane lächelte. »Ja, das darfst du, Tad.«

»Dann bin ich wohl bereit.«

Zane drückte den Knopf auf seiner Uhr, und der gefürchtete Countdown begann aufs neue. Fünfzehn Sekunden später erschütterte ein Anfall den Jungen, und Zane griff nach ihm, um seine Seele hervorzuholen, damit er nicht länger als einen Augenblick Schmerzen hatte.

Er trug die Seele hinaus, wo das Pferd auf ihn wartete. Zane war zwar in der Limousine eingetroffen, doch Mortis hatte irgendwie gespürt, was er nun brauchte. Zane saß auf und hielt die Seele vor sich fest. Der Hengst sprang in den Himmel empor.

Auf dem Scheitelpunkt des Sprungbogens ließ Zane die Seele fahren. Sie schwebte weiter gen Himmel, während das Pferd wieder der Erde entgegenflog. »Lebewohl, Tad«, murmelte Zane. »Du kommst jetzt an einen besseren Ort als jenen, den du gerade verlassen hast.«

Zane erledigte den Rest seiner Sammlung, klassifizierte die meisten Seelen und gab die anderen im Fegefeuer ab. Dann begab er sich in das Todeshaus am Firmament, um eine Mahlzeit zu sich zu nehmen und etwas zu schlafen. Die Türglocke spielte nun leichte klassische Musik, und das Haus duftete nach Lilien. Es mochte ja sein, daß er in Sachen Tod handelte, aber er selbst war am Leben und mußte sich durchsetzen.

Das Personal des Todeshauses erschien ihm durchaus lebendig und real, obwohl Zane wußte, daß er die einzige lebende Person darin war. Er war sich unsicher, ob das Amt des Todes es ihm erlaubte, Verkehr mit den Toten zu pflegen, oder ob die Toten durch Zauber körperlicher erschienen, als sie es in Wirklichkeit waren. Doch es blieb ihm immer noch deutlich bewußt, daß diese Leute nicht von seiner Welt waren. Sie waren tot, und er lebte. Er fühlte sich nicht sonderlich wohl im Fegefeuer.

Dann erinnerte er sich an die Tochter des Magiers, an Luna. Luna Kaftan. Er hatte eine Verabredung mit ihr getroffen, und ihr Vater hatte darauf bestanden, daß er sie wahrnahm. Seine Neugier war geweckt – und als seine Erinnerung an die flüchtige Bekanntschaft mit Angelica verblaßte, jener Frau, die er hätte lieben sollen, aber für den wertlosen Reichtumsstein verkauft hatte, nahm das Bild Lunas um so schärfere Konturen an. Bekleidet war sie so erstaunlich attraktiv gewesen! Warum sollte er sie denn *nicht* besser kennenlernen? Schließlich war sie immerhin lebendig.

Er fuhr das Todesmobil in Richtung Lunas Haus. Doch

als er in Kilvarough eintraf, überfielen ihn Zweifel. War es denn schicklich, das Amt des Todes mit persönlichen Angelegenheiten zu vermengen? Hatte er nicht eigentlich vorgehabt, Luna als er selbst aufzusuchen, und nicht als der Tod? Er beschloß, inkognito aufzutreten, als Zane.

Er streifte Umhang, Handschuhe und Schuhwerk ab. Nun war er zwar körperlich verwundbar, dafür war er aber auch gesellschaftlich sicherer. Es gab doch einiges, was für die Anonymität sprach.

Er läutete. Erst zu spät kam ihm der Gedanke, sie könnte vielleicht gar nicht zu Hause sein. Er hatte kein bestimmtes Datum genannt, ja er wußte nicht einmal sicher, welcher Tag es war. Natürlich würde ein Blick auf die Uhr ihm Aufklärung verschaffen. Es war nur, daß die Angelegenheiten der lebenden Welt in den letzten Tagen seine Aufmerksamkeit nur wenig beansprucht hatten.

Kurz darauf öffnete sie die Tür. Sie trug einen gelben Hausmantel, das Haar unter einem Netz zusammengebunden. Sie war weder schön noch unscheinbar anzusehen, sondern vielmehr in einer Art formlosem Zwischenzustand, der anscheinend die Neutralität des Weiblichen darstellte. Es war offensichtlich, daß die Trauer ihren Tribut zu fordern begonnen hatte: Sie schien Gewicht verloren zu haben, kleine Linien zeichneten sich auf ihrem Gesicht ab, und ihre Augen wiesen Schatten auf. Er brauchte sie nicht erst zu fragen, womit sie die letzten Tage verbracht hatte. Sie war zu Hause geblieben und hatte gelitten.

Luna blickte ihn verwundert an, und er begriff, wie seltsam er in seinem Hemd, der abgenutzten Hose und in seinen Strümpfen aussehen mußte. »Mein Name ist Zane«, sagte er. »Ich würde gerne diesen Abend mit dir verbringen.«

Nun wurde ihr Blick durchbohrend. Sie erkannte ihn nicht wieder. »Ich glaube, Sie haben sich in der Adresse geirrt, Fremder. Wie sind Sie an den Greifen vorbeigekommen?«

»Es ist durchaus die richtige Adresse, aber vielleicht die falsche Uniform, die ich trage. Du hast mich schon kennengelernt, in der Maske des Todes. Die Greife haben einen weiten Bogen um mich gemacht, als sie meine Witterung wiedererkannten. Wir haben eine Verabredung.«

Schnell besann sie sich eines anderen. »Dann komm rein.« Sie öffnete die Tür.

Zane trat ein – und es legte sich etwas wie eine schwere Kralle auf seine linke Schulter. Er wandte den Kopf herum, um seinen Angreifer zu mustern, doch es war nichts zu erkennen. Dennoch krauste sich seine Nase unwillkürlich, als sie den schweren, moschusartigen Geruch von etwas Tierischem, Insektenhaftem oder noch Schlimmerem wahrnahm.

»Mein unsichtbarer Beschützer«, erklärte Luna. »Ein abgerichteter Mondfalter. Falls du etwa vorhaben solltest, dieses Haus auszurauben ...«

Zane lächelte mit gewisser Mühe. »Ich hätte wissen müssen, daß du nicht schutzlos bist. Aber ich bin wirklich der, für den ich mich ausgegeben habe. Falls nötig, könnte ich meinen Todeshengst herbeirufen und meinen Mantel anlegen. Ich glaube, dann würde dein unsichtbares Ungeheuer nicht so leicht mit mir umspringen können. Aber eigentlich sollten Worte genügen: Ich bin letzte Woche gekommen, um deinen Vater zu holen, den Magier Kaftan, und der hat mir gesagt, ich sollte ... äh ... deine Bekanntschaft machen, wenn ich eine Weile mit ihm spreche. Ich habe dich nackt gesehen und danach auch angezogen, und nachdem ich seine Seele genommen hatte, hast du angeboten ...«

»Laß ihn los«, murmelte Luna, und die Klaue auf Zanes Schulter lockerte ihren Griff. Das war auch ganz gut so, denn er war zunehmend schmerzhafter geworden.

»Danke«, sagte Zane. »Es muß ja nicht unbedingt heute sein. Ich bin lediglich gekommen, als es für mich bequem war. Leider habe ich überhaupt nicht darüber nachgedacht, ob es dir eigentlich paßt. Ich habe deine Trauer völlig vergessen.«

»Heute ist schon in Ordnung«, erwiderte sie etwas knapp. »Ich merke, daß es mir keine Freude macht, jetzt allein zu sein. Ich will mich nur erst umziehen und den trauerhemmenden Stein nehmen ...«

»Nein, bitte nicht!« unterbrach er sie. »Ich ziehe es vor,

dich genau so kennenzulernen, wie du bist. Es ist richtig, zu trauern. Ich bin überzeugt, daß dein Vater es billigt. Künstliche Beseitigung eines natürlichen Gefühls ... nein, das will ich nicht.«

Sie musterte ihn, den Kopf leicht schräg gelegt. »Du willst also nicht beeindruckt werden?«

»Du beeindruckst mich schon so, wie du bist. Menschlich.«

Ein Lächeln huschte über ihr Gesicht, und ihre Schönheit erwachte wieder zum Leben. »Ich glaube, du meinst es ernst, und das schmeichelt mir. Das ist fast so gut wie ein Zauber. Wonach steht dir der Sinn, Zane?«

»Nur danach, dem Wunsch deines Vaters zu entsprechen. Mit dir zu sprechen, dich kennenzulernen. Er hat ausdrücklich darauf bestanden, im Fegefeuer, als ...«

»Im Fegefeuer?«

»Er erstellt dort seine Seelenbilanz. Es wird eine sehr mühselige Arbeit werden.«

Sie zuckte die Schultern. »Mühselige Arbeiten liegen ihm. Er leidet keinen Schmerz?«

»Keinen.«

»Dann kann ich ihn für eine Weile ruhen lassen. Was wolltest du gerade sagen?«

»Nur, daß ich lediglich gekommen bin, um mich mit dir zu unterhalten. Es ... ich glaube nicht, daß es weitergeht als bis dahin.«

»Warum nicht?« fragte sie stirnrunzelnd.

»Oh, es liegt nicht etwa daran, daß du unattraktiv wärst. Das hast du mir schon einmal gezeigt! Es ist ... ich weiß nicht ...«

»Attraktiv«, murmelte sie finster. Diesmal fühlte sie sich offensichtlich keineswegs geschmeichelt. »Du redest natürlich von meinem Körper und nicht von meinem Geist oder meiner Seele.«

»Ja«, erwiderte er und kam sich unbeholfen vor. »Ich kenne deinen Geist nicht, obwohl ich genau weiß, daß ein Großteil des Bösen in deiner Seele nicht wirklich von dir stammt. Doch ich sagte ja schon, daß es nicht darum geht. Ich weiß, daß du dich so schön machen kannst, wie du nur willst. Aber selbst wenn du häßlich wärst, du bist ... du bist ein *Jemand,* und ich bin ein *Niemand,* also ...«

Sie lachte. »Das sagt der Tod zu mir?«

»Der Tod ist lediglich ein Amt. Ich bin nur der Mann, der zufällig in dieses Amt hineingestolpert ist. Ich glaube zwar nicht, daß ich es verdient habe, aber ich versuche, es richtig auszuüben. Vielleicht werde ich mit der Zeit mal ein guter Tod, anstatt Fehler zu begehen.«

»Fehler?« fragte sie. »Setz dich, Zane.« Sie nahm seinen Arm, führte ihn zur Couch und setzte sich schräg neben ihn, so daß ihr rechtes Knie sein linkes berührte. »Wie läuft es?«

»Von solchen Sachen willst du doch gar nicht wirklich hören«, brummte er widerwillig, obwohl er tatsächlich darüber reden wollte.

»Hör mir zu, Zane«, mahnte sie ihn ernst. »Mein Vater hat dich für dieses Amt ausgesucht. Für dich mag es ja vielleicht bloß ein Mißgeschick gewesen sein, aber ...«

»Oh, ich wollte keineswegs deinen Vater kritisieren! Ich meinte ...«

»Er hat geglaubt, daß du die richtige Person dafür bist. Ich weiß zwar nicht genau, warum, aber ich vertraue auf sein Urteil. Du mußt irgendeine Qualität an dir haben, die dich für diese Position am besten geeignet macht. Also ziehe deine Befähigung für das Amt nicht in Zweifel.«

»Dein Vater hat mich als Tod auserkoren – und für dich«, erwiderte Zane. »In beiden Entscheidungen sehe ich keine Weisheit.«

Sie nahm ihr Netz ab und begann, ihr üppiges braunes Haar zu richten. »Ich auch nicht«, gab sie lächelnd zu. »Was ganz einfach bedeutet, daß ich noch manches entdekken muß. Mein Vater handelt immer, immer vernünftig, und er hat mich noch nie in irgendeiner Weise schlecht behandelt. Er ist ein großer Mann! Also werde ich versuchen, den Sinn seines Wollens herauszubekommen. Zeig du mir etwas von deinem Geist, dann offenbare ich dir etwas von meinem. Vielleicht begreifen wir dann schließlich beide, weshalb mein Vater wollte, daß wir uns miteinander abgeben.«

»Ich nehme an, daß er wirklich irgendeinen Grund dafür gehabt haben muß«, pflichtete Zane ihr bei. Er hatte kaum etwas dagegen, seine Bekanntschaft mit dieser immer hübscher werdenden jungen Frau zu vertiefen – denn je mehr sie sich zurechtmachte, um so schöner wurde sie –, doch es gefiel ihm nicht, nur von ihr akzeptiert zu werden, weil man es ihr befohlen hatte. »Schließlich war er ja ein Magier.«

»Ja.« Sie walzte das Offensichtliche nicht auch noch aus, und nun kam er sich töricht vor, weil er selbst es getan hatte. Dies war eine seltsame Zusammenkunft, und er fühlte sich kaum wohl dabei.

»Ich könnte zwar verstehen, weshalb ein Mann wie ich sich für eine Frau wie dich interessiert, aber nicht, warum ein Mann wie er wollen sollte, daß ... ich meine, du bist doch mit Sicherheit für Besseres bestimmt, und so etwas hat er doch auch für dich gewollt.«

»Bestimmt«, gab sie mir recht und schüttelte ihre glitzernden Locken aus.

Das war nicht gerade eine Hilfe. Luna wurde nicht nur wieder schön, sie wurde auch gelassener, und ihr Blick wurde direkter.

»Na ja«, fing er an. »Ich wollte dir gerade von meinen Fehlern erzählen. Einer meiner letzten Fälle – ein Junge, ein Teenager –, zum Beispiel ... dem hatte niemand gesagt, daß er sterben würde. Aber als er mich erkannte, wußte er es plötzlich. Ich weiß nicht, ob es richtig war, ihn anzulügen, wie man es mit ihm getan hatte, oder ihm die Wahrheit zu sagen, wie ich es schließlich tat. So oder so meine ich, daß ich die Sache falsch gehandhabt habe, also ist das ein Fehler gewesen.«

»Unentschlossenheit hältst du für einen Fehler?«

»Ich weiß nicht. Ich schätze, schon. Wie soll man tun, was richtig ist, wenn man doch gar nicht *weiß*, was richtig ist?«

Sie zog eine Schnute. »Eins zu null für dich! Ich nehme an, du mußt einfach durch Erfahrung lernen und kannst nur hoffen, daß du inzwischen nicht allzuviel Schaden anrichtest.«

»Mir war die Bedeutung des Todes vorher nie so richtig klar«, meinte er bekümmert. »Jetzt, da ich direkt damit zu tun habe, wird die Sache viel machtvoller, beinahe überwältigend. Der Tod ist keine geringfügige Sache.«

»Wie meinst du das?« fragte Luna sanft. Ihre Augen schimmerten wie Perlmutt.

»Ich weiß zwar, daß jedes Lebewesen irgendwann sterben muß; sonst wäre die Welt unerträglich übervölkert. Selbst individuell betrachtet stellt der Tod eine Notwendigkeit dar. Wer würde denn schon wirklich ewig auf Erden leben wollen? Dann wäre das Leben doch irgendwann bloß ein Spiel, das man nur zu gut kennt und das schal geworden ist; und die Annehmlichkeiten, die es zu bieten hat, würden durch die unerträgliche Last von unwichtigen Kleinigkeiten erdrückt. Nur ein Narr würde dennoch einfach weitermachen. Aber ich habe hier ja nicht unbedingt mit dem normalen Verlauf eines erfüllten Lebens zu tun, das schließlich an Altersschwäche stirbt. Ich spreche mit Menschen, die nicht bereit sind, zu sterben, und hole ihre Seelen außer der Reihe. Sie haben ihr Leben noch nicht voll ausgelebt, ihre Rolle noch nicht ganz ausgespielt. Ihr Lebensfaden wurde ohne eigenes Verschulden kurzerhand vorzeitig abgeschnitten.«

»Ohne Verschulden?« Sie lenkte das Gespräch, ja sie fragte ihn regelrecht aus, doch es störte ihn nicht.

»Nehmen wir mal meine letzten Klienten. Der eine war ein siebenjähriger Junge. Er aß gerade in der Schulkantine zu Mittag, als ein Ventil versagte und ein Wassererhitzer explodierte. Dadurch stürzte die Decke ein, und fünf Kinder und ein Lehrer kamen ums Leben. Mein Klient kam aus einem schwierigen Zuhause, weshalb seine Seele auch zwischen Gut und Böse ausgewogen war ... aber er hätte eigentlich noch ein ganzes Leben zu leben gehabt, um seine Seele besser in Ordnung zu bringen. Durch schieren willkürlichen Zufall wurde ihm diese Chance verwehrt. Und die fünf anderen, die dabei starben und meiner persönlichen Aufmerksamkeit nicht bedurften – vielleicht sind die alle direkt in den Himmel gekommen. Ich hoffe es jedenfalls. Aber es war ihnen gegenüber dennoch grob ungerecht, denn sie hätten auch sechzig Jahre später in den Himmel kommen können, nachdem sie auf Erden alle ihre Möglichkeiten voll ausgelebt hätten. Die Welt hätte von ihrem Leben profitieren können; auf jeden Fall hatten sie ihre Chance verdient. Welch ein Sinn soll schon hinter einer solchen Katastrophe stehen?«

»Das weiß vielleicht die Schicksalsgöttin«, meinte Luna.

»Da war auch noch ein riesiger Flugteppich, der in Washington gestartet ist und neunundsiebzig Leute nach Süden bringen sollte. An seinem vorderen Rand bildete sich Eis und hemmte seinen Levitationszauber, so daß der Teppich eine Brücke streifte und in den Potomac stürzte, wobei neunzig Prozent der Passagiere umkamen. Ich war dort, um mich um einen Klienten zu kümmern, und sah den Absturz mit an – und dabei war der so unnötig! Schon der einfachste Enteisungszauber hätte verhindert, daß ...«

»Ich dachte, daß man große Teppiche im Winter immer enteist.«

»Tut man auch. Aber diesmal hat man nur einen sehr schwachen Zauber verwendet, das Eis bildete sich schneller als erwartet, und niemand hat nachgesehen. Diese armen unschuldigen Menschen, alle tot ... und ich dachte nur, warum, warum? Wenn die Sache auch nur im geringsten einen Sinn hätte, könnte ich sie ja vielleicht akzeptieren. Aber das war nichts als eine pure Laune! Diese ganzen Leute, die der Schmach einer sinnlosen Auslöschung anheimfielen, deren Familien trauern mußten – ich weiß nicht, ob ich daran noch weiterhin teilhaben kann.«

»Ich würde es ja rechtfertigen, wenn ich könnte«, antwortete Luna. »Mein Vater glaubte daran, daß der Tod einen Sinn hat, so unzeitig er auch scheinbar kommen mag. Er sagte, daß es immer einen Sinn, einen Grund gibt, wenn wir ihn nur erkennen können.«

»Was soll denn der Sinn dahinter sein, daß Kinder durch eine Explosion getötet oder ganze Familien bei einem Teppichzusammenstoß zermalmt werden?« fragte er verbittert. »Kann Gott damit zu tun haben?«

»Ich weiß es nicht. Mein Vater träumte von einem gütigen Universum, in dem Himmel, Fegefeuer und Hölle alle notwendigen Aspekte eines göttlich funktionierenden Ganzen darstellen. Er hatte geglaubt, daß jeder unzeitige Tod seinen besonderen Grund hat und daß das Schicksal jedes der Opfer auf diesen bestimmten Teppich geführt hat.«

»Glaubst du daran?«

Sie seufzte. »Meine Seele ist mit Bösem belastet, und mein Glaube ist schwach. Ich verfüge nicht über die Informationen, die mein Vater besaß.«

»Du bist eine Sterbliche, genau wie ich«, versetzte er. »Du bist nicht mit schnellen Antworten ausgerüstet.«

»Nur zu wahr. Aber ich glaube dennoch, daß wir einen Sinn feststellen können, wenn wir es nur versuchen. Wie bist du denn eigentlich dazu gekommen, der Tod zu werden?«

»Ich habe meinen Vorgänger erschossen«, gestand Zane. »Ich wollte Selbstmord begehen, weil man mich um ein Mädchen betrogen hatte – um ein Mädchen wie du, schön, reich und treu. Aber als ich den Tod erblickte, habe ich statt dessen ihn getötet. Dann kam die Schicksalsgöttin und teilte mir mit, daß ich der neue Tod sein müßte. Also wurde ich es.«

»Ein Mädchen wie ich«, sagte Luna. Sie hatte sich weiterhin zurechtgemacht und befand sich nun an der Grenze vom Wunderschönen zum Betörenden.

»Ja. Nicht nur schön, sondern rein ...«

Luna bekam einen Lachanfall und mußte husten. »Wie wenig du doch von Frauen verstehst!«

Zane zuckte die Schultern. »Ich habe gewöhnliche Frauen gekannt. Aber ...«

»Der Tod hat dich persönlich aufgesucht«, unterbrach sie mit weiblicher Sprunghaftigkeit. »Das bedeutet, daß du zur Hälfte böse warst.«

»Ja. Ich habe nie behauptet ...«

»Wenn du mich mit deinen Bestimmungssteinen bestreichen würdest, würdest du bei mir so ziemlich dasselbe feststellen. Meine äußere Form ist so schön, wie Natur und Kosmetik sie nur herzustellen vermögen, aber meine innere Persönlichkeit ist suspekt. Stell mich nicht auf ein

Podest, Zane. Was das Böse angeht, so kann ich dir jederzeit das Wasser reichen.«

»Oh, ich bin sicher ...«

»Nein, bist du nicht! Aber du könntest es genausogut herausfinden. Das würde dann auch begleichen, was mein Vater im Sinn gehabt haben mag.« Sie erhob sich und schritt durch den Raum, geschmeidig und zielstrebig. »Komm mit in den Steinraum.«

Zane folgte ihr. Er rechnete damit, in eine Art Krypta geführt zu werden, die in den Fels gehauen war, doch der Raum stellte sich als helles, holzgetäfeltes Zimmer heraus, das wie ein Museum eingerichtet war. Auf Regalen und in Vitrinen befanden sich kleine Steine jeglicher Art. »Die sind ... magisch?« fragte er erstaunt.

»Natürlich. Das war der Beruf meines Vaters – Steine zu verzaubern. Hier ist ein Teil der raffiniertesten Magie der Welt versammelt. Die Steine, mit denen du Seelen untersuchst, sind möglicherweise von meinem Vater hergestellt worden, denn er war einer von wahrscheinlich nur vier lebenden Menschen, die zu einer derartigen Präzisionsmagie fähig sind. Mit Sicherheit wußte er mehr über dich als du selbst. Deshalb müssen wir dieser Sache auch auf den Grund gehen. Ich gestehe, daß ich nicht erpicht auf eine Beziehung mit dir bin, und auch deine Interessen hätten sich offensichtlich lieber woanders konzentriert, aber mein Vater hat nun einmal dich und mich ausgesucht, aus Gründen, die wir erst verstehen lernen müssen, bevor wir uns wieder trennen. Wir können es uns nicht leisten, das Risiko einzugehen, das, was er aufgebaut hat, zu verwerfen, ohne zuerst den Grund dahinter begriffen zu haben. Sollten wir feststellen, daß eine dauerhafte Beziehung erforderlich ist, können wir die Zähne zusammenbeißen und den Liebesstein benutzen, um die Sache zu vereinfachen ...«

»Ich bezweifle, daß ich einen Liebesstein brauche«, meinte Zane. »Dazu brauche ich dich lediglich näher anzuschauen.«

Sie schüttelte die Bemerkung ab, als täte sie nichts zur Sache. »Aber zuerst müssen wir Wirklichkeit von Illusion trennen. Mein Vater meinte, daß ein Mensch sich am besten durch die Art seines Bösen definieren läßt. Seine eigene böse Tat bestand darin, sich mit Satan abzugeben, um magische Kraft zu erhalten. Ohne die Hilfe von Dämonen wäre er lediglich ein Magier von Weltklasse geworden anstatt Großmeister. Also ist er durch seine Gier nach vollkommener Professionalität definiert, und ich weiß zwar, daß ihn das der Verdammnis anheimfallen ließ, aber dennoch respektiere ich ihn auch dafür.«

»Ja«, stimmte Zane beeindruckt zu. Er hatte gehört, daß ein Magier der Weltklasse eine ganze Stadt mit einem einzigen Spaltungszauber praktisch völlig vernichten konnte. Was aber konnte ein Großmeister tun? Zane wußte es nicht und hegte den Verdacht, daß auch kein anderer es wußte, weil derlei Magier nämlich sehr geheimnistuerisch waren.

»Du und ich werden jetzt unsere bösen Taten austauschen, und zwar in Gegenwart dieser Steine, dann werden wir schon sehen.« Luna nahm mehrere Edelsteine aus ihrer Umhüllung.

»Ich verstehe wirklich nicht ...«

»Halte diesen Stein in deiner rechten Hand; er leuchtet nur auf, wenn du eine Lüge erzählst.« Sie reichte ihm einen rauchigen Diamanten. »Und diesen in der linken. Das ist ein Sündenstein, ähnlich wie jener, mit dem du die Seelen abschätzt.«

Zane hielt beide Steine in den Händen. Er war sich gar nicht sicher, ob ihm diese Sache gefiel. Luna selbst nahm zwei ähnliche Steine auf. »Ich werde anfangen, damit du siehst, wie es geht«, sagte sie.

»Hm«, machte Zane neutral.

»Mein Name ist Venus«, verkündete sie. Ihr Wahrheitsstein blitzte warnend auf. »Ich meine, Luna.« Der Stein blieb dunkel. »Das habe ich nur getan, um zu sehen, ob er auch funktioniert«, erklärte sie, und der Stein hatte nichts dagegen. »Prüf du jetzt deinen.«

»Meine Name ist Jehosephat«, sagte Zane und sah, wie sein eigener Wahrheitsstein aufblitzte. »Zane.« Das Leuchten verglomm.

Luna atmete tief ein, was einiges mit ihrem Oberkörper anstellte. Sie sah schmerzlich berührt aus. »Ach, das gefällt mir nicht! Warum tue ich das überhaupt?« fragte sie rhetorisch.

»Dann tun wir es doch einfach *nicht*«, schlug Zane vor. »Ich will deine Geheimnisse nicht kennenlernen.« Doch sein Wahrheitsstein blitzte.

»Ich habe mit einem Höllendämon Verkehr gehabt«, verkündete Luna.

Zane klappte der Kiefer herunter.

Sie blickte ihn herausfordernd an. »So, ich hab's getan. Beachte bitte, daß mein Wahrheitsstein nicht aufgeleuchtet ist – aber mein Sündenstein ist heller geworden. Und der, dessen Sündenstein am hellsten aufleuchtet, der ist von uns beiden der böseste.«

Zane schluckte. Wie war er bloß in diese Situation geraten? Doch Lunas ehrliche Verlegenheit ließ sie schöner aussehen denn je, und irgendwie fühlte er sich dazu verpflichtet, zu beweisen, daß sie besser war als er. »Ich habe Gelder meines Arbeitgebers veruntreut«, sagte er. Sein Sündenstein hellte sich auf, doch nicht so stark wie ihrer.

»Ich bin schlimmer als du«, sagte Luna wie ein neckendes Kind.

»Ich hatte nie die Gelegenheit, es mal mit einer Dämonendame zu versuchen«, wandte er ein. Doch er blieb von ihrer Enthüllung nach wie vor erschüttert. Sie sah doch so unschuldig aus!

»Und ich hatte nie einen Arbeitgeber, dessen Gelder ich hätte veruntreuen können. Mangel an Gelegenheit ist nur ein Teilaspekt der Sache.« Sie atmete noch einmal durch. »Ich habe schwarze Magie praktiziert.«

»Ich dachte, das wäre dein Vater gewesen, und nicht du.« Doch er bemerkte, daß ihr rechter Stein dunkel blieb, während ihr linker noch um eine weitere Spur heller geworden war. Sie war also wirklich schuldig, wenngleich er selbst sich nichts aus schwarzer Magie machte. Magie war schließlich Magie, nicht wahr? Was machte die Farbe da schon für einen Unterschied?

Sie wartete auf sein zweites Geständnis. »Ich habe fast alles verspielt, was ich besaß, Freundschaften eingeschlossen.«

»Glücksspiel ist nicht wirklich böse«, wandte sie ein. Doch sein Sündenstein war deutlich heller geworden.

»Ich muß das erklären«, meinte er grimmig. Nun verstand er, weshalb Luna das so schwer fand! »Es gab da ein Mädchen, das mich liebte ... das sagte sie jedenfalls ... aber ich wollte sie nicht heiraten, weil sie nicht schön war, und weil sie arm war. Ich wollte Geld heiraten. Sie ... später erfuhr ich, daß sie Selbstmord begangen hatte. *Das* war die Freundschaft, die ich verspielte ... indem ich auf eine reichere setzte.«

»Das ist schlimm«, stimmte Luna ihm zu. »Hast du gewußt, daß sie sich umbringen würde?«

»Ich habe nie daran gedacht – erst nachdem es geschehen war. Dann erkannte ich, daß ich es hätte kommen sehen müssen. Ich hätte sie heiraten sollen.«

»Obwohl du sie nicht liebtest?«

»Sie war ein gutes Mädchen! Es wäre viel besser gewesen, sie zu heiraten, als sie zu töten!« Doch sein Wahrheitsstein flackerte, denn er wußte, daß er sie nicht wirklich umgebracht hatte.

»Hinterher neigen wir oft dazu, uns für böser zu halten, als uns zusteht«, bemerkte Luna, als sie das Flackern bemerkte. »Du glaubst, sie sei gestorben, weil du sie nicht geheiratet hast – aber das ist keine Grundlage für eine Ehe. Vielleicht war das Geld, auf das du hofftest, für dich nur ein Vorwand, um dich aus einer Beziehung herauszuwinden, von der du wußtest, daß sie sowieso nicht funktionieren würde.«

»Das glaube ich nicht.« Doch wieder flackerte sein Wahrheitsstein auf. »Ich habe eine Menge darüber nachgedacht, hinterher. Ich bin zu dem Schluß gekommen, daß ich nicht genug Rücksicht auf ihre Gefühle genommen habe, sondern nur auf meine eigenen. Ich beschloß, nicht mehr so zu sein. Ich hätte begreifen müssen, daß sie schwanger war. Wenn sie es mir gesagt hätte ...«

Luna lächelte flüchtig. »Manche Mädchen tun das nicht. Du hättest getan, was du für richtig hieltest, aber du hast es nicht gewußt. *Ich* würde jedenfalls nicht versuchen, einen

Mann dadurch einzufangen, indem ich ihm sage, daß ich schwanger bin.«

»Das hättest du auch gar nicht gebraucht! Aber sie war es wirklich!« Dennoch wußte er das Argument zu schätzen. Das Mädchen hatte seine Liebe gewollt und nicht sein Baby.

Jetzt war sie wieder an der Reihe. »Ich habe meinen Vater getäuscht. Er dachte, daß selbst ich keinerlei schöpferische Magie beherrsche.«

»Und du willst böse sein!« tadelte Zane. »Du hast schwarze Magie praktiziert und das vor deinem Vater verborgen, der selbst ein Schwarzmagier war. Das ist nicht eben viel.«

»Abgesehen davon, daß ich mich einem Dämon prostituiert habe«, erinnerte sie ihn in scharfem Ton.

Da war etwas dran. »Warum hast du das getan?«

»Um die schwarze Magie zu erlernen. Mein Vater wollte mich natürlich nicht darin unterweisen. Er wollte, daß ich sauber bleibe. Der Mann, den ich am meisten achte – und ich habe ihn ganz bewußt betrogen! So, womit willst du das übertrumpfen?«

Jetzt war Zane damit an der Reihe, tief durchzuatmen. »Ich habe meine Mutter getötet.«

Nun starrte sie ihn fassungslos an. »Das ist nicht dein Ernst!«

Zane hielt seinen Wahrheitsstein empor, der dunkel geblieben war. »Ich habe es wirklich getan. Dann habe ich mein Erbe beim Glücksspiel verschleudert und versucht, die Verluste durch Veruntreuung wieder auszugleichen.« Und jetzt leuchtete sein Sündenstein heller als ihrer.

»Du hast dich wacker geschlagen«, meinte Luna. »Aber dennoch ist mehr Böses in mir, weil ...«

»Weil du einen Teil der bösen Taten deines Vaters auf dich genommen hast«, wandte er schnell ein. »Er dachte, du wärst im Gleichgewicht, wenn man sein Böses dazurechnete, aber das bist du nicht. Und was bedeutet das?«

»Daß ich zu Hölle verdammt bin«, gestand sie. »Natürlich wußte er nichts über meine anderen bösen Taten. Er hielt mich für unschuldig und unberührt, so daß ein fünfundzwanzigprozentiger Anteil seines Bösen meinen Status nicht gefährdet hätte.«

»Während du tatsächlich zu fünfundsiebzig Prozent böse bist ... zumindest wird deinem Seelenkonto soviel angelastet«, sagte er.

»Ziemlich genau, ja.«

»Was mich wundert, ist, daß er dein Gleichgewicht nicht überprüft und dich erwischt hat.«

Sie lächelte nur matt. »Männer lassen sich leicht täuschen.«

Zane musterte sie mit neuen Augen. »Mir scheinst du ziemlich gut zu sein.«

»Dein Wahrheitsstein leuchtet«, versetzte sie.

Das stimmte. »Ich schätze, das war eine Halbwahrheit. Du scheinst mir *wirklich* gut zu sein, aber diese Sache mit dem Dämon ...« Er hielt inne und musterte den Stein. Der blieb matt. »Gab es denn keine andere Möglichkeit, die Magie zu erlernen, die du wolltest? Hättest du nicht auch irgendein Buch lesen können oder so?«

»Ein Buch!« rief sie schneidend. »Schwarzmagische Texte sind verboten!«

»Aber auf dem schwarzen Markt kann man sie bekommen.«

»Mein Vater hätte es gemerkt. Nur schwarze Magie konnte seine eigene Schwarzmagie kontern, und das galt sogar für den Versuch, Informationen vor ihm zu verbergen.«

»Aber warum wolltest du denn überhaupt schwarze Magie haben, wenn dein Vater doch nein gesagt hatte? In anderen Dingen hast du ihm doch immer gehorcht, nicht wahr?«

Sie zuckte zusammen. Diese Täuschung ihres Vaters war offensichtlich ein sehr empfindlicher Punkt für sie. »Sie hat mich schon immer fasziniert. Ich wußte, welche Macht mein Vater hatte, und ich wollte ...« Sie brach ab, denn ihr Wahrheitsstein glimmerte. »Ach, herrje! Ich hätte diesen Stein weglegen sollen.« Sie tat einen weiteren Atemzug. »Ich hatte *Angst* vor meinem Vater. Einige dieser Höllendiener ... die haben mir Angst eingejagt. Ich meine nicht irgendwelche Buh-buh-Typen, mit denen man kleine Kinder erschrecken kann. Diese Dinger waren wirklich, von Grund auf böse, und sie besaßen eine solche Macht, eine derart bösartige Wachheit – ein solches Entsetzen kannst du wirklich erst dann richtig verstehen, wenn du mal dicht davorgestanden hast. Ich wußte, daß sie in meinem Vater einen wahren Leckerbissen sahen, und obwohl ich auch wußte, daß er schlauer war als sie, war es für ihn dennoch ein gefährlicher Ritt auf dem Tiger. Ich wollte nicht, daß mein Vater der Verdammnis anheimfällt, und ich wußte, daß dies geschehen würde, aber ich konnte ihm nicht anders helfen, als dadurch, daß ich mehr über seinen Beruf in Erfahrung brachte. Also lernte ich alles, was ich auf legale Weise konnte – und manche Dinge in den erlaubten, ungekürzten Texten verursachten mir auch so schon die entsetzlichsten Albträume. Schließlich mußte ich jedoch weiter, in die ... du weißt schon, und die einzige Gegenleistung, die ich anzubieten hatte, war ... du weißt schon.« Diesmal verhielt sich ihr Stein ruhig.

Zane dachte darüber nach. »Ich glaube, ich könnte dich sehr mögen. Ich weiß zwar, daß ich nichts Besonderes bin, aber ... na ja, könnten wir vielleicht noch ein weiteres Treffen ausmachen?«

Sie sah überrascht aus. »Ein Treffen?«

»Wir könnten vielleicht spazieren- oder essengehen – ein Vorwand, um zusammenzusein, um sich noch ein wenig zu unterhalten.«

»Das, was du willst, kannst du auch gleich haben«, sagte sie in schärfer werdendem Tonfall. »Du brauchst es nicht in Romantik zu verkleiden.«

»Das glaube ich nicht.«

»Es stimmt aber! Versuch's nur. Nach dem Dämon kann nichts mehr von dem, was du willst, sonderlich schlimm sein.«

Zane verkrampfte sich innerlich, als er gewahr wurde, welche Meinung sie von den Bedürfnissen der Männer hatte. Sie hatte wirklich noch nicht sehr viel Erfahrung auf diesem Gebiet und hielt den Dämon zweifellos für wenig mehr als eine Art übertriebener Mann. »Ich will deinen Respekt.«

Sie legte den Kopf schräg und blinzelte ihn fragend an. »Meinen was?«

»Deinen Respekt. Meinen hast du. Dein Vater hatte recht, du bist ein guter Mensch. Es ist mir gleichgültig, wie es um dein Sündenkonto steht. Offensichtlich gibt es einige künstliche Standards, Gut und Böse betreffend, die in Wirklichkeit nichts mit wahren Vorzügen und Nachteilen zu tun haben. Vielleicht hinkt das offizielle Klassifikationssystem hinter der sich wandelnden Gesellschaftsstruktur her. Du hast nichts getan, was ich wirklich als verkehrt werten würde, bis auf ... na ja, selbst was diesen Dämon angeht – wenn du es nur getan hast, um deinem Vater zu helfen ... und du *hast* ihm ja geholfen, denn ohne deine Hilfe wäre er direkt in die Hölle gekommen, ohne den Umweg durchs Fegefeuer ... Also war das viel mehr eine Art von Opfer.«

»Ein Jungfrauenopfer«, stimmte sie Zane zu und musterte ihn mit einem neuen Ausdruck. »Das ist die einzige Art von Opfer, die sie annehmen. Es war gräßlich.«

»Danach wird wohl kein gewöhnlicher Mann mehr eine Bedrohung für dich darstellen können. *Ich* jedenfalls bestimmt nicht. Aber eine Frau, die zu so etwas fähig ist, um ihren Vater zu beschützen ... ich möchte dich einfach besser kennenlernen, das ist alles.«

»Und doch hast du deine Mutter getötet«, warf sie ein. »Was scheren dich da die Eltern anderer?«

»Ich habe sie geliebt«, erwiderte er etwas steif. »Aber sie lag ohnehin im Sterben, unter Schmerzen, und sie wußte, daß es keine Hoffnung mehr gab. Als sie mich darum bat ... ich mußte es einfach tun, das ist alles, obwohl ich wußte, daß es ein Verbrechen war und eine Sünde, die mir die Verdammnis eintragen würde. Es wäre nicht recht gewesen, sie noch länger leiden zu lassen.«

Lunas Augen verengten sich. »Was ist genau passiert?«

»Ach, das willst du doch sowieso nicht hören ...«

»Doch, das will ich.«

Zane schloß die Augen, die Erinnerung erschuf neues

Leiden. »Sie war im Krankenhaus, und das Haar fiel ihr aus, und ihre Haut wurde so rauh wie die einer Echse, und es führten Röhren und Drähte und solche Sachen in sie hinein und aus ihr heraus, eine ständige Vergewaltigung ihres Körpers, und verschiedene Flüssigkeiten blubberten vor sich hin, und Ventile, die mit jedem Atemzug, den sie tat, pulsierten, und mit jedem Herzschlag, so daß jeder Fremde, der vorbeikam, mit einem Blick ihre intimsten Körperfunktionen wahrnehmen konnte. Normalerweise wäre sie schon lange vorher gestorben, ebensosehr aus Demütigung wie aus körperlichem Versagen, aber das künstliche Herz und die Kunstniere ließen sie einfach nicht. In periodischen Abständen verlor sie völlig die Orientierung, und diese Phasen wurden mit der Zeit immer länger. Ich glaube, manchmal hatte sie Halluzinationen. Doch gelegentlich war sie bei völlig klarem Verstand, und dann wurde die Entsetzlichkeit des Ganzen offenbar.

Einmal, als ich sie besuchte und sie bemerkte, daß die Krankenschwester gerade fort war, flüsterte sie mir die Wahrheit zu. Sie litt unter körperlichen und geistigen und seelischen Schmerzen, sie fühlte sich von den Geräten und künstlichen Hilfsmitteln degradiert und wollte einfach nur sterben, bevor die Krankenpflegekosten ihr ganzes Vermögen auffraßen und nichts mehr für mich als Erbschaft übrig geblieben wäre. Ich verschwieg ihr, daß das Geld schon weg war und daß sich die Schulden astronomisch zu türmen begannen; nicht einmal ihre Lebensversicherung hätte alles abdecken können. Sie flehte mich an, die Ärzte dazu zu bringen, sie sterben zu lassen, damit sie endlich in Frieden ruhen könnte. Sie hatte begonnen, das Leben zu hassen. Sie war in einem solch elendigen Zustand und drängte mich so sehr, daß ich es ihr versprach. Dann glitt sie wieder in Halluzinationen ab ... ich glaube, sie durchlebte noch einmal etwas, was vor langer Zeit, in ihrer Kindheit, stattgefunden hatte. Sie sprach vom Blumenpflücken und von einem Bienenstich, und ich mußte gehen. Ich wußte, daß die Ärzte sie niemals in Frieden sterben lassen würden. Es gehörte zu ihrem Kodex, einen Patienten so lange leiden zu lassen, wie es nur menschenmöglich war. Also kaufte ich einen Pennyfluch – mehr konnte ich mir nicht leisten –, stellte ihn an einer Stelle auf der Herzmaschine ab, wo man ihn nicht entdecken würde, und ging fort. Zwei Stunden später rief man mich an: Sie war gestorben, weil die Maschine versagt hatte.

Das Krankenhaus glaubte, es sei seine Schuld und bot mir einen außergerichtlichen Vergleich an. Ich ließ die Leute in diesem Glauben, weil es die Rechnung erheblich minderte. Aber ich wußte, daß ich meine Mutter umgebracht hatte und daß meine Seele nun verdammt war. Ich versuchte das Geld für den Restbetrag der Rechnung durch Glücksspiel aufzubringen, in der Hoffnung, das Geld zu vermehren, mit dem ich die Schulden eigentlich hätte begleichen sollen, aber ich verlor alles. Da bestahl ich meinen Arbeitgeber, um mit dem Glücksspiel wieder alles ausgleichen zu können, doch ich wurde ertappt, verlor meine Stellung und hatte nun noch mehr Sünden auf meinem Seelenkonto, und weitere Geldschulden dazu. Ich verließ die Stadt, ging nach Kilvarough, nahm eine neue Identität an und schlug mich mehrere Jahre so recht und schlecht durch, mit Schuld und Trauer belastet, immer noch in der Hoffnung, ich könnte irgendeine Geldquelle auftun, um die Sache wieder ins Lot zu bringen, in der Hoffnung, jemanden mit Geld zu heiraten, bis schließlich diese andere Sache ...«

Er brach ab. »Ich glaube, ich habe zuviel erzählt.«

Luna beobachtete ihn angespannt. »Der Wahrheitsstein hat nie geflackert.«

»Warum sollte er auch? Das ist schließlich die Ruine meines Lebens. Ich habe Alpträume deswegen gehabt, bis die Träume wirklicher wurden als die Wirklichkeit und ich nun immer wieder versuche, das Blut von meinen Armen zu wischen oder mich selbst zu blenden, um das Gesicht meiner sterbenden Mutter nicht mehr sehen zu müssen.«

»Aber du warst doch gar nicht dabei, als sie starb!«

»In meinen Träumen schon.«

»Deine Mutter ... das war ein Gnadentod.«

»Töten ist eine Sünde. Das weiß ich jetzt; das wußte ich

auch damals. Alles andere ist nur der Versuch, es wegzuerklären.«

»So hast du über mich gerade eben aber nicht geurteilt.«

»Warum sollte ich über dich urteilen? Ich kenne dich doch kaum.«

Luna legte ihre beiden Steine ab, dann nahm sie ihm die seinen aus der Hand. »Ich glaube, du hast dir das Privileg verdient, meine Bekanntschaft zu machen, Zane. Komm mit.«

Sie führte ihn in einen Raum, der wie ein Malatelier aussah. Dort befanden sich einige professionell ausgeführte Gemälde, und einige halbfertige standen auf Staffeleien. Die Motive waren gewöhnliche Menschen, Orte und Gegenstände – doch die Ausführung war außergewöhnlich: Alle Konturen waren durch eine schwache Farbschicht unscharf gemacht, als stünde jede Person in ihrem eigenen Nebel. »Was hältst du davon?« fragte Luna.

Zane spürte eine wachsende Erregtheit, als er die Gemälde betrachtete. »Sind das deine?«

»Mein Vater wollte, daß ich Malerin werde«, erwiderte sie.

»Jetzt weiß ich, weshalb er mich zu dir geführt hat!«

Wieder legte sie allerliebst den Kopf schräg. »Weshalb?«

»Er wußte mit Sicherheit von meinen Interessen! Du sagtest, er müsse über mich Nachforschungen angestellt und sehr viel über mich gewußt haben. Und er sorgte dafür, zu sterben, als er sich in einem Halbzustand befand und als ich der Tod war. Er hätte auch länger leben können, wenn er gewollt hätte, nicht wahr?«

»Ja«, stimmte sie zu. »Er erzählte mir, daß der richtige Sterbezeitpunkt wichtig sei, aber wollte mir nicht erklären, warum.«

»Um mich herbeizurufen, und nicht den früheren Tod! Weil ich künstlerische Ambitionen habe. Ich bin ein Aurafotograf – war es jedenfalls, oder habe versucht, einer zu sein, bevor ich der Tod wurde. Ich hatte eigentlich nicht die richtige Ausrüstung. Deshalb brauchte ich damals auch Geld ... aber das ist bloß eine weitere langweilige Geschichte.«

»Du erkennst mein Thema?« fragte sie, und ihr Ausdruck erhellte sich.

»Natürlich erkenne ich es! Ich habe doch mein ganzes Leben lang Auras fotografiert! Die meisten Leute können sie zwar nicht sehen, aber ich kann es schon, mit meiner Ausrüstung, und jetzt weiß ich, daß du es auch kannst. Deine Bilder sind wunderschön! Ich konnte den vollen Effekt nie ganz auf Film bannen. Als ich versuchte, meine Bilder zu verkaufen, kamen die besten Angebote von Pornoverlegern, weil meine Technik die Kleidung bei Frauen unscharf werden ließ, aber darum ging es überhaupt nicht.«

»Überhaupt nicht«, pflichtete sie ihm bei. »Dennoch ergibt das noch keinen Sinn. Wenn mein Vater von dir wußte, hätte er dich auch einfach einladen können, hierher zu kommen, oder er hätte dich schlicht herbeizaubern können, um dir mit einem Vergessenszauber die Erinnerung daran zu nehmen, falls es nicht zufriedenstellend verlaufen wäre. Jedenfalls hätte er dafür nicht sterben müssen.«

Zanes Erleuchtung brach in sich zusammen. »Das stimmt! Aber er muß irgendeinen Grund gehabt haben.«

»Ja, das muß er«, meinte sie nüchtern. »Er war ein höchst intelligenter und vernünftiger Mann. Hinter dieser Sache steckt mehr, als wir wissen.«

»Du ... du hast gesagt, daß du mit schwarzer Magie gearbeitet hast. Könntest du es nicht damit herausbekommen?«

Luna überlegte. »Ich habe gelernt, viele der Steine zu benutzen, die mein Vater hergestellt hat. Manche ermöglichen es dem Benutzer, die Motive anderer festzustellen. Aber schwarze Magie ist die Macht Satans, und Satan weiß genau, wenn etwas davon angewandt wird. Ich möchte nicht, daß sein verderbliches Auge auf mir ruht, es sei denn, es gibt keinen anderen Weg.«

»Hast du keine weißmagischen Steine?«

»Auf der weißen Magie ruht das gütige Auge Gottes. Ich glaube, diesen Blick will ich auch nicht unbedingt auf mich aufmerksam machen. Nicht während ich meinen Vater untersuche, dessen ewiges Schicksal noch ungewiß ist.«

»Was ist denn eigentlich der Unterschied? Ist Magie nicht immer dieselbe, ob sie nun weiß oder schwarz ist?«

»Die Kraft ist dieselbe, aber die Aspekte unterscheiden sich. Magie ist wie Magnetismus, sie besitzt einen weißen und einen schwarzen Pol. Wenn man sich auf den weißen Pol konzentriert, verbündet man sich mit Gott; der schwarze Pol dagegen führt einen zum Satan.«

»Warum bleibt dann nicht jeder bei der weißen Magie?«

»Das können nur gute Menschen tun. Böse Menschen stellen eher eine Beziehung zum schwarzen Pol her. Es ist ... natürlich stimmt dieser Vergleich nicht haargenau, denn die Wissenschaft der Magie ist ebenso komplex wie die Magie der Elektronik ... Es ist, als würde man an einem Berg vorbeikommen. Der weiße Pol ist der Gipfel, in einer beschwingenden Höhe, aber um ihn zu erreichen, bedarf es einer Menge Anstrengung, und man darf sich nur wenige Fehltritte leisten. Der schwarze Pol befindet sich am Nadir, und es ist leicht, bergab zu gehen; manchmal kann man sich sogar einfach hinsetzen und hinunterrollen oder -gleiten, und wenn man gar fällt, gelangt man sogar sehr schnell ans Ziel. Wenn man nicht darauf achtet, wohin man geht, wird man sehr leicht nach unten kommen, weil das der Weg des geringsten Widerstands ist. Da der Durchschnittsmensch nur eine äußerst vage Vorstellung davon hat, wohin er geht, und weil er dazu neigt, die Konsequenzen des Bösen aus seinem Bewußtsein zu verdrängen, wird er unweigerlich in die Tiefe gleiten. Unten am Fuß des Berges gibt es sehr viel mehr Platz als oben auf dem Gipel! Selbst jene von uns, die um die Situation wissen, können in Schwierigkeiten geraten, so wie du Böses tun mußtest, um deiner Mutter etwas Gutes anzutun. Als ich böse wurde, verlor die weiße Magie für mich ihre Wirksamkeit, während die schwarze Magie proportional mächtiger wurde. Denk an die magnetischen Pole: Je mehr man sich dem einen nähert, um so kräftiger zieht er einen an. Deshalb ist es für einen bösen Menschen sehr viel schwieriger, gut zu werden, als es für einen guten Menschen ist, gut zu bleiben. Nur kann ich durch das Schwarze sehr viel mehr erreichen.«

»Aber wenn die schwarze Magie dich dem Satan entgegentreibt ...«

»Ganz genau. Böses erleichtert Böses und beschleunigt auf diese Weise das Hinabgleiten in die Tiefe. Ich wage es nicht mehr, weiterhin schwarze Magie anzuwenden, wenn ich schließlich doch noch erlöst werden will. Ich stecke ohnehin schon fast zu tief darin.«

»Also kannst du keine Magie anwenden, um festzustellen, was dein Vater wirklich wollte.«

»Ich weiß schon, *was* er wollte – er wollte uns miteinander bekannt machen. Ich weiß nur nicht, *weshalb*.«

Zane nickte. »Es ist ein Rätsel. Laß uns einander wieder treffen, vielleicht bekommen wir es heraus.«

Sie lächelte. »Ja, ich glaube, wir verstehen uns jetzt gegenseitig besser. Wir haben jeder das Böse im anderen ausgelotet, ohne von ihm abgestoßen zu sein.«

Wie wahr! Zane hatte noch nie einem Menschen von seinem Mordgeheimnis erzählt, und er war überzeugt davon, daß Luna das ihre ebenfalls keinem anderen offenbart hatte. Es hatte sich herausgestellt, daß beider Geheimnisse einiges gemeinsam hatten, denn sie waren beide ins Reich des Bösen hinabgestiegen, um einem geachteten Elternteil zu helfen. Nein, sie würden einander nicht verdammen. Dies und die Aurakunst zeigte eine Verbindung zwischen ihnen. Dennoch schien das noch kein hinreichender Grund für die ungeheuerliche Maßnahme zu sein, die der Magier ergriffen hatte, indem er sein Leben opferte.

Zane wandte sich zum Gehen. »Ich muß wieder an die Arbeit.«

Sie blickte zu ihm auf, und ihre grauen Augen wirkten größer und heller als vorher, wie Monde. Doch es war nicht mehr so sehr ihre körperliche Schönheit, die er wahrnahm, als vielmehr der Charakter einer Persönlichkeit, die sich für ihren Vater aufgeopfert hatte. »Ja, natürlich. Das Leben ist Kunst, und deine Kunst besteht nun aus deiner Aufgabe. Wann möchtest du wieder zu Besuch kommen?«

»Ich weiß heutzutage kaum noch, welches Datum wir überhaupt haben. Ich weiß nicht, wie groß mein Arbeitspensum sein wird. Muß es unbedingt ein festgelegter Termin sein?«

»Natürlich nicht! Komm, wann du kannst. Ich werde hier sein.« Sie schwebte näher und küßte ihn.

Zane fand sich im Todesmobil wieder und verließ gerade die Stadt, als ihm erst die Bedeutung dieses spontanen Akts bewußt wurde. Während des Gesprächs hatte er seine Gefühle in Schach gehalten, unsicher, ob er Luna wiedersehen würde. Schließlich war sie kaum der gleich Typ Frau wie Angelica – nein, das mußte er schon differenzierter angehen, denn Angelica war nun nur noch eine neblige Erinnerung, Luna dagegen war ihm auf übernatürliche Weise nahe, wie von einem göttlichen Retuschierstift gezeichnet. Und wenn Luna auch keine unberührte, unschuldige Kreatur war, so besaß sie doch sehr viel mehr Charakter, als er ihn der anderen Frau zutraute.

Zane drückte auf den Knopf seiner Uhr. Sechs Minuten bis zum Countdown. Er mußte sich um einen Klienten kümmern.

6 Das Reich des Todes

Der Todeswagen fuhr gen Süden und drang in dichten Dschungel ein. Der holprige Schlammpfad war zu unwegsam für ein mechanisches Fahrzeug, deshalb verwandelte es sich in den Hengst Mortis, und so trabten sie durch das dampfende Grün.

»Halt!« rief jemand auf Spanisch, und die Übersetzung hallte in Zanes linkem Ohr wider. Er sah sich um und erblickte einen getarnten Soldaten, der sein Gewehr drohend auf ihn gerichtet hatte.

Zane hielt an und zog den Umhang und die Kapuze enger um sich, für alle Fälle. »Wo sind wir hier?«

»Die Fragen stelle ich!« fauchte der Soldat. »Wer sind Sie, und was haben Sie hier zu suchen?«

Sollte er ihm die Wahrheit sagen? Zane wußte, daß dies die Sache verkomplizieren könnte. Und doch war er immer weniger geneigt, sich mit Lügen abzugeben, egal aus welchem Grund. »Ich bin der Tod. Ich will hier eine Seele abholen.«

»Oh. Jawohl, mein Herr!« sagte der Soldat und nahm plötzlich Habtachtstellung ein.

Mit Sicherheit hatte er Zane nicht verstanden! Die Worte mußten ihm als Erkennungskode eines hochrangigen Offiziers seiner Armee erschienen sein. Nun, wenn dem so sein sollte, würde er seinen Part spielen, denn er wollte sich nicht in einer Gegend verlaufen, in der gerade kriegerische Handlungen stattfanden. »Identifizieren Sie sich und Ihren Auftrag«, befahl Zane barsch.

»Herr Offizier, ich bin Fernando von der Regierungstreuen Armee von Niqueldimea, auf Strafpatrouille, um die Siebten Kommunistischen Renegaten auszurotten.«

Nun fiel es Zane wieder ein: Niqueldimea war eine Bananenrepublik, die seit einigen Jahren von Guerrillas infiltriert wurde, weil die Kommunisten versuchten, die unbeliebte autokratische Regierung zu stürzen.

Seine Uhr zeigte dreißig Sekunden an. »Weitermachen, Fernando«, befahl er und gab Mortis ein Zeichen, den Ort der Begegnung aufzusuchen.

Einen Augenblick später gelangte er auf eine recht hübsche Dschungellichtung. Doch da traten auch schon Handfeuerwaffen in Aktion. Ein Geschoß prallte von seinem undurchdringlichen Umhang ab. Neben ihm erscholl ein Schrei, und ein Soldat der Armee von Niqueldimea sprang auf, bäumte sich auf und wirbelte zu Boden. Zane brauchte nur kurz hinzusehen, bevor der Mann vom Unterholz begraben wurde, um zu erkennen, daß ihm die rechte Gesichtshälfte fehlte. Er war ganz eindeutig tot – ja es war erstaunlich, daß er überhaupt noch dazu fähig gewesen war, aufzuspringen –, aber das war nicht Zanes Klient. Dieser Soldat würde schon aus eigener Kraft in die Ewigkeit finden.

Nun stürmten weitere Regierungssoldaten auf die Lichtung, um dem Heckenschützen den Garaus zu machen.

Unter dreien von ihnen sackte plötzlich der Boden ab, und sie stürzten schreiend in eine Grube – eine Falle, die mit einem Illusionszauber getarnt worden war.

Zane sah auf seinen Ortungsstein. Sein Klient befand sich anscheinend in der Grube. Er stieg vom Pferd und trat vorsichtig vor, seinem Edelsteinpfeil folgend, während sein Countdownzeiger die Nullmarke erreichte.

Er kauerte sich am Fallgrubenrand nieder, setzte sich und schob die Beine in das unsichtbare Loch, wobei er sich vorbeugte und den Kopf in den von dem Tarnungszauber beherrschten Abschnitt brachte. Nun konnte er die Wirklichkeit erkennen.

Die war alles andere als schön. Es war eine große, offene Höhlung, in deren Boden Holzpfähle staken, die angespitzten Enden ragten in die Höhe. Die drei Soldaten waren darauf aufgespießt. Zwei von ihnen waren tot, der dritte lag im Sterben – sein Klient.

Zane glitt vorsichtig an der steilen Grubenwand hinab und landete auf den Füßen. Das kostete ihn zwar nur einige Sekunden, doch im Laufe dieser Zeitspanne wurde ihm bewußt, wie sehr der Mann litt. Der Soldat hatte sich im Fall anscheinend umgedreht, und die gnadenlose Spitze hatte seinen Rücken durchbohrt, um seitlich am Unterleib wieder hervorzutreten. So war er auf gräßlichste Weise aufgespießt, während Kopf und Füße herabbaumelten. Er blutete kaum, denn der Pfahl füllte die Wunde völlig aus.

Zane mußte würgen, biß aber die Zähne zusammen. Er sprang hinüber und hakte die Seele des Soldaten aus, um ihn von seiner Pein zu erlösen. Dann drehte er sich um und lehnte sich gegen die Grubenwand, wobei er angestrengt und krampfartig nach Luft schnappte.

»Sie sind neu in der Branche, wie?« fragte eine Stimme.

Zane wandte sich um, er fühlte sich noch immer schwindlig und übel. Zwischen den Pfählen stand ein großer Mann. Er trug eine knappe, polierte Rüstung, ein kurzes Kettenhemd und einen reichverzierten Goldhelm, genau wie ein Abbild des griechischen Gottes des …

»Der Krieg!« rief Zane.

»Der Tod!« konterte der Mann sarkastisch.

»Ich wußte nicht ...«

»Daß ich existiere?« Der Krieg machte eine herrische Gebärde. »Und wer, wenn nicht Mars, sollte Ihrer Meinung nach wohl diesen Streit hier beaufsichtigen?«

»Niemand«, gab Zane zu und beruhigte sich etwas. »Ich habe die Sache lediglich nicht ganz zu Ende gedacht.«

»Ich wollte Sie ohnehin mal treffen«, meinte Mars. »Schließlich müssen wir uns oft zusammentun.«

»Ja«, stimmte Zane angewidert zu. »Ich lerne immer noch. Die Routineaufgaben beherrsche ich schon ganz gut, aber Szenen wie diese hier ...«

»Das hier ist eine gute Szene«, erwiderte Mars. »Beschränkt, aber intensiv. Es ist das Beste, was sich zwischen größeren Auseinandersetzungen anbietet.«

»Sie mögen Ihre Arbeit?« fragte Zane und gab sich kaum Mühe, seinen Ekel zu verbergen. »Was läßt sich denn mit Kampf und Blutvergießen schon erreichen?«

»Ich bin froh, daß Sie diese Frage gestellt haben«, antwortete Mars ausholend, und plötzlich bereute Zane, daß er es getan hatte. Selbstrechtfertigungsreden lohnten sich in der Regel immer nur für denjenen, der sie hielt. »Der Krieg ist die letzte Zuflucht vor Unterdrückung und Unrecht. Sie haben noch einen weiteren Klienten auf Ihrer Uhr. Ich werde Sie begleiten, während Sie sich um ihn kümmern.«

Zane stellte fest, daß dem tatsächlich so war. Nun hatte er nicht einmal mehr eine Ausrede, um die Gesellschaft dieses grimmigen Kriegers zu fliehen.

Mars schritt zu einer Grubenecke, wo eine Rampe aus festgestampfter Erde zum Dschungelboden emporführte. Zane blickte wieder auf seine Uhr und überzeugte sich davon, daß er noch fünf Minuten hatte, um einen Klienten aufzusuchen, der sich ganz in der Nähe befand. Also folgte er dem Kriegsgott.

»Welche Zuflucht haben diese toten Soldaten denn noch?« fragte Zane aufgewühlt. »Inwiefern hat diese Schlacht ihnen geholfen?«

»Sie haben den Ruhm«, erklärte Mars. »Alle Menschen

müssen irgendwann einmal sterben, und die meisten von ihnen tun es schmachvoll durch Altersschwäche, Krankheit oder Unglück. Nur im Krieg können große Mengen von ihnen in anständigem Ruhm dahinscheiden.«

»Ruhm?« Zane dachte an seinen letzten Klienten, der schmerzverkrümmt auf einen Holzpfahl gespießt worden war. »Sieht mir eher nach Schlachterei aus.«

Mars lachte dröhnend. »Sauber, Tod! Sie sehen nur den Augenblick der Pein, ich dagegen den ewigen Namen. Einen Augenblick des Schmerzes für eine Ewigkeit des Ruhmes! Diese Männer opfern ihr Blut auf dem Altar der Rechtschaffenheit. Dies ist das Ende, das ihr gesamtes weltliches Leben sublim macht.«

»Aber was ist mit jenen, die im Kampf für die falsche Sache sterben?«

»Es gibt keine falsche Sache! Es gibt nur unterschiedliche Wege zum Ruhm und zur Ehre.«

»Unterschiedliche Wege!« rief Zane. »Das ist doch nur sinnlose Brutalität!«

»Sie sprechen von Brutalität«, erwiderte Mars, als freue er sich über die Herausforderung durch Zanges Widerstand. »Ich glaube, in Ihrem Amt gehen Sie nicht weniger brutal vor. Wie viele von Ihren Klienten wechseln denn auf sanften Sangesschwingen in die Ewigkeit über? Ich will Ihnen gleich die Antwort darauf geben – verdammt wenige! Selbst Ihre Reformen sind brutalste Quälerei und weniger zu rechtfertigen als das, was ich *meinen* Klienten biete.«

»Ihre Klienten sind auch meine Klienten!« protestierte Zane.

»Ihre Klienten, meine Klienten«, meinte Mars schulterzuckend. Er besaß ausgezeichnete breite Schultern, die sein Zucken sehr eindrucksvoll untermalten. »Manche überschneiden sich zwar. Aber die meisten nicht. Denken Sie doch nur mal an Hinrichtungsmethoden. Billigen Sie es etwa, einen Menschen zu Tode zu steinigen, ganz egal, um welches Verbrechen es sich handeln mag, möglicherweise sogar nur deshalb, weil er seine Zeit mit einer willigen Frau verbracht hat? Oder daß man ihn für seinen Glauben kreuzigt? Daß man ihm den Leib auf dem Rad zerschlägt, weil er einen Laib Brot gestohlen hat, um nicht zu verhungern; oder daß man ihm mit Hilfe von Ketten und sechs Pferden die Gliedmaßen abreißt, weil er sich weigerte, genügend Schmiergelder zu zahlen; oder ihn am Pfahl zu verbrennen, aufgrund einer falschen Anklage wegen Hexerei?«

»Nein, natürlich nicht!« erwiderte Zane, von diesem Katalog des Grauens angewidert. Mars besaß wirklich eine unverblümte, deutliche Sprache! »Aber man hat die Hinrichtung doch reformiert.«

»Reformiert!« schaubte Mars. »Ich erinnere mich noch an die französische Reform. Der Doktor Guillotine erfand eine riesige, humane Klinge, mit der man den Hals schnell und sauber durchtrennen konnte. Schluß mit dieser schmutzigen und manchmal ziemlich unpräzisen Hackerei, bei der man auch mal eine Schulter zerteilte oder nur den oberen Teil des Kopfes abschlug oder gar die Hände der unschuldigen Person, die den Kopf des Verurteilten festhielt. Diese moderne Methode brachte den Armen den Segen der Elite, denn vorher hatten nur Edelleute einen Anspruch auf Exekution durch das Schwert. Wissen Sie noch, was man aus dieser Erfindung gemacht hat? Ich werde es Ihnen sagen. Man entdeckte, daß man damit den politischen Mord endlich als Massenproduktion ausüben konnte! So konnte man gleich Tausende von Menschen an einem einzigen Tag umbringen, hack-hack-hack! Die Französische Revolution ist wegen dieser humanen Reform berüchtigt geworden!«

Zane antwortete nicht. Mars war viel zu kampfeslustig.

Sie gelangten an ein halbzerfallenes Bauernhaus. Davor schritt gerade ein Regierungssoldat vorbei. Plötzlich kam ein Kind von etwa zehn Jahren, ein kleines Mädchen, aus dem Haus gestürzt. Der Soldat riß sein Gewehr herum, doch dann hielt er inne, als er merkte, daß er es nicht mit einem Guerrillero zu tun hatte. Das Mädchen rannte auf ihn zu, etwas in den Händen tragend. Als sie ihn erreicht hatte, nestelte sie an dem Gegenstand.

»He – das ist ja eine Granate!« schrie der Soldat entsetzt.

Das Mädchen warf die Arme um ihn, noch immer die Granate festhaltend. Der Soldat versuchte, sie ihr aus der

Hand zu reißen, doch sie klammerte sich an ihn wie ein Blutegel, ihr dürres Körpergestell erfüllt von der Kraft des Fanatismus. Da explodierte die Granate.

Beide flogen, in Fetzen gerissen, auseinander. Blut spritzte gegen die Hauswand. »Das war wunderschön«, meinte Mars. »Dieses Kind macht seiner Familie sehr viel Ehre.«

»Ehre!« schrie Zane empört. »Das reine Grauen nenne ich das!«

»Das auch«, stimmte Mars ihm freundlich zu. »Die beiden neigen dazu, sich bei derlei Gelegenheiten miteinander zu verbinden. Das ist auch einer der Gründe, weshalb selbst winzige Scharmützel noch so interessant sind.«

Da erschien ein weiterer Soldat. Er hatte die Explosion gehört und erblickte nun das Blutbad. Er hielt einen Flammenwerfer in den Händen. Den entfachte er und richtete die Flamme auf das Haus.

Ein zweites Kind, ein Junge, jünger als das Mädchen, kam aus dem Haus gelaufen, auf den Soldaten zu. Doch der Mann schwenkte den Flammenwerfer auf ihn, und sofort begann das Opfer lichterloh zu brennen. Danach konzentrierte sich der Soldat auf das Haus und setzte es in Brand.

Die kohlende Masse auf dem Boden stieß ein Wimmern aus. »Ihr Klient, glaube ich«, erinnerte Mars Zane an seine Pflicht.

Wie konnte er das nur übersehen! Die Todesuhr stand auf null, und der Pfeil zeigte auf den Jungen. Zane eilte hinüber und entnahm die Seele des Kindes. Das Wimmern verstummte. »Welche Ehre hat es für dieses Kind gegeben?« wollte er wissen.

»Nicht viel«, gestand Mars. »Es ist bei seinem Auftrag gescheitert. Versagen verdient keine Belohnung.«

»Darum ging es mir nicht! Ohne diesen Krieg würde es überhaupt keine Tode geben! Dann wäre ich gar nicht herbeigerufen worden. All dieses Entsetzen hätte nie stattgefunden!«

»Im Gegenteil«, erwiderte Mars nachsichtig. »Ohne diesen Krieg würde die Unterdrückung dieses Volkes uneingeschränkt weitergehen, würde es geknechtet, seines Besitzes beraubt und ausgehungert werden. Es stimmt zwar, daß die Opfer hier sonst später gestorben wären, aber auf noch schlimmere Weise – wie Schafe, die zur Schlachtbank geführt werden. Jetzt lernen sie, wie Wölfe zu sterben, die ihr Revier verteidigen. Die Gewalt ist nur der am leichtesten erkennbare Aspekt einer notwendigen Korrektur, ganz ähnlich wie ein Erdbeben gewaltige unterirdische Druckbelastungen entlädt. Weisen Sie nicht dem Symptom die Schuld zu, werter Kollege; machen Sie vielmehr die grundliegende gesellschaftliche Ungerechtigkeit dafür verantwortlich, welche Neuentwicklung und Freiheit erstickt und sich in keiner anderen Weise berichtigen läßt. Ich bin gekommen, um Unrecht in Recht zu verwandeln, und nicht umgekehrt. Ich bin das Skalpell des Chirurgen, der den Krebs wegschneidet. Mag sein, daß meine Schneide einen Augenblick schmerzt und daß dabei auch etwas Blut fließt, aber meine Sache ist gerecht, so wie es die Ihre auch ist.«

Zane mußte feststellen, daß er die schlichte, grobgehauene Logik Mars' nicht widerlegen konnte. Doch als er die immer noch rauchenden Überreste des Kindes betrachtete, dessen Seele er eingeholt hatte, keimte in ihm die Befürchtung auf, daß Mars nicht so sehr Gott diente, sondern Satan.

»Ich denke, Sie werden sich irgendwann selbst einmal im Krieg wiederfinden«, fuhr Mars fort. »Ich rate Ihnen, sich darauf vorzubereiten, indem Sie sich mit Ihrer Waffe vertraut machen.«

»Meine einzige Waffe ist die Sense«, brummte Zane.

»Und was für eine prächtige Waffe das doch ist!« meinte Mars.

»Mortis!« rief Zane, und der treue Hengst erschien sofort. Zane saß auf und ritt davon, ohne ein weiteres Wort mit Mars zu wechseln.

Er traf etwas zu früh am Ziel ein, wie es in letzter Zeit immer häufiger vorkam. Die Adresse war ein heruntergekommenes Pflegeheim im Elendsviertel der Ausflugsstadt Miami, eingekeilt zwischen einer altersmorschen Tanzhalle und einer alten evangelikalen Kirche. Im Inneren war es finster und stank nach Urin. Alte Leute saßen regungslos herum, vielleicht schliefen sie. Allgemein kündete die Atmosphäre von Hoffnungslosigkeit. Zane mochte solche Orte nicht und hatte darum gekämpft, es seiner Mutter zu ersparen, dort zu enden – mit allzu großem Erfolg.

Sein Klient war ein alter Mann mit einer weißen Haartolle und braunen Streifen im Gesicht, wo ihm der Speichel aus den Mundwinkeln troff. Zane schritt auf ihn zu, blieb jedoch stehen, als er den Strick bemerkte. »Sie sind ja an Ihren Stuhl gefesselt!« rief er.

Der Mann hob den Blick. »Sonst würde ich herunterfallen«, erklärte er.

Zane begriff, daß diese Institution sich keine angemessenen Geräte und entsprechendes Personal leisten konnte. Die Armen und Obdachlosen konnten sich keinen luxuriösen Lebensabend erlauben.

»Eine Bitte«, sagte der Mann, »wenn es nicht zuviel verlangt ist.«

»Wenn ich sie erfüllen kann«, erwiderte Zane vorsichtig. »Sie wissen, daß ich keinen Aufschub gewähren kann, wenn es sich um eine tödliche Krankheit handelt, die ...«

»Ich möchte eine Hymne hören, zum Abschied.«

Zane war überrascht. »Eine Hymne?«

»*Heilig, heilig, heilig*. Die habe ich am liebsten. Ich habe sie schon seit Jahren nicht mehr gehört, und sie fehlt mir.«

Zane kämpfte gegen seine Verwirrung an. »Sie möchten, daß jemand ein Lied singt?«

»Oh, eine Plattenaufnahme wäre auch in Ordnung«, erwiderte der Alte. »Nur, um die Melodie zu hören. Es ist eine großartige Hymne! Aber ich weiß, mein Wunsch ist töricht.«

Zane überlegte. »Mir scheint er einfach genug zu sein.«

Der Mann schüttelte den Kopf, bereit, nun die Gegenposition zu vertreten. »Die dulden hier keine Musik.«

Da ergriff ein anderer Mann das Wort. »Wir kriegen allerdings genug Lärm von den Nachbarn mit! Nachts dieses

Höllengetöse von der Tanzhalle, daß wir nicht schlafen können, und außerdem diese kreischenden Predigten und Versammlungen von der anderen Seite, dieser 'gelikalischen Kirche.«

Nun gerieten auch die anderen im Raum in Bewegung. Zanes Erscheinen war eine Neuheit, welche die gähnende Langeweile linderte, an die sie gewöhnt waren. »Jeder darf tun, was er möchte – warum wir nicht? Was ist denn gegen eine einzige Hymne einzuwenden?«

»Ich finde, die sollen Sie haben«, meinte Zane. »Wir brauchen lediglich einen Plattenspieler, einen Kassettenrecorder oder eine magische Musikbox.«

Skeptisches Murmeln. »Sie erlauben uns keine«, meinte ein weiterer Mann.

»Sie *werden* sie bekommen«, sagte Zane entschlossen. Er schritt zur Pflegestation, wo ein Krankenpfleger gerade in einer populären Zeitschrift las. Auf der Rückseite war eine ganzseitige Farbanzeige: DIE HÖLLE – NICHT NUR FÜR DIE BÖSEN! Hellorange Flammen umzüngelten eine Szene fröhlicher Ausschweifung, und die Dee & Dee-Warenzeichenteufelchen taten etwas, das Zane zusammenzucken ließ.

»Pfleger«, sagte er.

Der Pfleger blickte auf. »Keine Musik gestattet. Hausvorschrift«, meinte er und widmete sich wieder seinem Magazin.

»Wir könnten eine Ausnahme machen«, sagte Zane. »Da ist ein Mann, der sterben wird, an einen Stuhl gefesselt wie ein verurteilter Verbrecher. Sein letzter Wunsch wird ihm erfüllt werden.«

»Sind Sie echt? Hauen Sie ab.« Der Mann hielt den Blick auf seine Illustriertenseite geheftet.

Zane griff verärgert nach dem Magazin und riß es dem Pfleger aus den Händen. Dann beugte er sich vor und sah dem Mann ins Gesicht. »Es wird Musik geben«, sagte er.

Der Mann wollte schon protestieren, doch als er dem Tod ins hohle Auge starrte, erstarrte er. »Es gibt hier nichts«, murmelte er benommen. »Man würde mich feuern, wenn ...«

»Dann werden wir es ohne Sie tun«, meinte Zane. »Sie können Ihren Protest für die Unterlagen festhalten – aber passen Sie auf, daß er nicht zu heftig wird. Wir werden hier eine Hymne spielen, ob Sie uns dabei unterstützen oder nicht.« Er richtete den Finger auf die Nase des Mannes. In dem Todeshandschuh wirkte er skelettartig. »Verstanden?«

Der Pfleger erbleichte. »Sie werden doch niemandem wehtun? Ich halte mich bloß an die Vorschriften, ich will keinen Ärger, aber ich will auch nicht, daß jemand zu Schaden kommt.«

Der Mann besaß also doch noch so etwas wie ein dürftiges Gewissen. Er war zwar faul und gleichgültig, aber nicht böse. »Ein Mann wird sterben, wie es ihm bestimmt war. Sonst wird niemandem etwas geschehen.«

Der Pfleger schluckte. »Dann werde ich meinen Protest dem Antwortdienst des Besitzers mitteilen. Meistens dauert es Ewigkeiten, bis sie mich erreichen, vor allem dann, wenn ein Notfall vorliegt.« Er zog eine Grimasse. »Notfälle kosten nämlich Geld.« Er griff zum Telefon. »Aber es gibt hier nichts, was man verwenden könnte, nicht mal ein Radio. Mein Boß meint, Schweigen sei Gold, und Gold liebt er wirklich.«

Zane wandte sich ab, von diesem Besitzer angewidert. Vielleicht würde dieser Typ sich eines Tages in der Hölle wiederfinden, wo er dann nach Gold schürfen könnte. »Ich kümmere mich darum«, sagte er zu seinem Klienten und stellte den Countdown ab. »Sie werden keine Schmerzen spüren, bis Sie Ihre Hymne bekommen haben.« Dann verließ er das Pflegeheim.

Zuerst versuchte er es mit der Tanzhalle nebenan. Das Foyer war überfüllt mit Maschinen, die Schokoriegel verkauften, billige Liebestränke – »GIB IHR DIES, UND SIE GIBT DIR ALLES!« – und Pflaster gegen Blasen. Der Hauptsaal war leer, denn es war noch früh am Morgen. Auf der Bühne standen einige verfilzte Teenager, die ihr Schlagzeug, ihre Gitarren und eine elektrische Orgel mit ohrenbetäubendem Rhythmus dissonant bearbeiteten. Dies war Probenzeit, obgleich Zane nicht einsah, wie derlei Getöse vom Üben auch noch würde profitieren können.

Zane trat näher und legte die Hand auf die größte Trommel. Seine behandschuhten Finger ließen das Geräusch sofort ersterben. »Ich brauche einen Auftritt«, sagte er.

Sofort hatte er ihre Aufmerksamkeit, obwohl sie nicht erkannten, um wen es sich bei ihm handelte. »He, einen Gig? Wieviel?«

»Ein Lied, aus Wohltätigkeit, nebenan.«

Sie lachten. »Wohltätigkeit! Mister, hauen Sie ab und stecken Sie Ihre Schnauze in Batteriesäure!« meinte der Schlagzeuger. »Wir machen gar nichts für nichts.«

Zane richtete seinen mächtigen Blick auf den Jungen. »Ein Lied.«

Wie schon der Pfleger zuvor, erbleichte nun auch der Junge. »Äh, na klar doch. Schätze, einen Song können wir ruhig versuchen, sozusagen zum Üben.«

»Eine Hymne«, sagte Zane.

Diesmal war das Lachen lauter, wenngleich etwas verunsichert. »Mann, wir machen keinen Kirchenschrott! Wir sind die Lebenden Blutklumpen! Wir dröhnen, wir spotzen, wir geifern. Aber hymnen tun wir gottverdammich nicht!«

Wieder ließ Zane den Todesblick los. Junge Punks wie dieser waren resistenter dagegen als andere Leute, weil sie nicht daran glaubten, daß sie jemals sterben würden. »Eine Hymne. *Heilig, heilig, heilig.*« Seine knochigen, eckigen Augenhöhlen brannten sich in die in Fleisch gebetteten Augen vor ihm.

Wieder reagierte der Junge benommen. »Klar, na ja, ich schätze, wir können es ja mal versuchen. Ich meine, ist ja bloß eine Nummer. Aber unsere Sängerin ist nicht da, die ist gerade auf magisches H, und außerdem müssen wir sowieso erst mal üben. Das dauert zwei, vielleicht auch drei Tage, wissen Sie, nur um mal anzufangen.«

»Jetzt«, sagte Zane. »Noch in dieser Stunde. Ich werde eine Sängerin für euch auftreiben.«

»Aber wir haben doch gar keine Noten oder so was!« protestierte der Junge.

»Auch die werde ich besorgen«, erwiderte Zane und zügelte seinen Zorn. War er wirklich auch mal in diesem

Alter gewesen? »Geht jetzt in das Pflegeheim nebenan und baut euer Zeug auf. Ich komme gleich mit einem Sänger oder einer Sängerin wieder.«

»Na klar, Mann, ist gebongt«, antwortete der Junge matt. »In einer halben Stunde sind wir bereit. Aber Sie müssen wissen, daß das nicht gerade unsere Nummer ist. Ich meine, allzu toll wird's kaum werden.«

»Es wird genügen.« Zane verließ sie und schritt zu der Kirche auf der anderen Seite des Pflegeheims.

Er hatte Glück. Der Kirchenchor probte gerade für den Gottesdienst am Wochenende. Mehrere schwarze Mädchen waren da und brachten etwas hervor, das sich für Zanes Ohr wie ein Mischmasch aus Noten und Geheul anhörte.

Der Prediger entdeckte ihn sofort. »He, hol mir bloß keinen von meinen Leuten, Tod!« protestierte er. »Wir sind gute Leute hier. Wir wollen keinen Ärger mit dir haben!«

Zane begriff, daß diese Kirche zwar vielleicht arm und rückständig sein mochte, daß der Prediger aber ein wahrer Mann Gottes war, der eine übernatürliche Erscheinung sofort als solche erkennen konnte. Das würde sich als Hilfe erweisen. »Ich will nur ein Gesangbuch und eine Sängerin«, sagte Zane.

»Gesangbücher haben wir«, erwiderte der alte Mann eifrig. »Da gibt es so eine Gruppe von weißen Menschheitsbeglückern, die haben Geld gesammelt und uns Bücher gekauft, weil sie nichts von unserer Musik verstehen. Wir haben einen ganzen Haufen von den Dingern unter einer Staubschicht im Schrank. Aber eines meiner Mädchen ... Tod, ich werde nicht einfach tatenlos zusehen ...«

»Nicht, um zu sterben!« antwortete Zane schnell. »Um nebenan für die Leute eine Hymne zu singen. Für einen Mann, der bald sterben wird.«

Der Prediger nickte. »Ein Mensch hat ein Recht auf eine letzte Melodie. Wie heißt sie?«

»Heilig, heilig, heilig.«

»Die steht im Buch, aber wir singen sie nicht. Ist nicht unser Stil.«

»Dann finde mir eine Sängerin, die es versuchen will.«

Der Prediger wandte sich an den übenden Chor. »Jemand weiße Musik singen? Gesangbuchzeug?«

Als Antwort erhielt er ein verwirrtes verneinendes Murmeln.

»Hört mal zu«, sagte der Prediger. »Ihr kennt diesen Burschen in der Kapuze nicht, und das sollt ihr auch gar nicht. Aber *ich* kenne ihn. Das Auge des Herrn ruht auf ihm, und er braucht nur eine einzige Hymne, und wir müssen ihm so gut helfen, wie wir nur können. Wenn also irgendeine von euch auch nur versuchen könnte, ihm den Gefallen zu tun, dann raus damit.«

Schließlich meldete sich ein ziemlich hübsches Mädchen, eine Teenagerin, zu Wort. »Manchmal singe ich das Radiozeug mit, nur so zum Spaß. Ich schätze, ich könnte es mal versuchen, wenn ich den Text kriege.«

Der Prediger wühlte in dem Schrank und holte einen Armvoll Gesangbücher hervor. »Den Text kriegst du, Schwester. Komm schon, wir gehen diesem Burschen helfen. Dauert nicht lang.«

Zane nahm einige der Bücher auf und führte sie zu dem Pflegeheim, wo die Lebenden Blutklumpen gerade ihre Anlage aufbauten, zur erheblichen Unterhaltung der Insassen und des nicht-protestierenden Pflegers. Wahrscheinlich hatte es hier seit Jahrzehnten kein solches Ereignis mehr gegeben. Der Hauptraum schien von Kabeln und Lautsprechern und Instrumenten schier überzuquellen. »He, stellt die großen Lautsprecher nicht hier drin auf«, sagte der Pfleger gerade. »In so einem kleinen Raum sind die alten Herren in Null Komma nix taub, und die haben auch so schon Probleme genug. Richtet diese Monsterdinger lieber aus den Fenstern.« Und so wurde es auch gemacht, denn es hatte den Anschein, daß die Lebenden Blutklumpen konstitutionell unfähig waren, unter voller Lautstärke zu spielen.

Die junge Sängerin musterte die Blutklumpen, und die Blutklumpen musterten sie, jeder mit morbidem Interesse an einer fremdartigen Lebensform, doch ohne irgendwelche Anerkennung zu zeigen. Zane begriff, daß es wahrscheinlich ein Fehler gewesen war, die Instrumentalgruppe in die Sache hereinzuziehen. Das Mädchen hätte wahrscheinlich bessere Leistung *a capella* gebracht. Aber dafür war es jetzt zu spät.

Der Prediger trat dazwischen, als er erkannte, woran es haperte. »Ihr Jungs könnt keine Hymnenmusik, stimmt's? Das hier ist Lou-Mae, die kann keine Schrottmusik, also seid ihr erst mal quitt. Dann laßt sie mal die Hymne versuchen, und ihr begleitet sie, o. k.?« Er verteilte die Gesangbücher.

Die Musiker blätterten verwirrt die Bücher durch. »Diese Szene ist ja noch übler als mieses verzaubertes H«, murmelte einer von ihnen.

Zane zeigte ihnen die Seite mit *Heilig, heilig, heilig*. »Spielt das hier«, sagte er.

Sie versuchten es. Alles in allem waren sie doch einigermaßen kompetente Musiker. Die Melodie paßte zwar nicht sehr gut zu Schlagzeug und Gitarre, aber die elektronische Orgel kam damit doch relativ schnell klar.

Das Telefon klingelte, und das Läuten wäre in dem Probenlärm fast untergegangen. »Aber ich kann nicht in ein Mikro singen«, protestierte Lou-Mae. »Es steht mir im Weg und sieht so komisch aus.«

»Ich kann dir sagen, wie es aussieht«, grinste der Drummer der Blutklumpen.

»Ignorier es einfach, Schwester«, riet der Prediger ihr hastig. »Sing einfach so, wie du es gewohnt bist.«

»Draußen versammeln sich schon Leute!« rief einer der Heimbewohner freudig vom Fenster aus. »Sie starren die Lautsprecher an!«

»He, die glauben bestimmt, wir hätten hier eine Party!« meinte ein anderer. »Daß wir die Sau fliegen lassen!«

»Klar, das tun wir ja auch! Das erkennt man doch schon am Geruch!« Gelächter durchblubberte den Heimbewohnertrakt. Die Sache entwickelte sich langsam zum wichtigsten Lebensereignis dieser alten Leute.

»He, Mister!« rief der Pfleger über den Lärm hinweg. »Das war gerade mein Boß an der Strippe. Ausnahmsweise hat er mal beim Antwortdienst angerufen. Ich habe ihm gesagt, daß ich die Musik nicht verhindern kann, deshalb ruft er jetzt die Polizei. Sie sollten besser schnell dieses Lied abziehen und dann verschwinden.« Es war eine faire Warnung, aber es war auch offensichtlich, daß der Pfleger das Geschehen genoß.

Die Blutkumpen waren noch immer damit beschäftigt, sich zu organisieren, indem sie Teile der Melodie vom Rest ablösten und versuchten, sich mit den unvertrauten Elementen anzufreunden. »Ich kann das nicht«, beschwerte sich Lou-Mae. »Eine Hymne mit Trommelbegleitung singen?«

»Hör mal, schwarze Puppe, uns gefällt das auch nicht«, meinte der Schlagzeuger, »aber wir brauchen nun mal einen Rhythmus.«

»Gebt einfach nur Euer Bestes«, sagte der Prediger in beruhigendem Ton zu den beiden. »Der Herr wird es schon richten.«

»Mann, das will ich ihm auch raten!« knurrte der Drummer. »Diese ganze Geschichte ist ja noch bekloppter als ein Doppelpennertrip!«

»Aber immer noch wert, es richtig zu machen«, erwiderte der Prediger.

Zane hörte das Geräusch einer Sirene. Er schritt zu der Tür hinüber, wo die anderen Chorsängerinnen sich zusammengeschart hatten, um in den Raum zu blicken. Nervös wichen sie ihm aus, und Zane sah, wie die Polizeiwagen eintrafen. Mit kreischenden Reifen hielten die Fahrzeuge an der nächsten Ecke, sofort stürzten mit Helmen bewaffnete Bereitschaftspolizisten hervor. Es waren zähe Bullen, mit Schlagstöcken, Handfeuerwaffen, Tränengasbomben und Verwirrungszaubern bewaffnet, Männer, die es gewohnt waren, in der gesetzlichen Ausübung ihrer Amtspflicht Schädel einzuschlagen. Der Altenheimbesitzer mußte sich wirklich mächtig beschwert haben!

Zane drehte sich wieder zum Raum herum. »Singt jetzt die Hymne«, sagte er.

Lou-Mae, die plötzlich nervös geworden war, ließ ihr Gesangbuch fallen und mußte in die Knie gehen, um es wieder aufzunehmen. »Ist schon in Ordnung, Pussy«, sagte der Drummer mitfühlend. »Lampenfieber, wie beim ersten Mal. Kriegen wir alle. Paß auf, wir fangen ohne dich an, machen ein Vorspiel, und dann, wenn du bereit bist, dann setzt du ein. Wie Onkel Tom hier schon meint, wir schaffen das schon.«

Sie gewährte ihm ein leises Lächeln. Die Musik begann, nach den Trommeln setzte die Gitarre ein, und ihr Dröhnen hallte wie anschwellender Donner durch die Fenster, als die Polizisten die Treppe hinaufstürmten, Schlagstöcke wehrbereit in den Händen haltend. Die Chormädchen wichen verängstigt zurück, sie waren nicht auf einen Körperkontakt mit den großen, brutalen uniformierten Männern erpicht.

Zane zog seinen Umhang enger und trat heraus, um von Totenschädel zu Angesicht mit dem Anführer der Polizisten zu sprechen. »Ist etwas?« fragte er.

Die Augen des Polizisten weiteten sich, und die Kieferlade klappte ihm herunter, als er dem Tod ins Auge blicken mußte. Er stürzte buchstäblich zurück und mußte von zwei seiner Hintermänner aufgefangen werden. Plötzlich hatte das Gesetz es gar nicht mehr so eilig, sich einzuschalten.

Das Trommeln wurde zur Hintergrundmusik, und der richtige Gesang begann. »Heilig, heilig, heilig! Allmächtiger Gott!« sang Lou-Mae, zunächst mit etwas zitternder Stimme, doch dann mit wachsendem Mut, als sie den Namen des Herrn aussprach. Irgendwie verlieh die Lautsprecher- und Verstärkeranlage ihr eine Resonanz und Autorität, die ihrer Stimme sonst möglicherweise gefehlt hätte.

Das Trommeln hinter ihr grollte wie der wachsende Zorn der Gottheit, und mit einem improvisierten Kontrapunkt unterstrich die Gitarre dieses Thema noch.

»Früh am Morgen soll unser Gesang zu Dir emporhallen!« Und die elektronische Orgel schwoll an in freudigem Gottesdienst und hörte sich genauso an wie die monströsen Orgelpfeifen in einer riesigen Kathedrale.

Auf der Straße wuchs die Menge schnell an. Einige der Polizisten versuchten, die Leute zurückzudrängen. Es war schon später Vormittag, doch die hochaufragenden Gebäude der Umgebung schützten die Straße vor dem direkten Sonnenlicht. Nun, da das Licht in schrägem Winkel einfiel, ließ ein breiter Strahl die fahlen Helme der Polizei und die Gesichter der Leute aufleuchten und erhellte sie, als sei dies tatsächlich der Anbruch eines neuen Tages oder gar eines neuen Zeitalters.

»Nur Du allein bist heilig, alle Heiligen verehren Dich.« Das Lied hallte hinaus, überflutete die Nachbarschaft, vibrierte zwischen den Gebäuden. Instrumente und Stimmen hatten zu einer vollkommenen Harmonie gestanden, als hätten die Musiker schon jahrelang fleißig geübt.

»Und nehmen ab ihre güldenen Kronen, und lassen das glasklare Meer erstrahlen!« Und die Polizisten, trotz ihres Zynismus von der Großartigkeit des Ganzen wie benommen, von dem dröhnenden Klang erschüttert, begannen ihre vom Sonnenlicht golden schimmernden Helme abzunehmen. Die Menschen der Menge folgten ihrem Beispiel, einem zwingenden Gefühl gehorchend, das sie nicht verstanden. Schon einen Augenblick später war jeder Kopf unbedeckt.

»Cherubim und Seraphim fallen vor dir auf die Knie!« Worauf eines der leichter zu beeindruckenden Chormädchen an der Tür verzückt aufschrie und auf dem Gehsteig niedersank. Nachdem er erst einmal ausgelöst worden war, breitete sich der Effekt explosionsartig aus. Überall schrien Menschen in der Menge auf und stürzten nieder, und sogar einige Polizisten taten dasselbe.

Die Musik wurde zu einer donnernden Autoriät, Trommeln und Orgel ließen die Gebäude erzittern, durchtosten die Menge, machten aus dem gesamten Häuserblock einen Ort des Gottesdienstes. Einige Menschen standen aufrecht, andere knieten, andere lagen auf der Straße. Doch alle hielten sie die Blicke verzückt auf das Pflegeheim gerichtet und lauschten den erstaunlichen Klängen.

»Der war und ist und immer sein wird!« Dann endete die Hymne, und mit einem immer leiser werdenden Trommelwirbel erstarb die Musik, von einer nachhallenden Orgelnote begleiet, als würde Gott sich zu einem anderen Ort begeben. Die halbe Menge und sämtliche Chormädchen waren am Boden, und die Polizisten hingen mit weitaufgerissenen Augen ihren persönlichen Visionen nach. Niemand gab auch nur das leiseste Geräusch von sich.

Zane wandte sich wieder nach innen. Die Heimbewohner saßen benommen da, ebenso der Krankenpfleger. Der Drummer und Lou-Mae tauschten einen erfurchtsvollen Blick aus. Der Prediger hielt die Augen gen Himmel gerichtet, die Hände gefaltet, in stummem Gebet.

»Jeeesus«, murmelte der Gitarrist. »Wir haben ja unser ganzes Leben lang danebengelebt!«

»Wer zur H braucht da noch H!« stimmte der Keyboardspieler ihm zu. »Auf so einem Trip war ich noch nie!«

Zane schritt zu seinem Klienten hinüber. »Jetzt ist es Zeit«, sagte er und aktivierte wieder seine Stoppuhr. »Sind Sie zufrieden?«

Der alte Mann lächelte. »Das kann man wohl sagen, Tod! Ich hatte gerade eine Vision vom allmächtigen Gott! Egal, was jetzt noch im Leben folgen könnte, es würde dem gegenüber nur abfallen. Ich habe zwei meiner Freunde hier gesehen, die bereits fortgegangen sind.« Er brach zusammen, und Zane griff schnell nach seiner Seele.

Als er zur Tür zurückschritt, begannen die Menschen sich langsam zu erholen. Der Prediger fing Zanes Blick auf. »Manche Leute glauben wirklich, daß der Herr nicht eingreifen würde«, bemerkte er leise, als seien ihm Zanes eigene Zweifel bewußt.

Zane wußte darauf keine Antwort. Er trat hinaus, an den Chormädchen vorbei, die sich langsam wieder aufrichteten, und schritt durch die stumme Menge zu seinem Pferd hinüber. Da fuhr ein weiteres Fahrzeug vor, an der Seite das Wappen des staatlichen Sozialamtes. Anscheinend hatte der Menschenauflauf die zuständigen Behörden aufgerüttelt, und nun würde eine Inspektion des Pflegeheims und seiner Leitung folgen.

Zane gönnte sich ein Lächeln. Die Beamten würden einen oder sogar mehrere tote Männer vorfinden, die an ihre Stühle gefesselt waren, in einem nach Urin stinkenden Raum, wo weder Musik noch andere Unterhaltung gestattet war. Vorschriften, die derart streng waren, daß man sogar die Polizei hatte herbeirufen müssen, um ihnen Geltung zu verschaffen. Zane bezweifelte, daß dies einen guten Eindruck auf die Inspektoren machen würde. In diesem Pflegeheim würden erhebliche Reformen stattfinden müssen, und das Los seiner Insassen würde erheblich verbessert werden.

Sein nächster Klient lebte auf dem Land. Mortis nahm wieder seine Todesmobilgestalt an und fuhr die Superautobahn entlang, da die Zeit nicht knapp war. Zane las die Werbeplakate und erkannte, daß hier ein Anzeigen- und Werbekrieg stattfand.

WARUM EIN LANDGEBUNDENES AUTO FAHREN, WENN MAN AUCH EINEN FLIEGENDEN TEPPICH HABEN KANN? fragte das erste Plakat in riesigen, leuchtenden Lettern. Es zeigte ein Automobil, das sich durch einen Stau mühte, während ein fliegender Teppich geschmeidig über diesen hinwegflog, darauf eine gutaussehende, lächelnde Familie.

Zane lächelte ebenfalls. Auch er war im Augenblick an ein Automobil gefesselt – doch er würde niemals in einen Stau geraten. Nicht mit Mortis! »Hast du mir das hier bloß gezeigt, damt ich dich besser schätzen lerne?«

Der Wagen antwortete nicht, aber der Motor schnurrte.

Das nächste Plakat verkündete: BEQUEM FAHREN! Das Bild zeigte eine Familie, die sich auf einem fliegenden Teppich in einem Sturm zusammenkauerte. Der Mann sah grimmig und ungemütlich aus, die einstmals elegante Frisur der Frau war nur noch eine feuchte, an den Kopf geklatschte Haarmasse, und eines der Kinder glitt gerade hinten vom Rand und drohte, in die Tiefe zu stürzen. Das Material des Teppichs kräuselte sich offensichtlich zusammen und schien zu schrumpfen, was das Unbequeme der Situation noch verschlimmerte und die Gefahr, in der die Familie ohnehin schon schwebte, vergrößerte. Darunter konnte man dieselbe Familie glücklich in einem geschlossenen Wagen erblicken, sicher angeschnallt, vom Regen unberührt.

»Also wehren sich die Wagen auch«, bemerkte Zane.

»Ich verstehe.« Er sah auf seine Uhr. Er hatte noch einige Minuten Zeit.

Auf dem nächsten Plakat segelte der Teppich fröhlich über eine Regenwolke, die einen darunterliegenden Autostau größtenteils in Finsternis hüllte. BABYLON-TEPPICHE SIND BESSER ALS JEDES LANDFAHRZEUG! verkündete die Reklame. MEHR KILOMETER PRO ZAUBER.

Doch die Automobilhersteller revanchierten sich mit einem Bild von einer Familie, die an Bord eines hochfliegenden Teppichs nach Luft japste, während unten der Wagen die freie Autobahn entlangraste. SICHER FAHREN, BEQUEM FAHREN, riet das Plakat. WAGEN STATT TEPPICH.

Vielleicht wurde der Anzeigenkrieg noch fortgesetzt, aber Zane mußte abbiegen, um zu seinem Klienten zu gelangen. Er kam in ein ländliches Wohngebiet; die Häuser glichen einander ausnahmslos, die Wiesen waren sehr gepflegt. Zane fragte sich, warum sich Menschen die Mühe machten, aufs Land zu ziehen, wenn sie in Wirklichkeit doch nur die Stadt mit sich herumschleppten. Er bog in die entsprechende Straße ein und parkte das Fahrzeug in dem engbegrenzten Schatten einer mittelgroßen Föhre. Ihm fiel auf, daß auf dem Wagen des Hausbesitzers ein Behinderten-Aufkleber zu sehen war.

Zane trat in das Haus und bahnte sich einen Weg zum Badezimmer. Dort fand er einen jungen, halbwegs muskulösen Mann, der gerade ein Bad nahm. Er sah sehr entspannt aus.

Der Mann reagierte nicht auf Zanes Aussehen und schien auch keine Probleme zu haben, dennoch wies der Pfeil des Steins ihn eindeutig als einen Klienten aus. »Hallo«, sagte Zane, unsicher, wie er nun vorgehen sollte.

Der Mann hob träge den Blick. »Bitte gehen Sie«, sagte er, und seine Stimme klang milde.

»Zuerst muß ich meinen Job erledigen«, sagte Zane.

»Job? Vielleicht tragen Sie ja Uniform und glauben, daß ich Sie erkennen kann. Aber ich kann Sie nicht sehen, denn ich bin blind.«

Oh. Das erklärte den Behinderten-Aufkleber. Doch von

bloßer Blindheit allein würde dieser Mann nicht sterben, es sei denn, daß irgendein schlimmer Unfall nahte. »Ich glaube, Sie können mich schon sehen, wenn Sie es nur versuchen«, erwiderte Zane.

»Sind Sie ein Gesundbeter? Gehen Sie weg. Ich bin Atheist und habe mit Ihresgleichen nichts zu schaffen.«

Ein Atheist! Ein Mensch, der weder an Gott noch an Satan glaubte, und auch nicht an die ihnen verwandten Mächte. Wieso war der Tod zu einem Ungläubigen gerufen worden?

Darauf gab es zwei mögliche Antworten. Erstens war es möglich, daß dieser Mann doch nicht so zynisch war, wie er vorgab, und daß er in Wirklichkeit, vielleicht auch nur unbewußt, an die Ewigkeit glaubte. Oder es lag mal wieder ein Fehler vor, und die herrschenden Mächte hatten nicht erkannt, daß dieser Klient gar keine besondere Aufmerksamkeit benötigte.

Aber nun war Zane schon einmal hier, und er mußte die Sache durchspielen, egal wie sie ausgehen mochte. Er musterte das Wasser im Bad und sah, daß es von einer dunklen Wolke verfärbt war. »Sie begehen gerade Selbstmord«, bemerkte er.

»Ja, und ich muß Sie bitten, nicht einzugreifen. Meine Eltern sind für zwei Tage verreist, also werden sie nichts davon erfahren, bis die Sache vorüber ist. Ich habe die Schlagadern an meinen Fußknöcheln durchschnitten und blute mich jetzt angenehm in diesem heißen Wasser zu Tode. Das Freundlichste, das Sie mir antun können, ist, der Natur ihren Lauf zu lassen.«

»Dafür bin ich hier«, erwiderte Zane. »Ich bin der Tod.«

Der Mann lachte und wurde etwas lebhafter, als seine Aufmerksamkeit dergestalt erregt wurde. »Eine tatsächliche, physische Personifikation des Todes? Sie sind ja verrückt!«

»Glauben Sie nicht an den Tod?«

»Natürlich glaube ich an den Tod, an den allgemeinen Tod. Den werde ich ja gleich erfahren. Aber mit Sicherheit glaube ich nicht an eine Spukgestalt mit Totenkopf und gekreuzten Knochen und einer Sense.«

»Möchten Sie vielleicht einmal meine Hand und mein Gesicht betasten?« fragte Zane.

»Sie bestehen auf diesem Unsinn? Also gut, solange es noch geht, will ich Sie mal anfassen.«

Der Mann hob einen Arm aus dem Wasser, es kostete ihn sichtlich einige Anstrengung, und streckte ihn Zane entgegen.

Zane nahm die Hand in seine eigene, neugierig, wie der Mann sie wahrnehmen würde. Er wurde nicht enttäuscht.

»Es stimmt!« rief der Mann. »Ein Skelett!«

»Nur ein Handschuh«, erklärte Zane, der ihn nicht täuschen wollte. »Und mein Gesicht besteht aus einer Totenschädelmaske, die mit Magie hergestellt wurde. Dennoch bin ich der Tod, und ich bin gekommen, um ihre Seele zu holen.«

Der Mann betastete Zanes Gesicht. »Eine Maske? Die ist aber äußerst echt! Das ist doch wirklich ein Totenschädel!«

Zane war sich vorher unschlüssig gewesen, ob seine Totenschädelmaske fühlbar war, und nicht nur sichtbar. Nun wußte er es. »Ich bin ein lebender Mensch, der dieses Amt wahrnimmt. Ich trage ein Kostüm und verfüge über die nötigen Kräfte, doch ich bin lebendig, ein Mensch von Fleisch und Blut.«

Wieder nahm der Klient seine Hand. »Ja, jetzt kann ich das Fleisch spüren, ganz schwach, etwa so, wie wenn ich meinen eigenen Fuß spüre, wenn der eingeschlafen ist. Seltsam! Vielleicht glaube ich doch an Sie, oder zumindest an Ihr Amt. Aber an eine Seele glaube ich nicht, also ist Ihre Mühe vergebens.«

»Was glauben Sie denn, was nach Ihrem Tod passieren wird?« wollte Zane wissen. Es interessierte ihn wirklich. Dieser Mann schien ein schlauer Kopf zu sein.

»Mein Körper wird erstarren und sich mit der Zeit in seine chemischen Bestandteile auflösen. Aber das meinen Sie ja wohl nicht, oder? Sie wollen wissen, wie ich über meine angebliche Seele denke. Darauf will ich Ihnen eine Antwort geben. Es gibt keine Seele. Der Tod ist lediglich das Ende des Bewußtseins. Nach dem Tod kommt nichts mehr. Es ist wie eine Kerzenflamme, die ausgelöscht wird, das Leben verschwindet. Auslöschung.«

»Kein Leben danach? Sie halten den Tod also nicht für einen Übergang in eine geistige Existenz?«

Der Mann schnaubte verächtlich. Langsam sackte er, vom Blutverlust zunehmend geschwächt, immer tiefer in seine Wanne, doch sein Geist blieb wach. »Der Tod ist ein Übergang in eine intellektuelle Nicht-Existenz.«

»Macht Ihnen das Angst?«

»Warum sollte es? Fürchten sollte ich doch allenfalls den Tod anderer, denn der kann mir Unbequemlichkeit und Trauer bescheren. Wenn ich selbst dahinscheide, dann bin ich ja aus der Sache heraus, da mache ich mir keine Gedanken mehr.«

»Sie haben meine Frage nicht beantwortet«, konterte Zane.

Der Mann schnitt eine Grimasse. »Verdammt, Sie wollen es aber wohl wirklich wissen! Ja, mein eigener Tod jagt mir durchaus Angst ein. Aber ich weiß, daß das lediglich mein Selbsterhaltungsinstinkt ist, der Versuch meines Körpers, zu überleben. Subjektiv fürchte ich mich vor der Auslöschung, weil der Instinkt eben irrational ist. Objektiv dagegen tue ich es nicht. Ich habe schließlich keine Angst vor der Nicht-Existenz vor meiner Zeugung, warum sollte ich da die Nicht-Existenz nach meinem Tode fürchten? Also habe ich mich über die Narreteien des Fleisches hinweggesetzt und gehe nun meinem Ende entgegen.«

»Wäre es Ihnen keine Erleichterung, zu erfahren, daß das Leben auf der geistigen Ebene weitergeht?«

»Nein! Ich will nicht, daß das Leben in irgendeiner Form weitergeht! Welche Ungewißheiten oder Qualen würden dort auf mich vielleicht lauern? Welch eine Langeweile, auf Ewigkeit, ohne jede Erlösung, in dem sterilen Konzept eines Himmels leben zu müssen, den sich ein anderer ausgedacht hat! Nein, mein Leben ist das einzige Spiel, das ich spiele, und dieses Spiel ist fade geworden. Ich möchte nichts anderes, als es beiseite legen zu können, wenn es mir nichts mehr einbringt. Die Auslöschung ist das größte Geschenk, auf das ich hoffen kann, und der Himmel selbst wäre für mich die reine Hölle, wenn man mir dieses Geschenk verweigerte.«

»Ich hoffe, daß Sie es bekommen«, sagte Zane, von dieser ungewöhnlichen Weitsicht erschüttert. Ein Mensch, der tatsächlich auf Auslöschung bestand!

»Das hoffe ich auch.« Nun verlor der Atheist immer schneller an Kraft. Der Blutverlust beeinflußte schon sein Bewußtsein, und schon bald würde er in Ohnmacht fallen. »Der Tod eines Menschen ist der intimste Augenblick seines Lebens«, bemerkte Zane. »Sie haben das Recht, zu sterben, wie Sie wollen.«

»Das ist richtig.« Die Stimme war mittlerweile träge und schwach geworden. »Es geht niemanden etwas an außer mir.«

»Aber meinen Sie denn nicht, daß Sie sich Gedanken über Ihr Leben machen sollten, über den Sinn Ihres Lebens, über den Standort, den Sie im übergeordneten Muster der Dinge einnehmen? Bevor Sie Ihre einzige Chance verschleudern, sich zu bessern ...«

»Warum, zum Teufel, soll ich mir Gedanken über Besserung machen, wenn ich nicht an Himmel oder Hölle glaube?« wollte der Atheist mit schwacher Stimme wissen.

»Und doch gehen Sie davon aus, daß Ihre eigene Erlösung alles ist, was Wichtigkeit hat«, erwiderte Zane. »Was ist mit jenen Menschen, die Sie lieben, die jetzt weiterleben müssen? Menschen, die Sie lieben und die dann Ihre Leiche hier vorfinden werden, was ist mit ihrem Entsetzen? *Die* werden immer noch weiterleiden müssen. Schulden Sie ihnen denn gar nichts?«

Aber der Atheist war in seinem Zustand schon zu weit fortgeschritten. Er hatte das Bewußtsein verloren und scherte sich nicht mehr darum, wer vielleicht noch leiden mußte, sofern er es überhaupt jemals getan hatte. Bald darauf starb er.

Zane griff in den Körper hinein und zog die Seele hervor. Sie sah typisch aus: Gut und Böse befleckten sie in einem komplizierten Mosaik. Er wollte sie gerade zusammenfalten – da zerfiel die Seele und löste sich völlig auf.

Der Wunsch des Atheisten war ihm gewährt worden. Er

hatte wirklich nicht geglaubt, und so war es dem jenseitigen Leben unmöglich gewesen, ihn festzuhalten. Er war außerhalb der Reichweite von Gott oder Satan. Das schien auch das Beste zu sein.

Es war wohl das Beste – aber war es auch recht? Der Atheist hatte sich anscheinend für niemanden interessiert, außer für sich selbst – und möglicherweise hatte er seine eigene Existenz dadurch sinnlos gemacht.

Zane begab sich wieder zu Mortis. »Ich glaube, daß der Mann zur Hälfte recht hatte«, sagte er. »Er ist besser dran, wenn er nicht mehr an dem Spiel teilhat – aber das Spiel ist ohne ihn vielleicht nicht besser dran. Ein Mensch sollte nicht nur für sich selbst allein existieren. Das Leben hat etwas in ihn investiert, und diese Investition ist nicht zurückgezahlt worden.« Doch Zane war sich nicht wirklich sicher.

Seine Stoppuhr war wieder aktiv. Er konzentrierte sich auf seinen nächsten Klienten und fragte sich dabei, wie er über die Seele Rechenschaft ablegen sollte, die sich aufgelöst hatte. Für das Nachrichtenzentrum im Fegefeuer würde das wieder ein gefundenes Fressen sein. Er stellte sich bereits die Schlagzeile vor: FISCH VOM HAKEN GESCHLÜPFT.

Er kam in einem Krankenhaus an. Das war an sich nichts Ungewöhnliches; die tödlich Erkrankten neigten dazu, sich dort zu versammeln, und er hatte schon ähnliche Sammlungen in der ganzen Welt durchgeführt. Dennoch mochte er Krankenhäuser nicht besonders, weil sie ihn an seine Schuldgefühle hinsichtlich seiner Mutter erinnerten.

Als er seine Klientin erblickte, fühlte sich Zane noch schlechter. Es war eine alte Frau, die in ein Gewirr von Kabeln und blubbernden Geräten eingebettet war. Eine Art Blasebalg zwang sie dazu, rhythmisch zu atmen, während Monitore klickten und piepten, um ihren Herzschlag, ihre Verdauung und ihren Bewußtseinszustand anzuzeigen. Ihr Blut strömte durch die Röhren einer Dialyse-Maschine. Eine Krankenschwester überprüfte regelmäßig die Geräte und ging von einer Maschine zur anderen. Im Raum waren noch fünf andere Patienten, alle ähnlich ausgestattet.

Man hatte die Klientin nur unbeholfen in ihr Nachthemd gehüllt, worauf es der Schnitt dieser Dinger auch abgesehen zu haben schien, so daß intime Teile ihres verfallenen Körpers zu sehen waren. Sie litt unter Schmerzen, wie Zane erkennen konnte, wenngleich die Medikamente sie halb bewußtlos gemacht hatten. Ihr Tod war eigentlich überfällig; nur die gnadenlos lebenserhaltenden Maschinen, die ihren ausgemergelten Leib umringten, hinderten sie am Sterben.

Déja-vu! Ganz wie seine Mutter damals.

Zane trat näher. Sie erblickte ihn, und ihre blutunterlaufenen Augen folgten ihm hastig. Die Nasenschläuche machten es ihr unmöglich, ihren Kopf richtig zu drehen, und als sie versuchte, ihren Körper zu verlagern, stieß die Maschine einen schrillen Protest aus.

»Ganz ruhig, meine Dame«, sagte Zane. »Ich bin gekommen, um Sie hier herauszuholen.«

Sie stieß ein schwaches, zischendes Lachen aus. »Nichts kann mich hier wegholen«, keuchte sie, wobei ihr der Geifer aus dem Mund tropfte. »Die lassen mich nicht gehen. Ich kann noch so sehr darum bitten, es nützt nichts. Vielleicht verfaule ich noch in diesem Gerät, aber man wird mich dennoch am Leben erhalten.«

»Ich bin der Tod. Mir kann man nicht widersprechen.«

Sie musterte ihn genauer. »Tatsächlich, das sind Sie ja wirklich! Ich habe doch gewußt, daß Sie mir irgendwie bekannt vorkommen. Gerne würde ich mit Ihnen gehen – aber man gibt mir kein Visum.«

Zane lächelte. »Sie haben ein Recht auf diesen Übergang. Dieses Recht kann Ihnen niemand beschneiden.« Er griff in ihren Körper und packte ihre Seele.

Die Seele folgte seiner Hand nicht. Die Frau wand sich in neuer Pein, bis Zane die Seele fahren ließ. Ruckartig kehrte sie an ihren alten Platz zurück, und die Frau entspannte sich.

»Sehen Sie!« flüsterte sie. »Die haben mich fest im Leben

verankert, auch wenn es die Sache gar nicht mehr wert ist. Sie können mich gerne haben, Tod!«

Zane blickte auf seine Uhr. Es war schon fünfzehn Sekunden über der Zeit. Die Frau wurde tatsächlich gegen ihre eigene Bestimmung festgehalten.

»Lassen Sie mich nachdenken«, sagte Zane, sehr erbost. Er schritt in der Station umher und musterte die anderen Patienten. Nun erkannte er, daß sich zwar die Einzelheiten ihrer Maschinen voneinander unterschieden, daß aber alle über ihre eigentliche Zeit hinaus hier festgehalten wurden. Die Patienten mochten vielleicht keine Freude mehr am Leben haben, doch würde man sie nicht eine Sekunde früher freilassen, bevor die Maschinen endlich aufgaben. Dies war ein sehr effizientes Krankenhaus, Pannen kamen nicht vor.

»Ich kann dich sehen, Tod«, murmelte jemand ganz in der Nähe. Zane blickte in die Richtung der Stimme und sah einen Patienten in der Nebenkabine. Anders als die meisten anderen war dieser voll bei Bewußtsein.

»Ich kann Ihre Seele nicht holen, solange diese Geräte noch funktionieren«, erklärte Zane und fragte sich gleichzeitig, warum er sich die Mühe machte, sich einem Nicht-Klienten gegenüber zu erklären.

Der alte Mann schüttelte den Kopf, was wiederum seine eigene Maschinerie zu Protesten veranlaßte. »Hätte nie gedacht, daß ich einmal erleben würde, daß man dem Tod etwas abschlagen kann. Jetzt kann man sich wirklich nur noch auf die Steuern verlassen.« Er versuchte ein schwächliches Lächeln, was die Zeiger seiner Meßgeräte zum Vibrieren brachte und die diensthabende Krankenschwester alarmierte, die nun glaubte, er litte unter einem Anfall. Sie schien Zane nicht zu bemerken.

Einen Augenblick später sprach der Mann weiter: »Wenn ich an Ihrer Stelle wäre, Tod, wüßten Sie, was ich da täte?«

»Diese alte Frau dort, meine Klientin«, sagte Zane. »Sie erinnert mich an meine Mutter.«

»Sie ist auch Mutter«, stimmte der Mann ihm zu. »Ihr Sohn bezahlt für diesen ganzen Blödsinn. Er glaubt, er täte ihr einen Gefallen, indem er sie über ihre Zeit hinaus und gegen ihren Willen zum Leben zwingt. Wenn er sie wirklich liebte, würde er sie freilassen.«

»Liebt er sie denn nicht?« Zane hatte seine eigene Mutter getötet, weil er sie geliebt hatte, doch danach hatten ihn die Zweifel gepackt.

»Vielleicht glaubt er das. Aber in Wirklichkeit zahlt er es ihr nur heim. Er ist ein gemeiner Mensch, und sie hat ihn in diese Welt gebracht, und ich schätze, daß er ihr das einfach nur nie verziehen hat. Deshalb läßt er sie jetzt nicht mehr gehen..«

Da riß eine Saite in Zanes Innerem. »Dem Tod soll niemand widerstehen!« rief er. Er marschierte zurück zu seiner Klientin. Dort suchte er die Geräte nach Schaltern ab und stellte sie aus.

»Hoppla!« Sofort war die Krankenschwester da, als die Maschinen Alarm schlugen. Sie stellte die Schalter wieder ein.

Zane riß Kabel und Röhren heraus. Flüssigkeiten spritzten umher.

Nun bemerkte die Krankenschwester ihn endlich. »*Sie* haben das getan!« rief sie entsetzt. »Sie müssen sofort damit aufhören!«

Zane nahm sie in die Arme und küßte sie auf den Mund. Sie spürte die Umarmung des Skeletts und fiel in Ohnmacht. Behutsam ließ er sie auf den Boden gleiten. Er bemerkte, daß das automatische Sicherungssystem den angerichteten Schaden wieder zu reparieren begann. Das Piepen der Alarmanlage wurde immer drängender; schon bald würden weitere Krankenschwestern es hören und herbeieilen. Er konnte nicht sicher sein, daß die Sache bereits erledigt war.

Zane hob einen Stuhl auf und ließ ihn in den Ständer krachen, an dem die Flaschen mit lebenserhaltenden Flüssigkeiten hingen. Glas splitterte, und farbige Säfte tropften auf den Boden. Dann stieß er mit einem heftigen Tritt eine Konsole um und genoß diese Zerstörungsorgie, mit der er seine lang unterdrückten Gefühle endlich austoben konnte.

Endlich stand er neben der alten Frau, den Stuhl hocherhoben, um ihr notfalls auch den Schädel einzuschlagen – doch er stellte fest, daß der Job erledigt war.

Zane setzte den Stuhl ab und holte sanft die Seele aus dem Körper.

Als er die Seele verstaute, applaudierten die anderen Patienten ihm donnernd. Alle diese Menschen wurden nur noch künstlich am Leben erhalten, so daß sie ihn als das erkennen konnten, was er war.

»Aber ich bin doch ein Mörder – schon wieder!« protestierte Zane matt, nun, da ihm klar wurde, was er eigentlich angerichtet hatte. Noch nie zuvor hatte er im Verlauf seiner Amtsausübung tatsächlich getötet. Die Tat hatte ihm zwar eine grimmige Befriedigung beschert, doch mit Sicherheit hatte er dadurch sein seelisches Sündenkonto erheblich belastet.

»Ich wünschte, Sie wären meinetwegen gekommen«, murmelte einer der anderen Patienten.

»Uns kann niemand ermorden«, sagte der alte Mann. »Genausowenig wie man ein williges Mädchen vergewaltigen kann.«

Zane hielt inne. »Wie viele von Ihnen sehen das genauso?« fragte er. »Wie viele von Ihnen wollen wirklich jetzt sofort sterben?«

Ein Murmeln durchzog die Intensivstation wie eine Wasserwelle. »Wir alle«, erwiderte der alte Mann, und die anderen stimmten ihm zu.

Zane dachte kurz nach. In den unteren Etagen des Krankenhauses konnte er Schritte hören, Leute, die gemerkt hatten, daß irgend etwas nicht stimmte. Es blieb nicht mehr viel Zeit.

Er hatte seinen ihm vorgeschriebenen Auftrag erledigt; er hatte die Seele der alten Frau eingesammelt und auf seine Weise den Mord an seiner Mutter wieder gutgemacht. Nun hatte er offen getan, was er zuvor nur im Geheimen gewagt hatte. Er hatte bewiesen, daß selbst der Tod persönlich dieselbe Entscheidung getroffen hätte wie er, Zane, sie schon vor langer, langer Zeit durchgeführt hatte. Doch hatte er auch seine Verpflichtung als Mensch erfüllt? Diesen Leuten hier verweigerte man ihr Grundrecht: das Recht, das Leben fahrenzulassen.

»Ihr wißt ja, daß dies ein Massenmord wäre«, sagte er.

»Barmherzigkeit wäre das!« konterte der alte Mann. »Meine Enkeltochter ist bald ruiniert, weil sie für mich aufkommen muß, und das nur, weil der Arzt meint, sie müsse es tun – und wofür? Für das hier etwa? Für die Ewigkeit in einem Krankenhaus? Zu krank, um sich noch von der Stelle rühren zu können, ganz zu schweigen davon, das Leben zu genießen? Nein, die Hölle kann nicht schlimmer sein als das hier – und selbst wenn sie es sein sollte, würde ich sie trotzdem wählen! Wenigstens hätte ich vielleicht dort die Möglichkeit, zurückzuschlagen, mich zu wehren. Laß mich frei, Tod! Es sind nicht nur wir Patienten, die hier leiden, unseren Familien geht es schließlich genauso. Sie werden zwar eine Weile weinen, aber bald sind sie darüber hinweg und vielleicht haben sie danach noch etwas, woran sie gerne zurückdenken.«

Zane fällte seinen Entschluß. Er war ohnehin schon zur Hölle verdammt, weil er sein Amt mißbraucht hatte. Was hatte er da schon noch zu verlieren? Er wollte tun, was richtig war, unabhängig von den Konsequenzen. Diese Leute hier waren ebenfalls seine Klienten.

Er schritt zu dem Maschinenraum der Station hinüber. Dort fand er den Hauptsicherungskasten. Zane kippte alle Schalter um.

In der Intensivstation erlosch der Strom. Finsternis umhüllte alles. Die Maschinen stellten ihre Arbeit ein.

Sofort ertönten Schreie. Krankenhauspersonal kam hereingestürzt. Irgend jemand suchte sich in der Dunkelheit den Weg zum Sicherungskasten, doch Zane blieb davor stehen. Die Krankenschwester spürte, wie sich eine Skelettand um die ihre legte und sie von dem Kasten fortdrückte. In nacktem Entsetzen schrie sie los.

»Das ist das Entsetzen, mit dem Sie diese Patienten gequält haben«, sagte Zane zu ihr. »Bei lebendigem Leibe tot zu sein.«

Diesmal konnte niemand mehr rückgängig machen, was er getan hatte.

7 Karneval der Gespenster

Wenige Tage später, Zane hatte inzwischen sein Pensum wieder aufgeholt, besuchte er Luna aufs neue. Diesmal lächelte sie, als sie ihn erblickte. »Komm rein, Zane. Ich bin gleich fertig.«

»Fertig?«

»Du wolltest mich doch ausführen, weißt du das nicht mehr? Irgendwohin, wo es interessant ist, damit wir uns nicht gegenseitig langweilen.«

Eigentlich hatte Zane mehr daran gedacht, sich mit ihr zu unterhalten, denn ihr ketztes Gespräch hatte ihn zutiefst berührt, doch das wollte er lieber nicht laut sagen. Gewiß, einige Aspekte ihres Gesprächs waren geradezu unangenehm ehrlich gewesen, und der Gedanke daran, wie sie den Dämon bezahlt hatte, machte ihm immer noch schwer zu schaffen. Andererseits hatte sich ein erheblicher Teil seiner Selbstzweifel und seines Ekels vor sich selbst seit ihrer letzten Begegnung gemildert, und er hoffte, daß dies bei zukünftigen Begegnungen ebenfalls geschehen würde. Wie konnte er schließlich etwas an ihr aussetzen, nach allem, was er in dem Krankenhaus getan hatte? Das hatte für äußerst häßliche Schlagzeilen sowohl auf der Erde als auch im Fegefeuer gesorgt!

Während er auf sie wartete, betrachtete er Lunas Gemälde. Sie waren einfach schön. Luna war viel mehr Künstlerin, als er es je gewesen war. Die Farben waren klar und echt, und die Auras sahen realistisch aus. Es fiel schwer zu glauben, daß eine Person, deren Seele inzwischen der ewigen Verdammnis in der Hölle verschrieben war, derart ausgezeichnete Arbeit leisten konnte. Er begann, Luna mehr zu mögen – und als er dies erkannte, fragte er sich andererseits wiederum, warum der alte Magier gewollt hatte, daß die beiden sich kennenlernten. Gewiß lag es nicht nur daran, daß sie zueinander paßten und daß sie sich beide für Auras interessierten.

Da erschien Luna wieder, und diesmal sah sie bezaubernd aus. Vorher hatten die Kleider sie vom Neutralen ins Attraktive verwandelt, diesmal hatten sie die Verwandlung voll zu Ende geführt. An einer Haarspange glitzerten hellblaue Topase, und in ihre Sandalen waren grüne Smaragde eingelassen, doch der Rest, der dazwischen lag, ließ die Schönheit der Edelsteine verblassen.

»Wie gefalle ich dir jetzt?« fragte sie herablassend.

Zane blieb vorsichtig. »Ich dachte, du machst dir gar nichts aus mir. Warum machst du dich dann so schön?«

Sie schnitt eine hübsche Grimasse. »Ich habe dir meine schlimmsten Sünden gebeichtet, und du hast mich nicht abgelehnt. Das ist immerhin einiges wert.«

»Aber nur, weil ich auch nicht besser bin!« versetzte er. »Wie kann ich dich da verdammen? Du hast nur deinem Vater geholfen, während ich ...«

»Während du nur deiner Mutter geholfen hast«, beendete sie den Satz und zugleich auch ihr Rechtfertigungsritual, das sie beide als Entschuldigung zu brauchen schienen, um zusammenzusein. »Wir sind beide ganz schön befleckt auf unserer Weste. Aber egal, bevor wir nicht wissen, was mein Vater vorhatte, hat es keinen Sinn, die Sache fahrenzulassen. Ich gebe zwar zu, daß du nicht gerade die Art von Mann bist, die ich mir selbst ausgesucht hätte ...«

»Und du bist auch nicht der Typ Frau, auf die ich sonderlich stehe ...«

»Meinst du, die Schicksalsgöttin hat wiederum ihre Finger in dieser Sache?«

»Das weiß ich sogar genau. Sie hat mich in das Amt des Todes gedrängt, indem sie dafür sorgte, daß mein Lebensfaden genau in dem Augenblick endete, als mein Vorgänger begann, unvorsichtig zu werden. Ich glaube, daß sie mich sogar an Molly Malone vorbeigelenkt hat, als ich die Pistole bekam, die ich schließlich benutzte. Allerdings weiß ich nicht, ob die Schicksalsgöttin dies auch ohne deinen Vater getan hätte.«

»Traue nie einer Frau«, sagte Luna ernst. »Am allerwenigsten der Schicksalsgöttin.

Zane lächelte. »Ich bin ein Narr. Ich vertraue auf das Schicksal. Die Norne hat dafür gesorgt, daß ich als Tod einen guten Start bekam. Die Wahrheit ist, daß das Leben, das ich vorher geführt habe, kaum lebenswert war. Natürlich weiß ich aber auch genau, daß ich als Tod auch nicht eben eine Leuchte bin.«

»Dann möchte ich lieber keinen Tod kennenlernen, der eine ist«, murmelte sie. »Diese Episode in dem Krankenhaus ... Und ich meine auch, deine Handschrift in diesem Krawall in Miami wiedererkannt zu haben.«

Zane lächete. »Das war kein Krawall. Aber die Sache unterstreicht, was ich meine. Ich lasse zu viele Klienten laufen, wenn ich kann, manchmal hole ich welche, die ich gar nicht holen soll, und bei anderen wiederum verschwende ich Zeit damit, mich mit ihnen zu unterhalten, um ihnen die Sache leichter zu machen. Die Fegefeuer-Nachrichten sind ganz außer sich vor Freude, wenn sie über mich berichten können. Ich weiß gar nicht, was die im Fegefeuer früher eigentlich ohne mich gemacht haben, wenn sie mal lachen wollten.«

»Du bist zu gutherzig und zu vertrauensvoll.«

Zane blickte sie an und war wieder einmal benommen von ihrer schieren Schönheit. »Aber dir kann ich doch bestimmt vertrauen!«

»Nein.«

»Nicht? Ich verstehe dich nicht.«

»Leg deinen Todesumhang an«, befahl Luna abrupt.

Zane blickte sie erneut an, er war verwirrt. »Ich weiß ja nicht ... Das hier ist eine persönliche Sache, und ich vermische nicht gerne ...«

»Ich möchte ein Rendezvous mit dem Tod«, beharrte sie. Sie kehrte ihm das Gesicht zu und sah ihm in die Augen, wobei sie lächelte, und ihre Augen schienen zu leuchten. Er konnte es ihr nicht abschlagen, obwohl er genau wußte, daß es nur aus Berechnung geschah.

»Mein Anzug befindet sich im Wagen«, erwiderte er. »Aber ... willst du wirklich zusammen mit dem Tod gesehen werden?«

»Keine Sorge. Die Leute sehen den Tod nicht, es sei denn, es sind Klienten.«

Das stimmte zwar nicht ganz, kam der Wahrheit aber

immerhin ziemlich nahe. Zane bot ihr den Arm an, und gemeinsam schritten sie hinaus zum Todesmobil. Die Nacht war dunkel, es lag ein Nieseln in der Luft. Zane holte seinen Umhang, seine Handschuhe und die Schuhe aus dem Wagen und zog sie an.

»Jetzt bist du wirklich elegant«, sagte Luna. »Mir war noch nie bewußt, wie attraktiv ein gutgekleidetes Skelett doch sein kann. Küß mich, Tod.«

»Aber mein Gesicht ist nicht ...«

Sie beugte sich zu ihm und küßte ihn auf die Lippen. »Oh, du hast ja recht!« rief sie einen Augenblick später. »Ein nackter Schädel!« Sie wischte sich über den Mund, als wollte sie Sand von den Lippen entfernen.

»Für die meisten Leute ist der Tod nicht eben ein angenehmer Rendezvous-Partner«, bemerkte Zane, den ihre Stimmung beunruhigte. Was hatte sie nur vor? »Du solltest mal die Post sehen, die ich so erhalte.«

Sie lächelte ihn an, als würde sie seine Bemerkung als freundliche Einladung auffassen. »Ja, zeig mir doch mal deine Post. Beantwortest du sie eigentlich auch?«

»Ja«, entgegnete er verlegen. »Ich finde, das ist nur recht. Niemand sucht den Kontakt zum Tod, auf keinerlei Weise, wenn er nicht einen guten Grund dafür hat.«

»Das ist aber rührend. Du bist ein guter Mann. Zeig mir einen Brief.«

Zane griff in das Handschuhfach des Wagens und holte einen Brief hervor, dann schaltete er die Innenbeleuchtung an, damit sie ihn auch lesen konnte. Er war in einer recht ordentlichen, kindlichen Handschrift geschrieben; normalerweise dauerte es viele Jahre, bis eine Schrift die Unleserlichkeit des Erwachsenen erreicht hatte. Kinder schrieben meist mehr Briefe als Erwachsene – zumindest an sein Büro –, wenngleich er nicht genau wußte, weshalb. Vielleicht lag es daran, daß sie wörtlicher an die Dinge glaubten.

Lieber Tod, jeden Abend läßt Mammi mich meine Gebete aufsagen, und das ist wohl auch in Ordnung schätze ich, aber sie machen mir Angst. Ich muß immer sagen: Lieber Gott falls ich im Schlaf sterben sollte bitte hole meine Seele. Jetzt habe ich Angst einzuschlafen. Den größten Teil der Nacht liege ich wach da, und wenn ich dann in der Schule bin döse ich vor mich hin und mache was falsch und bitte lieber Tod ich möchte noch nicht sterben. Geht das vielleicht daß ich in der Nacht ein kleines bißchen schlafe ohne sterben zu müssen? Liebe Grüße Ginny.

»Plötzlich begreife ich, was du meinst«, bemerkte Luna. »Das ist ja schrecklich. Das arme kleine Mädchen ... Es glaubt ...«

»Ja. Als ich diesen Brief das erste Mal gelesen hatte, da bin ich so wütend geworden, daß ich einen Schweißausbruch bekommen habe. Dieses Gebet scheint den Schlaf mit dem Tod gleichzusetzen. Kein Wunder, daß sie Angst hat. Wie viele Kinder mag es geben, die regelrecht erwarten, vor dem Aufwachen zu sterben – und nur, weil man ihnen diese grausige Botschaft ins Gehirn eingepflanzt hat? So etwas würde ich meinen eigenen Kindern niemals antun!«

»Sie kann eigentlich schon ganz gut schreiben, nur mit der Kommasetzung hapert es noch ein wenig«, bemerkte Luna. »Sie muß ihren ganzen Mut aufgebracht haben, um sich auf diese Weise mit ihrer Angst auseinanderzusetzen. Zane, du mußt diesen Brief auf der Stelle beantworten.«

»Was soll ich ihr schon sagen? Ich kann ihr doch nicht versprechen, daß ich sie nicht holen werde; möglicherweise erscheint sie schon morgen auf meiner Liste.«

»Aber du kannst sie beruhigen, indem du ihr klarmachst, daß der Tod nichts mit dem Schlaf zu tun hat.« Lunas Miene hellte sich auf. »Komm, das wollen wir gleich erledigen. Du kannst sie anrufen!«

Zane war unsicher. »Das würde sie wahrscheinlich nur für einen grausamen Witz halten. Wer hat denn schon mal davon gehört, daß der Tod Leute anruft?«

»Wer hätte denn je schon davon gehört, daß der Tod auf Briefe antwortet? Ich glaube kaum, daß dein Vorgänger das getan hat. Sie ist doch nur ein Kind, Zane! Sie wird es glauben. Ein Kind ist nicht überrascht, wenn es von einer Inkarnation einen Anruf erhält. So funktioniert nun einmal der kindliche Geist, welch ein Glück.« Sie zerrte ihn zurück ins Haus, holte das Telefon und reichte es ihm.

Zane seufzte. Vielleicht war dies wirklich der beste Ausweg. Er nahm das Telefon entgegen und ließ sich von der Auskunft Ginnys Telefonnummer in Los Angeles geben. Kurz darauf klingelte es am anderen Ende. Plötzlich war Zane sehr nervös.

»Ja?« Das war offensichtlich die Mutter des Mädchens.

»Ich möchte bitte mit Ginny sprechen.«

»Das geht nicht, die schläft!« Tatsächlich war es in Los Angeles noch nicht so spät wie in Kilvarough, aber Kinder mußten ja auch früher ins Bett als Erwachsene.

»Sie schläft nicht«, sagte Zane, und seine Stimme bekam einen wütenden Ton. »Sie liegt hellwach in dem dunklen Raum und fürchtet sich gräßlich davor, daß sie im Schlaf sterben könnte. Lassen Sie sie nicht wieder dieses Gebet aufsagen. So holt Gott die Seelen nicht.«

»Wer sind Sie?« fragte die Frau in scharfem Ton. »Wenn das ein obszöner Anruf sein sollte ...«

»Ich bin der Tod.«

»Was?«

Natürlich konnte sie das nicht so leicht verdauen. »Bitte, holen Sie jetzt Ginny.«

Von einem seltsamen Gefühl befangen, machte die Frau einen Rückzieher. »Ich werde nachsehen, ob sie wach ist. Aber wenn Sie irgend etwas sagen sollten, was sie aufregen könnte ...«

»Holen Sie sie«, wiederholte Zane müde. Wieviel Unheil doch gutmeinende Leute anrichteten!

Einen Augenblick später hörte er die Stimme des Kindes am Telefon: »Hier spricht Ginny«, sagte sie höflich. »Oh, ich bin noch nie von einem fremden Mann angerufen worden!«

»Ich bin der Tod«, sagte Zane vorsichtig. »Ich habe deinen Brief erhalten.«

»Oh!« rief sie, doch er konnte nicht feststellen, ob es ein Ruf der Freude oder der Furcht war.

»Ginny, ich glaube nicht, daß ich dich schon bald holen komme. Du hast noch dein Leben vor dir, aber wenn ich komme, so verspreche ich dir, daß ich dich vorher wachmachen werden. Ich werde dich nicht im Schlaf holen.«

Ihre Stimme bebte. »Oh … meinen Sie das wirklich ernst? Ganz echt?«

»Ganz echt. Du wirst nicht sterben, ohne vorher wach zu werden.« Soviel konnte er ihr wenigstens versprechen. Er würde im Fegefeuer einen Aktenvermerk hinterlegen, um sicherzustellen, daß man ihn persönlich zu ihr rufen würde, obwohl sie mit Sicherheit ohne Umwege direkt in den Himmel kommen würde, weil sie nur sehr wenig Böses in ihrer Seele aufwies. So konnte er also seinem Versprechen auch nachkommen.

»Und das meinen Sie wirklich ganz ehrlich?« wiederholte sie atemlos.

»Ganz ehrlich, Ginny. Schlafe in Frieden.«

»Oh, danke, Tod!« rief sie. Dann besann sie sich wieder auf ihre Manieren. »Ich möchte ja nicht irgendwie Ihre Gefühle verletzen oder so, aber …«

»Aber du möchtest mir jetzt noch nicht unbedingt begegnen müssen«, beendete Zane lächelnd den Satz für sie. »Ich verstehe, nur wenige Menschen möchten mit mir zu tun haben oder auch nur an mich denken müssen.«

»Och, tagsüber ist das schon in Ordnung, wenn wir spielen«, erwiderte sie fröhlich. »Der Tag ist anders. Da schlafen wir ja nicht. Beim Seilhüpfen sprechen wir auch über Sie.«

»Das macht ihr tatsächlich? Was sagt ihr denn da?«

»Doktor, Doktor, werde ich sterben? Ja, mein Kind, und ich werde erben! Dann kann man besser im Takt bleiben, wissen Sie!«

»Das ist aber hübsch«, sagte Zane, etwas verdutzt. »Auf Wiedersehen, Ginny.«

»Tschüs, Tod«, sagte sie und legte auf.

»Na, fühlst du dich jetzt nicht besser?« fragte Luna, und ihre Augen leuchteten.

»Ja!« stimmte Zane zu. »Wenigstens dieses eine Mal bin ich froh über meinen Job.«

»Wenn mehr Leute den Tod persönlich kennen würden, würden sie sich auch weniger vor ihm fürchten.«

»Das würde mir gefallen. Was wäre das doch für eine schöne Welt, wenn sich niemand vor dem Tod fürchtete!«

»Und nun können wir ausgehen«, sagte sie. »Einen besseren Anfang hätte ich mir gar nicht wünschen können.«

Sie kehrten zu dem Todesmobil zurück. »Wohin möchtest du denn gerne?« fragte er sie.

»Ich weiß es nicht. Mir genügt es eigentlich, mit dem Tod einen Ausflug zu machen.«

Das befriedigte Zane zwar nicht völlig, doch er ließ es dabei bewenden. Er startete den Wagen und lenkte ihn langsam durch den Nieselregen.

In der Stadtmitte erblickten sie im Licht der Scheinwerfer eine Gestalt mit einer Schubkarre. Zane drosselte das Tempo. »Da ist ja Molly Malone«, sagte er. »Das Gespenst von Kilvarough.«

»Oh, die habe ich noch nie kennengelernt!« rief Luna. »Nehmen wir sie doch mit!«

»Ein Gespenst mitnehmen? Das geht doch gar nicht ...«

»Woher wollen wir das wissen, wenn wir es nicht einmal versuchen.«

Zane hielt an und stieg aus dem Wagen. »Molly!« rief er.

Das Gespenst winkte. »Mich kannst du nicht mehr holen, Tod«, rief Molly fröhlich. »Ich bin nämlich schon tot!«

»Ich bin nicht im Dienst«, bemerkte er. »Ich habe meine Uhr angehalten. Wir sind uns schon einmal begegnet, bevor ich dieses Amt übernahm. Ich glaube sogar, daß du mein Omen warst, denn kurz nachdem ich dir begegnet bin, habe ich mein früheres Leben verlassen.« Er zog seine Kapuze beiseite, damit sie sein Gesicht erkennen konnte.

»Ach ja – du hast mich davor gerettet, ausgeraubt zu werden, oder sogar vor noch etwas Schlimmerem«, sagte sie, als sie ihn wiedererkannte. »Du warst so nett zu mir. Es tut mir wirklich leid, daß ich dein Ende angezeigt habe.«

»Mein Ende angezeigt?«

»Wußtest du das nicht? Jeder, mit dem ich zu tun habe, muß noch binnen eines Monats sterben.«

»Ach so, ja, das ist mir später auch klar geworden. Aber wie du siehst, bin ich gar nicht wirklich gestorben.«

»Na ja, immerhin hattest du eine Begegnung mit dem Tod. Das ist meistens dasselbe.«

Nun stieg Luna aus dem Wagen. »Hallo, Molly Malone«, rief sie.

Zane erstarrte. »Nein! Du ... Luna ...«

»Ich kann ja nicht behaupten, daß mir das gefällt«, meinte Molly. »Aber dann denke ich wiederum daran, daß ich schließlich den Tod nicht auslöse, ich sage ihn praktisch nur vorher an. Insofern ist es sogar eine richtig faire Warnung ...«

»Aber wenn du mit Luna zu tun bekommst ...«

Molly sah bekümmert drein. »Ach, ich dachte, sie wäre eine deiner Klientinnen. Soll das heißen, daß sie eine Freundin von dir ist?«

»Eine Freundin, mit der ich ein Rendezvous habe.«

»Ach so, dann ist die Prophezeiung ja bereits erfüllt. Das Rendezvous mit dem Tod.«

»Natürlich«, stimmte Zane ihr erleichtert zu. »Ich habe das Signal wohl fehlgedeutet.«

»Nein, das hast du nicht getan«, widersprach Luna.

Eine entsetzliche Vorahnung ergriff Zane, als er sich zu ihr umdrehte.

»Nun blick nicht so entsetzt drein, Zane«, sagte Luna, »ich wußte, daß ich sterben würde. Schließlich gibt es in meinem Haus ein Dutzend guter Todessteine.«

»Das hast du mir aber nie gesagt!« protestierte Zane.

Sie zuckte die Schultern. »Ich habe es erst nach unserer letzten Begegnung erfahren. Plötzlich zeigten die Steine es an. Ich habe eine ganze Reihe Fröhlichkeitszauber angelegt.« Sie deutete auf die Edelsteine in ihrer Haarspange. »Sonst wäre ich im Augenblick wohl keine besonders fröhliche Gesellschaft für dich.«

»Du hast einen Zauber verwendet ... um eine gute Gesellschafterin für mich zu sein?« fragte Zane rhetorisch. »Ich hätte dich doch nie gebeten ...«

»Warum, glaubst du, wollte ich wohl ein Rendezvous mit dem Tod haben? Wenn ich etwas Glück habe, wirst du meine Seele vielleicht persönlich abholen, dann schwebe ich wenigstens nicht alleine in die Hölle hinab.« Sie wandte sich wieder an das Gespenst. »Das muß doch sehr langweilig für dich sein, Molly, so Tag für Tag ohne Kunden. Warum fährst du nicht ein Stückchen mit uns mit?«

»Das ist aber nett von euch«, erwiderte das Gespenst. »Wo fahrt ihr denn hin?«

»Wir haben uns noch nicht entschlossen. Wir haben ein Rendezvous.«

»Das hat er mir gesagt. Aber dann braucht ihr mich nicht dabei. Völlig vergessen habe ich nun doch noch nicht, wie es im Leben zugeht.«

»So intim sind wir nicht. Noch nicht. Was würdest du denn vorschlagen?«

»Wenn ihr wirklich nichts gegen meine Begleitung haben solltet, könnte ich euch zum Karneval der Gespenster führen. Da ihr beide auf die eine oder andere Weise vom Tod gezeichnet seid, dürft ihr daran auch teilnehmen.«

»Das klingst hübsch«, meinte Luna. Sie knuffte Zane in die Seite. »Was meinst du dazu?«

Zane riß sich aus seiner Reglosigkeit. »Du wirst sterben – noch binnen eines Monats! Hat dein Vater das gewußt?«

»Mit Sicherheit«, erwiderte Luna. »Natürlich dachte er, daß ich für den Himmel bestimmt wäre. Aber ich habe noch immerhin zweimal vierzehn Tage, und da sollte ich wirklich das Beste draus machen. Gehen wir auf den Karneval.«

»Karneval«, stimmte Zane wie betäubt zu.

Sie luden Mollys Schubkarre in den geräumigen Kofferraum der Limousine, dann stiegen sie ein. Der Vordersitz reichte für alle drei, wenngleich Mollys Gegenwart bewirkte, daß sich Luna angenehm eng an Zanes Hüfte schmiegen mußte.

»Zwei Häuserblöcke geradeaus«, wies das Gespenst ihn an. »Dann links abbiegen und die Augen schließen. Mortis weiß schon, was zu tun ist.«

Anscheinend hatte der Todeshengst im Jenseits einen guten Ruf. Zane befolgte die Anweisungen, obwohl es ihm nicht wichtig war, ob sie einen Unfall bauten oder nicht. Luna – zum Sterben verurteilt ... Wo er doch gerade begonnen hatte, sie wertzuschätzen! Was war dies für eine Art Verdammnis, die mit ihren Krallen nach ihm griff, sogar jetzt noch, da er das Amt des Todes angenommen hatte? Er war entsetzt darüber gewesen, auf welche Weise so viele Menschen starben; doch nun verstärkte sich sein Gefühl noch. Luna war nicht irgendein anderer Mensch, sie war eine persönliche Bekannte, und vielleicht auch noch mehr. Gewiß war sie auch noch mehr als das!

»Komm schon, genießen wir den Abend«, sagte Luna. »Kämpf nicht gegen das Unausweichliche an, damit vergeudest du nur das bißchen Zeit, das uns noch bleibt.«

Sie hatte erfahren, daß sie sterben mußte ... Deshalb hatte sie sich für ihn hübsch gemacht. Auf der einen Seite war das eine abolute Narretei, denn sicherlich hätte sie in ihren letzten Stunden bessere Dinge tun können. Aber auf der anderen Seite war es auch äußerst schmeichelhaft, denn sie hatte sich dazu entschlossen, zu tun, was sie tun wollte – und zwar mit ihm! Ein warmes Gefühl durchflutete ihn plötzlich, teils freudige Wertschätzung, teils wachsende Trauer. Er konnte sie lieben, begriff er; sie war die Art von Frau, nach der er sich sein ganzes Leben gesehnt hatte, ohne es jemals zu wissen. Was war Angelica denn schließlich jemals anderes gewesen als nur ein flüchtiger Traum? Luna dagegen war die Realität. Schönheit, Intelligenz, künstlerisches Talent, Mut – doch was nützte all dies, wenn sie starb?

Sie hatte recht; sie durften das bißchen Zeit, das ihnen noch verblieb, nicht vergeuden. Wenn sie glücklich sein wollte, wenn sie feiern wollte – *was* feiern? – dann war es wohl das Mindeste, daß er sie dabei unterstützte. »Wir machen uns eine schöne Nacht«, stimmte er zu und bog nach links ab. Dann schlossen alle die Augen.

Es kam zu keinem Zusammenstoß. »Hier ist es«, verkündete Molly Malone.

Zane sah, daß sie sich einem Zeitkomplex näherten, der mit bunten Bannern geschmückt war. Laute, recht schräge Musik dröhnte, und überall drängten sich Leute. Es war tatsächlich ein richtiger Karneval.

»Diese Leute sehen aber alle recht lebendig aus«, bemerkte Zane.

»Für die Toten sehen die Toten lebendig aus«, erklärte

Molly. »Aber ihr beiden seid die einzigen lebenden Wesen hier. Laßt euch davon nicht den Spaß verderben.«

»Das werden wir schon nicht«, erwiderte Luna. »Ich habe Gespenster schon immer gemocht.«

Molly schritt auf den Kartenverkäufer zu. »Dies sind meine Gäste aus dem Land der Lebenden«, sagte sie. »Der Tod hat mir vor gar nicht langer Zeit mal einen Gefallen getan, und die Frau wird die Welt in zwanzig Jahren vor dem Satan retten. Gib ihnen Freikarten.«

»Das sind gute Referenzen«, stimmte der Kartenverkäufer zu und reichte ihnen die Karten.

Sie traten durch das altmodische Drehtor und kamen auf einen großen Platz. Zu beiden Seiten standen zirkusartige Zelte mit Shows und Buden, die allerlei Tand verkauften. »Kommt schon«, sagte Molly munter. »Am besten fangen wir mit der historischen Führung an.«

Luna ergriff Zanes Hand, als sie sich beide zur Abfahrtsstation der Rundfahrt ziehen ließen. Schon bald saßen sie in einem offenen Wagen, der auf schmalen Schienen entlangfuhr. Er setzte sich von alleine in Bewegung und führte sie durch einen wabernden Vorhang.

Plötzlich befanden sie sich in einer düsteren Höhle. »Lascoux«, verkündete Molly. Offensichtlich war sie schon sehr oft hier gewesen. »Die berühmten Höhlenmalereien.« Während sie sprach, erhellte sich die Höhle wie von einer flackernden Fackel, und die Wände leuchteten auf: eine Reihe wilder Tiere, die, obgleich sie etwas primitiv gemalt waren, beinahe lebendig aussahen. »Das liegt an dem schimmernden Licht«, erklärte Molly. »Es verwandelt alles, was wir sehen, so daß es aussieht, als würden die Bilder leben. Das ist das Genie dieser Künstler.«

»Ist das Genie?« fragte Zane. »Ist das denn hier keine Nachahmung?«

»O nein!« protestierte Molly. »Das ist die wirkliche Höhle, ungefähr vierzehntausend vor Christus. *Wir* sind die Gespenster!«

»Da wirkliche, buchstäbliche Zeitreisen ein wenig problematisch sind«, bemerkte Luna und knuffte ihn. Zane legte ihr den Arm um die Schultern. Vielleicht hatte sie ja Zaubersteine verwendet, um ihre Stimmung zu verbessern, dennoch blieb sie sie selbst. »Gespenster können hingehen, wo sie hinwollen, ohne daß dies ein Paradox wäre.«

»Seht mal, da ist der Künstler, der das erste Einhorn gemalt hat«, sagte Molly fröhlich.

Zane erblickte eine anscheinend riesige Reihe primitiv gezeichneter Tiere, die sich über die ganze Wand zog. Die meisten von ihnen glichen Pferden oder Rindern, und manche überschnitten sich miteinander. Und doch wirkten diese Figuren im flackernden Licht der Sandsteinlampe, deren grober Docht beinahe ebensoviel Rauch von sich gab wie Licht, wie eine dreidimensionale Herde, und die einander überlagernden Darstellungen erwiesen sich nicht als ein Produkt der Unachtsamkeit, sondern zeigten vielmehr die Dimension der Zeit an. Dieser Hirsch würde schon bald diesem Pferd dort weichen: Das zeigte das Doppelbild deutlich genug. Dies war die große Stierhalle; Zane konnte sich nun von früheren Studien her daran erinnern.

Die Darstellung des Einhorns war nicht sehr geschickt. Es besaß einen enormen, herabhängenden Bauch, der fast den Boden streifte, einen stark verstümmelten Schwanz, mehrere riesige, hohle Flecken, sowie zwei lange gerade Hörner. »Das ist aber doch kein Einhorn«, protestierte er. »Das ist ein Zweihorn.«

»Wir vermuten, daß sich die beiden Hörner erst später zu einem einzigen Horn weiterentwickelt haben«, erklärte Molly. »Das Einhorn hatte wahrscheinlich Pferde und gehörnte Tiere als Vorfahren, und es ist wohl klar, daß die ersten Kreuzungen nach unseren heutigen Maßstäben nur sehr grob sein konnten. Schließlich sind die menschlichen Gestalten, die in diesen Höhlen abgebildet sind, weitaus primitiver als die der Tiere: Unsere Art hat sich in den letzten zirka fünfzehntausend Jahren weit schneller entwikkelt.«

»Na schön, das leuchtet mir ein«, pflichtete Zane ihr bei, von dem Wissen des Gespenstes überrascht. Aber natürlich hatte Molly diese Rundfahrt wahrscheinlich schon viele Male mitgemacht und dabei alles erfahren, was sie wissen wollte. Langsam begann er zu begreifen, was Gespenster in ihrer Freizeit taten.

»Primitive Kunst fasziniert mich«, bemerkte Luna, und ihre grauen Augen flackerten orangefarben im Licht der Lampe. Hier wirkte sie ganz besonders hübsch, irgendwie von der primitiven Umgebung verzaubert. »Alle wahre Kunst entspringt den Tiefen des menschlichen Unbewußten. Die Menschen dieser Höhlen standen der Natur noch sehr nahe, und sie wußten, vielleicht besser als wir es tun, wie sie in Beziehung zu ihrer Magie treten konnten. Wir können kein Beutetier mehr herbeirufen, indem wir sein Abbild auf eine Höhlenwand malen; dazu müssen wir technische Waffen oder hochraffinierte Zauber verwenden. Für den primitiven Menschen waren Wissenschaft und Magie eins, und er ließ sie auch als eins funktionieren. Erst vor kurzem haben wir das Prinzip der Aura wiederentdeckt, das unsere Vorfahren bereits intuitiv erkannten. Diese ganze Höhle ist von diesem Wissen durchdrungen.«

»Ja«, stimmte Zane ihr zu, als auch er es erkannte. »Ich benutze eine Kamera, du benutzt Farbe. Die haben damals ganze Höhlen verwendet. Die Geister dieser Tiere sind noch immer gegenwärtig.«

»Nein, wir sind hier«, erinnerte ihn Molly. »Die heutigen Höhlen von Lascoux, Altamira, Persch-Merle und all die anderen sind nichts als Touristenfallen, ohne jede Seele. Wir Gespenster versuchen, ihren wahren Geist zu pflegen und zu erhalten, aber das ist nicht einfach.«

»Natürlich ist das nicht einfach«, meinte Luna, »aber ihr müßt diese vorzügliche Arbeit unbedingt weiterführen.«

Der Wagen fuhr durch eine Mauer aus der Höhle hinaus, und sie gelangten in ein von Menschenhand erschaffenes Labyrinth. »Das Labyrinth des Minotaurus im alten Kreta«, erklärte Molly. »Dies ist unser frühester historischer Hinweis auf den Stiermenschen.«

»Ich dachte immer, du wärst ein ganz einfaches Bauernmädchen, das nicht mal lesen und schreiben kann«, warf Zane ein. »Jetzt hörst du dich aber gar nicht danach an.«

»Oh, ich kann wirklich nicht lesen oder so was«, erwiderte Molly. »Es ist äußerst schwierig, derart schlichte

Fähigkeiten noch nach dem Tod zu lernen. Ich verkaufe einfach Muscheln, das ist das einzige, was ich wirklich gut kann. Aber ich bin ja schon viel länger tot, als ich gelebt habe, und hatte die Möglichkeit, mich weiterzubilden, was mir im Leben verwehrt war. Als ich noch lebte, war ich keineswegs dumm, lediglich unwissend. Man kann sehr viel lernen, indem man einfach die Narreteien der Lebenden beobachtet. Seht mal, da ist der Minotaurus.«

Tatsächlich – der Stiermensch stampfte in seinem Mittelsaal umher, hob die Hörner und schnüffelte mißtrauisch in der Gegend, als habe er die Eindringlinge bemerkt. »Ich nehme nicht an, daß ihr auch den ganzen Klatsch darüber hören wollt, wie er gezeugt wurde«, sagte Molly. »Wie die Königin Pasiphae von Kreta in leidenschaftlicher Liebe zu dem Meeresstier entbrannte, der in Wirklichkeit eine Art männlicher Dämon war, wie dieser Stier sich aber nicht für sie interessierte, und sie deshalb …«

»Wir kennen die Geschichte«, sagte Luna knapp. Zane konnte es ihr nachempfinden, daß sie keine Lust verspürte, sich über Liebesbeziehungen schöner Frauen zu Dämonen zu unterhalten.

Dann hatten sie das Labyrinth auch schon hinter sich gebracht und fuhren eine römische Landstraße entlang. »Macht es dir Spaß?« fragte Zane, Luna dabei ins Ohr flüsternd.

»Ich bin schon lange nicht mehr mit jemandem ausgewesen«, antwortete sie undurchsichtig. »Die meisten Männer meiden es, mit der Familie eines Schwarzmagiers zusammenzukommen.«

»Ihr Pech«, sagte er und drückte sie enger an sich. Sie schmolz förmlich an ihn heran, und das war ein sehr schönes Gefühl.

»Wie kannst du in zwanzig Jahren die Welt vor dem Satan retten, wenn du doch noch innerhalb eines Monats sterben mußt?« fragte Zane.

»Vielleicht kann ich Satan ja in der Hölle irgendwie beeinflussen«, äußerte sie ihre Vermutung.

»Ich will aber nicht, daß du in die Hölle kommst!« protestierte er. »Ich will auch nicht, daß du stirbst!«

»Wir müssen alle mal sterben«, bemerkte Molly. »Das, was eigentlich weh tut, das ist das vorzeitige Sterben.« Natürlich wußte sie, wovon sie sprach.

Zane dachte darüber nach, während sich Luna noch enger an ihn schmiegte. Die Klienten, mit denen er intellektuell und gefühlsmäßig Schwierigkeiten hatte, waren stets jene, die frühzeitig starben, sei es durch einen Unfall, ein Mißverständnis oder einfach nur Pech. Ein Spiel, das zu Ende gespielt worden war, war eine Sache, da kannte man schließlich das Ergebnis. Aber ein Spiel, das mittendrin abgebrochen wurde, war eine Tragödie. Möglicherweise mißbrauchte er sein Amt, indem er einen möglichen Selbstmörder von seinem Vorhaben abbrachte oder einen Ertrinkenden rettete, während er andererseits das Dahinscheiden eines alten und erschöpften Menschen förderte, doch dies war nun einmal sein Stil, die Art, wie er dieses Spiel spielen mußte. Er hatte äußerst wenig, was ihn zu einem hervorragenden Charakter gemacht hätte, aber es war ihm immerhin wichtig, für andere Menschen Mitgefühl zu haben.

»Was denkst du?« murmelte Luna, als sie gerade durch eine mittelalterliche chinesische Stadt fuhren. Zane war zwar davon überzeugt, daß jede Station ihrer Besichtigungsreise von großer historischer Wichtigkeit war, doch im Augenblick war er einfach nicht daran interessiert.

»Ich möchte nicht, daß du vorzeitig stirbst«, erwiderte er flüsternd. »Du bist eine weitaus bessere Frau, als ich sie verdient habe, und wenn ...«

»Trotz meiner Affäre mit dem Dämon?« fragte sie.

Warum mußte sie ihn nur daran erinnern? »Zur Hölle mit dem Dämon!« explodierte er.

»Genau dorthin ist er auch gekommen«, pflichtete sie ihm bei. »Ich mußte es dir einfach erzählen, sonst wäre jede Beziehung, die wir aufgebaut hätten, eine reine Lüge gewesen. Ich bin unrein, Tod, und ich werde niemals wieder rein sein, und du mußt wissen ...«

»Das haben wir doch schon alles behandelt!« rief er. »Du hast etwas Entsetzliches getan, um deinem Vater zu helfen genau wie ich, der ich meiner Mutter helfen wollte. Wie sollte ich dich dafür verdammen?« Doch andererseits hatte er sie ja *tatsächlich* verdammt, gefühlsmäßig nämlich; er hatte es nicht geschafft, dies zu vermeiden. Die Vorstellung, daß irgendein widerwärtiger Dämon aus der Hölle sich an ihrem Körper ...

»Was habt ihr beide denn so Schreckliches getan?« wollte Molly wissen.

»Sie hat sich einem Dämon hingegeben, um die Magie zu erlernen, die ihrem Vater helfen konnte«, erklärte Zane.

»Und er hat mit Hilfe eines Pennyzaubers dafür gesorgt, daß die Maschine, die seine Mutter gegen ihren Willen am Leben erhielt, nicht mehr funktionierte«, ergänzte Luna.

»Das waren wohl Sünden«, stimmte Molly ihnen zweifelnd zu. »Ich glaube, manchmal muß man einfach sündigen, um das Richtige zu tun.«

»Wenn ich meinem Vater mit einem Pennyzauber hätte helfen können, hätte ich das auch getan«, bemerkte Luna.

»Und wenn ich eine Romanze mit einer Dämonin hätte eingehen müssen, um meine Mutter von ihren Schmerzen zu erlösen, so hätte ich das auch getan«, sagte Zane.

»Einige von diesen Dämoninnen sind wirklich schrecklich sexy«, meinte Molly. »Es heißt, daß nichts über Sukkubus-Sex gehen soll. Aber das weiß ich natürlich nicht aus eigener Erfahrung.«

»Das hört sich interessant an«, bemerkte Zane.

Luna griff nach seinem Ohr und zog sein Gesicht zu sich herunter. »Versuch es doch lieber erst einmal hiermit«, sagte sie.

Der Kuß war elektrisierend. Sie hatte ihm seine Anfangsreaktion verziehen, und nun schenkte sie ihm ihr Gefühl. Das war ein wunderbares Geschenk.

»Und das hier ist Tours«, sagte Molly und zeigte auf eine neue Szene. Zane hatte keine Ahnung, wie viele historische Sehenswürdigkeiten er bereits verpaßt hatte. »Wo die Franzosen den Vorstoß der Mohren gebremst haben und Europa für die Europäer gerettet wurde.«

»Gut für die Europäer«, kommentierte Luna und lehnte ihren Kopf gegen Zanes Hals. Ihre Freuden-Topase berührten seine Haut und durchfluteten ihn mit einer einmaligen

Glückseligkeit. Vielleicht lag das aber auch nur an Lunas Berührung. Dennoch fluchte er insgeheim. Durch seine Torheit hatte er eine ideale Liebschaft eingebüßt, und nun entwickelte sich eine andere an ihrer Stelle – doch die würde noch binnen eines Monats enden. Das war vielleicht auch der Grund, warum ihn der erste Liebesstein nicht an Luna verwiesen hatte, die in mancherlei Hinsicht eine weitaus bessere Frau als Angelica war. Er hatte Angelica nie wirklich kennengelernt, sondern beurteilte sie auf der Grundlage seiner Erwartungen. Luna war eine schlechtere Partie, weil sie nicht sehr lange leben würde. Der Liebesstein scherte sich nicht sonderlich um Einzelheiten, und doch verfügte dieses Unglück über einen perversen Eigenzauber. Bisher war er die Sache etwas zögerlich angegangen, weil er sich nicht sicher war, ob der Tod tatsächlich eine Sterbliche umwerben durfte oder ob eine Magiertochter wie Luna überhaupt etwas mit ihm zu tun haben wollte, wenn sie nicht durch Magie dazu gezwungen wurde; auch hatte er nicht gewußt, wie er eigentlich zu einem Menschen stehen sollte, der von einem Höllendiener mißbraucht worden war. Nun jedoch, da er um ihre Sterblichkeit wußte, wußte er zugleich, daß er sich ein solches Zögern nicht mehr erlauben konnte. Was immer Luna für ihn sein konnte, mußte sie jetzt sein – denn es würde kein Morgen mehr geben.

»Aber du könntest dich doch sofort von mir lösen, um dir dadurch das Leiden zu ersparen«, bemerkte sie.

»Nein, da wäre ich wie eine Ratte, die das sinkende Schiff verläßt.« Dann schrak er geistig zusammen. »Woher hast du gewußt, was ich denke?«

»Weißt du, ich habe mehr als nur Wahrheits-, Liebes- und Todessteine geerbt«, sagte sie neckend. »Mit dem richtigen Zauberstein kann ein Mensch praktisch alles tun, sogar Gedankenlesen.«

»Aber du benutzt doch gar keine schwarze Magie im Augenblick, weil die ...«

»Weil die mich den Dämonen näherbringen würde«, beendete sie für ihn den Satz. »Du hast recht – ich benutze keine Magie. Ich kann mir nur ziemlich gut denken, was so in dir vorgeht.«

»Aber wieso? So gut kennst du mich ja noch gar nicht.«

»Hast du deine Mutter im Stich gelassen, als sie Hilfe brauchte?«

»Das war etwas anderes ...« Er hielt inne und überlegte noch einmal. »Nein, ich glaube, das war es wohl doch nicht. Auf meiner Seele lastet zwar viel Böses, aber sinkende Schiffe verlasse ich nicht.«

»Also bist du eine gemischte Person, die sowohl Gutes als auch Böses in sich vereinigt, genau wie ich. Es ist selbstsüchtig von mir, auf diese Weise zu dir zu kommen, während ich es vorher doch nicht getan habe.«

»Doch, das hast du wohl getan. Du hast mir angeboten ...«

»Ja, meinen Körper habe ich dir angeboten. Das ist der Teil von mir, der am wenigsten wert ist. Jetzt dagegen biete ich dir mehr an.«

»Ich nehme es.«

»Diese Selbstbedienungsmentalität, mit der ich mich nun dir annähere, wird meine Seele noch weiter belasten. Aber seit mein Vater dahingeschieden ist, herrscht in meinem Leben eine Leere, die ich nicht einmal mit der allerstärksten Gleichgewichtsmagie völlig ausgleichen kann. Ich hatte geglaubt, daß ich vorbereitet sei, denn ich wußte ja, daß er zum Sterben verurteilt war, doch der Schock des tatsächlichen Geschehens war schlimmer, als ich erwartet hatte.« Sie hielt inne und überprüfte ihre Gefühle. »Da gab es eine Gegenwart, die ich vielleicht ein wenig leichtfertig für selbstverständlich genommen habe. Nun gibt es die nicht mehr. Ich fühle mich unausgeglichen, als würde ich nun in die Kluft hineinstürzen, die durch das Dahinscheiden meines Vaters und seiner Hilfe entstanden ist. Wie soll man einer solchen Leere anders begegnen?«

»Vielleicht kann eine andere Hilfe ...«

»Und du bist der Mensch, der mir am nächsten steht, an den ich mich anlehnen kann. Ich möchte mein restliches Leben noch genießen, bevor es auf alle Zeiten vorbei ist. Bevor ich zu dem Dämon zurückkehren muß.«

»Lauert der Dämon dir etwa immer noch auf?« fragte Zane entsetzt. Er hatte geglaubt, daß die Sache vorbei sei.

»Ja. Aber solange ich lebe, kann er mich nicht erreichen, es sei denn, ich rufe ihn, und das werde ich nie wieder tun. Aber wenn ich in die Hölle komme, werde ich für immer in seiner Gewalt sein.«

»Du darfst nicht in die Hölle kommen!« protestierte er. »Du mußt deine Bilanz irgendwie verbessern, damit du in den Himmel gelangst!«

»In weniger als einem Monat?« Sie schüttelte traurig den Kopf. »Ich besitze Steine, die Gut und Böse abwägen können, genau wie du, und einige davon funktionieren sogar mit weißer Magie, so daß ich sie nach Belieben benutzen kann, auch wenn sie für mich nicht so gut funktionieren. Ich kenne meine Bilanz. Ich stehe zu tief in der Schuld Satans, um jetzt noch entkommen zu können.«

»Aber es muß doch eine Möglichkeit geben! Du kannst noch sehr viel Gutes tun, kannst edlen Wohltätigkeitsorganisationen etwas spenden, kannst engelhafte Gedanken denken ...«

Wieder schüttelte sie den Kopf. »Du weißt es doch besser, Tod. Gute Taten, die man aus einem solchen, rein selbstsüchtigen Grund tut, zählen nicht. Ich hätte mein Böses ausgleichen müssen, bevor ich erfuhr, daß ich bald sterben werde. Jetzt ist es dafür zu spät.«

»Was ... wie sollst du denn überhaupt sterben?« fragte Zane zögernd, die Antwort fürchtend.

»Ich weiß es nicht. Ich bin nicht krank, und zu Unfällen neige ich auch nicht. Vielleicht wird mich irgend jemand ermorden.«

»Nicht, wenn ich etwas dagegen unternehmen kann«, murmelte Zane grimmig. Er beschloß, sofort nach seinem Rendezvous mit Luna ins Fegefeuer zurückzukehren und dort die entsprechenden Akten einzusehen. Sollte er herausbekommen, auf welche Weise sie umgebracht werden sollte, so konnte er vielleicht etwas arrangieren, um die Sache aufzuhalten. Er wußte bereits, daß ein planmäßiger Abgang kein unumstößliches Dogma war; er selbst hatte ja auch schon einige solcher Pläne umgeändert. Und wenn sie in der Zwischenzeit zu Hause blieb, so würde ihr unsichtbarer Mondfalter sie schon sehr gut beschützen können.

»Pearl Harbor!« rief Molly. »Seht mal, die Flugzeuge! Die haben die Verteidiger in einem unbewachten Augenblick erwischt. Deshalb sind die Vereinigten Staaten von Amerika in den Zweiten Weltkrieg eingetreten.«

Doch schon bewegte sich der Wagen zur nächsten Sehenswürdigkeit. »Der nukleare Präventivschlag, der den dritten Weltkrieg auslöst«, bemerkte Molly mit einer gewissen Begeisterung in der Stimme. »Der hier hat wirklich eine Menge Gespenster erzeugt, das könnt ihr mir glauben!« Und es erschien ihnen, als würden sie durch den Kern der Sonne reisen, rundum von grellem, blendendem Licht umhüllt.

»Der dritte Weltkrieg?« fragte Luna. »Der ist doch noch gar nicht passiert!«

»Wir Gespenster sind nicht durch Zeitgrenzen beschränkt, wie es für die Lebenden gilt«, erklärte Molly. »Wir sehen alles.«

»Wann soll der dritte Weltkrieg denn stattfinden?« fragte Zane, etwas nervös geworden.

»Das mußt du Mars fragen: Er arbeitet schon eine ganze Weile daran, es soll die Krönung seines Werks werden. Ich glaube, daß man die Zeit noch nicht genau festlegen konnte, weil sich die Ewigen nicht einig wurden. Satan möchte, daß er stattfindet, wenn die Bilanz des Bösen zu seinen Gunsten ausfällt; Gott wiederum will lieber seine eigene Seite bevorzugt wissen. Im Augenblick ist das Gleichgewicht derartig labil, daß beide nicht genau vorhersagen können, wohin die Mehrheit der jetzt lebenden Menschen kommen würde, wenn man jetzt ihre Seelen freiließe. Deshalb wagt keine der beiden Seiten es, den endgültigen Krieg zu provozieren. Doch sollte sich das Gleichgewicht irgendwie verschieben, sei es zur einen oder zur anderen Seite ...«

»Die Welt befindet sich also im Gleichgewicht, wie eine individuelle menschliche Seele?« fragte Zane. »Das ist aber vielleicht eine Situation!«

»Ist das alles, was Gott oder Satan an dieser Welt interessiert?« wollte Luna wissen. »Wer von ihnen nach ihrem Ende die meisten Seelen erhält?«

»So erscheint es uns«, antwortete Molly. »Natürlich sind wir bloß Gespenster, die die wirklichen Motive der Ewigen nicht unbedingt kennen. Aber es leuchtet ja wohl ein, daß derjenige, der die meisten Seelen erhält, auch die größte Macht hat. In dem Reich, wo Gold verblaßt, sind Seelen eben Reichtum.«

»So kann das aber nicht sein«, widersprach Zane beunruhigt. »Vielleicht jagt Satan ja den Seelen nach, aber Gottes Anliegen ist das wahre Wohlergehen des Menschen.«

»Wie kommt es dann, daß Gott dem Menschen nie unmittelbar hilft?« verlangte Molly zu wissen. »Satan hat seine Helfershelfer überall, sie säen Zweifel, Hader, Zwietracht, bewirken Unheil, veröffentlichen Anzeigen für die Hölle, und so weiter. Gott dagegen hält sich distanziert.«

»Gott hält sich eben an den Vertrag«, sagte Luna. »Satan dagegen betrügt. Es sollte keinen Eingriff des Übernatürlichen geben. Der Mensch soll selbst über sein Schicksal herrschen, indem er sich mit freiem Willen zu einer bestimmten Art von Leben entschließt.«

»Wenn du das glaubst«, bemerkte Molly, und ihr Gossenakzent von früher trat wieder stärker hervor, »dann mußt du so ziemlich auch alles andere glauben.«

Nun fuhr der Wagen durch einen unsichtbaren Vorhang wieder hinaus auf das Karnevalsgelände. »Das war aber wirklich eine schöne Rundfahrt«, sagte Zane höflich, obwohl er nicht sehr viel Aufmerksamkeit aufgebracht hatte.

»Und dabei war das erst der Anfang!« sagte Molly und zerrte sie zu dem gespenstischen, gräßlichen Horrorhaus. Das Erlebnis dort war natürlich fürchterlich, denn die Gespenster dort wußten wirklich, wie man Sterbliche in Angst und Schrecken versetzt, doch immerhin nutzte Luna die Dunkelheit, um Zane einen solchen leidenschaftlichen Kuß zu verpassen, daß dies die Gespenster ihrerseits entsetzte. Wenigstens glaubte Zane, daß es Luna war.

Sie aßen gespenstische Zuckerwatte und besuchten den Dinosaurierzoo, wo die größeren fleischfressenden Tiere

Maulkörbe trugen, was sie ganz eindeutig ärgerte. Dann versuchten sie, eine wertvolle Puppe zu gewinnen, indem sie mit Hilfe einer gläsernen Lanze einen Rauchring einzufangen suchten. Es funktionierte nicht: Der Ring brach in Scherben, und die Lanze löste sich in Rauch auf. Schließlich fuhren sie durch den Liebestunnel, und hier mußte Molly sie alleine fahren lassen, weil das Boot nur für zwei Personen war.

Mittlerweile war es Zane durchaus zufrieden, mit Luna allein sein zu können. Vielleicht lag es an dem hypnotischen Effekt des ständigen Lärms und des bunten Jahrmarkts oder an dem Wissen, daß sie nur noch sehr wenig Zeit zur Verfügung hatten, oder daran, daß Luna sanft und schön war – aus welchem Grund auch immer, jedenfalls stellte er fest, daß ihm vor Freude an ihrer Nähe geradezu schwindelte und daß er der Liebe so nahe war wie noch nie zuvor. Sie trieben durch den ruhigen Wasserkanal; als die stille Dunkelheit sie umhüllte, hielten sie Händchen und küßten sich wieder, und das war angenehmer als alles andere, was er mit einer anderen Frau vielleicht hätte tun können. Und dann, es schien nur einen Augenblick später zu sein, kamen sie wieder aus dem langen Tunnel hervor, war die Reise zu Ende.

Es war genug. Sie luden Molly Malones Schubkarre aus dem Wagen und stiegen ein, um nach Kilvarough zurückzufahren. Es war ein gutes Rendezvous gewesen.

8 Die Grüne Mutter

Auf dem Armaturenbrett blitzte eine Lampe auf. Das bedeutete, daß Mortis dem Tod etwas zu sagen hatte. »Halt dich fest«, sagte Zane zu Luna. »Wir werden gleich auf dem Todeshengst sitzen.«

»Ich liebe Pferde«, sagte sie. »Im Grunde meines Herzens bin ich ein kleines Mädchen.«

Er drückte auf den Knopf, und schon saßen sie auf dem Hengst, Luna hinter ihm. »Was ist los?« fragte Zane. »Ich habe meine Stoppuhr abgestellt; mein Arbeitspensum habe ich einigermaßen aufgeholt, und ich möchte meinem nächsten Klienten durchaus noch ein paar Stunden Leben gönnen.«

Doch das Pferd wieherte drängend und schlug mit seinem Schweif umher.

»Idiot – schallte deinen Übersetzer ein«, murmelte Luna.

Hastig drückte sich Zane den Dolmetschstein ins Ohr. Es war sehr unbequem, ihn ständig zu tragen, da er sein Ohrläppchen nie hatte durchbohren lassen, um ihn als Ohrring anlegen zu können, und während seiner Freizeit legte er ihn meistens ab. Er war gar nicht auf den Gedanken gekommen, daß er sich mit seiner Hilfe mit Mortis unterhalten könnte!

»Die Natur ruft dich«, sagte die wiehernde Stimme.

»Ich kann warten, bis ich zu Hause bin«, murmelte Zane, an Luna denkend.

»Die Inkarnation Natur«, erklärte das Pferd. »Gäa. Sie sagt, du sollst dir lediglich noch die Zeit nehmen, eine weitere Seele abzuholen.«

»Die personifizierte Natur? Wenn sie mit mir sprechen will, warum kommt sie dann nicht selbst zu mir, wie es die anderen Inkarnationen auch getan haben?«

»Sie ist die Grüne Mutter«, wieherte Mortis, und in seiner Stimme klang pferdischer Respekt mit. »Sie herrscht über alle Lebewesen. Verärgere sie nicht, Tod.«

»Du solltest besser gehen«, meinte Luna. »Ich weiß zwar nicht, welche von euch Inkarnationen die größte Macht hat, aber mit Sicherheit sollte man die Natur nicht unterschätzen. Du kannst mich irgendwo in der Nähe von Kilvarough absetzen und ...«

»Begebt euch nicht in die Nähe von Kilvarough!« warnte Mortis. »Du mußt von der Gespensterwelt aus operieren.«

»Aber ich kann Luna doch nicht unter Gespenstern zurücklassen!« protestierte Zane.

»Nimm sie mit.«

»Das würde mir gefallen«, meinte Luna. »Ist das erlaubt?«

»Das ist egal, ich werde es trotzdem tun«, entschied Zane. »Jedenfalls lasse ich dich nicht an einem fremden Ort ungeschützt zurück.« Er aktivierte wieder die Stoppuhr. Sie zeigte neun Minuten an. Zane orientierte sich nach dem Klienten, indem er die Spezialsteine seines Armbands benutzte. Dann richtete er Mortis entsprechend aus und befahl: »Bring uns hin.«

Mit einem gewaltigen Satz verließ das Pferd das Jahrmarktsgelände. Wolken zogen an ihnen vorbei, und der Kosmos strahlte.

»Oooh, wie wunderschön!« hauchte Luna und drückte Zane von hinten enger an sich.

Dann landete Mortis in einem großen Tanzsaal in der Stadt San Diego. Die Wände waren mit Hilfe der Magie mit geradezu königlichen Dekorationen geschmückt, und die Magie sorgte auch dafür, daß der Tanzboden aussah, als sei er aus reinem Silber. Das alles sah überhaupt nicht wie ein Ort des Todes aus.

»Das ist also deine Arbeit«, murmelte Luna. »Sie muß dir ja wirklich Spaß machen.«

»Das schwankt«, erwiderte Zane. »Teilweise ist die gar nicht lustig.«

Sie saßen ab, und Mortis zog sich in den Hintergrund zurück. Niemand bemerkte, daß er ein Pferd war, denn er wurde durch die Magie seines eigenen Amtes geschützt.

Die Stoppuhr gab Zane noch vier Minuten. Er schritt zu dem Ort, der von den Edelsteinen angezeigt wurde. Es war eine bestimmte Stelle auf dem Tanzboden. Einige Tanzende bewegten sich über diese Stelle, sie tanzten den Zappel; Zane konnte noch nicht ausmachen, wen es hier treffen würde.

Neben einer jungen, nichttanzenden Frau waren zwei Sitze frei. Zane und Luna nahmen dort Platz.

Zwei junge Männer kamen den Rand der Tanzfläche entlang, in ein erregtes Gespräch vertieft. Plötzlich blieben sie abrupt vor Zane stehen.

»Na, dann wollen wir es doch einfach mal versuchen!«

rief der eine. »Einfach jemanden willkürlich auswählen, deins gegen meins.«

»Abgemacht!« stimmte der andere zu. »Der Sieger bekommt beide. Und wir brauchen einen unparteiischen Richter.«

Der erste Mann wandte sich an einen sitzenden Jüngling, der gerade aus einer Flasche trank. »Kannst du Gitarre spielen?«

Der Junge lachte. Er setzte die Flasche ab und unterdrückte ein Rülpsen. »Ich? Ich bin völlig unmusikalisch! Ich kann nicht mal ein Triangel spielen!«

»Den können wir nehmen«, meinte der zweite Mann. Er wandte sich an Luna. »Fräulein, tanzen Sie gut?«

»Ausgezeichnet«, erwiderte Luna.

»Schlecht.« Der Mann konzentrierte sich auf das andere Mädchen. »Tanzen Sie gut?«

»Nein«, erwiderte das Mädchen schüchtern. »Ich habe zwei linke Füße. Ich komme immer nur, um den anderen beim Tanzen zuzusehen.«

»Die können wir auch nehmen«, meinte der erste Mann.

»Nehmen wofür?« fragte Luna, die sich darüber ärgerte, übergangen worden zu sein, worum es auch gehen mochte.

»Und Sie können den Schiedsrichter machen«, sagte der zweite Mann zu ihr.

Zane blickte auf seine Uhr. Noch zwei Minuten Countdown. Wer würde hier wohl sterben, und vor allem – wie?

Der erste junge Mann holte eine unscheinbare Gitarre hervor und drückte sie dem unmusikalischen Jungen in die Hände. »Wenn ich das Signal gebe, spielst du.«

»Aber ich habe dir doch gesagt, daß ich gar nicht ...«

»Eben. Das ist ein ausgezeichneter Test.«

Der zweite Mann holte ein Paar Tanzschuhe hervor. »Legen Sie die an und tanzen Sie«, sagte er zu dem linksfüßigen Mädchen.

Plötzlich hatte Zane eine entsetzliche Vorahnung. »Luna!« rief er. »Lauf sofort hinaus! Möglicherweise warten wir hier auf *deinen* Tod!« Die Uhr zeigte noch neunzig Sekunden.

»Sei nicht albern«, widersprach sie. »Du hast mich schließlich hierhergebracht. Das wäre nicht nötig gewesen, wenn ich die Klientin wäre. Da hättest du mich einfach mitten in der Luft vom Pferd stoßen können. Außerdem bin ich nicht im Gleichgewicht, ich schaffe es auch ohne deine Hilfe zur Hölle. Ich stehe nicht auf deinem Terminkalender.«

Zane mußte zugeben, daß das stimmte. Der Tod hier gehörte jemand anderem. Doch wem?

»Anfangen!« befahl der erste Mann.

Der Jüngling legte die Finger mit einem Was-kann-ich-schon-verlieren-Grinsen auf die Saiten der Gitarre und gab plötzlich einen wundervollen Akkord von sich. »Seht ihr? Reiner Schrott«, meinte er.

»Gar nicht wahr«, sagte Luna zu ihm. »Das klang schon sehr schön.«

Erstaunt spielte er weiter und beobachtete dabei seine Hände – während sich eine wunderbare Melodie entfaltete. Die Finger seiner Linken huschten förmlich über die Stege, während seine Rechte ein machtvolles Stück zupfte. Beide Hände schienen plötzlich ein Eigenleben zu führen.

Das ungeschickte Mädchen erhob sich, es hatte die Tanzschuhe angezogen.

»Sie werden schon sehen«, sagte sie. »Ich kann überhaupt nichts.« Ihr rechtes Bein sah tatsächlich ein wenig verformt aus, vielleicht das Ergebnis irgendeiner frühen Kindheitsverletzung. Es schien sehr unwahrscheinlich, daß sie es besonders gut bewegen konnte.

Sie begann zu tanzen, und ihre Füße huschten umher, wie die einer Ballerina. Vor Erstaunen klappte ihr die Kinnlade herunter. »Die Tanzschuhe!« rief sie. »Magie!«

Beide junge Männer wandten sich Luna zu. »Nun, Schöne, sehen Sie zu und hören Sie auch zu«, meinte der erste. »Sagen Sie uns, was besser ist, die Musik oder das Tanzen.«

Luna lächelte. »Das werde ich tun. Ich habe selbst mit Kunst zu tun und kann euch eine Expertenmeinung geben, obwohl es sich hierbei um zwei völlig verschiedene Ausdrucksformen der Kunst handelt.«

Der Jüngling spielte die magische Gitarre, und das Mädchen tanzte so gut in seinen magischen Tanzschuhen, daß die anderen Tänzer schon bald innehielten, um ihnen zuzusehen. Andere wiederum begannen, zur neuen Musik zu tanzen. Doch niemand tanzte so gut wie das linksfüßige Mädchen, das förmlich über den Tanzboden schwebte, die Beine mit hübschen Schlenkern in die Höhe warf und die betörendsten Drehungen um die eigene Achse vollführte. Im Sitzen war sie nicht besonders attraktiv gewesen, doch nun verlieh ihr die Geschicklichkeit ihrer Füße einen neuen Reiz. Während er zusah, erkannte Zane, daß körperliche Schönheit nicht allein vom Körper abhing; sie hing damit zusammen, wie man den Körper bewegte.

Das Gesicht des Mädchens rötete sich. Sie fing an zu keuchen. »Genug!« rief sie atemlos. »Ich bin so etwas nicht gewöhnt!« Doch ihr neues Publikum klatschte, drängte sie, weiterzumachen, und die Gitarre gab regelrechte Tonkaskaden von sich, die den Tanzsaal geradezu sichtbar ausfüllten. Das waren wirklich zwei ausgezeichnete magische Gegenstände! Dann bemerkte Zane, daß der Jüngling nicht mehr lächelte. Seine Finger waren aufgerissen und begannen zu bluten, weil sie noch weich und untrainiert waren und nicht die Hornhaut aufwiesen, wie sie erfahrene Gitarristen bekommen. Doch er konnte nicht mehr aufhören, zu spielen. Die Magie zwang ihn, weiterzumachen. Und das Mädchen ...

Da erreichte der Countdown auf Zanes Stoppuhr die Null. Das Mädchen stieß einen Schrei aus und brach zusammen.

Nun verstand Zane, worum es ging. Die magischen Gegenstände nahmen keine Rücksicht auf menschliche Beschränkungen. Es war ihnen egal, ob jemand sich die Finger kaputtspielte oder ob ein Mädchen ohne jede Kondition bis zum Herzinfarkt tanzen mußte. Alles, was sie erzwangen, war die Vorführung selbst.

Zane stand auf und schritt zu dem Mädchen hinüber, nicht ohne eine gewisse schuldbewußte Erleichterung darüber, daß die Klientin nun doch nicht Luna gewesen war. Natürlich hätte er erkennen müssen, was hier passieren würde, und er hätte das ungeschickte Mädchen auch daran hindern müssen, die entsetzlichen Tanzschuhe anzulegen. Er hätte ihr das Leben retten können, anstatt einfach nur zuzusehen, wie sie starb.

Mit Bedauern entnahm er dem Mädchen die Seele und wandte sich von dem Leichnam ab. Die anderen Tänzer standen entsetzt da, als ihnen die entsetzliche Tragödie bewußt wurde. Auch Luna war völlig erschüttert. »Ich hätte erkennen müssen ...«, sagte sie, die Augen auf die nun reglosen Füße des Mädchens gerichtet. »Ich habe genug Magie kennengelernt, um die Gefahren zweitklassiger Zauber zu kennen! Du bist ja schließlich beruflich hierhergekommen ...«

»Und wenn du diese Tanzschuhe angezogen hättest ...«, begann Zane.

»Das auch! Ich bin eine Magiertochter; ich kenne die Art von ... aber ich habe einfach nicht nachgedacht.«

Mortis kam näher, und sie saßen auf. Niemand bemerkte es. Der Wettbewerb zwischen Gitarre und Tanzschuhen hatte keinen Sieger hervorgebracht, nur eine Verliererin.

»Und nun zur Natur, Todeshengst«, befahl Zane und hielt seine Stoppuhr an. »Ich nehme an, du kennst den Weg.«

Dem war auch so. Mortis sprang mit einem Satz hinaus aus dem Tanzsaal in den Himmel hinauf.

»Ich weiß ja, daß der Tod unabdingbar zum Leben gehört«, sagte Luna, die hinter Zane saß, »allzubald werde ich das selbst erfahren müssen. Aber irgendwie tut es noch mehr weh, wenn man es persönlich mit ansehen muß ... wenn man tatsächlich sogar daran teil hat ...«

»Ja.« Wie gut er das wußte!

»Ich wünschte, ich hätte mich nicht bereit erklärt, bei diesem Wettbewerb den Schiedsrichter zu machen. Dann könnte dieses Mädchen immer noch am Leben sein.«

»Nein, das Sterben war ihr bestimmt. Du hast daran nicht wirklich teilgehabt. Um genau zu sein, du hast eine Rolle gespielt, die sonst ein anderer wahrgenommen hätte; was du getan hast, hat nichts geändert.«

»Sie war so unschuldig!«

»Sie war zu fünfzig Prozent böse. Es ist unsinnig zu glauben, daß die Behinderten frei von Sünde sind; sie sind ebenso verschieden wie die nichtbehinderten Menschen. Ich weiß zwar nicht, was sie an den Punkt des Ausgleichs geführt haben mag, aber ...«

»Ach, du weißt doch genau, was ich meine! Sie mag vielleicht Böses in ihrem Leben getan haben, wie wir alle, aber sie hat es nicht verdient, derart grausam sterben zu müssen. Von verzauberten Tanzschuhen binnen einer Minute zu Tode gehetzt! Das Herz muß ihr ja förmlich geplatzt sein!«

Zane antwortete nicht. Er war ihrer Meinung. Seine Einwände gegen das vorherrschende System der Lebensbeendigung und Seelenbeurteilung wuchsen von Tag zu Tag.

»Ich wünschte, ich wüßte, welchen Sinn das alles hat«, meinte Luna.

»Diese beiden Männer müssen gewußt haben, daß ihre beiden Produkte gefährlich waren«, murmelte Zane. »Deshalb haben sie sie auch an unwissenden Dritten ausprobiert. Magie in der Hand von Amateuren kann tödlich sein.«

Vor dem Zuhause der Natur blieb das Pferd stehen. Es war ein großer grüner Wald, in den eine Straße hineinführte. Vor der tunnelartigen Öffnung parkte ein niedriger, windschnittiger Wagen ohne Verdeck.

Mortis blieb stehen. »Du darfst hier nicht herein?« fragte Zane das Pferd. »Na, aber wenigstens wirst du ja hier wohl grasen können.« Die Weide vor dem Waldstück sah üppig aus. »Luna und ich können ja mit dem Wagen hineinfahren; ich nehme an, dazu ist er auch gedacht.«

Doch der Wagen erwies sich als Einsitzer, für Luna war darin kein Platz. »Ich glaube, die Natur möchte dich allein sehen«, bemerkte Luna. »Ich werde hier auch warten.«

»Wenn sie mir nur genug Zeit gelassen hätte, dich nach Hause zu bringen ...«, sagte Zane irritiert.

»Mutter Natur hat so ihre Eigenarten ... wie wir alle.«

Zane war zwar nicht befriedigt, mußte sie aber zurücklassen. »Mortis, behalte ein Auge auf sie!« rief er, und das schwarze Pferd wieherte zustimmend. Zane bezweifelte, daß irgendeine natürliche Kraft sie bedrohen würde, während der Todeshengst über sie wachte.

»Und nun versuch bloß nicht, dich mit dieser Frau anzulegen«, warnte Luna ihn. »Vergiß nicht, daß du es nicht mit einer gewöhnlichen Person zu tun hast.«

War sein Zorn so leicht zu erkennen? Zane zog seinen Umhang fester zusammen und kletterte in den kleinen Wagen. Dann blickte er noch einmal zu Luna zurück, die dort auf dem Feld stand, ganz schlank und wunderschön, mit glitzernden Juwelen an Kopf und Zehen, ein Traum von einer Frau. Verdammte Natur, daß sie ihn von ihr trennte, und sei es auch nur für kurze Zeit!

Die Bedienungselemente des Wagens waren ganz normal. Er startete den Motor, legte den Gang ein und folgte dem Asphaltweg in den Wald hinein. Über ihm schlossen sich die Baumwipfel und bildeten einen lebendigen Baldachin. Es war eine angenehme Fahrt.

Vor sich erblickte er eine Kreuzung. Wegen des Schattens waren die Lichtverhältnisse nicht sehr gut, weshalb er sein Tempo drosselte. Das war auch gut so, denn nun erblickte er einen Fußgänger, der, in einen schwarzen Umhang gehüllt, der ihn fast völlig unsichtbar machte, den Straßenrand entlang ging. Nur zu leicht hätte er diesen achtlosen Spaziergänger überfahren können. Als Zane ihn gerade einholte, schoß plötzlich ein Fahrradfahrer aus der Kreuzung, und bog ab, um an dem Fußgänger vorbeizufahren. Dadurch geriet er direkt in Zanes Fahrbahn. Zane rammte den Fuß auf das Bremspedal und brachte den Wagen in letzter Sekunde kreischend zum Halten.

»Idiot!« schrie er den Fahrradfahrer an, der jedoch völlig ungerührt weiterfuhr, ohne sich von seinem Ruf beeindrucken zu lassen. »Sie hätten einen tödlichen Unfall verursachen können!«

Mit dem Fußgänger war er auch nicht gerade zufrieden, denn der hatte seine Umgebung gar nicht beachtet und war nicht ausgewichen. Doch Zane durfte sich hier nicht länger aufhalten; er hatte eine Verabredung mit der Natur, die er endlich hinter sich bringen wollte, damit er zu Luna zurückkehren konnte. Also fuhr er weiter.

Plötzlich endete die Straße abrupt am Ufer eines Sumpfes. Zane parkte den Wagen, stieg aus und beugte sich über den Rand des Sumpfes, um seine Oberfläche zu berühren. Sofort schoß kochender Schlamm in die Höhe und spie einen Klumpen gelben Schleims empor, der sehr heiß aussah und entsetzlich stank. Zane riß die Hand zurück, obwohl sein Todeshandschuh seine Finger schon geschützt hätte. Doch die alten Lebensinstinkte waren immer noch aktiv. Wie sollte er diesen Morast überqueren? Denn nun konnte er in der Ferne den Turm eines Schlosses erkennen, direkt gegenüber, an der anderen Seite des Sumpfes. Die Natur schützte ihr Zuhause aber gründlich! Ihm kam der Gedanke, daß dies vielleicht eine Art Prüfung oder Herausforderung sein konnte; hier würde kein normaler Sterblicher hindurchkommen, nur eine Inkarnation konnte das schaffen. Er mußte also beweisen, wozu er gehörte. Und danach würde er der Grünen Mutter gehörig die Meinung sagen. Sie hatte ein für ihn sehr wichtiges Rendezvous unterbrochen, bevor es noch wichtiger hatte werden können, und nun vergeudete sie seine Zeit damit, ihn mit dem Rätsel zu konfrontieren, wie er zu ihr gelangen konnte. Vielleicht war es für einen gewöhnlichen Menschen nicht ratsam, sich mit der Natur anzulegen – doch andererseits war es auch nicht eben gesund, den Tod zu verärgern.

Doch zunächst einmal mußte er zu ihr gelangen. Sie hatte ihn elegant und geschickt seines Hengstes beraubt, der dieses Hindernis mühelos hätte überwinden können. Wie sollte er nun über den Sumpf kommen, ohne dabei im heißen Schlamm zu versinken?

Zane musterte das Ufer des Sumpfes. Direkt neben der Befestigungsmauer befand sich ein kleines Gebäude, möglicherweise ein Abort. Das würde durchaus Sinn ergeben; natürlich würde die Natur dafür sorgen, daß man seinen natürlichen Bedürfnissen nachkommen konnte; doch er lachte nicht bei diesem Gedanken.

Nein, nun da er den Bau näher betrachtete, glich er eher einem Lagerschuppen. Doch was würde man hier drinnen wohl schon lagern? Er schritt darauf zu und öffnete die Tür, in der Erwartung, dort vielleicht Werkzeuge oder Benzin oder möglicherweise ein Telefon vorzufinden. Er wurde enttäuscht. Der Schuppen war leer; bis auf einen einzelnen roten Gummibeutel, der von einem Nagel an der Wand hing, war nichts darin zu erkennen.

Er nahm den Beutel herunter und entdeckte, daß er mit einer Flüssigkeit gefüllt war, wahrscheinlich Wasser, und warm war er auch. Es war eine altmodische Wärmflasche, wie man sie benutzte, um in kalten Nächten Füße oder Körper warmzuhalten. Doch was hatte die hier zu suchen?

Er setzte das Ding ab und überlegte. Es ergab einfach keinen Sinn, eine gefüllte, heiße Wärmflasche mitten im Nirgendwo in einem Schuppen aufzubewahren. Wenn sie nichtmagischer Art war, würde sie binnen einer halben Stunde erkalten.

Magie? Zane lächelte. Er bezweifelte zwar, daß dieses Ding über mehr Magie als einen Selbstheizungszauber verfügen konnte, doch würde es nicht schaden, es für alle Fälle einmal mit einer einfachen Invokation zu versuchen. Wenigstens könnte sie ihm die Füße wärmen, falls es kalt werden sollte. »Rote Wärmeflasche, zeige deine Macht«, sagte er zu dem Ding. Sofort entwand sich die Wärmeflasche mit einem Ruck seinem Griff und schwebte empor.

Zane griff noch einmal nach ihr, bevor sie davonfliegen konnte. »Levitation!« rief er. »Du schwebst ja!«

Das tat sie wirklich. Es kostete ihn alle Anstrengung, sie unten zu behalten, und dazu mußte er beide Hände benutzen. »He, immer mit der Ruhe!« sagte er. »Laß mich nicht allein zurück!«

Doch die Fliasche drängte immer weiter in die Höhe, ganz so, als würde sie sich für ihre Aufgabe erwärmen. Er versuchte, sie zurück in ihren Schuppen zu zerren, doch sie ließ sich nicht vom Fleck bewegen. Langsam ermüdeten seine Arme; schon bald würde das Ding entweichen und über die Baumwipfel hinwegfliegen.

»Ich werde dich schon bezähmen, du perverser unbelebter Gegenstand«, grunzte er. Er warf ein Bein über das Ding, damit er eine Hand frei bekam. Einen Augenblick später hielt er die Wärmeflasche fest zwischen den Oberschenkeln geklemmt. Nun hatte er sie in seiner Gewalt –

doch sie besaß eine solche Kraft, daß sie ihn vom Boden riß. Mit beiden Händen mußte er sich an ihrem dicken Hals festhalten. Außerdem wurde das Ding immer heißer und pulsierte innerlich, wie als Reaktion auf seine äußere Anstrengung.

Die Flasche schwebte auf den Sumpf zu, während er auf ihr saß. »Brrr!« rief er.

Sofort hielt die Flasche inne.

Das Ding war wie ein Sattel, und es gehorchte auch Pferdebefehlen! »Aha, ich glaube, jetzt verstehe ich«, bemerkte Zane. »Flasche, trage mich über den Sumpf zur Zitadelle der Natur!«

Die rote Wärmeflasche beschleunigte ihr Tempo. Zane hielt sich mit herabbaumelnden Beinen fest. Das Ding war eigentlich recht bequem, weil sich das Wasser seiner Körperform anpaßte, doch aus dem gleichen Grund bot es ihm auch keinen festen Halt. Während die Flasche durch die Luft dahinschoß, hielt er sich krampfhaft fest und musterte den blubbernden Sumpf, der so dicht unter ihm zu sehen war; und doch kam er recht ordentlich voran und würde schon bald das andere Ufer erreicht haben.

Plötzlich sah Zane vor sich einen Jungen, den er schnell einholte. Der Junge wedelte wild mit den Armen umher, als wollte er fliegen; und tatsächlich baumelten seine Füße genau wie Zanes dicht oberhalb des hungrigen Sumpfes. Das war die harte Tour, denn der Mensch war eigentlich nicht so gebaut, als hätte er mühelos allein fliegen können, und so beschloß Zane, den umherdreschenden Extremitäten möglichst auszuweichen. Er beugte sich zurück, so daß die Wärmeflasche sich schräg legte, und sofort schoß sie im Steilflug dahin. Wenn er den Armflieger erst einmal überholt hatte, konnte er immer noch zurück.

WUSCHHH! Im Tiefflug jagte ein Flugzeug über ihn dahin und blies Zane beinahe von seinem wackeligen Sattel. Verzweifelt klammerte er sich an der Wärmeflasche fest, um nicht auf den unter ihm fliegenden Jüngling zu stürzen und möglicherweise mit ihm zusammen in dem kochenden Schlamm zu versinken. Was war das nur für ein Idiot, der mit seinem Flugzeug derart dicht über den Köpfen anderer Reisender hinwegjagte? Oder war das einfach nur böse, grausame Absicht gewesen? Die Arroganz der Macht?

Endlich hatte sich Zane wieder gefangen und flog weiter über den Sumpf. Der armwedelnde Flieger schien den Beinahe-Zusammenstoß gar nicht bemerkt zu haben, sondern bewegte sich weiter, ohne Zane auch nur einen Gruß zu entbieten. Von ihm hielt Zane auch nicht besonders viel. Dieses ganze Gebiet schien von Blödmännern mit Scheuklappen nur so zu wimmeln!

Nun gelangte er an das gegenüberliegende Ufer des Sumpfes. Die Wärmeflasche kühlte sich ab, ging in die Tiefe und setzte ihn am Ufer ab, ohne weiteren Befehlen zu gehorchen. Entweder war ihre Magie erschöpft, oder sie war so programmiert, daß sie nicht weiterfliegen konnte. Zane stieg ab, und die Flasche erschlaffte völlig.

Na ja, wenigstens hatte er den Sumpf hinter sich gebracht, und konnte nun zu Fuß weitergehen. Er stellte fest, daß ein Pfad durch den Wald führte. Außerdem entdeckte er einen Schuppen, wo er nun die Wärmeflasche hinbrachte, um sie an einem Haken aufzuhängen. Dieses Fahrzeug ließ sich wirklich sehr einfach parken!

Zane machte sich auf den Weg zur Zitadelle. Die Bäume schlossen sich immer enger um ihn, und der Pfad war sehr kurvenreich. Dieser Teil der Reise gefiel Zane eigentlich ganz gut; die Wälder waren, wie es der Dichter Robert Frost einmal ausgedrückt hatte, wunderschön, dunkel und tief. Nur selten kamen die Menschen dazu, die Schönheit eines Waldes wirklich wahrzunehmen, denn sie verbrachten den größten Teil ihres Lebens damit, irgendwelche angeblich wichtigeren Aufgaben zu erfüllen, als die Natur zu genießen.

Dann endete der Pfad am Ufer eines kleinen, klaren Sees. Zane wollte es vermeiden, daß sein Umhang naß wurde, also versuchte er, um das Wasser herumzuschreiten, doch schon bald mußte er entdecken, daß das Land zu beiden Seiten sehr schnell immer sumpfiger wurde. Er mußte den See überwinden, und das wiederum bedeutete, daß er schwimmen mußte.

Schwimmen? Verärgert über seine eigene Torheit schnippte Zane mit den Fingern. Er konnte doch auf Wasser gehen! Das hatte er auch damals getan, als er den Ertrinkenden aus dem Meer gerettet hatte. Diese Macht verliehen ihm seine Todesschuhe. Er hatte nur Zeit vergeudet, indem er versuchte, einen unnötigen Umweg einzuschlagen.

Zane trat auf das Wasser hinaus – und sofort sanken seine Füße hindurch in den Bodenschlamm. Zane wirbelte mit den Armen umher, um sein Gleichgewicht zu halten, dann zog er sich hastig wieder zurück. Was war denn hier los?

Einen Augenblick später war es ihm klar. Dies war kein gewöhnliches Wasser, sondern eine der Verteidigungsmaßnahmen der Natur. Die Natur war ebenfalls eine Inkarnation, ihre Macht war der seinen gleich. Die kleine, belanglose Magie der Kleidung würde gegen ihre Zauber nichts ausrichten können. Also waren seine Schuhe hier auch nicht magisch – oder zumindest nicht kraftvoll genug, um ihren Gegenzauber zu überwinden. Also würde er doch schwimmen müssen.

Erst überlegte er sich, seine Kleidung abzulegen, doch dann erkannte er, daß es ihm schwerfallen würde, Umhang, Handschuhe und Schuhe dabei zu tragen; außerdem würde das Zeug wahrscheinlich ohnehin naß werden. Also würde er statt dessen versuchen, mit seiner Ausrüstung zu schwimmen, und wenn die ihn zu sehr behindern sollte, würde er sie eben ausziehen. Ohne weiteres Zögern watete er in das Wasser.

Zu seiner Überraschung und Freude stellte er fest, daß ihn seine Uniform vor dem unmittelbaren Durchtränktwerden schützte. Er befand sich zwar im Wasser, doch es drang nicht bis zu seiner Haut vor. Anscheinend gab es hier einen Zauber, der das Wasser abhielt, wenngleich es den Stoff seines Umhangs fest gegen seine Glieder preßte. Zane versuchte zu schwimmen – und stellte fest, wie er oben trieb, so daß es ihm keine Mühe machte. In zufriedenstellendem Tempo bewegte er sich durch das Wasser. Auf seine Art machte auch dies durchaus Spaß.

Andererseits war es aber auch harte Arbeit. Zane war schon jahrelang keine längeren Strecken mehr geschwommen, und schon bald ermüdeten seine Muskeln von der ungewohnten Anstrengung. Ohne sich deswegen Sorgen zu machen, schlug er eine langsamere Schwimmart ein; er brauchte sich wirklich nicht abzuhetzen. Er würde schon ans Ziel kommen …

Plötzlich drängte sich ein Kanu von der Seite eng an ihn. Zane geriet aus dem Rhythmus und mußte Wasser schlukken. Dann richtete er sich auf, schüttelte den Kopf und stellte fest, daß ein magisches Motorboot vorbeirauschte und dabei eine Welle aufwühlte, die das Kanu gegen den Schwimmer drückte.

Einen Augenblick später war das Motorboot auch schon verschwunden. Sein Pilot schien nicht bemerkt zu haben, welchen Schaden er mit seiner achtlosen Arroganz angerichtet hatte. Ähnlich gleichgültig paddelte auch der Kanufahrer weiter. Zane blieb spuckend und hustend im Wasser zurück. Was war nur mit diesen Leuten los?

Er schwamm ans Ufer und kletterte an Land. Seine Uniform war trocken. Nicht einmal seine Füße waren naß geworden. Vor sich erblickte er wieder den Pfad. Dem folgte er und erreichte schon bald die Zitadelle der Natur.

Tatsächlich glich sie nun eher einem Tempel, so seltsam das auch war. Ein dichter Bewuchs aus Bäumen und Schlingpflanzen bildete eine beinahe feste Mauer mit ineinanderverwobenen Bögen und Stützbalken aus lebendem Holz, die in einem blattbewachsenen Gipfel mündeten. An den verschlungenen Pflanzen blühten Blumen, die ohne jede Ordnung ihre Duftstoffe ausdünsteten.

Zane marschierte zu der Türöffnung. Es gab weder Klingel noch Klopfer, also trat er unangekündigt ein.

Im Inneren sah es aus wie in einer Kathedrale, alles von üppigstem Pflanzenwuchs beherrscht. Lebendige Holzbögen stützten dichte grüne Farnteppiche. Aus moosigen Quellen tröpfelte Wasser herab. Überall war Leben, grün und angenehm.

Zane erreichte einen sonnenbeschienenen Mittelhof, wo er einen dunkelgrünen Thron aus Jadestein erblickte, der von Nebelschwaden umhüllt war. Dies war der Thronsaal der Natur.

»Willkommen, Thanatos«, erscholl ihre Wind-und-Vogel-Stimme. »Wunderst du dich über die Hindernisse?«

»Ja«, stimmte Zane kurzangebunden zu. Es gefiel ihm nicht besonders, daß sie den griechischen Namen des Todes benutzte. »Wenn du schon mit mir sprechen wolltest, dann hättest du mir mein Kommen wenigstens etwas erleichtern können.«

»Oh, aber das habe ich doch getan, Thanatos!« protestierte sie und kam ihm entgegen. Mit ihr zusammen schob sich auch eine Nebelschwade voran; das war tatsächlich ihre Kleidung, die sich geschickt an den wichtigsten Stellen verdünnte oder verdickte. Zane war von diesem Effekt fasziniert, wenngleich er sich sicher war, daß die Natur kein junges Wesen sein konnte.

»Auf welche Weise?«

»Ich habe einen Pfad angelegt, den nur einer von uns beschreiten kann«, erklärte sie. »Normalerweise gibt es überhaupt keinen Pfad, und kein anderes Wesen kommt hier hindurch. Dieser Pfad würde sowohl ein voll sterbliches als auch ein voll unsterbliches Wesen abhalten, beispielsweise also auch einen Diener der Ewigkeit. Damit ist unsere Ungestörtheit gesichert.«

»Das habe ich zuerst auch geglaubt – aber es gab doch noch eine ganze Reihe anderer Leute dort«, bemerkte Zane. »Idioten zu Wasser, zu Lande und in der Luft. Dreimal bin ich fast in einen Zusammenstoß geraten.«

»Ach, tatsächlich?« fragte sie ohne jede Überraschung.

»Nun tu doch nicht so, als wüßtest du nichts davon, Grüne Mutter!«

Die Natur lächelte, als hätte er ihr ein Kompliment gemacht. Ihr Gesicht war recht hübsch, von etwas wildem, fließendem Haar umrahmt, das so grün wie Gras und so blau wie Wasser war und dessen Farben sich in einer Art Pseudoschillern ineinander verschoben. Als ihre Augen seinen Blick trafen, waren sie wie Eis, tiefe Teiche, von Feuerzungen durchzuckt. Er hatte schwarze Opale gesehen, die diesen Augen geglichen hatten. Diese Frau, so erkannte er nun, besaß eine ehrfurchtgebietende Macht; die durfte man wirklich nicht unterschätzen! »Ich weiß, daß nur du diesen Weg entlanggereist bist, Thanatos.«

»Was war dann mit den anderen? Habe ich mir die nur eingebildet?«

Sie seufzte lächelnd, wobei sich ihr nebliger, üppiger Busen wie eine sich auflösende Wolke zusammenzog. »Ich stelle fest, daß du mit meinen kleinen Eigenarten noch nicht so recht vertraut bist. Diese anderen warst du.«

»Das bezweifle ich. Mit derlei Störungen wollte ich nichts zu tun haben.«

»Nimm Platz, Thanatos«, sagte sie, wobei sie eine Rattanschlinge mit einer Hand betätschelte, die von Perlmutt schimmerte. Ihr gehörte alles, was belebt war, erkannte Zane, einschließlich Perlen, die Produkte lebender Wesen. »Ich werde diesen Punkt erklären, damit wir uns dann unserem eigentlichen Thema zuwenden können.«

Zane setzte sich, denn der Befehl der Grünen Mutter duldete keinen Ungehorsam. Der Rattan schien sich seinem Körper mit beinahe peinlicher Intimität anzupassen, was ihm äußerst unangenehm war. »Tu das.«

»Oft ist man sein eigener Feind, wenn man es doch nur immer wüßte. Das liegt in der Natur des Tieres. Das weiß ich sehr wohl.«

Natürlich wußte die Natur um die Natur des Menschen! Das war schließlich ihr Beruf. Doch was hatte dies mit dem Hindernislauf zu tun? »Du hast einmal ein Fahrzeug gefahren«, fuhr sie fort. »Einmal bist du auf einem Gerät geritten, einmal hast du dich allein bewegt. Du warst eins und du warst drei, nur die Szenerie hatte sich verwandelt, um die Objektivität zu erleichtern.«

»Ich war in drei Begegnungen verwickelt«, stimmte Zane ihr zu. Dieses weibliche Wesen schien auf beunruhigende Weise über tiefes Verstehen zu verfügen, doch noch begriff er nicht, worauf es hinauswollte.

»Du *warst* drei. Eine Begegnung, drei Ansichten. Du hast dich selbst aus drei verschiedenen Perspektiven gesehen. Drei Chancen, um auf dich selbst zu reagieren.«

»Ich war drei?« fragte Zane verwirrt.

»Auf dem Pfad befand sich nur einer, und zwar du. Nur die Zeit war gewissermaßen verbogen.« Sie lächelte geheimnisvoll, und ihre Zähne glitzerten einen Moment lang wie Fänge. *Natur, von rotem Zahn und blut'ger Klaue ...* »Chronos war mir noch einen Gefallen schuldig. Allein hätte ich die Zeitkrümmung nicht vollbracht. Wir Inkarnationen helfen einander durchaus.«

»Nur ich allein?« Zane hatte das Gefühl, als würde ihm schwindlig. »Eine einzige Begegnung, aus drei Perspektiven gesehen? Du willst also damit sagen, daß ich der Fahrer war, der Radfahrer und der Spaziergänger – nur daß ich es als Radfahrer als Ritt auf einer Wärmeflasche wahrgenommen habe, während ich als Fußgänger mich als Schwimmer sah? Du hast die Perspektive verändert, damit ich es nicht merke? Ich bin mir selbst dreimal in den Weg gestolpert?«

»Wenn du es erst einmal heraus hast, begreifst du schnell und gründlich«, stimmte die Natur ihm zu, und ihr Kompliment erfreute ihn, trotz seiner unterschwelligen Wut.

»Ich begreife, daß du mich durch ein Möbiusband mit einer Prismenkreuzung geschickt hast, so daß ich die Schlaufe dreimal entlangschreiten mußte. Aber warum?«

»Das haben wir doch schon beantwortet. Ein Sterblicher wäre nicht durchgekommen; darauf sind die Zauber der Geräte nicht eingerichtet. Auch ein Unsterblicher wäre nicht durchgekommen; ein Engel hätte das Gerät nicht gebraucht, der richtige Weg existiert aber nur für diese Geräte. Ein Dämon dagegen hätte sich gleich bei der ersten Begegnung zu Tode gekämpft, denn so sind die Dämonen.«

»Nach Kämpfen war mir auch zumute«, gestand Zane. »Dieser arrogante Idiot in dem Motorboot ...« Er grinste reumütig. »Der ich selber war. Im Wagen schien alles so anders! Ich dachte, daß der Weg mir gehört und daß die anderen sich nur in mein Revier einmischen. Als Spaziergänger oder Schwimmer achtete ich auf nichts anderes als darauf, selber voranzukommen. Als Radfahrer oder Flaschist oder wie auch immer, war ich in der Mitte gefangen, nämlich zwischen dem arroganten Flugzeugpiloten und dem ignoranten Selbstflieger. Beides schien falsch. Wenn ich es im nachhinein betrachte, bin ich keineswegs stolz auf meine Leistung.«

Die Natur antwortete mit einem Achselzucken, was eine interessante Wellenbewegung in dem sie umgebenden Nebel erzeugte. Manchmal wirkte sie dick, doch zu anderen Zeiten wiederum eher sinnlich-üppig; der Nebel enthüllte die Wahrheit nie vollständig. »Du wirst noch genügend Muße haben, darüber nachzudenken, was dies bedeutet. Du bist hindurchgekommen, wie es nur eine wahre Inkarnation hätte tun können, auch wenn es vielleicht stümperhaft ausgesehen haben mag. Wir Inkarnationen sind nicht völlig lebendig und nicht völlig tot; wir sind eine einmalige Kategorie für sich, mit einmaligen Kräften. Wir nehmen unser Amt wahr, aber manchmal *sind* wir auch unser Amt. Wie das Licht sind wir sowohl Welle als auch Teilchen.« Sie winkte ab. »Jetzt sind wir ungestört unter uns.«

»Einen Augenblick noch«, sagte Zane, dem etwas einfiel. »Wie kann sich ein Dämon zu Tode kämpfen? Der ist doch schon tot.«

»Es mag zwar stimmen, daß die Toten nicht mehr sterben können, aber wenn man dem fleischlichen Körper eines Dämons antut, was eine lebende Kreatur töten würde, so verliert der Dämon die Gewalt über diesen Körper und muß sofort in die Hölle zurückkehren. Deshalb ist das in der Praxis so gut wie dasselbe.«

Zane wandte sich wieder einem anderen Thema zu: »Was ist so wichtig daran, daß wir ungestört sind? Sollen wir etwa Geheimnisse austauschen?«

»In der Tat, das wollen wir. Wir sind sterbliche Unsterbliche; wir dürfen unsere Geheimnisse keinem Sterblichen anvertrauen, sonst verlieren wir Respekt. Und wir können auch den Ewigen nicht alles anvertrauen, sonst verlieren wir unsere Macht.«

»Welche Geheimnisse denn?« fragte Zane. »Ich tue einfach nur meinen Job.«

»So, wie du ihn siehst.«

»Gibt es denn etwas, was ich darüber nicht weiß?«

»Vielleicht.« Sie setzte sich in einen Lebendholzstuhl,

und der sie umgebende Nebel verschleierte einen großen Teil davon. »Ich kann dir eine kleine, wenngleich nicht gänzlich angenehme Vorführung davon geben.«

Sie machte eine Geste, und plötzlich fühlte Zane in sich eine gewaltige Geilheit. Er wollte Sex haben, und zwar sofort. Schon merkte er, wie er stand, und dies in jeder Bedeutung des Wortes, und auf sie zuschritt.

»Nein!« knirschte er, weil er wußte, daß dies nicht sein eigenes Verlangen war, sondern ein Trieb, der ihm von außen aufgezwungen wurde. Die Natur lächelte nur.

Er griff nach ihr – doch zwang er sich dazu, nicht nach ihrem Körper zu greifen, sondern nach ihrer Seele. Seine handschuhbewehrte Hand durchstieß den Nebel und ihr Fleisch, und seine Finger hakten sich in ihre Seele ein. Er zerrte daran und zog sie ein Stück aus ihrem Körper hervor.

Sie versteifte sich, als litte sie unter plötzlichem Schmerz. Dann verließ Zanes erotisches Gefühl ihn so schnell, wie es gekommen war. Ihr Zauber war gebrochen. Er ließ ihre Seele wieder los und nahm die Hand von ihrem Fleisch zurück.

Die Natur atmete tief und etwas zitternd ein, und der Nebel um sie herum waberte intensiv. Sie hatte ein wenig von ihrer Fassung eingebüßt. »Ich habe dir einen Teil meiner Macht gezeigt«, keuchte sie. »Und du hast mir einen Teil der deinigen offenbart.«

Wieder einmal hatte Zane eine Erleuchtung. »Ich habe tatsächlich Macht über die Lebenden – bis zu einem gewissen Punkt!« Er erinnerte sich an seine Klientin in dem Krankenhaus, die alte Frau, die seiner Mutter geglichen hatte, und wie sie reagierte, als er das erste Mal versuchte, ihr die Seele zu entnehmen. Es mußte ein fürchterlicher Schock sein, die Seele bei lebendigem Leib herausgerissen zu bekommen.

»Das hast du in der Tat, Thanatos. Niemand kann eine Inkarnation auf ihrem eigenen Spezialgebiet schlagen, nicht einmal eine andere Inkarnation. Es hat nicht den geringsten Wert, wenn wir einander bekämpfen. Die Natur regiert das ganze Leben – aber sie regiert nicht den Tod.

Die individuellen Kräfte, über die jeder von uns verfügt, sind unangreifbar. Niemand ...« Sie hielt inne und warf ihm einen rätselhaften, bedeutungsschwangeren Blick zu: Ihre Augen waren wie das Wirbeln eines nächtlichen Sturms. »*Niemand* kann einem anderen von uns ungestraft in die Quere kommen.«

Zane war von ihrer Enthüllung erschüttert. Bisher war ihm nicht klargewesen, wie unmittelbar und spezifisch sie ihn beeinflussen konnte, oder wie er sie seinerseits zu beeinflussen vermochte. Seine eigene Kraft hatte ihn ebenso überrascht, wie die ihre. Doch nun faßte er sich wieder und kehrte zum Thema zurück.

»Also hast du mich hierher gerufen, um mir etwas zu sagen, und um mir etwas zu zeigen, indem du mir Schwierigkeiten in den Weg legst. Was hast du wirklich im Sinn?«

Wieder zuckte sie die Schultern. Anscheinend gefiel ihr diese Bewegung. Sie hatte sich wieder gefangen. Natürlich war sie eine außerordentlich zähe Kreatur. »Du hast die anderen schon kennengelernt.«

»Ich nehme an, du meinst die anderen Spezialgestalten – Zeit, Schicksal, Krieg. Ja, kurz.«

»Wir sind wirklich etwas Besonderes. Wir sind sterbliche Unsterbliche. Wir unterscheiden uns voneinander, aber wir arbeiten auf verschlungene und doch lebenswichtige Weise zusammen, indem wir unsere jeweiligen Vektoren einsetzen.«

»Vektoren?«

»Nun, du glaubst doch wohl nicht etwa, daß auch nur einer von uns völlig frei ist, oder? Das, was wir tun, tun wir nicht nur aus Lust und Laune. So wie die Vektoren des Schubs, des Auftriebs, des Winds, der Temperatur, der Luftfeuchtigkeit, des Luftdrucks und der geographischen Bedingtheit miteinander interagieren, um genau zu bestimmen, wohin ein geworfener Ball fallen wird, so bestimmen auch die relevanten Faktoren, wie ein Krieg verlaufen wird oder in welche Richtung sich eine Kaltfront bewegt oder wann ein bestimmtes Leben enden wird. Das Ganze mag aussehen wie Zufall oder Willkür, aber das liegt nur daran, daß kein Sterblicher und nur wenige Unsterbliche verstehen können, wie diese aktiven Kräfte tatsächlich funktionieren. Wir sind nicht frei – *niemand* ist absolut frei –, und doch haben wir einen bestimmten Spielraum, innerhalb dessen wir unser Amt ganz individuell ausüben können. Jede Inkarnation kann die andere in beschränktem Ausmaß kontern, sofern die andere dies zuläßt, aber wir ziehen es vor, dies nicht zu tun, es sei denn, es gibt einen triftigen Grund dafür.«

Nun wurde Zane neugierig. »Wie kann man den Tod kontern, selbst wenn der Tod dies erlaubt?«

»Die Schicksalsgöttin könnte dafür sorgen, daß er ersetzt wird, indem sie seinen Faden abtrennt.«

Nun fuhr es ihm eisig über den Rücken, denn er wußte, daß dies schon einmal geschehen war. »Die Schicksalsgöttin ... Warum sollte sie dies je tun wollen?«

»Chronos könnte beispielsweise eine nahende Begegnung aufhalten.«

»Ja, aber warum ...«

»Mars könnte gesellschaftliche Unruhen herbeiführen, die das gesamte Bild verändern würden.«

Sie wich anscheinend seiner Frage aus. Dennoch schien es die Sache wert, nachzuhaken. »Und was ist mit der Natur? Welchen raffinierten kleinen Trick hast du noch in deinem Nebelärmel, abgesehen von der zweifellos nützlichen Fähigkeit, sofortige Lust zu erzeugen?«

»Zeige mir deine Seele«, antwortete sie.

»Meine ...!« Doch dann verstand er und holte die Seele des linkischen Tanzmädchens hervor. Er hatte sie wie automatisch in seinen Seelenbeutel getan und sie bis zu diesem Augenblick völlig vergessen.

Die Natur warf mit einem Nebelfall nach dieser Seele. »Du solltest die Macht der Inkarnationen nicht unterschätzen, Thanatos. Nachdem du mich verlassen hast, gehe in die Krypta und versuche es mit dieser Seele. Dann wirst du schon verstehen.«

Zane verstaute die Seele wieder. Sie schien unverändert. Bluffte sie nur? Was konnte sie denn wirklich mit seiner Seele tun? »Du hast mich nur deswegen hierhergeholt?«

Sie lachte, worauf kleine Nebelwölkchen davonschwebten. »Keineswegs. Die Sache mit der Seele habe ich nur vorgebracht, damit du den richtigen Respekt lernst und auf meine Implikationen achtest.«

»Nun, dann nenne doch einmal deine Implikationen!« rief Zane ungeduldig.

»Was, glaubst du wohl, ist das älteste Gewerbe der Welt?« fragte die Natur.

Worauf wollte diese Frau denn jetzt schon wieder hinaus? »Das ist ein weibliches Gewerbe«, meinte er vorsichtig.

»Keineswegs, Thanatos. Frauen waren da nicht zugelassen. Das älteste Gewerbe ist das des Schamanen oder Medizinmannes oder Hexendoktors.«

»Hexendoktor!« rief Zane ungläubig. »Was konnte der denn schon ausrichten, bevor man die moderne Magie gemeistert hatte?« Doch noch während er sprach, erinnerte er sich an Molly Malones Kommentar über die alten Höhlenmaler und ihre inzwischen verlorengegangene Fähigkeit, die Seele der Tiere zu beherrschen. Die Praxis der Magie war älter als ihre modernen Fortschritte.

»Der Schamane war der ursprüngliche Mäzen der freien Künste. Der Häuptling des Stammes war ein Mann der Tat, während der Schamane ein Mann des Intellekts war. In primitiven Zeiten mag es für ihn nicht sehr leicht gewesen sein, als weder die Magie noch die Wissenschaften mehr als nur willkürlich funktionierten, doch er war es, der die wahre Vision von der Zukunft besaß. Von ihm stammen alle ab, die sich mit dem Warum auseinanderzusetzen hatten, anstatt einfach nur das Was zu akzeptieren. Ärzte, Philosophen, Priester, Wissenschaftler, Magier, Künstler, Musiker ...«

»All jene, die auf irgendeine Weise der Natur dienen«, stimmte Zane ihr zu, obwohl er sich insgeheim fragte, ob Künstler und Musiker wirklich zu dieser Gruppe zählten. Immerhin waren ihre Berufe subjektiver als die meisten anderen. »Aber worauf du hinauswillst ...«

»Es gibt einen Weg.«

»Einen Weg *wofür?* Ich kann dir überhaupt nicht folgen!«

»Bist du ein Evolutionist oder ein Kreativist?«

»Natürlich beides! Aber was hat das überhaupt damit zu tun?«

»Es gibt Leute, die zwischen beidem einen Konflikt sehen.«

Wieder wechselte sie auf ihre irritierende Weise das Thema. »Ich sehe da keinen Konflikt. Gott hat den Kosmos in einer Woche geschaffen, und Satan hat dafür gesorgt, daß er sich weiterentwickelt. Also haben wir sowohl die Magie als auch die Wissenschaft zusammen, wie es sich gehört. Wie sollte es auch anders sein? Aber was wolltest du mir eigentlich damit sagen? Ich habe schließlich noch andere Dinge zu tun.«

»Wir fürchten uns sehr wohl vor dem Unbekannten«, erwiderte die Natur. »Deshalb versucht der Mensch die Dinge zu erklären, zu erhellen, was dunkel geblieben ist. Und dennoch fasziniert ihn weiterhin das Mysterium und der Zufall, und oft verspielt er sogar sein Leben.«

Sie sah ihn mit einem verhangenen Blick an, und Zane war davon überzeugt, daß sie, wie die anderen Inkarnationen auch, genau wußte, wie er zuerst mit Geld und dann mit seinem Leben gespielt hatte. »Der Mensch ist die neugierige Kreatur, und wenn seine Neugier ihn auch umbringen kann, so kann sie ihn andererseits aber auch bilden. Heutzutage haben wir beides, sowohl die Kernphysik als auch die spezifische Beschwörung von Dämonen.«

»Und beide sind dem Wohlergehen des Menschen sehr gefährlich!« fauchte Zane. »Es ist noch sehr die Frage, ob eine bösartige Kernexplosion mehr Schaden anrichten würde als ein Dämon, den man aus der Hölle auf die Erde losläßt. Vielleicht wird der dritte Weltkrieg diese Frage entscheiden.«

»Ich glaube, das können wir auf weniger vehemente Weise entscheiden«, erwiderte die Natur. »So ungern ich Mars auch seinen großen Tag mißgönne. Immer vorausgesetzt, daß die Menschheit es überhaupt wert ist, gerettet zu werden.«

»Natürlich ist sie das wert!«

»Wirklich?« fragte sie und richtete ihren geheimnisvollen, teichtiefen Blick auf ihn.

Plötzlich hatte Zane seine Zweifel. Doch er schob sie beiseite. »Gehen wir doch einmal, rein der Diskussion halber, davon aus, daß der Mensch es wert ist, gerettet zu werden. Worauf willst du dann hinaus?«

»Vielleicht wäre es einmal hilfreich, sich mit verschiedenen Methoden des Denkens auseinanderzusetzen.«

»Um den Krieg zu verhindern? Wie denn?«

»Durch Gedankenformationen.«

»Formationen?« Zane war verärgert, doch er weigerte sich, das Ausmaß seiner Verwirrtheit zuzugeben. Wenn die Natur auf irgend etwas hinauswollte, dann wollte er es auch begreifen.

»Der Mensch ist nicht nur ein linearer Denker«, sagte sie und zog dabei eine Linie aus Nebel in die Luft. Wie ein ferner Kondensstreifen blieb sie dort schweben. »Wenngleich Serien gewiß sehr direkt sind und unter vielerlei Umständen auch recht nützlich sein können.«

Zane musterte den Kondensstreifen. »Serien?« fragte er.

»Stell dir einmal die Synapsen deines Gehirns vor, als wären sie Streichhölzer, die Kopf an Fuß aneinandergelegt werden. Dann bewegen sich deine Gedanken entlang dieser kleinen Pfade.« Sie durchschnitt die Linie mit ihrem Finger, wodurch sie in fünf Teile geteilt wurde:

— — — — —.

»Dies ist eine serielle Anordnung. Das ist, als würde man eine Schnellstraße entlangfahren, vom Start zum Ziel.«

»Oh, ja, jetzt verstehe ich. Synapsen, die in einer Reihe angeordnet sind. Ich schätze, wir denken tatsächlich auf diese Weise, wenngleich es auch andere Wege gibt.«

»Ganz genau. Was jetzt folgt, das ist ein System alternativer Pfade.« Sie wischte mit der Hand über den Kondensstreifen und löschte ihn damit aus. Dann zeichnete sie mit ihrem Finger fünf neue Streichhölzer in die Luft:

»Das hier ist eine Parallelformation. Sie ist natürlich sehr schnell und sehr stark; sie führt zu einer so gut wie sicheren

Schlußfolgerung, die auf vielerlei Fakten beruht. Dies ist vielleicht die machtvollste Vorgehensweise.«

»Aber dafür führt sie auch nicht so weit wie die andere.«

»Das ist wahr. Sie ist konservativ und führt zu kleinen, sicheren Schritten ohne viele Irrtümer, ganz im Gegensatz zu den plötzlichen Verständnissprüngen, welche durch die Serienformation ermöglicht werden. Sie hat zwar durchaus ihre Schwächen, aber wenn die Situation es verlangt, ist sie sehr nützlich.«

»Mag sein. Aber worauf du hinauswillst ...«

»Manchmal scheinst du zu diesem Denkertyp zu gehören«, meinte sie lächelnd. Sie schürzte die Lippen und stieß einen Nebelring hervor, der zur Decke emportrudelte. »Du klammerst dich an Grundbedingungen. Doch die werden dir nicht immer sehr gut dienen.«

»Aber im Fegefeuer bekomme ich gerade deswegen Ärger, weil ich das nicht tue!« protestierte er.

»Als nächstes haben wir die kreative Formation«, fuhr sie fröhlich fort, wobei sie die Parallelformation wegwischte und an ihrer Stelle fünf Streichhölzer in die Luft zeichnete, die von einer gemeinsamen Mitte heraus nach außen strebten:

»Divergente Gedanken, die nicht unbedingt durch ihren jeweiligen Kontext begrenzt sind.«

»Die in alle Richtungen davonschießen«, stimmte Zane ihr zu. »Aber ...«

»Und dann gibt es da noch die schizoide Formation«, fuhr sie fort und malte ein Pentagon:

»Immer herum und herum, ohne irgendwo hinzukommen, internalisierend.«

»Was kann die denn nützen?«

»Sie könnte einer Person dabei helfen, sich mit einer bösen Notwendigkeit abzufinden«, erklärte sie.

»Ich verstehe nicht, wie ...«

»Und schließlich gibt es auch noch die intuitive Formation.« Sie zeichnete eine weitere Formation in die Luft:

—///—.

»Ein ganz plötzliches Schlußfolgern. Nicht unbedingt die zuverlässigste Methode, aber manchmal gerade dort recht wirkungsvoll, wo die anderen nur versagen.

»Fünf Denkformationen«, sagte Zane, der sich langsam einem Wutausbruch näherte. »Sehr interessant, wirklich. Aber was wolltest du mir eigentlich sagen?«

»Ich habe es dir bereits gesagt«, erwiderte die Natur gelassen.

»Was hast du mir gesagt? Die ganze Zeit bist du dem Thema ausgewichen!«

»Welchem Thema?«

Nun hatte Zane genug. »Ich habe keine Lust mehr, das Spiel mitzuspielen.« Wütend stampfte er aus der Zitadelle. Die Natur stellte sich ihm nicht in den Weg.

Es erwies sich als viel leichter, das Zentrum des Anwesens zu verlassen, als hineinzugelangen. Er schritt einen Pfad entlang, kam dann durch ein Dickicht und trat schließlich auf das Feld hinaus, von wo aus er seine Reise begonnen hatte, ohne diesmal jedoch erst einen Teich oder einen Sumpf oder einen tiefen Wald durchqueren zu müssen; das Feld war nur wenige hundert Meter entfernt. Mortis und Luna erwarteten ihn dort.

»Was hatte die alte Mutter Natur dir denn so Dringendes zu sagen?« fragte Luna etwas schnippisch.

»So alt ist sie gar nicht. Jedenfalls glaube ich das nicht.«

»Dann schätz doch mal ihr Alter auf plus/minus zehn Jahre.«

»Bist du etwa eifersüchtig?« fragte er, angenehm berührt.

Luna überprüfte sich selbst, als wollte sie sich vergewissern, daß sie keinen Wahrheitsstein dabei hatte. »Natürlich nicht. Nun, wie alt?«

»Das konnte ich einfach nicht ausmachen. Sie hat Nebel getragen.«

»Nebel?«

»Irgendeine Art Nebelschleier. Er hat ihren ganzen Körper verdeckt. Aber ich hatte einen Eindruck von Jugend, oder zumindest nicht von Alter.«

»Die Natur ist zeitlos.«

»Das ist sie wohl, technisch gesehen. Aber das ist der Tod auch.«

Luna packte besitzergreifend seinen Arm. »Und der Tod soll mir gehören. Aber hat sie denn keine wichtige Mittellung oder Warnung für dich bereitgehalten? Wenn Sterbliche wie ich davon nicht erfahren dürfen, dann sag es ruhig.«

Zane lächelte verlegen. »Nichts dergleichen! Anscheinend wollte sie einfach nur ein wenig plaudern.«

»Oder den neuen Amtsinhaber abschätzen.«

»Vielleicht. Sie hat über dieses und jenes gesprochen, über die Evolution und über den Schamanen, der den ältesten Beruf der Welt ausübt. Über Gedankenformationen und darüber, wie die anderen Inkarnationen mir auf raffinierte Weise Steine in den Weg legen könnten, wenn ich es nur zuließe. Sie hat sich die Seele angeschaut, die ich unterwegs eingesammelt habe, und dann hat sie auch noch angedeutet, daß sie sie wiederherstellen könnte.«

»Vielleicht hat sie nur einen Köder ausgeworfen. Damit du reagierst, damit sie dich besser einschätzen kann. Manche Frauen sind eben so, und die Natur ist dafür sicher das extremste Beispiel.«

»Sicherlich der Archetyp«, stimmte er zu. »Aber was die Seele angeht, so läßt sich das leicht feststellen. Wir wollen ihren Bluff einmal überprüfen. Ich werde diese Seele jetzt wieder zu ihrem Körper zurückbringen.«

»Das ist wirklich ein interessantes Rendezvous«, bemerkte Luna, als sie wieder auf Mortis aufgesessen waren.

»Wenn du schon darauf bestehst, mit dem Tod auszugehen, dann kannst du auch nur morbide Dinge erwarten.«

Das Pferd schoß davon, es kannte sein Ziel. Luna legte die Arme um Zanes Oberkörper und hielt sich fest.

»Seit ich dich kennengelernt habe, hat die Aussicht, sterben zu müssen, für mich schon etwas von ihrem Schrecken verloren«, redete sie auf seinen Rücken ein, während sie mit Hyperantrieb die Welt durchquerten. »Vielleicht war es ja das, was mein Vater vorhatte.«

Zane antwortete nicht. Er konnte den Gedanken daran, daß sie früh sterben würde, immer noch nicht richtig akzeptieren. Was würde denn für ihn übrig bleiben, wenn sie erst einmal fort war? Inwieweit hatte sie ein derartiges Schicksal verdient? Es war ihm egal, welche Sündenlast ihre offizielle Akte anzeigen mochte; sie war eine gute Frau.

Mortis ging neben einem Beerdigungsinstitut nieder. Es war immer noch Nacht hier in San Diego, oder zumindest allerfrühester Morgen, und alles war ganz ruhig.

Die Eingangstür war verschlossen, doch als sie von dem Todeshandschuh berührt wurde, ging sie auf; kein stoffliches Hindernis konnte den Tod aufhalten. Sie traten ein und entdeckten schon bald die Kühlabteile, wo man die Leichen für die Dauer der vorgeschriebenen Wartezeit lagerte. Mit Hilfe seiner Edelsteine gelang es Zane, die Schublade auszumachen, in der das Tanzmädchen lag; er zog sie hervor. Er hatte gar nicht gewußt, daß sich die Edelsteine auch auf einen seelenlosen Körper ausrichten konnten, wenn er dies wollte; sie waren wirklich vielseitiger als er erwartet hatte.

Da lag sie nun, ganz definitiv tot. Und gar nicht so hübsch wie ein Leichnam, den man mit geschlossenen Augen und Mund zum Vorzeigen ausgelegt hatte, mit entnommenen Eingeweiden und Einbalsamierungsflüssigkeit anstelle des Blutes; sie war einfach nur eine todeskalte Leiche.

»Wirklich, ein höchst ungewöhnliches Rendezvous«, murmelte Luna.

Zane öffnete seinen Beutel und holte die Seele des Mädchens hervor. Er schüttelte sie leicht, worauf sie sich entfaltete, dann legte er sie auf den Leichnam. »Weiter kann ich nicht gehen ...«

Die Seele sank in den steifen Leib hinab. Bald darauf erzitterte der nackte Torso, und die Augen wurden aufgerissen. Abgehackt begann das Mädchen wieder zu atmen.

»Sie lebt!« rief Luna. »Wir müssen sie aus ihrer Schublade herausholen!«

»Die Natur hat also nicht geblufft!« sagte Zane. »Sie hat dieses Mädchen wiederbelebt!« Er legte seine Arme um den kalten Oberleib des Mädchens und hob sie auf. Sie blieb steif, als habe die Totenstarre noch nicht ganz nachgelassen, dennoch lebte sie und konnte sich ein wenig bewegen. Luna half ihm, das Mädchen in einen wärmeren Raum zu tragen. Dort bearbeiteten sie sie an Händen und Füßen, um diese wieder zu wärmen und elastisch zu machen, doch es genügte nicht. Nach und nach wurde die Atmung wieder flacher, und die Steifheit ließ nicht nach.

»Man muß sie wärmen«, bemerkte Luna. »Sonst stirbt sie noch einmal. Sie war zu lange im Gefrierfach, und der Zauber der Natur scheint nur vorübergehender Art gewesen zu sein. Ich muß Magie anwenden ...«

»Aber das wird doch dein Sündenkonto noch mehr belasten!« wandte Zane ein.

»Was macht das jetzt schon noch für einen Unterschied? Ich bin doch ohnehin zur Hölle verdammt.« Luna holte einen Edelstein hervor. Zane ließ sie gewähren, denn er wußte, daß sie recht hatte. Der Einsatz schwarzer Magie konnte ihr nun auch nichts mehr anhaben. Dennoch erschien es ihm als eine Ironie des Schicksals, daß sie um dieser guten Tat willen noch weiteren Schaden erleiden mußte. Irgendwie schien es im Jenseits keine wirkliche Gerechtigkeit zu geben.

Luna aktivierte den Stein. Der leuchtete mit sanftem blauen Strahlen auf. Sie hielt ihn gegen den kalten Leib der Tänzerin, und sofort erwärmte sich der Körper und wurde weich. Zanes Arme, mit denen er das Mädchen aufrecht hielt, wurden von der Strahlung erfaßt, und er verspürte eine sanfte, aber mächtige Hitze. »Das ist ja wie ein Mikrowellenherd!« rief er.

»Es funktioniert nach dem gleichen Prinzip«, bejahte Luna. »Alles, was die Naturwissenschaft kann, kann die Magie auch, und umgekehrt. Nur die Mechanismen unterscheiden sich.«

Nun erholte sich das Mädchen sehr schnell. Ihr Atem

ging tiefer, der Körper wurde geschmeidiger, und sie nahm auch eine gesündere Farbe an. »W-was?« fragte sie.

Zane war sich plötzlich schmerzlich der Tatsache bewußt, daß er ein nacktes Mädchen in den Armen hielt. Doch wenn er die Tänzerin losließ und sie sich umdrehen sollte, würde sie dem Tod ins Gesicht blicken …

Im selben Augeblick erfaßte auch Luna das Problem.

»Wir müssen dir etwas zum Anziehen holen, Liebes«, sagte sie zu dem Mädchen.

Zane stützte die Wiedererwachte weiterhin, während Luna das Institut durchsuchte. Dabei sprach sie in beruhigendem Ton zu dem Mädchen: »Im Augenblick wirst du dich nicht sehr wohl fühlen, Liebes. Weißt du, du hast es mit dem Tanzen ein wenig übertrieben und bist in Ohnmacht gefallen. Da glaubten sie, du wärest tot und haben dich in die Gefrierkammer getan. Deshalb ist dir auch so kalt.«

»So kalt«, pflichtete das Mädchen ihr bei und begann zu zittern.

Luna stöberte eine Decke auf und brachte sie der Tänzerin. »Wickel dich darin ein. Da ist noch eine Sache, die wir dir erklären müssen. Du bist hart auf der Kippe gewesen … So hart, daß man den Tod herbeigerufen hat, um deine Seele zu holen. Aber es stellte sich heraus, daß er … na ja, er hat dich schließlich doch nicht geholt. Also erschrick nicht; der Tod ist im Begriff fortzugehen, nicht etwa anzukommen.«

»Tod?« Verständlicherweise war das Mädchen im Augenblick geistig nicht voll auf der Höhe.

Zane ließ sie los, während Luna ihr dabei half, sich in die Decke zu wickeln. Das Mädchen wandte sich um und blickte zum ersten Mal dem Tod bewußt ins Antlitz. Sie japste kurz auf, akzeptierte es aber schließlich.

»Der Tod holt niemanden, der nicht zum Gehen bereit ist«, bemerkte Luna beruhigend. »Tatsächlich ist er eigentlich dein Freund, nicht dein Feind. Allerdings wirst du das deinen Bekannten erklären müssen. Erzähle ihnen, daß du so weit abgesackt bist, daß du sogar den Tod gesehen hast, aber daß er dich verschont hat. Das wird dir zu einer wohlverdienten Berüchtigtheit verhelfen.«

»Oh, ja«, stimmte das Mädchen ihr mit schwacher Stimme zu. »Freut mich, Sie kennenzulernen, Tod. Ich habe schon viel von Ihnen gehört.« Doch sie wirkte nicht gerade entzückt.

Endlich gelang es ihnen, das Mädchen zu ihren Freunden zu schaffen, die sie wie jemanden empfingen, der von den Toten auferstanden war. »Und laß die Füße von fremden Pantoffeln«, warnte Luna sie zum Abschied.

Auf Mortis' Rücken ritten sie nach Kilvarough zurück, den Himmel entlang galoppierend, der Dämmerung entgegen. »Was für ein Rendezvous!« wiederholte Luna und gab Zane einen Abschiedskuß. »Sollen wir es ab jetzt Liebe nennen?«

»Ist es das?« fragte er, ehrlich verunsichert. Das, was er für Luna empfand, ging wesentlich tiefer als alles, was er jemals für eine andere Frau empfunden hatte, aber es war nicht so intensiv.

Sie legte die Stirn in Falten. »Nein, noch nicht.« Sie lächelte, etwas traurig. »Vielleicht bleibt uns ja noch genug Zeit.«

9 Bürokratie

Zane machte sich daran, seine aufgelaufene Arbeitslast zu vermindern. Inzwischen wurde er immer kompetenter und konnte jede beliebige Seele innerhalb der von der Todesuhr vorgeschriebenen Zeit ausfindig machen. Dennoch merkte er, daß ihn sein Amt auch zunehmend nachdenklicher machte. Der Tod war nicht die Endkatastrophe des Lebens, sondern ein notwendiger Teil von ihm, der Übergang in das Leben danach. Die Tragödie bestand nicht darin, zu sterben, sondern vielmehr in der Vorzeitigkeit des Sterbens, bevor ein Leben sein natürliches Ende gefunden hatte. Allzu viele Menschen führten ihr eigenes Ende durch selbstmörderisches Verhalten herbei, etwa indem sie starke, bewußtseinsbeeinflussende Drogen einnahmen oder sich mit schwarzer Magie beschäftigten. Doch er selbst war ja nicht minder töricht gewesen.

In gewissem Sinne, so erkannte er, hatte er erst zu leben begonnen, als er aus dem Leben geschieden war. Er war wiedergeboren worden – im Tod.

Nun, da er sich immer stärker in das Amt des Todes einarbeitete, begann er auch daran zu glauben, daß er seine Arbeit richtig und zuverlässig ausüben konnte. Worauf es ankam, das war weniger das Können als vielmehr die Absicht. Wahrscheinlich hätte sein Vorgänger bessere Arbeit leisten können – doch er hatte sich nicht die Mühe gegeben. Zane besaß weniger Kompetenz, verfügte dafür aber auch über den starken Willen, es richtig zu machen. Er brauchte keine Erscheinung, kein Gespenst zu sein. Er konnte versuchen, jedem Menschen den notwendigen Übergang ins jenseitige Leben so sanft wie möglich zu gestalten. Warum sollte man sich davor fürchten? Natürlich befand er sich immer noch in seiner Einarbeitungsphase. Wenn die herrschenden Mächte nicht mit seiner Arbeit zufrieden sein sollten, würde seine Gut-Böse-Bilanz darunter leiden, und er würde zur Hölle verdammt werden, wenn er sein Amt einmal niederlegte. Doch soweit er wußte, konnte ihn keine andere Macht seines Amtes entheben. Nicht, solange er Vorsicht walten ließ. Wenn er also bereit war, seine Seele der Verdammnis anheimzugeben, so konnte er in alle Ewigkeit damit fortfahren, indem er die Arbeit nämlich richtig erledigte.

»Ja, das war es! Verdammte Ewigkeit!« fluchte er. »Ich weiß, was richtig ist, und das werde ich auch tun. Wenn Gott mich verdammen oder Satan mich segnen sollte, dann habe ich eben Pech gehabt, aber ich muß eben einfach auf mein eigenes ehrliches Urteil vertrauen.« Plötzlich fühlte er sich schon viel besser; seine Selbstzweifel waren weitgehend verflogen.

Sein gegenwärtiger Klient hielt sich unter der Erdoberfläche auf, in der Nähe von Nashville, der ländlichen Musikhauptstadt. Das stellte für Mortis kein Problem dar, der mit

Zane auf dem Rücken einfach den Boden durchstieß. Zane erblickte die Sandschichten, Geröll und verschiedene Felsarten, bis er einen schrägen Schacht erreichte, der durch eine Kohlenmine führte, und schließlich die Höhle erreichte, wo zwei Grubenarbeiter von einem kürzlich stattgefundenen Einsturz gefangengehalten wurden. Für sie bestand keine Hoffnung mehr: Die Luft war knapp, und die Rettungsmannschaften würden Tage brauchen, um den Schacht von Geröll zu befreien.

Es war völlig dunkel, doch Zane konnte gut genug sehen. Anscheinend war ihm durch sein Amt auch die magische Sehfähigkeit verliehen worden, damit ihn bloße Finsternis nicht im Wahrnehmen seiner Aufgabe behindern konnte. Die Männer lagen gegen eine Mauer aus Geröll gelehnt, sie gingen mit ihren Kräften und der Atemluft so sparsam wie möglich um. Sie wußten, daß es keinen Ausweg mehr gab.

»Hallo«, sagte Zane verlegen.

Einer der Grubenarbeiter drehte den Kopf. Die Pupillen seiner Augen waren riesig, als er sich darum bemühte, im Dunkeln zu sehen – und natürlich wurde Zane ihm sofort auf magische Weise sichtbar. »Nicht hinsehen«, murmelte der Mann, »aber ich glaube, wir müssen jetzt die Essensmarken abgeben.«

Selbstverständlich sah der andere sofort hin. »Der Totenschädel mit der Kapuze! Das ist der Tod!«

»Ja«, sagte Zane. »Ich bin gekommen, um einen von euch zu holen.«

»Du bist gekommen, um uns beide zu holen«, erwiderte der erste Grubenarbeiter. »Wir haben nur noch für ungefähr eine Stunde Luft. Vielleicht sogar noch weniger.«

Zane blickte auf seine Uhr. »Weniger«, sagte er.

»Ach Gott, ich will nicht sterben!« sagte der zweite Grubenarbeiter. »Aber als ich hörte, wie der Einsturz begann, da wußte ich sofort, daß es hoffnungslos war. Wir haben ja sowieso nur von geborgter Zeit gelebt, bei den ganzen Sicherheitsbestimmungen, gegen die die Firma dauernd verstoßen hat. Wenn ich klüger gewesen wäre, wäre ich aus diesem Job ausgestiegen!«

»Und was hättest du statt dessen gemacht?« fragte der erste Bergarbeiter.

Der andere seufzte. »Gar nichts. Ich mache mir selbst etwas vor; dies ist der einzige Job, von dem ich etwas verstehe.« Wieder blickte er Zane an. »Wieviel Zeit noch?«

»Neun Minuten«, erwiderte Zane.

»Zeit genug für die Riten.«

»Was?«

»Nimm mir die Beichte ab. Du weißt schon, meine Religion. Die Sterbesakramente. Ich bin zwar nie ein großer Kirchgänger gewesen, aber in den Himmel kommen möchte ich trotzdem!«

Der zweite Bergarbeiter lachte hart. »Ich weiß jedenfalls, daß *ich* dort nicht hinkommen werde!«

Zane holte den Sündenstein hervor. »Du kommst in den Himmel«, sagte er zu dem ersten Mann. »Und bei dir ist es noch fraglich«, teilte er dem zweiten mit. »Deshalb muß ich deine Seele auch persönlich abholen.«

»Fraglich? Was soll das denn bedeuten?«

»Deine Seele ist zwischen Gut und Böse ausgeglichen, so daß es ungewiß ist, ob du in den Himmel oder in die Hölle kommst, oder ob du eine Weile im Fegefeuer verbringen mußt.«

Der Mann lachte. »Das ist aber eine Erleichterung!«

»Eine Erleichterung?«

»Solange ich überhaupt irgendwohin gehen kann. Es ist mir egal, wenn es die Hölle sein sollte. Ich weiß, daß ich sie verdient habe. Ich habe meine Frau betrogen, die Regierung bestohlen ... Nenn irgend etwas – ich habe es getan. Und ich bin bereit, dafür zu zahlen.«

»Du fürchtest dich gar nicht vor der Hölle?«

»Ich fürchte mich nur vor einem, und das ist, mich in einem solch engen Raum aufhalten zu müssen wie hier, während die Luft ausgeht und ich völlig hilflos bin ... auf alle Ewigkeit. Eine Stunde halte ich das ja aus, aber nicht für immer. Es ist mir gleichgültig, was mit mir passiert, solange es nicht das hier ist.«

»Mir ist es aber nicht gleichgültig!« sagte der erste Grubenarbeiter. »Ich habe so viel Angst, daß ich schon am ganzen Leibe zittere.«

Zane dachte nach. Er erkannte, daß die Sterbenden jemanden brauchten, der ihre Hand hielt, nicht jemanden, der sie abwies. Es war ohnehin schon schwer genug, das Unbegreifliche begreifen zu müssen. Zane mußte ihm helfen. »Ich bin zwar für den einen von euch gekommen, der im Gleichgewicht ist, aber ich glaube, der andere braucht meine Dienste mehr.«

»Na klar doch, hilf ihm ruhig«, meinte der ausgeglichene Klient. »Ich will zwar nicht behaupten, daß mir das Sterben gefällt, aber ich schätze, ich werde damit schon klar kommen. Als ich mich für diesen Job entschieden habe, da kannte ich die Risiken. Vielleicht gefällt mir die Hölle ja.«

Zane nahm neben dem anderen Platz. »Wie kann ich dir helfen?«

»Durch die Sterbesakramente, das habe ich dir doch schon gesagt; das wird mir ein wenig helfen.«

»Aber ich bin kein Priester; ich gehöre nicht einmal derselben Religion an wie du.«

»Du bist der Tod, das wird schon reichen!«

Das war wohl wahr. »Dann werde ich zuhören und ein Urteil fällen. Aber ich weiß doch bereits, daß dein Sündenkonto nicht allzu groß ist.«

»Da ist eine Sache«, sagte der Mann aufgewühlt. »Eine Sache, die mich schon seit Jahrzehnten verfolgt. Meine Mutter ...«

»Deine Mutter!« sagte Zane mit wohlvertrautem Schock.

»Ich glaube, ich habe sie umgebracht. Ich ...« Der Grubenarbeiter hielt inne. »Geht's dir noch gut, Tod? Du siehst aber wirklich reichlich bleich aus, selbst für deine Verhältnisse.«

»Ich verstehe etwas vom Umbringen von Müttern«, sagte Zane.

»Das ist gut. Sie ... ich war noch ein Teenager, als ... na ja ... sie lag auf dieser Krankenstation und ...«

»Ich verstehe«, wiederholte Zane. Er streckte den Arm aus und nahm die Hand des Mannes. Er wußte zwar, daß sich seine behandschuhten Finger wie Knochen anfühlten, doch der Grubenarbeiter wich nicht zurück.

»Sie hatte Krebs, und ich wußte, daß sie unter Schmerzen litt, aber ...«

Zane drückte seine Hand.

Beruhigt fuhr der Bergmann fort: »Ich habe sie besucht, und eines Tages bat sie mich, aus dem Raum zu gehen und zu lesen, was auf dem ... du weißt schon, über der Tür, was da für ein Wort stand. Also ging ich hinaus und sah nach, und da stand etwas geschrieben, aber ich konnte es nicht lesen. Ich glaube, es war lateinisch. Ich ging wieder hinein und sagte es ihr, und sie fragte mich, ob es ... sie hat es buchstabiert. Buchstabe um Buchstabe, und weißt du was? Sie hatte recht, genauso war es geschrieben gewesen. Also sagte ich ja und wunderte mich noch, wieso sie das gewußt hatte, und sie dankte mir. Ich glaubte, sie wäre zufrieden.«

Der Bergmann erschauerte. »Und am nächsten Morgen war sie tot. Der Arzt meinte, daß sie anscheinend einfach aufgegeben hatte und in der Nacht gestorben war. Niemand wußte warum, weil sie vorher so hart darum gekämpft hatte, am Leben zu bleiben. Aber ich ... ich ging der Sache nach und fand heraus, daß das lateinische Wort, das ich ihr buchstabiert hatte ... es hieß unheilbar. Ich hatte ihr also mitgeteilt, daß es keine Hoffnung mehr gab, und so gab sie einfach auf. Ich schätze, ich habe sie umgebracht.«

»Aber das wußtest du doch gar nicht!« protestierte Zane.

»Ich hätte es aber wissen *müssen*. Ich hätte ...«

»Dann hast du ihr einen Gefallen getan«, widersprach Zane. »Die anderen haben ihr die Wahrheit verheimlicht und sie unter Schmerzen am Leben gehalten. Du hast sie von ihrem Zweifel erlöst.« Er sprach ebensosehr für sich selbst wie für den Grubenarbeiter. »Das ist keine Sünde, die deine Seele belastet.«

»Nein, ich hätte es sie nicht wissen lassen dürfen!«

»Wäre es etwa recht gewesen, ihr Leben durch eine Lüge zu verlängern?« fragte Zane. »Wäre deine Seele dann reiner gewesen?«

»Es stand mir nicht zu ...«

»Ach, hör doch auf!« sagte der andere Bergmann. »Deine einzige Schuld war die Unwissenheit. Sonst nichts. *Ich* hätte auch nicht gewußt, was diese lateinischen Worte bedeuten.«

»Woher auch?« konterte der andere. »Du warst ja schließlich nicht dabei!«

»Nein, das war ich wohl nicht«, gab der zweite Bergmann sarkastisch zu. »Ich weiß ja auch nicht einmal, wer meine Mutter war.«

Der erste Bergmann hielt inne, etwas verblüfft. »Da ist etwas dran«, gab er zu. Indem er dieses technische Zugeständnis machte, schien er auch den menschlichen Faktor der Sache zu akzeptieren. Er wenigstens hatte seine Mutter gekannt und sie geliebt.

»Nun bin ich bestimmt kein Philosoph«, fuhr der zweite Bergarbeiter fort. »Ich bin durch und durch ein Sünder. Aber wenn ich eine Mutter gehabt hätte wie du, eine gute Frau, dann wäre ich vielleicht ein besserer Mensch geworden. Also laß dir von jemandem sagen, der eigentlich gar kein Recht hat, es auszusprechen: Du solltest deine Mutter nicht voll Schuld oder Trauer in Erinnerung behalten, sondern voller Dankbarkeit – für die Freude, die sie dir bescherte, als sie noch am Leben war, dafür, daß sie dich in Richtung Himmel geführt hat und nicht in Richtung Hölle.«

»Für einen Sünder bist du bemerkenswert einsichtig! Aber wenn ich ihr nur hätte helfen können, ein bißchen länger zu leben ...«

»Länger in einem Kasten, in dem die Luft schal wird?« fragte der andere.

»Nein, da muß ich zustimmen«, sagte Zane. »Es war Zeit, die Sache zu beenden. Diese Dinge folgen einem Zeitplan, den kein Sterblicher versteht. Sie wußte das, auch wenn du es nicht wußtest. Wenn es noch eine Überlebenschance gegeben hätte, so wäre sie vielleicht bereit gewesen, die Sache durchzustehen, um ihrer Familie willen, um der Dinge willen, die sie auf Erden noch zu erledigen hatte. Doch es gab diese Chance nicht. Deshalb war es auch das Beste, daß sie sich nicht länger quälte. Sie hat ihr Leben beiseite gelegt, wie du es mit einem untauglich gewordenen Werkzeug tun würdest, und sie hat die Düsternis ihres Jammertals gegen die strahlende Helligkeit des Himmels eingetauscht.«

»Ich weiß nicht.« Inzwischen atmete der Mann immer flacher, weil die Luft nicht mehr genügend Sauerstoff enthielt. Das schien ihm mehr auszumachen als seinem Kameraden.

»Du wirst sie dort wiedersehen«, schloß Zane. »Sie ist im Himmel. Dort wird sie dir persönlich dafür danken.«

Der Bergmann antwortete nicht, deshalb ließ Zane seine Hand los und wandte sich an den anderen, seinen eigentlichen Klienten. »Bist du sicher, daß ich nichts für dich tun kann?«

Der Mann überlegte. »Weißt du, ich bin ja ein Zyniker, aber ich schätze, ich sehne mich doch nach irgendeinen Sinn im Leben, oder wenigstens nach Verstehen. Es gibt da ein Lied, das mir immer im Kopf herumgeht, und das hat mich irgendwie gepackt. Ich glaube nämlich, daß es etwas bedeuten muß, aber ich weiß nicht, was.«

»Ich bin zwar kein Experte, was Ausdeutungen angeht«, sagte Zane, »aber ich kann es ja mal versuchen. Was ist das für ein Lied?«

»Ich weiß weder den Titel noch sonst etwas, ich glaube, es ist einfach nur ein altes Walfängerlied. Vielleicht habe ich ja Walfängerblut in meinen Adern. Es lautet ... jedenfalls soweit ich mich erinnern kann: *...und der Wal schlug aus mit seinem Schwanz, und das Boot kenterte, und ich verlor meinen geliebten Mann, und er wird niemals, niemals wieder ausfahren. Großer Gott! Und er wird niemals wieder ausfahren.* Was mich packt, das ist dieses ›Großer Gott!‹ das haut mich um. Ich habe mich noch nie einen verdammten Deut um Gott geschert, aber es geht mir nahe, und ich weiß nicht, warum.«

Zane hegte den Verdacht, daß der Mann sich mehr aus Gott machte, als er glaubte, doch er ging lieber nicht weiter darauf ein. »Das ist so ein Ausruf«, meinte er. Der Liedauszug faszinierte ihn. Es lag tatsächlich Gefühl darin, wie von einer heftig trauernden Witwe, die einen Schmerzensschrei ausstieß. »Das ist ein Protest. *Großer Gott!* Warum mußte das geschehen? Ein gesunkenes Schiff oder ein Grubenunglück. Großer Gott!«

»Großer Gott!« wiederholte der erste Bergmann.

»Aber warum macht mir ausgerechnet jetzt, wo ich in diesem stinkenden Loch begraben bin, ein Walfängerlied zu schaffen?« wollte der zweite Grubenarbeiter wissen.

»Du mußt anscheinend damit bestimmte Dinge verbinden«, erwiderte Zane. »Ich bin nicht der Richtige, um eine Ausdeutung ...«

»Mir scheint die Sache klar zu sein«, bemerkte der erste Bergmann. »Du ertrinkst in den Tiefen des Meeres, du erstickst in den Tiefen der Erde, und deine Frau trauert.«

»Hm, ja, das wird sie vielleicht tun«, meinte der zweite Mann, und seine Miene hellte sich auf. »Aber ich glaube doch nicht, daß es das ist. Es ist eher wie eine Botschaft; wenn ich sie doch nur verstehen könnte.« Er schnippte mit den Fingern, als wollte er die Botschaft herbeirufen, und das Geräusch hallte in den Tiefen der Grube wider. »Hör mal, Tod, wenn du etwas tun willst, dann erzähl mir eine Geschichte über dieses Lied. Irgendwas, nur damit es ein wenig Sinn ergibt.«

Dies war also der letzte Wunsch des Klienten. Beide Männer keuchten inzwischen nach Luft, und die Zeit war knapp. Zane mußte versuchen, dem Wunsch des Mannes zu entsprechen, selbst wenn er dabei versagen sollte. Er dachte einen Augenblick nach, dann begann er zu sprechen, und was er sagte, überraschte ihn selbst.

»Es gab einmal eine junge Walin namens Wilda. Sie zog durch die Ozeane der Welt, glücklich, in Begleitung ihresgleichen zu sein, und als sie volljährig wurde, dachte sie daran, sich mit einem Wal zu paaren, wie dies die anderen Walkühe taten, ein Waljunges zu gebären und es aufzuziehen. Doch dann kamen eines Tages die Jäger in ihren riesigen Booten, und sie harpunierten ihren Vater, ihre Mutter und ihren Walbullenfreund, zerrten sie aus dem Wasser, und es blieb von ihnen nichts anderes mehr übrig als ihr Blut und grauenerregende Körperteile, um die sich schon bald die Haie scharten. Wilda konnte entkommen, denn sie hatte Magie gelernt; sie verwandelte ihr Aussehen, so daß sie einem wertlosen Abfallfisch glich und davonschwamm.

Sie trauerte mit ihrem Walgesang, der von Verlust und Schmerz kündete, doch zugleich war sie auch wütend und verwirrt. Warum kamen diese winzigen Landwesen, Menschen genannt, um Wale zu metzeln, die ihnen nie etwas Böses getan hatten? Das alles schien keinen Sinn zu ergeben. Sie begriff, daß sie dieses Problem nicht würde lösen können, solange sie die Motive des Gegners nicht verstand. Also nahm Wilda eine menschliche Gestalt an und suchte das Fischerdorf auf, wo die Walfänger lebten.

Einige der Menschen lachten sie aus, denn sie war nackt und wußte nichts von ihren Sitten. Doch ein junger Mann namens Hank nahm sie zu Hause auf, denn sie war auch sehr schön. Hank lebte bei seiner verwitweten Mutter, und die beiden kleideten sie ein und lehrten sie die Sprache ihrer Art, und sie lernte auch sehr schnell, denn sie war eine intelligente Walin und wollte diese seltsamen Lebewesen möglichst schnell kennenlernen. Sie hatte erfahren, daß Hank ein Walfänger war, der in periodischen Abständen ausfuhr, um Wale zu jagen, denn damit bestritt er seinen Lebensunterhalt. Hier an Land konnte man sich die Nahrung nicht einfach nehmen; die Leute konnten nicht einfach umherschwimmen, die Münder aufsperren und saftige Tintenfische verschlingen; und wenn es kalt wurde, konnten sie auch nicht einfach fröhlich gen Süden ziehen, wärmeren Gewässern entgegen, denn auf dem Land war das Reisen kompliziert. Ein Mensch mußte arbeiten und Gold verdienen, und mit diesem Gold kaufte er alles, was er zum Leben auf dem Land benötigte.

Nun begriff Wilda: Es handelte sich hier nicht um irgendeine persönliche Feindschaft. Das Menschenvolk führte ein schwierigeres Leben als das Walvolk, wodurch es zu Taten gezwungen war, die es sonst möglicherweise nicht verübt hätte, und es hielt das Walvolk auch nicht für vernunftbegabte Wesen. Vielleicht ließe sich etwas dadurch ändern, daß man das Menschenvolk mit der Kultur und den Gefühlen der Wale vertraut machte, möglicherweise würde das entsetzliche Töten dann aufhören. Sie versuchte, dies Hank zu erklären, doch der hielt es für einen Witz. Schließlich war sein Vater von der Schwanzflosse eines Wals getötet worden, so daß seine trauernde Mutter ihn allein hatte aufziehen müssen. Großer Gott! Wie sollte er da Mitgefühl für die Wale hegen? Er bat Wilda, ihn zu heiraten, denn er brauchte eine Frau und glaubte, daß der Himmel sie ihm gesandt hatte.

Dies machte die Dinge für Wilda sehr schwierig, denn inzwischen liebte sie ihn, auch wenn er nicht von ihrer Art war. Also führte sie ihn an den Rand des Meeres, stapfte in das Wasser hinaus und nahm ihre natürliche Gestalt an, denn sie glaubte, daß er sich angewidert von ihr abwenden würde, nachdem er sie erst einmal als Walkuh gesehen hatte. Doch er rief ihr zu, sie solle zurückkehren, und er entschuldigte sich dafür, daß er ihr zuvor nicht geglaubt hatte und versprach, niemals wieder einen Wal zu töten. Endlich hatte sie ihn also doch eines Besseren belehrt, und seine Liebe zu ihr war ihm wichtiger als ihre wahre Natur.

Doch nun war sie wieder zu einem Meereswesen geworden, und der Ruf der See war stark. Wie sollte sie jemals auf alle Zeiten das Salzwasser verlassen und auf dem Trokkenen leben. Und sie erspähte einen weiteren Wal, einen kräftigen, prächtigen Bullen. Sie dachte, daß sie sich mit ihm paaren könnte, doch er verriet ihr, daß er in Wirklichkeit ein Tintenfisch war, der die Gestalt ihrer Art angemommen hatte, um zu erfahren, warum die Wale Tintenfische jagten, die ihnen doch nie etwas Böses angetan hatten. Wilda war erstaunt und betroffen, denn sie hatte sich nie vorgestellt, daß diese Wesen zu Gefühlen fähig oder gar vernunftbegabt sein könnten. Wie sollte sie nun jemals wieder einen Tintenfisch verschlingen? Und doch wußte sie, daß der Tod eine Kette des Fressens und Gefressenwerdens darstellte, die keinerlei Gerechtigkeit beinhaltete außer Not, Macht und Glück, und daß sich ihre eigene Art von jener der Menschen oder der Tintenfische durch nichts unterschied. Es war alles eine Frage der Perspektive. Also entschuldigte sie sich bei dem Tintenfisch, kehrte an Land zurück, nahm wieder ihre Mädchengestalt an und heiratete Hank, so daß das Problem gelöst war.

Und vielleicht«, schloß Zane, »vielleicht, wenn wir Menschen auf ähnliche Weise einen Einblick in das übergeordnete Muster unserer Existenz gewännen, würden auch wir dann die Ordnung der Natur akzeptieren, auch wenn sie uns gelegentlich Schmerzen bereitet, vor allem dann, wenn wir vor der Zeit sterben müssen.«

Er hielt inne und wartete auf eine Reaktion der Grubenarbeiter. Doch inzwischen war schon zuviel Sauerstoff verbraucht worden, und die beiden Männer hatten das Bewußtsein verloren. Zane entnahm die Seele seines Klienten und kehrte zu Mortis zurück, unsicher, ob er das Richtige getan hatte.

Nun hatte er eine andere Sorge. Es gab jemanden, den er kannte und der vor seiner Zeit sterben sollte; und Zane nahm dieses Schicksal nicht mit der gleichen Gelassenheit hin, wie Wilda es mit dem ihrer Familie getan hatte. Wie sollte er zu dem tieferen Verständnis gelangen, das er so dringend brauchte?

Die Natur hatte von Denkmustern gesprochen. Das erste war die lineare Vorgehensweise gewesen:

— — — — —

die im allgemeinen gradlinige Methode. Ob die ihm dabei helfen konnte?

Wie würde man mit dieser Methode vorgehen, um zu Verständnis zu gelangen? Man würde tun, was Wilda getan hatte, nämlich jemanden fragen, der über die erforderliche Information verfügte. Und wer konnte das sein? Wer wohl, wenn nicht der Fegefeuercomputer!

Nachdem er sein Pensum abgearbeitet hatte, machte er im Fegefeuer Halt. »Ich will die Akten einsehen«, sagte er zu dem Mädchen am Informationsschalter.

Sie teilte ihm mit, in welchen Flügel des Gebäudes er sich begeben müßte. Das war natürlich ein weiteres Computerzentrum, wo ein Terminal bereits auf ihn wartete. Er wußte nicht, ob dies derselbe Computer war, mit dem er schon einmal zu tun gehabt hatte, doch er vermutete, daß sämtliche Terminals mit derselben Zentraleinheit verbunden waren.

Er nahm Platz und schaltete das Terminal ein.

WIE KANN ICH DIR HELFEN, TOD? fragte der Schirm in grüner Schrift.

»Ich will den Status von Luna Kaftan überprüfen«, sagte Zane und begann damit, den Befehl einzutippen.

DIESES TERMINAL IST AUF VERBALINPUT PROGRAMMIERT, belehrte ihn der Monitor. LUNA KAFTAN, UNTOT. GEGENWAERTIGES GUT/BOESE- VERHAELTNIS 35-65. DAMIT FAELLT SIE IN DIE KATEGORIE UNMITTELBARER VERSCHICKUNG IN DIE HOELLE NACH IHREM ABLEBEN.

»Genau«, sagte Zane und wunderte sich darüber, daß der Computer derartig auf dem neuesten Stand über eine Seele sein konnte, die noch gar nicht geprüft worden war. Doch natürlich mußte das Fegefeuer über derlei Dinge informiert sein, um den Terminplan des Todes ausarbeiten zu können. »Sie hat ihren Vater getäuscht und auch einen Teil seiner Sündenlast übernommen, damit er sich für den Himmel qualifizieren konnte.« Doch noch während er dies sagte, merkte er, daß etwas nicht stimmte. Der Magier Kaftan hatte gar nicht nach dem Himmel gestrebt, er hatte vielmehr eine Begegnung mit dem Tod gewünscht. Es wäre ihm ein Leichtes gewesen, Luna einen weiteren kleinen Teil seiner Sündenlast aufzubürden, um sich auf diese Weise des Himmels zu versichern. Statt dessen hatte er jedoch die Sache so genau geplant, daß der Tod sich persönlich hatte um ihn kümmern müssen, so daß sich Magier und Tod über scheinbare Nebensächlichkeiten hatten unterhalten können. Genau wie die Natur, die Zane herbeizitiert hatte, um über andere Dinge mit ihm zu plaudern. Warum strengten sich diese wunderbaren Leute für derlei Kleinigkeiten nur so an?

DIE GESETZE DER VORHERBESTIMMUNG BESITZEN DURCHAUS IHRE SCHLUPFLOECHER, gestand der Monitor.

»Wenn du die Ewigkeit leiten würdest, würde die Sache also anders verlaufen?« fragte Zane lächelnd.

ANTWORT POSITIV. Und auf dem Bildschirm blitzte ein Karikaturenlächeln auf, das sich aus winzigen Quadraten zusammensetzte.

»Aber man ist doch davon ausgegangen, daß sie noch genug Zeit haben würde, um das Gleichgewicht wiederherzustellen«, wandte Zane ein. »Warum muß sie dann vorzeitig sterben?«

DIESE INFORMATION IST NICHT GESPEICHERT.

»Das Motiv ist aber doch ein wesentlicher Bestandteil der Akte«, protestierte Zane. »Man braucht diese Information, um festzustellen ob eine Seele nun gut oder böse ist. Da das Gleichgewicht darüber bestimmt, wohin ein Mensch nach seinem Dahinscheiden kommt, und ob ich, der Tod, mich direkt um ihn kümmern ...«

DIE MOTIVE DER KLIENTIN SIND GESPEICHERT, NICHT ABER DAS MOTIV DESJENIGEN, DER IHRE VORZEITIGE UMWANDLUNG TERMINIERT HAT.

»Wer hat die denn terminiert?« fragte Zane.

NICHT GESPEICHERT.

»Wie kann denn ein solcher Befehl anonym erteilt werden?« wollte Zane wissen. »Muß eine derart wichtige Anweisung nicht auch einen Verantwortungsträger aufweisen?«

NORMALERWEISE TRAGEN DERLEI DIREKTIVEN EINE UNTERSCHRIFT, stimmte der Monitor ihm zu. DIESE HIER NICHT. ANNAHME: FEHLER.

»Meinst du damit etwa, daß der Befehl ungültig ist?« Zanes Puls begann heftig zu klopfen. Vielleicht würde Luna doch noch überleben!

UEBERPREFUNGSPAUSE ... BEFEHL WURDE NICHT WIDERRUFEN.

»Aber auch nicht unterschrieben? Sollte man diese Anweisung denn dann nicht wenigstens so lange auf Eis legen, bis ihr Urheber identifiziert wurde?«

DERGLEICHEN IST NICHT VORGESEHEN.

»Aber man kann doch keinen Menschen ohne Autorisierung frühzeitig zum Tode verurteilen! Dafür muß es doch eine Autorisierung geben!«

ANNAHME: AUTORISIERUNG EXISTIERT, WURDE ABER VERSEHENTLICH GELOESCHT.

Zane begriff, daß die Maschine nicht die Verantwortung dafür übernehmen würde, einen Befehl abzuändern. Bürokratien waren so konzipiert, daß ihre Mitglieder keine Verantwortung zu tragen hatten. Er mußte die Sache raffinierter angehen. »Wer ist zur Erteilung einer solchen Anordnung befugt?«

ERLAEUTERN SIE DIE FRAGE.

Oh. Er hatte nicht angegeben, welche Anordnung er meinte – die Anordnung, die Lunas vorzeitigen Tod bestimmte, oder den Befehl, der den ersten unwirksam machen sollte. »Wer kann darüber bestimmen, daß ein Individuum vorzeitig stirbt?«

ALLE INDIVIDUEN STERBEN RECHTZEITIG.

»Jetzt verarsch mich bloß nicht, Computer! Luna Kaftan sollte normalerweise noch weitere vierzig Jahre leben. Unter halbwegs vernünftigen Umständen sogar noch länger. Warum soll sie nun plötzlich, unerklärlicherweise sterben?«

DAS MOTIV DER ANORDNUNGSQUELLE IST IN MEINER DATENBANK NICHT GESPEICHERT, erinnerte ihn der Monitor.

»Wer ist diese Anordnungsquelle?«

DIESE INFORMATION IST NICHT –

»Bietest du mir hier gerade eine Denkschlaufe an?« wollte Zane wissen.

JA.

Zane hielt verblüfft inne. Er hatte die Tatsache unterschätzt, daß der Computer alles wörtlich nahm! »Tatsächlich? Erklärung!«

ICH STELLE IHNEN NICHT DIE INFORMATION ZUR VERFUEGUNG, VON DER ICH WEISS, DASS SIE SIE SUCHEN.

Dieser Aspekt der Angelegenheit interessierte Zane. Versuchte die Maschine, ihm auf ihre Weise zu helfen?

»Welche Information ist das?«

DIE QUELLE DER ANORDNUNG UEBER DEN VORZEITIGEN RUHESTAND DER LUNA KAFTAN.

»Und den Grund für diese Anordnung auch nicht«, schloß Zane. »Gibt es Informationen, die du mir geben könntest, wenn ich die Frage richtig formulierte?«

ANTWORT NEGATIV. Doch bevor diese Mitteilung am Schirm erschien, zögerte der Computer ein wenig. Was hatte das zu bedeuten?

»Und wenn ich die Frage unrichtig formulierte?« fragte Zane ohne allzu große Hoffnung.

ANTWORT POSITIV.

Faszinierend! Es gab also eine Möglichkeit, dieses Hindernis zu umgehen, wenn er nur herausfand, welche. Doch die normale Vorgehensweise würde nicht genügen. »Wie muß ich es formulieren, um die gewünschte Information zu erhalten?«

NEGATIV.

Negativ. Darüber dachte Zane einen Augenblick nach. Sollte dies bedeuten, daß der Computer nicht direkt antworten durfte, daß er es aber auf indirekte Weise tun konnte? Wie sollte er denn dann seine Frage formulieren? Es würde doch nicht viel Sinn ergeben, zu fragen, wer die Anordnung nicht gegeben hatte – oder? Vielleicht war es doch einen Versuch wert.

»Welches ist nicht die Quelle der erwähnten Anordnung?« fragte er und hielt im Geiste die Luft an.

JEDE NATUERLICHE INSTANZ.

Das deckte wirklich eine Menge ab! Was blieb denn dann noch übrig, außer einer übernatürlichen Instanz? Die Inkarnationen waren teilweise übernatürlich, entschieden jedoch nicht über die Politik des Ewigen; sie führten sie nur aus. Somit blieben eigentlich nur noch Gott und Satan übrig. Doch warum sollte Gott so etwas tun? Satan andererseits ...

»Welcher übernatürlichen Instanz fehlt jedes Motiv für eine solche Anordnung?«

GOTT.

Natürlich. Aber warum sollte Satan das tun?

Die Antwort darauf erkannte Zane sofort ohne fremde

Hilfe: Im Augenblick war Luna zur Hölle verdammt, wenn sie jedoch länger lebte, bekäme sie Gelegenheit, sich zu erlösen. Also mußte der Satan sie jetzt sofort holen, wenn er sie nicht verlieren wollte.

Doch warum hatte ihm der Computer das nicht einfach gesagt?

Grübelnd saß Zane eine Weile da. Irgend etwas hier ergab keinen Sinn. Die Maschine benahm sich genau wie die Natur und gab nie das Eigentliche preis. Gab es dafür einen Grund? Auch der Magier Kaftan hatte sich stets auf indirekte Weise ausgedrückt. Auch er hatte es sorgfältig vermieden, den Namen Satans auszusprechen, damit der Fürst des Bösen nicht auf ihn aufmerksam wurde. Eine Maschine im Fegefeuer hätte Satan eigentlich nicht auf diese Weise fürchten müssen – doch vielleicht hatte man dem Computer befohlen, Satans Namen nicht in diesem Zusammenhang zu erwähnen. Deshalb konnte er auf negative Weise antworten, nicht aber auf positive.

Wenn Satan hinter dieser Sache stecken sollte, indem er willkürlich einen Befehl eingab – Satan war eine gefürchtete Macht, die nur von Gott selbst übertroffen wurde –, wie sollte sich ihm da irgend jemand oder irgend etwas in den Weg stellen? Bestimmt nicht der Fegefeuercomputer! Wenn dieser nämlich Satans Zorn herausfordern sollte, würde er möglicherweise durch eine konkurrierende Maschine ersetzt werden. Vielleicht nahm er zu einem solchen Vorgehen gefühlsmäßig keine Stellung, doch möglicherweise verfügte er über genügend Intelligenz, um keinen solch selbstzerstörerischen Pfad einzuschlagen.

Doch wenn Satan die Macht hatte, das Leben eines Menschen vorzeitig zu beenden, warum hatte er dann Luna nicht ganz einfach offen für sich beansprucht? Warum machte er sich dann die Mühe, sein Vorgehen zu verschleiern?

Verschleierung – das wies auf eine unrechte Tat hin. Natürlich war Satan der Vater der Lüge, was die Sache logisch machte. Doch andererseits versuchte er, Luna auf die harte Tour zu bekommen, und das war wiederum nicht logisch, es sei denn, daß es für ihn keinen anderen Weg gab.

Unterlag Satan denn selbst auch Regeln? Ganz bestimmt, denn sonst würde er wohl ganz einfach die ganze Welt an sich reißen und alle Formalitäten – ganz wörtlich! – zur Hölle jagen. Gott und Satan standen sich seit Ewigkeiten gegenüber und würden es auch noch Ewigkeiten tun: Keiner von beiden konnte es sich leisten, seine Kraft auf wilde Anarchie zu vergeuden. Also gab es naturgemäß Regeln, ungeschriebene vielleicht, und die Art, wie ein bestimmter Mensch starb, war gewiß ein zentraler Bestandteil dieser Abmachung.

Zane beschloß, im Augenblick nicht weiter auf der Sache zu beharren. Wenn Satan schummelte, dann war es für den Tod das beste, keinen Protest anzumelden – bis er seinen Fall mit absoluter Sicherheit vortragen konnte, denn es war – wiederum wörtlich – so sicher wie das Höllenfeuer, daß Satan sich nicht nur einfach deshalb ändern würde, weil irgend jemand auf der Erde Einwände dagegen hatte. Zane hegte keine Absicht, den Fall zu den Akten zu legen; er mußte ihn lediglich erst einmal wasserdicht machen.

Immerhin fiel diese Sache in seinen eigenen Fachbereich, denn es ging ja um den Tod eines Menschen. Die Natur hatte ihm mitgeteilt, daß jede Inkarnation über ihren eigenen Bereich unbeschränkt herrschen konnte, wenn sie dies wünschte. Der Computer hatte ihm eine Vorgehensweise der Nachforschung gezeigt, nämlich die indirekte. Was er nun tun mußte, war, eines zum anderen zu fügen und eine Möglichkeit ausfindig zu machen, sein Ziel zu erreichen. Trotz des Widerstands Satans. Mit Sicherheit würde er nicht ans Ziel gelangen, indem er blindlings vorpreschte.

»Danke, Computer«, sagte Zane. »Du warst sehr ...« Noch während er sprach, flackerte der Schirm auf, als stünde er kurz vor einem Kurzschluß, und Zane fiel ein, daß er der Maschine möglicherweise Schwierigkeiten machen würde, wenn er ihre Hilfeleistung direkt bestätigte. »... unkommunikativ«, endete er.

JEDERZEIT, TOD, blitzte der Schirm und zeigte das Bild einer Sanduhr.

Zane verließ das Fegefeuer und aktivierte seine Klientenstoppuhr. Jedesmal, wenn er sich Freizeit nahm, häufte sich seine Arbeitslast, doch das war er inzwischen gewöhnt. Er fragte sich, wie es der Schicksalsgöttin gelang, das Leben dieser Klienten so zu planen, daß sie erst dann bereit waren, wenn auch der Tod bereit war, sie zu holen. Woher sollte irgend jemand wissen, wann der Tod sich ein paar Stunden Freizeit gönnen würde? Offensichtlich gab es unter der Oberfäche eine gewaltige Organisation, in die er nur gelegentlich einen kleinen Blick werfen konnte.

Wer wußte, wie die zufällige Zukunft aussah? Natürlich, Chronos! Diese Erkenntnis ließ Zane vor Erregung leicht erbeben! Soeben hatte er einen weiteren Einblick in die Funktionsweise des Systems getan. Es war offensichtlich, das Chronos nicht einfach unbesorgt vor sich hinlebte: Die Zeit mußte ständig auf der Hut sein, mußte Ereignisse verfolgen und dem Schicksal die notwendigen Termine angeben. Chronos war gut über die Aktivitäten des Todes informiert, sowohl über die vergangenen wie auch über die zukünftigen, wie er auch bewiesen hatte, als Zane damals seine Todesuhr zu lange anhielt.

Und der Computer hatte sich mit dem Wort »Jederzeit« zusammen mit dem Sanduhrsymbol des Chronos verabschiedet. Das war wohl mehr als nur ein Abschiedsgruß gewesen. Das war ein direkter Hinweis auf Chronos. Mit Sicherheit wußte diese Inkarnation, was geschehen würde, und sie würde es Zane mitteilen können. Doch was würde das nützen? Er konnte Chronos über die Zukunft befragen und eine Bestätigung erhalten, daß Luna binnen Monatsfrist in die Hölle kommen würde, wo ihr ihr Dämonenliebhaber auf Ewigkeit zusetzen würde. Eine prächtige Offenbarung!

Nun war Zane seinem nächsten Klienten bereits nahe, er fuhr durch einen Slum in der gewaltigen östlichen Stadt New York. Er witterte Rauch. Kurz darauf erblickte er ihn auch – ein brennendes Mietshaus. Sein Edelstein zeigte direkt darauf; sein Klient war im Inneren gefangen.

Es war bereits zu spät; der rote Zeiger der Todesuhr stand schon auf Null. Im Schutz seines eng zusammengezogenen Umhangs schritt Zane in die Flammen hinein. Das Feuer konnte ihm nichts anhaben; schwierig war es lediglich, nach oben zu gelangen, dorthin, wo sich sein Klient befand, wenn die Treppen brannten und einsturzgefährdet waren. Feuer konnte ihn zwar nicht aufhalten, aber galt das auch für Stürze? »Stützt mich«, murmelte er, als zauberte er, und sofort verfestigte sich der Boden unter seinen Füßen. Einmal mehr besaß der Tod die Macht, sein Ziel zu erreichen.

Die Gestalt kämpfte mit den Laken eines Betts, das sich in ein kleines Inferno verwandelt hatte. Offensichtlich hatte sie versucht (Zane wußte noch nicht, ob es ein Mann oder eine Frau war), vor den Flammen ins Bett zu flüchten. Doch die Laken hatten Feuer gefangen und Haar und Haut ebenfalls in Brand gesetzt. Zane hatte gehört, daß der Feuertod der wohl schmerzlichste sei; nun glaubte er es.

Schnell schritt er hinüber und hakte die Seele aus. Der gepeinigte Leib entspannte sich, abrupt von seinen Schmerzen erlöst. Dies war der einzige unleugbare Segen des Todes – daß er die Lebenden von ihrer Pein erlöste. Doch was nützte das, fragte er sich, wenn es der Seele bestimmt war, die Flammen des Lebens gegen die Flammen der Hölle einzutauschen? Die Schmerzen des Lebens waren von vorübergehender Art, doch die Qualen der Hölle waren ewig.

Auf dem Weg zu seinem nächsten Klienten überprüfte Zane die Seele. Inzwischen wurde er immer routinierter und klassifizierte schon mehr als die Hälfte seiner Klienten, noch während er unterwegs war. Er hatte sich mit den Hauptkategorien der Sünde vertraut gemacht und konnte im allgemeinen nicht nur feststellen, durch wie viele Sünden eine Seele belastet war, sondern auch durch welche.

Diese Seele gehörte einem Jungen von ungefähr zehn Jahren, dessen Hauptsünde aus einem großen sexuellen Vergehen bestand.

Zane hielt inne. In diesem Alter?

Er untersuchte die Seele genauer und erfuhr auf diese Weise die ganze Geschichte. Die Wohnverhältnisse in den Slums waren beengt, so daß mehrere Familien oder Familienzweige dieselben Räume miteinander teilen mußten. Hier kam es zu intensiven Freundschaften und Feindschaften. Er wußte, daß ein Zusammenleben auf engstem Raum dazu führte, daß die natürlichen Eigenschaften von Menschen sich verstärkten, so daß die Interaktion in diesem Fall extremer Art gewesen war. Es war ganz natürlich, daß die geheimnistuerischen Liebschaften der Erwachsenen die Neugier dieses Jungen geweckt hatten. Ganz naiv hatte er eine reife Frau danach gefragt, die offiziell seine Babysitterin war, während seine Familie bei der Arbeit war. Sie, die vielleicht mit ihrem eigenen Leben unzufrieden war, hatte diese Gelegenheit genutzt, um ihn mit erheblicher Gründlichkeit zu unterweisen.

Darüber dachte Zane nach. Wenn ein erwachsener Mann ein weibliches Kind verführte, so galt das als sexuelle Nötigung, weil er ihm seine Aufmerksamkeiten gewiß aufgezwungen hatte; doch wenn eine erwachsene Frau das gleiche mit einem männlichen Kind machte, so neigte man dazu, dies als Großzügigkeit zu werten. Das konnte Zane zwar verstehen, denn in einem solchen Fall war selten Gewalt im Spiel. Doch die Sündenlast betraf offensichtlich den Jungen ebensosehr wie die Frau, vor allem dann, wenn das Kind glaubte, daß eine solche Beziehung nicht rechtens sei. Anscheinend hatte es einige Wiederholungen gegeben, so daß das Sündenkonto nunmehr fünfzig Prozent ausmachte. Die Persönlichkeit der reifen Frau hatte den Jungen überwältigt, die Furcht vor Entdeckung hatte sich mit der erotischen Freude vermengt, die sie ihm bescherte. Er war in eine Falle gelaufen, aus der sich ein älterer Mensch mit Leichtigkeit hätte befreien können, doch fehlte ihm der Mut oder die Erfahrung. Das Ganze war durchaus verständlich; er war ein Opfer der Umstände geworden – und dennoch hatte man ihm die Sünde angelastet.

Das machte Zane zu schaffen. Es schien ihm, als wollte man einem Kind das Verantwortungsbewußtsein eines Erwachsenen aufzwingen und es danach beurteilen. Das war unfair. Als Mann, der auch einmal ein Kind gewesen war, wußte er die Anziehungskraft einzuschätzen, die jede verfügbare Frau auf ihn, egal in welchem Alter er gerade war, ausgeübt hatte. Er selbst hatte sich in diesem Alter auch nach Information gesehnt, doch man hatte sie ihm verwehrt. Er hatte versucht, einen Zauber zu kaufen, um einen Sukkubus herbeizurufen, doch der Händler hatte sich geweigert, eine derartige Magie an ein Kind weiterzugeben. Das bedauerte Zane noch immer; da Sukkubi nicht menschlich waren, aber dennoch die Essenz des Sex darstellten, hätte er auf diese Weise eine Menge lernen können, ohne jemanden beteiligen zu müssen, der ihm menschlich wichtig gewesen wäre. Doch natürlich gab es da noch Gesetze, und die neigten nun einmal dazu, Kinder zu diskriminieren. Rein theoretisch sollten sie diese Kinder zwar schützen, doch in Wirklichkeit schienen sie eher eine Strafe fürs Jungsein zu sein, die von jenen verhängt wurde, die selber lieber nicht gealtert wären.

Auf jeden Fall dauerte ihn dieser Junge, der lediglich den Trieben gehorcht hatte, mit welchen die Natur ihn ausgerüstet hatte. Das konnte die Grüne Mutter jedem antun, wie Zane aus jüngster Erfahrung wußte. Folglich war die Sündenlast des Jungen eine eher technische Sache, die keine wirkliche Bösartigkeit reflektierte. Man sollte die Definition ändern, sie realistischer machen. Doch natürlich gab es nichts, was Zane dagegen hätte unternehmen können. Er war lediglich der Tod, der sein eigenes Amt auszuüben hatte.

»*Verdammtes Amt!*« fluchte er plötzlich. »Warum sollte ich an etwas teilnehmen, was ich für falsch halte?«

Die Natur hatte ihm auch einen anderen Aspekt ihres eigenen Wesens gezeigt, indem sie nämlich das Tanzmädchen wieder zum Leben erweckt hatte. Dieser Tod war nicht endgültig gewesen. Ob man den hier ebenfalls auf gleiche Weise wieder rückgängig machen konnte? Er dachte an den Zustand der Leiche, deren Haut zum größten Teil verbrannt worden war, und erschauerte. Es hatte keinen Zweck, die Seele dort wieder hineinzutun!

Aber was wäre mit Chronos? Vielleicht konnte die Inkarnation der Zeit es ihm ermöglichen, in den Augenblick zurückzukehren, bevor das Feuer ausgebrochen war, um den Jungen zu warnen, so daß er …

»Bring mich zu Chronos«, befahl Zane Mortis, wobei er seine Stoppuhr wieder anhielt.

Der prächtige Todeshengst blieb an einem Feld stehen und begann zu grasen. Zane blickte sich verwundert um. »Ich verstehe nicht ...«

»Dann drehen Sie sich einmal um, Tod«, ertönte die Stimme der Zeit. Sie besaß eine gewisse widerhallende Qualität mit einem schabenden Unterklang, als wäre etwas Sand aus der Uhr gesickert.

Zane drehte sich um. Da stand Chronos in seiner weißen Robe. Mit Sicherheit war er einen Augenblick vorher noch nicht dagewesen. Er mußte gekommen sein, als Zane ihn um Hilfe bat.

»Ich wollte Sie gerne um Hilfe bitten«, sagte Zane. »Um eine Demonstration Ihrer Macht, sofern dies nicht zu einem Paradoxon führt.«

»Ich habe Macht, und ich liebe das Paradoxon«, erwiderte Chronos.

»Ich habe eben die Seele dieses Jungen hier geholt«, erklärte Zane und zeigte sie ihm. »Ich möchte sie ihm zurückgeben, damit er eine echte Gelegenheit bekommt, seine Sünde wiedergutzumachen. Könnten Sie das mit meinem Einverständnis bewerkstelligen?«

»Bringen Sie mich an den Ort, dann bringe ich Sie zu dem Zeitpunkt zurück«, meinte Chronos gutgelaunt. »Wenn Sie das wollen, kann ich Ihnen auch helfen.«

Einfach so! Chronos stieg hinter Zane auf Mortis, und das Pferd setzte sich in Bewegung.

»Nun, da wir durch die Ausstrahlung des Todeshengstes isoliert sind«, sagte Chronos, »gibt es ja wohl noch eine andere Sache, in der Sie mich befragen wollen.«

»Isoliert?« fragte Zane. »Meinen Sie damit, daß uns niemand hören kann, nicht einmal ...?«

»Sprechen Sie nicht seinen Namen aus, sonst rufen Sie ihn herbei«, warnte Chronos. »Mortis beschützt Sie zwar besser, als Sie glauben, doch gegen Torheit gibt es keinen Schutz.«

»Äh, ja, natürlich«, stimmte Zane ihm verärgert zu.

»Natürlich haben Sie einen Vorwand gefunden, um

einen Kontakt zu mir herzustellen, damit er nicht mißtrauisch wird.«

So hatte Zane die Sache noch gar nicht gesehen. Aber er wollte tatsächlich über etwas anderes reden. »Der Fegefeuercomputer hat Ihr Symbol auf seinem Monitor aufblitzen lassen, als ich ihn über den Status von Luna Kaftan befragte.«

»Ein hochinteressanter Fall«, sagte Chronos nach kurzer Pause, als wollte er sich zunächst alle Einzelheiten ins Gedächtnis zurückrufen. »Die Schickaslsgöttin hat mich darauf aufmerksam gemacht, denn ihr sind die entscheidenden Schicksalsfäden aufgefallen. In etwa zwanzig Jahren wird Luna Kaftan eine herausragende Rolle ...«

»Aber sie wird doch noch binnen Monatsfrist sterben!« wandte Zane ein.

»Das auch, ja«, pflichtete Chronos ihm bei.

»Wie kann sie dann ...?«

»Natürlich ist die Geschichte veränderlich. Wenn sie überlebt, geht sie in die Politik ...«

»Aber sie ist doch eine Künstlerin!«

»Winston Churchill war auch ein Künstler, und Adolf Hitler wollte einer werden. Das künstlerische Temperament ist nicht unbedingt ein Hindernis auf dem Weg zum politischen Erfolg.«

Zane dachte an Churchill und Hitler, zwei Anführer der verfeindeten Alliierten und Achsenmächte im Zweiten Weltkrieg, als sowohl die Magie wie auch die Naturwissenschaft amokgelaufen waren, bis schließlich alles in der ersten Kernexplosion geendet hatte. Diese Assoziation gefiel ihm gar nicht. Die Kernspaltung konnte das gesamte Leben auslöschen! »Wenn sie also überleben sollte ... und diese Möglichkeit gibt es anscheinend ... dann geht sie in die Politik und ...?«

»Und spielt eine herausragende Rolle dabei, den Namenlosen daran zu hindern, seine allerschlimmsten Vasallen ins höchste politische Amt der Vereinigten Staaten von Amerika zu hieven.«

»Warum will ... diese Wesenheit ... politische Macht?« fragte Zane verwirrt. »Sein Reich ist doch das Unten.«

»Und das Reich der anderen Wesenheit ist das Oben. Keiner von beiden beherrscht das Schlachtfeld der lebenden Welt allein, doch jeder zieht Kraft daraus. Wenn wir es einmal mit Geld vergleichen, so stellt die Welt das Kapital dar, während die Seelen, die sie verlassen, die Zinsen sind. Die Ewigen teilen die Zinsen untereinander auf, doch hatte jeder der beiden auch gerne einen Anteil am Grundkapital. Es ist von entscheidender Bedeutung, wie viele Seelen jeder bekommt. Im Augenblick hat der Zenith die Oberhand, doch sollten sich die Lebenden auf grundlegende Weise umorientieren, und sollte ein Massenexodus in die Ewigkeit erfolgen, so könnte dies das Gleichgewicht der Macht zugunsten des Nadir verschieben. Dann ...«

»Ich glaube, darüber denke ich lieber nicht nach«, sagte Zane schaudernd. »Und Sie sagen, daß Luna dies verhindern wird?«

»Ja ... sofern sie am Leben bleibt.«

»Jetzt verstehe ich auch endlich, warum ein gewisses Wesen sie unbedingt sterben lassen will!«

»So sieht es wohl aus.«

Inzwischen hatte Mortis das brennende Gebäude in New York erreicht, das nur noch eine qualmende Ruine war. Die Feuerwehr war zu spät gekommen, wie es für diesen Teil der Stadt, wo nur wenig Steuern gezahlt wurden, typisch war. Mit Hilfe eines Erstickungszaubers hatten die Männer das Feuer gezähmt, und nun durchsuchten sie die Überreste des Gebäudes nach Leichen. Die Überlebenden standen mit weitgeöffneten Augen, noch halb im Schock, daneben. Es war eine brutale Szene.

Chronos hob seine Sanduhr. Sofort erstarrte die Zeit, wie damals, als Zane auf den mittleren Knopf seiner Todesuhr gedrückt hatte. Der emporsteigende Qualm hing plötzlich fest, und die Menschen bildeten mit einemmal eine Art lebendes Gemälde, in dem sie wie Statuen umherstanden. Nur Chronos, Zane und Mortis konnten sich noch bewegen.

Dann rieselte der feine Sand plötzlich aus dem unteren Teil der Uhr in den oberen. Es war nicht, als hätte man das Glas umgedreht, ein Antigravfeld aktiviert oder einen Levitationszauber verhängt; es war im wortwörtlichen Sinne eine Umkehr der Zeit, als der Sand aus dem unteren Haufen emporstieg, sich durch den engen Hals des Glases preßte und den oberen Sand in einem gleichmäßigen Muster empordrückte. Zane war fasziniert.

Der Sandstrom beschleunigte sich und bewegte sich schneller, als es auf natürliche Weise möglich gewesen wäre. Deutlich sichtbar füllte sich der obere Teil der Sanduhr. Doch was Zanes eigentliche Aufmerksamkeit fesselte, das waren die Ereignisse vor ihm.

Die stehenden Menschen hasteten umher und rannten in gewaltigem Tempo rückwärts. Eilig sprangen die Feuerwehrleute in ihre Löschfahrzeuge zurück und jagten im Rückwärtsgang davon. Plötzlich loderte das Feuer abrupt auf, außer Kontrolle geraten. Doch das war kein gewöhnlicher Brand. Die riesigen orangegelben Flammen züngelten nach unten, in die Öffnung des Gebäudes hinein. Qualm sackte hinab, um diese Flammen zu speisen, vom weiten Nachthimmel herbeigerufen. Leute schritten rückwärts in das Haus hinein, schleppten Möbelstücke, Kleidungsstücke und Nahrungsmittel. Alles geschah mit drei- oder vierfacher Geschwindigkeit.

Schon bald wurden die Flammen immer kleiner und quetschten sich in das immer deutlicher zu erkennende Gebäude hinein. Auch der letzte Rauch wurde eingesogen. Fenster stellten sich selbst wieder her, ihre Glassplitter flogen vom Boden in die Höhe, um sich wieder zusammenzusetzen, und das Feuer war erloschen.

Die Zeit wurde gebremst, sie hielt inne, dann kehrte sie wieder um. Einmal mehr rieselte der Sand von oben nach unten, in normaler Geschwindigkeit. »Sie haben zwei Minuten, Tod«, sagte Chronos und stieg ab. »Damit können Sie tun, was Sie wollen.«

Zane sah einen Augenblick fassungslos drein, erstaunt über die Macht, die Chronos ihm demonstriert hatte. Wie sollte irgend jemand etwas gegen eine Inkarnation ausrichten können, die die Fähigkeit besaß, bereits stattgefundende Ereignisse umzukehren?

Er sprang ab und rannte zur Tür. Sie war verschlossen,

öffnete sich aber, als er sie berührte. Dann stürmte er die Stufen zum Zimmer des Jungen empor, während er gleichzeitig in seinem Beutel nach der Seele tastete. Besaß er sie noch, oder hatte die Zeitumkehr sie dem Jungen bereits zurückgegeben?

Er selbst, Zane, war von der Umkehr verschont geblieben; er besaß noch die volle Erinnerung an alles Geschehene. Doch der Junge war an den Ereignissen beteiligt gewesen, also müßte er seine Seele eigentlich inzwischen zurückerhalten haben. Wie war das denn nun?

Als er tiefer in den Beutel griff, fand er die Seele. Doch kaum hatte er sie hervorgeholt, als sie sich aus seiner Hand fortriß und davonschoß. Zane erblickte den schlafenden Jungen im selben Augenblick, als die Seele wieder in ihn eindrang und verschwand.

Während er fortfuhr, begriff er, wie die Sache funktionierte. Die Zeit war zwar umgekehrt worden, doch seine eigene, amtsbedingte Immunität hatte verhindert, daß die Seele, die sich in seinem Besitz befand, die Umkehr mitmachen konnte. Auf ähnliche Weise hatte er sich selbst auch nicht dabei gesehen, wie er dem Jungen während des Feuers half. Natürlich hatte er sich zu diesem Zeitpunkt außerhalb des Gebäudes aufgehalten, so daß er sich selbst gar nicht richtig hatte sehen können. Die Zeitumkehr war unvollkommen geblieben, weil er selbst aus ihr ausgeklammert gewesen war, anstatt die Ereignisse ebenfalls rückwärts zu durchlaufen. Interessant, aber anscheinend nicht kritisch. Nun war er hier, kurz vor Ausbruch des Feuers. Offensichtlich gab es da kein Paradoxon. Er beugte sich über das Bett. »Wach auf!« rief er. »Wach auf, sonst mußt du sterben!«

Der Junge erwachte. Er erblickte die Erscheinung des Todes, die neben seinem Bett aufragte. Mit einem Schrei rollte, stürzte er sich aus dem Bett. Er sprang auf die Füße und rannte auf das offene Fenster zu. Zane warf sich dazwischen, um ihn aufzuhalten. Was nützte es, den Jungen vor dem Feuer zu retten, nur um ihn durch Angst in einen selbstmörderischen Sturz aus dem Fenster zu treiben? Er versuchte gerade, sich in die Arbeit der Schicksalsgöttin einzumischen, und das war problematisch – es sei denn, daß sie bereit war, mitzuspielen.

Zane spreizte seine Skelettfinger und versperrte dem Jungen den Weg. »Gib die Frau auf«, sagte er. »Gehe hin und lebe rechtschaffen. Um dies zu tun, bleibt dir der Tod erspart.«

Der Junge starrte ihn fassungslos an, dann wich er entsetzt vor ihm zurück.

Da war die erste Rauchschwade wahrzunehmen. Das Feuer begann. »Weck das Haus auf!« rief Zane. »Begib dich hinaus. Lebe – und denke daran.«

Der Junge floh. Schon wenige Augenblicke später weckte er mit seinen Schreien die anderen Hausbewohner. »Wacht auf! Wacht auf! Ich habe den Tod gesehen! Den lebenden Tod! Lauft ins Freie!«

Es wirkte. Schon bald rannten die Leute die Treppe hinunter ins Freie und entgingen auf diese Weise dem Feuer, auf den Armen Habseligkeiten mitschleppend. Andere, die beim ersten Durchspielen dieser Szene gestorben waren, überlebten das Feuer diesmal. Tatsächlich hatte der Junge sie gerettet.

Unbemerkt schritt Zane zwischen ihnen dahin. Er kehrte zu seinem Pferd zurück, wo er Chronos seinen Dank aussprechen wollte, doch Chronos war verschwunden.

Nun, wahrscheinlich hatte die Zeit anderes zu tun. Er würde Chronos bei der nächsten Begegnung danken. Vielleicht würde er auch einmal Gelegenheit bekommen, sich für den Gefallen zu revanchieren. Jetzt hatte er selbst zu tun. Er aktivierte wieder seine Stoppuhr und orientierte sich aufs neue auf den Klienten, den er eine Weile hintangestellt hatte.

Nach seiner eigenen Zeitrechnung arbeitete er einen Tag lang, wobei er die aufgelaufene Arbeit erledigte. Immer mehr mußte er an Luna und ihr Schicksal denken. Nun wußte er, daß Satan ihr Ende eingefädelt hatte, damit sie ihm später nicht in die Quere kommen konnte, und Zane erkannte auch, daß den anderen Inkarnationen dies durchaus bewußt war. Doch keine von ihnen hatte sich erboten, etwas dagegen zu unternehmen! Entweder waren sie machtlos gegen den Willen Satans, oder es war ihnen einfach egal.

Warum sollte es sie auch interessieren? Das hier war seine eigene Angelegenheit. Wenn irgend jemand etwas unternehmen konnte, dann allenfalls er. Und doch fiel ihm nichts ein. Nicht einmal an ihrem Übergang würde er direkt beteiligt sein, da ihre Seele automatisch zur Hölle herabsinken würde. Wenn sie doch nur mehr Zeit im Leben hätte, um ihre Seele zu entlasten, um das Gleichgewicht wiederherzustellen ...

Sollte er sich an Gott wenden? Zane bezweifelte es, denn Gott schien sich nur sehr selten in die Angelegenheiten der lebenden Menschen einzumischen. Gott hielt sich noch immer an das Nichtinterventionsabkommen. Satan war es, der gegen den Vertrag verstieß – und Satan würde wohl kaum seinem Einspruch stattgeben.

Das machte Zane wütend. Sollte Satan etwa den himmlischen Krieg gewinnen, nur weil er betrog, während Gott dies nicht tat? Doch wenn Gott Satan andererseits nur dadurch überwinden konnte, daß er selbst betrog, so würde er dadurch böse werden, und das Böse würde weiterhin vorherrschen. Gott mußte einfach unbestechlich sein! Folglich ... folglich war auch nicht mit einem Eingreifen Gottes zu rechnen.

Zane erledigte seine Arbeit und ging danach Luna besuchen.

Sie hatte ihre Troststeine nicht benutzt. Das Wissen um ihren Tod und ihre Verdammnis forderte seinen grimmigen Tribut, ihr Gesicht war fahl, die Falten tiefer eingefurcht. Schlaff hingen ihre Zöpfe herab. Sie hatte große, dunkle Ringe unter den Augen und trug kein Make-up; das wäre auch sinnlos gewesen, weil sie anscheinend sehr viel geweint hatte.

In Zanes Brust fand eine sanfte Explosion der Liebe statt. Er umarmte sie und drückte sie an sich, wollte sie trösten und wußte dennoch, daß er ihr nichts geben konnte, außer seinem eigenen Schmerz.

Er küßte sie, doch sie hielt sich zurück. »Das sollten wir

nicht tun«, sagte sie, weil sie wußte, wohin dies führen würde.

»Nicht?«

»Die Steine meinen nein.«

Der Wille der Steine war ihm ziemlich egal, doch wollte er Lunas eigenen WIllen nicht mißachten. »Dann laß mich deine Hand halten.«

Zur Antwort summte sie eine kleine Melodie.

Zane furchte die Stirn. »Habe ich irgend etwas verpaßt?«

Sie lächelte flüchtig, und ein Teil ihrer Schönheit kehrte zurück.

»Ein Volkslied, es tut mir leid. Ich bin zerstreut und habe nicht gemerkt, daß ich es laut gesummt habe. Mir geht es nicht sehr gut, weil die Steine die Trauer nicht wirklich abschaffen, sie zögern sie lediglich hinaus. Deshalb muß ich zu bestimmten Zeiten alles gleich auf einmal erleiden. Auf jeden Fall möchte ich den Gefühlen für meinen Vater ihren natürlichen Lauf lassen, wie auch meinen Gefühlen für mich selbst.«

»Was für ein Volkslied?«

Sie machte ein Ich-werde-es-dir-zeigen-Zeichen, dann schritt sie in die Zimmermitte und stellte sich in Positur. Sie sang:

Es dräut so lang, du fehlst mir, Maid;
muß deine Hand anfassen.
... muß mit dir tanzen.
... wir alle wollen mit dir tanzen.

Oh. Möglicherweise würde er sie nie wiedersehen, weil sie tot sein würde. Eine mitreißende Melodie, aber eine makabere geistige Assoziation, was das Händehalten anging. Sie war innerlich wirklich sehr aufgewühlt, und er konnte ihr nicht helfen.

Es dräut so lang, du fehlst mir, Maid, sang Luna wieder. *Drum laß mich drehen und tanzen.* Und sie drehte sich allerliebst, mit wirbelndem Rock. Doch sofort mußte Zane wieder an das linkische Mädchen denken, das in die Gewalt der Tanzschuhe geraten war. Es war keine Freude in Lunas Tanz, so wunderschön er sie auch machte.

Zane trat auf sie zu, immer noch unsicher, wie er sich verhalten sollte. Sie wiederholte den ersten Vers und fuhrt fort: *Und alle wollen wir tanzen.* Diesmal drehte sich Zane mit ihr gemeinsam und gesellte sich im Tanz zu ihr.

Dann ergriff er ihre Hand und führte sie zum Sofa. Dort saßen sie schweigend eine gute Stunde lang nebeneinander, händehaltend, während die anschwellende Liebe, die er für sie empfand, jede Faser seines Körpers durchdrang. Das Mädchen, zu dem der Liebesstein hingeführt hatte, war ein Traum gewesen. Luna war die Wirklichkeit. Wie sollte er ohne sie leben können?

»Ich werde mit dir gehen«, sagte er plötzlich.

Luna lächelte matt. »Es gibt nur wenige, die dies anbieten würden, und ich danke dir dafür. Aber du wirst nicht in die Hölle kommen …«

»Ganz bestimmt werde ich das, weil ich nämlich meine Amtspflichten verletze!«

»Du hast sie auf gute Weise verletzt. Aber selbst wenn du bald sterben und in die Hölle kommen solltest, würde uns Satan dort niemals zusammensein lassen, ebensowenig, wie er es dulden würde, daß ich mit meinem Vater sprechen kann. Die Hölle ist schließlich ein Ort des Leidens.«

»Dein Vater ist nicht in der Hölle. Er ist im Fegefeuer und erstellt seine Bilanz.«

»Aber hat er denn die geringste Chance, in den Himmel zu kommen?«

»Natürlich hat er die! Er ist ein guter Mann!«

Sie lächelte. »Es ist lieb von dir, daß du das sagst.«

Nach einer Weile verließ er sie, entschlossener denn je, sie zu erretten, doch auch ungewisser denn je, wie er dies vollbringen sollte. Er war lediglich der Tod, ein Funktionär; er konnte nicht bestimmen, wer seine Klienten sein sollten – und Luna war noch nicht einmal seine Klientin. Nicht direkt.

Aber verdammt, Satan war schließlich nur ein Betrüger! Das war nicht recht! Gab es denn in der Ewigkeit keine Gerechtigkeit? Irgendeine Art Gericht, das man anrufen konnte, um die Sache ins Lot zu bringen …

Das *mußte* es einfach geben! Zane stellte die Uhr ab.

Ohne daß er es ihm befahl, galoppierte Mortis ins Fegefeuer, denn er kannte den Willen seines Herrn.

»Aber natürlich können Sie eine Eingabe machen, Tod«, sagte das Mädchen am Fegefeuerempfangsschalter. »Die kommt dann bei der nächsten Verwaltungsratssitzung der Unsterblichen auf die Tagesordnung, dann wird man einen Untersuchungsausschuß einberufen ...«

»Wann findet die nächste Sitzung statt?«

Sie blickte auf ihren ewigen Kalender. »In zehn Erdentagen.«

»Aber das Unrecht wird doch gerade jetzt begangen!« protestierte er. »In zehn Tagen ist es möglicherweise schon zu spät!«

»Ich habe die Vorschriften nicht gemacht«, erwiderte sie mit eben jener Spur von Gereiztheit, von der öffentliche Angestellte und Beamte seit Jahrzehntausenden wußten, daß sie damit ungestraft davonkommen konnten.

Zane seufzte. Die Bürokratie war doch überall die gleiche! Er füllte das Formular aus und ging. Vielleicht würde die Zeit ja reichen. Die Vorhersage hatte gelautet, daß Luna binnen eines Monats sterben würde. Davon waren bereits fünf Tage vergangen: es konnte jeden Augenblick innerhalb der nächsten fünfundzwanzig Tage geschehen. Somit standen seine Chancen, zu verlieren, zehn zu fünfundzwanzig, seine Gewinnchancen dagegen fünfzehn zu fünfundzwanzig, ein knapper Vorteil also von drei oder zwei zu seinen Gunsten.

Doch er vertraute nicht darauf, denn er fürchtete sich vor dem, was Satan unternehmen könnte.

10 Heißer Rauch

Zane übernachtete in seinem Todeshaus und nahm die Routinedienste seines Personals hin, ohne sie zu beachten, um sich am nächsten Tag wieder früh an die Arbeit zu machen. Da er vor der Entscheidung über seinen Antrag doch nichts tun konnte, um Luna zu helfen, versuchte er, die Sache dadurch aus seinem Geist zu verbannen, daß er um so härter arbeitete.

Wie der Zufall es wollte, hatte er im Augenblick aber nur wenig zu tun. Er holte zwei Klienten kurz nacheinander ab, dann hatte er plötzlich dreißig Minuten Zeit bis zum dritten. Es schien zwecklos, zu früh anzukommen, doch da er sich irgendwie zerstreuen wollte, ritt er mit dem Todeshengst zu der angegebenen Adresse.

Es handelte sich um einen abgelegenen Flecken im westlichen Staat Nevada, der am wenigsten bevölkerten Region der Vereinigten Staaten, was darauf zurückzuführen war, daß sie auch am unbewohnbarsten war. Zanes Edelsteine führten ihn in eines der Wüstengebiete, in völliges Ödland.

Dies war Drachenland. Die landschaftlich schönen Hot-Smoke-Mountains – zu Ehren dieser Tiere umbenannt – waren übersät mit Nestern und Horten der wilden Reptilien. Hier überlebte nur wenig Pflanzenbewuchs, aber das war den Drachen ziemlich egal, weil sie ja Fleischfresser waren und vor allem zarten Jungfrauen auflauerten. Meistens befanden sich diese Wesen auf Raubzügen und hielten Ausschau nach jungfräulichen Tieren, doch galten ihnen die seltenen menschlichen Jungfrauen als ganz besonderer Leckerbissen. Tatsächlich ...

Tatsächlich, so fiel ihm nun ein, war dies auch das Gebiet des Drachenkults, einer Religion, die sich dem Wohlergehen dieser exotischen Spezies verschrieben hatte. Seine Mitglieder hatten sich sehr dafür engagiert, den Bau von Ausflugszentren, bewässerten Farmen und Raketensilos in dieser Gegend zu verhindern; sie hatten den Einwand vorgebracht, daß die Hot-Smoke-Drachen über keinen anderen natürlichen Lebensraum verfügten und daß sie, wenn man sie nicht frei gewähren ließe, schon bald von der Ausrottung bedroht sein würden, die sie schon einmal, kurz vor ihrer Entdeckung, beinahe dahingerafft hätte. Zum Glück waren sie von einem Mann entdeckt worden, der sich für seltene Tiere interessierte und der sie mit einfachen magischen Mitteln aufgespürt hatte. Hätten die ursprünglich in dieser Region beheimateten Trapper oder Siedler sie entdeckt, so hätte man sie wohl völlig ausgerottet, und niemand hätte danach auch nur daran geglaubt, daß sie je existiert hatten.

Die Mitglieder des Drachenkults hatten einige Prozesse gewonnen, denn die Öffentlichkeit befand sich im Augenblick in einer Phase großen Umweltbewußtseins. Deshalb hatte man die Hot-Smoke-Drachen weitgehend ungeschoren gelassen. Aber essen mußten sie trotzdem, und Jungfrauen, gleich welcher Art, waren knapp. So hielt der Drachenkult ständig Ausschau nach neuen Opfern. Menschenopfer waren zwar offiziell verboten, doch es fiel schwer, die Sache ständig zu überwachen, und die staatlichen Behörden litten unter einem chronischen Personalmangel.

Und tatsächlich – als Zane am Ort seines Klienten ankam, erblickte er eine wunderschöne, aber völlig verschreckte junge Frau, knapp im heiratsfähigen Alter, die in einem Käfig gefangengehalten wurde. Hier war bereits Nachmittag, und die Männer entfachten gerade ein Feuer, mit dessen Rauch sie anscheinend einen Drachen herbeirufen wollten. Wie diese Drachenkultler die Jungfrau eingefangen haben mochten, das wußte Zane nicht, aber es bestand kein Zweifel, daß sie verloren war. Er würde ihre Seele holen müssen, wenn der Drache sie in fünfundzwanzig Minuten verspeiste, es sei denn, er fand eine Möglichkeit, sie zu retten.

Zane trat an den Käfig und fragte das Mädchen: »Wie haben sie dich hierher gebracht?« Er hegte den Verdacht, daß man sie mit Drogen vollgepumpt hatte.

Sie unterbrach ihr Weinen und sah ihn an, ohne ihn zu erkennen. Das war seltsam, denn normalerweise nahmen die Klienten seine Gegenwart wahr. »Mit einem Lastwagen, Sir.«

»Ich meine, hat man dich gezwungen? Hat man dich entführt? Falls dem nämlich so ...«

Ihre Lippen bebten. »Nein, Sir. Ich bin aus eigenem fr ... freien Willen gekommen.«

»Weißt du, was sie mit dir vorhaben?«

»Ich soll von dem Drachen aufgefressen werden«, sagte sie, und wieder stiegen ihr die Tränen in die Augen. »Ich darf nicht einmal eine Droge nehmen, die das Bewußtsein beruhigt, weil das meinen Geschmack verändern würde.«

Also reagierten die Drachen sogar empfindlich auf die Jungfräulichkeit des Geistes! Das war wirklich eine grausame Situation. »Aber warum willigst du in deinen Mord ein?«

»Meine ... meine Familie ... verschuldet ...« Nun brach sie vollends zusammen und konnte nicht mehr sprechen.

Also war es doch legal, weil es sich technisch um einen freiwilligen Akt handelte. Sie hatte sich selbst verkauft, um ihre Familie von Schulden zu befreien. Derlei Verträge waren rechtens, solange dabei keine Täuschung im Spiel war. Er hatte gehört, daß der Drachenkult über erhebliche Mittel verfügte, weshalb er auch nicht daran zweifelte, daß man einen fairen Preis bezahlt hatte, wodurch die Schulden der Familie des armen Mädchens getilgt wurden. Er konnte nichts dagegen unternehmen.

Immerhin konnte er sie wenigstens aus dem Käfig holen, denn der stellte eine unnötige Demütigung dar. Doch als er gerade das Schloß des Käfigs berühren wollte, protestierte die Jungfrau: »Sir, ich bin hier eingesperrt, damit mich garantiert niemand defloriert, bevor der ... der ...«

Die Drachenkultler hatten wirklich an alles gedacht! Natürlich wäre sie danach kein geeignetes Opfer mehr gewesen, deshalb sorgten sie dafür, daß es nicht in letzter Minute zu einem derartigen Akt der Barmherzigkeit kommen konnte.

Da schimmerte plötzlich etwas auf. Eine in einen Umhang gehüllte Gestalt erschien neben dem Käfig. »Ich werde deinen Platz einnehmen, Liebes«, sagte die Frau.

Zane zuckte zusammen. Diese Stimme kannte er doch! »Luna!«

Sie drehte sich zu ihm um. »Oh ... ich wußte nicht, daß du dich um diesen Fall kümmern würdest.«

»Das ist mein Job«, erwiderte Zane. »Die Seele dieses jungfräulichen Mädchens zu holen, wenn ...« Er schnitt sich selbst das Wort ab. »Du kannst ihren Platz nicht einnehmen! Du bist keine ...«

Luna musterte ihn gelassen. »Keine was?«

»Die Hot-Smoke-Drachen sind eine bedrohte Tierart, weil sie nur Jungfrauen fressen«, sagte er etwas lahm.

Sie lächelte grimmig. »Aber physisch gesehen bin ich doch eine Jungfrau.«

»Aber ...«

»Der Dämon hat sich an meinem Geist vergangen und meine Seele befleckt«, erklärte sie. »Ich hätte weniger gelitten, wenn es ihm gelungen wäre, mich physisch zu vergewaltigen, aber das kann er nicht, bevor meine Seele nicht in sein Reich eingedrungen ist. Ich bin eine Verdammte, das Opfer einer seelischen Vergewaltigung, aber mein Körper ist keusch.«

Diese Richtigstellung war für Zane nicht gerade ein Trost. »Ich habe eine Petition eingereicht, damit dein geplanter Abgang noch einmal überprüft wird. Das Ganze ist eine Intrige; der Ungenannte will dich aus dem Weg schaffen. Ich bin sicher, daß der Verwaltungsrat die Sache rückgängig machen wird ... Aber die Sitzung findet erst in zehn Tagen statt. Wenn du dich jetzt hier ...«

Luna schüttelte traurig den Kopf. »Meine Steine zeigen an, daß es noch an diesem Tag sein muß. Deshalb habe ich beschlossen, wenigstens auf eine Weise zu sterben, die einem anderen nützt. Also habe ich bei der *Vermittlung für Gute Taten* nachgefragt, und die haben mich hierher geschickt. Dieses arme unschuldige Mädchen ...« Sie blickte auf die Jungfrau in dem Käfig, die das Ganze mit großen, runden Augen stumm verfolgte. »... das sein gutes Leben zum Wohle seiner Familie aufgeopfert hat ... Sie sollte in den Himmel kommen, aber noch nicht jetzt. Es gibt noch zu viele Leute auf der Erde, die sie glücklich machen muß.«

»Der Himmel ist ihr wohl kaum sicher«, meinte Zane. »Sonst wäre ich nicht hier.«

»Überprüfe sie doch selbst, sie ist ein gutes Mädchen, da bin ich ganz sicher.«

Zane tat es mit seinen Steinen. Der Sündenstein blieb matt und dumpf, während der andere hell aufleuchtete. »Aber sie hat ja gar keine Sündenlast!« rief er. »Wieso hat man mich denn dann gerufen, um ihre Seele persönlich abzuholen?«

»Wahrscheinlich, weil ein anderer sterben muß«, entgegnete Luna mit einem wissenden Lippenzucken. »Du bist zwar davon ausgegangen, daß es das Opfer im Käfig sei, aber ...«

Er sah sie mit wachsendem Entsetzen an. »Du willst ihren Platz einnehmen! Du ...«

»Sei nicht albern. Ich komme schon von alleine in die Hölle. Daß du hier bist, ist der reine Zufall; meine Seele braucht dich nicht. Eigentlich hatte ich sogar gehofft, das alles ohne dein Wissen tun zu können, schnell und sauber.«

Zane richtete seine Steine auf Luna. Natürlich war die Messung unvollständig, aber der Sündenstein war heller als der andere. Sie hatte recht; sie konnte nicht seine Klientin sein. Dennoch würde sie sterben.

Nun kamen die Drachenleute näher. »Es ist soweit«, verkündete ein gut gekleideter älterer Mann. »Unser Radar hat einen Dampfdrachen gesichtet, der sich uns gerade nähert.« Er holte einen Schlüssel hervor und öffnete das Schloß des Käfigs, um das Mädchen freizulassen.

»Ich bin der Ersatz«, sagte Luna. »Die *Vermittlungsstelle für Gute Taten* hat mich geschickt. Lassen Sie dieses Mädchen frei, ersparen Sie ihm sein Los.«

»Woher sollen wir denn wissen, ob Sie geeignet sind?« forderte der Mann sie heraus. »Die Drachen werden immer sehr wütend, wenn man ihnen Gebrauchtwaren andreht.«

»Menschen Ihres Schlages können eine Jungfrau doch

auf zehn Meter Entfernung wittern«, fauchte Luna. »Sie wissen genau, daß ich geeignet bin.«

Der Mann schnüffelte. »Tatsächlich, Sie sind eine, körperlich. Sie scheinen zwar geistig heftig mißbraucht worden zu sein, aber ...«

Er schüttelte den Kopf, verwundert über seinen Irrtum. »Na schön. Wir werden dieses Mädchen freilassen, sobald der Drache befriedigt ist.«

»Sorgen Sie auch ganz bestimmt dafür«, sagte Luna. »Mein Freund wird da sein, um die Sache zu überprüfen.«

Der Mann blickte Zane an, als sähe er ihn zum ersten Mal. Zane erwiderte den Blick, wissend, daß der andere ihn als Tod wahrnahm.

»Aha«, sagte der Mann voller Unruhe. »Ich bin sicher, das geht schon in Ordnung. Den Drachen ist es egal, was mit dem Geist eines Menschen passiert ist, solange er im Augenblick des Verzehrs frei von Drogen und der Körper unberührt ist.« Er wandte sich an seinen Begleiter, der einen reich verzierten Kasten trug. Den öffnete er und holte ein glitzerndes silbernes Messer hervor, das er Luna reichte. »Nur hiermit dürfen Sie sich verteidigen. Keine Magie, keine Handfeuerwaffen. Sollten Sie den Drachen in fairem Kampf abwehren, werden Sie frei sein, bleibt Ihnen Ihr Los erspart.«

»Dieses Käsemesser genügt ja wohl kaum, um ein feuerspeiendes Ungeheuer abzuwehren!« bemerkte Luna.

»Das stimmt. Es ist eher eine symbolische Geste, die von der *Kommission für faire Arbeitsbedingungen* verlangt wird. Natürlich wollen wir nicht, daß dem Drachen etwas passiert. Aber theoretisch ist es immerhin möglich.«

Achselzuckend meinte Luna: »Ich bin sowieso hierhergekommen, um zu sterben. Wenn der Dampfdrache mich nicht holt, dann wird es jemand anders tun.« Sie nahm das Messer.

Am Horizont über den Bergen erschien ein Rauchwölkchen. »Da! Er kommt!« sagte der Mann, Staunen und Ehrfurcht im Gesicht. Gewiß hatte er schon viele ähnliche Drachen gesehen, doch er war ein Reptilienanhänger, und diese hier waren die Könige des Reptilienreichs. »Nun darf nur noch die designierte Jungfrau zurückbleiben, damit der Drache nicht wieder verschwindet. Sie sind sehr scheu, müssen Sie wissen, seit die Jäger sie in der bösen alten Zeit mit Bazookas gejagt haben.« Er runzelte die Stirn bei dieser schlimmen Erinnerung.

»Luna ...«, sagte Zane, unfähig, einen passenden Einwand vorzubringen.

»Laß mich wenigstens auf eigene Art gehen, so, wie ich es will«, sagte sie sanft. »Eine weitere Chance werde ich nicht bekommen.«

»Aber ich liebe dich doch!«

»Ich glaube dir«, sagte sie. »Vielleicht hätte ich diese Liebe mit der Zeit ohne Einschränkung erwidern können, wenn ich nicht von meiner Trauer abgelenkt worden wäre. Aber das hat anscheinend nicht sein sollen. Ich glaube, daß mein Vater wollte, daß ich dich liebe, aber das hier hat er nicht vorhergesehen.« Sie drehte sich zu dem Drachen um, der nun immer näher kam und größer wurde. Die anderen hatten sich in Deckung begeben, um dem Geschehen zuzusehen. Es war sogar eine Fernsehkamera da, denn eine Begegnung zwischen Drache und Jungfrau gab immer gute Stimmungsbilder.

»Aber der Termin deines Ablebens ist ein Betrug!« rief Zane. »Der Untere hat betrogen! Du solltest eigentlich einen vollen Turnus leben dürfen, um ihm politisch Widerstand zu leisten. Deshalb hat er den Terminplan manipuliert! Du solltest eigentlich überhaupt nicht sterben!«

Schnell drehte sie sich zu ihm um, stellte sich auf die Zehenspitzen und küßte ihn auf die Lippen. »Es ist lieb von dir, daß du mir das sagst, Zane. Geh der Sache ruhig nach; solltest du sie beweisen können, bekommst du meine Seele vielleicht aus der Hölle frei. Dann könnte ich zu meinem Vater ins Fegefeuer. Das wäre schön.« Dann brach sie das Gespräch ab und schritt entschlossen auf die Drachengestalt zu.

Zane sah ihr nach; er war völlig hilflos und konnte die Katastrophe nicht verhindern. Sie hatte recht; diese Runde ging an den Satan, gleichgültig, durch welche Mittel der seinen Sieg erreicht hatte. Luna hatte ihre Tränen vergossen und ihr Schicksal akzeptiert, und nun tat sie etwas außergewöhnlich Großzügiges. Sie war eine gute Frau, egal, was in den offiziellen Akten stehen mochte! Er liebte sie wirklich – und das war auch mit ein Grund, weshalb er sich nicht einmischen durfte. Sie hatte sich entschieden.

Er blickte auf die Todesuhr. Der Countdown zeigte vier Minuten an. Schon bald würde er sich seinem wirklichen Klienten zuwenden müssen, wer immer das sein mochte ... Doch zunächst einmal würde er zusehen, was hier geschah, auch wenn es ihm seine ganze Lebensfreude rauben sollte. Es blieb ihm zwar noch Zeit, dennoch würde er nicht eingreifen. Luna hatte ihre Todesart gewählt, und es war ein würdiges Ende. Das Gütigste, was er ihr antun konnte, bestand ironischerweise darin, daß er sie von dem Drachen rösten und in Stücke reißen ließ!

Als er über das Feld schwebte, zielte und zur Landung ansetze, wurde der Drache immer größer. Verglichen mit ihren Artgenossen waren die Hot-Smoke-Drachen zwar nicht einmal sehr groß, doch ihr Feuerspeien machte sie zu höchst eindrucksvollen Lebewesen. Dieses Exemplar war ein Weibchen, wie an den graugetönten Schuppen zu erkennen war. Auf ihrem Rücken ruhte zwischen großen ledrigen Flügeln ein einzelnes gepanzertes Ei.

Aus dem Unterstand erschollen Schreie, und Zane sah, wie der Kameramann sein Zoomobjektiv einschraubte. Ein Ei – das bedeutete möglicherweise einen Babydrachen, der die Art fortsetzte; da war es natürlich klar, daß die Drachenkultanhänger interessiert waren! Sie würden ihr Bestes tun, um das Ei zu verfolgen wie auch das Drachenjunge, das daraus schlüpfen würde. Vielleicht würden sie es sogar markieren, es mit einem kleinen Sender versehen, um über Funk seine Streifzüge verfolgen zu können. Natürlich würde irgendein Wilderer er erlegen, bevor es ausgewachsen war. Das war ein weiterer Grund, weshalb die Drachen eine bedrohte Tierart waren. Zane hätte erheblich mehr Sympathie für die Lage der Feuerspeier gehabt, wäre es nicht ausgerechnet Luna gewesen, mit der die Drachin gefüttert werden sollte.

In der Mitte des Wüstentals blieb Luna stehen und befingerte nervös ihr Messer. Zane bemerkte, daß sie keinerlei Schmuck trug, um nicht gegen das Verbot der Magie zu verstoßen. Gewiß besaß sie doch zu Hause Steine, mit deren Hilfe man Drachen mühelos in Dampf auflösen konnte! Doch sie war entschlossen, ihre Rolle richtig zu Ende zu spielen. Luna hatte ihren Umhang abgelegt und trug ein weitfließendes weißes Kleid, und ihr Haar glühte kupfern im Sonnenlicht. Sie war das wunderschönste Wesen, das man sich nur denken konnte. Doch Zane wußte, daß er nicht objektiv war: Schließlich liebte er sie ja.

Die Lage war absolut wahnwitzig! Wie konnte er nur zusehen, daß der Drache sie tötete, ohne auch nur den geringsten Versuch zu machen, sie zu retten? Objektiv und sachlich leuchteten ihm die Gründe dafür zwar ein, doch sein Gefühl rebellierte dagegen. Es mußte irgendeinen Ausweg geben.

Aber einen Ausweg wofür? Wenn Luna nicht auf diese Weise sterben sollte, würde es auf eine andere geschehen – möglicherweise sogar auf eine schlimmere. Nun wurde ihm klar, daß Satan die zehn Tage bis zur Ratssitzung niemals tatenlos verstreichen lassen würde; er würde der Sitzung vorgreifen, die Versammlung vor vollendete Tatsachen stellen wollen. Was hätte man vom Vater der Lüge auch anderes erwarten sollen? Zane hatte nie die Möglichkeit gehabt, die Angelegenheit mit Hilfe von Beziehungen zu regeln. Also war der Todeszeitpunkt, wahrscheinlich aufgrund von Zanes Einspruch, vorverlegt worden, und nun lag es an Luna, an diesem Schicksalstag die Art ihres Todes selbst zu bestimmen. Wenigstens waren Drachen keine Sadisten. Sie töteten ihre Opfer auf schnelle, saubere Weise und fraßen sie auf, ohne sie vorher zu quälen. Es waren natürliche Wesen, die keine Verschwendung kannten.

Zane musterte die Drachin. Sie war ungefähr sechs Meter lang, mit ebenso großer Flügelspanne, doch ihr Oberkörper war eher schlangenähnlich als starr. Im Interesse einer gesteigerten Flugfähigkeit war die Körpermasse etwas zu kurz gekommen. Sie besaß nur einen Satz Füße, und ihr Kopf war recht klein; tatsächlich hatte sie etwas Vogelähnliches an sich. Jedoch gab es nur wenige Vögel von ihrer Größe, mit Zähnen, ledernen Schwingen und metallischen Schuppen bewehrt. Beide, Vögel und Drachen, stammten von den uralten Reptilien ab, doch ihr gemeinsamer Vorfahr lag wahrscheinlich an die hundert Millionen Jahre zurück. Vielleicht hatten Vögel, Säugetiere und Drachen vor siebzig Millionen Jahren den Dinosauriern den Garaus gemacht. Lange Zeit danach waren alle drei Arten noch gediehen, doch nun herrschten die Säugetiere, vor allem die Menschen, vor. Schon allzu bald würden die Drachen der Vergessenheit anheimfallen.

Wenn der Tod eines einzelnen Wesens schon schlimm war, dachte Zane, wie stand es dann erst um den Tod einer gesamten Spezies? Er billigte die Kampagne des Drachenkults, die Feuerspeier am Leben zu erhalten. Er wünschte sich nur, daß es eine andere Möglichkeit gegeben hätte, um diese Drachin hier zu füttern.

Die rollte die Flügel ein und legte sie an. Sie atmete ein, dann gab sie eine Rauchwolke von sich. Zane begriff, daß ihr Feuerorgan sich gerade erst aufzuwärmen begann. Die Abenteuergeschichten, in denen Drachen dargestellt wurden, die sofort nach dem Erwachen Feuer spien, waren völliger Unsinn. Es bedurfte einer Menge Energie, um Feuer speien zu können, weshalb es auch nie achtlos geschah. Drachen waren Kaltblüter wie andere Reptilien und überwinterten meistens, wenn sie nicht in der kalten Jahreszeit nach Süden zogen; ihr Feuer war ausschließlich für den Kampf und die Nahrungsaufnahme bestimmt. Die Hot-Smoke-Drachen gaben zwar mehr Rauch von sich als andere Arten – doch kein Drachenrauch ohne Drachenfeuer!

Das Wesen pirschte sich an Luna heran, die unwillkürlich einen Schritt zurückwich. Drachen waren geborene Jäger, so daß es sich hier um mehr als ein bloßes Ritual handelte. Zwar hatten die Experten nie erklären können, wieso sie ausgerechnet jungfräuliche Wesen zur Nahrungsaufnahme brauchten, doch gab es keine Zweifel daran, daß dem wirklich so war. Ein Hot-Smoke-Drache würde eher verhungern, als totes oder nichtjungfräuliches Fleisch zu verzehren. Die überzeugendste Erklärung dieser stark beschränkten Diät war die Annahme, daß es vor einigen Millionen Jahren möglicherweise einmal eine schlimme Geschlechtskrankheit gegeben haben mochte, an der sich die Drachen durch ihre Opfer angesteckt hatten, so daß es zu einer Frage des Überlebens geworden war, nur noch reines Fleisch zu fressen. Daher das Bedürfnis nach Jungfrauen, die nur in den seltensten Fällen geschlechtskrank waren.

Nun bemerkte Zane, daß die Drachin humpelte. Sie hatte einen schlimmen Fuß, wenngleich er nicht ausmachen konnte, ob es sich dabei um ein körperliches Leiden oder einen magischen Schaden handelte. Manchmal schleuderten rohe Menschen wilden Tieren Flüche entgegen, weil sie dies für einen großen Spaß hielten. Es konnte Monate dauern, bis ein solcher Fluch an Wirkung verlor, was im besten Fall nur lästig, im schlimmsten jedoch sogar tödlich sein konnte. Andere Tölpel warfen die Abfälle giftiger Zauber in die Wildnis, wo nichtsahnende Wildtiere darüber stolperten und Schaden nahmen. Kein Wunder, daß diese Drachin die Fütterungsstation aufsuchte; auf sich allein gestellt, konnte sie kaum erfolgreich jagen – nicht mit dem Ei als Last auf ihrem Rücken und mit ihrem hinkenden Fuß.

Zane fuhr zusammen. Was waren das eigentlich gerade für Gedanken? Schließlich wollte diese Bestie doch Luna vertilgen! Je behinderter die Drachin war, um so besser! Vielleicht würde Luna das Ungeheuer doch noch mit dem Messer wirkungsvoll abschrecken können. Wenn sie dies tat, wenn sie ihrem Schicksal auf legitime Weise entkam ...

Nein. So leicht ließ sich das Schicksal nicht übertölpeln. Lunas Tod würde nicht die Schuld der Drachin sein. Die Schuld würde vielmehr bei ...

Die Drachin schoß vor. Tänzelnd wich Luna ihr aus und ließ das Messer durch die Luft sausen. Sie mochte zwar wissen, daß der Tod unvermeidlich war, doch würde sie ihn nicht kampflos hinnehmen. Sie würde kämpfen, um ein paar weitere Sekunden herauszuschinden, so wie ein Ertrinkender nach Luft japste. Sie war keine geübte Messerkämpferin, wenngleich ihre Künstlerhände vielleicht etwas geschickter sein mochten als die meisten; doch so oder so würde das Feuer der Drachin ihre Anstrengungen zunichte machen. Insofern war dies eher eine instinktive Übung ohne jede Erfolgsaussicht.

Die Drachin pumpte ihren Blasebalg auf und zielte auf die Frau. Inzwischen hatte sich das Tier aufgeheizt und würde schon bald einen versengenden Feuerstoß von sich geben. Das würde dann das Ende bedeuten. Natürlich besaß Luna keine Chance!

Zane konnte sich nicht mehr beherrschen. Er stellte sich vor das Ungeheuer. Die Flamme schoß hervor, prallte aber von seinem Todesmantel ab, ohne ihm etwas anzutun.

»Nein!« rief Luna. »Laß mich auf diese Weise sterben, Zane! Zwing mich nicht dazu, zu riskieren, was Satan mir vielleicht sonst zugedacht haben mag!«

Ein Glücksspiel mit einer anderen Todesart – diese Vorstellung erschütterte ihn, wenngleich ihm der Gedanke auch schon vorher gekommen war. In den vergangenen Jahren hatte er zwanghaft sein Glück versucht und war dabei in eine Fallgrube gestürzt, aus der ihn schließlich nur der Tod selbst hatte befreien können. Er verspürte keinen Wunsch mehr, wieder in diesen Morast zurückzufallen! Warum sollte er es dann mit Lunas Todesart riskieren?

Die feuerspeiende Drachin musterte ihn und versuchte, festzustellen, warum er nicht gebraten war. Er erwiderte den Blick, worauf sie fast so sehr erbleichte wie ein Mensch, als sie das Amt erkannte, das er innehatte.

»Tu es nicht!« rief Luna.

Zögernd trat Zane beiseite. Er wußte, daß er kein Recht dazu hatte, sich einzumischen. Die Drachin schüttelte den Kopf, als wollte sie die Asche einer unangenehmen Vision abstreifen, dann konzentrierte sie sich wieder auf Luna. Zane schien für beide aufgehört zu haben zu existieren; als Tod verschwand er ohnehin meistens aus dem Bewußtsein von Wesen, die nicht seine unmittelbaren Klienten waren.

Und doch zögerte die Drachin, weil der Anblick des Todes sich eben nicht so leicht beiseite schieben ließ. Selbst der flüchtigste Anblick des Todes löste in einem Lebewesen das Bewußtsein seiner eigenen Sterblichkeit aus, und das war stets etwas Beunruhigendes. Die meisten Tiere gaben sich sehr viel Mühe, um dieses Bewußtsein zu vermeiden oder auszuschalten, und darin waren sie in der Regel erfolgreicher als der Mensch. Der größte Fluch des Menschen bestand darin, daß er seinen Tod klarer zu sehen vermochte als andere Wesen; er konnte das Ende nahen sehen, weshalb er auch länger leiden mußte.

Erschüttert begann die Drachin damit, ihre Flügel auszubreiten, als wollte sie wieder davonfliegen. »Überleg es dir jetzt doch nicht noch anders!« rief Luna. »Wenn du mich nicht frißt, wird das arme Mädchen, das ich hier abgelöst habe, dem nächsten Drachen zum Fraße vorgeworfen werden!«

Hoppla, das stimmte ja! Wenn Luna die Drachin besiegte, waren sie und das Mädchen frei. Doch wenn sie sich dem Ungeheuer nie wirklich stellte – etwa weil ein Dritter sich eingemischt hatte, so war ihre Geste umsonst gewesen. Zwar hätte Luna einwenden können, daß die Drachin immerhin einen Feuerstoß auf sie abgegeben hatte, doch hatte sie sich ja für einen ehrlichen Tod entschieden. Hätte er sie nicht geliebt, Zane hätte ihre Entschlossenheit restlos bewundert.

Nein, das stimmte auch nicht so recht! Gerade deswegen liebte er sie noch mehr. Auf die deutlichste nur denkbare Weise zeigte Luna, wie integer und mutig sie war. Er, Zane, hatte nie dergleichen getan.

Noch immer zögerte die Drachin. Zane hätte nicht gedacht, daß die menschliche Personifikation des Todes ein Tier derart beeindrucken konnte. Die Drachin hätte eigentlich keine Angst vor ihm haben müssen. Wußte sie vielleicht irgend etwas, das ihm unbekannt war?

Mit gezücktem Messer stürmte Luna auf das Ungeheuer zu. Nun reagierte die Feuerspeierin richtig: Sie blähte sich auf, ließ ihren Kopf herumschwingen und stieß einen reinblauen Flammenstrahl hervor, der gute drei Meter lang war und nur wenig Rauch erzeugte. Vielleicht hatte die Drachin ja nicht innegehalten, weil sie beunruhigt war, sondern nur, um noch etwas mehr Hitze aufzubauen.

Luna wich dem Flammenstrahl aus. Nun, da das Feuerorgan mit voller Kraft arbeitete, war er so schmal, daß man ihm leicht entgehen konnte, vor allem dann, wenn man den Kopf des Ungeheuers im Auge behielt. Luna rannte zu der Drachin, stieg dem Reptil auf das rauchende Maul und kletterte ihm auf den flügelbesetzten Rücken.

Die verwirrte Drachin ließ den Kopf herumwirbeln. Der schlangenähnliche Hals war sehr biegsam, und sie hätte sich mühelos in den eigenen Rücken beißen können.

Dann hatte Luna auch schon das Drachenei gepackt. Sie riß es los und preßte es wie einen Fußball eng an ihren Leib. »Und nun verseng mich mal mit deinem Feuer!« schrie sie.

Natürlich wagte die Drachin das nicht; damit hätte sie ihren eigenen kostbaren Nachwuchs geröstet. Unentschlossen erstarrte sie einen Augenblick; sie war zwar klug genug, um das Problem zu erkennen, aber nicht so klug, um eine Lösung dafür zu finden. Luna hatte einen Überraschungsangriff gestartet und dadurch die Initiative gewonnen.

Sie glitt vom Rücken der Drachin auf den Boden, das Ei in einem Arm haltend. Noch immer konnte das Reptil sie nicht angreifen; das Ei war zu einer Art Geisel geworden.

Die Drachenkultler sahen, was Luna getan hatte. »Legen Sie das Ei hin!« schrie der Anführer. »Es ist kostbar! Unschätzbar! Nur wenige Drachen pflanzen sich fort ...«

Luna wich vor der Drachin zurück, das Ei wie einen Schild vor dem Körper haltend. Die Feuerspeierin zuckte mit dem Schwanz und stieß schnaubend dichte Rauchschwaden aus, griff jedoch nicht an.

»Der rücksichtslose Gebrauch von Pestiziden hat die Umwelt vernichtet«, rief der Drachenkultler. »Deshalb besitzen Dracheneier auch nur noch eine vergleichsweise dünne Schale, und viele von ihnen zerbrechen schon, bevor die Brut ausschlüpfen kann. Bis die Pestizidrückstände abgebaut sind – und das kann Jahrzehnte dauern –, droht der ganzen Art die Ausrottung. Jungfrau, schonen Sie dieses Ei!«

Luna sah das Ei an und überlegte. Dann nickte sie. Sie legte es im Sand ab und trat beiseite.

Als was galt das denn nun, fragte sich Zane. Hatte Luna

das Wesen nun besiegt und damit ihrer Pflicht genüge getan? Wenn dem so ...

Wieder griff Luna mit kampfbereit gezücktem Messer das Wesen an. Der gefährliche Kopf der Drachin fuhr instinktiv herum, das Maul klappte auf.

Was war das nur für ein Wahnsinn? Luna hatte doch nicht die geringste Chance! Doch alles geschah so schnell, daß Zane keine Zeit mehr blieb, um es zu verhindern.

Die Drachin stieß eine Rauchschwade aus, weil sie keine Zeit mehr gehabt hatte, um einen neuen ordentlichen Flammenstoß hervorzubringen. Einen Augenblick lang wurde Luna von dem Qualm eingehüllt.

Sie stieß einen Schrei aus, und das Geräusch ließ Zanes Herz fast zerbersten. Kurz darauf löste sich der Rauch wieder auf, von einem leichten Windstoß davongeweht, und Zane erkannte zu seinem Entsetzen, wie heiß er gewesen war. Lunas wunderschönes Haar und ihre prachtvolle Kleidung waren versengt, ihre Haut mit Brandblasen übersät. Die Hitze hatte sie geblendet und teilweise versengt.

Die Drachin näherte sich hinkend und packte mit dem Maul die taumelnde Frau. Knirschend malmten die Zähne aufeinander, und üppiges rotes Blut spritzte in ihr Maul und troff ihr vom Kinn herab.

Entsetzt sah Zane auf seine Uhr. Der Countdown war bei Null. Seine Edelsteine zeigten auf Luna.

»Du warst also doch meine Klientin!« schrie er dem entsetzlich zugerichteten Körper zu. »Deine guten Taten – die Jungfrau zu retten, das kostbare Drachenei zu retten, die Drachin zu füttern – die haben dein Gleichgewicht wiederhergestellt! Du stirbst in ausgewogenem Zustand!«

Er rannte zu ihr, um die Seele zu enthaken, denn vorher konnte sie nicht wirklich sterben. Die Flammen der Hölle konnten keine schlimmere Marter darstellen als das hier! Doch als er die entsetzliche Szene dicht vor Augen hatte und ihren blutenden Körper im Maul der Drachin erblickte, fiel Lunas Kopf zur Seite, und sie sah ihn an. Die zerfetzten Augenlider öffneten sich ein Stück. Irgendwie spürte sie ihn. »Hol mich, Tod!« keuchte sie schmerzerfüllt.

Plötzlich rebellierte es in Zane. Dies war immerhin die Frau, die er liebte!

Er blickte in Lunas leidendes Gesicht. Nie hätte er sich vorstellen können, daß er eine derartige Qual aus freien Stücken auch nur um eine Sekunde verlängern würde, doch nun mußte er es einfach tun. »Nein«, sagte er. Er arretierte die Todesuhr.

Da erstarrte die ganze Szene, denn er hatte nicht nur den Countdown abgestellt, sondern auf den Knopf gedrückt, der die Zeit selbst zum Stillstand brachte. Gedrückt? Unbewußt hatte er das genaue Gegenteil davon getan, er hatte ihn herausgezogen. Die Wolken am Himmel bewegten sich nicht mehr, die Blätter auf den kargen Büschen hörten auf im Wind zu zittern, und die Drachenkultler verwandelten sich in Statuen. Noch immer staken die Zähne der Drachin in Lunas Leib. Sogar der Rauch schwebte bewegungslos darüber.

Zane wandte sich um. Tatsächlich, hinter ihm stand Chronos. »Ich habe mir gedacht, daß Sie kommen würden, um nachzusehen«, sagte Zane. »Ich möchte, daß Sie uns zu dem Augenblick zurückbefördern, kurz bevor Luna ...«

Chronos schüttelte den Kopf. »Das kann ich zwar tun, Tod, aber es wird Ihnen nichts nützen. Es ist Luna bestimmt, daß sie an diesem Tag sterben soll; nur ihre Todesart steht zur freien Wahl.«

Zane war von Grimm erfüllt. »Ihr Tod fällt nun in mein Revier. Ich liebe sie. Ich weiß, daß ihr vorzeitiges Verscheiden unrechtmäßig ist, und ich werde ihre Seele nicht nehmen.«

Da kam eine Frau über den Sand geschritten. Es war die Schicksalsgöttin in ihrem mittleren Aspekt. »Sie müssen ihre Seele nehmen, Tod, sonst ist in buchstäblichem Sinn die Hölle los.«

»Zur Hölle mit der Hölle!« explodierte Zane. »Auf dieser Grundlage nehme ich sie nicht. Es mag zwar sein, daß man Sie angewiesen hat, die ganze Sache einzufädeln, Norne, aber ihre Seele können Sie nicht entnehmen. Das kann nur ich, und ich werde es nicht tun. Machen Sie Ihr übles Tun rückgängig, denn ich werde sie nicht sterben lassen.«

Eine weitere Gestalt erschien. Es war Mars, die Inkarnation des Krieges. »Die Schicksalsgöttin hat es eingefädelt, aber wie Sie schon vermuteten, geschah es auf Anordnung der herrschenden Mächte. Sie hatte und hat keine andere Wahl.«

»Auf betrügerische Anordnung Satans!« schrie Zane.

»Das mag wohl stimmen«, meinte Mars, »aber gegen den können Sie nicht ankämpfen.«

»Satan hat *betrogen!*« wiederholte Zane. »Ich habe Einspruch dagegen erhoben, und dem wird mit Sicherheit stattgegeben werden, sobald die Tatsachen bekannt sind. Bis zur Anhörung weigere ich mich, mit dem Fürsten des Bösen unausgesprochen gemeinsame Sache zu machen. Luna wird nicht sterben.«

Da erschien die Natur, in ihr Nebelkleid gehüllt. »Laß ab von dieser Narretei, Thanatos«, drängte sie. »Bisher hat man dir einige kleinere Verstöße gegen die Vorschriften nachgesehen, aber dieses Mal riskierst du mehr als du ahnst.«

Zane sah sie wütend an. »Seid ihr denn alle gegen mich? Dann sollt ihr auch alle verdammt sein! Ich weiß, daß ich im Recht bin, ich kenne meine Macht, und ich werde meine Entscheidung nicht ändern.«

Die Natur lächelte grimmig. »Wir befinden uns in einer Krise. Es ist an der Zeit, deutlich zu reden.«

»Ich habe schon gehört, wie du deutlich redest!« konterte Zane. »Aber in meinem eigenen Kompetenzbereich könnt ihr euch nicht über mich hinwegsetzen. Diese Frau wird nicht sterben!«

Die Norne lächelte. »Beruhigen Sie sich, Tod. Wir sind auf Ihrer Seite.«

»Ihr steckt *alle* unter einer Decke! Ihr habt euch verschworen, um mich in diese Lage zu bringen!«

»Verschworen haben wir uns«, stimmte Chronos ihm zu. »Satan muß aufgehalten werden, und Gott will nicht eingreifen. Wir Inkarnationen sind jetzt die einzige Instanz, die noch dafür sorgen kann, daß das Nichteinmischungsabkommen eingehalten wird.«

Zane wirbelte herum, wobei er seinen zornigen Blick

über die anderen schweifen ließ. »Die Art und Weise, wie ich an mein Amt geraten bin ... meine Begegnung mit Luna, die so sorgfältig von ihrem Vater in die Wege geleitet wurde, der von alledem wußte ... meine unschuldigen, scheinbar zufälligen Begegnungen mit jedem von euch ... Lunas gegenwärtige Qualen ... alles von langer Hand vorbereitet!«

»Bekannt, aber nicht unbedingt vorbereitet«, erwiderte Chronos.

»Nur die Einzeiheiten wurden nach Bedarf angepaßt«, fügte die Schicksalsgöttin hinzu.

»Weil dieses Amt von der richtigen Person ausgeübt werden mußte«, sagte die Natur.

»Damit diese den Krieg gegen den Satan anführen kann«, schloß Mars.

»Verdammt sollt ihr sein! Verdammt sollt ihr sein!« schrie Zane. »Ich habe nie um diese Bürde gebeten! Was hattet ihr für ein Recht, euch in mein Leben einzumischen?«

»Das Recht der Notwendigkeit«, entgegnete die Natur. »Wenn wir uns nicht einmischen, fällt die gesamte Menschheit der Verdammnis anheim.«

»Wie sollen meine Qual und Lunas Tod irgend jemandem nützen?« wollte er wissen.

»Ihr *Leben*«, berichtigte ihn die Norne. »Wir brauchen ihr Leben, nicht ihren Tod.«

»Das habe ich Ihnen doch gezeigt«, warf Chronos ein. »In zwanzig Jahren wird Luna verhindern, daß Satan die politische Macht in den Vereinigten Staaten von Amerika an sich reißt, um eine Politik zu betreiben, die die Nation und die ganze Welt zum äußerst Unangenehmen verwandeln und durch welche ein Großteil der Menschheit direkt der Hölle anheimfallen wird. Doch Luna kann ihn nicht aufhalten, wenn sie vorzeitig stirbt.«

Langsam begann Zane zu verstehen, doch er war nicht erfreut. »Also habt ihr dafür gesorgt, das Todesamt einem Mann zu übergeben, von dem ihr wußtet, daß er sie nicht holen würde«, sagte er verbittert. »Weil er so töricht war, zu lieben, was man ihm zu diesem Zweck vor die Füße geworfen hatte. Und der Magier Kaftan hat das seiner eigenen Tochter angetan …«

»Es ist zwar etwas Entsetzliches, was wir hier tun«, sagte Chronos, »aber die Qualen und Entbehrungen, die jeder von uns heute erleiden muß, sind nur ein Kinderspiel gegen das, was uns in einer Generation widerfahren würde, wenn der Herr des Bösen siegen sollte. Wir opfern das Heute zugunsten des Danach. Ich weiß, wovon ich rede.«

»Aber Sie haben mich *benutzt* und Luna auch!« schrie Zane voller Schmerz. »Wo bleibt denn da Ihre Moral?«

»Es ist unsere Aufgabe, Menschen zu benutzen«, erwiderte die Schicksalsgöttin. »Haben Sie selbst etwa gezögert, Ihre Macht einzusetzen, um das Los Ihrer Klienten zu verändern?« Da hatte sie ihn natürlich am wunden Punkt gepackt, denn aus eben diesem Grund steckte Zane ja auch in Schwierigkeiten. *Heilig, Heilig, Heilig!*

»Und nun, in der Stunde der Krise, benutzen wir selbst uns gegenseitig«, fuhr die Schicksalsgöttin fort. »Wir haben es Ihnen ermöglicht, die gesamte Welt zu retten, indem Sie das Leben der Frau, die Sie lieben, retten. Sie waren bereit, sich uns zu widersetzen, obwohl Sie unsere Macht kannten, als wir Sie gerade eben geprüft haben. Nun können Sie uns unterstützen, was auch zu Ihrem eigenen Vorteil sein wird.«

Das stimmte natürlich. Sie hatten ihn in eine unausweichliche Lage manövriert. Hätte die Schicksalsgöttin nicht in sein Leben eingegriffen, so hätte er sich wahrscheinlich erschossen und … Nein, natürlich hatte sie auch den *Grund* für seinen Selbstmord geliefert, indem sie ihm seine Liebschaft mit Angelica verweigerte … oder hatte sie die etwa auch in die Wege geleitet? Wie weit führte diese Sache eigentlich zurück? Hätte man ihn sich selbst überlassen, so hätte er in dem Laden wahrscheinlich nur die Edelsteine angeschaut, sich keinen von ihnen leisten können und wäre danach in seine frühere trostlose Existenz zurückgekehrt. Dann würde er in diesem Augenblick versuchen, seine Miete zusammenzukratzen, indem er pornographische Fotos nichtsahnender Frauen verkaufte. Statt dessen hatte man ihn in ein phantastisches neues Reich des Todes und der Liebe befördert …

Die Natur lächelte. »Mars hat das Grundprinzip des Kampfs zwischen Gott und Satan erkannt«, sagte sie. »Chronos hat die Schlüsselepisode im voraus ausgemacht. Ich habe die Qualitäten der Person definiert, die tun könnte und tun würde, was getan werden mußte, und die Schicksalsgöttin hat dafür gesorgt, daß sie … du … in die entsprechende Situation gelangen konnte. Wir haben zusammengearbeitet und in dein Leben eingegriffen, als du den Todesstein betrachtetest, und nun liegt die Angelegenheit in deinen Händen. Wir können diesen Kampf nicht führen, wenn du nicht damit einverstanden bist.«

»Aber ihr habt mir nichts davon gesagt!«

»Hätten wir offen darüber gesprochen, so hätte Satan davon erfahren«, erinnerte ihn die Norne. »Dann hätte er eingegriffen, um diese Begegnung zu verhindern, so wie er versucht hat, Luna vor ihrer Zeit auszuschalten. Der Herr des Bösen kennt keine zivilisierten Grenzen; es geht ihm nur um seinen eigenen Machtzuwachs, und seine Raffiniertheit und seine Macht sind gewaltig. Doch nun ist es geschehen, und selbst er kann die Sache nicht mehr rückgängig machen, wenngleich er uns im Augenblick sicher zuhört. Die Zeit der Geheimnistuerei ist vorbei.«

»*Was* ist geschehen?« wollte Zane wütend wissen. »Ich habe Lunas Leben nicht gerettet, ich habe mich lediglich geweigert, ihre Seele zu nehmen.«

»Wirst du denn jetzt etwa ihre Seele holen, wenn Satan dich darum bittet?« fragte die Natur mit heimtückischem Lächeln.

»Nein! Und auch nicht, wenn *du* mich darum bitten solltest, Grüne Mutter! Ich liebe Luna; es ist mir egal, mit welchen Machenschaften ihr anderen diese Sache arrangiert habt oder wen ich vielleicht sonst geliebt hätte oder wen *sie* sonst vielleicht geliebt hätte; *ich* werde sie jedenfalls nicht verraten.«

»Wir dachten uns, daß du so empfinden würdest«, sagte die Natur. »Wir haben dir nie Böses gewollt, Thanatos; wir wollten immer deinen Erfolg. Wir bedauern zutiefst, daß wir ein Komplott gegen deinen Vorgänger schmieden mußten, der ein anständiger Amtsinhaber war – doch er hätte nicht gezögert, Luna zu holen. Dazu wußte er zu genau, was es bedeutet, den Status quo in Frage zu stellen, und er hätte niemals versucht, wider Gott oder Satan zu handeln. Wir brauchten einen beharrlichen, gefühlsbetonten Tod, neu genug und jung genug, um nicht von der Erfahrung niedergedrückt zu werden, und lebendig genug, um auf eine attraktive und intelligente junge Frau zu reagieren. Wir haben dich ausgesucht, und wir haben dich benutzt, und dafür entschuldigen wir uns – aber wir meinen, daß wir keine andere Wahl hatten. Wir hätten es nicht selbst tun können. Die Last liegt auf dir. Satan will, daß Luna tot ist, aber nur du kannst diesen Tod vollständig herbeiführen. Solange du durchhältst, ist Satan gescheitert.«

Zane blickte auf Lunas Körper, auf das erstarrte, tropfende, strömende Blut. »Was mag es ihr nützen, oder der Welt«, murmelte er. »Sie ist zwar nicht tot, aber leben tut sie auch nicht mehr.«

Chronos hob seine Sanduhr. »Nun kann ich handeln.« Er drehte sie in der Hand, kehrte das Glas, ohne es umzudrehen, so daß der Sand nach oben strömte. Draußen, außerhalb ihres Kreises, strömte die Zeit rückwärts, wie damals in der Nacht des Brandes.

Die Drachin sperrte das Maul auf. Blut strömte in Lunas Leib, stieg in schnellen Tropfen vom Boden empor und sikkerte in sich schließende Wunden, als die Zähne des Ungeheuers zurückgezogen wurden. Der Kopf der Drachin ruckte zurück, und Luna sprang hervor, blind und versengt. Rückwärts taumelte sie in eine dichter werdende Rauchwolke. Sie schrie. Einen Augenblick später preßte sich der Qualm in das Maul des Repils, und Luna wich unversehrt zurück.

Chronos gestikulierte mit der Sanduhr, und wieder erstarrte die Zeit. »Nun können Sie sie zurückholen, auf Widerruf. Aber Sie sollten einige Warnungen beherzigen. Satan kann Sie zwar nicht dazu zwingen, ihre Seele zu holen, aber er kann Sie wünschen machen, Sie hätten es doch getan. Sie werden eine ganz brutale Beharrlichkeit brauchen.«

Zane blickte die wiederhergestellte Luna an, die plötzlich wieder so gesund aussah. Er blinzelte. Das Grauen war rückgängig gemacht worden! »Die werde ich haben.«

»Aber du kannst diese Klientin nicht aussparen, ohne gleichzeitig alle anderen auch auszusparen«, erklärte die Natur. »Zuvor konntest du dir die anderen aussuchen, weil du lediglich mit ihren Situationen gespielt hast, als keine andere übernatürliche Wesenheit beteiligt war. Jetzt aber hast du dich festgelegt. Satan wird auf den Vorschriften bestehen, auch wenn er sie selbst nie einhält. Es wird dir nicht mehr gestattet sein, irgendeine Seele zu holen, ohne zuvor Lunas Seele zu nehmen. Du kannst entweder keine holen – oder alle.«

»Dann streike ich eben«, sagte Zane. »Ich werde keine holen – bis Luna von diesem unrechtmäßigen Sterbetermin befreit ist.«

»Aber Satan wird seiner Sache Nachdruck verleihen«, warnte Mars. »Nie in Ihrem Leben oder Ihrem Tod haben Sie einen solchen Kampf gegen einen der Ewigen geführt. Wir wissen nicht, ob Sie ihn durchstehen werden.«

»Ich werde Lunas Seele nicht nehmen«, beharrte Zane. »Egal was passiert. Sie haben zwar ein Komplott geschmiedet, um mich dazu zu bringen, mich in sie zu verlieben, das weiß ich, und ich verabscheue es. Aber noch nie habe ich jemanden verraten, den ich liebte, auch wenn dabei meine eigene Seele auf dem Spiel stand.«

»Ja, das wissen wir«, sagte die Natur. »Das war es auch, womit du dich in erster Linie für unsere Zwecke qualifiziert hast. Du bist unumstößlich treu gegenüber jenen, die du liebst, und gegenüber dem, was du glaubst.« Sie küßte ihn auf die Wange.

»Das Schicksal der ganzen Menschheit hängt von Ihrem Durchhaltevermögen ab, so verschlungen seine Pfade auch sein mögen«, sagte die Schicksalsgöttin und gab ihm einen Kuß auf die andere Wange. »Vergessen Sie das nie.«

Mit ernstem Nicken bekundeten Mars und Chronos ihre Zustimmung. Dann vermischten sich die Bilder in einem

Strudel, und die anderen waren verschwunden. Zane war wieder bei Luna und der Hot-Smoke-Drachin.

Zane berührte seine Uhr, und alles geriet erneut in Bewegung. Luna schritt auf die Drachin zu. Doch plötzlich blieb sie stehen, denn mit einemmal befand sich bereits ein anderes Opfer vor dem Ungeheuer.

Offensichtlich hatte die Natur für diese Gelegenheit ein Opferlamm bereitgestellt. Das arme Lamm stieß ein entsetztes Blöken aus, dann wurde es auch schon aufgefressen. Einen Augenblick lang fragte sich Zane, wieso es überhaupt sterben konnte, wenn doch keine Seelen mehr eingesammelt werden konnten, doch dann fiel ihm ein, daß die Einsammler der Tierseelen ja nicht streikten. Es ging also nur um menschliche Seelen.

Binnen weniger Augenblicke verschlang die Drachin das jungfräuliche Lamm, samt Fell und Wolle. Dann fuhr sie sich mit der Zunge über die Lefzen, rülpste und humpelte zu ihrem kostbaren Ei hinüber, um es in Sicherheit zu bringen. Vorsichtig nahm sie es mit dem Maul auf, hauchte es mit einem wohldosierten Feuerstrahl an, um die Schale an einer Stelle aufzuweichen, dann legte sie es auf ihren Rükken. Schließlich breitete sie die Flügel aus, rannte über den Sand wie über eine Startbahn, dem Wind entgegen, gewann an Geschwindigkeit und hob ab. Schon bald wurde sie zu einem immer kleiner werdenden Fleck am Himmel.

Zane schritt über den Sand zu dem Anführer der Drachenkultanhänger, der dreinblickte, als hätte er ein Wunder gesehen. »Sind Sie jetzt zufrieden? Dann lassen Sie die Jungfrau frei.«

Der Mann nickte. »Habt ihr das gesehen?« fragte er verzückt. »Plötzlich war da ein Lamm! Das muß ein Akt Gottes gewesen sein!«

»Der Jungfrau bleibt ihr Schicksal jetzt erspart«, beharrte Zane.

»O ja«, meinte der Mann zerstreut. »Wir bringen sie in unsere Basisstadt im Süden von Nevada, nach Las Vegas, und kaufen ihr dort einen Teppichflugschein für die Heimreise. Darauf haben Sie mein Wort.«

Auf das Wort dieses engagierten, hingebungsvollen Mannes war gewiß Verlaß. Zane wandte sich an die Jungfrau. »Wenn du wieder zu Hause bist, dann schlage ich vor, daß du ...«

»O ja, Sir!« rief sie. »Ich werde sofort den Jungen von nebenan heiraten!«

Gut so. Dann würde sie wenigstens nicht mehr als potentielles Drachenfutter herumlaufen. Sie hatte ihren Job erledigt.

Sein eigener dagegen begann jetzt erst. Zane schritt zu Luna, nahm sie beim Arm und führte sie zu seinem Pferd. Mortis war einfach verschwunden und nun, da er gebraucht wurde, sofort wieder erschienen. Luna wirkte benommen. »Ich habe mich versengt, bin zermalmt worden ...«, sagte sie und legte ihre freie Hand an die Stelle, wo ihre Wunden gewesen waren.

Also konnte sie sich noch erinnern! »Die Zeit ... ich meine Chronos, eine weitere Inkarnation ... hat dein Opfer rückgängig gemacht. Du bist verschont geblieben, weil ich mich geweigert habe, deine Seele zu nehmen.«

»Aber du hättest gar nicht herbeigerufen werden dürfen!« protestierte sie. »Meine Sünden überwiegen meine guten Taten doch erheblich! Ich hätte eigentlich sofort in die Hölle gemußt!«

»Das haben wir alle geglaubt«, stimmte er ihr zu. »Aber du hast Gutes getan, nämlich durch die Weise, wie du deinen Tod ausgesucht hast, ohne auf Belohnung zu hoffen. Deine Seele ist jetzt im Gleichgewicht, was die anderen Inkarnationen im voraus wußten, und deshalb bist du meine unmittelbare Klientin. Dennoch hättest du normalerweise dein Leben verloren, weil Satan betrogen hat, aber ich bin in Streik gegangen. Bevor dein Fall entgültig entschieden ist, wird niemand mehr sterben.«

Dann fügte er hinzu: »Ich schätze, du wirst jetzt eine Weile dein normales Leben weiterführen können, gewissermaßen auf Kaution entlassen, bis diese Geschichte mit Satan geklärt ist.«

»Mein normales Leben!« rief sie ungläubig.

»Na ja, immerhin kann ich dich nach Hause bringen,

wo du unter der Bewachung deiner Greife und des Mondfalters in Sicherheit bist.«

Sie lächelte sarkastisch. »Ich hoffe, du weißt, was du da tust, Zane, denn ich bin mir im Augenblick gar nicht sicher, was hier Realität ist und was nicht. Ich hatte eigentlich erwartet, tot zu sein.«

»Ich stelle nur ein Unrecht gerade«, erwiderte er. »Satan hat gegen dich intrigiert, und ich habe vor, ihn auflaufen zu lassen. Das wäre ohnehin recht gehandelt, selbst wenn man mich nicht wie eine Marionette in diese Situation manövriert hätte, ja selbst wenn ich dich nicht lieben würde.«

»Ich glaube eigentlich nicht, daß ich es wirklich wert bin, tot oder lebendig«, murmelte sie, als sie Mortis erreichten.

»Wert, gerettet zu werden, oder wert, geliebt zu werden?«

»Beides. So wichtig bin ich einfach nicht. Ich weiß, daß ich Satan kaum Paroli bieten könnte, ja nicht einmal einem seiner Dämonen.« Sie erschauerte bei dieser Erinnerung. »Und ich bezweifle, daß Liebe ...«

Mortis sprang an den Himmel empor. »Deine Zweifel machen überhaupt nichts«, sagte Zane. »Deine Seele bleibt erst einmal auf der Erde.«

Mit unsicherer Bewegung umarmte sie ihn von hinten, ohne noch etwas zu sagen. Er brachte sie nach Hause und ließ sie unter der Ermahnung zurück, nur im Haus zu bleiben und zu schlafen. Er würde häufig vorbeikommen, um nach ihr zu sehen.

»Und jetzt nach Hause, Mortis«, sagte er, plötzlich sehr müde geworden. Wieder sprang der Todeshengst an den Himmel.

11 Satans Sicht der Dinge

Aus dem Augenwinkel erregte die Todesuhr seine Aufmerksamkeit: Wartende Klienten. »Tut mir leid, heute passiert nichts«, murmelte Zane. »Und noch eine ganze Weile nicht.«

Sie trafen an seinem himmlischen Heim ein, und Zane stieg ab. »Schätze, du hast jetzt eine schöne Woche auf der Weide vor dir, Mortis«, sagte er. »Du warst mir ein perfektes Reittier, und ich wünsche dir das Allerbeste.«

Der prachtvolle Hengst wieherte anerkennend und schüttelte sich, um den Sattel verschwinden zu lassen, dann machte er sich auf den Weg zur Weide. Zane schritt ins Haus.

Die Bediensteten kümmerten sich um ihn, wie immer. Zane nahm eine ausgiebige Mahlzeit zu sich, duschte, wechselte die Kleidung und fühlte sich schon sehr viel frischer. Er nahm Platz, um sich die Nachrichten im Fernsehen anzuschauen, da er genau wußte, daß sie von seinem jüngsten skandalösen Verhalten förmlich überquellen würden. Alles schien in Ordnung, von zwei Dingen abgesehen: Er vermißte Luna, und er war unsicher, was die Zukunft bringen würde. Er wußte, daß ihm schwere Zeiten bevorstanden. Selbst wenn Satan die Szene an den Hot-Smoke-Mountains nicht mitbekommen haben sollte, so würde er doch nicht lange brauchen, bis er merkte, daß Luna nicht planmäßig in der Hölle eingetroffen war.

»Guten Abend, Tod«, meinte der weltmännische Ansager auf dem Schirm. »Es ist mir zwar unangenehm, in Ihr wohlverdientes Privatleben einzudringen, aber anscheinend liegt hier ein Mißverständnis vor.«

Zane musterte das Gesicht genauer. Der Mann hatte eine dunkle Hautfarbe mit rötlicher Tönung, und aus seinen Schläfen ragten zwei kleine Hörner hervor. »Satan!« rief er.

»Zu Ihren Diensten«, bestätigte der Fürst des Bösen und neigte höflich den Kopf. »Haben Sie einen Augenblick Zeit?«

Zane seufzte. Also war es bereits soweit – die gefürchtete Begegnung fand schon jetzt statt! Satan gab sich zwar höflich, doch er würde sich schon durchsetzen, egal was der Tod tun mochte. »Ich weigere mich, Lunas Seele zur Hölle zu schicken!« sagte Zane entschieden.

Satan lachte. Es klang sanft und gutmütig, als würde er einen Witz genießen, der auf seine Kosten ging. »Zur Hölle? Werter Kollege, sie braucht doch gar nicht hierherzukommen! Ich bin sicher, daß man sie nach ihren zahlreichen löblichen Taten im Himmel gern willkommen heißen wird.«

Was war das denn? »Sie wollen sie gar nicht haben?«

»Ich will nur, was mir zusteht. Luna ist eine gute Frau, egal was das Register anzeigen mag. Ich kann persönlich dafür garantieren, daß sie nicht in die Hölle kommen wird. Für Seelen ihrer Art habe ich hier keine Verwendung.«

»Warum haben Sie ihr dann ein vorzeitiges Ende angehängt?« fauchte Zane.

Die Lippen des Teufels zuckten. »Ich muß zugeben, daß einige recht unangenehme Dinge bevorstehen. Ich sehe keinen Grund, eine derart schöne und gute Frau derlei auszusetzen.«

»Und darum töten Sie sie früher!«

»Ich suche lediglich nach dem am wenigsten schmerzvollen Ausweg aus einer schwierigen Situation. Ich bedaure, daß Ihnen dies persönliches Leiden verursacht, Tod, aber ich bin durchaus willens, Sie dafür zu entschädigen ...«

»Wie wollen Sie mich wohl für den Verlust der Frau entschädigen, die ich liebe!«

»Mein werter Herr, meine Organisation ist auf Entschädigungen spezialisiert! Wenn es das Fleisch der Weiblichkeit sein sollte, nach dem es Sie verlangt ...« Satan machte außerhalb des Bildschirmausschnitts eine Geste, worauf sich eine wunderschöne Brünette zu ihm gesellte. »Meine Liebe, zeig doch meinem geschätzten Kollegen einmal, was du zu bieten hast.«

Die Frau lächelte betörend und öffnete ihre Bluse. Ein phänomenal üppiger und runder Busen erschien, von keinerlei Büstenhalter eingeengt.

»Das ist ein Sukkubus!« sagte Zane.

»Natürlich. Ich kann Ihnen die freie Wahl unter den Schönheiten der Weltgeschichte anbieten, von denen die meisten nun in meinem Reich leben und die alle entzückt wären, Sie auf ewige Zeiten zu erfreuen. Aber dazu müßten Sie schon in die Hölle kommen, weil diese Damen in ihrem ursprünglichen Körper nicht mehr auf die Erde zurück können. Ich vermute aber, daß Sie ein Wesen vorziehen würden, das Ihnen im Leben dienen kann. Diese hochspezialisierten Kreaturen, die Sukkubi, können Sie überall unterhalten.«

Zane schwieg, von der bodenlosen Frechheit des Angebots verdutzt. Satan glaubte tatsächlich, daß er an Lunas Stelle einen weiblichen Dämon annehmen würde!

»Diese hier, zum Beispiel«, fuhr Satan gutgelaunt fort, während die Frauengestalt ihren Strip fortsetzte. »Beachten Sie ihre schöne Gesichtsform und ihre üppige Figur. Dergleichen finden Sie nirgends auf Erden.«

Zane fand einen Teil seiner Stimme wieder. »Aber ...«

»Und das ist noch längst nicht alles«, fügte Satan schnell hinzu. Der Sukkubus stieg inzwischen aus dem Kleid. Als Satan die Dämonin am Arm berührte, drehte sie sich um und zeigte der sich eifrig nähernden Kameralinse ihr üppiges Gesäß und die durch und durch straffen Schenkel.

»Aber das ist nicht ...«

»Ist es aber *doch*«, sagte Satan begeistert. »Das ist etwas für die Ewigkeit! Lebende Frauen verändern sich unweigerlich. Sie werden fett und alt, doch weibliches Dämonenfleisch wird niemals welk. Sie brauchen sich also über äußeren Verfall keinerlei Sorgen zu machen.« Er klopfte ihr auf die rechte Seite, und das Fleischwallen fuhr in wohlabgemessenen Stufen über die rechte Gesäßbacke, dann durch die linke und schließlich die Oberschenkel hinab, bevor es wie am Rande eines Wasserbeckens wieder umkehrte und an den Ursprungsort zurückgelangte. »Ewig«, wiederholte der Böse leise.

»Sie verstehen mich nicht«, sagte Zane und mühte sich dabei um eine feste Stimme, wenngleich sich seine Augen so anfühlten, als würden sie ihm leicht aus dem Kopf fallen. »Ich will keinen üppigen Sukkubus. Ich will Luna.«

»Ich kann Ihnen die Gestalt Lunas anbieten«, meinte Satan. »Die äußere Form ist der geringste Teil einer Frau.« Er machte eine Geste, worauf die Dämonin sich in Nebel verwandelte und aufs neue formte, um der Kamera schließlich das genaue Ebenbild Lunas zu offenbaren. Das war gespenstisch, weil sämtliche Einzelheiten übereinstimmten. Das Haar war genauso braun und fließend, die Augen ebenso grau und tiefgründig. Wenn Zane es nicht besser gewußt hätte ...

»Aber ihr Geist ...« sagte er stur.

Satan furchte die Stirn. »Dort liegt ein Problem, das gebe ich allerdings zu. Intelligente Konversation verlangt nach Geist. Die meisten Männer ziehen freilich Frauen ohne eigenen Geist vor.«

»Was jedoch alles völlig am Kern der Sache vorbeigeht«, sagte Zane mit wachsender Selbstsicherheit. Der Herr des Bösen konnte niemanden täuschen, der auf der Hut war – das hoffte Zane jedenfalls! »Ich liebe Luna um ihrer selbst willen, nicht nur ihre äußere Form. Sie hat einige sehr großzügige Dinge getan, sehr tapfere Dinge, und sie ist eine wunderbare Person – und sie wird Sie in zwanzig Jahren daran hindern, sich in die Ereignisse der Welt einzumischen. Aus diesem Grunde werde ich ihre Seele auch nicht aus dem Leben reißen.« Zane befürchtete, daß er schon zuviel ausplauderte, doch er konnte sich nicht beherrschen.

»Eine löbliche Einstellung«, erwiderte Satan milde. »Man sollte stets das eigene Wohlergehen und das seiner Freunde fördern. Das nennt man frommen Eigennutz.«

Zane war überrascht. »Sie stimmen mir zu?«

»Natürlich stimme ich Ihnen zu, Tod! Schließlich bin ich die Gottheit des Eigennutzes. Allerdings sollte man sorgfältig darauf achten, wie man diesen Begriff definiert.«

»Jedenfalls besteht er nicht im Kopulieren mit Sukkubi!« schoß Zane zurück.

»Das hängt vom jeweiligen Standpunkt ab. Sie sollten es wirklich einmal versuchen, bevor Sie es verdammen. Ihre Freundin hat es auch getan.«

»Das ist eine Lüge!« fauchte Zane mit plötzlicher Hitzigkeit. Doch noch während er reagierte, erkannte er auch, daß er dies besser nicht tun sollte; Satan legte lediglich raffiniert den Finger auf seine Wunden und schubste ihn emotional herum, um ihn aus dem Gleichgewicht zu bringen. Ein Zuviel davon, und schon würde er genauso reagieren, wie der Teufel es von ihm wollte.

»Natürlich bin ich der Vater der Lüge, ein Titel, den ich voller Stolz trage«, erwiderte Satan in verbindlichem Ton. »Wahrheit ist nur eine persönliche Anschauungssache; es gibt keinen absoluten Maßstab der Integrität. Deshalb muß ich mich auch des öfteren der Vernunft bedienen, um Skeptiker von meinen Argumenten zu überzeugen. Achten Sie lediglich auf meine Logik, dann werden Sie keine weitere Bestätigung benötigen.«

»Vielleicht«, meinte Zane kurz angebunden, der der Sache mißtraute.

»Sie haben sich dazu entschlossen, Lunas körperliche Unberührtheit mit ihrer gesamten Reinheit gleichzusetzen. Sind Sie sicher, daß Sie sich dabei nicht etwas vormachen?«

Was hatte der Teufel doch für eine silberne Zunge! Er war verbindlich und nett und stellte seinen Standpunkt in positiven Begriffen dar. Es fiel schwer, seinem Charme zu widerstehen. Zane hatte irgendwie mit einer finster dreinblickenden, rauchigen Horrormaske gerechnet, die wüste Drohungen ausstoßen würde. Und doch war das Böse, so erinnerte er sich selbst, immer dasselbe, unabhängig davon, welches Bild es von sich projizierte.

»Ich weiß, daß sie von einem Ihrer Dämonen vergewaltigt wurde«, sagte Zane. »Ich weiß, daß diese Vergewaltigung seelischer Art war, nicht körperlicher. Ich weiß, daß sie dadurch ihre Seele schwer mit Sünde beladen hat. Aber ich weiß auch, daß sie es getan hat, um Magie zu erlernen, mit der sie ihrem Vater helfen wollte. Es mag sein, daß sie sehr viele Sünden auf ihrem Konto hat, aber als Person ist sie gut.«

»Ganz zweifellos, und sehr intelligent geantwortet«, sagte Satan, als spräche er mit einem besonders aufgeweckten Studenten. Er tätschelte den Sukkubus auf den nackten Po, worauf die Dämonin von der Bildfläche verschwand.

»Kaum etwas ist so löblich wie das Aufopfern der eigenen Seele, der eigenen unsterblichen Seele, zum Wohle eines anderen, wie immer man dieses Wohl auch definieren mag. Daran gemessen, sind Sie selbst ein viel besserer Mensch, als dies aus Ihrer Akte hervorgeht. Luna ist gewiß ein seltenes Wesen.«

»Warum jagen Sie sie dann?« wollte Zane wissen, obwohl die Frage eher rhetorischer Natur war; er wußte die Antwort und hatte sie Satan bereits vorgeworfen. Doch er mußte irgend etwas sagen, um der Welle der Dankbarkeit zu widerstehen, die nun drohte, seine Standfestigkeit zu unterspülen. Satan hatte ihm – und Luna! – für etwas gratuliert, das ein grundlegender Bestandteil von Zanes Selbstachtung war. Satan hatte Zanes Behandlung seiner Mutter gerechtfertigt. Wieviel leichter es doch gewesen wäre, gegen ein wildes Ungeheuer anzukämpfen!

Satan lachte wieder und klang wie der angenehmste aller Begleiter. »Meine liebe Inkarnation, ich befasse mich nicht mit dem Guten. Das Böse ist mein Revier! Es ist meine ewige Aufgabe, das Böse im Menschen zu definieren und zu bestrafen. Sie werden mir doch darin zustimmen, daß dies eine notwendige Pflicht ist?«

»Ja, aber ...«

»Es gibt enorm viel Böses in der Welt«, fuhr die weltmännische Gestalt eindringlich fort. »Würde man es sich selbst überlassen, so würde das Böse schon bald die gesamte Gesellschaft korrumpieren, genau wie Milch, die sauer wird. Es muß diszipliniert werden, die Bösewichter müssen bestraft werden, und sie müssen wissen, daß Bestrafung unvermeidlich ist und in direktem Zusammenhang mit ihren Missetaten steht. Tatsächlich muß die ganze Gesellschaft über die Konsequenzen des bösen Tuns aufgeklärt werden. Nur so kann die Menschheit als Ganzes zu einer Besserung gelangen.«

Das war wirklich ein überzeugender Gedankengang! »Aber Luna ist, wie Sie selbst zugeben, nicht von Grund auf böse! Warum sollte sie da bestraft werden?«

»Aber mein lieber Kollege«, sagte Satan mit einem weiteren warmherzigen und toleranten Lächeln, wie es vielleicht ein gütiger Vater seinem aufgeweckten, aber irregeleiteten Kind gegönnt hätte. »Wir sind uns doch darin einig, daß sie nicht böse ist, und natürlich soll sie auch nicht bestraft werden! Sie soll direkt in den Himmel kommen, wo sie auch hingehört, dagegen werden Sie doch wohl bestimmt nichts haben!«

»In den Himmel?« fragte Zane verständnislos. »Sie sind einverstanden, daß ...?«

»Ich will nur, was mir zusteht. Luna gehört Gott.«

Zane kämpfte um seinen geistigen Halt. »Aber sie ist doch noch gar nicht an der Reihe! Warum soll sie da früher sterben müssen?« Wieder drängte er Satan dazu, die Wahrheit zu gestehen, ob er es tun würde?

»Wenn ein Mensch vorzeitig gehen muß, damit hundert andere eine gerechte Behandlung bekommen ... würden Sie dann dem einen Recht antun und den hundert Unrecht?«

»Hm, nein, aber ...«

»Tod, ich habe die Zukunft der Menschheit einigermaßen gründlich untersucht. Ich verstehe Tendenzen, die für sterbliche Geister vielleicht viel zu unterschwellig sind. Natürlich nicht für Ihren Geist; Sie sind eine Person mit scharfer Beobachtungsgabe. Doch es würde Sie nur langweilen, wenn ich Ihnen alle Einzelheiten berichtete. Zusammengefaßt sieht es so aus, daß ich in zwanzig Jahren einen Knotenpunkt erkenne, eine schicksalsentscheidende Wendemarke der menschlichen Rasse. Indem ich diese Situation nutze, kann ich den Lauf der menschlichen Geschichte verändern. Ich werde dazu in der Lage sein, eine gewaltige Menge Böses mit einem Minimum an Aufwand auszumerzen. Leider gibt es eine Person, die sich, wohlmeinend zwar, aber irregeleitet, dieser Möglichkeit widersetzt. Es schmerzt mich zutiefst, diese Person, die von ihrem Standpunkt aus betrachtet völlig im Recht ist, wie es ihrem beschränkten Verstand eben entspricht, hart angehen zu müssen; doch die Gerechtigkeit der vielen muß Vorrang haben vor der Gerechtigkeit des einzelnen. Diese Gleichung mag zwar im Einzelfall recht grausam erscheinen und in bestimmten Fällen sogar ungerecht – doch in einem größeren Zusammenhang betrachtet, kehren sich die Werte eben um. Das ist die Wirklichkeit, der zu entsprechen und nachzukommen meine ewige Verpflichtung ist.«

Und diese Person war Luna. Wäre es nicht um sie gegangen, Zane hätte sich vielleicht überreden lassen. »Vater der Lüge, ich glaube Ihnen nicht.«

Dennoch wirkte Satan keineswegs beleidigt. »Sie haben recht, vorsichtig zu sein. Mir gefällt Ihr unabhängiges Denken. Ich bin davon überzeugt, daß ein Mensch von Ihrer Perspektive schon zur richtigen Schlußfolgerung finden wird.«

»Ich bezweifle, daß Sie mich davon überzeugen können, die Frau, die ich liebe, zur Unzeit in die Ewigkeit zu schikken.«

Satan zuckte die Schultern. »Termine sind oft nur eine Frage der Praktikabilität, Tod. Fühlen Sie sich etwa privilegiert, weil Ihre eigene Lage auf zynische Weise von anderen manipuliert wurde, eingeschlossen den Zeitpunkt und die Art Ihres Abschieds von Ihrem ursprünglichen Leben?«

Der Böse ging immer härter ran! »Darüber bin ich nicht gerade froh«, gab Zane zu, weil er wußte, daß Ehrlichkeit die beste Politik war. Selbst wenn er gewollt hätte, so hätte er es mit Satans Geschicklichkeit im Lügen wohl kaum aufnehmen können. Jede Lüge, selbst eine noch so harmlose Selbsttäuschung, würde ihn Satan in die Hände spielen. »Aber ich glaube, daß es in diesem Fall wirklich notwendig war ...« Er hielt inne, als ihm die Schlußfolgerungen des Gesagten klar wurden. Das Wohlergehen des Einzelnen, das zugunsten der Vielen geopfert werden mußte!

»Die Umstände machen uns alle zu Marionetten«, sagte Satan mitfühlend. »In Ihrem Amt leisten Sie ausgezeichnete Arbeit; das kann ich Ihnen ganz ehrlich sagen, auch wenn Gott das vielleicht nicht täte. Es ist schon Jahrzehnte, vielleicht Jahrhunderte her, daß ein Tod das Gewissen über die Bequemlichkeit gestellt hat, und diese Rolle verlangt schon lange nach einer Neuinterpretation.«

Zane versuchte, seiner Freude über diese Schmeichelei Herr zu werden, weil er ihrer Quelle mißtraute. »Ich möchte meinen, daß mich das Ihnen sehr schnell näher bringt.«

»Hohoho!« lachte Satan wie ein fröhlicher Weihnachtsmann. »Wenn das keine Ironie ist! Die Regeln sind so aufgebaut, daß jene wenigen, die das Richtige tun, dafür mit ihrer Seele büßen müssen. Wenn er das wüßte, würde Gott grüne Flammen speien! Aber, ganz ehrlich gesagt – er achtet ja gar nicht darauf.«

Diese offene Herabsetzung Gottes erschütterte Zane etwas. Doch was hätte er von Gottes Erzfeind auch anderes erwarten sollen? »Wollen Sie damit sagen, daß Sie in der Hölle gute Seelen bekommen?« fragte er erstaunt.

»Ja, und gute an den Himmel verliere«, stimmte Satan ihm zu und schlug sich dabei auf die Knie. »Das bringt die Arbeit manchmal ganz schön durcheinander. Aber so ist das eben mit Bürokratien und verknöcherten Vorschriften, einige dieser armen Seelen rutschen immer durchs Netz.«

Zane mußte sich selbst daran erinnern, daß er mit dem Vater der Lüge sprach. Vielleicht war alles Gesagte gelogen, vielleicht gar nichts, vielleicht aber auch nur ein Teil davon. Es war gefährlich, sich mit Satan überhaupt nur zu unterhalten, denn seine Redegewandheit ließ die Grenzen zwischen Gut und Böse schnell verschwimmen.

»Ich sehe, daß Sie immer noch zweifeln«, sagte Satan und beugte sich mit scheinbarar Ehrlichkeit in seiner Miene vor. »Das ist durchaus verständlich. Ihre Kollegen haben Sie in eine peinliche Lage manövriert. Sie haben Probleme bei der Ausübung ihres Amtes und werden von Regeln eingeschränkt, die keinen Bezug mehr zur Gegenwart haben. Mir geht es in meinem Amt nicht anders. Daher sollten wir in jenen Bereichen kooperieren, wo sich unsere Aufgaben überschneiden. Das kann uns unsere Arbeit sehr erleichtern und für beide Seiten von Nutzen sein.«

»Ich sehe darin keinen Nutzen!«

»Oh, aber Sie haben sich selbst ja auch noch gar nicht die Gelegenheit gegeben, ihn wahrzunehmen«, erwiderte Satan geschmeidig. »Lassen Sie mich Ihnen einmal mein Reich zeigen.«

»Eine Tour durch die Hölle? Ich werde nicht ...«

»Das läßt sich arrangieren, Tod. Sie brauchen lediglich für eine kurze Zeit Ihren physischen Wirtskörper zu verlassen. Ich kann Ihnen persönlich garantieren, daß Sie unversehrt zurückkommen werden.«

»Die Garantie des Vaters der Lüge!« rief Zane angewidert. »Jetzt versuchen Sie schon, mich in die Hölle zu bugsieren! Ich weigere mich, meine Seele auf solche Weise aufs Spiel zu setzen.«

»Ein Mann, der seine eigene Seele nicht riskieren will, um die Frau, die er liebt, zu retten, ist ihrer Liebe vielleicht gar nicht wert«, bemerkte Satan.

Das saß! »Ich habe lediglich keine Lust, eine schlechte Wette einzugehen. Ich sehe auch nicht ein, warum ich Ihren Standpunkt überprüfen sollte. Nicht persönlich in der Hölle. Alles, was ich will, ist eine Überprüfung des für Luna vorgesehenen Todeszeitpunkts. Wenn Sie dafür sorgen könnten, daß diese Überprüfung möglichst bald stattfindet, würde ich das sehr willkommen heißen.«

Satan rollte die Augen. »Haben Sie jemals versucht, eine Bürokratie auf Trab zu bringen?«

Da war etwas dran. »Egal, ich glaube, ich werde einfach hier stillsitzen und warten, bis diese Überprüfung stattfindet.« Zane glaubte, daß er Satan nun in die Ecke gedrängt hatte, denn die Überprüfung würde mit Sicherheit Satans üble Machenschaften an den Tag bringen.

»Ich glaube, Sie verstehen mein Problem nicht richtig«, erwiderte Satan. »Die Hölle ist auf großen Umsatz eingerichtet. Jede Stunde treffen Tausende von Seelen ein, die bearbeitet werden müssen. Sie haben diesen Zustrom abrupt zum Halten gebracht. Jetzt haben meine Einführungskader nichts mehr zu tun.«

»Die Pause wird ihnen gut tun«, meinte Zane und lächelte ohne jede Sympathie. »Sie können ja inzwischen ihre Dreizacke schleifen oder so was.«

»Im Gegenteil! Diese kleinen Teufel müssen ständig beschäftigt werden. Wer soll den faulenzenden Teufeln in der Hölle etwas zu tun geben?«

Zane stellte sich faulenzende Teufel vor, wie sie in der Hölle amokliefen, Regale umwarfen und Folterkammern mit Müll zuschütteten. Das könnte wirklich zum Problem werden!

»Schauen Sie sich das einmal an«, sagte Satan. Auf dem Bildschirm erschien ein Filmbericht über einen Flugzeugabsturz. In einer kalten nördlichen Region war eine Maschine in einen Sturm geraten und an einer abgelegenen Stelle abgestürzt. Fünfzig Passagiere waren im Inneren des Flugzeugs gefangen. »Diese Leute erfrieren gerade«, sagte Satan. »Für eine Rettung besteht nicht die geringste Hoffnung. Doch kann nicht einer von ihnen sterben, solange der Tod streikt.« Die Kamera zeigte das Wrack und dann eine Innenaufnahme von zahlreichen Passagieren mit tödlichen Verletzungen und anderen, die unter furchtbaren Qualen litten. Dies war ein Absturz ohne Überlebende.

»Haben Sie wirklich vor, diese Opfer auf unbestimmte Zeit leiden zu lassen, anstatt ihre Seelen freizusetzen?« fragte Satan nüchtern. »Der größte Teil dieses Haufens kommt sowieso in den Himmel, also würde durch eine Verzögerung nichts gewonnen, nur das Leiden wird verlängert.«

So hatte Zane die Sache noch nicht betrachtet. War er dem Offensichtlichen etwa aus dem Weg gegangen? Natürlich würde es nun entsetzliches Leid geben! Für einen Menschen, der unter einer tödlichen Verletzung litt, war der Tod keine Last, sondern eine Erlösung. Er war der erste, der das Recht eines jeden verteidigte, zu dem zu ihm bestimmten Zeitpunkt sterben zu dürfen. Formaljuristisch gesehen hatte er sogar einen Mord begangen, um dieses Recht durchzusetzen. Nun war er verantwortlich für eine weitaus schlimmere Rechtsverweigerung als sie irgendein beliebiges Krankenhaus praktizierte. Wieder hatte Satan einen wunden Punkt berührt, mit der Präzision und Treffsicherheit seiner bösen Natur. Jetzt litt nicht nur eine Person allein, sondern jetzt litten ganze Menschenmassen!

Doch andererseits – wie viele Menschen würden auf alle Ewigkeit leiden müssen, wenn Satan erst einmal seinen Willen bekam? Wenn man eine Person, nämlich Luna, opfern durfte, um fünfzig Menschen in einem Flugzeugwrack zu helfen, warum konnte man dann nicht fünfzig opfern, um der gesamten Welt zu helfen? Satan setzte ihn unter Druck, und er mußte ihm widerstehen. Er hatte zwar gewußt, daß dies nicht leicht sein würde, doch die Raffiniertheit der Argumentation des Teufels hatte er unterschätzt.

»Ich bedaure das Leiden dieser Menschen zutiefst«, sagte Zane. »Aber schuld daran ist Ihr Wille und nicht meiner. Je früher meine Eingabe behandelt und Luna von ihrem ungerechten, vorzeitigen Todestermin befreit wird, um so besser.«

»Ich glaube schon, daß man die Anhörung vorverlegen könnte«, erwiderte Satan, als handle es sich dabei um eine bloße Kleinigkeit. »Kommen Sie und informieren Sie sich über meinen Standpunkt, dann sorge ich auch dafür, daß man Ihren berücksichtigt.«

Also hatte der Teufel tatsächlich die Macht, die Sache zu beeinflussen – zumindest deutete er dies an. »Soll das heißen, daß Sie mir ein Geschäft vorschlagen wollen?«

»Ich bin auf Geschäfte spezialisiert.«

»Wie soll ich Ihnen vertrauen können, daß Sie auch nur einen Teil Ihrer Abmachungen einhalten?«

»Ein Pakt, der nicht mit Blut unterschrieben wurde, ist das Blut nicht wert, mit dem er unterschrieben wurde«, meinte Satan und grinste liebenswürdig.

»Ich weigere mich aber, mit Blut zu unterzeichnen!«

»Das brauchen Sie ja auch gar nicht. Das war lediglich eine Sitte des Mittelalters: Damals hat mir das Blut des Klienten die magische Macht verliehen, gegebenenfalls die Einhaltung des Pakts zu erzwingen. Heute reichen Finger- oder Netzhautabdrücke genauso. Aber da kein Kontrakt jedweder Art eine Inkarnation binden kann, ist das sowieso irrelevant ...« Satan beugte sich vor, und sein gutaussehendes Gesicht strahlte Vertrauenswürdigkeit aus. »Einfach nur, um sich über die Hintergründe zu informieren, Tod. Es steht in meinem Interesse, Sie dazu zu bewegen, Ihren Streik aufzugeben. In Ihrem Interesse wiederum steht es, für das Wohlergehen Ihrer Freundin zu sorgen. Deshalb ist es unser beider Interesse, einen Kontakt herzustellen und zu völligem Einvernehmen zu gelangen. Das würde durch Betrug nicht eben erleichert.«

»Wenn ich in die Hölle komme und nicht zurückkehre, dann wird ein anderer das Amt des Todes übernehmen. Und der wird, da bin ich mir ganz sicher, Ihrer Führung weitaus williger gehorchen.«

Satan lächelte schief. »Sie haben eine rasche Auffassungsgabe. Doch brauchen Sie sich ja nur mit der Schicksalsgöttin zu beraten, die alle Einzelheiten eines Übergangs in die Wege leitet. Das kann niemand sonst tun. Ich glaube kaum, daß die Sie in diesem Punkt täuschen würde. Wenn Sie Ihnen versichert, daß Ihr Übergang jetzt noch nicht geplant ist …«

Das überzeugte Zane zwar nicht ganz, doch die Sache war immerhin einer Überprüfung wert. »Wenn ich Sie in der Hölle besuche, mir Ihre Argumente anhöre und sie dann ablehne, werden Sie Luna dann freigeben?«

»Natürlich nicht!« sagte Satan empört. »Dann suche ich lediglich nach anderen Wegen, um mein Ziel zu erreichen.«

»Was soll denn dann der Sinn meines Besuchs sein?«

»Vielleicht lassen Sie sich ja überzeugen. Dann könnten Sie einen reichen Lohn erwerben und auf ewige Zeiten glücklich sein.«

»Ich kann nicht auf ewige Zeiten glücklich sein, es sei denn, ich sterbe«, versetzte Zane.

»Keineswegs, Tod. Ihr gegenwärtiges Amt ist ewig.«

»Bis ich es aufgebe.«

Satans Lächeln wirkte jetzt etwas gequält. »Wie kann ich Sie denn sonst beruhigen?«

»Geben Sie Luna frei.«

»Jetzt sind Sie unvernünftig.«

»Aber nur nach Ihrer Definition. Wenn unser Geschäft damit bereits beendet sein sollte …«

Um Satans Gesicht bildete sich ein leichter Rauchschleier, doch er hielt an seinem Lächeln fest. »Angenommen, wir machen einen Kompromiß. Der Kompromiß ist ein ausgezeichneter Weg zur Hölle. Wenn Ihre Besichtigung der Hölle Sie nicht überzeugen sollte …«

»Dann geben Sie Luna frei«, beendete Zane mit Entschiedenheit den Satz.

Satan seufzte. »Ich hätte mir wirklich einen Amtsinhaber gewünscht, der etwas mehr Entgegenkommen zeigt. Aber gut – dann werde ich Luna freigeben.«

Log Satan? Wahrscheinlich – doch Zane war sich seiner eigenen Position und Macht gerade unsicher genug, um es zu versuchen. Sollte Satan einen Rückzieher machen, so war damit bewiesen, daß er in betrügerischer Absicht gehandelt hatte. Dann würden Zanes Zweifel gänzlich aus der Welt geräumt. Dennoch würde der Tod Luna nicht holen. Er hatte eigentlich nichts zu verlieren, solange er nur im Amt blieb.

Und genau das war der Kernpunkt. Wenn er seine Position verlieren sollte ... und doch wurmte ihn noch immer Satans Bemerkung über den Mann, der für die Liebe nicht seine Seele aufs Spiel setzen würde, und sein Gewissen tat das übrige: Er sollte sich die andere Seite wenigstens einmal anhören.

»Ich werde mich mit der Schicksalsgöttin beraten.«

»Ich bringe sie her«, sagte Satan. Da erschien die Göttin auf dem Fernsehschirm, diesmal in ihrem jungen Aspekt als Clotho.

»Nein«, widersprach Zane. »Das könnte auch Ihr Dämon sein, der sie nur imitiert. Ich bestehe auf einer persönlichen Begegnung.«

»Wie Sie wünschen«, sagte die Schicksalsgöttin. Lächelnd trat sie aus dem Fernsehschirm und stand vor ihm. »Die Wesen der Hölle, die sich auf der Erde manifestieren können, können zwar jede körperliche Gestalt annehmen, aber das gilt nicht für die geistige Form.« Sie zog einen hellen Faden zwischen ihren Händen in die Länge. »Und nur eine Inkarnation kann eine andere Inkarnation nachahmen. Dies hier ist Ihr Faden, Tod; sehen Sie, ich kann Sie damit in Bewegung bringen.«

Sie knickte den Faden ein – und plötzlich saß Zane auf dem Fußboden. Dann zog sie ihn wieder gerade und er fand sich im Sessel wieder. »Ich kann ihn lang spinnen oder kurz, glatt oder pelzig, dick oder dünn. Als Lachesis kann ich ihn bemessen, um Ihr Leben zu bestimmen ...« Nun hatte sie ihre mittlere Gestalt angenommen. »Und als Atropos kann ich ihn abschneiden.« Sie verwandelte sich in eine alte Vettel mit einer riesigen Schere.

»Genug!« rief Zane. »Ich erkenne Ihre Identität an!«

»Das ist nett«, sagte sie und wurde wieder zur Lachesis. »Dieses Geschäft, welches der Teuflische Ihnen vorschlägt, ist legitim, zumindest was Ihr eigenes Überleben betrifft. Ihr Schicksalsfaden reicht über diese Episode hinaus. Danach wird er verworren; ich kann für das Gewebe danach nicht garantieren, wenn Satan daran zupfen sollte.«

»Über das Jenseits werde ich mir schon im Jenseits genug Gedanken machen können«, meinte Zane.

»Wie Sie wünschen, Tod«, sagte sie pikiert, und er begriff, daß sie befürchtete, sein Überleben würde bedeuten, daß er zum Satan überlaufen würde. Mehr als alles andere überzeugte ihn dies von ihrer Echtheit. »Aber passen Sie in der Hölle auf sich auf.«

»Das werde ich. Was ist mit Lunas Schicksalsfaden?«

Die Norne zog einen weiteren Faden aus der Luft und inspizierte ihn. »Auch der ist verworren.«

»Satan hat versprochen, sie freizugeben, wenn mich diese Besichtigung nicht überzeugen sollte.«

Mit verengten Augen musterte die Schicksalsgöttin wieder den Faden. »Nein, da bin ich mir nicht sicher, da sind zu viele Einflüsse im Spiel. Sie müssen Ausschau nach den Haken halten, die die Sache möglicherweise hat. Hat er auch gesagt, wann?«

»Wann?«

»Wann er sie freigibt. Sofort, oder in hundert Jahren?«

Zanes Hoffnung sank. »Nein.«

»Wann immer Sie möchten«, sagte Satan liebenswürdig.

»Dem traue ich nicht«, meinte die Schicksalsgöttin. »Der ist doch so glatt wie ein geölter Aal. Aber ich schätze, Sie sollten sich besser einmal die Hölle ansehen und schauen, was Sie dort feststellen.«

»Vielleicht sollte ich einen Führer anheuern«, riß Zane einen schwachen Witz.

»Tun Sie das«, stimmte sie ihm ernst zu.

Plötzlich war es gar kein Witz mehr. »Wer könnte schon eine solche Besichtigung führen? Kein lebender Mensch, und so viele Tote kenne ich nicht ...« Er hielt inne, als ihm jemand einfiel. »Molly Malone! Die gespenstische Fischverkäuferin! Ob die ...?«

Ganz leise zuckten die Lippen der Schicksalsgöttin anerkennend.

»Dieses kleine Luder kenne ich. Das ist eine raffinierte Gossengöre.«

»Ich verstehe wirklich nicht, weshalb Sie aus so einer kleinen Privatreise gleich einen solchen Staatsakt machen müssen«, warf Satan ein.

»Welchen Status hält Molly innerhalb der Ewigkeit eigentlich inne?« wollte Zane wissen. »Offensichtlich gehört sie weder zum Himmel noch zur Hölle.«

»Sie ist ungebunden«, erklärte die Norne. »Aber ihre meisten Freunde befinden sich in der Hölle. Molly wollte sie nicht im Stich lassen, als sie starb, aber sie war ein zu gutes Mädchen, um in die Tiefe zu kommen, deshalb leistet sie ihre Zeit auf der Straße ab. Irgendwann wird sie dessen müde werden und es zulassen, daß sie zum Himmel emporschwebt ... Doch bis dahin kann sie unbeschadet die Hölle besuchen.«

»Für solche Leute haben wir da unten keine Verwendung«, knurrte Satan.

»Aber Sie können ihr das Besuchsrecht nicht streitig machen«, sagte Zane. »Wegen ihrer Treue zu einigen der dort Eingekerkerten. Ich möchte sie dabei haben.«

»Ich werde sie holen«, sagte die Schicksalsgöttin, verstohlen lächelnd.

Die Rauchschwaden, die Satan leicht einhüllten, wurden immer dichter, doch er schwieg.

Kurz darauf erschien das Gespenst auch schon. »Ich habe gehört, daß du eine kleine Besichtigungsreise vorhast, Tod«, sagte Molly fröhlich. »Aber wo ist denn deine Begleiterin?«

»Luna wird nie die Hölle kennenlernen«, sagte Zane. »Satan versucht, mich davon zu überzeugen, sie sterben zu lassen, und wenn sie sterben sollte, wird sie in den Himmel gelangen; und wenn er mich nicht davon überzeugen kann, sie zu holen, dann läßt er sie vielleicht irgendwann in Ruhe.«

Molly warf dem Herrn des Bösen einen finsteren Blick zu. »Ja, wenn die Hölle erst einmal vereist ist«, murmelte sie. Satan lächelte nur matt; er hatte diesen Ausdruck schon zahllose Male gehört. »Du kannst dem Herrn des Bösen nicht trauen, Tod. Seine Helfershelfer haben auf der Erde ihre Lobbys, um Gesetze durchzudrücken, die den Verkauf von Alkohol und Waffen begünstigen, damit betrunkene Autofahrer und hitzköpfige Rebellen sich selbst und andere frühzeitig in die Hölle befördern können.«

»Im Gegenteil«, widersprach Satan. »Ich unterstütze Gesetzgebungsverfahren, um gesellschaftlich schädliche Dinge wie Pornographie und Glücksspiel auszurotten ...«

»Weil das die Polizei damit beschäftigt behält, Buchläden und harmlose Bagatellspielsalons zu filzen anstatt das Verbrechen auf der Straße wirkungsvoll zu bekämpfen!« erwiderte Molly hitzig. »Sie wollen nicht etwa, daß die Leute zu Hause bleiben und lesen oder sich sonstwie amüsieren; Sie wollen, daß sie hinausgehen und rastlos und frustriert sind, damit sie wirklich üble Dinge auskochen!«

Zane erkannte, daß Molly, die schon in jungen Jahren auf der Straße gestorben war, hier einen persönlichen Kampf ausfocht. »Wirst du mich durch die Hölle führen, Molly?« fragte er. »Ich meine, wenn du Lust hast mitzukommen und dich mit deinen Freunden zu unterhalten, die dort eingekerkert sind ...«

Sie lächelte strahlend. »Das werde ich sehr gerne tun, Tod! Seine Erbärmlichkeit hier hat mir ständig irgendwelche bürokratischen Stolpersteine in den Weg gerollt, wenn ich mal einen Freund besuchen wollte; vielleicht kann er das diesmal nicht tun.«

»Dann gehen wir«, sagte Satan wütend. Er drückte gegen das Innere der Bildschirmscheibe, die sich wie eine Glastür nach außen öffnete. »Hereinspaziert.«

Molly reichte Zane die Hand. »Tritt einfach aus deinem Körper heraus, Tod«, sagte sie. »Jetzt bist du dein eigener Klient.«

Unsicher nahm Zane die Hand. Er hatte eine merkwürdige Empfindung, als würde sich in seinem Inneren eine Art Kluft auftun, dann erhob er sich aus dem Sessel. Er drehte sich um und sah, wie er selbst dort saß, ganz so, als würde er schlafen oder als wäre er tot. Seine Seele hatte seinen Körper verlassen.

»Am Anfang fühlt es sich ein bißchen merkwürdig an«, beruhigte ihn Molly. »Aber in zehn Jahren hat man sich dann daran gewöhnt. Komm schon.« Sie zog ihn zu dem offenen Fernseher.

Ohne jede Schwierigkeit traten sie hindurch, denn lebende Seelen waren enorm anpassungsfähig. Zane fühlte sich überhaupt nicht dünn oder durchsichtig wie die Seelen, mit denen er sonst zu tun hatte; sich selbst erschien er als durchaus feststofflich.

Nun befanden sie sich in einer Art Heizungsraum, von einem Ring offenen Feuers umgeben, das dicke Rauchschwaden aussandte, die die Decke färbten. Die Luft war heiß.

»Willkommen in der Hölle, Tod«, sagte Satan und reichte ihm die Hand. Sie war rot mit feinen Schuppen, und die Fingernägel waren Krallen. Zane zögerte, doch dann nahm er die Hand an. Es war wohl das klügste, so höflich wie möglich zu bleiben.

Die Hand war zwar heiß, aber nicht sengend. »Es gibt doch keinen Ort, der es der Gegenwart gleichtun kann«, sagte der Herr des Bösen forsch. Aus der Nähe betrachtet wirkte auch sein Kopf ein wenig markanter. Seine Hörner waren größer und heller, als sie zuvor ausgesehen hatten; Fangzähne glitzerten zwischen seinen dünnen Lippen, und sein Haar glich einem Flammenstoß. »Diese verdammten Seelen kümmern sich um die Zentralheizungsanlage der Hölle, sie leisten nützliche Arbeit, während sie ihre Sündenlast abtragen.«

Zane musterte die Leute. Einige von ihnen hatten Schaufeln, mit denen sie Kohle ins Feuer schippten. Die Hitze an ihrem Arbeitsplatz war entsetzlich, doch sie trugen Asbestschürzen, um den Körper vor dem allerschlimmsten zu schützen. Zane wußte zwar, daß es sich um Seelen von sehr geringer Körperlichkeit handelte, aber weil er selber im Augenblick eine Seelengestalt hatte, erschienen sie ihm als völlig feststofflich. »Was soll denn das?« fragte er. »Mir leuchtet zwar ein, daß man die Hölle heizen muß, aber man könnte doch auch automatische Fließbänder für die Kohle aufstellen ...«

»Das sind die Seelen von Leuten, die im Leben ihre Stellung mißbraucht haben«, erklärte Satan. »Sie hatten verantwortliche Positionen in der Industrie inne, wo sie die Heizanlagen von Fabriken, Apartmenthäusern und so weiter überwachten. Anstatt jedoch nach Effizienz zu streben und es ihren Klienten so bequem wie möglich zu machen, haben sie sie ausgebeutet, haben sich geweigert, Modernisierungsmaßnahmen ausführen zu lassen, obwohl sie genau wußten, daß die anderen Menschen darunter leiden mußten. Nun büßen sie für diese Sünde, indem sie unter denselben primitiven Bedingungen arbeiten müssen, die sie einst anderen aufgezwungen haben.«

Zane musterte die Arbeiter eindringlicher. Bevor er das Amt des Todes übernommen hatte, war seine Wohnung auf der Erde im Winter immer wieder kalt geblieben, weil der Hausbesitzer seine Profitspanne dadurch erhöhte, daß er am Heizöl geizte. Zane konnte Satans Logik schon verstehen. »Wie tragen sie ihre Sünden denn ab?« wollte er wissen. »Müssen sie eine bestimmte Anzahl Tonnen Kohle schippen, oder wie? Wie lange dauert das, und was passiert mit ihnen, wenn sie ihre Schuld beglichen haben?«

»Ausgezeichnete Frage!« sagte Satan und legte eine mehr als nur menschliche Lebhaftigkeit an den Tag. »Die Dauer des Bußedienstes ist von Individuum zu Individuum verschieden. Grob gerechnet muß jede Seele so lange schuften, bis sie dasselbe Leid erlitten hat, das sie im Leben anderen zugefügt hat. Es geht nicht nur um die Arbeit, es zählt vielmehr auch die Einstellung. Die Seele muß ihre bösen Taten ehrlich bereuen. Schließlich wird jede Seele durch das Leiden gereinigt und kann in den Himmel entlassen werden.«

»Dann sind die Seelen gar nicht auf alle Ewigkeit in die Hölle verdammt?« fragte Zane überrascht.

Wieder gab Satan sein gewinnendes Lachen von sich. »Natürlich nicht! Die Hölle ist lediglich die letzte Besserungsanstalt, wo man die Fälle behandelt, die für das Fegefeuer zu schwierig sind. Ein wirklich böser oder indifferenter Mensch kann nicht durch Sanftheit geheilt werden. Hier in der Hölle verfügen wir über die Mechanismen, um selbst die verbogenste aller Seelen noch geradezuziehen. Ich kann Ihnen versichern, daß eine Seele, wenn sie erst einmal für den Himmel bereit ist, äußerst sanftmütig geworden ist. Ich bin ein Perfektionist, ich lasse keine Seele vor ihrer Zeit frei.« Worauf Satans Gesicht einen infernalisch edlen Ausdruck annahm. Zane erinnerte sich daran, daß Satan angeblich ein gefallener Engel war, vielleicht hatte er immer noch etwas von einem Engel an sich.

»Aber was ist denn dann mit Irrtümern Ihrer Bürokratie?« fragte Zane. »Schließlich kann sich jeder mal irren, auch wenn er es ehrlich meint.«

»Nein. Nicht solange ich hier das Sagen habe. Ich kann die absolute Garantie dafür übernehmen, daß bisher noch nie eine einzige fehlerhafte Seele aus der Hölle in den Himmel entlassen wurde.«

Molly hatte sich auf eigene Faust ein wenig umgesehen. Nun kehrte sie zu Zane zurück. »Von den Leuten hier kenne ich niemanden. Schauen wir uns doch einmal die Irlandsektion an.«

Doch schon führte Satan die beiden in einen anderen Trakt. Er öffnete eine Tür mitten in der Luft, und sie kamen in eine neblige, düstere Region, die von Menschen in Lumpen überfüllt war. Männer, Frauen und Kinder aller Rassen schlurften über eine unfruchtbare Ebene. Alle waren sie hager, und manche wirkten regelrecht ausgemergelt. Und jeder von ihnen starrte unentwegt zu Boden.

»Das sind die Verschwender«, erklärte Satan. »Die haben gute Nahrungsmittel unbenutzt fortgeworfen, obwohl sie genau wußten, daß andere auf der Welt verhungerten. Jetzt leiden sie selber unter Hunger. Sie haben Geld verschwendet. Jetzt besitzen sie nur noch das, was sie auf der Straße finden, den Abfall anderer. Im Namen einer frivolen Mode haben sie gute Kleider vernichtet, und nun haben sie nur noch schlechte Kleidung, die sie höherhalten als alle Kleider während ihres Lebens. Im Tod müssen sie so viel sparen, wie sie im Leben vergeudeten – und ihre Resourcen hier unten sind mehr als mager.«

Wieder war Zane beeindruckt. Er selbst hatte Verschwendung nie ausstehen können.

»Sie sehen aiso, daß die Hölle eine notwendige Funktion erfüllt«, sagte Satan aalglatt. »Wir wollen doch nicht, daß verschwendungssüchtige Mistkerle den Himmel verunreinigen.«

»Hier kenne ich auch niemanden«, brummte Molly. »Ich glaube, das ist nur eine Vorzeigesektion der Hölle und nicht das wirkliche Inferno.«

»Warum gehen Sie denn dann nicht mal los und suchen jemanden, den Sie kennen?« schlug Satan vor. »Ich hatte es zwar eigentlich so verstanden, daß Sie hier wären, um den Tod zu führen, aber wenn Sie darauf bestehen, Ihre persönlichen Angelegenheiten damit zu vermischen ...«

»Gehen wir doch als nächstes in die irische Vorzeigehölle«, erwiderte das Gespenst rebellisch.

»Ich kann Ihnen viele weitaus aufgeklärtere Sektionen zeigen«, sagte Satan. »Es hat wenig Sinn, uns den Unflätigkeiten des zügellosen irischen Temperaments auszusetzen.«

»Ach ja, tatsächlich?!« rief Molly, ihr eigenes ungezügeltes Temperament unter Beweis stellend.

Satan blickte sich um, als würde er etwas sehen, was den anderen verborgen blieb. »Nehmen wir mal als Beispiel die Höllenküche.« Er öffnete die Tür zu einem riesigen Saal, in dem dicke Köche damit beschäftigt waren, zu backen, zu kochen und Drinks zu mixen. Der Duft frischen Essens war beinahe überwältigend, und Zane bekam wieder Hunger, obwohl er erst vor kurzem gegessen hatte.

»Nehmen Sie doch mal einen Aperitif«, sagte der Herr des Bösen und nahm ein funkelndes Glas von einem Tablett, das ihm ein eleganter Kellner reichte. Er bot es Zane an.

»Faß es nicht an!« rief Molly. »Jeder der in der Hölle irgend etwas zu sich nimmt, kommt nie wieder heraus!«

Satan zog in gespielter Traurigkeit die Mundwinkel herab. »Ich hätte eigentlich gedacht, daß Sie über solchem Aberglauben stehen, Fischweib. Ich habe es nicht nötig, die Leute mit Gewalt in die Hölle zu bringen! Sie kommen zu mir, weil ihre Seelen mit Sünden belastet sind.«

»Und was war mit Persephone und den sechs Granatapfelkernen?« wollte Molly wissen.

»Ich wäre Ihnen sehr verbunden, wenn Sie gefälligst mein Privatleben aus dieser Sache heraushalten würden!« schnauzte Satan, und von seinen Hornspitzen sprühten winzige Funken. »Sie wollte hierbleiben; die Kerne waren lediglich ein Vorwand, um ihre herrschsüchtige Mutter zufriedenzustellen.«

»Wofür ist denn dann dieses ganze tolle Essen hier?« fragte Molly mit irischer Sturheit. »Meinen Freunden, die hier gefangen sind, geben Sie jedenfalls nie etwas davon, das weiß ich sicher! Ich bin schließlich schon einmal hiergewesen, müssen Sie wissen.«

»Ja, einige begrenzte Bereiche haben Sie schon einmal besucht, Sie Naseweis«, erwiderte Satan. »Aber die gesamte Hölle haben Sie nicht gesehen, und Sie verstehen auch nicht einmal annähernd, welchem Zweck sie dient.«

»Sage ich ja!« rief sie. »Sie verbergen irgend etwas, übler Wicht! Sie weigern sich, uns zu sagen, wofür das Essen gedacht ist.«

Aus den Poren der sich rötenden Haut Satans stiegen kleine Rauchwölkchen empor. »Für das Personal natürlich, Schlampe! Das wird priviliegiert behandelt. Die allerbesten Feinschmeckermahlzeiten und Getränke, Unterhaltung ...« Er machte eine Geste, worauf eine Chorreihe erschien: wohlgeformte nackte Mädchen, die gemeinsam im Takt die Beine hochwarfen. »Es würde mich freuen, Ihnen diesen Service auch im Fegefeuer zu bieten, Tod. So weit können meine Köche und Mädchen vordringen.«

»Ich habe bereits Bedienstete im Todeshaus«, sagte Zane.

»Ah, aber nicht solche! Die Delikatessen, die diese Köche hier anfertigen, haben Sie noch nie gegessen; nicht einmal Bacchus selbst hat derlei geschmaust. Und mein persönlicher Schneider wird Ihnen einen Anzug anfertigen, mit dem sogar Salomon mit all seiner Pracht nicht mithalten kann. Und was die nächtliche Unterhaltung angeht, so wird die Königin der Liebe und des Sex, Isis persönlich, sich um Sie ...«

»Die alte Schlange bietet mal wieder ein Bestechungsgeld an!« bellte Molly. »Wer braucht schon diese Nutte Isis, wenn er eine Frau wie Luna hat?«

Das zwang Zane in die Wirklichkeit zurück. Die Bewegungen der tanzenden Mädchen hatten ihn ein wenig betört, aber natürlich war Luna die einzige, die er begehrte. Wie gut, daß Molly bei ihm war!

»Das ist wahr«, entgegnete Satan milde, wenngleich ihn seine Hitze inzwischen in Dampf hüllte. »Dennoch, es gibt auch noch andere Unterhaltung für den anspruchsvollen Geist. Die Hölle besitzt die beste Bibliothek der ganzen Ewigkeit, völlig unzensiert. Viele ihrer gesammelten Werke wurden von den Autoren erst nach ihrem Tode niedergeschrieben und sind nur in der Infernalischen Bibliothek einzusehen. Das gleiche gilt für die Malerei und die Musik ... hier, hören Sie sich doch einmal Chopins neuestes Klavierstück an.«

Wunderschöne Klaviermusik durchflutete den Raum, und ihr exquisiter Klang beschwingte Zanes Geist.

»Komm da wieder runter!« sagte Molly und packte Zane am Bein.

Verblüfft blickte er in die Tiefe. Er trieb ja gerade gegen die Decke! Da er im Augenblick eine geistige Gestalt hatte, ohne stofflichen Körper, der ihn am Boden festhielt, hatte die wunderschöne Musik ihn tatsächlich schweben gemacht.

»Warum bieten Sie mir das?« fragte Zane, als er wieder auf dem Boden stand. »Ich bin doch schließlich nur hier, um mir Ihren Fall anzuhören.«

»Eine reine Freundschaftsgeste«, erwiderte Satan. »Zufällig genieße ich es, etwas für meine Freunde zu tun.«

»Der Tod ist nicht Ihr Freund!« versetzte Molly.

Wieder lächelte Satan; es schien seine persönliche Form von Schutzreaktion zu sein. »Natürlich, der Tod ist ein

Geschäftspartner. Das ist aber kein Grund für negative Beziehungen.«

»Ich will die Irlandabteilung sehen«, murrte Molly.

Zane seufzte. Er konnte Satans Irritiertheit angesichts solcher Sturheit durchaus verstehen. »Wir sollten sie wohl besser besuchen, Luzifer.« Der Teufel machte ja einen ganz vernünftigen Eindruck, aber es hatte wenig Sinn, Molly in Rage zu bringen. »Wir können dort ihre Freunde besuchen und uns dann den Rest der Hölle anschauen.« Er hatte seine Meinung über Luna zwar nicht geändert, aber es wäre wohl ganz nett, wenn er sich mit Satans edler Funktion ein wenig anfreunden könnte.

»Aber natürlich«, sagte Satan mit göttlicher Selbstbeherrschung. Er öffnete eine weitere Tür in der Luft, dann traten sie hindurch und gelangten in ein irisches Elendsviertel.

Es war kalter, eisiger Winter. Schnee wirbelte durch die Luft, und die schmutzige Straße war mit dreckigem Matsch bedeckt. Bauern in schwerer Straßenkleidung reinigten mit unzulänglichen Schaufeln und Besen die Gosse von Müll und Fischköpfen.

»Das waren die Unratverteiler«, erklärte Satan. »Nun müssen sie das ganze Jahr über arbeiten, um so viel Unrat wieder einzusammeln, wie sie in ihrem Leben verteilt haben, damit die Straße wieder so sauber wird, wie sie sie vorgefunden haben. Leider erscheint der Unrat immer wieder aufs neue.«

Molly schnüffelte umher, auf der Suche nach ihren Freunden. Diesmal entdeckte sie einen. »Sean!« rief sie. »Dich habe ich ja hundert Jahre nicht mehr gesehen!«

Der Mann hielt in seiner Arbeit inne. »Die süße Molly Malone! Wann bist du denn gestorben? Hätte nie gedacht, daß ich dich hier mal treffen würde! Siehst aber nicht so aus, als wärst du sonderlich alt geworden!«

»Das liegt daran, daß ich in frühen Jahren an einem Fieber starb und meine Jugend und Schönheit mit ins Grab genommen habe.«

Der alte Mann musterte sie anerkennend. »Das hast du wirklich getan, Mädchen. Du warst so ein süßes Ding, die hübscheste Göre der ganzen Straße. Ich hätte gedacht, daß du mit sechzehn bereits Großmutter sein würdest.«

Molly lächelte. »Versucht habe ich es ja, aber das Leben war zu kurz. Ich dachte, daß meine Seele zur Hölle verdammt sein würde, nach dem, was dieser Mann mit der süßen Zunge mir angetan hat ...«

»*Deine* Seele bestimmt nicht, liebes Kind! Ach, du warst doch eine Petunie im Zwiebelbeet, immer bereit, jemandem etwas Gutes zu tun, dem es noch schlechter ging als dir. Ist wirklich eine Schande, daß du vor deiner Zeit gestorben bist.«

»Wie behandeln sie dich denn hier, Sean?« fragte sie ihn.

»Na ja, es ist nicht gerade ein Vergnügen, wie du selbst sehen kannst. Wir schrubben und schrubben, aber der Dreck hört nie auf, und manchmal ist es so schrecklich kalt ...«

»Hast du deine Sündenlast denn immer noch nicht abgetragen? Schließlich bist du schon länger in der Hölle, als du auf Erden gelebt hast, Sean, und du warst eigentlich nie ein wirklich böser Mensch, nur jemand, der eben sehr viel Unrat hinterlassen hat.«

Sean kratzte sich am Hinterkopf. »Ich weiß es nicht, Mädchen. Es wird zwar Buch geführt, aber irgendwie scheine ich nie richtig aufzuholen. Ich muß wohl wirklich ziemlich unverbesserlich sein.«

»He, dein Handschuh ist ja zerrissen«, sagte Molly besorgt. »Komm, ich flicke ihn dir.« Sie griff nach der Hand des Mannes.

»O nein, das ist schon in Ordnung«, erwiderte er schnell und riß seine Hand fort. »Ich komme schon zurecht. Ich muß sowieso wieder an die Arbeit.« Dann machte er sich wieder daran, auf wirkungslose Weise den Dreck zu bearbeiten.

»Wenn du ganz sicher bist ...«, sagte Molly besorgt.

»Wie Sie sehen können«, sagte Satan mit einem neuen Lächeln, »sind wir hier in der Hölle zwar hart, aber fair. Leute, die sich im Leben nicht bessern wollen, lassen sich auch im Tod nicht leicht bessern, aber schließlich zahlen sich Beharrlichkeit und Konsequenz immer aus.«

»Ja, das sehe ich«, stimmte Zane ihm zu. »Es leuchtet auch durchaus ein ...«

Wieder öffnete Satan eine Tür in der Luft, und sie traten hinaus, um sich in einem bequem möblierten Wohnzimmer wiederzufinden. »Sie begreifen also, daß es keinen Sinn hat, das System durcheinanderzubringen«, sagte er.

»Einverstanden«, meinte Zane. »Dennoch sehe ich aber nicht ein, warum ich Luna vorzeitig holen sollte. Irgendwie stecke ich da schon in der Zwickmühle.«

»Durchaus«, meinte Satan bereitwillig. »Ich bin sicher, wenn Sie die Sache mal gründlich durchdacht haben, werden Sie schon meinen Standpunkt einnehmen.« Nun öffnete er eine weitere Tür, und Zane und Molly traten in Zanes eigenes Wohnzimmer im Todeshaus. Die Tür schloß sich hinter ihnen und wurde wieder zum Bildschirm.

Zane schritt zu seinem reglosen Körper, ging vorsichtig in Position und ließ sich langsam in seinen eigenen Schoß sinken. Sofort verschwand er im Fleisch und wurde wieder mit seinem Körper eins. Kurz darauf öffnete er die Augen, wieder feststofflich geworden. Das war eine Erleichterung!

»Ich werde Ihnen meine Helfershelfer schicken, die sich um Ihre Bequemlichkeit kümmern werden, Tod«, sagte Satan vom Bildschirm aus. Dann verschwand er, und das gewöhnliche Nachrichtenprogramm erschien aufs neue.

12 Paradoxon

Molly setzte sich auf Zanes Schoß, legte ihm die Arme um die Schulter und berührte sein rechtes Ohr mit den Lippen. Auf diese Entfernung duftete sie leicht nach Muscheln und wog praktisch gar nichts.

»He, das ist doch nicht nötig«, protestierte Zane, verlegen und verblüfft zugleich.

»Aber ich muß dir doch dafür danken, daß du mich auf deine Reise in die Hölle mitgenommen hast«, erwiderte sie.

»Immerhin habe ich dort einen Freund wiedergetroffen.«

Zane gab nach und duldete ihre Umarmung. Was hätte ein Gespenst seinem feststofflichen Körper auch antun können? »War mir eine Freude, Molly. Könntest du jetzt vielleicht zurück ...«

Wie eine leise Brise huschten ihre körperlosen Lippen über sein Ohr. »Tod ... ich muß es dir sagen, bevor Satan dieses Haus hier in seine Gewalt bringt«, flüsterte sie drängend.

»Was denn?«

»Nein, nein ... du darfst nicht offen reagieren. Lächle einfach und sieh entspannt aus. Satan sieht zu. Er wird es zulassen, daß ich dich streichle, weil er will, daß du dich für eine andere Frau als Luna zu interessieren beginnst. Paß auf, ich werde mich ein wenig feststofflicher machen, damit du mein Fleisch fühlen kannst.« Und schon besaß sie Körpergewicht, das gegen seinen Schoß drückte. »Du hast mich als Führerin mitgenommen, und jetzt werde ich dich auch führen. Vertraue mir, Tod – es ist sehr wichtig.«

Von diesem plötzlichen Charakterwandel überrascht, lächelte Zane und zwang sich dazu, sich körperlich zu entspannen. Tatsächlich war Molly ein sehr gutaussehender Geist, und es war gar nicht schwer, ihre Nähe zu ertragen, auch wenn er leichte Schuldgefühle hatte, weil sie nicht Luna war.

»Als ich Seans Hand berührt habe, trug er gar keinen Handschuh«, flüsterte Molly und knabberte dabei an seinem Ohr.

Zane wollte etwas erwidern, doch sie legte ihm den Zeigefinger auf die Lippen. »Diese Leute in der Hölle tragen überhaupt keine Kleidung«, fuhr sie fort. »Sie sind völlig nackt, mitten im Schnee. Die werden nicht bestraft, die werden regelrecht gefoltert!«

Nun wollte Zane protestieren, doch wieder hieß sie ihn schweigen und öffnete zugleich ihre Bluse, um noch mehr von ihrem prachtvollen Busen zu offenbaren, ganz so, als wollte sie ihn verführen. Ja, sie hatte einen Meeresduft um sich, was ihn an einen Urlaub auf den Vulkaninseln im pazifischen Ozean erinnerte. »Tod, glaube mir! Ich habe es früher zwar schon vermutet, doch man hat mir nie gestattet, meine Freunde in der Hölle anzufassen oder mich ihnen auch nur zu nähern. Satans Helfer waren ständig auf der Hut. Aber diesmal habe ich Sean berührt, und nun weiß ich es.«

Molly ließ ihr Kleid herabgleiten, um noch mehr von ihren Oberschenkeln zu offenbaren, dann öffnete sie die Bluse um einen weiteren Knopf. Inzwischen begriff Zane, warum Sean geglaubt hatte, daß sie schon mit sechzehn Großmutter sein würde; sie war zwar in diesem Alter bereits gestorben, besaß jedoch einen Körper, der jeden Mann provozieren mußte. In Irland schienen die Mädchen aber sehr früh und wohlgestaltet aufzublühen! »Nun weißt du es, Tod. Der Vater der Lüge lügt dich an. Er versucht überhaupt nicht, die Seelen zu bessern. Er hält sie auf ewige Zeiten in dieser schlimmen Gefangenschaft. Er wird sie niemals freigeben. Und du kannst ihm kein einziges Wort glauben.«

Was sie da andeutete, war äußerst schwerwiegend. Wenn Satan schon über sein Vorgehen in der Hölle selbst gelogen hatte, wann würde er dann überhaupt jemals die Wahrheit sagen? Wenn er die Seelen in Wirklichkeit gar nicht besserte, vor was würde ihn Luna dann, später im Leben, abhalten? Wenn die Hölle gar keine Besserungsanstalt war und Satan in Wirklichkeit nur sein Reich ausbaute, dann waren seine Motive für die Ausschaltung Lunas natürlich suspekt. Der Tod durfte unter gar keinen Umständen mit dem Herrn des Bösen zusammenarbeiten!

»Danke, Molly«, sagte er. »Du hast gute Arbeit geleistet. Das werde ich nicht vergessen.«

»Verlaß sofort das Haus«, mahnte sie. »Begib dich zu Mortis, der dich besser beschützen kann. Ich weiß, wie Satan vorgeht; seine Helfer sind bereits unterwegs, um dieses Haus zu übernehmen, damit sie sichergehen können, daß du ihm folgen wirst.«

»Einverstanden.«

Zane erhob sich, und sie glitt wieder auf ihre Beine, aufs neue gewichtlos geworden. Er schritt auf die Tür zu.

Dort empfing ihn ein riesiger Mann mit einer Kochmütze. »Ihre Mahlzeit ist fertig, mein Herr.«

Das war nicht Zanes regulärer Koch. »Ich komme rechtzeitig zurück«, sagte Zane und versuchte, sich an ihm vorbeizuqetschen.

Der Chefkoch legte Zane eine schwere, schwielige Hand auf die Schulter. »Aber sie ist *jetzt* fertig, mein Herr.«

Molly blieb hier im Fegefeuer unstofflich, es sei denn, sie konzentrierte sich; dieser Mann dagegen war jedoch so feststofflich wie ein Klumpen Rindfleisch. Zane befreite sich aus dem schmerzvollen Griff. »Nicht jetzt, danke.«

»Ich bin sicher, daß Sie es sich noch einmal überlegen werden, mein Herr«, sagte der brutale Koch und ließ die Hand auf Zanes Unterarm sinken.

Wütend und etwas beunruhigt blickte Zane dem Mann direkt ins Gesicht. Er wußte, daß der andere den Totenschädel wahrnahm, denn er trug noch immer seine Uniform. »Was glauben Sie eigentlich, wen Sie da anfassen?« fragte er grimmig.

Der große Mann erbleichte, wie es die meisten Menschen taten, wenn sie die Maske des Todes vor sich sahen, doch er gab nicht nach. »Ich bin bereits tot. Mir können Sie nichts anhaben.«

Warum war er dann erbleicht? Zane hob die rechte Hand. Die Edelsteine an seinem Handgelenk leuchteten. Er packte den Mann unterm Kinn und hob ihn hoch. Der ließ sich leicht heben und wurde dabei so dünn wie Zellophan; in Wirklichkeit war er eine Seele. Zane faltete die Seele einmal zusammen, dann noch einmal und knüllte sie schließlich zu einer Kugel, die er durch den Boden in Richtung Hölle schleuderte.

Dann hielt er überrascht inne. Er hatte gar nicht gewußt, daß der Tod das konnte! Doch im nachhinein war es offensichtlich, da der Tod schließlich die Seelen innerhalb der Ewigkeit an ihren Bestimmungsort brachte. Wenn er eine Seele zu packen bekam, mußte sie tun, was er von ihr wollte.

»Das war aber hübsch«, murmelte Molly.

Zane hatte sie schon ganz vergessen. »Vielleicht solltest

du auch besser von hier verschwinden«, schlug er vor. »Sonst könnten dich Satans Helfer vielleicht noch mißhandeln.«

»Es ist sehr schwer, ein Gespenst gegen seinen Willen festzuhalten«, meinte sie und verschwand.

»Und noch einmal vielen Dank für deine Hilfe!« rief er ihr hinterher. »Du hast mir die Augen geöffnet!«

»Gerne geschehen, Tod«, erklang ihr Wispern wie eine leise Brise. Dann war er allein.

Er schritt durch die Tür und begegnete einer wahrhaft majestätischen und wunderschönen Frau, die in üppiger, antiker Mode gekleidet war. »Ich bin Helena von Troja«, verkündete sie.

Natürlich war Zane mit den historischen, geradezu legendenhaften Berichten über die Taten dieser berühmten Frau vertraut. Ihr Gesicht war es gewesen, das tausend Zauber ausgelöst und einen heftigen Krieg zwischen dem Stadtstaat Troja und den Vereinten Streitkräften Griechenlands angezettelt hatte. Natürlich konnte Helena Satan nun auf weitaus unmittelbarere Weise dienen.

»Und jetzt spielen Sie Callgirl für den Vater der Lüge«, fauchte Zane und schritt an ihr vorbei.

»Bitte!« rief sie und hielt seinen Arm fest. »Sie wissen nicht, was es bedeutet, dreitausend Jahre über die eigene Blütezeit hinaus zu sein! Sie machen sich ja gar keine Vorstellungen, was der Herr der Lügen Frauen antut, die in seinem Dienst versagen!«

Obwohl er es besser wußte, fühlte sich Zane durch ihr Flehen gerührt. Nun gut, vielleicht war sie ja seit dreitausend Jahren tot, aber eine wunderschöne Kreatur war sie doch. »Ich will Ihnen nichts Böses, Helena. Aber ich versuche, eine gute, lebende Frau vor dem Zugriff Satans zu retten. Würden Sie es fertigbringen, diese Frau zu verraten?«

Helena sah ihn an. In ihren wunderschönen Augen bildeten sich Tränen und rannen über ihre klassischen Wangen. Langsam sackte ihr Gesicht zusammen, und ihr Körper verwandelte sich in eine gestaltlose Masse. Dann löste sie sich in Rauch auf, und ihre Seele sank durch den Boden dem entgegen, was sie fürchtete.

Sie hatte ihn verstanden. Helena von Troja war im Prinzip eine gute Frau gewesen, die sich weigerte, eine Geschlechtsgenossin zu verraten. Traurig schritt Zane hinaus ins Freie. Mortis erwartete ihn, sein Sattellicht blinkte drängend.

Zane saß auf und steckte sich den Dolmetschstein ins Ohr. »Was ist los, prachtvoller Hengst?«

»Satan hat die Höllenhunde losgelassen.«

»Das hört sich schlimm an. Was ist denn ein Höllenhund?«

»Ein Dämon in Tiergestalt. Dessen Seele kannst du nicht einfach zusammenfalten, denn sie ist nicht menschlichen Ursprungs.«

Das mußte Zane erst einmal verdauen. Anscheinend fuhr Satan jetzt schwerere Geschütze auf. »Was kann ich tun?«

»Das zu sagen steht mir nicht zu, Meister. Wenn wir einem von ihnen allein begegnen, kann ich dich beschützen.«

»Jagen die Höllenhunde denn allein?«

»Nicht unbedingt.«

Zane spürte einen eisigen Schauer. »Wieviel Zeit habe ich noch?«

»Es braucht seine Zeit, um vom Höllenhundpfuhl zum Fegefeuer zu laufen, auch für übernatürliche Wesen. Vielleicht hast du noch fünfzehn Minuten, bis sie eintreffen.«

»Gut. Ich muß noch etwas erledigen. Bring mich zum Archiv.«

Mortis galoppierte auf das große Fegefeuergebäude am gegenüberliegenden Ende der Ebene zu. »Du darfst nicht zu lange verweilen«, warnte das Pferd. »Drinnen kann ich nicht bei dir sein.«

»Ich kehre zu dir zurück, bevor die Höllenhunde eintreffen.« Zane saß ab, betrat das Gebäude und begab sich sofort zum Computerterminal, um es anzuschalten.

SEIEN SIE GEGRUESST, TOD, blitzte es auf dem Schirm auf. DIE INFORMATION, DIE SIE HABEN WOLLEN, BEFINDET SICH NICHT IN MEINEM DATENSPEICHER.

»Das möchte ich wetten«, brummte Zane.

KEIN GEWOEHNLICHES WESEN KANN EINEN HOELLENHUND AUFHALTEN.

Die Neuigkeiten machten ja schnell die Runde! »Das ist auch nicht meine Frage.«

Der Monitorschirm flackerte, er wirkte überrascht. SIE MACHEN SICH DOCH BESTIMMT SORGEN.

»Wie viele Seelen sind bisher aus der Hölle freigelassen worden?«

SINNLOSE FRAGE. BITTE NEU FORMULIEREN.

»Oh, nein, die ist überhaupt nicht sinnlos, Maschine! Der Herr des Bösen behauptet, daß er die Seelen nur bearbeitet, um sie von ihrer Sündenlast zu befreien, danach läßt er sie in den Himmel aufsteigen. Wie viele Seelen hat er bis heute freigelassen? Mir genügt eine ungefähre Ziffer.«

Pause. KEINE INFORMATION, zeigte der Schirm schließlich an.

»Was soll das heißen, keine Information? Du verfügst doch über die Aufzeichnungen der gesamten Ewigkeit!«

ICH MEINE DAMIT, DASS ES BISHER KEINE EINTRAGUNGEN DIESER ART GEGEBEN HAT.

Zane keuchte. »Soll das heißen, daß noch nie eine Seele aus der Hölle freigelassen wurde – in der ganzen Ewigkeit nicht?«

KORREKT.

»Was ist der Satan doch für ein kolossaler Lügner!« schrie Zane. »Ich war sicher, daß er etwas übertrieben hatte, aber seine Behauptung hätte doch wenigstens einen winzigen wahren Kern enthalten müssen!«

DIE BEHAUPTUNG WAR NICHT FALSCH. DIE EWIGKEIT HAT NOCH NICHT GEENDET.

Zane überlegte. »Du meinst, daß Luzifer die Seelen zu irgendeinem späteren Zeitpunkt einmal freilassen wird?«

KORREKT.

»Ein hübsches Schlupfloch! Das ist ja ein Blankoscheck! Die Ewigkeit endet doch niemals, per definitionem nicht.«

Zane schaltete den Monitor ab. Er hatte erfahren, was er wissen wollte. Zwar hatte er schon vermutet, daß Satan die Zahl der kurierten Seelen wahrscheinlich stark abrunden würde, um einen bestimmten Prozentsatz von ihnen weiterhin in der Hölle zu behalten, doch die Wirklichkeit war noch viel schlimmer. Mit Sicherheit würde der Tod nun nicht mehr tun, was Satan verlangte!«

Draußen vor dem Gebäude tänzelte Mortis ruhelos umher. »Kommen die Höllenhunde näher?« fragte Zane.

»Es sind sechs.«

»Kannst du sie abhängen?«

»Nein. Auf langen Strecken könnte ich das zwar, weil sie nicht über mein Durchhaltevermögen verfügen, aber auf Kurzstrecken sind sie schneller als ich.«

»Können wir uns vor ihnen verstecken?«

»Nein. Sie können sogar unsichtbare Geister aufspüren. Das ist das Säuberungskommando der Hölle. Dem entgeht nichts.«

»Gibt es irgendeinen Ort im Kosmos, wohin sie uns nicht folgen können?«

»Vielleicht der Himmel.«

Zane lachte verlegen. »Den Himmel wollen wir lieber nicht einschalten! Laß mich nachdenken.«

»Du solltest nicht länger als neunzig Sekunden nachdenken, Tod«, meinte der Hengst vielsagend.

Zane saß da und dachte nach. Zu seiner Überraschung fürchtete er sich nicht. Er war nie ein tapfer Mann gewesen; was bei ihm als Mut gegolten hatte, war lediglich Temperament und Frechheit. Doch die Ausübung seines Amtes als Tod hatte ihm den größten Teil seiner Furcht vor dem Sterben genommen. Er wollte zwar selbst nicht sterben, aber das war inzwischen eher eine praktische Frage als eine Angst um sich selbst. Denn wenn er jetzt starb, so würde sein Ersatzmann den Streik beenden und Luna holen, und dann würde Satan gewinnen. Vielleicht kam Luna dann in den Himmel und Zane möglicherweise auch – obwohl er auf letzteres kaum setzten mochte! Doch wie würde es dem Rest der Menschheit ergehen, wenn Satan siegen sollte? *Das* war Zanes wirkliche Herausforderung.

Die Höllenhunde, so schien es, konnten ihn töten, denn es waren übernatürliche Ungeheuer, die von der Magie des Todesumhangs nicht mattgesetzt werden konnten. Vielleicht würde er einen von ihnen auf die gleiche Weise in die

Hölle zurückjagen können, wie er den Kochdämon behandelt hatte, obwohl Tierseelen eigentlich nicht in sein Revier fielen. Aber das wäre es dann auch schon, da diese Lebewesen sich vor der menschlichen Todesinkarnation nicht fürchten würden.

Vor dem geistigen Auge sah er plötzlich ein Streichholzmuster. Fünf Streichhölzer zu einem Fünfeck ausgelegt:

Nun erkannte er, was das bedeutete. Sein Denken ging im Kreis umher, führte ihn nirgendwohin, bescherte ihm keine Lösung.

Hastig legte er in Gedanken die Streichhölzer zu einer besseren Anordnung um, nämlich in einer geraden Linie. Wenn er sich nicht verstecken konnte – und auch nicht fliehen konnte – aber durchhalten mußte – dann mußte er kämpfen – und brauchte folglich eine geeignete Waffe – da war ja seine Serie:

— — — — —.

Da hörte er ein markerschütterndes Gebell. Am Horizont des Fegefeuers erschienen dunkle Klumpen, die in rasendem Tempo immer größer wurden. Die Höllenhunde waren eingetroffen.

Waffe, Waffe – was war eine Waffe gegen ein übernatürliches Ungeheuer? Nicht sein Umhang, nicht seine Edelsteine. Er brauchte etwas zum Angriff Geeignetes.

Die sechs Figuren wurden zu großen rotbraunen Hundegestalten, jede halb so groß wie ein ausgewachsener Mensch. Ihre Augen glühten rot wie Ofenluken. Mit riesigen, katzengleichen Sprüngen bewegten sie sich voran, zehn Meter auf einmal nehmend. Völlig lautlos berührten ihre Pfoten den Boden; selbst im offenen Angriff bewiesen sie noch ihre Pirschfähigkeit.

Was er brauchte, war ein gutes Schwert – eines, das verzaubert war, um natürliche und übernatürliche Wesen gleichzeitig zu bekämpfen. Doch darüber jetzt nachzudenken, war vielleicht ein wenig zu spät.

Die Höllenhunde umringten Mann und Pferd, sie hielten inne, um die Lage abzuschätzen. Jeden Augenblick würden einer oder mehrere von ihnen losspringen.

Da blieb Zanes Blick an der Sense hängen. Plötzlich fiel ihm auch ein, wie er nach Mars' Meinung damit hätte üben sollen. Er hatte es nicht getan, weil seine Aufmerksamkeit von anderen Dingen in Anspruch genommen worden war. Doch wie man eine Sense schwang, das wußte er.

Da griff der erste Höllenhund an.

Zane packte die Sense und sprang zu Boden. Der Höllenhund schoß über ihn hinweg und verfehlte das plötzlich herabgesprungene Ziel. Das gab Zane noch einige Sekunden Spielraum.

Zane schüttelte die Sense, so daß die riesige Klinge im rechten Winkel zum Griff einrastete. »Verschwinde, Mortis!« rief er. »Das ist nicht dein Kampf!«

Der Todeshengst jagte davon.

Zane hob die Sense. Er spürte ihre schreckliche Macht. O ja, das war eine gute Waffe! »Na kommt schon, Hundchen!« schrie er und ließ sich von seinem hitzigen Temperament überwältigen, während die Klinge glitzerte. »Kommt und versucht, wie stark ich bin, ihr Hunde, die ihr geglaubt habt, ein hilfloses Opfer angreifen zu können! Aber wenn ihr es tut, o Bestien der Nacht, so wisset denn, daß *ich* der *Herr* der Nacht bin. Ich bin der Tod!«

Unbeeindruckt machte der erste Hund kehrt und sprang erneut auf ihn zu. Anscheinend war es das Privileg des Meutenführers, das Opfer als erster anzugehen. Zane riß die große Sense hoch und richtete sie ungefähr gegen den Hund. Das Ungeheuer prallte voll gegen die Klinge.

Die glitzernde Spitze durchschnitt den Kopf des Höllenhundes und zerteilte seinen Leib bis zur Rute, fast ohne jeden Widerstand. An beiden Enden spritzte Blut hervor, als das Wesen verendete. Die magische Klinge hatte das magische Tier wirkungsvoll vernichtet.

Nun griffen, immer noch unbeeindruckt, zwei weitere Höllenhunde an. Sie kamen von verschiedenen Seiten auf ihn zu; Zane riß die Sense aus dem ersten Ungeheuer und ließ sie in einem blitzenden Kreis umherschwingen. Sie traf den ersten Hund in der Mitte des Körpers und durchschnitt ihn, als wäre er aus Butter.

Die obere Hälfte des Ungeheuerleibes wirbelte davon, während die untere in einer Blutwoge zusammenbrach.

Der zweite Höllenhund wurde senkrecht von der Klinge getroffen. Sein Vorderkörper trennte sich von der anderen Hälfte, und Eingeweide quollen hervor, als beide Hälften zusammenbrachen.

Nun waren noch drei Höllenhunde übrig. Die wirkten inzwischen doch beeindruckt. »Was ist denn los, ihr Köter!« stachelte Zane sie an. »Gefällt es euch etwa nicht, wenn sich euer Opfer wehrt?«

Mit aufgesperrtem Maul trat einer von ihnen vor. Zähne und Zunge waren so schwarz wie Ruß. Er stieß einen sengenden Feuerstrahl aus.

Zanes Klinge wirbelte herum und trennte dem Wesen den Kopf vom Leib. Das Feuer erstarb im selben Augenblick wie der Hund.

Vier erledigt, zwei übrig. Zanes rechte Körperhälfte schmerzte, dort, wo das Feuer seinen Umhang erhitzt hatte. Es war weitaus heftiger gewesen als jenes der Hot-Smoke-Drachin! Doch er durfte sich noch nicht ausruhen.

»Was habt ihr denn geglaubt, mit wem ihr es zu tun bekommt, ihr Höllenhundesöhne?« wollte Zane wissen und trat vor, den beiden entgegen, mit einer Klinge, die noch vom Blut ihrer Gefährten troff. »Welch unheilige Arroganz hat euch dazu bewegt, euch mit einer Inkarnation zu messen? Schert euch davon, Welpen, auf daß ich euch nicht in kleine Stücke schneide!«

Doch einer der Hunde ließ sich nicht einschüchtern. Er griff an – und mit einer einzigen entsetzlichen Bewegung schnitt Zanes Klinge ihm alle vier Läufe ab. Immer noch entschlossen, seinem Opfer zuzusetzen, öffnete das Ungeheuer das Maul, um einen Feuerstoß abzugeben, deshalb trennte Zane ihm die Schnauze ab. »Lernst du so langsam dazu?« fragte er in wildem Ton. »Hör auf, sonst werde ich dich noch höchst unsanft behandeln.«

Der verstümmelte Hund lag reglos da und blutete.

Dann wandte sich Zane an den letzten. »Kneif den

Schwanz ein, wimmernde Töle, und kehre zurück zu deinem törichten Herrn«, schrie er und zielte mit der hellroten Klinge auf ihn. »Richte ihm aus, er soll keine Welpen mehr schicken, um Männerarbeit zu verrichten!«

Endlich eingeschüchtert, kniff der Höllenhund tatsächlich die Rute ein und floh.

Zane hatte weiche Knie. Er hatte es geschafft! Er hatte sie geblufft!

Geblufft? Nein, er hatte sie vernichtet, indem er eine Macht seines Amtes ausgeübt hatte, die er noch nie zuvor bewußt eingesetzt hatte. Seine Übung im Umgang mit der Sense, noch vor langer Zeit im Leben, hatte sich als nützlich erwiesen.

Wiehernd kam Mortis herangetrabt. »Das war dem Amt würdig und angemessen, Tod«, übersetzte der Dolmetschstein.

Zane zuckte die Achseln. »Es war notwendig. Ein verzweifelter Mann tut, was er tun muß. Hätte es einen Fluchtweg gegeben, ich wäre geflohen. Aber da ich nun einmal kämpfen mußte, habe ich so gut gekämpft, wie ich konnte.« Endlich einmal hatte sein Temperament ihm gute Dienste geleistet. »Satan hat mich diesmal unterschätzt. Ich glaube kaum, daß er das noch einmal tun wird. Aber ich hoffe, daß ich irgendwann meines Amtes würdig sein werde. Nicht, daß ich mich selbst für eine überragende Persönlichkeit hielte, denn das bin ich nicht; es ist das Amt des Todes, das es verdient hat, daß ich ihm mein Bestes gebe.«

Er saß auf, und gemeinsam machten sie sich wieder auf den Weg zur Erde. »Warum hast du mir nichts von der Sense gesagt?« fragte Zane.

»Ich wußte nicht, daß man sie gegen Höllenhunde einsetzen kann«, gab Mortis zu. »Mein früherer Herr hat sie nie auf diese Weise angewandt.«

Doch Mars hatte es gewußt! »Das Amt beinhaltet also Kräfte, die ihm alleine innewohnen, egal wer das Amt ausübt oder wie oft sie früher eingesetzt wurden.« Zane überlegte: »Ob es noch weitere gibt?«

»Ich bin nicht der erste Todeshengst«, wieherte Mortis. »Möglicherweise haben meine Vorgänger Dinge gesehen, die inzwischen im dunkeln liegen. Aber ich weiß, daß das Amt des Todes sich je nach Inhaber erheblich verändern kann. Entscheidend ist die Interpretation. Auf dem Höhepunkt seiner Kraft kann der Tod von keiner Macht am Firmament gebremst werden.«

»Ich bin aber überall gebremst worden!« protestierte Zane.

»Nicht, als du die Todessichel geschwungen hast!«

»Da war ich auch verzweifelt«, wiederholte Zane. Doch schon jetzt dachte er an diese Episode mit grimmigem Stolz zurück. Er war närrisch gewesen, aber er hatte den Feind vernichtet. Der Tod verfügte wirklich über Macht, wenn er sie nur ausübte. Entsprechendes hatte die Natur auch angedeutet. Wäre er verwirrt geblieben, hätte er in seine eigene Vernichtung durch die Höllenhunde eingewilligt, so hätte diese auch stattgefunden; doch das hatte er nicht getan – und da waren sie hilflos gegen ihn gewesen. Hätte sein Vorgänger nicht bei seiner eigenen Ermordung kooperiert, so hätte er auch überlebt und Zane würde sich jetzt in der Ewigkeit befinden.

»Mein Amtsvorgänger ... Was war denn das für eine Art Tod?« Zane wußte zwar, daß der Mann in den Himmel gelangt war, doch das sprach nicht unbedingt für seine Kompetenz.

»Ein mittelmäßiger, sonst hätte er sein Amt nicht eingebüßt.«

»Ich meine, wie hat er gearbeitet? Ich weiß ja selbst, daß er zum Schluß achtlos wurde, aber das muß schließlich nicht bedeuten, daß er kein guter Arbeiter war. Hat er seinen Zeitplan eingehalten? Hast du ihn gemocht?«

»Er hat seinen Zeitplan besser eingehalten als du«, erwiderte das Pferd. »Und was die andere Frage angeht, so kann ich es mir nicht erlauben, mich emotional an eine Person zu binden.«

»Damit du mich nicht vermißt, wenn ich fort bin«, sagte Zane. »Das ist auch am besten so. Ich weiß die treuen und kompetenten Dienste zu schätzen, die du mir von Anfang an geleistet hast, und ich weiß auch, daß du meinem Nachfolger eine große Hilfe sein wirst.«

Mortis antwortete nicht.

Sie landeten in der Stadt Kilvarough. Mortis verwandelte sich in das Todesmobil und fuhr Zane zu Lunas Adresse. Sie begrüßte ihn an der Tür. »Oh, ich habe mir schon Sorgen um dich gemacht, Zane«, sagte sie erleichtert. »Die Konsequenzen, wenn man sich gegen Satan stellt ...«

»Das schaffe ich schon«, sagte er, denn er wollte sie nicht mit dem Wissen belasten, daß sein Leben nun ernsthaft in Gefahr war. Satan würde mit Sicherheit noch stärkere Geschütze auffahren – aber wenn Luna das erfuhr, würde sie möglicherweise irgend etwas Närrisches versuchen, wie beispielsweise, aus dem Leben zu scheiden. »Ich bin nur gekommen, um dich darum zu bitten, durchzuhalten, egal, was passieren mag. Und um dich daran zu erinnern, daß ich dich liebe.«

Ihre Erleichterung verwandelte sich plötzlich in Sorge um die Allgemeinheit. »Du bist in Streik gegangen! Weißt du eigentlich, was das bedeutet?«

»Man klärt mich schleunigst darüber auf«, gab er zu. »Die Menschen leiden entsetzlich. Aber ...«

»In den Krankenhäusern stapeln sie sich bereits«, sagte sie tadelnd. »Die Patienten im Endstadium sterben einfach nicht, und es kommen immer neue dazu, die normale Quote ... und dabei geht die Sache erst wenige Stunden so. Kannst du dir vorstellen, wie das erst nach einigen *Tagen* aussehen wird? So kann die Welt nicht weitermachen!«

»Ich weiß ja, daß es schwer ist«, sagte Zane. »Aber die Alternative ...«

»Warst du es nicht einmal, der einen ganzen Krankenhausraum zu Klump geschlagen hat, um einen Patienten von einem sinnlosen, schmerzgequälten Leben zu befreien? Du *glaubst* doch an den Tod!«

»Ich glaube an den Tod«, stimmte Zane ihr zu, und es war ihm so etwas wie eine Erleuchtung. »Das tue ich wirklich! Der Tod ist das allerheiligste Recht der Lebenden; es ist das eine Recht, das man ihnen niemals verweigern sollte. Und doch, in diesem Fall ...«

»Es ist ja nicht so, als könnten sie gerettet werden«, fuhr sie erbarmungslos fort. »Die Tatsache, daß diese armen Leute nicht sterben, bedeutet nicht, daß sie ein produktives

Leben führen. Es bedeutet lediglich eine entsetzliche Verlängerung ihrer täglichen Qual.«

»Das ist wahr«, gab Zane matt zu. »Gewiß ist der Tod ein notwendiger Dienst an jenen, deren Leben ein Ende gefunden hat. Es wäre am besten, wenn er stets prompt und schmerzlos käme. Und doch ...«

»Ich habe ein Bild gemalt«, sagte sie. Sie zeigte auf eine Staffelei, die sie im Wohnzimmer aufgestellt hatte. Darauf befand sich eine teilweise fertige Darstellung eines Kindes, dessen Unterleib von einem Wagen zermalmt worden war. Ganz in der Nähe waren die zermalmten Überbleibsel eines Fahrrads oder eines kleinen fliegenden Teppichs zu sehen, auf dem sich das Kind, offensichtlich achtlos, davonbewegt hatte. Zane bemerkte, auf welch künstlerisch gelungene Art die Elemente sowohl des Teppichs als auch der Maschine miteinander verbunden worden waren, so daß das Gerät nicht zu identifizieren war; dies war ein symbolisches Beispiel, kein realistisches. Und außerdem war es sehr hastig ausgeführt worden, denn Luna war erst seit wenigen Stunden wieder zu Hause.

Das Beeindruckendste war die Aura des Kindes. Sie sah aus wie eine Seele, die den leidenden Körper zur Hälfte verlassen hatte, und ihre Qual war offensichtlich. Welch ein schreckliches Bild dies ergeben würde, wenn es erst einmal beendet war!

Natürlich war dies auch eine Darstellung von Lunas eigenem Zustand. Sie war auf gewaltsame Weise gestorben und lebte dennoch – und sie wußte, daß sie, zumindest teilweise, für die Qualen all jener Menschen verantwortlich war, die nun nicht sterben konnten.

»Aber wenn der Satan die Macht auf Erden an sich reißt, weil du nicht mehr da bist, um ihn aufzuhalten«, wandte Zane ein, »dann werden Millionen Seelen, die sonst vielleicht in den Himmel gekommen wären, dazu verdammt sein, eben diese Art von Qualen in der Hölle zu erleiden! Ich muß verhindern ...«

»Das kann ich nicht glauben!« rief Luna. »Die Hölle ist lediglich der Ort, wo die bösen Seelen bestraft werden.

Wenn diese Seelen erst einmal gebessert worden sind, dann läßt man sie frei ...«

»Nein, das tut man nicht! Ich habe den Fegefeuercomputer gefragt ...«

»Zane, ich habe mich entschieden. Ich möchte, daß du damit aufhörst, deine ...«

Mit einem Krachen wurde die Tür aufgerissen. Ein brutal aussehender Mann stürmte in den Raum, ein kurzes Gewehr in der Hand, das er sofort auf Zane richtete. »Nun wirst du sterben, Tod, und ich werde deinen Platz einnehmen!« brüllte er.

»Wie ist der an meinen Greifen vorbeigekommen?« verlangte Luna empört zu wissen. »Und wo ist mein Mondfalter?«

»Mein Herr, der Satan, hat sie mit einem Zauber gebannt«, sagte der Eindringling mit einem bösen Grinsen. »Du wirst meine erste Beute sein, prachtvolles Geschöpf, sobald ich das Amt erst mal innehabe.«

Zane zog seine Kapuze und seinen Umhang dichter zusammen. »Hüte dich, Lump! Ich bin unverwundbar gegen sterbliche Waffen.«

»Nicht mehr, Tod!« rief der Schläger. »Du bist wegen Amtsmißbrauchs abgesetzt, und man hat dir deine Magie entzogen.« Er zielte mit dem Gewehrlauf auf Zanes Herz.

»Nein!« schrie Luna und sprang den Mann an.

Da löste sich der Schuß. Blut spritzte aus Lunas rechtem Bein hervor, wo die Kugel sie getroffen hatte. Sie brach zusammen.

Zane war noch nie ein besonders guter Kämpfer gewesen, doch jetzt war sein Jähzorn wieder erwacht. Wie ein explodierender Stern wurde das Rot von Lunas strömendem Blut in seinen Augen immer größer. Er stürzte sich auf den Eindringling, als dieser das Gewehr herumriß, um auf ihn zu schießen. Mit einer behandschuhten Faust schob er den Lauf beiseite, mit der anderen Hand hieb er nach dem Gesicht des Schlägers.

Der Mann stieß einen Schrei aus und stürzte rücklings zu Boden, wobei er das Gewehr fallen ließ. Zane wandte sich an Luna, die am Boden in ihrem eigenen Blut lag. »Ich muß dich sofort zu einem Arzt bringen!«

»Das nützt nichts«, keuchte sie. »Die Krankenhäuser quellen über von Untoten. Für kleinere Fälle ist dort kein Raum mehr.«

»Aber du könntest doch zu Tode bluten!«

Trotz ihres Schmerzes lächelte sie ihn an. »Dann müßtest du meine Seele nehmen, Tod, nicht wahr? Und das würde ... würde alle anderen auch befreien.«

Mit erneutem Entsetzen erkannte Zane, daß es sich hier um eine Doppelfalle handelte. Wäre das Attentat gelungen, hätte sein Nachfolger den Todesstreik beendet und Luna geholt. Wäre Luna tödlich verwundet worden, hätte Zane selbst sie holen müssen, weil er nicht mitansehen konnte, wie sie litt. So oder so hätte Satan gesiegt.

»Aber nun, da ich gesehen habe ...« Luna machte eine Pause und japste nach Luft, dann fuhr sie fort: »... gesehen habe, wie erpicht Satan darauf ist, dich loszuwerden, bin ich mir nicht mehr so sicher, daß ich gehen sollte.«

»Irgendeine ärztliche Behandlung ... ich weiß ja noch nicht einmal, wie ich die Blutung zum Stillstand bringen kann ...«

»Bring mir einfach den weißen Edelstein von der Konsole dort«, sagte sie, und ihre Stimme wurde immer matter. »Das ist ein ... Heilungsstein ...«

Zane sprang davon und holte den Stein. Luna nahm ihn mit zitternden Fingern und legte ihn auf ihr Bein, worauf die Blutung sofort ins Stocken geriet und schließlich aufhörte. Man konnte mitansehen, wie das Fleisch am wunden Rand zu verheilen begann. »Damit belaste ich meine Seele zwar noch mehr, indem ich diese schwarze Magie benütze«, sagte sie, »aber um mich mache ich mir jetzt keine Sorgen mehr. Ich glaube, daß du anscheinend hinter etwas Größerem her bist, Zane, als ich dachte. Und darin sollte ich dich wohl unterstützen.«

»Das stimmt«, sagte er ein wenig ungnädig. »Aber Satan will dich tot haben, ich blockiere das lediglich. In ein paar Tagen wird über meine Petition beraten, dann müßte die Angelegenheit mit deinem Todeszeitpunkt eigentlich berichtigt werden. Dann bist du wieder frei und kannst dein Leben leben, während ich mich wieder meinem Amt widmen kann.«

»Ich verstehe wirklich nicht, warum ich so wichtig sein soll«, sagte sie und stand wieder auf, als ihre Beinwunde verschwand. Das war wirklich ein sehr mächtiger Heilungsstein! »Das muß mit irgend etwas zu tun haben, das mein Vater in die Wege geleitet hat. Dann hat er auch noch dafür gesorgt, daß der Tod mich persönlich unter seine Fittiche nimmt ...«

»Du bist es wert, unter Fittiche genommen zu werden«, meinte Zane. »Und nun muß ich gehen. Du bist gerade verwundet worden, nur weil du in meiner Nähe warst: Ich will nicht, daß das noch einmal vorkommt. Ich kann dich am besten dadurch beschützen, daß ich mich von dir fernhalte.«

»Aber Satan kann mich doch trotzdem noch angreifen!« widersprach sie. »Das hat er doch soeben bewiesen!«

»Das wird ihm überhaupt nichts nützen, solange ich mein Amt innehabe. Zunächst einmal muß er mit mir fertigwerden.«

Der Killer, den Zane zu Boden geschlagen hatte, stöhnte. Sie sahen ihn an, worauf Luna der Atem wegblieb und Zanes Muskeln sich versteiften.

Kein Wunder, daß der Mann so schnell aufgegeben hatte. Eines seiner beiden Augen war nur noch ein Klumpen Blut und Flüssigkeit. Das andere ...

»Ich muß ihm mit meinen Fingern voll in die Augen gefahren sein«, sagte Zane. »Das war mir nicht einmal bewußt ...«

Luna reichte ihm den Heilungsstein. Zane hielt ihn an das Gesicht des Mannes, neben das durchstochene Auge. Sofort heilte es und wurde wieder klar. Dann hielt er den Stein an das andere Auge. Wie ein Jojo fuhr es an seinem herabbaumelnden Nerv zurück in die Höhle und nahm wieder seinen gewohnten Platz ein.

»Es tut mir leid«, sagte Zane zu dem Mann. »Ich habe gehandelt, ohne nachzudenken.

Der Mann bestastete prüfend sein Gesicht. »Du hast

mich geheilt!« rief er. »Ich kann wieder sehen! Der Schmerz ist weg!«

»Ja. Ich hätte dich nicht so schlagen sollen. Ich war wütend.«

»Ich mag dich nicht, wenn du wütend bist!« sagte der Mann und rappelte sich wieder auf. »Laß mich einfach hier raus! Mit *dir* werde ich mich nie wieder anlegen!« Er stolperte hinaus.

»Er glaubt, du hast ihn aus Verachtung geheilt«, sagte Luna. »Deshalb ist er jetzt doppelt so mißtrauisch. Er weiß nicht, was du ihm das nächste Mal antun wirst oder ob du dir dann die Mühe machst, ihn danach wieder in Ordnung zu bringen.«

Zane schüttelte den Kopf. »Ich hätte nie gedacht, daß in meinem Inneren eine solche Bestie lauert! Einem Mann die Augen auszustechen ...«

»Nur weil er dich umbringen wollte, um dir dein Amt wegzunehmen und danach mich zu töten ...«

Zane lächelte mit grimmiger Verlegenheit. »Ich schätze, ich habe es doch gewollt. Als ich sah, wie er auf dich geschossen hat, da ist in meinem Gehirn eine Sicherung durchgebrannt. Meine ganze zivilisierte Selbstbeherrschung ist verdampft wie Nebel in einem Hochofen.« Er schüttelte den Kopf. »Ich werde dich jetzt verlassen. Ich kann es dir nicht verübeln, daß du entsetzt bist.«

Sie trat auf ihn zu und nahm seine Hände in ihre. »Zane, du hast gesagt, daß du mich liebst, und ich habe darauf nichts erwidert. Ich habe das Gefühl, daß ich dir eine ... eine Erklärung schuldig bin. Ich mag dich wirklich, mehr als ich jeden anderen Mann außer meinem Vater gemocht habe, aber die Situation ...«

»Ich weiß deine Ehrlichkeit zu schätzen«, sagte er vorsichtig. »Natürlich bist du nicht in der Lage, zu ...«

»Ich möchte damit eigentlich nur sagen, daß du mich zwar am Sterben hindern kannst, aber daß die Liebe einem anderen Zeitplan folgt. So kurz nachdem mein Vater ... in Trauer ... ich kann einfach nicht ...«

»Das verstehe ich.« Und er glaubte auch wirklich daran, daß er das tat. Luna liebte ihren Vater, und dieser Mann war gestorben. Konnte sie es sich überhaupt erlauben, Zane ebenfalls zu lieben, wo der Satan doch gerade versuchte, ihn zu ermorden? Wo sie selbst zu einem frühen Abgang verdammt war?

»O Zane, paß auf dich auf!« rief sie, warf ihm die Arme um den Hals und küßte ihn.

Draußen ertönte ein Wiehern. Mortis gab Alarm. Zane löste sich hastig von Luna und eilte hinaus.

»Ärger?« fragte er und lauschte dem Dolmetschstein in seinem Ohr.

»Weitere Attentäter«, erwiderte das Pferd. »Einige kann ich abhängen, andere nicht. Es ist besser, in Bewegung zu bleiben, damit wir uns einzeln um sie kümmern können.«

Zane stieg auf, und Mortis trabte die Straße hinunter, wobei seine Hufe lautlos das Pflaster berührten. Zane stellte fest, daß er immer noch keine Angst hatte. Er war mitten in einer Schlacht, von der er nicht wußte, wie sie enden würde, und er mußte einfach weiterkämpfen und darauf hoffen, daß er siegen würde.

Es war ihm, als stünde er unter irgendeinem Gefühlsbann, der die schwächende Furcht ausschaltete, doch es war nicht die Magie, es war nur seine völlige Gewißheit, daß er im Recht war. Dieser Glaube verlieh ihm tatsächlich eine Art Kraft, ohne ihn seines zynischen Realismus hinsichtlich des Ausgangs der Sache zu berauben. Er wußte, daß das, wofür er kämpfte, zweifelhaft und möglicherweise hoffnungslos war, dennoch würde er es nicht aufgeben.

»Ist diese Kampagne gegen mich eigentlich legal?« fragte Zane. »Würde es nicht zu einer Untersuchung kommen, wenn man mich beseitigte?«

»Satan hält sich nur an wenige Regeln, die ihm nicht genehm sind. Wenn man seinen Verstoß erst einmal entdeckt hat, hat er sein Ziel schon längst erreicht. Dann mag die Gerechtigkeit ihn vielleicht verfolgen, aber er ist das am schwersten zu packende Wesen im ganzen Kosmos.«

Was bedeutete, daß Satan einmal mehr betrog und damit wahrscheinlich sogar ungestraft davonkommen konnte. Neunzig Prozent des Rechts bestanden aus dem Erfolg, in der Ewigkeit genau wie auf der Erde. Zane war noch nicht einmal wütend, er wußte, daß er sich mit der Realität und nicht mit Idealen auseinanderzusetzen hatte. Auch wenn er vielleicht im Recht war, ohne seine schützende Todesmagie wäre er ziemlich hilflos.

Dennoch erinnerte er sich daran, wie schnell, effizient und heimtückisch er reagiert hatte, als Luna direkt bedroht worden war und als die Höllenhunde ihm zugesetzt hatten.

Es war immer noch sehr viel Böses in ihm, das nun zu einem guten Zweck gegen das noch größere Böse von Satans Gefolgsleuten eingesetzt wurde. Nun, da er etwas hatte, für das er kämpfte, offenbarte sich auch ein neuer Aspekt seiner Persönlichkeit, der ihn Mars näher brachte. Er mochte vielleicht noch weit vom Himmel entfernt sein, aber völlig hilflos war er nicht.

Mortis bog ab. »Vor uns ist einer«, erklärte das Pferd. Es galoppierte in eine Seitengasse. »Oh!« wieherte es entsetzt.

Noch als das Pferd versuchte auszuweichen, erblickte Zane es: ein zerlumpter Bettler, ganz in der Nähe, der sich ihnen mit wirbelnden Armen in den Weg stellte.

Plötzlich hatte Zane das Gefühl zu ersticken. Obwohl er atmete, bekam er keine Luft mehr. Es schien keinen Sauerstoff mehr zu geben!

Als Mortis merkte, daß etwas nicht stimmte, drehte er den Kopf zurück. »Du bist von einem Erstickungszauber erwischt worden!«

»Ja!« keuchte Zane. Er konnte zwar sprechen, weil es noch Luftdruck gab, aber atmen konnte er nicht mehr!

»Die Sense! Benutze die Sense!«

Verwirrt riß Zane die zusammengefaltete Sense aus ihrem Halfter. Mit tränenden Augen erblickte er das Loch am Ende des Griffs. Er legte den Mund daran und sog sauerstoffhaltige Luft ein.

»Das ist ein Erstickungszauber mit geringem Wirkungsradius«, erklärte Mortis. »Der reicht nicht bis hinauf zu meinem Kopf. Deshalb ist die Röhre der Sense auch außerhalb seiner Reichweite. Der Zauber ist an dich gebunden, weshalb du nicht vor ihm fortlaufen kannst – aber er reicht nur einen Meter weit. In ein paar Minuten wird er sich wieder auflösen; diese Dinger brauchen in der Regel ja auch nicht allzu lange zu halten.«

Das konnte Zane gut verstehen. Wenn er nicht das Pferd und die Sense gehabt hätte ...!

Kurz darauf löste sich der Zauber, wie vorhergesagt, auf, und Zane konnte die Sense wieder verstauen und frei atmen. »Warum befindet sich denn eine Röhre im Sensengriff?«

»So etwas muß wohl schon mal passiert sein«, sagte Mortis. »Mein früherer Herr hat sie einmal als Blasrohr benutzt; daher wußte ich davon.«

Hatten die übernatürlichen Mächte etwa dem Tod schon früher einmal nach dem Leben getrachtet? Das ergab eine Art schmutzigen Sinn. Sicherlich hatte der Tod im Laufe der Ewigkeit nicht alle Parteien zufriedengestellt, und Satan war ganz offensichtlich jemand, der alles versuchen würde, um seine Ziele durchzusetzen. Also hatte irgendein Amtsinhaber den Sensengriff einmal durchbohren lassen. Wie schön.

Wenn der Tod früher schon einmal unter Beschuß geraten sein sollte, so hatte er es anscheinend überlebt. Sonst wäre er nicht dazu in der Lage gewesen, an dem Griff der Sense etwas zu ändern. Das war ein gutes Zeichen.

Nein, vielleicht war die Röhre ja auch nur als Trinkhalm gedacht, wenn man nur einen Brunnen ohne Eimer zur Verfügung hatte, so daß man nicht unmittelbar an das Wasser heran konnte. Wahrscheinlich würde er das nie erfahren. Gewißheit hatte er also nicht. Ob es noch andere Kleinigkeiten an seinem Amt gab, die er besser herausfinden sollte? Möglicherweise würde sein Überleben als Tod von dieser Information abhängen.

»Über was für Reserven verfüge ich eigentlich?« fragte er Mortis.

»Das weiß ich kaum«, gestand das Pferd. »Ich habe zwar den Eindruck, daß die Möglichkeiten dieses Amtes viel größer sind als das, was normalerweise eingesetzt wird, aber dein Vorgänger hat sie schließlich auch nie voll ausgeschöpft.«

Das leuchtete tatsächlich ein. Der Tod sollte von niemandem gebremst oder eingeschüchtert werden können, nicht einmal von Satan. Sonst würde das Amt sehr schnell seinen Sinn verlieren. Doch über welche Macht verfügte der Amtsinhaber, nachdem man ihm einmal seine Magie genommen hatte? Hatte der Tod schon jemals zuvor gestreikt, und wenn dem so gewesen sein sollte, wie war die Sache ausgegangen?

Mortis schnaubte. »Ungeheuer voraus. Ich glaube nicht, daß ich ihm aus dem Weg gehen kann.«

»Versuch es erst gar nicht«, sagte Zane. »Das ist schließlich mein Kampf, nicht deiner. Laß mich in der Nähe des Ungeheuers absteigen.«

»Mut hast du ja.«

»Nein, ich tue lediglich, was getan werden muß. Ich bin von den Umständen an die Wand gedrängt worden, wie Wasser in einem Kanal. Wenn ich die Wahl hätte, würde ich im Boden versickern und verschwinden. Ich selbst bin ein Niemand.«

»Du hast aber die Wahl. Du kannst dein Amt nämlich aufgeben.«

»Nein.«

»Jede Inkarnation kann ohne persönliche Nachteile kündigen. Ich glaube, so wechseln die anderen auch normalerweise ihr Personal. Sie werden müde oder langweilen sich und geben den Weg für ihren Nachfolger frei.«

»Ohne Nachteile?«

»Du würdest in denselben Seelenzustand zurückkehren wie damals, als du förmlich aus dem Leben geschieden bist. Für dich bedeutet das das Gleichgewicht.«

»Also würde ich entweder in den Himmel oder in die Hölle kommen, genau wie damals, wenn ich nicht meinen Vorgänger getötet hätte. Dann hätte sich für mich ja gar nichts verändert.«

»Ja. Nach deiner Probezeit wird sich dein Gleichgewicht von Gut und Böse aber doch verändern, dann würde deine Kündigung unter anderen Voraussetzungen stattfinden.«

»Interessant.« Zane überlegte. »Nein, ich kann nicht kündigen. Dann würde mein Nachfolger Luna holen, und Satan hätte gesiegt. Das darf ich nicht zulassen.«

»Dann hast du doch Mut. Du hast einen leichten Ausweg, den du aber nicht annimmst.«

»Nein, wenn ich irgendeinen *annehmbaren* Ausweg hätte, würde ich ihn auch nehmen. Das ist nicht dasselbe.«

Mortis blieb an einem grünen Golfplatz stehen. »Das Ungeheuer aus der Hölle hat uns abgefangen. Deine Chansen wären besser, wenn du auf mir rittest.«

»Du mußt für meinen Nachfolger überleben. Du hast dein Amt nicht im Stich gelassen; ich werde dich nicht weiter in mein Problem hineinziehen.« Zane saß ab, nahm die Sense und trat vor. Dann blieb er stehen und wandte sich zurück. »Was ist das überhaupt für ein Ungeheuer?«

»Eine Gottesabtöterin.«

»Eine Gottesanbeterin? Die sind doch so klein.«

»Abtöterin. Ein Höllendiener betet Gott nie an, aber er versucht, ihn abzutöten. Die Dinger sind sehr groß.«

Da erschien auch schon das Ungeheuer. Es sah aus wie eine Gottesanbeterin, war aber fünf Meter hoch. Die riesigen Zangenbeine sahen so aus, als könnten sie einen ausgewachsenen Mann mit einer einzigen Bewegung zermalmen. Aus seiner schrecklichen Höhe blickte das Ungeheuer mit seinem kleinen Kopf auf Zane herab, um abzuschätzen, worauf es sich stürzen sollte.

Zane blickte an der Gottesabtöterin empor und war entsetzt. Mut? Nichts davon! Doch dann dachte er an Luna, wie sie sterben würde, und an Satan, wie er die Welt in seinen Griff bekäme, und blieb standhaft. »Also gut, hau ab«, sagte er zu Mortis. »Aber schnell!«

Das Pferd schoß davon – und die Abtöterin schlug zu. Ihr Leib jagte mit einer derartigen Geschwindigkeit vor, daß er nur noch undeutlich zu erkennen war, und ihre massiven Unterarme öffneten sich, um wieder gegeneinanderzuschlagen wie jene des Insektenungeheuers, das sie nachahmte.

Sie verfehlte ihr Ziel. Ihre Scherenarme griffen ins Leere. Fast ins Leere – sie hatten ein paar Pferdehaare zu packen bekommen.

Die Abtöterin hatte sich auf Mortis gestürzt, auf das bewegliche Ziel. Zane hatte sich überhaupt nicht bewegt, so daß er den Angriffsreflex des Ungeheuers nicht ausgelöst hatte. Schieres Glück! Das Pferd war so schnell davongejagt, daß es entkommen war – aber die Vorführung genügte, um die unglaubliche Geschwindigkeit des Ungeheuers unter Beweis zu stellen. Zane wußte jetzt, daß er nicht davonlaufen konnte. Er konnte nicht einmal seine Sense ins Spiel bringen, bevor das Wesen ihn gepackt hatte; seine Reflexe waren einfach nicht schnell genug.

Der winzige dreieckige Kopf hoch oben legte sich schräg, als wollte er nachsehen, was aus seiner Beute geworden war. Dann richtete die Abtöterin sich wieder auf, bereit für eine neue Attacke. Außer den beiden schweren Vorderbeinen besaß sie noch vier andere sowie vier riesige Schwingen, die im Augenblick an dem langen Körper anlagen. Die Gottesabtöterin sah plump aus, wie ein Ast auf Stelzen, doch Zane hatte sie in Bewegung gesehen. Sie war nicht plumper als Satans Zunge!

Stehenbleiben und die Sense schwingen – daran hatte Zane gedacht, doch nun wußte er, daß das hoffnungslos wäre. Mit der Sense würde er allenfalls das mittlere Beinpaar 'durchtrennen können – doch schon lange bevor er soweit kam, würden ihn die Vorderbeine einfangen und zermalmen. Genaugenommen konnte er sich überhaupt nicht mehr bewegen, ohne sofort angegriffen zu werden: Mortis' Flucht und das, was sie ausgelöst hatte, waren ihm eine Warnung. Doch was konnte er dann tun?

Nun, er konnte warten. Anscheinend griff die Abtöterin nicht an, solange sich nichts bewegte. Wahrscheinlich wußte sie nicht, ob Zane am Leben war, und verschmähte, wie die Hot-Smoke-Drachin, jedes Aas. Wenn er sich bewegte, würde sie wissen, daß er lebte und entsprechend zuschlagen, um ihn umzubringen. Was hatte er da noch für eine Chance? Er konnte schließlich nicht ewig hier stehenbleiben und warten, oder?

Er war ein Mensch mit dem Gehirn eines Menschen. Er war weitaus klüger als das Ungeheuer, dessen war er sich sicher. Doch wie sollte er es überlisten, wenn er sich nicht bewegen durfte?

Wieder rief er sich die fünf Streichhölzer ins Gedächtnis.

Ob — — — — — einen Ausweg bot? Nein, das sah nicht so aus. Wie war es dann mit: X? Auch nicht. Vielleicht kreatives Denken: — /// —. Wie konnte er ein Ungeheuer überlisten, das ihn im selben Augenblick vernichten würde, wenn er sich bewegte? Stillzuhalten und schlaue Gedanken zu denken, würde nicht genügen; mit Sicherheit würde die Abtöterin länger warten als er. Wenn er sich also bewegte, würde er verlieren, und wenn er stehenblieb, würde er auch verlieren. Welcher kreative Gedanke konnte ihn aus dieser Zwickmühle führen?

Dennoch spielte sein Geist mit der kreativen Formation. Einmal angenommen, daß er hier, wo er stand, stürbe und sein Gespenst dafür die Abtöterin heimsuchte? Das würde ihr zwar recht geschehen, doch in der Zwischenzeit würde Satan siegen. Nein, Zane müßte reglos verharren und am Leben bleiben, während sein Gespenst das Ungeheuer heimsuchte und es vertrieb. Ein unsinniger Gedanke.

Unsinnig? Nicht unbedingt. Er hatte schließlich schon einmal seinen Körper verlassen, um die Hölle zu bereisen; warum sollte er dies jetzt nicht wieder tun, um die Abtöterin abzuwehren?

Er versuchte es, doch nichts geschah. Es war kein Gespenst zur Stelle, das ihn aus dem Körper herauszog, und wahrscheinlich hatte sein Verlust der Magie auch etwas damit zu tun. Seine Seele war nun fest in seinem lebenden Körper verankert. Sie würde ihn erst dann verlassen, wenn sein Leben das gleiche tat, aber auf diese Weise wollte er nicht sterben.

Zu schade, daß er sich nicht in zwei physische Menschen aufteilen konnte, von denen einer hier unter den wachsamen, facettierten Augen der Abtöterin verharrte, während der andere ...

Plötzlich klickte es in seinem Geist. Vielleicht konnte er doch genau dies tun! Die Abtöterin war auf Bewegung eingestellt – schnelle oder hastige Bewegung, wie sie ein mögliches Beutetier beim Fluchtversuch machen würde. Deshalb hatte sie sich auch auf das sich bewegende Pferd gestürzt und nicht auf Zane. Aber sie hatte Mortis nicht verfolgt, weil sie nach dem Angriff erkannt hatte, daß dies nicht die Jagdbeute war, nach der man sie ausgeschickt hatte. Diese Beute war Zane – doch die Abtöterin konnte ihn nicht richtig erkennen, bis er sich wie eine Jagdbeute bewegte. Das war das Problem, wenn man ein Tier einsetzte, um einen Menschen zu jagen; das Tier konnte seine eigenen Wahrnehmungsgrenzen nicht überschreiten. Für einen Menschen war es leichter ein bewegtes Objekt auszumachen als ein ruhendes; die Augen der Abtöterin waren noch spezialisierter, so daß sie praktisch blind war, solange das Ziel stillhielt, und sie besaß nicht genug Intelligenz, um darauf zu kommen, daß sie eine unbewegliche Gestalt erst angreifen mußte, um diese in Bewegung zu setzen.

Zane bewegte sich, aber nicht wie ein Beutetier. Er kauerte sich ganz langsam in seinem weiten Umhang nieder und streifte ihn ab. Dann erntfernte er seine schwarzen Schuhe und machte aus ihnen zusammen mit dem Griff der Sense einen Dreifuß, den er aufrecht stellte, um Umhang und Kapuze abzustützen. Es war ein mühsames Geschäft, denn er mußte die Sense ausklappen, um dem Ganzen Stabilität zu verleihen, und nervös war er auch, weil die Abtöterin das Geschehen mit Sicherheit bemerkte. Doch das Wesen verstand nicht, worum es ging, da dies nicht dem gewöhnlichen Beutetierverhalten entsprach. Wieder erwies sich die mangelnde Intelligenz des Ungeheuers für dieses als Nachteil.

Als Zanes Vogelscheuchenfigur einigermaßen stabil dastand, ging er ganz langsam zu Boden und kroch nach Art einer Raupe auf die Abtöterin zu. Sowohl seine Langsamkeit als auch seine Bewegungsrichtung täuschten das Ungeheuer; denn normalerweise rannten Beutetiere schnell von ihrem Jäger fort und näherten sich ihm nicht langsam.

Der dreieckige Kopf hoch oben in der Luft blieb bewegungslos, doch Zane spürte, wie sich die einzelnen Facetten eines nahen Auges auf ihn richteten. Er trug nur noch ein schwarzes Hemd und eine Hose und Socken, ein dunkler Fleck, der sich Millimeter um Millimeter voranbewegte. Wenn er sich verrechnet haben sollte, würde er dies sofort mit dem Leben büßen.

Irgend etwas an diesem Gedanken machte ihm zu schaffen, und das war nicht wirklich die Todesangst. Er hatte keine Angst davor, jetzt zu sterben. Er wollte es nur jetzt noch nicht auf eine Weise tun, die Satan den Sieg überließ. Und doch war da etwas an der Möglichkeit seines Sterbens, das ihn wurmte, irgend etwas Wichtiges ... wenn er nur herausbekommen könnte, was das war.

Aber im Augenblick konnte er sich wirklich nicht darauf konzentrieren. Er mußte seine Aufmerksamkeit seinen schneckenartigen Bewegungen widmen, während er auf die Abtöterin zukroch.

Als er sich von dem aufgestellten Umhang entfernte und die Abtöterin nicht zuschlug, atmete Zane langsam und zitternd vor Erleichterung auf. Er beschleunigte sein Tempo ein wenig, wurde aber sofort wieder langsamer, als er die leise Bewegung des Kopfes bemerkte, der sich auf ihn richtete. Er war sehr hart an der Grenze. Danach wurde das Fortbewegen zu einer Plackerei. Während sein Nervensystem unentwegt in Aufruhr war, kroch er standhaft voran. Nach einer Stunde begann er Halluzinationen zu haben. Er sah sich als Melasseklumpen, der träge dahinfloß, während das facettierte Auge der Abtöterin wie eine Sonne aussah, die ihn mit ihren gnadenlosen Strahlen auszutrocknen versuchte. Er sah, wie er selbst auf die Melasse herabstarrte und sich fragte, wann sie endlich durchdrehen würde.

Zane riß sich zusammen. Das war wohl seine Seele, die aus seinem Körper emporschwebte und hinabblickte! Er konnte ebensogut vor Erschöpfung sterben wie am Biß dieses Ungeheuers! Es gab immer noch zahlreiche Möglichkeiten, wie Satan ihn holen konnte.

Doch noch lag er nicht im Sterben, er träumte nur. Er konzentrierte sich auf die unmittelbar vor ihm liegende Aufgabe und bewegte sich ein wenig schneller voran. Die Abtöterin, die diesen Klumpen möglicherweise in keinem Zusammenhang mehr mit ihrer Beute sah, reagierte nicht.

Nun kam das linke Mittelbein der Gottesabtöterin immer näher. Zane bewegte sich schräg darauf zu und fürchtete, daß es sich davonbewegen könnte, ehe er es erreicht hatte. Er zwang sich zu einem gleichmäßigen Tempo, während sich die Minuten in die Länge zogen. Der Fuß, kaum mehr als ein grünlicher scharfer Knick am Ende des Beines, blieb an Ort und Stelle. Das Gelenk des Beines war kaum größer als Zanes eigenes Handgelenk, doch das Bein selbst war größer als sein ganzer Körper. Tatsächlich war das nur ein Segment davon; der Teil über dem Knie war noch einmal so lang, in waagerechter Richtung verlaufend und von dickerem Umfang. Unmittelbar unterhalb des vorderen Flügelpaares wurden die Beine eins mit dem Rumpf.

Endlich war das Ziel in Greifweite. Langsam fuhr Zane mit den beiden Händen nach vorne, bis sie das dünne Bein beinahe berührten. Er hielt inne und sammelte seinen Mut. Das würde eine äußerst ungemütliche Sache werden!

Dann, ganz plötzlich, packte er das Bein mit festem Griff.

Nun reagierte die Abtöterin. Sie riß ihr Bein fort – und trug Zane dabei mit. Sie schüttelte das Bein, doch inzwischen hatte Zane auch seine eigenen Beine noch darumgelegt. Er hatte die Angriffstaktik der Abtöterin imitiert und eine Überraschungsaktion durchgeführt.

Ein unbewegliches Ziel konnte die Abtöterin vielleicht nicht gut erkennen, aber was sich an ihrem Bein befand, das spürte sie sehr wohl. Sie versuchte, Zane abzuschütteln, indem sie das Bein gegen ihren Körper rieb, doch das nützte nichts, denn Zanes Griff war viel zu fest.

Nun stellte das Ungeheuer den Fuß wieder auf den Boden und legte den Kopf schräg, um nachzusehen. Diese Art von Angriff verstand es nicht. Zane hielt sich fest, sicher, daß er hier vor den riesigen Vorderbeinscheren in Sicherheit war. Denn wenn die Abtöterin Zane hätte zerdrücken wollen, so wäre dabei das gleiche mit ihrem Bein geschehen, und es war unwahrscheinlich, daß sie dies tun würde. Somit hatte er ihre Hauptwaffe ausgeschaltet.

Dennoch war er noch nicht wieder in Freiheit, denn er wagte es nicht, loszulassen. Er hatte eine Pattsituation herbeigeführt, nicht mehr. Was nun?

Die Abtöterin hob das Bein und stellte es so weit vor wie möglich. Dann ging sie mit dem Kopf herunter. Der lange Leib war beweglicher, als Zane vermutet hatte.

Oh! Nun waren die Insektenkiefer schon in Reichweite. Er durfte nicht mehr hierbleiben.

Der Kopf kam immer näher. Er war ungefähr ein Drittel so groß wie Zanes Körper, beherrscht von den riesigen, facettierten Augen, die ungefähr ein Viertel seiner Gesichtsoberfläche einzunehmen schienen. Die langen Fühler traten aus ihren Verankerungen unmittelbar innerhalb der Augenhöhlen hervor, und zwischen ihnen lugten drei winzige Augen, die nicht größer waren als Zanes eigene. Noch nie war Zane mit derartiger Klarheit bewußt geworden, wie sehr sich Insekten von Menschen unterschieden. Fünf Augen von zwei unterschiedlichen Größen und doch ergab das Sinn. Offensichtlich waren die kleinen Augen »Sucher«, die die Außenwelt ganz allgemein absuchten, damit sich die großen, spezialisierten Sehorgane auf ihre Ziele konzentrieren konnten.

Doch im Augenblick waren es die Scheren, die Zanes entsetzte Aufmerksamkeit beanspruchten. Das Maul glich einem klobigen Vogelschnabel, von zahlreichen dünnen Auswüchsen umgeben. Zane stellte sich vor, wie sich diese Scheren in sein Fleisch senkten, und verlor die Nerven. Er hatte daran gedacht, den Kopf des Ungeheuers anzuspringen und ihm die schönen facettierten Augen auszustechen, doch nun erstarrte er vor Furcht und Ekel.

Die Augen musterten ihn. Die riesigen facettierten Gebilde wirkten wie Fenster über tiefen, dunklen Brunnen und erinnerten ihn an geschliffene Edelsteine. In den nahe gelegensten Facetten erblickte er sein mehrfaches Spiegelbild und war sicher, daß dies auch das Bild war, das die Abtöterin von ihm hatte. Jetzt konnte das Ungeheuer ihn weitaus deutlicher sehen als umgekehrt!

Der Kopf bewegte sich. Zane stieß einen Schrei aus und fiel vom Bein herab. Er prallte schmerzhaft auf den Rücken, und der Kopf schoß auf ihn zu. Nun wußte er, daß er erledigt war – weil er den Mut verloren hatte.

Doch der Kopf schlug nicht zu. Statt dessen wurde er von den Vorderbeinen aufgenommen, die ihn in die Höhe trugen. Zahnähnliche Auswüchse umklammerten seinen Rumpf und hielten ihn mit erschreckender Selbstsicherheit fest. Natürlich hatte der Kopf nicht sofort zugeschlagen, erkannte er; die Abtöterin ernährte sich dadurch, daß sie ihre Opfer packte und ihnen bei lebendigem Leibe Fleischstücke aus dem Leib riß.

Nun hatte sie ihn. Würde sie ihre Mahlzeit damit beginnen, daß sie ihm den Kopf abbiß, oder würde sie eine der saftigen Gliedmaßen bevorzugen? Vermutlich letzteres, denn diese Art von Ungeheuer zog es vor, nur das allerfrischeste Fleisch zu essen, und solange der Kopf noch intakt blieb, blieb das Opfer auch länger am Leben. Möglicherweise würde die Abtöterin sogar ein Loch in ihn hineinbeißen, damit sie sich ein wenig warmes Blut als Aperitif gönnen konnte. *Knacks*, dann würde ein Bein abgekaut; und dann: *schlabber*, als das Blut aufgeleckt wurde! Vorausgesetzt, daß das Insekt eine Zunge besaß; das wußte Zane nicht so genau.

Hilflos wartete er eine scheinbare Ewigkeit auf das, was nun geschehen würde, während seine Gedanken auf schizoide Weise umhertrieben und sich vorstellten, wie seine Knochen wie Maschinengewehrgeschosse wieder ausgespuckt wurden, während sein Schädel als allerletzte Delikatesse zum Schluß dem Ungeheuer zum Opfer fiel. Diese Szenarien hoben nicht eben seine Stimmung. Sein Schicksal war besiegelt; da wäre es das mindeste, daß er die Sache auf positive Weise anging.

Er zwang seine Gedanken zu einem anderen Muster und erlitt einen weiteren kreativen Lichtblitz: — /// —. Es war eine Nova.

»Du kannst mich gar nicht umbringen!« rief er. »Deswegen wartest du auch!«

Die leuchtenden Augen wurden durchsichtig.

»Weil das ein Paradox wäre«, fuhr Zane fort und entwikkelte dabei die Logik weiter, die hinter seiner Offenbarung stand. »Meine Seele befindet sich im Gleichgewicht, genau wie damals, als ich das Amt des Todes übernahm, und das wird sie auch während meiner gesamten Probezeit bleiben. Wenn ich sterben sollte, müßte der Tod persönlich vorbeikommen, um meine Seele zu holen — und der Tod bin ich selbst. Das heißt, ich müßte mich selbst abholen – und das ist widersinnig.«

Noch immer verharrte das Ungeheuer wartend.

»Du kannst also nichts anderes tun, als mir Angst einzujagen. Das Paradoxon beschützt mich! Deshalb mußte es auch einen Ausweg aus dem Erstickungszauber geben, hat der Mann mit dem Gewehr Luna erwischt anstatt mich. Das ist überhaupt kein Zufall gewesen, sondern eine ganz bewußte Täuschung. Der Vater der Lüge kann mich nicht auslöschen! Er wollte mich glauben machen, daß er mich töten könnte, damit ich seinem Willen nachgebe – um mich einzuschüchtern. Doch seine List ist nun durch meine Paradoxlist zunichte gemacht worden!«

Langsam löste die Gottesabtöterin ihren Griff, und Zane glitt zu Boden. Doch er wollte sich seiner Sache erst noch absolut sicher sein. »Schlag doch zu, Ungeheuer!« schrie er und wedelte dabei mit den Armen. »Los, friß mich auf!« Er trat gegen eines der Vorderbeine.

Die Abtöterin wich zurück.

»Dein Bluff ist entlarvt worden!« sagte Zane. »*Satans* Bluff ist entlarvt worden. Nichts kann den Tod umbringen, solange seine Seele sich im Gleichgewicht befindet.« Er begriff, daß dies der Gedanke war, der ihm zuvor wieder entwischt war – die Einzigartigkeit seiner Situation.

Nun kehrte Mortis zurück, doch Zane blieb stehen und dachte noch eine Weile darüber nach. Das alles ergab Sinn. Solange sich der Tod, was Gut und Böse anging, im Gleichgewicht befand, konnte er nicht umgebracht werden – denn nur der Tod konnte einen solchen Fall erledigen, und der Tod war er selbst! Er konnte ja wohl kaum sein eigenes Verscheiden bearbeiten. Sein Vorgänger, der frühere Tod, hatte seine Probezeit schon lange hinter sich gehabt, so daß er nicht mehr im Gleichgewicht und folglich auch angreifbar gewesen war. Wenn Zane diese Zeit auch erst einmal hinter sich hatte, dann würde sich auch sein eigenes Gleichgewicht von Gut und Böse in die eine oder andere Richtung verschieben; dann würde auch er verwundbar werden. Das hatten die anderen Inkarnationen mit Sicherheit gewußt. Sie hatten den einen Tod verraten, um den anderen zu stärken.

Aber noch hatte er nicht gewonnen.

Er mußte erst für Lunas Sicherheit Sorge tragen, bevor er selbst verwundbar wurde. Sonst brauchte Satan nur zu warten. Doch diese Verschnaufpause sollte eigentlich genügen, denn nun würde erst einmal die Anhörung stattfinden.

Zane stieg auf. »Wir haben doch noch eine Chance, Mortis!« rief er. Er bezweifelte allerdings, daß Satan es ihm leicht machen würde.

13 Und stünde Satan auch im Wege

Vor Lunas Haus machten sie halt. Zane hatte das Gefühl, vor Freude über die gute Nachricht des Aufschubs beinahe zu platzen. Bis zur Anhörung würde er durchhalten, und danach würde sie natürlich auch wieder frei sein, und danach wiederum ...

Das Haus war still. Die Greife waren fort. Mit plötzlicher Sorge trat Zane ein. Auch Luna war verschwunden.

Auf dem Tisch lag eine Nachricht. Zane hob sie auf. Sie war in einer roten Kursivschrift geschrieben, als hätte man Blut als Tinte benutzt.

Mein lieber Tod,
die schöne Mondin befindet sich in meiner Macht. Ich kann sie zwar nicht sterben lassen, aber ich kann dafür sorgen, daß sie es sich wünschte. Beenden Sie Ihren Streik, holen Sie Ihren nächsten planmäßigen Klienten ab und erlösen Sie Luna von ihrem Schmerz. Sie wird sofort in den Himmel emporsteigen, wo Sie sich nach Belieben zu ihr gesellen können.

Ihr demütigster und gehorsamster Diener,
der Fürst des Bösen

Zane starrte die Nachricht an und nahm sie in sich auf. Er überlegte, was dies alles bedeutete. Plötzlich ging sie in seinen Händen in Flammen auf. Er ließ sie fallen, doch sie berührte nicht mehr den Boden. Sie war verschwunden.

Es bestand kein Zweifel, daß sie von Satan stammte. Sobald die eine Taktik versagte, versuchte es der Herr der Lügen mit einer anderen. Nun, da Zane in Sicherheit war und es auch wußte, griff Satan die Frau an, die er liebte – im Leben sowie im Tode. Darauf konnte man sich wirklich verlassen, daß der Teufel keine Skrupel kannte!

Ob Satan wieder bluffte? Zane ließ sich in den Sessel vor Lunas Fernseher fallen und versuchte, Ordnung in seine wirbelnden Gedanken zu bringen. Da war irgend etwas …

Ach ja! Er hatte es! »Satan, Sie vergessen, daß *Luna* meine nächste Klientin ist! Ich werde sie aufsuchen, um sie aus Ihren Fängen zu retten, nicht um sie in die Ewigkeit zu befördern.« Er musterte seine Orientierungssteine, die nun auf Lunas Aufenthaltsort ausgerichtet waren, weil sie es war, die er zuerst holen mußte, bevor er sich mit den anderen abgeben konnte.

Der Fernseher schaltete sich selbsttätig ein. »Man hat eine Sonderregelung gefunden, Tod«, sagte Satans Gesicht, das nun auf dem Schirm erschien. Der Teufel schien eine Vorliebe für das Fernsehen zu haben. »Aktivieren Sie wieder Ihre Uhr, dann wird sie sich auf Ihren nächsten Klienten orientieren.«

Zanes Miene hellte sich sofort auf. »Dann hat man Luna verschont?«

»Nein, man hat die Sache verschoben. Sie wird ohne Ihre Hilfe verscheiden, wenn ihre Zeit gekommen ist.«

Wenn ihre Zeit gekommen war. Das würde der Augenblick sein, da Zane seinen Streik beendete – nur daß er sich erneut weigern würde, wenn er sie holen mußte. Was würde Satan durch dieses Manöver gewinnen?

»Sie kann nicht ohne meine Hilfe gehen«, widersprach Zane. »Sie befindet sich jetzt im Gleichgewicht. Nur ich kann sie jetzt holen – und das werde ich nicht tun.«

»Sie wird nicht im Gleichgewicht verbleiben«, sagte Satan.

Wieder wuchs Zanes Mißtrauen. »Was soll das heißen?«

»Meine Helfer im Reich der Lebenden werden sie zu Reaktionen zwingen, entweder zu guten oder zu bösen. Wahrscheinlich zu guten, und damit wird sie in den Himmel gelangen. Daher auch die Versicherung in meiner Nachricht. Sie brauchen sich überhaupt nicht mehr um sie zu kümmern; nehmen Sie einfach wieder Ihre Arbeit auf, dann regelt sich der Rest von alleine.«

Die Sache gefiel Zane immer weniger. »Sie werden sie foltern – um sie dadurch besser zu machen, als sie jetzt ist? Das verstehe ich nicht.«

»Denken Sie ruhig ein wenig darüber nach«, sagte Satan. »Aber überlegen Sie es sich lieber nicht zu lange, geschätzter Kollege. Meine irdischen Helfer sind ein brutaler Haufen, die aus gutem Grund bereits zur Hölle verdammt sind; die genießen das Foltern um seiner selbst willen.«

Auf dem Bildschirm erschien nun eine irdische Kammer. Da war Luna, an einen Stuhl gefesselt, mit trotzigem Gesichtsausdruck. Drei Schlägertypen waren bei ihr.

»Ihr seid auf Aufnahme«, ertönte Satans Stimme. »Fangt an mit der Demonstration.« So wie er es aussprach, waren die Silben »Dä-mon« im letzten Wort deutlich zu hören.

Einer der Schläger zog ein glitzerndes Messer aus der Scheide. »Sofort, Boß«, sagte er. Dann schritt er auf Luna zu.

Eine Woge intensivster Wut und Angst durchflutete Zane. Die würden Luna tatsächlich foltern! Er wollte am liebsten auf Mortis aufspringen und zu ihrer Rettung eilen, doch er konnte sich nicht vom Anblick des Bildschirms losreißen. Wie wollten sie Lunas Gleichgewicht durch solche Mittel ändern? Und wie konnte er dieses schreckliche Geschehen verhindern, wo er doch über keinerlei Magie mehr verfügte? Vor Mordversuchen mochte er zwar gefeit sein, doch würde es ihm dennoch nicht gelingen, die Sperren zu überwinden, die Satans Helfershelfer ihm in den Weg gelegt hatten. Jetzt legte Satan wirklich die Daumenschrauben an.

Der Peiniger hielt Luna das Messer vors Gesicht. »Bete zu Satan um Hilfe«, befahl er.

»Satan kann sich seine Hilfe irgendwohin schieben!« fauchte sie trotzig.

Die Klinge näherte sich ihrem Gesicht. »Ein Gebet an Satan kann dir einen Haufen Schmerzen ersparen.« Der Schläger fuhr sich mit der Zunge über die Lippen.

Luna erbleichte, offensichtlich verängstigt. »Was wollt ihr von mir?«

»Nur dein Gebet«, sagte der Schläger geifernd.

»Alles, was Satan von mir haben kann, ist mein Fluch!« Doch dann zuckte sie zusammen. »*Das* wollt ihr also! Wenn ich Satan anbete, verschiebt sich mein Gleichgewicht eine Spur in Richtung Verdammnis. Wenn ich ihn verfluche, werde ich auf ähnliche Weise gesegnet. So oder so gerät meine Seele aus dem Gleichgewicht, und ich kann sterben, ohne daß sich der Tod persönlich um mich kümmern muß.«

»Das ist es also!« rief Zane. »Sie versuchen, sie von meiner Klientenliste zu streichen! Wenn ich dann aufhöre zu streiken, können sie sie sofort umbringen, und ich kann ihnen nichts mehr in den Weg legen!«

»Sie lernen dazu«, meinte Satan.

»Es wird aber nicht funktionieren! Sie hat Ihre List durchschaut!«

»Das werden wir sehen.«

Auf dem Bildschirm machte der Schläger eine plötzliche Bewegung mit der Klinge und durchschnitt den Stoff von Lunas Bluse. Ein weiterer Schnitt, dann noch einer, und schon war die Bluse bis zur Hüfte aufgeschlitzt, ohne daß er ihre Haut dabei berührt hatte. Ihre Hände waren noch immer auf dem Rücken gefesselt.

Nun legte der Henkersknecht sein Messer beiseite und holte einen schwarzen Kasten mit einer Skala auf einer Seite und einem Paar Drähten, die in kleinen Scheiben endeten. Er richtete die Drähte auf die Warzen von Lunas nackten Brüsten.

»Ich frage mich gerade, ob Sie eigentlich eine Vorstellung davon haben, welche Schmerzen ein elektrischer Schock auslösen kann«, meinte Satan im Plauderton zu Zane. »Es bleiben keine Körperverletzungen zurück, und die Intensität läßt sich genau einstellen. Man kann dafür sorgen, daß sie nur wenig leidet ...«

Die Elektroden berührten Lunas Brustwarzen. Mit einem Schmerzensschrei zuckte sie zusammen.

»Bete meinen Herrn Satan an«, sagte der Folterknecht. »Oder verfluche ihn. Dann hören wir auf.«

»... oder auch sehr viel«, fuhr Satan fort.

Wieder berührten die Elektroden ihr Ziel. Diesmal war Lunas Schrei ohrenbetäubend. Zane sah, wie sich ihr ganzer Leib vor Schmerz zusammenkrümmte, als der Strom durch ihren Oberkörper fuhr.

Als sie aufgehört hatten, sackte ihr Kopf nach vorne, auf ihrem Gesicht perlte eiskalter Schweiß, und ihre Lippen waren so fahl, daß sie kaum noch zu erkennen waren. Sie schluchzte abgehackt. »Sie können sie erlösen, Tod«, sagte Satan. »Ich weiß, daß Sie es nicht mögen, jemandem sinnlos Schmerzen zuzufügen.«

Als er sie in diesem Zustand sah, geriet Zane in Versuchung. Er konnte es nicht ertragen, die Frau, die er liebte, gefoltert zu sehen. Das war noch schlimmer als das klaffende Maul der Hot-Smoke-Drachin. Denn hier handelte es sich um gewollte Grausamkeit, ohne die Hoffnung auf Ohnmacht oder Tod. Es sei denn, er gab nach ...

»Sprechen Sie mit ihr, Tod«, drängte ihn Satan. »Sagen Sie ihr, sie soll mich verfluchen und dafür auf alle Ewigkeit in den Himmel kommen.«

Zane zögerte. Es hing soviel davon ab!

Wieder berührte der Folterer Lunas Brüste. Diesmal versuchte sie nicht zu schreien, doch aus ihrer zugeschnürten Kehle drang ein unterdrückter Schmerzenslaut – wie von einer Maus, die von einem Lastwagenreifen überrollt wurde. Ihr ganzer freigelegter Körper war feucht von Schweiß, und ihre Augen hatten einen glasigen Ausdruck, wobei man zuviel von ihrem Weiß sah.

»Luna!« schrie Zane. »Verfluche Satan! Laß dir das nicht antun!«

Langsam wandte sie den Kopf. Sie suchte seine Stimme. Sie konnte ihn hören. Und Zane wußte, daß er sie verraten hatte – und damit auch die Welt.

Doch da zwang sie sich zu einem grimassenhaften Lächeln. »O nein, das wird dir nicht gelingen, Vater der Lüge!« keuchte sie. »Du kannst mich nicht mit Zanes Stimme narren. Ich weiß genau, daß er mich niemals dazu auffordern würde, seine Sache zu verraten, egal was geschehen mag!«

Zane hatte das Gefühl, als hätten die Elektroden sein eigenes Fleisch berührt. Sie glaubte an ihn – doch er hatte sich als unwürdig erwiesen. *Er* hatte nachgegeben, nicht sie.

Einmal mehr richtete der Folterknecht die entsetzlichen Elektroden auf sein Opfer.

Zane preßte die Augen zusammen. Er hatte seine Mutter leiden sehen und hatte gehandelt, um sie von einem Leben zu erlösen, das nur noch eine einzige unerträgliche Qual gewesen war. Er hatte eine ganze Krankenhausstation voll leidender alter Menschen erlöst. Immer wieder hatte er versucht, den Schmerz des Todes zu lindern, wenn der Tod notwendig gewesen war. Er hatte das Leiden ausschließen wollen. So, wie er den Tod philosophisch verstand, war er ein legitimes Ende des Leidens. Diesmal war es Luna, die litt, und zwar seinetwegen – und er hatte kein Recht, sie zu befreien.

Er hörte ihren erstickten Schrei. Noch immer hielt er die Augen geschlossen und erblickte explodierende Streichhölzer. Denkmuster – aber wie sollten sie ihm helfen, *diese* Krise zu bewältigen?

Plötzlich blitzte das fünfte Muster vor seinem geistigen Auge auf: – /// –. Das Symbol des intuitiven Denkens. Sein Geist konzentrierte sich, nahm das Muster in sich auf, überwältigte die Kluft zur Intuition ...

»Der Tod läßt sich nicht aufhalten«, schrie er.

Er sprang aus dem Sessel, jagte hinaus und war auch schon mit einem gewaltigen Satz auf seinem wartenden Pferd. »Zu Luna!« befahl er und hielt die Orientierungssteine empor.

Der Hengst sprang hinauf in den Himmel. Unter ihnen wirbelte der Globus. Dann waren sie auch schon am Ziel – an Bord eines Satelliten im Orbit, in dem durch Magie eine normale Schwerkraft hergestellt worden war. Natürlich hatte Satan seine Finger auch bei Weltraummissionen mit im Spiel, um sicherzugehen, daß kein Mensch seiner Macht dadurch entkommen konnte, daß er vom Planeten Erde floh. Doch wenn die Helfer des Herrschers des Bösen geglaubt hatten, daß sie hier dem Tod entgehen würden, dann waren sie Toren.

Einer der Schläger erschien. Er sperrte Mund und Augen auf. »Ein Pferd im Weltraum!« rief er erstaunt.

»Mehr als das, Satansbrut«, erwiderte Zane grimmig.

»He, hier kannst du nicht durch!« protestierte der Schläger. »Wo ist dein Höllenpassierschein?«

Zane blickte ihn an. »Sterblicher, sieh mir ins Gesicht«, befahl er.

Zum ersten Mal sah der Schläger, wen er in Wirklichkeit vor sich hatte. Die Augen fielen ihm fast aus dem Kopf. »Der Tod!«

»Und nun weiche, auf daß ich dich nicht berühre«, sagte Zane.

Doch der Schläger fand wieder etwas Mut. »Du wirst mich nicht töten. Du bist im Streik. Wenn du meine Seele holst, kann mein Herrscher, der Satan, deine Frau töten.«

»Du hast auf die falsche Macht vertraut«, sagte Zane. Er griff nach dem Schläger, der sich vor Angst versteifte, aber dennoch wie ein halbmutiger Straßenköter stehenblieb.

Zane packte die Seele des Mannes und riß sie ihm aus dem Leib. Der Mann brach zusammen. Doch die Seele war erst zur Hälfte herausgezogen; sie blieb in ihrem Wirtskörper verankert, wie damals die Seele der Frau an der Lebenserhaltungsmaschine. Der Schläger war nicht tot, nur seine Seele hatte sich teilweise von ihm gelöst.

Zane ließ die Seele fahren. Mit einem elastischen Schnappen fuhr sie in ihren Wirtskörper zurück. Der Schläger öffnete die Augen und starrte mit verschwommenem Blick die in einen Umhang gehüllte Gestalt an.

»Ziehe hin und berichte deinem üblen Meister, daß der Tod naht und keinen Widerspruch duldet«, sagte Zane.

Mit schwächlicher Bewegung stand der Mann wieder auf und taumelte den Gang zurück.

Zane folgte ihm in langsamerem Tempo. Schon kamen drei weitere Schläger herbeigestürzt, um ihn aufzuhalten.

»Mortis«, sagte Zane.

Der große Todeshengst, der sich im Hintergrund gehalten hatte, trat vor. Zane stieg wieder auf. »Trample jeden nieder, der uns nicht ausweicht«, sagte Zane kalt. »Sie sind gewarnt worden.«

Der Hengst schritt voran. Seine Muskeln bewegten sich in Wellen, und seine stählernen Hufe glitzerten. Gespenstisch blickte der Tod hoch zu Roß herab. Das Geklapper der Hufe wurde lauter. Benommen wichen die Helfer des Satans zurück, wie Hasen vor einem Wolf. Das Pferd schritt weiter.

Einer der Männer zog eine kleine Maschinenpistole unter seiner Jacke hervor.

Er richtete sie auf Zane. »Deine Magie ist verschwunden, Tod«, sagte er. »Vielleicht können wir dich ja nicht umbringen, aber wir können dich mit Kugeln durchlöchern. Das wird dich schon aufhalten!«

»Versuche es, Kretin«, sagte Zane und blieb ungerührt aufrecht sitzen, während der Todeshengst weiterschritt.

Ein Feuerstoß aus der Gewehrmündung – doch die Geschosse prallten vom Todesumhang ab und schlugen in die Wände und die Geräte der Raumstation ein. Zane blieb unverletzt.

Der Mann starrte ihn an. »Aber ...«

Zane streckte den rechten Arm nach ihm aus. Er krümmte den Finger. Wie an einem Faden hängend, wurde die Seele aus seinem Körper gezogen. »Du solltest nicht alles glauben, was der Vater der Lüge dir erzählt«, sagte Zane. Er ließ die Seele wieder los, und der Mann stürzte keuchend zu Boden.

Mortis schritt den mittleren Korridor entlang. In fürstlicher Haltung ritt der Tod dahin, er schien unverwundbar zu sein.

Nun erschienen zwei Höllenhunde. Der erste sprang Zane mit aufgesperrter Schnauze feuerspeiend an.

Mortis hob den Vorderhuf. Das Metall traf den Hund am Kopf. Mit voller Wucht prallten beide zusammen, und der

Schädel des Höllenhunds wurde zerschmettert. Leblos stürzte er zu Boden.

Der andere schlug einen Bogen und griff von der Seite an. Zane streckte den linken Arm aus. Die gewaltige Schnauze des Hundes verschlang die behandschuhte Hand und schloß sich am Ellenbogen um den Ärmel.

Zane drehte langsam den Kopf, um dem Ungeheuer ins Auge zu blicken. »Das wird langsam ärgerlich«, sagte er und schob dem Hund die Finger in den Rachen, um seine Zungenwurzel zu packen. »Scher dich davon, Bestie, oder ich lasse dich meine Ungnade spüren.« Er drückte die Zunge zusammen.

Das Wesen starrte ihn an. Dann löste es sich, ganz langsam, auf. Schon bald war Zanes ausgestreckter linker Arm, völlig unverwundet, von einer bloßen Rauchwolke umgeben. Seine Magie war stärker gewesen als die des Ungeheuers.

Sie gelangten in den nächsten Raum. Dort war Luna, immer noch halbnackt an ihren Stuhl gefesselt. »Tod!« rief sie. »Hol mich nicht!«

Zane wußte, daß dies kein Ausruf der Feigheit war. Sie wollte unter Schmerzen weiterleben – um Satans Pläne zu durchkreuzen.

Zane stieg ab, als die drei Folterknechte sich zu ihm umdrehten und ihn anstarrten. »Ich bin gekommen, um dich nach Hause zu bringen – lebendig«, sagte er. »Doch zuerst muß ich eine Rechnung mit diesen Knechten des Bösen begleichen.« Er zog die große Sense aus ihrem Halfter.

»Nein!« rief Luna. »Du darfst niemanden töten! Du darfst nicht ...«

»Fürchte dich nicht. Ich werde ihnen lediglich ein wenig Schmerzen zufügen, so wie sie es mit dir getan haben«, sagte Zane und klappte die entsetzliche Klinge auf. »Ich werde ihnen Hände und Füße abhacken, aber sterben werden sie nicht.« Er lächelte grausam. »Nein, sterben werden sie nicht!«

Völlig entsetzt wichen die Folterer zurück.

Da trat ein vierter Mann in die Kammer. »Ich glaube

nicht«, sagte er. Zane beachtete ihn kaum. »Der Tod läßt sich nicht aufhalten.« Er hob die Sense und trat auf die drei Folterer zu, die sich verängstigt an die Wand gedrückt hatten.

»Der Tod soll hier nicht herrschen«, sagte der Fremde. Er zeigte mit dem Finger auf den Boden vor Zane, und eine Flamme loderte an der Stelle empor.

Dies war offensichtlich ein höherer Funktionär. »Ich werde meine Liebe retten, und wenn die Hölle selbst sich mir in den Weg stellen sollte.« Zane ließ die Schneide der Sense durch die Flammen fahren und schnitt sie ab wie Unkraut. Schon im nächsten Augenblick waren sie erloschen.

Der Mann zog mit dem Finger einen Kreis in die Luft. Das Innere des Kreises fiel heraus wie Papier und ließ ein Fenster zurück, hinter dem ein gewaltiger Hochofen zu erkennen war. »Die Hölle wird Sie tatsächlich aufhalten. Wagen Sie sich nicht an Dinge, die Sie nicht verstehen.«

Mit seinem linken Arm zog Zane ebenfalls einen Kreis und warf damit einen Teil seines Umhangs über das Guckloch, wodurch er es erstickte, bis es schließlich wieder verschwand. »Wer, zum Teufel, sind Sie, um mich mit derart närrischen Taschenspielerkünsten aufzuhalten und meine Intelligenz zu beleidigen?« Vielsagend ließ er die Sensenklinge zur Seite gleiten. »Nicht einmal der Teufel selbst wird sich noch in das Geschäft des Todes einmischen.«

Das Gesicht des Mannes löste sich auf. Aus dem triefenden Fleisch trat das leuchtende Antlitz des Herrn des Bösen hervor. »Ich *bin* der Teufel, Tod!«

Für einen Augenblick war Zane verblüfft. »Wie können Sie die Hölle verlassen?«

»Ich kann mich überall aufhalten, wo ich will!« rief Satan, und Flammen umzüngelten sein Gesicht. »In allem, was der Mensch tut, lauert das Böse. Und nun unterwerfen Sie sich mir und unterlassen Ihr törichtes Gehabe, denn Ihre Sache ist verloren.«

Nun begann der Zweifel an Zanes Selbstsicherheit zu nagen. Mit Satans irdischen und tierischen Helfern hatte er zwar kurzen Prozeß gemacht – doch Satan selbst, das war schon etwas anderes. Er sah sich um – und erblickte Luna, die immer noch an den Stuhl gefesselt war, die drei Folterer in ihrer Nähe, von denen einer noch immer die Elektroden in den Händen hielt, mit denen er sie gequält hatte. Wieder durchströmte ihn blinde Wut.

»Dann werde ich mich nun Ihnen widmen«, sagte Zane und stellte sich Satan entgegen.

Der Fürst der Finsternis lächelte dämonisch. »Mir? Wie wollen Sie das denn tun? Ihre Magie ist verschwunden, und Sie sind nur noch ein Mensch.«

»Meine Magie soll verschwunden sein? Das haben Sie schon einmal behauptet, doch das war damals schon eine Lüge und ist es immer noch. Ich habe dafür keine Bestätigung vom Fegefeuer erhalten. Mein magisches Pferd ist noch bei mir, meine magischen Edelsteine und mein Umhang, der mich unverwundbar macht. Ich bin nie ohne Magie gewesen! Alles, was Sie haben, sind Lügen, Vater der Lüge. Sie behaupten, daß Sie mich frei nach Laune meiner Kraft und Macht berauben könnten.« Zane trat auf den Teufel zu. *»Satan, das obliegt Ihnen nicht!* Der Tod ist unverwundbar, wie er es auch sein muß, um nicht von Ihresgleichen beeinflußt werden zu können. Wo der Tod herrscht, endet die Macht des Herrn der Lügen.« Zane trat einen weiteren Schritt vor. »Nun weichen Sie von mir, Satan, und verjagen Sie Ihre Vasallen, die Sie hierher gebracht haben. Halten Sie mich nicht länger in meiner Mission auf, auf daß ich meine Macht nicht gegen *Sie* wende.«

Satan räusperte sich, und seine Hörner leuchteten auf. »Vor einem Monat warst du bloß der letzte Abschaum, der sich abstrampelte, um seine Miete bezahlen zu können. Ein Umhang und eine Sense können aus einem Nichts kein Etwas machen. Du leidest unter einem Größenwahn, dem wir schnell ein Ende machen werden. Du bluffst, Sterblicher!«

Zur Antwort ließ Zane die tödliche Sense auf Satans Fußknöchel und Schwanz sausen.

Mit einem Satz wich der Herr des Bösen dem Hieb aus. Er schnippte mit den Fingern, und eine funkelnde Energiekugel schwebte auf Zanes Gesicht zu. »Narr! Dann erleide du eben den Zorn Satans!«

Zane blieb stehen und versuchte nicht einmal, der Kugel auszuweichen. Sie umhüllte seinen Kopf, flackerte lodernd auf und färbte seinen Blick ein, als würde er aus einem feurigen Inferno herausblicken, doch er verspürte keine Hitze. Einen Augenblick später löste sie sich wieder harmlos auf. Die Todeskapuze hatte ihn geschützt. *»Du* bist es, der blufft, Vater der Lüge!«

Satan verzerrte das Gesicht. »Du führst große Reden, Sterblicher, solange du die magische Sense trägst und in deinen magischen Umhang gehüllt bist, von dem magischen Hengst unterstützt. Doch das sind nur die Werkzeuge deines Amtes. Ohne sie bist du ein Nichts.«

»Wieder lügst du«, sagte Zane. »Dennoch hast du keine Macht über mich.« Er legte die Sense ab und nahm den Umhang von den Schultern.

»Nein!« rief Luna von ihrem Stuhl. »Laß dich nicht von Satan blenden und in die Machtlosigkeit locken, Zane!«

Nun war es *ihr* Glaube, der schwach war, nicht seiner. Zane lächelte und warf den Umhang ab. Dann zog er die Schuhe aus und entledigte sich seiner Handschuhe und Edelsteine.

»Du bist wirklich ein Narr«, feixte Satan.

»Dann brauchst du ja nur stehenzubleiben«, erwiderte Zane, »dann werden wir schon den Beweis für das, was ich sage, bekommen.« Langsam griff er mit einer unbewehrten Hand nach dem Teufel.

Satan wich zurück. »Was ist das für eine Idiotie? Ich kann dich mit einem einzigen Fingerschnippen vernichten!«

»Das solltest du dann wohl auch besser tun«, sagte Zane, »denn ich werde jetzt deine Seele mit meinen eigenen Fingern enthaken.« Er schob die Hand weiter vor.

Satan wich ein weiteres Stück zurück und hielt sich knapp außerhalb Zanes Reichweite. »Tor! Ich versuche, dir die Schmach der Demütigung zu ersparen!«

»Wie nett von dir, Vater der Lüge.« Zane beugte sich vor und ließ die Hand auf Satans Körpermitte zuschießen.

Der Teufel verpuffte ins Nichts.

Zane drehte sich um und sah, wie sich der Fürst der Finsternis hinter ihm aufs neue formte. »Also hast du dich hinter mich begeben, Satan«, bemerkte er. »Ich habe dich in Bewegung gebracht. Glaubst du, daß dies deine Lage bessert? Schlage zu, Luzifer! Schone meine Gefühle nicht länger. Demütige mich. Vernichte den Tod, während er verwundbar vor dir steht. Ich werde dir wieder den Rücken zukehren, damit du leichteres Spiel hast.« Und das tat er auch prompt.

Satan seufzte. »Du hast gesiegt, Tod. Du hast meinen Bluff entlarvt und mich dazu gezwungen, nachzugeben. Endlich hast du deine wahre Macht erkannt.«

»Hast du noch weitere Neuigkeiten zu bieten?« Zane nahm seinen Umhang wieder auf und kleidete sich an.

»Wenn ich eine Frage stellen dürfte«, sagte Satan ohne jeden Sarkasmus, »so von einer Inkarnation zur anderen – was hat dich auf die Spur gebracht?«

»Das fünfte Streichholzmuster«, sagte Zane.

»Intuitives Denken«, stimmte Satan zu, der sofort wußte, was Zane meinte. »Ja, das leuchtet ein.«

»Mir wurde klar, daß du, wenn es dir möglich gewesen wäre, dich in die Angelegenheiten des Todes einzumischen, oder ihn gar in der Ausübung seines Amtes zu behindern, dies schon vor langer Zeit getan hättest. Kein magischer Umhang hätte dich dann aufgehalten, dich, die Inkarnation des Bösen, die Personifikation der schwarzen Magie, deren Zaubermacht auf Erden nicht ihresgleichen hat. Es mußte also am Amt liegen, nicht am Zubehör. Der Tod muß unverwundbar sein, absolut. Nicht einmal Gott, die Inkarnation des Guten, hat etwas gegen den Tod unternommen, als ich mich weigerte, meine Macht auf der Welt auszuüben. Nur der Tod allein kann über seine Aufgabe bestimmen. Deshalb mußtest du in diesem Fall machtlos gegen mich sein. Ich kann das nicht logisch untermauern, ich weiß einfach nur, daß es stimmt. Ich glaube an mein Amt.«

Satan nickte. »Das tust du tatsächlich. Gegen diesen Glauben kann nicht einmal ich etwas ausrichten. Aber hättest du dich zu einem anderen Vorgehen entschlossen, so hättest du nie gegen mich gesiegt. Deine Macht ist geringer als meine, weil das Böse noch über den Tod hinaus weiterlebt.«

»Das erkenne ich an«, sagte Zane. »Aber ich bin dir auf deinem eigenen Feld begegnet, was keine Frage eines physischen Ortes ist. Dort wirst du mich nie wieder bluffen.«

»Du warst ein Mensch, der ein Amt ausübte«, bemerkte Satan. »Nun bist du zu dem Amt selbst geworden.«

»Ja.«

»Und wer hat dir von den Streichholzmustern erzählt?«

»Die Natur«, erwiderte Zane, und erkannte erst jetzt, welche Auswirkungen ihr rätselhafter Rat gehabt hatte.

»Diese Grüne Mutter!« fauchte Satan angewidert und verschwand. Zane schritt zu Luna hinüber. »Schert euch fort, Abschaum«, sagte er zu den Folterern, die hastig gehorchten.

»Aber wie hast du das gemacht?« fragte Luna, als er sie losband und ihr den Todesumhang um den nackten Oberkörper legte. »Niemand ist stärker als Satan, höchstens vielleicht Gott.«

Zane begriff, daß sie die Konsequenzen seiner Konfrontation mit dem Herrn des Bösen noch nicht in ihrer Gänze verstanden hatte. Für sie war er immer noch ein Mensch – und tatsächlich war er das auch. Ein Mann, mit der Liebe eines Mannes für seine Frau. »Stark zu sein ist nicht dasselbe wie allmächtig zu sein«, erklärte er. »Es gibt sieben Inkarnationen, nicht fünf, wenn wir das Gute und das Böse mitzählen. Niemand kann mit Sicherheit sagen, ob eine Inkarnation einer anderen überlegen ist, gewiß ist nur, daß jede in ihrem eigenen Revier unumschränkter Herrscher ist. Und wenn der Tod an der Art und Weise, wie Satan die Hölle regiert, nichts ändern kann, so korrupt diese auch sein mag, kann Satan umgekehrt keinen Einfluß auf die Aktivitäten des Todes nehmen. Und so kann keine Inkarnation der anderen unmittelbaren Schaden zufügen, es sei denn, die andere ist absichtlich oder unabsichtlich damit einverstanden oder verhält sich achtlos. Als ich das erst einmal erkannt hatte und wirklich daran glaubte und es auch in voller Konsequenz begriff, besaß Satan keine Macht mehr über mich.«

Er lächelte. »Oder über dich. Ich werde dich zum Fegefeuer bringen, um gleich nachzuprüfen, ob Satan seinen Anspruch auf deinen vorzeitigen Tod entsprechend zurückgezogen hat. Danach gehe ich wieder an die Arbeit.«

»Du bist wirklich brillant!« rief sie. »Nachdem du diese Offenbarung bekommen hast, konnte nicht einmal Satan persönlich dich aufhalten. Jetzt begreife ich, wie weise die Entscheidung meines Vaters war, mich dir anzuvertrauen. Es tut mir leid, daß ich nicht ebensosehr an dich geglaubt habe, wie du an mich.«

Sie wußte ja nicht, wie schwach sein eigener Glaube gewesen war, *vor* seiner Intuition! »Ich habe lediglich *gehofft*, daß Satan nichts gegen mich ausrichten kann«, gab er zu.

Sie starrte ihn erstaunt an. »Soll das heißen, daß du es nicht *gewußt* hast?«

»Wie kann man eine Ahnung wissen? Da gibt es keine direkte Verbindung zwischen Frage und Antwort. Ich konnte mir meiner Sache erst sicher sein, nachdem ich sie überprüft hatte.«

»Dann hast du dich all deiner Magie entledigt und den Satan herausgefordert – obwohl du nicht ganz sicher warst, daß du recht hattest?«

»So ist es«, gestand er verlegen.

»Aber Zane, daß ist ja die mutigste Tat, die ich je erlebt habe!«

»Es war mein letzter verzweifelter Versuch, als ich nämlich erkannte, daß Satan persönlich daran beteiligt war. Wenn es irgendeinen anderen Weg gegeben hätte …«

»Ich habe mir schon früher gedacht, daß ich dich lieben könnte«, sagte sie. »Jetzt weiß ich es mit Sicherheit.«

»Das habe ich eigentlich nicht nur der Liebe wegen getan«, erwiderte er. »Die Liebe hat mir geraten, dich sterben und in den Himmel gelangen zu lassen, damit du nicht mehr unter Schmerzen zu leiden hast. Aber ich mußte dich am Leben halten, damit du die Menschheit in zwanzig Jahren vor Satan retten kannst.«

»Ja«, stimmte sie ihm zu. »Jetzt weiß ich, daß ich Satan niemals nachgeben werde. Dazu habe ich ihn zu gut kennengelernt.« Sie hielt inne und wandte sich an Zane. »Da ist noch etwas ...«

Er sah sie an. Die Folter hatte ihren Geist nicht gebrochen. Ihr Fleisch hatte sich zwar noch nicht erholt, doch in dem Todesumhang sah sie hinreichend schön aus. »Ja?«

Luna schlang die Arme um ihn und küßte ihn mit überraschender Leidenschaft. »Diese zwanzig Jahre, bis ich an der Reihe bin«, sagte sie. »Du und ich ...«

»Leben und Tod«, stimmte er zu.

Sie bestiegen Mortis und ritten zum Fegefeuer.

Als sie am Todeshaus ankamen, führte Zane Luna hinein. Sie war zwar eine Sterbliche, doch irgendwie hatte er gewußt, daß er sie diesmal mitbringen konnte. Er konnte sie überall mit hinnehmen – lebendig. Sie war nun seine anerkannte Todesmaid.

Im Wohnzimmer ließen sie sich nieder, um sich zu erholen, und sahen fern. »Die Petition des Todes ist zurückgezogen worden«, sagte der Nachrichtensprecher. »Die Angelegenheit wurde privat geregelt.« Der Ansager feixte. »Gerüchten zufolge sollen die Hörner des Herrn des Bösen noch immer qualmen.«

»Davon wollte ich mich auch überzeugen«, sagte Zane. »Nun wirst du mit Sicherheit nicht vor deiner Zeit sterben, Luna. Jetzt kann ich mich wieder an die Arbeit machen.«

»Das solltest du wohl auch«, murmelte sie. »Tausende von Menschen leiden gerade. Die bedürfen wirklich deiner Dienste.«

»Ich werde mich von Chronos weit genug in die Vergangenheit zurückbefördern lassen, damit das Leiden ausgelöscht wird; für die Sterblichen wird es keinen Stau gegeben haben.«

»Nun läßt sich auch einiges über den zukünftigen Status des neuen Todes aussagen«, fuhr der Ansager fort. »Er hat sein Amt praktisch auf den Kopf gestellt und sowohl im Himmel als auch in der Hölle manche Aufregung ausgelöst. Wir haben sowohl Gott als auch Satan um Stellungnahmen gebeten, doch keiner von beiden mochte einen Kommentar abgeben.«

Zane schüttelte in schmerzlicher Bewunderung den Kopf. »Das Fegefeuer hat wirklich einen spitzzüngigen Journalistenstab«, sagte er. »Manchmal ist er mir zu spitzzüngig, glaube ich.«

»Das ist aber interessant«, bemerkte Luna. »Ich wußte gar nicht, daß du eine derart wichtige Stellung innerhalb der Ewigkeit einnimmst.«

»Das tue ich auch gar nicht. Diese Nachrichten sind persönlich auf den Zuschauer ausgerichtet. Ich bin sicher, daß die anderen Inkarnationen Nachrichten bekommen, die sich auf *sie* beziehen. Aber wir können es ja abstellen.« Er erhob sich und schritt auf den Fernseher zu.

»Doch konnten wir«, fuhr der Ansager fort, »mehrere Zeugen interviewen, die bei der Probezeitüberprüfung des Todes Aussagen machen werden.« Zanes Hand blieb über dem Schalter schweben. »Zeugen?«

»Inkarnationen verlangen nach einer besonderen Behandlung«, erklärte der Ansager. »Sie besitzen Kräfte und Fähigkeiten, auf die die gewöhnlichen Definitionen von Gut und Böse nicht unbedingt zutreffen. In diesem Fall haben die vier anderen Inkarnationen den Amtsinhaber für fähig erklärt. Sie haben bezeugt, daß sie ihn inoffiziell befragt haben und daß seine Antworten zufriedenstellend ausgefallen sind. Sie sind bereit, mit ihm zusammenzuarbeiten, solange es innerhalb der Ewigkeit dauern mag.«

»Oh«, sagte Zane. »Natürlich sind sie zufrieden. Immerhin haben sie mich ja schließlich in diese Lage manövriert!«

»Doch weder sie noch mein Vater hatten dich als dauerhaften Amtsinhaber vorgesehen«, sagte Luna. »Vielleicht haben sie nicht damit gerechnet, daß du auch in dieser Hinsicht einen guten Tod abgeben würdest.«

»Dieser Nicht-Erwartung bin ich mit Sicherheit gerecht geworden«, meinte er mißmutig.

»Ich weiß ja nicht.«

»Wenngleich noch nichts sicher ist, bis die eigentliche Beurteilung abgeschlossen ist«, meldete der Nachrichtensprecher,»halten wir es doch für sehr wahrscheinlich, daß die Aussage eines weiteren Schlüsselzeugen von allergrößtem Gewicht sein dürfte.«

»Wer ist das denn?« fragte Luna.

»Vielleicht einer meiner Klienten«, erwiderte Zane unsicher.

»Und hier ist er auch schon«, sagte der Ansager. »Der Schlüsselzeuge, der weiß, ob sich die Seele des Todes während der Ausübung seines regulären Amtes in Richtung Himmel oder Hölle bewegen wird.«

»*Wer?*« wollte Zane wissen.

Die Kamera schwang herum und zeigte …

Mortis. Den Todeshengst.

»Und was meinen Sie dazu, Zeuge?« fragte der Ansager.

Das Pferd wieherte.

»Das ist doch albern!« rief Luna.

»Ich weiß nicht«, sagte Zane. »Mortis ist kein gewöhnliches Pferd.«

»Und da haben Sie es nun, liebe Zuschauer, direkt von der Quelle.« Der Ansager machte eine Pause. »Ach so, die Übersetzung? Natürlich. Mortis sagte, daß sein neuer Herr eine Qualität offenbart hat, die unter den Inkarnationen einmalig ist, und diese allein macht schon aus seinen Fehlern Tugenden. Seine Seele wird ein positives Konto erlangen, und er wird einer der wirklich herausragenden Amtsinhaber werden.« Er hielt inne, während Zane verwundert dastand. »Wir gratulieren, Tod. Wir vom Fegefeuer sind stolz, Sie bei uns zu haben.«

»Zane!« rief Luna. »Du hast gewonnen!«

»Aber ich habe doch nichts anderes getan, als zu versuchen, den Leuten das Sterben zu erleichtern«, sagte Zane. »Ich habe gegen zahlreiche Regeln verstoßen und trotzdem häufig genug versagt!«

Dann schwang die Fernsehkamera herum und zeigte das Firmament, die wunderhübsche Kuppel des Erdenhimmels. Von einem Augenblick zum anderen verwandelte sie sich von Tag zu Nacht, und die Aberzehntausende von Sternen glitzerten, während Engelsheerscharen erschienen, jeder Engel von einem eigenen Heiligenschein umgeben. Alle applaudierten höflich: der Gruß des Himmels.

Zane hatte den Eindruck, daß einer von ihnen wie seine Mutter aussah, andere dagegen glichen einigen seiner Klienten.

Nun schwenkte die Kamera in die Tiefe, um die Feuer der Unterwelt zu zeigen, mit ihren Dämonenscharen, die alle ihre gespaltenen Zungen ausstreckten. Doch dahinter waren, schwach sichtbar, die verdammten Seelen der Hölle auszumachen, und hier und dort waren verstohlen aufgerichtete Daumen zu erkennen.

Zane lächelte, als ihn eine Freude durchflutete, die so tief war wie die Ewigkeit selbst. »Danke, Leute«, sagte er und schaltete den Apparat ab. »Ich werde mich mit dem Applaus einer einzelnen Dame begnügen.«

Er drehte sich zu Luna um.

»Immer. Ewig«, stimmte sie ihm zu und küßte ihn.

»Aber ich frage mich, was das für eine einmalige Eigenschaft sein soll, die ich angeblich habe?« fügte er grübelnd hinzu.

»Das ist der Grund, weshalb ich dich liebe«, sagte sie.

Zane, der wieder bei der Arbeit war, sah, daß die Mutter entsetzlich unter ihrem ersten Trauerschock litt, als sie ihr sterbendes Baby in den Armen hielt. Noch immer mußte er die gewaltige Warteschlange seiner Klienten bearbeiten, die sich während seines Streiks gebildet hatte, doch konnte er diese arme Mutter nicht schlimmer leiden lassen, als sie mußte.

Zane stellte sich vor ihr auf. »Frau, erkenne mich«, sagte er sanft.

Sie blickte hoch. Entsetzt klappte sie den Mund auf.

»Fürchte mich nicht«, sagte Zane. »Dein Kind ist unheilbar krank und leidet unter Schmerzen, und solange es lebt, wird es nie frei davon sein. Es ist am besten, daß wir es von der Last des Lebens erlösen.«

Protestierend bewegte sie den Mund. »Du ... das würdest du nicht sagen, wenn jemand, den du liebst, sterben müßte!«

»Doch, das würde ich«, sagte er ehrlich. »Ich habe meine eigene Mutter in die Ewigkeit geschickt, um ihr Leiden zu beenden. Ich verstehe deine Trauer und weiß, daß du recht daran tust, zu trauern. Aber dein Kind ist das unschuldige Opfer einer schlimmen Tat ...« Er wiederholte nicht, was sie ohnehin schon wußte, daß das Kind nämlich durch eine inzestuöse Vergewaltigung gezeugt und mit Syphilis geboren war. »... und da ist es besser, für das Kind wie für dich, daß es nie das Grauen eines solchen Lebens kennenlernen muß.«

Ihre gehetzten Augen blickten zu ihm auf, und sie begann, im Tod eher einen Freund als einen Feind zu sehen. »Ist ... ist es wirklich das beste?«

»Ja, so ist es«, erwiderte der Tod sanft und griff nach der Seele des leidenden Säuglings.

Noch während er sprach, zog er die winzige Seele hervor. Auch ohne sie vorher zu überprüfen, wußte er, daß sie tatsächlich in den Himmel kommen würde, denn inzwischen konnte er dergleichen erkennen.

»Du bist gar nicht so, wie ich dich mir vorgestellt habe«, sagte die Frau und erholte sich etwas, nachdem nun eine Entscheidung gefällt worden war. »Du hast ...«, sie stockte und suchte nach dem passenden Wort. »Mitleid.«

Mitleid. Plötzlich ergab alles ein zusammenhängendes Bild. Dies war die Eigenschaft, die Zane in das Amt des Todes eingebracht hatte und die diesem zuvor abgegangen war. Es war ihm ein gutes Gefühl, zu erkennen, daß die Verzögerungen, deren er sich schuldig gemacht hatte, die Vorschriften, gegen die er verstoßen hatte, daß sich solche Handlungen auch positiv anstatt nur negativ deuten ließen. Er *sorgte* sich um seine Klienten und strebte danach, innerhalb der Grenzen seines Amtes ihr Bestes zu garantieren. Und er schämte sich auch nicht mehr, es zuzugeben.

Er wußte genau, daß man ihm nicht wegen seiner Vorzüge dieses Amt verliehen hatte. Doch er hatte seine eigenen Beschränkungen überwunden, und er erkannte, daß er ab nun einigermaßen zufriedenstellend arbeiten würde.

»Der Tod kam mit freundlicher Sorge ...«, zitierte er und stellte die Uhr für den nächsten Klienten. Der Gedanke gefiel ihm.

ENDE

Band 24 046

Piers Anthony

Omnivor

Deutsche Erstveröffentlichung

Herbivor ernährt sich von pflanzlicher Substanz. Carnivor braucht Fleisch und Blut zum Leben. Omnivor bedient sich von beidem, pflanzlicher wie fleischlicher Substanz.
Sie alle sind Wissenschaftler, abgesetzt auf einer seltsamen Welt voller Rätsel, die sie erforschen sollen.
Vor ihrer Ankunft waren schon achtzehn Wissenschaftler auf Nacre ums Leben gekommen oder spurlos verschwunden. Die Gefahren lauern überall, denn Nacre ist erfüllt von unheimlichen Lebensformen: Riesenpilzen, Sporenwolken und einer bizarren Fauna, zu der die intelligenten Mantas gehören, Wesen, von denen eine Drohung ausgeht.
Allein Subble, ein Übermensch mit unerklärlichen physischen Kräften und dem Gehirn eines Computers, könnte in der geistigen Schlacht gegen die Aliens bestehen.

SCIENCE
FICTION

Band 24 084
Piers Anthony
Zeit der Kämpfer

Die Titanen-Trilogie in einem Band

Nach dem Zusammenbruch unserer technischen Zivilisation bildet sich auf der Erde eine neue Stammeskultur. Konflikte werden in strengen Ritualen zwischen den Kriegern der Stämme ausgetragen. So hofft man, die großen Kriege der schrecklichen Vergangenheit für immer zu verhindern.

Piers Anthony legt mit der berühmten Titanen-Trilogie eine Zukunftsvision vor, in der die Menschheit einen neuen Anfang macht.

BASTEI LÜBBE